普通高等教育"十二五"规划教材

微型计算机原理及应用

第2版

许立梓　陈　玮　何小敏　高明琴　编

罗　飞　吴黎明　秦　笛　主审

机 械 工 业 出 版 社

本书是普通高等教育"十二五"规划教材。以 8086/8088 系统为主线，全面、系统、深入地介绍了 16 位微型计算机的基本知识、基本组成和体系结构、指令系统、汇编语言及程序设计方法、主存储器的组成及设计、输入/输出信息的控制方法、中断系统、可编程接口芯片及接口技术、A/D、D/A 转换器、总线技术、微型计算机系统结构，并介绍了当代微型计算机流行的技术和特点，对为了提高微机性能而采用的流水线技术、高速缓存技术、PCI 总线技术等做了简要介绍。书中附有大量的例题，各章配有适当的习题，适合 60～80 学时教学使用。

本书注重理论联系实际，突出实用技术，融入作者多年的经验和体会，可作为高等院校非计算机专业学生微机原理课程的教材，也可以作为从事微机应用与开发的工程技术人员的自学教材或参考书。

图书在版编目（CIP）数据

微型计算机原理及应用/许立梓等编 . —2 版 . —北京：机械工业出版社，2011. 7

ISBN 978-7-111-34059-1

Ⅰ . ①微…　Ⅱ . ①许…　Ⅲ . ①微型计算机 – 高等学校 – 教材　Ⅳ . ①TP36

中国版本图书馆 CIP 数据核字（2011）第 060337 号

机械工业出版社（北京市百万庄大街 22 号　邮政编码 100037）
策划编辑：贡克勤　责任编辑：贡克勤　版式设计：霍永明
责任校对：李秋荣　责任印制：乔　宇
北京机工印刷厂印刷（三河市南杨庄国丰装订厂装订）
2011 年 7 月第 2 版第 1 次印刷
184mm×260mm·20. 5 印张·504 千字
标准书号：ISBN 978-7-111-34059-1
定价：39. 80 元

第 2 版前言

本书自 2003 年出版以来，承蒙读者的喜爱已经印刷了 14 次。根据学生在教学中提出的要求以及一些使用本书教师的意见，同时也为了紧跟科学技术的发展和适应社会需求，我们经过认真考虑而修订本书。

"微型计算机原理及应用"课程是一门专业基础课，其内容相对比较稳定。自从世界诞生第一台计算机以来，几十年过去了，但是计算机最基本的原理没有变。当然，由于半导体技术和计算技术的发展，现在计算机的整体性能是第一台计算机无法相比的。对于微型计算机来说，其性能的提高是一年一大步。那么，怎样利用 IBM PC/XT 为主讲机型，从而使学生较容易掌握微型计算机原理，同时对当代微型计算机基本性能又有一定的了解，这正是修订本书所考虑的问题。本书除对原来版本做部分修改和补充外，第 2 章增加第 7 节：当代微机 CPU，主要介绍当代微机 CPU 性能指标的主要参数。第 6 章增加第 6 节：当代微机的内存储器，主要介绍当代微机内存储器性能指标以及 DDR、DDR2、DDR3 内存。第 9 章增加第 7 节：当代微型计算机，主要介绍当代微型计算机（台式）的基本构成及主要参数。

本书第 2 章增加的第 7 节、第 6 章增加的第 6 节以及第 9 章增加的第 7 节由许立梓编写，陈玮、何小敏审校。

本书由华南理工大学自动化科学与工程学院博士生导师罗飞教授、广东工业大学信息工程学院吴黎明教授及华南师范大学物理与电信工程学院秦笛副教授主审。在审稿过程中，他们提出了许多有益的建议，使本书增加了不少光彩，在此表示衷心感谢。

由于编者水平所限，书中可能存在错误或不妥之处，敬请读者不吝指正。

编　者

第 1 版前言

"微型计算机原理及应用"课程是高等院校电类专业的一门专业基础主干课程,学习和掌握与之相关内容是高等院校学生的需求和迫切愿望。为了使学生更好地掌握本门课程的核心内容,满足 21 世纪培养高素质人才和教学改革的需要,根据作者多年从事高校本门课程的教学实践和体会,编写了本书。

本书以 IBM PC 系列微机中的基础机型 IBM PC/XT 为主讲机型。现代许多高档微机为了保持对它的兼容性,把它的许多设计思想,芯片连接方法等作为参考对象。正是基于这种出发点并考虑了本课程性质,本书结合 8086/8088 系统,按 CPU—存储器—I/O 接口—总线及系统结构的轴线来讲述微机的 CPU 及其指令系统、汇编语言程序设计、存储器、中断系统、接口技术、总线技术及系统结构等。在此基础上为了与现代微机知识相连接,书中也介绍了提高 CPU 性能的新技术,存储系统的新技术,为增强系统性能的总线新技术等。目的是使学生在学习了本课程之后,具有对微机应用系统的硬、软件的开发能力。

编写本书时,叙述力求深入浅出,尽量多举实例,每章之后附有习题,引导学生思考并掌握该章内容。在学习"微型计算机原理及应用"课程时,注意加强实践环节,完成教学大纲规定的实验学时。在完成了理论教学和实验教学之后,建议安排课程设计,培养学生系统设计能力。

本书第 1 章第 1 节,第 2、6 章,第 9 章 1~5 节及附录由许立梓编写,第 1 章第 2、3 节及第 3 章由高明琴编写,第 4 章、第 8 章第 6~9 节及第 9 章第 6 节由陈玮编写,第 5、7 章及第 8 章第 1~5 节由何小敏编写。许立梓负责全书内容的统稿和定稿。

本书由华南理工大学博士生导师毛宗源教授及广东工业大学博士生导师杨宜民教授主审,华南师范大学黄元梅副教授协审。在审稿过程中,他们提出了许多宝贵意见,在此致以衷心的感谢。

由于编者水平有限,书中难免存在错误或不妥之处,敬请读者不吝指正。

编　者

目　录

VI

第1章 微型计算机的基础知识

本章主要介绍微型计算机的发展、基本组成原理以及微机的运算基础，是深入学习微机原理的一个必要的入门。

1.1 微型计算机系统概述

1.1.1 微处理器和微型计算机的发展及应用

微处理器对于微型计算机来说，就像心脏对于人体一样重要，因此，个人计算机的发展史，实质上就是微处理器从低级向高级、从简单向复杂发展的过程。下面，以 Intel 公司微处理器的主流产品发展为例，看看微机技术发展历程。

Intel 公司早期的 4004 是 4 位微处理器，1972 年推出的 8008 是 8 位微处理器，它们分别组成的 MCS-4 和 MCS-8 的微型计算机只能做基本的算术运算，主要采用机器语言和简单的汇编语言，是低档的微处理器和微型计算机。

1973 年，Intel 公司推出 8 位微处理器 8080，这是第一个现代的 8 位微处理器，8080 可寻址范围是 8008 的 4 倍（64KB），指令的执行速度也比 8008 快 10 倍。后来 Intel 又开发出 8080 的改进型芯片 8085，它兼容 8080 且性能更好，硬件接口更简单。软件除采用汇编语言外，还配有 BASIC 等高级语言及其相应的解释程序。

1978 年，Intel 公司推出 16 位 8086 微处理器，并在一年后推出准 16 位微处理器 8088，8086/8088 可寻址 1MB 存储器，指令的执行速度大大超过 8085。1982 年，IBM 选择 8088 作为其首台个人计算机 IBM-PC/XT 的 CPU。从此，微型计算机进入一个高速发展时代。

1982 年，Intel 发布 80286，随即它在 IBM-PC/AT 中找到了用武之地。80286 提供仍然是 16 位数据总线，但地址总线为 24 位，可寻址 16MB 内存。与 8088 相比，指令的执行速度增加了 8 倍。80286 通过实模式和保护模式两种操作模式实现了与以前处理器的兼容。同时，80286 建立了 CISC（Complex Instruction Set Computer）体系结构，为以后的 X86 系列 CPU 指出了可能发展的功能。

计算机的广泛应用要求微处理器的速度更高，存储器容量更大。Intel 公司顺应这种要求，于 1985 年，推出了 32 位 CPU80386 系列，其代表性的产品 386DX-33 的主频为 33MHz，执行单一指令需要两个时钟周期。芯片内外部数据总线及地址总线都是 32 位。80386 系列的主要优点是：由于新的内存使用方式和多任务性，使开发基于 PC 的图形用户界面 GUI 成为可能，也为运行 Windows3.x 提供了所需的处理能力。

1989 年，Intel 又推出了 80486CPU，80486CPU 在 Intel 处理器中第一个采用一级高速缓存（8KB），它减少了访问 RAM 的次数，提供的突发模式总线结构加快了 RAM 与 CPU 之间的数据传输；80486 也是第一个真正采用流水线设计的 Intel X86 处理器，它提高了指令的吞吐率；同时采用浮点单元 FPU（Floating-Point Unit）实现对包含十进制小数的实数进行运算，因此改善了应用程序的性能。80486CPU 的主频有 33MHz、40MHz、50MHz，执行单一指令需要一个时钟周期，芯片内外部数据总线及地址总线也都是 32 位，但综合性能是 80386 的 3 倍以上。1992 年以后，Intel 又相继推出了 80486 系列的新成员：采用倍频技术的 486DX2 和 486DX4，其倍频为 2 倍或 3 倍。它有效地缓解了外部设备速度跟不上 CPU 主频速度的矛盾。

微型计算机的进一步发展就是提高其运行速度，1993 年，具有 64 位数据总线和 32 位地址总线的 Pentium（奔腾）处理器问世，其运算速度超过 100MIPS，Pentium 处理器中部分采用了 RISC（Reduced Instruction Set Computer）技术；具有超标量体系结构；采用双流水线结构及分支预测技术；在从内存读写时采用流水线突发模式；同时，具有两个 16KB 的独立的一级高速缓存分别用于存储数据和指令，提高了程序执行速度。

面对剧烈的竞争，Intel 在 1995 年底又推出了 Pentium Pro（高能奔腾），它主要在几个方面对 Pentium 进行了改进。首先，Pentium Pro 采用 RISC 技术，14 级流水线核心结构实现了动态执行。其次，Pentium Pro 在 Pentium 处理器 16KB 一级高速缓存的基础上，增加了内置的 256KB 二级高速缓存，并采用将二级高速缓存封装在芯片内的方式，使二级高速缓存能以 CPU 的时钟频率工作。其三，Pentium Pro 的地址总线增加到 36 位，使其寻址空间增加到 64GB。

1997 年 1 月，Intel 公司又推出 Pentium MMX（多能奔腾）芯片，它在 X86 系列指令集的基础上加入了 57 条多媒体指令。这些指令专门用来处理视频、音频和图像数据，使 CPU 在多媒体操作上具有更强大的处理能力。Pentium MMX 还使用了许多新技术，单指令多数据流 SIMD（Single Instruction Multiple Data）技术能够用一条指令并行处理多个数据，缩短了 CPU 在处理视频、音频、图形和动画时用于运算的时间；流水线从 5 级增加到 6 级，一级高速缓存扩充为两个 16KB：一个用于数据高速缓存，另一个用于指令高速缓存，因而速度大大加快；Pentium MMX 还吸收了其他 CPU 的优秀处理技术，如包含了一个原本用于 Pentium Pro 的分支预测单元和 Cyrix 6X86 具有的返回堆栈技术。

同年 5 月，Intel 公司又推出了 Pentium II 芯片，它采用 Slot 1 架构，通过单边插接卡（SEC）与主板相连，SEC 卡盒将 CPU 内核和二级高速缓存（256KB）封装在里面，处理器采用了与 Pentium Pro 相同的动态执行技术，可以加速软件的执行；通过双重独立总线与系统总线相连，可进行多重数据交换，提高系统性能；Pentium II 也包含 MMX 指令集。第一代 Pentium II 工作在 66MHz；1998 年推出的第二代 Pentium II 处理器主频有工作在 66MHz 外频下的 333MHz 和工作在 100MHz 外频下的 350MHz、400MHz 和 450MHz。

其后，Intel 公司在 1999 年 2 月 28 日首推的 Pentium III 处理器，主频为 450MHz、800MHz，配备 133MHz 或 100MHz 系统总线，512KB 二级缓存，Pentium III 处理器结合了动态执行技术、双重独立总线技术和 MMX 多媒体增强技术，此外 Pentium III 增加了 70 条称为 SSE（Streaming SIMD Extension）的新指令，显著提高了数字图片处理、三维图形处理、实时视频/音频处理以及语音识别处理等应用的处理速度和质量。

Intel 的 Pentium 4 于 2000 年 11 月问世，首次登场的 Pentium 4，主频有 1.4GHz 及 1.5GHz 两种。它新增 144 条 SIMD Extensions 2（SSE2）指令，具有 256KB 的 L2Cache、20 级超流水线技术使 CPU 指令的运算速度成倍增长，另一方面，高级动态执行 ADE 使流水线中所能处理的指令比 Pentium III 多 3 倍以上，并合理地预测指令分支。随后，主频为 1.6GHz、1.7GHz、1.8GHz、1.9GHz、2.0GHz 的 Pentium 4 相继问世。

2005 年，首颗内含两个处理核心的 Intel Pentium D 处理器登场，正式揭开 X86 处理器多核心时代。其中，Pentium D 960 处理器的频率为 3.6GHz。2006 年，Intel Core 2（酷睿 2）/赛扬 Duo 处理器出现。在 Core 2 Duo/Extreme 家族中，其 E6700（2.6GHz）型号比先前推出的 Intel Pentium D 960 处理器，在效能方面提升了 40%，省电效率亦增加 40%，Core 2 Duo 处理器内含 2.91 亿个晶体管。2007 年，Intel QX9770（3.2GHz）4 核 45nm 处理器出现。2008 年，英特尔发布 Core i7 处理器。Intel Core i7 是一款 45nm 原生 4 核处理器，Core i7 的能力在 Core 2 Extreme QX9770（3.2GHz）的 3 倍左右。三款 Intel Core i7 处理器的频率分别为 3.2GHz、2.93GHz 和 2.66GHz。2009 年，诞生了 Clarkdale。它是 Intel 双核处理器 Core i3 的产品，核心频率在 3.33 ~ 3.5GHz 之间，LGA1156 接口，双核心 4 线程。它不但是 Intel 的第一款 32nm（CPU 核心）工艺芯片，也是首次集成图形核心（GPU 采用 45nm）的处理器。

从微型计算机的发展过程看，一方面是迅速提高微处理器的性能，例如，提高大规模集成电路的集成度和速度，采用流水线技术，高速缓冲存储器技术、虚拟存储器管理技术、并行处理技术以及精简指令集 RISC 等技术。另一方面是提高整个微型计算机系统的性能，例如采用多处理机并行处理技术，用微处理器组成的多微处理机系统和阵列处理机系统将多个微处理器组合起来进行"并行处理"，大大提高了处理速度，同时在提高系统可靠性、充分利用资源及进行分布处理等方面，也具有重要意义。

微型计算机的发展史也包括软件的发展，它给微机应用提供了强有力的支持。

微型计算机具有功能强、产量大、体积小、价格便宜、性能可靠、适应性强等特点，其应用已渗透到国民经济的各个领域，主要是在科学与工程计算、数据处理和信息加工、实时控制、计算机辅助设计、智能模拟等方面。

1.1.2　微型计算机系统的组成

微型计算机（简称微机）系统由硬件系统和软件系统两大部分组成，微型计算机系统的组成如图 1-1 所示。

1. **硬件**　所谓硬件系统，是指构成微机系统的物理实体。从图 1-1 可看到，微型计算机由微处理器、存储器、接口电路以及连接在这些部件上的总线组成（这些部件将在后面各章中讲述）。

如果把这些部件都集成在一个芯片上，由一个芯片构成一台计算机，称之为单片计算机；如果把上述各部件安装在一块印制电路板上而组成微型计算机，称之为单板计算机；如果将处理器、存储器以及 I/O 接口电路安装在不同的印制电路板上，由若干块这样的电路板组合而成的计算机，称之为多板计算机。

虽然微型计算机已经能够独立完成算术和逻辑运算，但由于没接必要的输入/输出设备，原始数据和程序无法输入，运算结果无法输出，因此，无法完成正常的计算机功能。在微计算机基础上加上各种外围设备就构成了微机系统的硬件部分。这是完成正常计算机功能的物质基础。

2. **软件**　软件系统是微机所使用的各种程序的集合。它包括系统软件、各种程序设计语言、应用软件和数据库等。由于使用场合的不同，微机配上的软件规模也不同。

系统软件是由计算机供应商提供的，是指为了方便用户和充分发挥计算机效能的一系列程序，包括监控程序、操作系统、汇编语言、解释程序、编译程序、诊断程序等。系统软件中最为典型的是操作系统，它起着管理整个微机、提供人机接口以及充分发挥机器效率的作用。有了操作系统的微机系统，其所有资源都将由操作系统统一管理起来，用户不必过问各个部分资源的使用情况，而只是通过使用它的一些命令就行了。操作系统通常放在磁盘中。

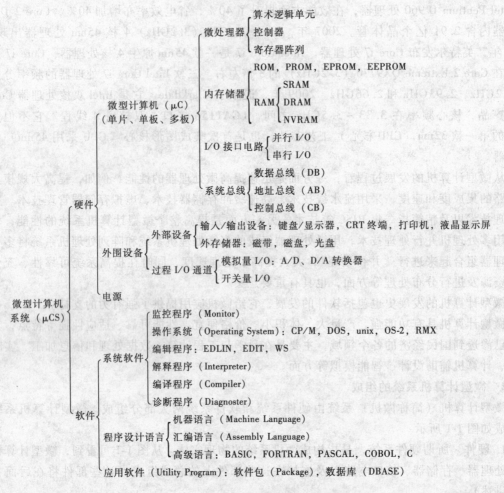

图 1-1　微型计算机系统的组成

　　程序设计语言是指用来编写程序的语言，通常分为机器语言、汇编语言和高级语言。机器语言是一种唯一能够直接被计算机识别和执行的语言，用二进制代码编写，不同的微机由于指令系统不同，使用的机器语言也不相同。机器语言由于通用性差、实际应用不方便，很少直接采用。

　　汇编语言是一种用助记符（指令的英文字或缩写）表示机器指令的语言，用它编写的程序可读性强，便于交流但计算机不能识别，所以汇编语言程序（称源程序）必须经汇编程序翻译加工（称自动汇编）成对应的机器语言程序（称目标程序），计算机才能执行。汇编语言程序也可人工翻译（称手编）。机器语言和汇编语言都是面向机器的初级程序设计语言，使用它便于利用计算机的所有硬件特性，是能直接控制硬件的语言。高级语言是面向用户的算法语言。使用它，用户不必了解计算机的指令系统，其所用的语句也与实际问题更接近，编写的程序通用性强，常用的高级语言有 C 语言、PASCAL 语言、BASIC 语言及 FOR-

TRAN 语言等。用高级语言编写的程序也必须经过各种相应的解释程序或编译程序把它翻译成机器语言表示的程序，计算机才能识别和执行。

应用程序是系统的用户为解决自己的特定问题的需要而设计的程序或购买的程序，应用程序可按功能组成不同的程序包，以减少重复的编程工作。

在数据处理系统中，微机需要处理大量的数据、检索和建立大量的各种各样的表格，对这些数据和表格按一定的形式和规律加以组织，这就是建立了数据库。数据库管理系统则是为了便于用户建立数据库，并方便对库中内容进行询问、显示、修改以及输出打印各种表格的软件。例如 FOXPRO 就是广泛采用的数据库管理软件。

由此看来，硬件和软件是组成微机系统不可缺少的组成部分。组成计算机的硬件可以影响计算机的功能，但是，没有软件的计算机（称裸机）是不能提供使用的，相反，丰富的软件是对硬件功能的强有力的扩充。

1.1.3　微型计算机的典型结构及工作原理

我们先从一个以实际系统为基础经过简化的 8 位微机系统的典型模型开始，讨论其基本结构和工作原理，然后再过渡到实际的 16 位微机系统。

1. 微机硬件系统连接　一种典型的微机硬件系统结构如图 1-2 所示。微机的核心部件 CPU 是靠三组总线将存储器、I/O 接口连接起来的。总线是一组用来进行信息传递的公共信号线，它由地址总线、数据总线和控制总线组成。微处理器、存储器和所有 I/O 设备之间的信息交换都通过总线进行。由于各部件均以同一形式挂在总线上，结构显得简单，它易于扩充，所以目前绝大多数微机硬件系统均采用这种结构。

（1）数据总线 DB（Data Bus）　数据总线用于传送数据信息，其位数与处理器字长相等，例如 8 位微机的数据总线有 8 条，16 位微机的数据总线有 16 条。在计算机中"数据"有比较广的涵义，数据总线上所传送的可以是真正的数据，也可以是指令代码、某些状态信息等。数据总线是双向的，它既可供处理器送出数据，也可供其他部件将数据送至微处理器内部。8 位微机的 8 根数据线分别表示为 $D_7 \sim$ D_0，D_0 为最低位。

（2）地址总线 AB（Address Bus）　地址总线是传送地址信息的一组线，是微处理器用来寻址存储器单元或 I/O 接口用的总线。其总线宽度（位数）将决定微处理器当前可寻址的内存储器容量范围，例如 8 位微处理器有 16 条地址线（分别用 $A_{15} \sim A_0$ 表示，A_0 为最低位），可以寻找 $2^{16} = 65536$ 个不同地址，用十六进制数表示的地址范围为：0000H ～ FFFFH。

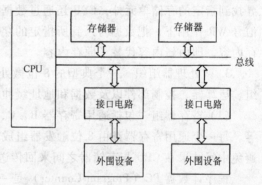

图 1-2　微机硬件系统结构

（3）控制总线 CB（Control Bus）　控制总线是系统中控制信号的传输线，其中有微处理器送往存储器和外围设备的输出控制信号，如读、写、访问请求信号等，也有外设通过接口反馈给微处理器的输入控制信号，如中断信号、总线请求信号、等待信号等。

上述地址线、数据线和控制线是计算机系统内各功能模块（如 CPU、内存、I/O 接口等）之间相互连接的总线，称系统总线，又称板间总线或内总线。

关于总线的进一步讨论，详见第 9 章。

2. 存储器组织　存储器用来存放数据和程序。程序是计算机操作的依据,数据是计算机操作的对象,它们都用二进制代码的形式表示,存放在存储器中。存储器由存储体、地址寄存器、地址译码器、数据缓冲器以及控制电路组成,存储器结构如图1-3所示。

存储体由很多存储单元组成,每个存储单元存放一个数据或一条指令,每个存储单元有一个唯一的编址,它可以按字编址,也可以按字节编址。如果按字编址,每个存储单元宽度(二进制位)就是CPU的字长;如果按字节编址,每个存储单元的宽度就是一个字节即8位。微机通常是按字节编址。

如图1-3所示,当CPU要对存储器进行读操作时,CPU通过16条地址总线将存储单元的地址送入地址寄存器,再经地址译码器译码后,寻找到指定的存储单元。CPU再发来读信号RD,将其中存放的8位数据读出到数据缓冲器,然后通过数据总线输入到CPU中。

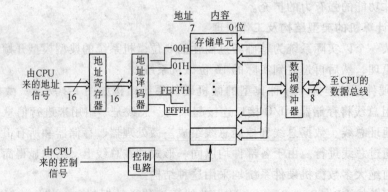

图1-3　存储器结构

当CPU要对存储器进行写操作时,除了和读操作一样,由CPU发来16个地址信号从而寻找到指定的存储单元外,CPU还通过数据总线把要写入的8位数据送到数据缓冲器,在写信号WR作用下,把数据写入到所指定的存储单元。要注意的是,写入操作破坏了该单元原存内容,即由新内容代替了原存内容。

3. 微处理器组织　一个典型的8位微处理器的内部结构如图1-4所示。它主要由寄存器组、运算器、控制部件以及数据和地址缓冲器组成,各部件由片内总线相连接。

(1)寄存器组　包括通用寄存器B、C、D、E、H、L和程序计数器PC(专用寄存器)等。每一个通用寄存器都由8位触发器组成,它们可以暂存参加运算的操作数或中间结果,避免中间结果在CPU与存储器之间来回传送,以减少访问存储器的次数,提高运算速度。

程序计数器PC(Program Counter)是一个16位寄存器,是专门设置来存放现行指令的16位地址的。每当存储器按PC指定地址取出一条单字节(或多字节指令的第一字节)指令后,PC就自动加1,指向下一条指令(或多字节指令的下一个字节)的地址,如此就可实现按先后顺序读取和执行指令了。仅当执行转移指令时,PC的内容才由转移地址取代,从而改变程序执行的正常次序,实现程序的转移。

(2)运算器　由累加器A、暂存器TMP、算术逻辑单元ALU、标志寄存器F等部件组成。累加器A(Accumulator)由8位触发器组成。它有两个作用:运算前寄存第一个操作数,是ALU的一个输入端;运算后寄存ALU的运算结果。

暂存器TMP(Temporarty)是一个8位的内部寄存器,用来暂存从内部数据总线送来的

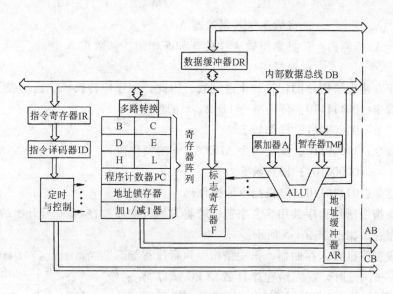

图 1-4 8 位微处理器的内部结构

来自寄存器或存储单元的另一操作数，是 ALU 的另一个输入端。它不能由使用者用程序控制。

算术逻辑单元 ALU（Arithmetic Logic Unit）的功能是完成各种算术逻辑运算。它以累加器 A 的内容作为第一个操作数，以暂存器 TMP 内容作为第二个操作数，有时还包括由标志寄存器 F 送来的进位 C。操作结果 S 送回累加器 A，同时也把表示操作结果的一些特征送标志寄存器 F。

标志寄存器 F（Flag）用于指示 CPU 执行当前指令的结果特征和运行状态，如运算结果是否为零，运算结果有无进位等，可以用来作为控制程序转移的条件。

（3）控制部件 包括指令（操作码）寄存器 IR、指令译码器 ID、时序及控制电路。CPU 根据 PC 指定的地址，把指令的操作码从存储器取出经数据总线 DB 送到 IR 中寄存，ID 对操作码进行译码产生相应操作的控制电位，再与定时信号组合形成相应的控制信号，称微操作，它按时间的先后顺序控制适当的部件，完成适当的操作，从而完成指令规定的任务。

（4）数据和地址缓冲器 是总线缓冲器，用来隔离微处理器的内部总线和外部总线并增加总线驱动能力。数据缓冲器 DR 是 8 位双向三态缓冲器，地址总线缓冲器 AR 是 16 位单向三态缓冲器。

4. 微机工作过程 为了说明微机的工作过程，我们举一个简单程序的实例。

若要求计算机求解 3 + 5 = ?。为解决这个问题，需要编一个程序，执行所编程序，就可以求得 3 + 5 = 8。

要编程序，就需知道计算机能提供哪些指令。每类 CPU 都有自己的指令系统，它包括计算机所能识别和执行的全部指令，通常有几十到上百条。一般，指令由操作码和操作数或操作数地址两部分组成，操作码指明指令要完成什么类型操作（例如，数的传送、加等），操作数即是操作对象，为了帮助记忆，用助记符来代表操作码，如 Z80CPU 中，数的传送用 LD，加法用 ADD，暂停用 HALT。

现在，我们根据使用的 CPU 指令系统，用其中合适的指令，编写出完成上述题目的汇编语言程序如下：

```
LD        A，3        ；将数 3 送入累加器 A
ADD       A，5        ；将累加数 A 中的 3 和 5 相加，和数在 A 中
HALT                 ；停机
```

微机不能直接理解指令助记符和十进制数，因此，程序应转换成二进制表示：

第一条指令：00111110；传送指令 LD A，n 的操作码

00000011；操作数 3

第二条指令：11000110；加法指令 ADD A，n 的操作码

00000101；操作数 5

第三条指令：01110110；停机指令的操作码

用这三条指令所编程序共用 5 个字节，若将它们按顺序放在 0000 号开始的存储单元中，存储器中程序存放情况如图 1-5 所示。

假设这段程序已存入存储器，第一条指令执行过程如图 1-6 所示。在执行时，首先给程序计数器 PC 赋以第一条指令的地址 0000，接着开始取第一条指令，执行第一条指令；再取第二条指令，执行第二条指令；……，直至遇到暂停指令为止。

存储地址	存储单元内容
0000	0011 1110
0001	0000 0011
0010	1100 0110
0011	0000 0101
0100	0111 0110

第一条指令取指过程：

1）CPU 将 PC 的内容 0000 送至地址缓冲器 AR。

图 1-5　存储器中程序存放情况

2）PC 的内容自动加 1，变为 0001。

3）AR 中的内容 0000 经地址总线送至存储器，经地址译码器译码，选中 0000 单元。

4）CPU 经控制总线发出读命令到存储器。

5）在读命令控制下，所选中的 0000 单元的内容 00111110 读到数据总线 DB 上。

6）经数据总线送至数据缓冲器 DR。

7）因是取指阶段，读出的内容必是操作码，故 DR 将它送至指令寄存器 IR。

8）经指令译码器译码，时序与控制电路发出执行这条指令所需的各种控制命令。

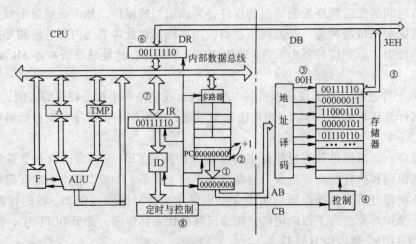

图 1-6　第一条指令执行过程

第一条指令的执行指令过程：

指令译码后，CPU 判定是一条 LD A，n 指令，操作数放在第二个字节，因而执行第一条指令，必须是取出第二字节中的数并放到 A 中。具体的执行过程如下：

1）CPU 把 PC 的内容 0001 送至 AR。

2）PC 的内容自动加 1，指向下一单元。

3）AR 的内容 0001 经地址总线送到存储器，经译码器译码，选中 0001 单元。

4）CPU 经控制总线发出读命令到存储器；

5）在读命令控制下，将所选中的 0001 单元内容 00000011 读到数据总线 DB 上。

6）经数据总线 DB，把读出数据 00000011 送到数据缓冲器 DR。

7）现在是执行指令阶段，读出的是操作数应由 DR 通过内部数据总线送入 A 中。

至此，第一条指令执行完毕，数据 00000011 在累加器 A 中。

同样，第二条指令在取指阶段取出加法指令操作数；在执行阶段取出操作数 00000101 送至暂存器 TMP 中。ALU 完成加法运算，和数 00001000 放在累加器中。

取出第三条指令，经译码 CPU 知是停机指令。执行这条指令，机器停止全部操作。

可以看到，微机的工作过程就是执行程序的过程。执行程序的过程，就是周而复始地从存储器取出指令、分析指令（译码）和执行指令的过程。

1.2　计算机中的数及其编码

1.2.1　机器数和真值

在计算机中，为了表示正数和负数，用最高位作为符号位。当该位为"0"时，表示正数；当该位为 1 时，表示负数。这就是说，数的符号在计算机中也数码化了。我们把一个数在机器（计算机）中的表示形式称为机器数，而把这个数本身，即用"＋"、"－"号表示的数，称为数的真值。

真值可以用二进制表示，也可用十进制表示。例如

N1 = + 1101001B = + 105 ，N2 = – 1101001B = – 105

N1 和 N2 对应的机器数为

N1：01101001，N2：11101001

1.2.2　带符号数、无符号数

用 0 表示正数、用 1 表示负数的符号，这种表示数的方法，称为带符号数的表示方法。所表示的数，叫带符号数。带符号数的最高位为符号位。

如果把全部有效位都用以表示数的大小，这种表示数的方法，称为无符号数的表示方法。所表示的数，叫无符号数。

机器数 11001011 若看作带符号数，则其真值为 – 75；若看作无符号数，则其真值为 203。

1.2.3　原码、反码和补码

一个数的数值和符号都用二进制数码来表示，那么计算机对数据进行运算时，符号位应如何处理呢？是否也同数值位一道参加运算呢？为了妥善地处理好这个问题，就产生了把符号位和数值位一起进行编码的各种方法，这就是原码、反码和补码。

1. 原码　上述以最高位为 0 表示正数，为 1 表示负数，后面各位为其二进制数值，这

样表示的机器数，称为原码。例如：

$X_1 = +67 = +1000011B$ $[X_1]_原 = 01000011B$

$X_2 = -67 = -1000011B$ $[X_2]_原 = 11000011B$

即一个数的原码，就是数值部分不变，而用最高为"0"和"1"分别来表示数的符号"＋"和"－"的机器数。

在原码表示法中，根据定义，数 0 的原码有两种不同形式（设字长为 8 位）：

$[+0]_原 = 00000000B$, $[-0]_原 = 10000000B$

原码表示简单易懂，而且与真值的转换方便。但原码表示的数不便于计算机进行加减法运算，因为两个原码表示的数运算时，首先要判断它们的符号，然后再决定用加法还是用减法，因而使机器的结构相应地复杂化或增加机器的运算时间。为解决上述弊病，引入反码和补码表示法。

2. 反码 正数的反码就是它的原码，负数的反码就是它的原码除符号位外各位取反。例如：

$X_1 = 83 = +1010011B$ $[X_1]_反 = 01010011B$

$X_2 = -83 = -1010011B$ $[X_2]_反 = 10101100B$

在反码表示法中，根据定义，数 0 的反码也有两种不同形式（设字长为 8 位）：

$[+0]_反 = 00000000B$ $[-0]_反 = 11111111B$

3. 补码 引入补码的目的是在于将加、减法运算简化为单纯的加法运算。

（1）模的概念和性质 我们把一个计量器的容量或一个计量单位，称为模或模数，记为模 M。例如，一个 n 位二进制计数器，它的容量为 2^n，则它的模为 $M = 2^n$。一个字长为 n 的计算机就是一个这样的有限计量系统，若 n = 8，则 $M = 2^8 = 256$。

模具有这样的性质，当模为 2^n 时，2^n 和 0 在 N 位计数器中的表示形式是相同的。例如，一个 n 位二进制计数器，它可以有从 0 到 $2^n - 1$ 的 2^n 个数。当它已经达到最大数 $2^n - 1$ 时，如果再加 1，计数器在最高位将溢出并变成全 0，即 n 位二进制计数器不能表示 2^n。或者说，2^n 和 0 在以 2^n 为模时，在计数器中表示形式是相同的。

（2）补码的概念 现以时钟对时为例，假定时针正指 10 点，而此时标准时间是 6 点整。为了校准，可将时钟反拨 4h，使 10 - 4 = 6；也可将时钟顺拨 8h，使 10 + 8 = 12 + 6，由于表盘上 12 点和 0 点重合，可以把 12 看成 0，自动丢失了一个数字 12，使时钟指到 6 点。时钟实际上是一个模为 12 的计时系统，所以 10 + 8 和 10 - 4（或 10 +（-4））是等价的。顺时针拨的数 8 与逆时针拨的数 4 对模 12 而言成互补关系。这就是说，在模 12 的意义下，负数（如 -4）就可以转化为正数（如 +8）。因此，可以说 -4 的补码为 8，或者说 -4 和 +8 对模 12 来说互为补码。

我们知道，某一正数加一个负数，实际上是做一次减法。但引入补码概念之后，可以将此正数加上该负数的补码，得到的结果同样是正确的。因此在计算机中，有了补码，就可以将减法转化为加法来进行。

（3）补码的求法 带符号数 X 的补码求法如下：正数的补码等于它的原码，负数的补码就是它的反码加 1。例如：

$X_1 = +67 = +1000011B$，则 $[X_1]_补 = [X_1]_原 = 01000011B$

$X_2 = -67 = -1000011B$，则 $[X_2]_补 = [X_2]_反 + 1 = 10111101B$

根据定义，0 的补码仅有一种形式：$[+0]_{补} = [-0]_{补} = 00000000B$

如果将 $[X]_{补}$ 再求补一次，即将 $[X]_{补}$ 除符号位以外各位取反加 1 就得到 $[X]_{原}$。

如果已知 $[X]_{补}$，那么对 $[X]_{补}$ 的每一位（包括符号位）都按位求反，然后加 1，结果即为 $[-X]_{补}$。由 $[X]_{补}$ 求 $[-X]_{补}$，通常称为变补。

8 位二进制数的原码、反码和补码的对应关系见表 1-1。

从表 1-1 可见：

1）对于无符号数，8 位二进制数的范围为 0 ~ 255，n 位二进制数其表示的范围为 0 ~ 2^n − 1。对带符号数，原码、反码和补码所能表示的数值范围是不完全相同的。8 位二进制数原码和反码的表示范围都为 − 127 ~ + 127，补码数的表示范围为 − 128 ~ + 127。n 位二进制数带符号数，其原码和反码的表示范围：$-2^{n-1} + 1$ ~ $+2^{n-1} - 1$；补码的表示范围：-2^{n-1} ~ $2^{n-1} - 1$。

2）原码和反码对于 0 有两种表示方法，补码只有一种表示方法，即在补码中数 0 的表示形式是唯一的。

3）带符号数，其最高位表示符号位。对于正数，三种编码都是一样的，即 $[X]_{原}$ = $[X]_{反}$ = $[X]_{补}$；对于负数，三种编码就不同了。原码、反码和补码的实质是用来解决负数在计算机中表示的三种不同编码的方法。

表 1-1　8 位二进制数的原码、反码和补码

8 位二进制	无符号数	原码	反码	补码
00000000	0	+0	+0	+0
00000001	1	+1	+1	+1
00000010	2	+2	+2	+2
⋮	⋮	⋮	⋮	⋮
01111101	125	+125	+125	+125
01111110	126	+126	+126	+126
01111111	127	+127	+127	+127
10000000	128	−0	−127	−128
10000001	129	−1	−126	−127
10000010	130	−2	−125	−126
⋮	⋮	⋮	⋮	⋮
11111101	253	−125	−2	−3
11111110	254	−126	−1	−2
11111111	255	−127	−0	−1

1.2.4　数的定点和浮点表示方法

在计算机中，数有两种表示方法，即定点表示法和浮点表示法。所谓定点表示法，就是小数点在数中的位置是固定不变的；所谓浮点表示法，就是小数点在数中的位置是浮动的。

通常，对于任意一个二进制数总可以表示为一个纯整数（或纯小数）和一个 2 的整数次幂的乘积形式 $N = 2^P \times S$。其中，S 称为数 N 的尾数，P 称为数 N 的阶码，2 称为阶码的底。此处 P、S 都是用二进制表示的数。尾数 S 表示了数 N 的全部有效数字，阶码 P 指明了小数点的位置。

1. 定点表示法　当阶码为固定值时，这样的数，称为定点数。一般来说，小数点位置固定在哪个位置上并无限制，但为了简便起见，在计算机中有两种定点数是最常用的。

（1）定点纯整数　当 P = 0，且尾数 S 为纯整数时，只能表示纯整数，称为定点纯整数。其格式为：

符号位	尾数 S（小数点）.

此时，把小数点固定在最低数值位右边，最高位为符号位，小数点本身不占位。

（2）定点纯小数　当 P = 0，且尾数 S 为纯小数时，只能表示纯小数，称为定点纯小数。其格式为：

符号位	.（小数点）尾数 S

此时，把小数点固定在最高数值位左边，在小数点左边设有一位符号位，小数点本身不占位。例如，8 位二进数 11010100，若是定点纯整数，则其大小为 -84；若是定点纯小数，则其大小为 -0.65625。

从上例看出，定点纯整数和定点纯小数在格式上毫无差别，这是因为定点数的小数点是隐含的，小数点的位置是由程序员预先设定好的。由于定点数是将小数点的位置固定，这种方法所表示的数范围小，精度低。

2. 浮点表示法　如果阶码 P 不为 0，且可在一定的范围内取值，这样表示的数称为浮点数。

为了在位数有限的前提下，尽量扩大数的表示范围，同时又保持数的有效精度，计算机往往采用浮点数表示数值。浮点数是用指数和尾数来表示实数的，由于指数可以选择不同的编码方式，尾数的格式和小数点的位置也可以有不同约定，因此浮点数的表示方法不是唯一的。目前众多计算机厂家采用的是 IEEE 标准规定的浮点数表示方式，IEEE 浮点数格式分单精度和双精度两种，单精度为 32 位，双精度为 64 位。

Pentium 系列处理器采用的就是这种浮点表示方法。即：$(-1)^S 2^E (b_0.b_1 b_2 \ldots b_{p-1})$。

其中：$(-1)^S$ 是该数的符号位，S = 0 表示正数，S = 1 表示负数；E 为指数（$E = E_1 E_2 \cdots E_m$），它是一个带偏移量的整数，表示成无符号数；$b_0 b_1 b_2 \ldots b_{p-1}$ 是尾数，b_i 是二进制的数位，p 为尾数的长度，表示尾数共有 p 位，其中 $b_0 = 1$，说明尾数为 1 ～ 2 之间的数，在表示成规格化形式时，b_0 与小数点一起被隐含起来。

单精度数的指数 E 用 8 位表示，偏移量为 +127，尾数包括符号位共 24 位，其二进制编码格式为

S	$E_1 E_2 \cdots \cdots E_8$	$b_1 b_2 b_3 \cdots \cdots b_{23}$

双精度数的指数 E 用 11 位表示，偏移量为 +1023，尾数包括符号位共 53 位，其二进制编码格式为

S	$E_1 E_2 \cdots \cdots E_{11}$	$b_1 b_2 b_3 \cdots \cdots b_{52}$

例 1-1　将 219.324 表示成单精度浮点数。

步骤 1：将十进制数化成二进制数：

219.125 = 11011011.001B

步骤 2：将二进制数化成规格化形式：

$11011011.001B = 1.1011011001 \times 2^7$

指数为 7，故 E = 7 + 127 = 134 = 10000110B

步骤 3：写出二进制表示的规格化的浮点数形式：

0	1 0 0 0 0 1 1 0	1 0 1 1 0 1 1 0 0 1 0 0 0 0 0 0 0 0 0 0 0 0 0

S　　E（8 位）　　　　隐去 b_0 和小数点，尾数共 23 位

例 1-2　已知单精度浮点数为 1 10010000 10101100010000000000000，求其对应的真值。

由给定的浮点数格式可知 S = 1，表示负数，E = 10010000B = 144，所以指数为 144 – 127 = 17，尾数为后 23 位的数（b_0 隐去），去掉后面无效的 0，因此该数的真值为 $-1.1010110001 \times 2^{17}$。

在以前的微机系统中，把一个浮点数表示成 2 的 P 次幂和绝对值小于 1 的数 S 相乘的形式：$N = 2^P \times S$。式中：N 称为浮点数，S 是 N 的尾数，是数值的有效数字部分，通常用带符号的定点小数表示，一般用原码表示；2 是 P 的底数，该进位计数制的基数在计算机中不出现，是隐含的；P 是指数，称为阶码，通常为带符号整数，一般用补码表示。阶码 P 的大小规定了数的范围，尾数 S 长短则规定了数的有效数字的位数（精度）。在计算机中，P 和 S 均为二进制数。这种格式的浮点数在机器中表示如下：

阶符	阶码	尾符	尾数

　　P_f　　　　　　　　S_f

也就是说，若要在机器中表示一个浮点数，阶码和尾数要分别表示，且本身都有自己的符号位。通常，用 1 位二进制数 P_f 表示阶码的符号位，当 $P_f = 0$ 时，表示阶码为正；$P_f = 1$ 时，表示阶码为负。尾数 S 用 1 位二进制数 S_f 表示尾数的符号。当 $S_f = 0$ 时，尾数为正；$S_f = 1$ 时，尾数为负。这种形式的浮点数目前高档微型计算机已不再采用。

1.2.5　二进制编码

计算机中采用的是二进制数，因此，在计算机中表示的数、字母、符号等都以特定的二进制码来表示，这就是二进制编码。

1. 二进制编码的十进制数（BCD 码）　由于二进制具有很多优点，所以到目前为止在计算机内部多采用二进制运算。但是，二进制数书写起来很长，读起来也不方便。考虑到人们的习惯，通常，数在送入机器之前，仍采用十进制编码，运算结果也以十进制输出。这就要求在输入时，将十进制转换成二进制，输出时，将二进制转换成十进制，这项工作一般由机器来完成。因而产生了一个适合于十进制的二进制代码的特殊形式，即二进制编码的十进制数，简称 BCD 码（Binary Coded Decimal）。

BCD 码是一种最基本最简单的编码，应用十分广泛。这种编码是用 4 位二进制位来表示 1 位十进制数，它指定 4 位二进制位从 0000 到 1111 共 16 种组合的前 10 种依次表示 0 ~ 9 的 10 个十进制数码，余下最后 6 种组合不用。BCD 码有两种形式，即压缩 BCD 和非压缩 BCD 码。

（1）压缩 BCD 码　压缩 BCD 码的每一位用 4 位二进制位表示，一个字节表示两位十进制数。例如，1001 0110BCD 表示十进制数 96D。

（2）非压缩 BCD 码　非压缩 BCD 码用 1 个字节来表示一个十进制数，高 4 位总是 0000，低 4 位为 0000 ~ 1001 之间的数。例如，0000 0111BCD 表示十进制数 7。

两种 BCD 码的部分编码见表 1-2。

表 1-2　两种 BCD 码的部分编码

十进制数	压缩 BCD 码	非压缩 BCD 码
0	0000	0000 0000
1	0001	0000 0001
2	0010	0000 0010
3	0011	0000 0011
⋮	⋮	⋮
8	1000	0000 1000
9	1001	0000 1001
10	0001 0000	0000 0001 0000 0000
11	0001 0001	0000 0001 0000 0001
12	0001 0010	0000 0001 0000 0010
⋮	⋮	⋮

要注意 BCD 码与真正的纯二进制数是不同的。它貌似二进制，实为十进制。通常用在计算机的输入/输出设备中，作为计算机用的二进制与人们日常用的十进制之间的一种过渡性编码。

2. 字母和字符的编码　人们使用计算机时，基本手段之一是通过键盘与计算机打交道，从键盘上输入的命令和数据，不再单纯地是一种纯数字（0～9），而多数为一个个英文字母、标点符号和某些特殊符号，都是非数值数据。而计算机只能存储二进制位，这就需要用二进制的 0 和 1 对各种字符进行编码，输入的字符由机器自动完成转换，以二进制代码形式存入计算机。如在键盘上输入英文 A，存入计算机中 A 的编码为 01000001，它已不再代表数值量，而是一个文字信息。

目前国际上使用的字母、数字和符号的信息编码系统种类很多。经常采用的是美国国家信息交换标准代码 ASCII（American Standard Code for Information Interchange）。目前微型计算机的字符编码都采用 ASCII 码。ASCII 码用 7 个二进制位（$b_6 \sim b_0$）对字符进行编码，共有 128 个字符，但由于内存存储信息采用字节单元，因此将每个 ASCII 码最高位补 0 或作奇偶校验位，使其成为一个字节来表示 ASCII 码字符，见表 1-3。

表 1-3　ASCII 码字符表

十六进制低位 ＼ 十六进制高位	0	1	2	3	4	5	6	7
0	NUL	DLE	SP	0	@	P	`	p
1	SOH	DC1	!	1	A	Q	a	q
2	STX	DC2	"	2	B	R	b	r
3	ETX	DC3	#	3	C	S	c	s
4	EOT	DC4	$	4.	D	T	d	t
5	ENQ	NAK	%	5	E	U	e	u
6	ACK	SYN	&	6	F	V	f	v
7	BEL	ETB	'	7	G	W	g	w
8	BS	CAN	(	8	H	X	h	x
9	HT	EM	)	9	I	Y	i	y
A	LF	SUB	*	:	J	Z	j	z
B	VT	ESC	+	;	K	[	k	{
C	FF	FS	,	<	L	\	l		
D	CR	GS	-	=	M	]	m	}
E	SO	RS	.	>	N	↑	n	~
F	SI	US	/	?	O	←	o	DEL

128 个字符可以分为两类：

1）非打印的 ASCII 码，这种编码是控制信息，共有 34 个。例如 DEL（删除、7FH），CR（回车、0DH），SP（空格、20H）等。

2）可打印的 ASCII 码，共 94 个。其中数字 0～9 的编码为 30H～39H，大写字母 A～Z 的编码为 41H～5AH，小写字母 a～z 的编码为 61H～7AH。

我国于 1980 年制订了"信息处理交换器的 7 位编码字符集"，即国家标准 GB1988—1980，除用人民币符号"￥"代替美元符号$外，其余含义都和 ASCII 码相同。

1.3　计算机中数的运算方法

1.3.1　定点加减法运算及溢出判断

1. 补码加减法运算　在微型计算机中，带符号数一般都以补码的形式在机器中存放和进行运算。这主要是因为补码的加减法运算比原码的简单：符号位与数值部分一起参加运算，并且自动获得结果（包括符号和数值部分）。

可以证明两个数和的补码等于两个数补码之和：

$[X + Y]_补 = [X]_补 + [Y]_补$。

同样，两数差的补码等于被减数的补码与减数负值的补码（或称变补）之和：

$[X - Y]_补 = [X]_补 + [-Y]_补$

补码运算时，参加运算的两个数均为补码，结果也是补码，欲得真值，还需转换。

上式说明了补码运算中，两数差的运算，可简化为单纯的加法运算。

$[-Y]_补$ 的求法可通过对 $[Y]_补$ "连同符号位在内一起求反加1"得到。

例 1-3　设 $X = 122$，$Y = 37$，字长 $n = 8$，求 $X - Y$ 的值。

解　　十进制计算　二进制补码计算

```
  1 2 2    0 1 1 1 1 0 1 0 ← [X]补

-  3 7   + 1 1 0 1 1 0 1 1 ← [-Y]补
         ─────────────────
    8 5   1 0 1 0 1 0 1 0 1 ← [X-Y]补
```

进位自动舍去↗　↑符号位为 0，表示结果为正数

所以求得的真值为 01010101B = 85

例 1-4　设 $X = 64$，$Y = 65$，字长 $n = 8$，计算 $X - Y$ 的值。

解　　十进制计算　二进制补码计算

```
   6 4    0 1 0 0 0 0 0 0 ← [X]补

-  6 5   + 1 0 1 1 1 1 1 1 ← [-Y]补
─────────────────
-  1     1 1 1 1 1 1 1 1 ← [X-Y]补
```

↑符号位为 1，表示结果为负数

所以求得的真值为 -1。

例 1-5 设 X = 64，Y = 65，字长 n = 8，计算 X + Y 的值。

解   十进制计算   二进制补码计算

$$
\begin{array}{r}
64 \quad 01000000 \leftarrow [X]_{补} \\
+\,65 \quad +01000001 \leftarrow [Y]_{补} \\
\hline
129 \quad 10000001 \leftarrow [X+Y]_{补}
\end{array}
$$

↑符号位为 1，表示结果为负数

此时两个正数相加，得出负数，显然是错误的，这种情况称为"溢出"。8 位计算机中，由于最高位为符号位，剩下的数值位只有 7 位，因此表示数范围是 −128 ~ +127。当两个正数相加其和大于 127 或两个负数相加其绝对值之和大于 128，就是"溢出"，致使结果出错。

2. 溢出及判断 无论是用带符号数和无符号数，只要数的绝对值超过机器所能表示的最大值，就会发生溢出。

对带符号数如字长为 n 位时，除去一位符号位外，其余 n − 1 位用来表示数值。它所能表示的补码的范围为 $-2^{n-1} \sim 2^{n-1}-1$。若运算结果超过此范围，数值部分的最高位都要溢出一个 1，这个 1 进到符号位，占据了符号位的位置，从而使运算结果发生错误，造成运算错误。上例中，参加运算的两个数均为正数，但和的符号位上出现了 1，机器将把此结果理解为负数，这显然是错误的。原因在于和数 +129 大于 8 位符号数所能表示的最大值 +127，发生了溢出。在 8086/8088 中，两个带符号数相加/相减运算时，是否发生溢出由 OF 来判别，CPU 根据运算结果自动对溢出标志 OF 置位。实际上微处理器是根据 C_6（次高位向最高位的进位）与 C_7（即最高位的进位 CF）两个数的异或来置 OF 的，对于 16 位运算为 C_{14}、C_{15}。即

$$OF = C_6 \oplus C_7, \text{ 或 } OF = C_{14} \oplus C_{15}$$

一旦发生溢出，就表示运算结果出错，必须进行处理。任何运算都不允许发生溢出，除非是利用溢出作为判断而不使用所得结果。所以，当发生不允许出现的溢出时，就要停机或转入检查程序，以找出产生溢出的原因，做出相应的处理。

对无符号数，溢出仅发生在两数相加情况。当两个正数相加其和大于 255（n = 8）或大于 65535（n = 16），就是产生"溢出"。无符号数发生溢出，不算出错，可以设立进位位 CF 来表示这种情况。进位是指运算结果的最高位要向更高位进位或借位。设立进位位的目的就在于处理超过一个字长的数字的算术进位或借位，可以用于多字节的算术运算。在多字节无符号数相加过程中正是用溢出的 CF 传递低位字节向高位字节的进位。

为了避免可能产生的混淆，本书中的"溢出"，仅限于对带符号数的运算范围。

通常多字节运算是以不带符号的字节数作为低位部分，只有最高字节有符号位。由此可知，进位主要用于对无符号数运算，这与溢出主要用于对带符号数运算是有区别的。

1.3.2 定点乘法运算

带符号数的乘法运算，就是确定乘积的符号及乘积的数值。两个用原码表示的数相乘时，乘积的符号按同号相乘，乘积为正；异号相乘，乘积为负。这正好可用异或运算实现。如两数 A 和 B，其符号位分别为 A_0 和 B_0，则乘积符号 $= A_0 \oplus B_0$，乘积的数值就是两数尾数之积。

例如，有两个无符号数 $A = 1111$，$B = 1101$，其乘积为：

$$
\begin{array}{r}
1111 \quad \text{被乘数} \\
\times \quad 1101 \quad \text{乘数} \\
\hline
1111 \\
0000 \\
1111 \quad \text{部分积} \\
1111 \\
\hline
11000011 \quad \text{乘积}
\end{array}
$$

可见，两个 n 位的无符号数相乘，乘积的位数为 2n 位；乘积等于各部分积之和。由乘数从低位到高位逐位去乘被乘数，当乘数的相应位为 1 时，则该次部分积等于被乘数；当乘数的相应位为 0 时，部分积为 0。

1.3.3 定点除法运算

带符号数的除法运算，就是确定商的符号及商的数值。两个原码表示的数相除时，商的符号的确定与乘积的符号的确定方法完全一样，如两数为 A 和 B，其符号位分别为 A_0 和 B_0，则商的符号 $= A_0 \oplus B_0$。商的数值就是两数尾数之商，这相当于对尾数的绝对值求商。

由于商的符号是单独求得的，所以我们只讨论无符号数的除法运算方法。

例如：被除数 $A = 011010$，除数 $B = 101$，则商为

$$
\begin{array}{r}
101 \quad \text{商} \\
\text{除数} 101 \overline{\smash{\big)}\ 011010 \quad \text{被除数}} \\
101 \\
\hline
00110 \\
101 \\
\hline
001 \quad \text{余数}
\end{array}
$$

从上例可见，商数是一位一位求得的。首先将除数与被除数的最高几位比较，如果除数小于或等于被除数的最高几位，商为 1，然后从被除数中减去除数，从而得到部分余数；否则，商为 0，并减去 0（实际上减 0 不必做）。重复上述过程，将除数和新的部分余数（即改变了的被除数）进行比较，直到被除数所有位都处理完为止，最后得到商和余数（如果有余数）。

实现除法运算时，必须避免被 0 除或用任何数去除 0。前者结果为无限大，没有意义，机器无法表示；后者，0 被一个有限数除，结果总是 0，这个除法操作等于白做，浪费机器时间。所以，在进行除法运算时，对参加运算的除数和被除数的大小要加以限制。

在整数除法中，一般假定被除数为双倍字长，除数为单字长，而商和余数均为单字长。若被除数为单字长，可在左边加上一个字长的 0，扩展为双倍字长。被除数和除数的大小应满足：$0 < |\text{除数}| \leqslant |\text{被除数}|$，以保证商为整数，除数不为 0。

另外，被除数的高位字长部分要小于除数，以保证商为单字长。否则，就认为发生溢出。

满足上述两条件，才能进行除法运算。

习 题 一

1. 解释下列术语：

(1) 微处理器、微型计算机和微型计算机系统；

(2) 单片机、单板机和多板机；

(3) 微型计算机系统的硬件和软件；

(4) 总线；

(5) 机器语言、汇编语言和高级语言。

2. 画出典型的 8 位微机的组成框图，说明各组成部分的作用。

3. 简单说明微机的工作原理。

4. 求出下列各补码表示的二进制数的真值：

(1) 00000000 (2) 01111110 (3) 11111111 (4) 10000000

5. 下列二进制数若为无符号数，它们的值是多少？若为带符号数，它们的值是多少？用十进制表示。

(1) 01101110 (2) 01011001 (3) 10001101 (4) 11111001

6. 已知下列二进制数码，写出它们的原码、反码和补码：

(1) 00000000 (2) 01111100 (3) 10000010 (4) 11111111

7. 下列各数均为用十六进制表示的 8 位二进制数，试说明当它们分别被看作是补码表示的数或字符的 ASCII 时，它们所表示的十进制数及字符是什么？

(1) 4FH (2) 73H (3) 2BH (4) 6CH

8. 试写出下列字符串的 ASCII 码值：

For example

This is a number 1997

9. 下列各数均为十进制数，试用 8 位二进制补码计算下列各题，将运算结果用两位十六进制数表示并说明运算结果是否溢出。

(1) (−85) +76 (2) 85 + (−76) (3) (−85) −76 (4) 85 − (−76)

10. 完成下列二进制数的运算，并转换为十进制数进行校核。

(1) 10011010 + 00101101 (2) 1100000 − 00001101

(3) 1101 × 1010 (4) 11000011 ÷ 1001

第 2 章 8086/8088 微处理器及其体系结构

本章首先介绍 IBM PC/XT 的心脏 Intel 8086/8088 CPU 的编程结构，再介绍 Intel 8086/8088 的信号引脚功能和体系结构，最后介绍 CPU 的几种工作状态和典型的总线操作时序。

2.1 8086/8088CPU 的编程结构

2.1.1 8086/8088CPU 的内部结构

8086/8088CPU 的内部结构基本相同，它们均由两个独立的工作部件组成，一个称为执行部件 EU（Execution Unit），一个称为总线接口部件 BIU（Bus Interface Unit）。8086CPU 的内部结构框图如图 2-1 所示。8088 和 8086 两种 CPU 的执行部件是完全相同的，但总线接口部件有些差别。8086CPU 的外部数据总线为 16 位，指令队列 6 个字节，而 8088CPU 的外部数据总线为 8 位，指令队列 4 个字节。8088CPU 因其外部数据总线 8 位而被称为准 16 位微处理器。

1. 执行部件 EU 执行部件 EU 由算术逻辑单元 ALU、暂存寄存器、标志寄存器、通用寄存器组和 EU 控制器构成。其任务只是执行指令，与外界的联系必须通过总线接口部件。具体地讲，EU 负责从 BIU 的指令队列中取指令，并对指令译码，根据指令要求向 EU 内部各部件发出控制命令以完成各条指令的功能。

2. 总线接口部件 BIU 总线接口部件 BIU 包括 4 个段寄存器、指令指针 IP 寄存器、指令队列缓冲

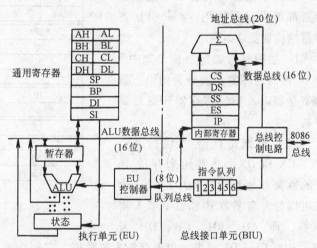

图 2-1 8086CPU 的内部结构框图

器、完成与 EU 通信的内部寄存器、20 位的地址加法器以及总线控制电路等。它的任务是根据 EU 的请求，完成 CPU 与存储器、CPU 与 I/O 设备之间的信息传送。具体地讲，取指令时，从存储器指定地址取出指令送入指令队列排队；执行指令时，根据 EU 命令对指定存储单元或 I/O 端口存取数据。

16 位的 ALU 数据总线和 8 位的队列总线用于 EU 内部和 EU 与 BIU 之间的通信。

CPU 内部的工作过程简述如下：EU 部件从 BIU 部件的指令队列前部取出指令的代码和数据，然后对指令代码进行译码并执行指令规定的操作，在执行指令的过程中，如果必须访问存储器或者输入/输出设备，那么，执行部件就会请求总线接口部件，进入总线周期，完

成要求的操作。EU 主要完成两种类型的操作：一是全部算术和逻辑运算；一是按指令的寻址方式计算出 16 位的偏移地址并将它送到 BIU 中形成 20 位的实际地址。每当 EU 执行完一条指令，就再到 BIU 的指令队列前部取出 BIU 预先读入的指令代码，若此时指令队列是空的，EU 就处于等待状态。一旦指令队列中有一条指令，EU 立即取出执行。

BIU 的指令队列中，若出现两个空字节（对于 8088CPU 是出现一个空字节），且 EU 没有命令 BIU 对存储器或 I/O 端口进行访问，则 BIU 将自动执行总线操作，读出指令并填入指令队列中，直到满为止。当 EU 执行完转移，调用和返回指令时，BIU 将清除原队列中的内容并从新的地址重新开始取指令，新取的第一条指令将直接送到 EU 去执行，随后取来的指令填入指令队列。当指令队列已填满指令，而 EU 单元又无进行访问存储器或 I/O 端口的命令，BIU 就进入空闲状态。

由于 8086/8088CPU 的 EU 和 BIU 是分开的，它们可以按并行方式重叠操作，即 EU 从指令队列取指令、执行指令和 BIU 补充指令队列的工作是同时进行的，这样，似乎取指令所需的时间节省了，因为 EU 执行的指令已由 BIU 预先取出，从而大大提高了 CPU 的利用率，也降低了 CPU 对存储器速度的要求。

2.1.2　8086/8088CPU 的寄存器结构

8086/8088CPU 内部具有 13 个 16 位的寄存器和一个 16 位但只用了 9 位的状态标志寄存器。这些寄存器都可供编程使用，8086CPU 寄存器结构如图 2-2 所示。

1. 通用寄存器组　图 2-2 中 8 个 16 位的通用寄存器分为两组：数据寄存器以及指针寄存器和变址寄存器。

（1）数据寄存器　包括 AX、BX、CX 和 DX。通常用来存放 16 位的数据和地址。它们中的每一个又可以分为高字节 H 和低字节 L 寄存器，即 AH、BH、CH、DH 及

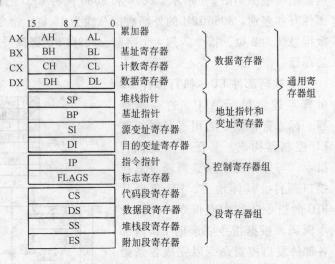

图 2-2　8086CPU 寄存器结构

AL、BL、CL、DL 两组，用来存放 8 位数据，它们均可独立寻址，独立使用。由于在某些指令中，它们被隐含地使用，所以习惯上把 AX 称为累加器；BX 称为基址（Base）寄存器；CX 称为计数（Count）寄存器；DX 称为数据（Data）寄存器。

（2）指针寄存器和变址寄存器　包括 SP、BP、SI 和 DI。它们都是 16 位寄存器，可以存放数据，但通常用来存放逻辑地址的偏移量，是形成 20 位物理地址码的其中一部分，在任何情况下，它们都不能独立地形成访问内存的地址码。

SP（Stack Pointer）堆栈指针。用于存放堆栈操作（压入或弹出）时，存储单元地址的段内偏移地址。其段基址由段寄存器 SS 提供。

BP（Base Pointer）基址指针。用于存放位于堆栈段中的一个数据区基址的偏移地址。它与 SP 的区别在于 SP 是存放堆栈栈顶的偏移量。凡是含有 BP 的寻址方式中，都是对堆栈

区的存储单元寻址的，因此其段地址由段寄存器 SS 提供。

SI（Source Index）和 DI（Desination Index）称为变址寄存器，用来存放当前数据段的偏移地址。源操作数地址的偏移量存放于 SI 中，所以又称 SI 为源变址寄存器。目的操作数地址的偏移量存放于 DI 中，所以 DI 称为目的变址寄存器。

以上 8 个 16 位通用寄存器在一般情况下都具有通用性，但它们还各自具有特定的用法。这些寄存器在指令中的隐含使用见表 2-1。

表 2-1 通用寄存器的隐含使用

寄存器名称	隐 含 使 用
AX，AL	在乘、除法指令中作累加器，在 I/O 指令中作数据寄存器
AH	作为取标志指令 LAHF 的目的寄存器
AL	在 BCD 码及 ASCII 码运算指令中作累加器、在表转换指令中作累加器
BX	在间接寻址中作地址寄存器或基址寄存器，在 XLAT 指令中作基址寄存器
CX	在循环、串操作指令中作循环计数器，每循环一次自动减 1
CL	在移位及循环移位指令中作移位计数器
DX	在 I/O 指令间接寻址时作地址寄存器，在乘、除指令中作辅助累加器（当乘积或被除数为 32 位时，存放高 16 位）
BP	在间接寻址中作基址寄存器
SP	在堆栈操作中作堆栈寄存器
SI	在字符串指令中作源变址寄存器，在间接寻址中作地址寄存器或变址寄存器
DI	在字符串指令中作目的变址寄存器，在间接寻址中作地址寄存器或变址寄存器

2. 段寄存器组　8086/8088CPU 可寻址 1MB 存储空间，但指令中给出的地址码仅有 16 位，指针寄存器和变址寄存器也只有 16 位长，不能直接寻址 1MB 空间。为此采用一组段寄存器将这 1MB 存储空间分成若干逻辑段。每个段长最大为 64KB。

8086/8088CPU 的 BIU 中有 4 个 16 位段寄存器，用来存放段起始地址（基址）的高 16 位。8086/8088 的指令能直接访问这 4 个段。4 个段寄存器是：

代码段寄存器 CS（Code Segment）存放当前执行程序所在段的段基址；数据段寄存器 DS（Data Segment）存放当前使用的数据段的段基址，通常数据段用来存放数据和变量；堆栈段寄存器 SS（Stack Segment）存放当前堆栈段的段基址；堆栈是内存中的一个特别存储区，主要用于在调用子程序或中断时，保留返回主程序的地址和保存进入子程序将要改变其值的寄存器的内容。附加段寄存器 ES（Extra Segment）存放附加数据段的段基址，附加段是在进行字符串操作时作为目的地址使用的。DS 和 ES 的初值都要由用户用程序设置，若 DS 和 ES 的初值相同，则数据段和附加段重合。

3. 控制寄存器组

（1）指令指针 IP（Instruction Pointer）　它是一个 16 位的寄存器，总是存放着下一次要取出指令的偏移地址。在用户程序中不能使用该寄存器，IP 通常由 BIU 自动修改，某些指令如转移指令，过程调用指令和返回指令等将改变其内容。

（2）标志寄存器　8086/8088CPU 设立了一个 16 位寄存器，用了其中 9 位作标志位。有 6 个是反映前一次涉及 ALU 操作结果的状态标志，其余 3 个是控制 CPU 操作特征的控制标

22

志。表示如下：

15	14	13	12	11	10	9	8	7	6	5	4	3	2	1	0
—	—	—	—	OF	DF	IF	TF	SF	ZF	—	AF	—	PF	—	CF

6 个状态标志是：

CF（Carry Flag）进位标志：加法时的最高位（字节操作是 D_7 位，字操作是 D_{15} 位）产生进位或减法时最高位产生借位，则 CF=1，否则 CF=0。

AF（Auxiliary Carry Flag）辅助进位标志：加法时 D_3 位有进位或减法时 D_3 位有借位，则 AF=1，否则 AF=0。这个标志只供 BCD 码算术运算时使用。

OF（Overflow Flag）溢出标志：带符号数在进行算术运算时，其结果超出 8 位或 16 位带符号数所能表示的数值范围，产生溢出，则 OF=1，否则 OF=0。

ZF（Zero Flag）零标志：运算结果各位都为零，则 ZF=1，否则 ZF=0。

SF（Sign Flag）符号标志：运算结果为负数即结果的最高位为 1，则 SF=1，否则 SF=0。

PF（Parity Flag）奇偶标志：操作结果的低 8 位中含偶数个 1，则 PF=1，否则 PF=0。控制标志位的状态由程序设置或由程序清除。三个控制标志是：

DF（Direction Flag）方向标志：用来控制数据串操作指令的步进方向。DF=1 时，数据串指令将以地址的递减顺序对数据串中的数据进行处理；DF=0 时，数据串指令则从低位地址到高位地址作自动递增处理。

IF（Interrupt-Enable Flag）中断允许标志：IF 为 1 时为开中断，CPU 可响应可屏蔽中断请求；IF 为 0 时为关中断，CPU 不响应可屏蔽中断请求。

TF（Trap Flag）陷阱标志：它是为方便程序调试而设的。当 TF 为 1 时，CPU 处于单步执行指令的方式，每执行一个指令就自动产生一个内部中断，转去执行一个中断服务程序，使操作者能够逐条指令地检查一个程序的执行情况。当 TF 为 0 时，CPU 正常执行程序。

2.2　8086/8088 的存储器组织

2.2.1　存储器组织

8086/8088 系统中的存储器按字节组织，因 CPU 具有 20 条地址线，所以可寻址的存储空间为 2^{20}（=1M）B。每个字节对应有唯一的 20 位物理地址，因此，用十六进制数表示的存储地址范围为 00000H ~ FFFFFH。

当存储器存放的数是一个字节时，将按顺序存放；当存放的数是一个字数时，其低位字节放在低地址中，高位字节放在高地址中，字的地址指向低字节地址。对存放的字允许从任何地址开始存放。字的地址是偶数地址时，即从偶数地址开始存放，称这样存放的字为规则字；字的地址是奇数地址时，即从奇数地址开始低位字节，称这样的字为非规则字，字在存储器

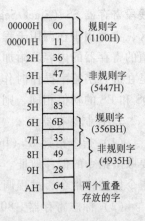

图 2-3　字在存储器中的存放

中的存放如图 2-3 所示。

存储器与 8086CPU 相连接时，1MB 的空间实际上被分成两个 512KB 的存储库。低位库与 8086CPU 的低位字节数据线 $D_7 \sim D_0$ 连接，库中每个存储单元地址都为偶数地址；高位库与高位字节数据线 $D_{15} \sim D_8$ 连接，库中每个存储单元都为奇地址。地址线 $A_{19} \sim A_1$ 可同时对两个库的存储单元寻址。A_0 和 $\overline{BHE}$ 用于库的选择，分别接到库的选择端 SEL 上，如图 2-4 所示。当 $A_0 = 0$，$\overline{BHE} = 1$ 时，选中偶地址的低位库；当 $A_0 = 1$，$\overline{BHE} = 0$ 时，选中奇地址库的高位库；当 A_0

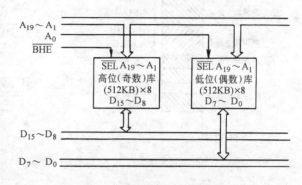

图 2-4　8086 与存储器的连接

=0，$\overline{BHE}$ =0 时，则高低库同时被选中。8088CPU 因外部数据总线是 8 位，因此它所对应的 1MB 存储空间是单一的存储体。这样 A_0 与 $A_{19} \sim A_1$ 一样参加寻址。8088 与存储器的连接如图 2-5 所示。

8086CPU 数据总线 16 位，对规则字的存取，需要一个总线周期；对非规则字的存取，则需两个总线周期。

8088CPU 数据总线 8 位，无论是对 16 位的字数据还是对 8 位的字节数据操作，也无论是对规则字，还是非规则字的操作，每一个总线周期只能完成一个字节的存取操作，对字数据所组织的连续两个总线周期是由 CPU 自动完成的。

2.2.2　存储器的分段和物理地址的形成

1. 存储器的分段　8086/8088CPU 内部存放地址信息的地址寄存器 BX、IP、SP、SI 和 DI 以及算术逻辑单元 ALU 都是 16 位，不能直接寻址 1MB 内存空间，为了扩大寻址范围，8086/8088CPU 巧妙地采用地址分段方法，将寻址范围扩大到 1MB。

8086/8088 把 1MB 空间分成若干逻辑段，每段最多为 64KB 长。各逻辑段的起始地址叫基址，它是一个能被 16 整除的 20 位地址，即低 4 位二进制码必须是 0，高 16 位地址由软件设置于段寄存器中。段内任意一个存储单元的

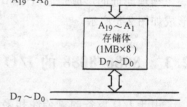

图 2-5　8088 与存储器的连接

地址，可用相对于段起始地址（基址）的偏移量（或称位移量）来表示，这个偏移量称为段内偏移地址，通常存放于 IP、SP、SI 或 DI 中，偏移地址也是 16 位的，所以一个段最大可以包含一个 64KB 的存储空间。

段的位置不受任何约束，段和段之间可以是连续的、分开的、部分重叠或完全重叠的。在整个存储空间中可设置若干个逻辑段。存储器的逻辑段如图 2-6 所示。

段的基址由段寄存器 CS、DS、SS 和 ES 提供，程序可以从这四个段寄存器规定的逻辑段中存储指令代码和数据。如果 CPU 要从别的段存取信息，那么必须用程序首先改变对应段寄存器中的内容，将其设置成所要存取段的基址。

若已知当前有效的代码段、数据段、堆栈段和附加段的段基址分别是 0600H、3000H、B000H 和 BC00H，当前可寻址段在存储器中的分布情况如图 2-7 所示。

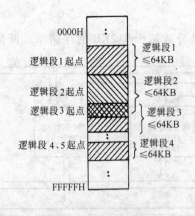

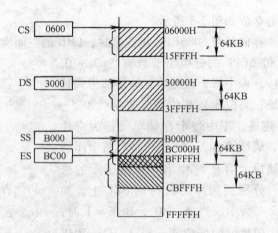

图 2-6　存储器的逻辑段　　　　图 2-7　当前可寻址段在存储器中的分布情况

2. 物理地址的形成　存储器中存储单元对应的实际地址又称为物理地址，对 8086/8088 系统来说，是由 20 位二进制数表示的代码。逻辑地址是在程序中使用的地址，它由两部分组成：段基址和偏移量。它们都是无符号的 16 位二进制数。逻辑地址的表示格式为：段基址：偏移地址。物理地址由逻辑地址变换而来，当 CPU 需要访问存储器时，必须完成如下的运算：

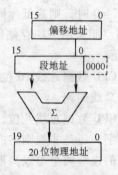

$$物理地址 = 段基址 \times 16 + 偏移地址$$

例如：2000H：3300H 表示段基址为 2000H，偏移地址为 3300H，存储器的物理地址为 23300H。

图 2-8　20 位物理地址的形成

物理地址的形成是通过 CPU 的总线接口部件 BIU 的地址加法器来实现的。物理地址的形成如图 2-8 所示。

2.3　8086/8088 的 I/O 组织

由于 I/O 设备的复杂性和多样性，尤其是工作速度远远低于 CPU，所以 I/O 设备不能直接和 CPU 总线直接相连，而必须通过 I/O 接口芯片进行联系，它们之间才能相互交换信息。每个 I/O 接口芯片上都有一个或几个端口，一个端口往往对应于芯片上的一个或一组寄存器，一个 I/O 端口有唯一的 I/O 地址与之对应，就像存储单元地址一样。

8086/8088 采用独立编址方式，它设有输入指令 IN 和输出指令 OUT 用于访问 I/O 端口。8086/8088CPU 使用低 16 位地址线来访问 8 位的 I/O 端口，最多可达 64K 个；访问 16 位的 I/O 端口，最多可达 32K 个，任何两个相邻的 8 位端口可以组成一个 16 位的端口，对于 8086CPU 也像存储器的字一样，当要访问奇数地址的 16 位端口时，必须访问两次，8088CPU 对 16 位端口则总是访问两次。端口的寻址不用分段，因而不用段寄存器，端口地址仍为 20 位，高 4 位总是 0。

需要说明的是，IBM-PC 系统只使用 $A_9 \sim A_0$ 10 条地址线为 I/O 端口编址，所以最多有 1024 个端口地址。

2.4 8086/8088CPU 的引脚功能和工作方式

下面先说明 8086/8088CPU 在两种方式下公用引脚功能，然后按工作方式介绍其他引脚功能和系统的结构。

2.4.1 8086/8088CPU 两种工作方式公用引脚功能

8086/8088CPU 采用 40 条引脚的 DIP 封装，引脚信号图如图 2-9 所示。

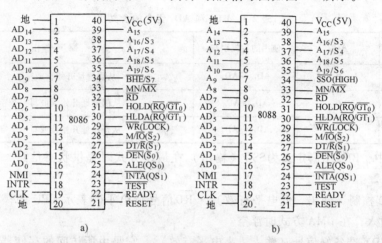

图 2-9   8086/8088CPU 引脚信号图 （括号为最大方式时的引脚名）

a) 8086 的引脚信号图   b) 8088 的引脚信号图

引脚功能也就是微处理器外总线的功能。在 8086/8088CPU 的 40 条引脚中，引脚 19（CLK）为时钟信号输入端，通常与 8284A（时钟发生器）的时钟输出端 CLK 相连接，该时钟信号的占空度为 1/3，8086/8088CPU 的时钟信号频率为 5MHz；引脚 1 和引脚 20（GND）为接地端；引脚 40（V_{CC}）为电源输入端，采用的电源电压为 5（±10）V；其余 36 个引脚可分为以下 4 类。

1. 地址/数据总线 $AD_{15} \sim AD_0$（双向、三态）   对于 8086CPU，$AD_{15} \sim AD_0$ 为分时复用地址/数据总线。在总线周期的 T_1 状态，它们用来输出要访问的存储器地址或 I/O 端口地址 $A_{15} \sim A_0$，而在其他 T 状态作为双向数据总线 $D_{15} \sim D_0$。在 8088CPU 中，由于数据总线只有 8 条，所以与 8086 中引脚 $AD_{15} \sim AD_8$ 对应的是 $A_{15} \sim A_8$，仅用于输出地址。

2. 地址/状态总线 $A_{19}/S_6 \sim A_{16}/S_3$（输出，三态）   这些引脚在总线周期的 T_1 状态用来输出地址的高 4 位，即 $A_{19} \sim A_{16}$（与 $AD_{15} \sim AD_0$ 组成 20 位地址信号）在总线周期的其他 T 状态用来输出状态信息，状态信号中的 S_6 始终为 0，指示当前 8086/8088CPU 与总线相连；S_5 用来指示中断允许标志 IF 的状态；S_4 和 S_3 用来指示当前使用哪个段寄存器，S_4 和 S_3 的编码含义见表 2-2。进行 DMA 方式时，这些引脚被浮置为高阻状态。

表 2-2 S_4 和 S_3 的编码含义

S_4	S_3	含 义	S_4	S_3	含 义
0	0	当前正在使用 ES	1	0	当前正在使用 CS（或 I/O，中断响应）
0	1	当前正在使用 SS	1	1	当前正在使用 DS

3. 控制总线

(1) $\overline{BHE}/S_7$ 高 8 位数据总线允许/状态信号线（输出、三态）　它也是一条分时复用总线，在 8086 中，$\overline{BHE}$在总线周期的 T_1 状态输出低电平，表示使用高 8 位数据线 $AD_{15} \sim AD_8$，如输出高电平，表示只使用低 8 位数据数 $AD_7 \sim AD_0$；在总线周期的其他 T 状态，输出状态 S_7（目前还没有定义）。

$\overline{BHE}$和 AD_0 组合控制连接在总线上的存储器和 I/O 端口以何种格式传送数据，具体规定见表 2-3。

表 2-3　$\overline{BHE}$和 AD_0 组合的含义

$\overline{BHE}$	AD_0	使用的数据引脚	操　　作
0	0	$AD_{15} \sim AD_0$	从偶地址开始读或写一个字
1	0	$AD_7 \sim AD_0$	从偶地址开始读或写一个字节
0	1	$AD_{15} \sim AD_8$	从奇地址开始读或写一个字节

在 8088 中，$\overline{BHE}$引脚定义为$\overline{SSO}$（输出）在最小方式时提供状态信息，最大方式时始终为高电平。

(2) $\overline{RD}$读控制（输出，低电平有效）　$\overline{RD}$信号低电平时表示 CPU 的操作为存储器读或 I/O 端口输入，在 DMA 方式时浮空。

(3) READY 准备好信号（输入、高电平有效）　它是由所访问的存储器或 I/O 设备发来的响应信号，高电平表示数据已准备就绪，马上可进行一次数据传送。CPU 在每个总线周期的 T_3 状态开始对 READY 信号进行采样。如果检测到 READY 为低电平，则在 T_3 状态之后插入等待状态 T_W，在 T_W 状态，CPU 继续对 READY 信号进行采样，如果 READY 仍为低电平，则会继续插入 T_W，直到 READY 信号有效为止，显然，等待状态的插入意味着总线周期的延长，这是为保证 CPU 与慢速的存储器或 I/O 端口之间进行传送数据所必须的配合，READY 信号由存储器或 I/O 端口根据其速度需要用硬件电路产生。

(4) $\overline{TEST}$测试信号（输入，低电平有效）　当 CPU 执行 WAIT 指令时，每隔 5 个时钟周期对$\overline{TEST}$引脚进行一次测试，当$\overline{TEST}$为高电平时，CPU 继续处于等待状态，直到$\overline{TEST}$出现低电平时，CPU 才开始执行下一条指令。

(5) INTR 中断请求（输入，高电平有效）　这是可屏蔽中断请求信号。当 INTR 为高电平时，表示外设提出了中断请求。CPU 在每一条指令的最后一个时钟周期对 INTR 进行测试。若 INTR 为高电平，且中断允许标志 IF 为 1，则在该指令执行完后，响应中断的请求。

(6) NMI 非屏蔽中断请求（输入，上升沿触发）　当该引脚输入一个由低电平变高电平的信号时，CPU 会在执行完现行指令后，响应中断请求。这类中断不受 IF 的影响，不能用指令加以屏蔽。

(7) RESET 复位信号（输入，高电平有效）　复位信号必须保持 4 个时钟周期以上的高电平才有效。复位信号有效时，CPU 清零标志寄存器、IP、DS、SS、ES 以及指令队列，并将 CS 置为 FFFFH。RESET 变为低电平时，CPU 从 FFFF0H 开始执行程序。系统加电（$>50\mu s$）或进行 RESET 操作时产生 RESET 信号。

(8) $MN/\overline{MX}$最小/最大方式控制信号（输入）　8086/8088CPU 与存储器和外设构成一

个计算机系统时，根据所连接存储器和外设规模，可以有两种不同的工作方式。当 MN/$\overline{\text{MX}}$ 引脚接 +5V 时，8086/8088CPU 处于最小方式；接地时，CPU 处于最大方式（关于这两种方式将在后面讨论）。

4. 其他控制线：24~31 引脚　这些引脚在两种工作方式下定义的功能有所不同，图2-9 中括号外为最小工作方式引脚，括号内为最大工作方式引脚。这将在下面结合工作方式进行讨论。

2.4.2　最小工作方式

当把 8086/8088 的 MN/$\overline{\text{MX}}$ 引脚接到 +5V 时，CPU 就处于最小工作方式。所谓最小工作方式，就是系统中只有一个微处理器 8086 或 8088。在这种系统中，所有的总线控制信号都直接由 8086 或 8088 产生，系统中总线控制逻辑电路被减小到最小，这种方式适合于较小规模的应用。

1. 最小方式下，24~31 引脚功能

（1）$\overline{\text{INTA}}$ 中断响应信号（输出，低电平有效）　$\overline{\text{INTA}}$ 是 CPU 对外设的中断请求的回答信号。对于 8086/8088 来说，$\overline{\text{INTA}}$ 信号实际是位于连续周期中的两个负脉冲，在每个中断响应周期的 T_2、T_3 和 T_W 状态，$\overline{\text{INTA}}$ 为低电平。第一个负脉冲通知外围设备的接口，它发出的中断请求已经得到允许；外设接口接收到第二个负脉冲后，将中断类型码送往数据总线。见图 2-21。

（2）ALE 地址锁存允许信号（输出，高电平有效）　ALE 是 CPU 在每个总线周期的 T_1 状态发出的，其有效电平表示当前在地址/数据复用线上输出的是地址信息，利用它的下降沿把地址信号和 $\overline{\text{BHE}}$ 信号锁存在 8282 地址锁存器中，如图 2-10 所示。ALE 不能被浮置。

（3）$\overline{\text{DEN}}$ 数据允许信号（输出，低电平有效，三态）　$\overline{\text{DEN}}$ 有效表示 CPU 准备好接收和发送数据，是 CPU 提供双向数据收发器 8286 的选通信号，在每个访问存储器或访问 I/O 周期，或中断响应周期均有效。在 DMA 下，被浮置为高阻状态。

（4）DT/$\overline{\text{R}}$ 数据收发信号（输出，三态）　在系统使用双向数据收发器 8286 时，用其控制数据的传送方向。如果 DT/$\overline{\text{R}}$ 为高电平，则进行数据发送，如果 DT/$\overline{\text{R}}$ 为低电平，则进行数据接收。在 DMA 方式，被浮置为高阻状态。

（5）M/$\overline{\text{IO}}$ 存储器/IO 控制信号（输出，三态）　用于区分是访问存储器（高电平），还是访问 I/O（低电平），通常 M/$\overline{\text{IO}}$ 被接至存储器或接口芯片的片选 $\overline{\text{CS}}$ 端。当 DMA 时，被浮置为高阻状态。注意，在 8088 中，此信号为 $\overline{\text{M}}$/IO，极性与 8086 相反。

（6）$\overline{\text{WR}}$ 写信号（输出，低电平有效，三态）　$\overline{\text{WR}}$ 有效时，表示 CPU 正在执行存储器或 I/O 的写操作。在任何写周期，$\overline{\text{WR}}$ 只在 T_2、T_3 和 T_W 有效，在 DMA 时，$\overline{\text{WR}}$ 被浮置为高阻状态。

（7）HOLD 总线保持请求信号（输入，高电平有效）　它是系统中的其他总线主控部件向 CPU 发出的请求占用总线的申请信号。

（8）HLDA 总线保持响应信号（输出，高电平有效）　它是 CPU 对系统中其他总线主控部件向其请求总线使用权的响应信号。

HOLD 与 HLDA 是两个应答信号。应答过程如下：当系统中某一总线主控部件要求占用总线时，向 CPU 的 HOLD 引脚发出一个高电平的请求信号，如果 CPU 允许让出总线的控制权，就在当前总线周期的 T_4 状态，从 HLDA 引脚上发出一个高电平的应答信号，且同时使具有三态功能的地址/数据总线和控制总线处于浮空。总线请求部件收到 HLDA 后，获得了总线控制权。在总线请求部件占有总线期间，HOLD 和 HLDA 都保持高电平。当总线请求部件用完总线之后，把 HOLD 信号变为低电平，CPU 收到 HOLD 的无效信号后，也将 HLDA 变为低电平，这时 CPU 再度获得了地址/数据总线和控制总线的占有权。

需要注意的是，在最小方式下，8086/8088CPU 的第 34 引脚功能含义不同，对 8086 来说，第 34 引脚是 $\overline{BHE}/S_7$（其功能前面已介绍）；对 8088 来说，第 34 引脚为 $\overline{SSO}$（系统状态信号，System Status Output），它与 DT/$\overline{R}$、$\overline{M}$/IO 的组合，决定了当前总线周期的操作，具体对应关系见表 2-4。

表 2-4 8088 的 $\overline{M}$/IO、DT/$\overline{R}$ 及 $\overline{SSO}$ 的组合及对应关系

$\overline{M}$/IO	DT/$\overline{R}$	$\overline{SSO}$	操　作	$\overline{M}$/IO	DT/$\overline{R}$	$\overline{SSO}$	操　作
1	0	0	发中断响应信号	0	0	0	取指令
1	0	1	读 I/O 端口	0	0	1	读内存
1	1	0	写 I/O 端口	0	1	0	写内存
1	1	1	暂停	0	1	1	无源状态

2. 最小方式的典型系统结构　用 8086/8088CPU 构成系统时，最大的特点是可根据需要组成最小方式或最大方式系统。

当要利用 8086/8088 构成一个较小系统时，系统中的存储器容量不大，I/O 端口也不多。这时系统的地址总线，可以由 CPU 的 $AD_{15} \sim AD_0$、$A_{19} \sim A_{16}$ 通过地址锁存器构成，数据总线可以直接由 $AD_{15} \sim AD_0$（$AD_7 \sim AD_0$）供给，也可以通过收发器增大驱动能力后供给，系统的控制总线则直接由 CPU 供给。

最小方式的典型系统结构如图 2-10 所示。

图中地址的锁存采用 Intel 公司的 8 位数据锁存器 8282（或 74LS373），8282 用来锁存 8086/8088 访问存储器或 I/O 端口时，于总线周期 T_1 状态下发出的地址信号。经锁存后的地址信号可以在整个周期内保持稳定不变。

系统中需要用几片 8282，要根据地址的位数来决定。在 8086 中，需要锁存 20 位地址和 1 位 $\overline{BHE}$ 信号，共需 3 片 8282。在 8088

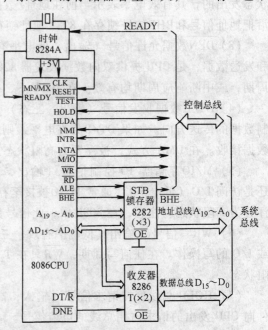

图 2-10　最小方式的典型系统结构

中，外部数据线只用低 8 位，因此不需要 $\overline{BHE}$ 信号，若系统只配 64KB 内存（需要 16 根地址线），则需 2 片 8282 作锁存器。图 2-10 中，三片 8282 的数据输入端分别和 8086 的 $AD_{15} \sim AD_0$，$A_{19}/S_6 \sim A_{16}/S_3$、$\overline{BHE}$ 相连，而它们的 STB 端与 ALE 相连，$\overline{OE}$ 接地。锁存器输出

BHE控制线和 20 条地址总线（称系统地址总线）$A_{19} \sim A_0$。

IBM PC/XT 系统中，选用与 8282 具有相同功能的 74LS373 作地址锁存器。

图 2-10 中，8286 可作为选件，用于需要增加数据总线驱动能力的系统，在小型系统中，$AD_{15} \sim AD_0$，可以直接用作系统数据总线。

Intel 公司的 8286 是 8 位同相收发器，它有 8 路双向缓冲电路，两组数据引脚是对称的。$A_7 \sim A_0$ 用于输入，$B_7 \sim B_0$ 用于输出；也可以反方向传送，即 $B_7 \sim B_0$ 用于输入，$A_7 \sim A_0$ 用于输出。输出允许引脚 $\overline{OE}$ 决定是否允许数据通过 8286，发送引脚 T 控制数据的流向，表 2-5 说明了 $\overline{OE}$ 和 T 信号的控制作用。

表 2-5 8286 的 $\overline{OE}$ 和 T 信号的控制作用

$\overline{OE}$	T	数据传送方向	$\overline{OE}$	T	数据传送方向
0	1	A→B（正向）	1	1	高阻
0	0	B→A（反向）	1	0	高阻

在图 2-10 中，16 条数据线需两片 8286 收发器。$AD_{15} \sim AD_0$ 与 8286 的 A 数据端相连；两片 8286 的 $\overline{OE}$ 端与 8086 的 $\overline{DEN}$ 相连；发送引脚 T 与 8086 的 $DT/\overline{R}$ 相连。与 8286 的 B 数据端相连的 16 条数据线 $D_{15} \sim D_0$ 即是系统数据总线。这样，CPU 在总线周期 T_1 状态向 $AD_{15} \sim AD_0$ 发送地址信息期间，$\overline{DEN}$ 信号为高电平，使 8286 呈高阻状态，阻止地址信号通过 8286 进入系统数据总线；从总线周期的 T_2 状态开始，地址信号已撤消，$\overline{DEN}$ 信号才从高电平变为低电平，允许数据经 8286 进行传送。如果是读周期，加在 T 端的 $DT/\overline{R}$ 为低电平，被访问的存储单元或 I/O 端口的数据信息经 8286 传送给 CPU。若是写周期，$DT/\overline{R}$ 端为高电平，CPU 送到 $AD_{15} \sim AD_0$ 的数据信息经过 8286 传递给系统数据总线。

74LS245 是 8 位同相收发器，它具有与 8286 相同的性能，在 IBM PC 微机中作数据总线的功率放大。8287 是与 8286 对应的具有反相逻辑收发器。

图 2-10 中，时钟发生器 8284A 除提供频率恒定的单相时钟脉冲 CLK 给 CPU 外，还具有系统复位信号 RESET 产生电路和准备好信号 READY 控制电路。8284A 的典型应用如图 2-11 所示。

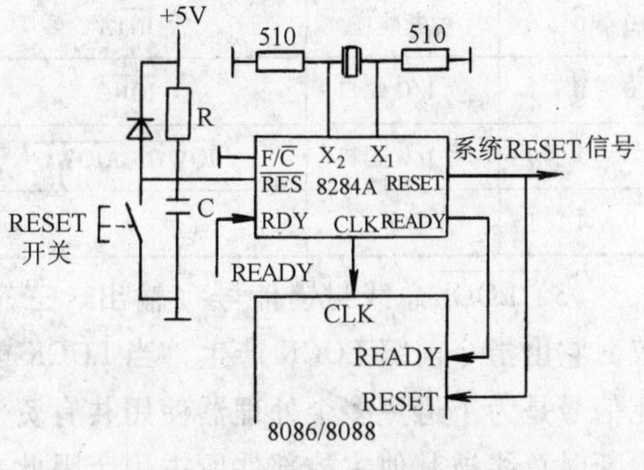

图中，如果 $F/\overline{C}$ 接 +5V，则由 FEI 输入外

图 2-11 8284A 的典型应用

加脉冲；如果 $F/\overline{C}$ 接地，由 X1 与 X2 连接的石英晶体振荡器提供脉冲源。不管哪种情况，时钟输出 CLK 都是输入脉冲频率的 1/3，且占空比等于 33%。

图 2-11 中由石英晶体振荡器提供输入脉冲给 8284A。

2.4.3 最大工作方式

当把 8086/8088CPU 的 MN/$\overline{MX}$ 引脚接地时，CPU 就处于最大工作方式。最大工作方式用在需要利用 8086/8088CPU 构成中等或较大（相对于最小方式）系统时。在最大方式系统中，可以只有一个微处理器，也可以有两个或两个以上的微处理器，其中 8086 或 8088 为主处理器，其他处理器称为后援处理器，用来协助主处理器处理某方面的工作。多个微处理器构成的系统称多处理器系统，IBM PC/XT 就是这样的系统。

1. 最大方式下，第 24～31 引脚的功能　为了满足多处理器系统的需要，在最大方式下的 8086/8088 采用了对控制引脚译码方法，从而产生更多的控制信号。第 24～31 这 8 个控制引脚的功能如下：

（1）QS_1 和 QS_0 指令队列状态信号（输出）　QS 这两个信号组合起来提供总线周期的前一个状态中指令队列的状态，以便于外部对 8086/8088BIU 中的指令队列的动作跟踪。QS_1、QS_0 组合与队列状态的对应关系见表 2-6。

表 2-6　QS_1、QS_0 组合与队列状态的对应关系

QS_1	QS_0	队 列 状 态	QS_1	QS_0	队 列 状 态
0	0	无操作	1	0	队列空
0	1	从指令队列中取出当前指令第一字节	1	1	从指令队列中取出指令的后续字节

（2）$\overline{S}_2$、$\overline{S}_1$、$\overline{S}_0$ 总线周期状态信号（输出、三态）　这些信号组合起来表示当前总线周期的操作类型。8288 总线控制器根据这三个状态信号来访问存储器和 I/O 端口的控制命令，其对应操作见表 2-7。

表中，$\overline{S}_2$、$\overline{S}_1$、$\overline{S}_0$ 的组合中至少有一状态为低电平，便可进行一种总线操作，通常称为有源状态，$\overline{S}_2$、$\overline{S}_1$、$\overline{S}_0$ 都为高电平时表明一个总线操作过程就要结束，而另一个新的总线周期还没有开始，通常称为无源状态。

在 PC 机中，这三根引脚还与协处理器 8087 的 $\overline{S}_2$、$\overline{S}_1$、$\overline{S}_0$ 引脚相连。

表 2-7　$\overline{S}_2$、$\overline{S}_1$、$\overline{S}_0$ 的组合及对应的操作

$\overline{S}_2$	$\overline{S}_1$	$\overline{S}_0$	操作类型	8288 产生的信号	$\overline{S}_2$	$\overline{S}_1$	$\overline{S}_0$	操作类型	8288 产生的信号
0	0	0	中断响应	$\overline{INTA}$	1	0	0	取指令	$\overline{MRDC}$
0	0	1	读 I/O 端口	$\overline{IORC}$	1	0	1	读存储器	$\overline{MRDC}$
0	1	0	写 I/O 端口	$\overline{IOWC}$、$\overline{AIOWC}$	1	1	0	写存储器	$\overline{MWTC}$、$\overline{AMWC}$
0	1	1	暂停	无	1	1	1	无源状态	无

（3）$\overline{LOCK}$ 总线封锁信号（输出、三态）　此信号低电平时，表示 CPU 独占总线使用权。它由指令前缀 LOCK 产生，当 LOCK 前缀后面的一条指令执行完后，$\overline{LOCK}$ 信号便撤消，此信号是为了避免多个处理器使用共有资源时产生冲突而设置的。此外，为防止 8086/8088 中断时总线被其他主控部件所占用，因此在两个中断响应脉冲之间，$\overline{LOCK}$ 信号也自动变为低电平。在 DMA 期间，$\overline{LOCK}$ 端被浮置为高阻状态。

（4）$\overline{RQ}/\overline{GT}_1$、$\overline{RQ}/\overline{GT}_0$ 总线请求（输入）/总线请求允许（输出）信号（双向）　这两个引脚可供 CPU 以外的两个处理器用来发出使用总线的请求信号和接收 CPU 对总线请求信号的回答信号，它们都是双向的。$\overline{RQ}/\overline{GT}_0$ 的优先级比 $\overline{RQ}/\overline{GT}_1$ 高。

2. 最大方式的系统基本结构　最大方式的系统基本结构如图 2-12 所示。与图 2-10 相比，系统中增加了总线控制器 8288，它使控制总线的驱动能力更强、功能更加完善。

下面介绍总线控制器 8288。

8288 是 8086/8088CPU 工作于最大方式时，用来代替 CPU 提供总线控制和命令信号的总线控制器。8288 的结构框图如图 2-13 所示。8288 的引脚信号可分为输入状态信号和控制信号，输出总线命令信号及输出总线控制信号。

（1）8288 的输入信号 8288 的引脚 $\overline{S}_2$、$\overline{S}_1$、$\overline{S}_0$ 分别与 8086/8088CPU 的状态信号 $\overline{S}_2$、$\overline{S}_1$、$\overline{S}_0$ 相连接。8288 发出的各种总线命令信号，见表 2-7。CLK 是时钟信号输入引脚，8288 与 CPU 使用同一时钟信号，从而保证两者的同步。

命令允许信号 CEN 由外部输入，高电平有效。CEN 有效时，允许 8288 输出全部信号，CEN 为低电平无效时，所有总线命令和总线控制的 DEN、PDEN 呈高阻状态，在使用两个以上 8288 时，只有正在控制存取的那个 8288 的 CEN 为高电平。

地址允许信号 $\overline{AEN}$ 是支持多总线结构的控制信号。当 8288 输出的总线命令用于多总线结构时，该引脚要与总线仲裁器 8289 的 $\overline{AEN}$ 输出端相连接，以满足多总线的同步条件。

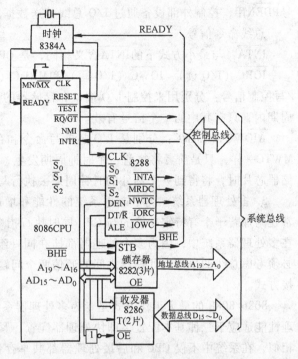

图 2-12 8086 最大方式的系统基本结构

IOB 是总线方式控制信号，高电平有效。当 IOB 接地时，8288 工作于系统总线方式。IBM PC/XT 中，8288 就工作在系统总线方式。当 IOB 引脚接至高电平，表示 8288 以 I/O 总线方式工作。

（2）8288 的输出信号 包括总线控制信号和总线命令信号。

总线控制信号：

ALE：地址锁存信号，和最小方式中的 ALE 含义相同，也是送给地址锁存器 8282 作选通信号 STB 的。

DEN 和 DT/$\overline{R}$：分别为数据允许和数据发/收信号，用于总线收发器 8286 中控制开启和数据传输方向。这两个信号和最小方式中的 $\overline{DEN}$ 和 DT/$\overline{R}$ 含义相同，只不过 DEN 的相位和最小方式中的 $\overline{DEN}$ 相反而已。

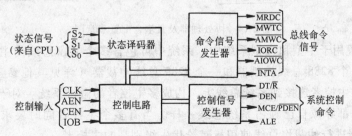

图 2-13 8288 的结构框图

$MCE/\overline{PDEN}$：主控级联允许/外设数据允许收/发信号。这是一条双功能控制线，当 8288 工作于系统总线方式时，作 MCE 用，在中断响应周期的 T_1 状态时 MCE 有效，用来控制主8259A向从8259A输出级联地址。当8288工作于I/O总线方式时，作外设数据允许信号$\overline{PDEN}$用，控制外部设备通过I/O总线传送数据。

总线命令信号：

$\overline{INTA}$：与最小方式下的$\overline{INTA}$含义相同，是CPU对中断请求的中断响应信号。

$\overline{IORC}$（I/O读）、$\overline{IOWC}$（I/O写）和$\overline{MRDC}$（存储器读）、$\overline{MWTC}$（存储器写），两组读/写控制信号：分别用来控制I/O端口和存储器的读/写，均为低电平有效。在任何一种总线周期内，只有其中的一个信号有效。

$\overline{AIOWC}$和$\overline{AMWC}$：分别是I/O超前写命令和存储器超前写命令，其功能分别和$\overline{IOWC}$与$\overline{MWTC}$一样，只是前者将超前一个时钟周期发生，这样，用它们来控制较慢速度的外设或存储器芯片时，将得到一个额外的时钟周期去执行写操作。

3. 多处理器系统　为了改进系统的性能和增加系统的吞吐量，除采用主处理器外，通常还附加若干个有特定功能的与CPU同时执行指令的后援处理器，组成一个多处理器系统。在多处理器系统中，因为多个处理器都挂在同一组公共总线上，所以，在设计多处理器时，必须考虑总线的争用与处理器之间的通信两个问题。解决上述问题的方法取决于处理器的连接方式。

8086/8088的最大工作方式是专为多处理器系统而设计的。最大工作方式提供的多道处理性能适应于三种基本配置，即协处理器配置、紧耦合配置和松耦合配置。前两种配置非常相似，在系统中不仅CPU和后援处理器都共享存储器和I/O设备，而且共享总线控制逻辑和时钟发生器，如图2-14所示。在这两种配置中，8086/8088是主控制处理器，后援处理器为从处理器。平时总线由CPU使用，当共享总线的其他处理器需要使用总线时，需通过$\overline{RQ}/\overline{GT_0}$或$\overline{RQ}/\overline{GT_1}$向CPU发出总线请求。在紧耦合配置中，后援处理器可以独立工作，但在协处理配置中，后援处理器不能独立操作，必须直接与CPU通信。由于在这两种配置的系统中，只包含一个主控者8086或8088CPU，后援处理器就不能是8086/8088CPU。另外CPU只提供两条请求/请求允许信号线，所以共享总线的后援处理器数目是有限的。

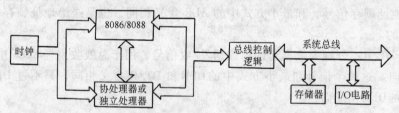

图2-14　协处理器及紧耦合配置示意图

松耦合配置用于中型和大型系统中，系统中可包含多个共享总线的主控者。每一个主控者必须配置一个8288总线控制器和一个8289总线仲裁器（详见其他参考书），通过它们的互相配合，将主控者连接到系统总线上，构成多主控者的微机系统。对于系统中的任何一个主控者来说，都好像自己独占系统总线一样。当有多个主控者同时要求使用总线时，由8289总线仲裁器进行仲裁将总线使用权赋给优先级别高的主控者。

图2-15是由8086主处理器、8087数据协处理器和8089I/O处理器组成的多处理器系统。这是一个协处理器配置和紧耦合配置相结合的系统。图中，8087与8089主处理器8086共享总线控制逻辑，由8086提供总线分配的功能。由于$\overline{RQ}/\overline{GT_0}$脚接至8089，故在8087和

8089 同时提出总线请求时，8086 总是给予 8089 较高的优先权，但是，当 8087 使用总线时，只有在 8087 释放总线之后，8089 的请求才可以接受。

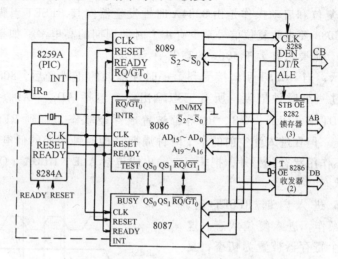

图 2-15　8086 及 8087 的多处理器系统配置

2.5　8086/8088 的操作及其时序

2.5.1　总线周期、T 状态和操作时序

8086/8088CPU 由外部的一片 8284A 芯片提供主频为 5MHz 的时钟信号，其时钟周期为 200ns。微处理器是在这个统一的时钟信号 CLK 控制下，按节拍进行工作的。CPU 在执行指令过程中，凡需执行访问存储器或访问 I/O 端口的操作都统一交给 BIU 的外部总线完成，进行一次访问（存取一个字节）所需的时间称为一个总线周期。若 CPU 执行的是数据输入操作，称为总线"读"周期；若 CPU 执行的是数据输出操作，则称为总线"写"周期。一个基本的总线周期由 4 个时钟周期组成，一个时钟周期又称为一个 T 状态，因此基本总线周期用 T_1、T_2、T_3 和 T_4 表示。

在有些情况下，考虑到存储器或外设的速度跟不上 CPU，8086/8088 具有在基本总线周期的 T_3 和 T_4 之间插入 1 个或多个附加时钟周期 T_w 的功能，T_w 又叫等待状态。另外，总线周期只用于 CPU 与存储器或 I/O 端口之间传送数据和填充指令队列，如果在一个总线周期之后，不立即执行下一个总线周期，那么，系统总线就处于空闲状态，或称 T_1 空闲周期。空闲状态可以包含一到多个时钟周期。

一个微机系统要完成各种任务，需要执行许多操作，这些操作也是在时钟周期的同步下，按时序一个状态一个状态地执行，这样，就构成了 CPU 的操作时序。8086 的主要操作包括：

1）系统的复位和启动操作；

2）总线操作；

3）中断操作；

4）暂停操作；

5）总线保持或总线请求/允许操作。

2.5.2 系统的复位和启动操作

8086/8088 的复位和启动操作是由 8284A 时钟发生器向其 RESET 引脚上加上触发信号而执行的，8086/8088 要求此复位信号至少有 4 个时钟周期的高电平，如果是初次加电引起的复位（冷启动），则要求有大于 $50\mu s$ 的高电平。

如图 2-16 所示，当 RESET 引脚接受到第一时钟周期的正跳变后，8086/8088 进入内部 RESET 阶段。再过一个时钟周期，所有三态输出线，包括 $AD_{15} \sim AD_0$、$A_{19}/S_6 \sim A_{16}/S_3$、$\overline{BHE}/S_7$、$M/\overline{IO}$、$DT/\overline{R}$、$\overline{DEN}$、$\overline{WR}$、$\overline{RD}$ 等都被置成浮空状态，直到 RESET 回到低电平，结束复位操作为止。但在进入浮空前的半个时钟周期（即时钟周期的低电平期间），这些三态输出线被置成不作用状态。另外，把非三态输出线包括 ALE、HLDA（QS_0、QS_1）在复位后都置成为无效状态。

当 8086/8088 进入内部 RESET 时，CPU 就结束现行操作，进入复位状态。这时 CPU 内部的各个寄存器被置为初态，复位时 8086/8088 各内部寄存器的值见表 2-8。从该表可看出，由于复位时，代码段寄存器 CS 和指令指针 IP 分别被初始化为 FFFFH 和 0000H，所以 8086/8088 复位后重新启动时，便从内存的 FFFF0H 处开始执行指令。一般在 FFFF0H 处存放一条无条件转移指令，用以转移到系统程序的入口处。这样，系统一旦被启动就会自动进入系统程序。

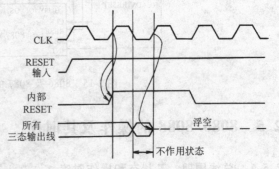

CLK
RESET 输入
内部 RESET
所有三态输出线 —— 浮空
←不作用状态

图 2-16 系统复位时序

另外，复位时，由于标志寄存器被清零，其中中断允许标志 IF 也被清零，因而系统程序在启动时，总是要通过指令来设置各有关标志，包括设置一条开放中断的指令 STI。复位信号从高电平到低电平的跳变会触发 CPU 内部的一个复位逻辑电路，经过 7 个时钟周期之后，CPU 就启动，从 FFFF0H 处开始执行指令。

表 2-8 复位时 8086/8088 各内部寄存器的值

标志寄存器	清 零	SS 寄存器	0000H
指令指针 IP	0000H	ES 寄存器	0000H
CS 寄存器	FFFFH	指令队列	空
DS 寄存器	0000H	其他寄存器	0000H

2.5.3 总线操作

前面已提到，总线操作包括总线读操作和总线写操作，前者是指 CPU 从存储器或 I/O 端口读取数据，后者则是指 CPU 把数据写入到存储器或 I/O 端口。

1. 最小方式下的总线读操作 8086 在最小方式下总线读操作的时序如图 2-17 所示。各状态下的操作如下：

（1）T_1 状态

1）CPU 根据执行的是访问存储器还是访问 I/O 端口指令，在 $M/\overline{IO}$ 线上发有效电平。

若为读存储器，发高电平；若为读 I/O 端，则为低电平。此信号将持续整个周期。

2）读取的存储单元或 I/O 端口的 20 位地址信号通过多路复用总线输出，其中高 4 位地址通过地址/状态线 $A_{19}/S_6 \sim A_{16}/S_3$ 送出，低 16 位地址通过地址/数据线 $AD_{15} \sim AD_0$ 送出。这类信号在 T_1 状态开始送出但只持续一个状态，因此必须及时锁存，以供整个总线周期使用。

3）为了锁存地址信号，CPU 便在 T_1 状态从 ALE 引脚上输出一个正脉冲作地址锁存器 8282 的地址锁存信号。在 ALE 的下降沿到来之前，$\overline{BHE}$ 和地址信号均已有效。8282 正是用 ALE 的下降沿对地址进行锁存。

4）$\overline{BHE}$ 信号也在 T_1 状态通过 $\overline{BHE}/S_7$ 引脚送出，$\overline{BHE}$ 和地址 A_0 分别用来对奇、偶地址库进行寻址。

5）使 DT/$\overline{R}$ 变为低电平，控制数据总线收发器 8286 为接收数据状态。

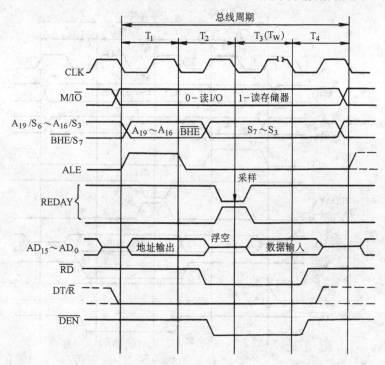

图 2-17　8086 在最小方式下总线读操作的时序

（2）T_2 状态

1）$A_{19}/S_6 \sim A_{16}/S_3$ 线上由地址信息变成状态信息 $S_6 \sim S_3$，$\overline{BHE}/S_7$ 由 $\overline{BHE}$ 变为状态信息 S_7，一直持续到 T_4。

2）$AD_{15} \sim AD_0$ 线上的地址信号消失，进入高阻状态，为读入数据作准备。

3）$\overline{DEN}$ 信号开始变为有效（低电平），开放 8286 总线收发器，$\overline{DEN}$ 维持有效到 T_4 的中期才结束。

4）$\overline{RD}$ 信号开始变为有效的低电平，控制被地址信号选中的存储单元或 I/O 端口打开数据输出缓冲器，以便将数据送上数据总线。

5）DT/$\overline{R}$ 继续保持低电平，使 8286 处于接收状态。

（3）T_3 状态　存储单元或 I/O 端口将数据送到数据总线 $AD_{15} \sim AD_0$，供 8286 缓冲后向

CPU 输入。

（4）T_W 状态　当系统所用的存储器或外设的工作速度较慢，不能在基本总线周期规定的 4 个状态完成读操作时，它们将通过 8284A 时钟发生器送出 READY 信号给 CPU。CPU 在 T_3 的前沿（下降沿）采样 READY。当采到 READY 为低电平（数据准备未就绪）时，CPU 就会在 T_3 和 T_4 之间自动插入等待状态 T_W。T_W 可以是一个或多个。CPU 在每个 T_W 的前下降沿又去采样 READY，直到 READY 为高电平（数据准备就绪）时，在本 T_W 状态结束后进入 T_4 状态。在最后一个 T_W 状态，数据肯定已经出现在数据总线上，因此，这时的总线操作和基本总线周期中的 T_3 状态中完全一样。

（5）T_4 状态　在 T_4 状态和前一个状态交界的下降沿处，CPU 读取数据总线上的数据。

2. 最小方式下的总线写操作　8086 最小方式下的总线写操作时序如图 2-18 所示。

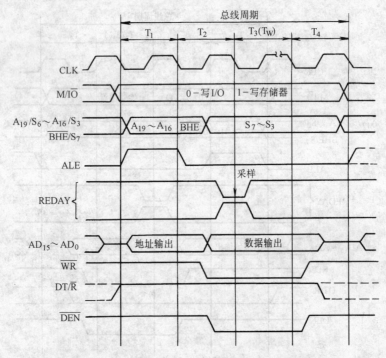

图 2-18　8086 最小方式下的总线写操作时序

基本写操作周期也包括 4 个 T 状态 T_1、T_2、T_3 和 T_4，当存储器或外设速度较慢时，在 T_3 和 T_4 之间插入 1 个或多个 T_W。各状态下的操作如下：

（1）T_1 状态　与读操作一样，在 M/$\overline{\text{IO}}$ 线上发有效电平，确定是访问存储器还是访问 I/O 端口，同时将 20 位地址和 $\overline{\text{BHE}}$ 输出，ALE 引脚上的正脉冲的下降沿把 20 位地址及 $\overline{\text{BHE}}$ 状态锁存到 8282 锁存器中，DT/$\overline{\text{R}}$ 为高电平。

（2）T_2 状态　$\overline{\text{WR}}$ 为低电平，并在 AD 线上撤去地址信号后，立即将数据输出到 AD_{15} ~ AD_9 上，不需像读周期一样要维持一个状态的浮空以作缓冲。DT/$\overline{\text{R}}$ 维持高电平，$\overline{\text{DEN}}$ 变为低电平，8286 处于发送状态，A_{19}/S_6 ~ A_{16}/S_3 及 $\overline{\text{BHE}}/S_7$ 变为状态输出。

（3）T_3 状态　各信号维持 T_2 时的状态不变，与读周期一样，在 T_3 的前下降沿采样 READY，若需插入 T_W 状态则产生 T_W 从而进入等待状态，否则转入 T_4 状态。T_W 状态，各信号也维持不变。

（4）T_4 状态　在 T_4 状态前期，$\overline{WR}$ 变无效并撤除数据总线上的数据；在 T_4 后期，$M/\overline{IO}$ 也变无效。此时 $\overline{DEN}$ 也变为高电平，从而关闭 8286 收发器。

3. 8088 的总线读/写操作　8088 和 8086 在最小方式下的总线周期操作时序基本上相同，所不同的只有以下几点：

1）$AD_{15} \sim AD_8$ 为 $A_{15} \sim A_8$，不是分时复用线而是仅用于输出地址。因此，这些信号在整个读/写周期中保持。

2）分时复用线只有 $AD_7 \sim AD_0$，其操作时序与 8086 的 $AD_{15} \sim AD_0$ 相同。

3）8088 中，$M/\overline{IO}$ 为 $\overline{M}/IO$，$\overline{BHE}/S_7$ 为 $\overline{SSO}$，且与 $\overline{M}/IO$ 同时开始变化，即从 T_1 开始 $\overline{SSO}$ 线上就送出有效电平（见表 2-4）且一直持续到 T_4 状态。

4. 最大方式下的总线读/写操作　8086 在最大方式下的总线读操作时序如图 2-19 所示，总线写操作时序如图 2-20 所示。

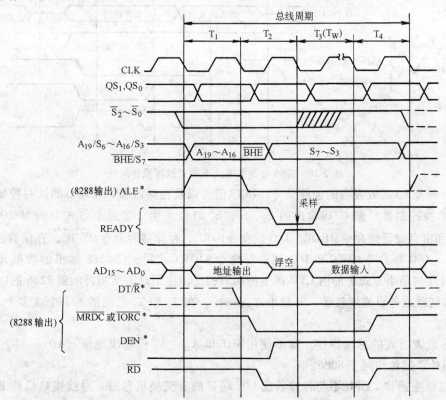

图 2-19　8086 在最大方式下的总线读操作时序

在每一个总线周期开始之前一段时间，S_2、S_1、S_0 必定被置为高电平。一旦总线控制器 8288 检测到这三个状态信号中至少有一个从高电平变为低电平时，便立即开始一个新的总线周期。

图 2-19 及 2-20 中 $A_{19}/S_6 \sim A_{16}/S_3$、$AD_{15} \sim AD_0$ 及 $\overline{BHE}/S_7$ 等信号的时序与最小方式相同。状态 S_2、S_1、S_0 由 CPU 根据执行指令在总线周期开始之前设定，其有效状态从 T_1 一直维持到 T_3，其后全变为高电平进入无源状态一直到 T_4 为止。与最小方式不同的有：①用于

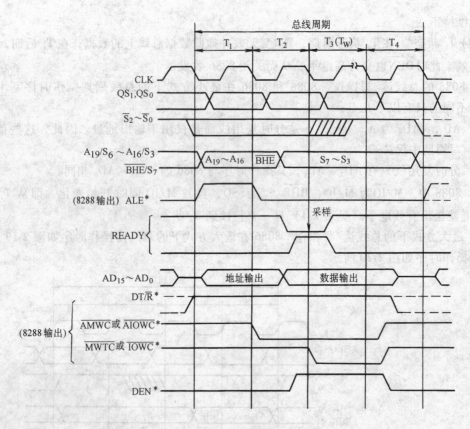

图 2-20　8086 在最大方式下的总线写操作时序

8282 锁存器及 8286 收发器的控制信号、$\overline{\text{INTA}}$ 信号以及存储器和 I/O 端口的读写控制信号均由 8288 总线控制器根据 CPU 输出的 $\overline{S_2}$、$\overline{S_1}$、$\overline{S_0}$ 组合产生；②最小方式下的 M/$\overline{\text{IO}}$、$\overline{\text{RD}}$ 和 $\overline{\text{WR}}$ 信号和由存储器读命令 $\overline{\text{MRDC}}$、I/O 读命令 $\overline{\text{IORC}}$，存储器写命令 $\overline{\text{MWTC}}$，存储器超前写命令 $\overline{\text{AMWC}}$、I/O 写命令 $\overline{\text{IOWC}}$ 和 I/O 超前写命令 $\overline{\text{AIOWC}}$ 代替；③8288 输出的数据允许信号 DEN 的极性与最小方式下的由 CPU 产生的 DEN 相反，使用时需反相再加到 8286 的 $\overline{\text{OE}}$ 端。

若存储器或外设速度较慢，和最小方式一样，在 T_3 和 T_4 之间插入 1 个或多个 T_W 状态进行等待。

8088 最大方式的总线操作，除不使用 $\overline{\text{BHE}}$ 和 $A_{15} \sim A_8$ 仅输出地址、$AD_7 \sim AD_0$ 为地址/数据复用外，其他均同于 8086。

5. 总线空操作　CPU 不与存储器或 I/O 端口两者交换信息时，总线接口部件 BIU 将进入总线的空闲周期 T_I，T_I 可以是 1 个或多个时钟周期。在空闲周期中，CPU 对总线进行空操作，但状态信息 $S_6 \sim S_3$ 和前一个总线周期相同；而地址/数据线上的状态则视前一总线周期是读或是写而有区别。若前一个周期为读周期，则 $AD_{15} \sim AD_0$ 在空闲周期处于浮空；若为写周期，则 $AD_{15} \sim AD_0$ 仍继续保留着 CPU 输出数据 $D_{15} \sim D_0$。

空闲周期是指对总线操作空闲，在 CPU 内部，仍可进行计算或内部寄存器间进行传送等有效操作。

2.5.4　中断响应总线周期操作

8086/8088 的中断系统可以处理 256 种不同类型的中断，每种中断都对应有一个类型码。8086 中断响应周期时序如图 2-21 所示。

当外部中断源通过 CPU 的 INTR 引脚发出中断请求信号后，如果中断允许标志 IF 为 1。CPU 在当前指令执行完以后，响应中断而进入中断响应周期。

中断响应周期占用两个连续的总
线周期。两个总线周期中各从 $\overline{INTA}$ 引
脚输出一个负脉冲，每个脉冲从 T_2
持续到 T_4 状态。第一个负脉冲表明
其中断申请已得到允许，然后插入 3
个空闲状态 T_1（对 8088 则不需要插
入空闲周期）。在外设端口收到第二
个负脉冲后，立即就把中断类型码存
放到数据总线的低 8 位 $AD_7 \sim AD_0$ 上

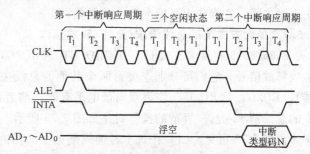

图 2-21　8086 中断响应周期时序

并传给 CPU。在两个总线周期的其余时序里，$AD_7 \sim AD_0$ 处于浮空，同时 $\overline{BHE}/S_7$、$A_{19}/S_6 \sim A_{16}/S_3$ 也处于浮空，$M/\overline{IO}$ 处于低电平，而 ALE 引脚在每个总线周期都输出一个正脉冲作为地址锁存信号。

还需注意的是：8086 工作在最小方式下，$\overline{INTA}$ 中断响应信号直接从 CPU 引脚 $\overline{INTA}$ 发出，而在最大方式下，$\overline{INTA}$ 信号是通过总线控制器 8288 的 $\overline{INTA}$ 引脚发出的。此外，软件中断和 NMI 非屏蔽中断的响应总线周期与图 2-21 所示时序不同。

2.5.5　暂停操作

当 CPU 执行一条暂停指令 HLT 时，就停止一切操作，进入暂停状态。暂停状态一直保持到发生中断或系统进行复位为止。在暂停状态下，CPU 可接收 HOLD 线上（最小方式下）或 $\overline{RQ}/\overline{GT}$ 线上（最大方式下）的保持请求。当保持请求消失后，CPU 回到暂停状态。

2.5.6　最小方式下的总线保持请求/保持响应操作

最小方式下的总线保持请求和保持
响应操作时序如图 2-22 所示。当系统中
除 CPU 之外的其他总线主模块（例如
DMA 控制器）请求占用总线时，需向
CPU 发出总线保持请求信号 HOLD，
CPU 在每个时钟周期的上升沿测试
HOLD 引脚，若 HOLD 处于高电平状态，
则在当前总线周期的 T_4 状态或空闲状
态 T_1 之后的下一个状态，由 HLDA 引
脚发出响应信号，紧接着从下一个周期
开始 CPU 就让出总线控制权给发出

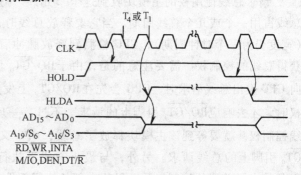

图 2-22　最小方式下的总线保持
请求和保持响应操作时序

HOLD 的总线主模块，直到这个总线主模块又将 HOLD 信号变为低电平，CPU 才收回总线控制权。

8086/8088 CPU 一旦让出总线控制权，使三态输出线 $AD_{15} \sim AD_0$、$A_{19}/S_6 \sim A_{16}/S_3$、$\overline{RD}$、$\overline{WR}$、$\overline{BHE}/S_7$、$M/\overline{IO}$、$\overline{DEN}$ 及 $DT/\overline{R}$ 等都处于浮空状态，CPU 与这些信号线之间就暂时没有关系了，不过，ALE 引脚不浮空。

在总线保持请求/响应周期中，CPU 的总线接口部件 BIU 因受三态输出线的影响而不能工作，但是执行部件 EU 仍继续执行已进入 CPU 指令队列的指令，直至出现需要使用总线的一条指令或者指令队列中的指令执行完，EU 才停止工作。因此，CPU 和获得总线控制权的主模块之间，在操作上可能会有一些重叠。

2.5.7 最大方式下的总线请求/允许/释放操作

8086/8088 在最大方式下，引脚$\overline{RQ}/\overline{GT_0}$ 和$\overline{RQ}/\overline{GT_1}$ 提供的信号称为总线请求/总线允许/总线释放信号，它们可分别连接到两个其他的总线主模块（例如数值协处理器和 I/O 处理器）。$\overline{RQ}/\overline{GT_0}$ 和$\overline{RQ}/\overline{GT_1}$ 均为双向低电平有效，前者优先级高于后者。8086/8088 最大方式下的总线请求/允许/释放的操作时序如图 2-23 所示。

由图 2-23 可见，CPU 在每个时钟周期的上升沿对$\overline{RQ}/\overline{GT}$引脚进行检测，当检测到外部向 CPU 送来一个"请求"负脉冲时（宽度为一个时钟周期），则在下一个 T_4 状态或 T_1 状态从同一引脚上由 CPU 向请求总线使用权的主模块发回一个"允许"负脉冲（宽度仍为一个时钟周期），并使具有三态的输出线，$AD_{15} \sim AD_0$、$A_{19}/S_6 \sim A_{16}/S_3$、$\overline{RD}$、$\overline{LOCK}$、$S_2$、$S_1$、$S_0$ 和$\overline{BHE}/S_7$ 都处于浮空状态，CPU 暂时与总线断开。

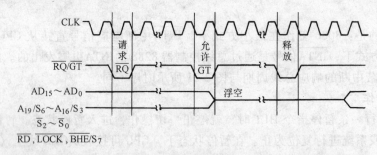

图 2-23 最大方式下的总线请求/允许/释放的操作时序

请求总线使用权的主模块收到这个"允许"脉冲时，便获得了总线的控制权，可以对总线占用一个或几个总线周期。当它要释放总线时，便又从$\overline{RQ}$线上发一个"释放"负脉冲（宽度仍为一个时钟周期），CPU 检测到释放脉冲后，经过两个时钟周期的延迟，才能重新获得总线的控制权。需要注意的是，由于$\overline{RQ}/\overline{GT_0}$优先级高于$\overline{RQ}/\overline{GT_1}$，当两个引脚都同时向 CPU 发出总线请求时，CPU 会先在$\overline{RQ}/\overline{GT_0}$上发允许信号，等到 CPU 再次得到总线控制权时，才去响应$\overline{RQ}/\overline{GT_1}$引脚上的请求。不过，一旦接于$\overline{RQ}/\overline{GT_1}$上的总线主模块得到了总线控制权，就要等到该主模块释放了总线，CPU 又收回了总线控制权后，才会去响应$\overline{RQ}/\overline{GT_0}$引脚上的总线请求。另外，与最小方式下执行总线保持请求/保持响应操作一样，在 CPU 让出了总线的控制权后，CPU 内部的执行部件 EU 仍可继续执行指令队列中的指令，直到遇到一条需执行总线操作周期的指令或指令队列已空为止。

2.6 高性能微处理器先进技术简介

随着科学技术高速发展，微型计算机采用了过去大、中、小计算机才采用的一些先进技术，从而使微型计算机性能得到极大提高。本节简要介绍高性能微处理器中采用的一些先进技术，包括指令流水线、RISC、SSE 等技术。

2.6.1 流水线技术

流水线技术是一种实现多条指令重叠执行的重要技术，是当今为建造快速 CPU 的一项最主要的技术。

1. 工作原理　通常执行一条指令可以分成取指令（IF）、指令译码（ID）、取操作数（LD）、数据操作（EX）、结果写回（WB）等 5 个阶段操作，这些操作是串行进行的，假如每个阶段操作时间为 T，那么执行一条指令需要花 5T 的时间。为了减少执行一条指令所花时间，采取了多条指令并行执行，即若干条指令在时间上重叠起来进行，这样一来将大幅度提高程序的执行速度。如图 2-24 所示，把一条指令的执行分为 5 段，每段有各自的功能部件。在每个周期的开始时，取一条新指令，每个时刻总有 5 条指令并行执行，虽然一条指令仍需要 5T 时间完成，但从整体效果看，平均一个周期就能得到一条指令的处理结果，平均速度提高了 5 倍。其过程类似产品装配线上的流水线作业，故称之为指令流水线结构。

	T	2T	3T	4T	5T			
指令 1	取指令	译码	取操作数	数据操作	结果写回			
指令 2		取指令	译码	取操作数	数据操作	结果写回		
指令 3			取指令	译码	取操作数	数据操作	结果写回	
指令 4				取指令	译码	取操作数	数据操作	结果写回
指令 5					取指令	译码	取操作数	数据操作	结果写回

图 2-24　5 条指令的重叠执行

显然，每段中各功能部件的执行时间是不可能完全相等的，如从存储器中取指令比译码时间长得多，为了保证各段中完成指定的操作，T 值应取 5 段中最长的时间，此时有些功能段便会长时间处于等待状态，而达不到全面忙碌的要求，从而影响流水线的效率。为此，可采用几个时间较短的功能段合并成一个功能段或将时间较长的功能段分成几段的方法，其目的是使各段所需的时间差不多。图 2-24 为 5 级流水线。如果一个处理器具有较高的时钟频率和较深的流水线（如 8 级，10 级等），我们称它采用了超级流水线技术（SUPER PIPE-LINE）。这里要注意的是，机器时钟和流水线时钟是不同的，流水线时钟频率一般是机器时钟的整数倍。

为了进一步提高流水线效率，除了加深流水线级数，即采用超级流水线技术外，还可以力图在一个时钟周期内并行处理多条指令，即采用超级标量（SUPER SCALER）结构的流水线技术，如图 2-25 所示。

	T	2T	3T	4T	5T		
取指令	译码	取操作数	数据操作	结果写回			
取指令	译码	取操作数	数据操作	结果写回			
	取指令	译码	取操作数	数据操作	结果写回		
	取指令	译码	取操作数	数据操作	结果写回		
		取指令	译码	取操作数	数据操作	结果写回	
		取指令	译码	取操作数	数据操作	结果写回	

图 2-25　超级标量结构的流水线

2. 流水线中的数据相关　在流水线技术中重叠执行的指令中，如果一条指令依赖于前面的另一条指令的执行结果，就会出现数据相关。如：

ADD　　F_0，MB_1　　　　　　　　；（F_0）＋（MB_1）→F_0

MUL　　F_0，MB_2　　　　　　　　；（F_0）×（MB_2）→F_0

其中 F_0 表示寄存器，MB_1 和 MB_2 表示存储器单元。可以看出，必须等加法指令执行完后，才能执行乘法指令，因为乘法指令需要使用加法指令的结果 F_0 的数据，我们说这两条指令在执行中出现了数据相关。

为了改善流水线工作情况，避免数据相关，通常采用内部向前原理：在一系列的取数、运算、存数操作中，采用"短路"技术，用寄存器之间的直接传送代替不必要的存储器存取操作。对于上面第二条指令的操作数直接从处理部件得到，而不是存入后再读取。其次，在一段程序中，各条指令的顺序安排对发挥流水线技术的效率有很大影响，比如把相关和不相关的指令恰当地混合，更能有效地发挥流水线的并行处理的特性。

3. 程序分支　流水线处理中，当遇到条件转移指令时，确定转移与否的条件码要在流水线的最后一个过程段才产生，因此，程序的分支都是在后续几条指令进入流水线后才发生，此时由于程序的转移，后续指令处理应当作废，从而出现断流，严重影响流水线的性能。

为了有效地处理条件转移指令，通常采用的办法是设置两套指令预取缓冲器，即顺序缓冲器 SB 和目标缓冲器 TB，当译码检出第 I 条指令是条件转移指令时，在条件码未产生之前，第 I＋1、I＋2、…条指令被预取到 SB 中，而转移目的地址的第 P、P＋1、P＋2、…条指令同时也被预取到 TB 中，即做好两种准备：①在条件码未确定之前，第 I＋1、I＋2、…条指令依然进入流水线，并进行执行前的准备工作，如译码、取操作数等，但它们不能破坏存储单元或寄存器的内容；②一旦转移条件成立，I＋1、I＋2、…条指令的处理全部作废，而从 TB 中取出 P、P＋1、P＋2、…条指令往下处理。TB 的设置避免了重新取指令，加快了处理速度。

2.6.2　RISC 技术

1. CISC 和 RISC　微型计算机的系列机问世后，大部分高档微机的指令系统多达几百条指令，这是因为新的机型除了要继承老机型的指令系统中的全部指令外，还要增加若干新的指令，从而使同一系列计算机的指令系统越来越复杂，机器结构也越来越复杂。传统的设计思想认为机器的性能越强，指令系统（包括寻址方式）应越复杂。我们称这些计算机为复杂指令系统计算机，简称 CISC（Complex Instruction Set Computer）。

事实上，传统的 CISC 的指令系统中，最常使用的是一些比较简单的指令，这类指令数量占指令总数的 20％。但在各种程序中出现的频率却占 80％；其余较为复杂的指令数量占指令系统的 80％，但其使用频率很低，仅占 20％。从这一事实出发，人们开始了对指令系统的合理性进行研究，并提出精简指令系统想法，各种精简指令系统计算机 RISC（Reduced Instruction Set Computer）随之诞生。Intel 从 Pentium 开始注重及吸取 RISC 技术，可认为是 CISC 和 RISC 相结合的产物。

RISC 技术的思想精华就是通过简化计算机指令系统功能，使指令的平均执行周期减少，从而提高计算机工作主频，同时大量使用通用寄存器来提高子程序执行的速度。RISC 的处理速度要比相同规模的 CISC 提高 3～5 倍。

2. RISC 结构微处理器的特点

（1）指令简单　RISC 采用一些简单而常用的指令，而且每条指令的长度相同。由于大多数指令属于寄存器间处理，这些指令在一个时钟周期便可执行完毕。

（2）RISC 寄存器管理　　计算机中最慢的操作是访问存储器操作，在 RISC 中通常在 CPU 上设置大量寄存器，用于寄存常用数据，以减少访问存储器次数。对于这些寄存器的管理，可以侧重于硬件，采用较大容量的寄存器堆，组成若干窗口，并利用重叠窗口技术来加快程序的运行；也可以侧重于软件，利用一套分配寄存器的算法以及编译程序的优化处理来充分利用寄存器资源。

（3）存储系统结构　　RISC 一般采用 Cache—主存—辅存三级存储系统结构。

（4）采用指令流水线技术　　指令流水线是 RISC 最重要的特点，其原理见 2.6.1。

（5）复杂度存于编译程序内　　指令流水线固然是 RISC 设计与执行上成功的关键，但是如果程序码没有经过最优化的排列与精简，就会使指令流水线的性能下降。因此软件的编译程序也极为重要。编译程序要根据微处理器的结构来优化。

2.6.3　MMX、SSE、SSE2 技术

1. MMX 技术　MMX（Multi Media extension）即多媒体扩展指令集的缩写，共有 57 条指令。MMX 主要用于增强 CPU 对多媒体信息的处理能力，诸如动态视频、组合图形与视频、图像处理、音频合成、语言合成与压缩、电话、视频会议、2D 图形以及 3D 图形等方面。MMX 技术具有以下特点：

（1）采用 SIMD（Single Instruction Multiple Data）型指令　SIMD 即单指令多数据。在 SIMD 型 CPU 中，指令译码后几个执行部件同时访问内存，一次性获得所有操作数进行运算。SIMD 型指令可以并行处理 8 个 8 位数据或 4 个 16 位数据或两个 32 位数据。

（2）具有积和运算功能　积和运算是对一些自然数据（如图像、音频、视频数据等）处理使用的基本算法之一。积和运算需要进行大量的乘加法运算，重复率高。采用 MMX 的紧缩乘加指令能有效地加速该类运算。

（3）具有饱和运算功能　饱和运算是在运算发生溢出时的处理方法。如果运算结果超过最大值，则将此值按最大值处理；如果运算结果低于最小值，则按最小值处理。由于不需要进行溢出处理，所以提高了处理能力。饱和运算属于面向像素数据的处理。

2. SSE 技术　SSE（Internet Streaming SIMD Extensions）指因特网数据流单指令序列扩展，它是 Intel 公司首次应用于 Pentium Ⅲ 中的。SSE 除保持原有的 MMX 指令外，又增加了 70 条指令，在加快浮点运算的同时，也改善了内存的使用效率，使内存速度更快。SSE 在 3D 几何运算及动画处理、图形处理、视频编辑/压缩/解压、语音识别、声音压缩和合成等领域的影响特别明显。

SSE 对于 IA（Intel Architecture）编程环境而言，提供了新的扩展：

1）8 个 128 位 SIMD 浮点寄存器；

2）SIMD 浮点数据类型（128 位紧缩单精度浮点数）；

3）SSE 指令系统。

3. SSE2 技术　Intel 在 Pentium 4 中加入了 SSE2 指令集，它包括原有的 70 组 SSE 指令及新增的 74 组 SSE2 指令。全新的 SSE2 指令除了将传统整数 MMX 寄存器也扩展成 128 位外，还提供了 128 位 SIMD 整数运算操作和 128 位双精度浮点运算操作。

2.7 当代微机 CPU

随着网络时代的到来，网络通信、信息安全和信息家电产品将越来越普及，CPU 已经是所有这些信息产品中必不可少的核心部件，这是 8086/8088 年代无法实现的。当代微机 CPU 与 8086/8088CPU 的性能指标有着极大的不同，Intel 奔腾双核 E6300（盒）详细参数见表 2-9。

表 2-9 Intel 奔腾双核 E6300（盒）详细参数

基本参数	CPU 型号	Intel Pentium Dual Core E6300 2.8GHz
	核心类型	Wolfdale
	接口类型	LGA775
	CPU 核心	双核
	CPU 针脚数目	775Pin
	制程工艺	45nm
技术参数	CPU 频率	2.8GHz
	前端总线频率	1066MHz
	处理器倍频	14
	处理器外频	200MHz
	CPU 支持指令集	MMX, SSE, SSE2, SSE3, SSSE3, EM64T
处理器缓存	一级指令缓存	64KB
	一级数据缓存	64KB
	二级缓存容量	2048KB
物理参数	工作功率	65W
	额定电压	0.85～1.3625V

下面对 CPU 性能指标涉及到的参数（概念）作简单介绍。

1. CPU 型号（名称） CPU 型号实际上是生产商对其产品架构作了重点描述，表 2-9 中所列 Intel Pentium Dual Core E6300 产品：CORE 架构、双核、E6XX 系列。常用的 Intel CPU 型号还有：酷睿双核 Intel Core Duo；酷睿 2 双核 Intel Core 2 Duo；奔腾双核 Pentium Dual Core；酷睿 2 至尊版 Intel Core 2 Extreme；酷睿 2 4 核 Intel Core 2 Qua；赛扬双核 Intel Celeron Duo；酷睿 i7-860 Intel Core i7-860（2.8GHz）；酷睿 i7-920 Intel Core i7-920（2.66GHz）；酷睿 i7-930 Intel Core i7-930（2.8GHz）；酷睿 i7-980X 至尊版 Intel Core i7 Extreme Edition（3.33GHz）（6 核处理器）；酷睿 i5 处理器 Intel Core i5；酷睿 i3-530 处理器 Intel Core i3-530（2.93GHz）等。

2. 核心（Die） 核心又称为内核，是 CPU 最重要的组成部分。CPU 中心那块隆起的芯片就是核心，是由单晶硅以一定的生产工艺制造出来的，CPU 所有的计算、接收/存储命令、处理数据都由核心执行。各种 CPU 核心都具有固定的逻辑结构，一级缓存、二级缓存、执行单元、指令级单元和总线接口等逻辑单元，它们都会有科学的布局。

为了便于 CPU 设计、生产、销售的管理，CPU 制造商对各种 CPU 核心给出相应的代号，这就是所谓的 CPU 核心类型。每一种核心类型都有其相应的制造工艺（例如 90nm、65nm、45nm 以及 32nm 等）、核心面积（这是决定 CPU 成本的关键因素，成本与核心面积基本上成正比）、核心电压、电流大小、晶体管数量、各级缓存的大小、主频范围、流水线架构和支持的指令集（这两点是决定 CPU 实际性能和工作效率的关键因素）、功耗和发热量的大小、封装方式（例如 PGA、PPGA、PLGA 等）、接口类型（例如，Socket478，Socket755，Slot 1、Socket 940 等）、前端总线频率（FSB）等。因此，核心类型在某种程度上决定了 CPU 的工作性能。不同的 CPU（不同系列或同一系列）都会有不同的核心类型，甚至同一种核心都会有不同版本的类型。

下面介绍几种常见的 Intel CPU 核心类型（仅限于台式机 CPU）。

（1）Smithfield　这是 Intel 公司的第一款双核心处理器的核心类型，目前 Pentium D 8XX 系列以及 Pentium EE 8XX 系列采用此核心。Smithfield 核心采用 90nm 制造工艺，采用 Socket 775 接口，核心电压 1.3V 左右，封装方式采用 PLGA，支持硬件防病毒技术 EDB 和 64 位技术 EM64T，并且除了 Pentium D 8X5 和 Pentium D 820 之外都支持节能省电技术 EIST。前端总线频率是 533MHz（Pentium D 8X5）和 800MHz（Pentium D 8X0 和 Pentium EE 8XX），主频范围从 2.66~3.2GHz（Pentium D）、3.2GHz（Pentium EE）。Pentium EE 和 Pentium D 的最大区别就是 Pentium EE 支持超线程技术而 Pentium D 则不支持。Smithfield 核心的两个核心分别具有 1MB 的二级缓存，在 CPU 内部两个核心是互相隔绝的，其缓存数据的同步是依靠位于主板北桥芯片上的仲裁单元通过前端总线在两个核心之间传输来实现的，所以其数据延迟问题比较严重。

（2）Presler　这是 Pentium D 9XX 和 Pentium EE 9XX 采用的核心，Presler 核心采用 65nm 制造工艺，采用 Socket 775 接口，核心电压 1.3V 左右，封装方式采用 PLGA，支持硬件防病毒技术 EDB、节能省电技术 EIST 和 64 位技术 EM64T，并且除了 Pentium D 9X5 之外都支持虚拟化技术 Intel VT。前端总线频率是 800MHz（Pentium D）和 1066MHz（Pentium EE）。Pentium EE 和 Pentium D 的最大区别就是 Pentium EE 支持超线程技术而 Pentium D 则不支持，并且两个核心分别具有 2MB 的二级缓存。在 CPU 内部两个核心是互相隔绝的，其缓存数据的同步同样是依靠位于主板北桥芯片上的仲裁单元通过前端总线在两个核心之间传输来实现的，所以其数据延迟问题同样比较严重。

（3）Yonah　采用 Yonah 核心的 CPU 有双核心的 Core Duo 和单核心的 Core Solo，另外 Celeron M 也采用了此核心，Yonah 核心采用 65nm 制造工艺，核心电压依版本不同在 1.1~1.3V 之间，封装方式采用 PPGA，接口类型是改良了的新版 Socket 478 接口（与以前台式机的 Socket 478 并不兼容）。在前端总线频率方面，目前 Core Duo 和 Core Solo 都是 667MHz，而 Celeron M 是 533MHz。在二级缓存方面，Core Duo 和 Core Solo 都是 2MB，而 Celeron M 是 1MB。Yonah 核心都支持硬件防病毒技术 EDB 以及节能省电技术 EIST，并且多数型号支持虚拟化技术 Intel VT，但其仅仅支持 32 位的处理器。

（4）Conroe　其名称来源于美国德克萨斯州的小城市"Conroe"。是全新的 Core（酷睿）微架构（Core Micro-Architecture）应用在桌面平台上的第一种 CPU 核心。目前采用此核心的有 Core 2 Duo E6x00 系列和 Core 2 Extreme X6x00 系列。Conroe 核心具有流水线级数小、执行效率高、性能强大以及功耗低等优点。Conroe 核心采用 65nm 制造工艺，核心电压为 1.3V 左右，封装方式采用 PLGA，接口类型仍然是传统的 Socket 775。在前端总线频率方面，目前 Core 2 Duo 和 Core 2 Extreme 都是 1066MHz，而 Core 2 Extreme 升级到 1333MHz；在一级缓存方面，每个核心都具有 32KB 的数据缓存和 32KB 的指令缓存，并且两个核心的一级数据缓存之间可以直接交换数据；在二级缓存方面，Conroe 两个内核共享 4MB。Conroe 核心都支持硬件防病毒技术 EDB、节能省电技术 EIST 和 64 位技术 EM64T 以及虚拟化技术 Intel VT。Conroe 核心的二级缓存是两个核心共享，并通过改良了的 Intel Advanced Smart Cache（英特尔高级智能高速缓存）共享缓存技术来实现缓存数据的同步。

（5）Allendale　其名称来源于美国加利福尼亚州南部的小城市"Allendale"。基于全新的 Core（酷睿）微架构，采用此核心的有 1066MHz FSB 的 Core 2 Duo E6x00 系列，还有 800MHz FSB 的 Core 2 Duo E4x00 系列。Allendale 核心的二级缓存机制与 Conroe 核心相同，但共享式二级缓存被削减至 2MB 并且是 8 路 64Byte。Allendale 核心仍然采用 65nm 制造工艺，核心电压为 1.3V 左右，封装方式采用 PLGA，接口类型 Socket 775，支持硬件防病毒技术 EDB、节能省电技术 EIST 和 64 位技术 EM64T 以及虚拟化技术 Intel VT。

（6）Wolfdale　Wolfdale 是 Die 形式的双核心处理器，核心采用 45nm 制造工艺，接口类型 Socket 775。Wolfdale 与 Conroe 最大的不同在于加入了 SSE4 指令集，以增加多媒体影音编码处理能力。此外 Wolfdale 的二级缓存增加至 6MB，并支持 1333MHz 前端总线，以及虚拟化技术（VT）和信任式执行技术（TXT）等多项 Intel 处理器技术。采用此核心的 CPU 有 Core 2 Duo E8X00、Core 2 Duo E7X00、Pentium Dual Core E5X00、Pentium Dual Core E6300。

（7）Yorkfield　Yorkfield 是双 Die 形式的四核心处理器，由两颗 Wolfdale 整合而成。Yorkfield 采用 45nm 制造工艺，接口类型 Socket 775。加入 SSE4 指令集，采用此核心的 CPU 有 Core 2 Quad，Q8X00，Q9X00，Q9X50 以及 Core 2 Extreme，QX9650，QX9770。

CPU 核心的发展方向是更低的电压、更低的功耗、更先进的制造工艺、集成更多的晶体管、更小的核心面积（这会降低 CPU 的生产成本从而最终会降低 CPU 的销售价格）、更先进的流水线架构和更多的指令集、更高的前端总线频率、集成更多的功能（例如集成内存控制器等等）以及双核心和多核心（也就是 1 个 CPU 内部有两个或更多个核心）等。CPU 核心的进步对普通消费者而言，最有意义的就是能以更低的价格买到性能更强的 CPU。

3. CPU 基板　CPU 基板就是承载 CPU 内核用的电路板，它负责内核芯片和外界的一切通信，并决定这一颗芯片的时钟频率，在它上面，有我们经常在计算机主板上见到的电容、电阻，还有决定了 CPU 时钟频率的电路桥，在基板的背面或者下沿，还有用于和主板连接的引脚或者卡式接口。

4. 主频　主频也就是 CPU 的时钟频率，或叫工作频率，例如我们常说的 P4（奔 4）1.8GHz，这个 1.8GHz（1800MHz）就是 CPU 的主频。主频和实际的运算速度是有关的，主频越高，CPU 的速度也就可能越快。但 CPU 的运算速度还要看 CPU 的流水线及各方面的性能指标。总之，衡量处理器性能的主要指标是每个时钟周期内可以执行的指令数（IPC：Instruction Per Clock）和处理器的主频。处理器性能 = 主频×IPC，因此，提高处理器性能就有两个途径：提高主频和提高每个时钟周期内执行的指令数（IPC）。处理器微架构的变化可以改变 IPC，效率更高的微架构可以提高 IPC 从而提高处理器的性能。但是，对于同一代的架构，改良架构来提高 IPC 的幅度是非常有限的，所以在单核处理器时代通过提高处理器的主频来提高性能就成了唯一的手段。

5. 外频　外频即 CPU 的外部时钟频率，指的是 CPU 与主板连接的速度，CPU 标准外频主要有 66MHz、100MHz、133MHz、200MHz 几种。此外主板可调的外频越多、越高越好，特别是对于超频者比较有用。

6. 倍频 倍频是指 CPU 外频与主频相差的倍数。在主频相同的情况下提高外频要比提高倍频的提升的速度效果要高，主频 = 外频 × 倍频。

7. 接口 接口指 CPU 和主板连接的接口。主要有两类：一类是卡式接口，称为 SLOT，这种接口的 CPU 目前已被淘汰；另一类是主流的引脚式接口，称为 Socket。Socket 接口的 CPU 有数百个引脚，因为引脚数目不同而称为 Socket 370、Socket 478、Socket 462、Socket 423 以及 Socket 754、940 等接口。Socket 775 又称为 Socket T，Socket 775 接口的 CPU 底部没有传统的引脚，而代之以 775 个触点，即并非引脚式而是触点式，通过与对应的 Socket 775 插槽内的 775 根触针接触来传输信号。Socket 775 接口不仅能够有效提升处理器的信号强度、提升处理器频率，同时也可以提高处理器生产的良品率、降低生产成本。

8. 缓存 缓存就是指可以进行高速数据交换的存储器，它先于内存与 CPU 交换数据，因此速度极快，所以又被称为高速缓存。与处理器相关的缓存一般分为两种：L1 内部缓存（L1 Cache）和 L2 外部缓存（L2 Cache）。在 CPU 里面内置了高速缓存可以提高 CPU 的运行效率，内置的 L1 高速缓存的容量和结构对 CPU 的性能影响较大，L1 缓存越大，CPU 工作时与存取速度较慢的 L2 缓存和内存间交换数据的次数越少，相对计算机的运算速度可以提高。不过高速缓冲存储器均由静态 RAM 组成，结构较复杂，在 CPU 管芯面积不能太大的情况下，L1 级高速缓存的容量不可能做得太大，L1 缓存的容量单位一般为 KB。外部缓存成本昂贵，所以 Pentium 4 Willamette 核心为外部缓存 256KB，但同样核心的赛扬 4 代只有 128KB。例如 Pentium 4 Willamette 内核采用了 423 的引脚架构，具备 400MHz 的前端总线，拥有 256KB 全速二级缓存，8KB 一级追踪缓存，SSE2 指令集。

9. 多媒体指令集 多媒体指令集是为了提高计算机在多媒体、3D 图形方面的应用能力而应运而生。其中最著名的三种便是 Intel 的 MMX、SSE/SSE2 和 AMD 的 3D NOW! 指令集。理论上这些指令对目前流行的图像处理、浮点运算、3D 运算、视频处理、音频处理等诸多多媒体应用起到全面强化的作用。

10. 制造工艺的 nm 这是指 IC 内电路与电路之间的距离。制造工艺的趋势是向密集度愈高的方向发展。制造工艺越精细意味着单位体积内集成的电子元件越多，从采用 90nm、80nm、65nm、45nm，一直发展到目前最新的 32nm，而 22nm 将是下一代 CPU 的发展目标。

11. CPU 的工作电压 CPU 的工作电压与制作工艺及集成的晶体管数目相关。工作电压越低，功耗越低，发热减少。CPU 的发展方向是在保证性能的基础上，不断降低正常工作所需要的电压。

12. 封装形式 CPU 封装是 CPU 生产过程中的最后一道工序，CPU 封装多是用绝缘的塑料或陶瓷材料包装起来，能起着物理保护、电气连接、标准规格化的作用。封装技术的好坏还直接影响到芯片自身性能的发挥和与之连接的 PCB（印制电路板）的设计和制造，因此它是至关重要的。CPU 的封装方式取决于 CPU 安装形式和器件集成设计。

PGA（Pin Grid Arrau Package，即插针网格阵列）封装，通常这种封装呈正方形或长方形，在 CPU 的边缘周围均匀的分布着三、四排甚至更多排的引脚，引脚能插入主板 CPU 插座上对应的插孔，从而实现与主板的连接。常见有下列几种：

（1）CPGA（Ceramic PGA）封装 即陶瓷封装。主要在 Thunderbird（雷鸟）核心和

"Palomino"核心的 Athlon 处理器上采用。

（2）FC-PGA 封装　FC-PGA 封装是反转芯片引脚栅格阵列的缩写，这种封装中有引脚插入插座。这些芯片被反转，使芯片的处理器部分被暴露在处理器的上部，实现更有效的芯片冷却，芯片底部的引脚是锯齿形排列的。FC-PGA 封装用于奔腾Ⅲ和英特尔赛扬处理器，它们都使用 370 针。

（3）FC-PGA2 封装　FC-PGA2 封装是在 FC-PGA 封装基础上把集成式散热器安装到处理器片上（IHS），它显著地增加了热传导。FC-PGA2 封装用于 Pentium Ⅲ和 Intel 赛扬处理器（370 针）和 Pentium 4 处理器（478 针）。

（4）OPGA（Organic Pin Grid Array，即有机引脚阵列）封装　这种封装的基底使用的是玻璃纤维。AMD 公司的 AthlonXP 系列 CPU 大多使用此类封装。

（5）PPGA（Plastic Pin Grid Array，即塑针栅格阵列）封装　PPGA 在处理器的顶部使用了镀镍铜质散热器，芯片底部的引脚是锯齿形排列的，引脚的安排方式使得处理器只能以一种方式插入插座。

常见的 LGA（Land Grid Array，即栅格阵列）封装，它用金属触点式封装取代了以往的针状引脚。因为从引脚变成了触点，所以它不能利用引脚固定接触，而是需要一个安装扣架固定，让 CPU 可以正确地压在 Socket 露出来的具有弹性的触须上，并且可以随时解开扣架更换芯片。LGA775，有 775 个触点。LGA1366 则有 1366 个触点。常见有下列几种：

PLGA（Plastic Land Grid Array，即塑料焊盘栅格阵列）封装。Intel 公司 Socket 775、Socket 1366 接口的 CPU 采用了此封装（简称 LGA775、LGA1366）。通常也会把 Intel 处理器的插座称为 LGA775、LGA1366，其中的"LGA"代表了处理器的封装方式，775、1366 则代表了触点的数量。

OLGA（Organic Land Grid Array，即基板栅格阵列）。OLGA 芯片也使用反转芯片设计，其中处理器朝下附在基体上，实现更好的信号完整性、更有效的散热和更低的自感应。OLGA有一个集成式导热器（IHS），能帮助散热器将热量传给正确安装的风扇散热器。OLGA用于 Pentium 4 处理器，这些处理器有 423 针。

13. 前端总线 FSB（Front Side Bus）　前端总线是将信息以一个或多个源部件传送到一个或多个目的部件的一组传输线。通俗的说，就是多个部件间的公共连线，用于在各个部件之间传输信息。人们常常以 MHz 表示的速度来描述总线频率。总线的种类很多，它是将 CPU 连接到北桥芯片的总线。计算机的前端总线频率是由 CPU 和北桥芯片共同决定的。

前端总线频率（即总线频率）是直接影响 CPU 与内存直接数据交换速度。有一条公式可以计算，即数据带宽 = （总线频率×数据宽度）/8，数据传输最大带宽取决于所有同时传输的数据宽度和传输频率。比如，支持 64 位数据宽度的至强 Nocona，前端总线频率是 800MHz，按照公式，它的数据传输最大带宽是 6.4GB/s。

外频与前端总线频率的区别是：前端总线的速度指的是数据传输的速度，外频是 CPU 与主板之间同步运行的速度。也就是说，100MHz 外频是指数字脉冲信号在每秒钟振荡一千万次；而 100MHz 前端总线指的是每秒钟 CPU 可接受的数据传输量是 100MHz × 64bit ÷ 8Byte/bit = 800MB/s。

前端总线的数据传输能力对计算机整体性能影响很大，如果没有足够带宽的前端总线，即使配备再强劲的 CPU，用户也不会感觉到计算机整体速度的明显提升。

14. QPI（Quick Path Interconnect，即快速通道互联）总线　QPI 是在处理器中集成内存控制器的体系架构，主要用于处理器之间和系统组件之间的互联通信（诸如 I/O）。CPU 可直接通过内存控制器访问内存资源，而不是以前繁杂的"前端总线——北桥——内存控制器"模式。Core i7 采用这种 QPI 总线。

QPI 总线是基于数据包传输、高带宽、低延迟的点到点互连技术。QPI 数据包是 80bit 的长度，发送需要用 4 个周期。尽管数据包是 80bit，但只有 64bit 是用于数据，其他的数据位则是用于流量控制、CRC（循环冗余码验证）和其他应用目的。每一条 QPI 总线使用高速的差分信号和专用的时钟通道，具有 20 位宽，一次传输 16bit（2Byte）的数据，其余的位宽则是用于 CRC。由于 QPI 总线可以双向传输，一条 QPI 总线连接理论最大值就可以达到 25.6GB/s（$2 \times 2B \times 6.4GT/s$）的数据传送，单向则是 12.8GB/s。远非 FSB 可比。

对于不同应用，可以具有不同的 QPI 总线条数。比如桌面 CPU，具有 1 条或者半条 QPI 总线（半条可能是用 10bit 位宽或单向）；DP 服务器（双 CPU 插座）的 CPU，每个具有 2 条 QPI 总线；而 MP 服务器（4 个或 8 个 CPU 插座）的，则每个具有 4 条或更多的 QPI 总线。速度达到 6.4GT/s（每秒可以传输 6.4G 次数据）。

15. IMC（Integrated Memory Controller，集成内存控制器）　Core i7 拥有的集成内存控制器 IMC 可以支持三通道的 DDR3 内存，运行在 DDR3-1333，内存位宽从 128 位提升到 192 位，这样总共的峰值带宽就可以达到 32GB/s，达到了 Core2 的 2~4 倍。处理器采用了集成内存控制器后，它就能直接与物理存储器阵列相连接，从而极大程度上减少了内存延迟的现象。

16. SMT（Simultaneous Multi-Threading，同步多线程）　传统的 CPU 在某一时间只能处理一个指令序列，通常我们把它称为一个线程。SMT 技术允许内核在同一时间运行多个线程（Nehalem 的同步多线程是 2-way 的，每核心可以同时执行两个线程），以此来压缩多任务处理时所需要的总时间。这样可以提高处理器的计算性能，减少用户得到结果所需的时间；其次就是有更好的能效，由于利用更短的时间来完成任务，从而节约更多的电能。

CPU 性能的不断提高是制造商和用户的共同愿望。怎样提高 CPU 性能？如果通过提高主频来提高处理器的性能，就会使处理器的功耗以指数（三次方）而非线性（一次方）的速度急剧上升。而提高 IPC 可以通过提高指令执行的并行度来实现，而提高并行度有两种途径：一是提高处理器微架构的并行度；二是采用多核架构。

由单核处理器改为双核处理器，如果主频不变的话，理论上 IPC 可以提高一倍，理论上功耗最多提高一倍，因为功耗的增加是线性的。但是，如果双核处理器性能达到单核处理器同等性能时，前者的主频可以更低，因此功耗的下降也是以指数（三次方）速度下降的。反映到产品中就是双核处理器的起跳主频可以比单核处理器更低，性能更好。可见，为了达到更高的性能，在采用相同微架构的情况下，可以增加处理器的内核数量同时维持较低的主频，用较低的主频有效地控制了功耗的上升。

因为 CPU 各个内核可以并行的执行指令，所以 CPU 增加一个内核，理论上处理器每个时钟周期内可执行的单元数将增加一倍。含有几个内核，单位时间可以执行的指令数量上限就会比单核增加几倍，而在芯片内部多嵌入几个内核的难度要远远比加大内核的集成度要简单很多。于是，多核就能够在不太提高生产难度的前提下，用多个低频率核心产生超过高频率单核心的处理效能，特别是需要面对大量并行数据，多核心分配任务更能够提高工作效率。这可以看作一种多处理器协作的微缩形式。

除了多核技术的运用，采用更先进的高能效微架构可以进一步提高 IPC 和降低功耗，即提高能效。

习 题 二

1. 在下列各项中，选出 8086/8088 的 EU 和 BIU 的组成部件，将所选部件的编号填于后：

EU _____

BIU _____

(1) 标志寄存器   (2) 段寄存器组

(3) ALE   (4) 指令指针

(5) 指令队列   (6) 20 位地址加法器

(7) 通用寄存器组   (8) EU 控制器

(9) 暂存器   (10) 总线控制电路

2. 8086/8088CPU 内部有哪些寄存器？它们的主要作用各是什么？

3. 8086/8088CPU 中的标志寄存器有几个标志位？各标志位在什么情况下置位？

4. 对于 8086，已知（DS）＝0150H，（CS）＝0640H，（SS）＝1200H，问：

(1) 在数据段中可存放的数据最多为多少字节？首末地址各是什么？

(2) 堆栈段中可存放多少个 16 位的字？首末地址各是什么？

(3) 代码段最大可存放多少个字节的程序？首末地址各是什么？

5. 有一个由 27 个字节组成的数据区，其起始地址为 BA00H：1BA0H，试写出该数据区的首末单元的实际地址。

6. 若代码段寄存器（CS）＝2000H，指令指针（IP）＝2000H，试问指令的实际地址是什么？

7. 已知当前数据段位于存储器的 A1000H 到 B0FFFH 范围内，问 DS 等于多少？

8. 有两个 16 位的字 ABCDH、1234H，它们在 8086 系统存储器中的地址分别是 00100H 及 00105H，试画出它们在存储器中存放示意图。

9. 8086/8088 最小工作方式与最大工作方式有什么不同？用什么方法将 8086/8088 置为上述两种工作方式？

10. 试指出 8086/8088 系统总线结构中，8284A 时钟产生器、8282 地址锁存器、8286 收发器及 8288 总线控制器的作用。

11. 试叙述 8086 最小工作方式下总线读写操作过程。

12. 试叙述 8086 最大工作方式下，$\overline{RQ}/\overline{GT_0}$ 与 $\overline{RQ}/\overline{GT_1}$ 引脚的作用。

13. 衡量微处理器性能的主要指标是什么？

14. 当代微处理器是通过什么途径来提高其性能的？

第3章 8086/8088 指令系统

指令就是计算机执行某种操作的命令。指令系统是该计算机所有指令的集合，它是综合反映计算机性能的重要因素，不仅直接影响机器的硬件结构，而且影响机器的系统软件及机器的适用范围。一般，计算机的 CPU 不同，其使用的指令系统也不同。

8086 和 8088 两个 CPU 的指令系统完全相同，是从 8 位机指令系统基础上发展而来，具有较强的向上兼容性。该指令系统的特点是：指令格式灵活、寻址能力强、能处理多种数据类型、支持多处理器系统结构。下面分别介绍 8086/8088 指令系统的指令格式、寻址方式和各类指令。

3.1 指令格式与寻址方式

3.1.1 指令格式

通常，一条指令应包含两个基本信息，即操作码和操作数。

操作码	操作数

操作码指示计算机执行具体的操作，如加、减、移位、比较等；操作数用来指出操作码所需操作数的来源和操作结果的去向，即给出操作数或操作数地址，并指出操作结果存放地址。一条指令中可以包含 1 个或两个操作数，包含 1 个操作数的指令称为单操作数指令，包含两个操作数的指令称为双操作数指令。在指令执行过程中使用的操作数，保持原值不变的称为源操作数 src（source），不保留原值而将处理结果存入其中的则称为目的操作数 dst（destination）。

3.1.2 寻址方式

8086/8088 的寻址方式包含操作数的寻址方式和指令的寻址方式。由于指令通常是顺序存放的，因此，指令寻址只要通过对指令指针 IP 内容自动加 1 修改，便可形成下条指令地址。只是当遇到转移指令或调用指令时，要按照转移目标去修改 IP 内容或 CS 内容。因此，指令的寻址主要是转移指令和调用指令的转移目的地址的形成方式，这一问题在讨论转移指令和调用指令时进行说明。本节主要讨论操作数的寻址方式。

所谓操作数寻址就是寻找指令中所需操作数的方法。操作数可有如下多种不同的来源：

1）操作数包含在指令中，紧跟在操作码之后，称为立即操作数。

2）操作数在 CPU 内的某个寄存器中。

3）操作数在内存的某单元中，这时指令中给出的或是操作数所在单元的地址，或是产生该地址的计算方法。

4）操作数在某 I/O 端口中。

操作数的来源多，其寻址方式就多。8086/8088 提供了 8 种寻址方式对操作数寻址，它们是：隐含寻址、立即数寻址、寄存器寻址、直接寻址、寄存器间接寻址、寄存器相对寻址、基址变址寻址和相对基址变址寻址。下面分别说明这些寻址方式。

1. 隐含寻址　隐含寻址就是指令中不指明操作数，但隐含在操作码中。如乘法指令，本来乘法是双操作数运算，指令应指明两个操作数（地址），但乘法指令的形式是单操作数指令形式（MUL src），只指示了源操作数 src；另一操作数未指明，它是隐含的，隐含为 AL 或 AX。同样乘积的存放地址也是隐含的，为 AX 或 AX、DX。又如进栈、出栈指令（PUSH src，POP dst），其中另一个操作数地址也是固定的，即堆栈栈顶。隐含寻址的指令，不需要计算有效地址 EA，执行速度快，而且大多为单字节指令，特别适合在微机中使用。

2. 立即数寻址　立即数寻址就是操作数直接包含在指令中，紧跟在操作码之后，它作为指令的组成部分存放在代码段内，随着取指令一起被放入指令队列，执行时直接从指令队列中取出，不必执行总线周期访问存储器，故称之为立即数。立即数可以是一个 8 位或 16 位数，如果是 16 位数，则其低字节存放在低地址单元，高字节存放在高地址单元。例如：

MOV AL，2CH　　　；将 8 位十六进制立即数 2CH 送入 AL

MOV AX，2C40H　　；将 16 位的立即数 2C40H 送入 AX，

　　　　　　　　　；AH 中为 2CH，AL 中为 40H，

　　　　　　　　　；指令执行情况如图 3-1 所示

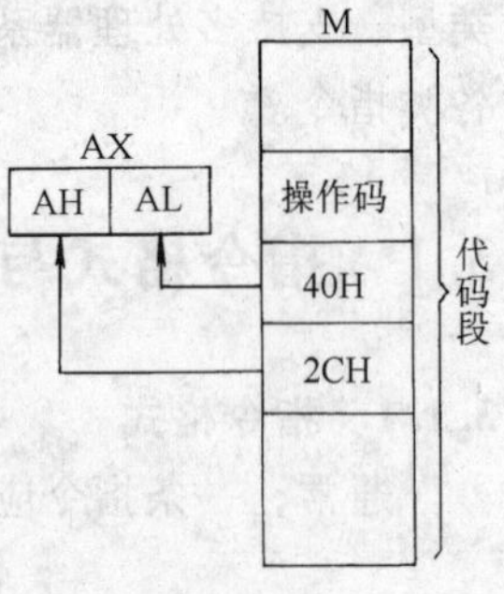

立即数寻址方式主要是用来对寄存器赋值，由于操作数可从指令中直接得到，不需要执行总线周期，所以，立即数寻址方式的显著特点就是执行速度快。

图 3-1　立即数寻址指令
执行情况示意图

需注意的是，立即数寻址方式只能用于源操作数，不能用于目的操作数。

3. 寄存器寻址　如果操作数包含在 CPU 内的某个寄存器中，指令中直接给出该寄存器名，这种寻址方式称为寄存器寻址。对于 16 位的操作数，寄存器可以是 AX、BX、CX、DX、SI、DI、SP 和 BP；对于 8 位操作数，寄存器可以是 AL、BL、CL、DL 及 AH、BH、CH、DH。例如：

INC CX　　　　　；将 CX 的内容加 1，即（CX）←（CX）+1

MOV AX，BX　　；将 BX 寄存器中的内容送入 AX 寄存器，执行后 BX 内容不变

一条指令中，源操作数和目的操作数都可以使用寄存器寻址方式。采用寄存器寻址方式的指令在执行时，操作就在 CPU 内进行，不需执行总线周期，所以，执行速度快。

立即数寻址和寄存器寻址，由于操作数可以从指令队列或 CPU 内部寄存器中直接获得，所以，执行速度最快。但是，若操作数在存储器中，一般位于数据段、堆栈段或附加段中，这时指令中给出的是操作数所在单元的有效地址 EA 或产生 EA 的计算方式。有效地址 EA 是一个 16 位的无符号数，表示的是操作数所在单元到段首的距离（字节数），即逻辑地址中的偏移地址。显然执行这类指令时，CPU 首先要根据指令中操作数地址字段提供的 EA 计算方式，由执行部件 EU 计算出有效地址 EA，再由总线接口部件 BIU 根据公式 PA =（操作数所在段段首址 ×16）+ EA，计算出物理地址，再执行总线周期，此时按该物理地址访问存储器取出操作数送给 EU，由 EU 具体执行该指令。因此，用存储器寻址的指令，执行速度相对上述两种寻址方式来说就要慢得多。由于 8086/8088 的存储器组织采用分段方式，对存储器操作数进行寻址时，只能在某一段内的 64KB 范围内寻址。操作数在什么段中，

8086/8088 规定当前段寄存器为默认段寄存器，如果指令中某些操作所使用的操作数，要在其他段中寻址，就应在该操作数地址前使用段超越前缀指出段寄存器名。8086/8088 中默认段寄存器、允许超越的段寄存器见表 3-1。

表 3-1　8086/8088 中默认段寄存器、允许超越的段寄存器

存储器操作的类型	默认段寄存器	允许超越的段寄存器	偏移地址
取指令	CS	无	IP
堆栈操作	SS	无	SP
通用数据读/写	DS	CS、ES、SS	有效地址
BP 基址寻址	SS	CS、ES、SS	有效地址
源数据串	DS	CS、ES、SS	SI
目的数据串	ES	无	DI

由表 3-1 可知，程序存放在代码段，堆栈操作只能在堆栈段，目的数据串存取在附加段，而其他情况是可以允许段超越的。

注意，8086/8088 规定，在一条指令中，只能有一个操作数为存储器操作数，或源操作数，或目的操作数。

下面分别介绍 5 种存储器寻址方式。

4. 直接寻址　操作数在存储器中，16 位有效地址 EA 由指令中直接给出，即紧跟在指令的操作码之后，这种寻址方式称为直接寻址。如果指令中没有用段超越前缀指明操作数在哪个段，则默认为操作数在数据段。所以，直接寻址时，物理地址的计算公式为 PA =（DS ×16）+EA，即将 DS 中的内容左移 4 位再加上指令中给定的 16 位有效地址 EA 。例如：

MOV AX，[1400H]

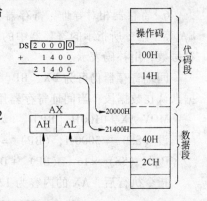

图 3-2　直接寻址方式示意图

该指令中给出的有效地址 EA = 1400H，若 DS = 2000H，则操作数的物理地址 PA =（DS × 16）+ EA = 20000H +1400H = 21400H。直接寻址方式示意图如图 3-2 所示，将 21400H 的字单元中的内容 2C40H 送到 AX 中。

MOV AL，[1400H]　；将 DS 段中偏移地址为 1400 H
　　　　　　　　　　　；的字节单元中的内容送到 AL 中

应注意的是

1）在直接寻址方式中，如果指令中的有效地址是一个 16 位数，为了不与立即数寻址相混淆，在书写汇编语言指令时，有效地址应用方括号 [ ] 括起来，如上例所示；如果有效地址是个符号地址，如 MOV AX，DATA，则不用加方括号。

2）如果操作数不在数据段而在其他段（堆栈段或附加段），则可用段超越前缀在操作数地址前说明。例如 MOV AX，ES：[2100H]，该指令表明操作数不在数据段，而在附加段中，其物理地址计算时应用 ES 的内容，即 PA =（ES×16）+2100H。

5. 寄存器间接寻址　操作数的有效地址在指令中指定的某个寄存器中，这种寻址方式称为寄存器间接寻址，这个寄存器称为间址寄存器。和上述寄存器寻址不同的是，指令中给出的寄存器中的内容不是操作数本身，而是操作数的有效地址。寄存器间接寻址指令书写时，寄存器外面必须加方括号 [ ]，以便与上述的寄存器寻址相区别。例如：

　　MOV AX，［BX］　　　　；将以 BX 内容为有效地址的字存储单元中的数据送入 AX 中，
　　　　　　　　　　　　　　；BX 为间址寄存器，外面必须加［　］

　　能够用做间址寄存器的寄存器有：BX、BP、SI 和 DI。由这四个间接寻址寄存器确定的操作数可位于数据段或堆栈段中。

　　1）当指令中指定用 BX、SI 或 DI 为间址寄存器，则操作数在数据段中，这时以段寄存器 DS 的内容为段基址，操作数的物理地址为

$$PA = (DS) \times 16 + \left\{ \begin{array}{c} (BX) \\ (SI) \\ (DI) \end{array} \right\}$$

　　例如：MOV AX，［DI］

　　若已知（DS）＝2000H，（DI）＝5000H，则源操作数的 PA＝（DS）×16＋（DI）＝25000H。该指令把数据段中 25000H 和 25001H 所指示的两字节单元的内容 2C40H 传送到 AX 中。寄存器间接寻址方式示意图如图 3-3 所示。

　　2）若指令中指定 BP 为间址寄存器，则操作数放在堆栈段中。这时，以段寄存器 SS 中的内容为段基址，操作数的物理地址为

　　PA＝（SS）×16＋（BP）

　　寄存器间接寻址中也可以用段超越前缀来从其他非默认段取得操作数。例如：

　　MOV BX，ES：［BP］　　　；源操作数的物理地址 PA＝（ES）×16＋（BP）
　　MOV AX，SS：［SI］　　　；源操作数的物理地址 PA＝（SS）×16＋（SI）

　　6. 寄存器相对寻址　　寄存器相对寻址和寄存器间接寻址类似，只是操作数的有效地址 EA 等于指令所指示的寄存器中的内容再加上指令中给定的 8/16 位的位移量 D，D 是一个带符号数，用补码表示。

　　间址寄存器仍可为 BX、BP、SI 和 DI。同样，当间址寄存器指定为 BX、SI 或 DI 时，数据默认在数据段；当间址寄存器用 BP 时，数据默认在堆栈段中。例如：

　　MOV AX，0100H［BP］

　　设（SS）＝3000H，（BP）＝8000H，则源操作数的 PA 为

　　PA＝（SS）×16＋（BP）＋D＝（3000H）×16＋8000H＋0100H（位移量）＝38100H

　　指令执行后，AX 的内容为 12FFH。寄存器相对寻址方式示意图如图 3-4 所示。

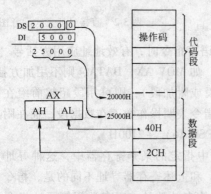 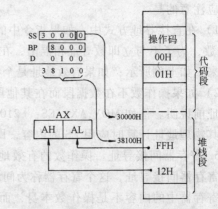

　　图 3-3　寄存器间接寻址方式示意图　　　　　　图 3-4　寄存器相对寻址方式示意图

上例中的指令也可写成 MOV AX，[BP+0100H] 的形式。

7. 基址变址寻址　基址变址寻址中，操作数的有效地址 EA 由指令指定的一个基址寄存器（BX 或 BP）的内容和一个变址寄存器（SI 或 DI）内容之和组成，即

$$EA = (BX) + \begin{Bmatrix} (SI) \\ (DI) \end{Bmatrix} \text{ 或 } EA = (BP) + \begin{Bmatrix} (SI) \\ (DI) \end{Bmatrix}$$

根据基址寄存器是 BX 还是 BP，确定操作数是在数据段还是在堆栈段。例如：

MOV AX，[BX] [DI] 或写成 MOV AX，[BX+DI]

设（DS）=2000H，（BX）=0256H，（DI）=6694H，则

PA =（DS）×16 +（BX）+（DI）= 20000H + 0256H + 6694H = 268EAH

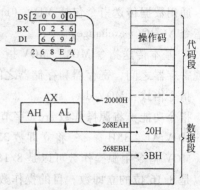

指令执行后，将把 268EAH 和 268EBH 两单元的内容送到 AX 中，即（AH）=3BH，（AL）=20H。基址变址寻址方式示意图如图 3-5 所示。

由于基址寄存器和变址寄存器的内容都是可以修改的，因此，在处理二维数组和表格时用这种寻址方式较为方便。

8. 相对基址变址寻址　当操作数的有效地址由指令指定的一个基址寄存器（BX 或 BP）和一个变址寄存器（SI 或 DI）的内容之和再加上一个 8 位或 16 位的位移量给出，则称为相对基址变址寻址。

图 3-5　基址变址寻址方式示意图

同样，若基址寄存器用 BX，则数据在数据段；若基址寄存器用 BP，则数据在堆栈段。

例如：MOV AX，1460H [BP] [SI] 或写成

　　　MOV AX，1460H [BP+SI] 或写成

　　　MOV AX，[BP+SI+1460H]

设（SS）=4000H，（BP）=3000H，（SI）=2000H，COUNT=1460H，则 EA =（BP）+（SI）+ D = 6460H，PA =（SS）×16 + EA = 40000H + 6460H = 46460H

指令执行结果为（AX）=5533H。相对基址变址寻址方式示意图如图 3-6 所示。

相对基址变址寻址方式为访问堆栈中的数组提供了方便，使用时可以在基址寄存器 BP 中存放栈顶地址，用位移量表示栈顶到数组第一个元素的距离，变址寄存器（SI 或 DI）用来访问数组中的每一个元素。

8086/8088 指令系统共包含 133 条基本指令，这些指令与寻址方式组合，再考虑不同的数据类型（字或字节），可构成上千条指令。这些指令按功能可分为 6 类：数据传送类指令、算术运算类指令、逻辑运算与移位类指令、字符串处理类指令、控制转移类指令和处理器控制类指令。

在学习这些指令时应着重对指令功能的理解，为达到应用的目的，对每条指令的助记符、寻址方

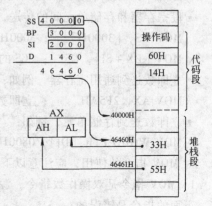

图 3-6　相对基址变址寻址方式示意图

式的正确书写及指令执行后对标志位的影响等应很好地掌握，下面分别介绍各类指令。

3.2　数据传送类指令

8086/8088 共有 14 种数据传送类指令，这些指令可以实现 CPU 的内部寄存器之间、CPU 和存储器之间、CPU 和 I/O 端口之间的数据传送。数据传送指令分为 4 种类型：通用数据传送指令、地址传送指令、状态标志传送指令和 I/O 端口数据传送指令。其中 I/O 端口数据传送指令放在第 6 章讲述。

3.2.1　通用数据传送指令

通用数据传送指令包括 MOV（move）指令，堆栈操作指令 PUSH 和 POP，以及数据交换指令 XCHG（exchange）。

1. 基本传送指令 MOV　MOV 指令是形式最简单的指令，也是用得最多的指令，它可以实现寄存器之间，寄存器和存储器之间的字或字节的复制。

指令格式：MOV dst，src

指令功能：将源操作数 src（字节或字）传送到目的操作数 dst 中。例如：

MOV AL, 35H　　　；将立即数 35H 复制到 AL 中

MOV 指令中源操作数可以是 8/16 位通用寄存器、段寄存器、存储器中的字或字节，也可以是 8/16 位的立即数；目的操作数不允许为立即数，其他同源操作数。

MOV 指令有 6 种格式：

• 通用寄存器之间的传送，例如：

MOV AL, BL　　　；BL 中的 8 位数据送到 AL

MOV AX, CX　　　；CX 中的 16 位数据送到 AX

• 通用寄存器和段寄存器之间的传送，例如：

MOV DS, AX　　　；AX 中的 16 位数据送到 DS

MOV AX, ES　　　；ES 中的 16 位数据送到 AX

• 通用寄存器和存储单元之间的传送，例如：

MOV AL, [BX]　　　；BX 所指字节存储单元的内容送到 AL

MOV [1400H], BX　　；BX 的内容送到数据段中 1400H 所指字存储单元

• 段寄存器和存储单元间的传送，例如：

MOV DS, [3000H]　　；3000H 和 3001H 两字节单元的内容送到 DS

MOV [BX + SI], CS　　；CS 的内容送到 BX + SI 和 BX + SI + 1 所指的两字节存储两单元

• 立即数送到通用寄存器，例如：

MOV AX, 2F5AH　　　；立即数 2F5AH 送到 AX

• 立即数送到存储单元，例如：

MOV WORD PTR [DI], 0800H；立即数 0800H 送到 DI 所指的字存储单元

对 MOV 指令的使用，应注意以下几点：

1）MOV 指令是双操作数指令，源和目的操作数的类型必须一致，或同为字节，或同为字，下面的指令是错误的：

MOV AX, BL

MOV AL，1000H

2）MOV 指令中源和目的操作数不能同为存储器操作数，即不允许在两个存储单元间直接传送，如需要传送应通过通用寄存器或存储单元传送。例如：

MOV AL，［DI］　　；通过 AL 中转，先将 DI 所指字节单元中内容送 AL

MOV［BX］，AL　　；再由 AL 送 BX 所指单元，实现 DI 和 BX 所指的两存储单元的 8 位
　　　　　　　　　　；数传送

3）不能用 CS 作目的操作数，即 CS 寄存器的内容不得随意改变，CS 和 IP 的值一般只能在转移指令时改变。

4）不允许在段寄存器间直接传送数据。

5）不允许用立即数作目的操作数。

6）不允许直接向段寄存器传送立即数，如果需要，则应通过通用寄存器或存储单元传送。

例如：MOV AX，DATA　　；将数据段首址 DATA（是一个立即数）通过 AX 送入 DS 中
　　　　MOV DS，AX

2. 堆栈操作指令 PUSH、POP　　堆栈是用来保存数据和地址的一个存储区，它位于堆栈段中。堆栈在存储区中的位置由堆栈段寄存器 SS 和堆栈指针 SP 来规定，SS 给出当前堆栈的段基址。堆栈按"先进后出"方式工作，只有一个出入口，出入口用堆栈指针 SP 来指示，SP 任何时候都指向当前堆栈的栈顶，而且堆栈操作总是字操作。

在调用子程序或进行中断处理时，为了正确地返回，需要保存返回地址或断点地址以及主程序中一些数据（保护现场）；子程序返回或中断处理完毕返回时，必须恢复中断前的现场并回到原来主程序，这些功能要通过堆栈来实现。保护现场由入栈指令 PUSH，恢复现场由出栈指令 POP 来完成。

（1）入栈指令 PUSH

指令格式：PUSH src

指令功能：将 src 压入堆栈，src 可为 16 位的通用寄存器、段寄存器或字存储单元。例如：

PUSH AX

PUSH DS

PUSH 指令的操作过程如下：

1）先修改栈顶指针，使 SP 减 2 指向新栈顶，即（SP）← （SP）－2。

2）（（SP））＝操作数的低 8 位，（（SP）+1）＝操作数的高 8 位。

设（AX）＝2207H，PUSH AX 指令操作执行过程示意图如图 3-7 所示。

（2）出栈指令 POP

指令格式：POP dst

指令功能：将当前 SP 所指的栈顶部的一个字数据弹出送到 dst 所指的 16 位的通用

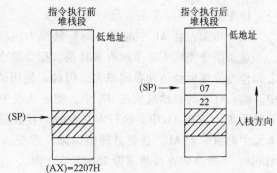

图 3-7　PUSH AX 指令操作执行过程示意图

寄存器、段寄存器（CS 除外）或字存储单元。例如：

POP AX

POP DS

POP 指令的操作过程如下：

1）将 SP 指向的栈顶单元的内容送入 dst 指定的寄存器或字存储单元。

2）修改栈顶指针，使（SP）← （SP）+2

指令 POP AX 指令操作执行过程示意图如图 3-8 所示。

使用 PUSH、POP 指令时有几点应注意：

1）源操作数和目的操作数可以为 16 位通用寄存器、段寄存器或存储单元中的 16 位字数据，但不能是立即数。CS 不能是目的操作数，但可作为源操作数。

2）每次执行进栈指令 PUSH 时，SP 的值自动减 2，使 SP 向低地址方向移动，再将源操作数压栈，且高字节先入栈；每次执行出栈指令 POP 时，每弹出一个字，SP 的值自动加 2，使 SP 向高地址方向移动，指向新栈顶。

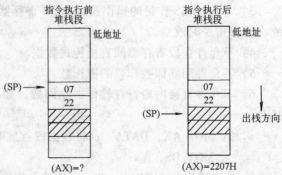

图 3-8　POP AX 指令操作执行过程示意图

3）在使用堆栈操作保存多个寄存器内容或恢复时，要按"先进后出"的原则来组织入栈和出栈的顺序。

3. 交换指令 XCHG

指令格式：XCHG dst，src

指令功能：把源操作数（字节或字）与目的操作数相互交换位置。

交换可以在通用寄存器之间，通用寄存器和存储单元之间进行，但不能在两个存储单元之间进行。交换指令不能使用段寄存器也不能使用立即数。例如：

XCHG AL，CL　　　；AL 和 CL 间的内容进行交换，即（AL）⟷（CL）

XCHG AX，BX　　　；（AX）⟷（BX）

XCHG [2500H]，DX；DX 的内容与 2500 H 及 2501H 两单元的内容进行交换

4. 换码指令 XLAT

指令格式：XLAT 表首址（可省略）

指令功能：将 AL 中的值（码）转换为内存表格中的某一值后，再送回 AL 中。

这条指令完成 1 字节的查表转换，指令隐含规定用基址寄存器 BX 和累加器 AL 的内容之和作为偏移地址访问存储单元。因此，使用该指令时可以将任意一个表按顺序存放在内存中，然后将表的首地址放在 BX 中，把要从表中查找的某表元素的序号（即该元素相对于表首的距离）放在 AL 中。执行本指令时，在数据段中，用 BX + AL 作为有效地址，将该地址单元中的值取到 AL，这就是转换结果。改变 AL 的值即可查到表中不同的元素并将它送入 AL 中。本指令的查找范围为 256 字节之内。

XLAT 指令有两种格式：一种是带表格首地址的，表首址可用符号地址表示；另一种是省略表首址的。

例 3-1 已知十进制数 0 ~ 9 的七段 LED 显示码分别为 40H、79H、24H、30H、19H、12H、02H、78H、00H、8H。试用 XLAT 指令求数字 6 的七段显示码。

先用伪指令 DB 在内存数据段建立一个字节表，用以存放 0 ~ 9 的七段显示码，该表的首地址为 TABLE，而数字 0 ~ 9 的七段显示码依次存放在相对于 TABLE 的位移量为 0 ~ 9 的单元中。执行 XLAT 指令之前先将表首址 TABLE 送入 BX，再将数字 6（要转换的内容）的七段显示码在表中相对于 TABLE 的位移量放入 AL 中，然后执行 XLAT 指令便可在 AL 中得到数字 6 的七段显示代码 02H。实现上述转换的程序如下：

```
TABLE   DB 40H, 79H, 24H, 30H, 19H      ；七段显示码表
        DB 12H, 02H, 78H, 00H, 18H
        MOV AL, 6                       ；数字 6 的位移量送 AL
        MOV BX, OFFSET TABLE            ；表格首址送 BX
        XLAT TABLE                      ；查表得（AL）= 02H
```

3.2.2 地址传送指令

这类指令专门用于传送地址码，将操作数的段基址或有效地址传送到指定的寄存器中。这类指令共 3 条：

1. 取有效地址指令 LEA

指令格式：LEA dst, src

指令功能：将源操作数的有效地址 EA 送到目的操作数所指寄存器。

源操作数必须是存储单元地址，目的操作数必须是 16 位通用寄存器。注意，该指令传送的是地址，而不是像 MOV 指令那样传送的是数据。

例如：设（DS）= 1000H，（SI）= 3000H，（14000H）= 7788H

```
LEA BX, [SI + 1000H]        ；执行后 BX 中为 SI + 1000H = 4000H
MOV BX, [SI + 1000H]        ；执行后（BX）= 7788H
```

下面两条指令是等价的：

```
LEA AX, TABLE
MOV AX, OFFSET TABLE
```

2. 将双字地址指针送 DS 和一个寄存器指令 LDS

指令格式：LDS dst, src

指令功能：它把源操作数指定的连续 4 个存储单元中存放的 32 位地址指针（一个 16 位的段基址和一个 16 位的偏移地址）传送到两个 16 位的寄存器，其中两个低位字节的内容（偏移地址）送 dst 指示的寄存器中，后两个高位字节单元中的内容（段基址）送入 DS。

LDS 指令中的源操作数必须是存储单元地址，目的操作数必须是 16 位通用寄存器。

例：设（DS）= 3200H，（33550H）= 3A78H，（33552H）= 1998H

执行指令 LDS SI, [1550H] 后，（SI）= 3A78H，（DS）= 1998H

3. 将双字地址指针送到 ES 和一个寄存器的指令 LES

指令格式：LES dst, src

指令功能：本指令功能与上述 LDS 指令功能基本相同，不同的是该指令把源操作数 src 所指示的 4 个连续字节单元中的后 2 字节单元内容送 ES，而不是 DS。例如：

```
LES DI, [3500H]        ；执行后将 3500H 和 3501H 两单元中内容送 DI
```

　；将 3502H 和 3503H 两单元中内容送 ES

3.2.3　状态标志传送指令

这类指令用来将标志寄存器内容送入 AH 或压栈，或者对标志寄存器设置新值，共有 4 条：LAHF、SAHF、PUSHF 和 POPF，均为单字节指令，且均属隐含寻址方式。

1. 标志寄存器低 8 位送 AH 指令 LAHF

指令格式：LAHF

指令功能：把标志寄存器的低 8 位送入 AH 中，标志位本身不变。

2. AH 送标志寄存器低 8 位指令 SAHF

指令格式：SAHF

指令功能：将 AH 中内容送标志寄存器低 8 位，用以对状态标志 SF、ZF、AF、PF 和 CF 设置新值，该指令功能正好与 LAHF 相反。

3. 标志寄存器入栈指令 PUSHF

指令格式：PUSHF

指令功能：把 16 位标志寄存器内容压入堆栈，同时修改栈指针，即 SP←（SP）－2。指令执行后原标志寄存器内容不变。

4. 标志出栈指令 POPF

指令格式：POPF

指令功能：把当前栈顶指针 SP 所指的一个字数据送入标志寄存器并修改栈指针，即（SP）←（SP）＋2。

在 8086/8088 指令系统中没有能直接改变单步标志 TF 的指令，将 PUSHF 和 POPF 两指令联用可实现改变 TF 的目的。方法是：先用 PUSHF 指令将标志寄存器压栈，然后设法改变栈顶单元中的 TF 位（D_7）位内容，修改后再用 POPF 指令出栈从而实现改变 TF 的目的。

另外，PUSHF 和 POPF 指令一般用在子程序和中断处理程序的首尾，起保存主程序标志和恢复主程序标志的作用。

除 SAHF、POPF 指令外，数据传送类指令均不影响任何状态标志位。

数据传送类指令见表 3-2。

表 3-2　数据传送类指令

类	名称	指令格式	操作数类型	操作说明
通用传送	传送（MOV）	MOV dst, src	B, W	(dst) ← (src)
	入栈（PUSH）	PUSH src	W	将源 src 压入堆栈
	出栈（POP）	POP dst	W	从堆栈弹出字到目的 dst
	交换（XCHG）	XCHG dst, src	B, W	将（dst）和（src）交换
	换码（XLAT）	XLAT	B	(AL) ←((BX + AL))
地址传送	取有效地址（LEA）	LEA dst, src	—	将源 src 的 EA 送目的寄存器
	取指针到 DS（LDS）	LDS dst, src	DW	(dst) ← (src),（DS）← (src + 2)
	取指针到 ES（LES）	LES dst, src	DW	(dst) ← (src),（ES）← (src + 2)

（续）

类	名称	指令格式	操作数类型	操作说明
标志寄存器传送	取标志到 AH	LAHF	B	将标志寄存器的低字节送入 AH
	（AH）存入标志	SAHF	B	将 AH 送入标志寄存器的低字节
	标志压入栈	PUSHF	W	将标志寄存器内容压入堆栈
	标志弹出栈	POPF	W	从堆栈弹出字到标志寄存器
I/O 端口传送	输入（IN）	IN AL（AX），src	B，W	从端口输入字/字节到 AL 或 AX
	输出（OUT）	OUT dst，AL（AX）	B，W	将 AL/AX 的内容输出到端口

3.3 算术运算指令

8086/8088 指令系统提供的算术运算类指令包括加、减、乘、除 4 种基本运算指令，以及十进制数运算的各种调整指令。因此，8086/8088CPU 既可以完成带符号或无符号的 8 位/16 位二进制数的算术运算，也可以完成 BCD 码表示的十进制数的算术运算。

由于带符号数和无符号数的加、减运算过程相同，所以，可用同一条加、法减法指令来完成。而对于乘、除法运算，带符号数和无符号数的运算过程完全不相同，因此，分别设有带符号数的乘、除指令和无符号数的乘、除指令。

3.3.1 加法运算指令

加法运算指令共 5 条，其中 3 条为基本加法指令，两条是十进制调整指令。

1. 加法指令 ADD

指令格式：ADD dst，src

指令功能：将源操作数 src 和目的操作数 dst 相加，结果送入目的操作数 dst 中即（dst）←（dst）+（src）。

该指令的操作数可以是字节或字，源操作数可以存放在存储器或通用寄存器中，也可以是立即数。而目的操作数只能在存储器或通用寄存器中，不能为立即数，并且两个操作数不能同为存储器操作数。存储器操作数可使用各种寻址方式。例如：

```
ADD AX,3A5FH        ;立即数 3A5FH 与 AX 的内容相加,结果送 AX,AX 原内容被替换
ADD AX,[BX+1000H];BX+1000H 所指字存储单元的内容和 AX 内容相加,结果送入 AX
ADD [BX+DI],AX      ;(BX+DI)字存储单元的内容和 AX 内容相加,结果送入(BX+DI)
                    ;字存储单元
```

2. 带进位加指令 ADC

指令格式：ADC dst,src

指令功能：ADC 与 ADD 指令功能基本相同,只是 ADC 在完成两个字/字节数相加的同时,还要把进位标志 CF 的值加在和中,即(dst)←(dst)+(src)+CF。例如：

```
ADC AX,BX           ;(AX)←(AX)+(BX)+CF
ADC AL,BL           ;(AL)←(AL)+(BL)+CF
ADC AX,ADDR[BX]     ;将 AX 的内容和物理地址为 DS:(ADDR+BX)的字存储单元
```

;的内容相加,再加进位 CF,结果送 AX

ADC 指令为多字节数相加提供方便。如有两个 4B 的无符号数相加,已知两数分别存在 FIRST 和 SECOND 开始的存储单元中,低位在前,高位在后,要求运算结果存放在 FIRST 开始的存储单元。可用下面程序实现这两个数相加。

```
LEA SI,FIRST
LEA DI,SECOND
MOV AX,[SI]
ADD AX,[DI]
MOV [SI],AX
MOV AX,[SI+2]
ADC AX,[DI+2]
MOV [SI+2],AX
```

执行 ADD、ADC 指令后对各状态位 CF、OF、ZF、SF、AF 和 PF 都产生影响。

3. 加 1 指令(增量指令) INC

指令格式: INC dst

指令功能:将目的操作数 dst 加 1,结果送回 dst,即(dst)←(dst)+1。

INC 指令只有一个操作数,可以在通用寄存器或存储器中,但不能是立即数,dst 可以是字或字节。该指令常用于循环结构程序中修改指针或用于循环计数。例如:

INC CX   ;将 CX 的内容加 1 之后再送回 CX

INC 指令执行时只影响 OF、SF、ZF、AF 和 PF,不影响 CF。因此,当用 INC 指令进行循环计数时,试图以判别 CF = 1 结束循环是达不到目的的,会导致程序死循环。

4. 压缩的 BCD 码十进制数加法调整指令 DAA

指令格式:DAA

指令功能:DAA 指令将两个压缩的 BCD 码十进制数相加后存入 AL 中的结果,调整为正确的压缩的 BCD 码。故 DAA 一定紧跟在 ADD 或 ADC 指令后,而且只有相加的结果是存入 AL 中后,才能用 DAA 指令。

DAA 指令的调整方法是

1) 如果 AL 寄存器的低 4 位大于 9 或标志寄存器中的 AF 位为 1,则 AL 寄存器的内容加 6,并将标志寄存器中的 AF 位置 1。

2) 如果 AL 寄存器的高 4 位大于 9 或标志寄存器中的 CF 位为 1,则 AL 寄存器的内容加 60H,并将标志寄存器中的 CF 位置 1。

其他情况不作调整。

执行 DAA 指令影响标志位 AF、CF、PF、SF 和 ZF,而对标志位 OF 未定义。

例如:求两个十进制数 78 + 56 的正确结果,可用以下程序段。

```
MOV AL,78H
ADD AL,56H
DAA
```

5. 非压缩的 BCD 码十进制数加法调整指令 AAA

指令格式:AAA

指令功能：在用 ADD 或 ADC 指令对两个非压缩 BCD 码十进制数相加之后（结果在 AL 中），用 AAA 指令对 AL 中的加法结果进行调整，使之成为一个正确的非压缩的 BCD 码。

AAA 指令对 AL 中运算结果的调整方法如下：

1）如果 AL 寄存器的低 4 位小于或等于 9，且标志寄存器中的 AF 位为 0，则执行第三步及其以后的操作。

2）如果 AL 寄存器的低 4 位大于 9 或标志寄存器中的 AF 位为 1，则 AL 寄存器的内容加 6，AH 寄存器的内容加 1，并将标志寄存器中的 AF 位置 1。

3）清除 AL 寄存器的高 4 位。

4）标志寄存器中的 AF 位的值送 CF 位。

AAA 指令执行后只影响 AF 和 CF 标志，其他标志均无定义。

例如：ADD AL,CL

        AAA

如指令执行前（AL）= 00001001，（CL）= 00001000，执行 ADD 后，AL 中的内容为 00010001，因 AF = 1，故 AAA 指令进行调整时，将 AL 中的低 4 位加 6，即变成 00010111，然后高 4 位清零成为 00000111，并且 AH 加 1，因此 AH 中为 00000001，AL 中为 00000111，得到两个非压缩十进制数相加的正确结果 17。

3.3.2 减法指令

8086/8088 指令系统提供的减法类指令共 7 条，其中 5 条为基本减法指令（SUB、SBB、DEC、NEG、CMP），两条为十进制数减法调整指令（DAS，AAS）。

1. 减法指令 SUB

指令格式：SUB dst,src

指令功能：从目的操作数中减去源操作数，结果送回目的操作数中，即（dst）←（dst）−（src）

除目的操作数不能为立即数外，源和目的操作数可为存储器或通用寄存器操作数，但不能同为存储器操作数。存储器操作数可以使用寻址各种方式。例如：

SUB AX,0200H   ;（AX）←（AX）− 0200H

SUB AX,BX   ;（AX）←（AX）−（BX）

SUB BX,[DI + 100H] ;（BX）减去（DI + 100H）字单元中的内容，结果放在 BX 中

2. 带借位的减法指令 SBB

指令格式 SBB dst,src

指令功能：SBB 指令功能和 SUB 指令类似，只是 dst 减去 src 的同时还要减去借位 CF 的当前值（即低字/低字节相减时的借位），即（dst）←（dst）−（src）− CF。例如：

SBB AX,2100H   ;（AX）←（AX）− 2100H − CF

SBB AL,BL   ;（AL）←（AL）−（BL）− CF

SBB 指令主要用于多字节数的相减运算，将低位部分相减的借位引入高位部分的减法中。

执行 SUB、SBB 指令后对各状态位 CF、OF、ZF、SF、AF 和 PF 都产生影响。

3. 减 1 指令（减量指令）DEC

指令格式：DEC dst

指令功能：将目的操作数的内容减 1 后再送回 dst，即（dst）←（dst）− 1。例如：

DEC AX   ;(AX)←(AX) – 1

DEC WORD PTR〔BP〕   ;将堆栈中 BP 所指的字单元内容减 1,再送回该单元

该指令常用于循环结构程序中修改指针或用于循环计数,但它的计数和修改方向和 INC 指令相反。DEC 指令执行时影响 OF、SF、ZF、AF 和 PF,不影响 CF。

4. 求补指令 NEG

指令格式:NEG dst

指令功能:(dst)←0 –(dst),即用零减去 dst 再将结果送回目的操作数中。

NEG 属单操作数指令,操作数可以是字或字节且被当做补码表示的带符号数。其操作数只能在通用寄存器或存储单元中,不能是立即数。

0 –(dst)又相当于:0FFH –(dst)+1(dst 为字节时)或 0FFFFH –(dst)+1(dst 为字时),即将 dst 的内容各位取反后再末位加 1。

例如:(AL)= 14H,执行 NEG AL 指令后(AL)= 0ECH

使用 NEG 指令时注意:

NEG 指令执行后对 OF、SF、ZF、AF、PF 和 CF 均产生影响,但对 CF 影响总是使 CF = 1,这是因为 0 减某数后必然产生借位,除非操作数为 0 时,CF 才为 0。

操作数 dst 的值为 – 128(80H)或 – 32768(8000H)时,执行 NEG 指令后内容不变,仍是原值(80H 或 8000H)送回目的操作数中,但溢出标志 OF 置 1。这是由于指令执行结果为 + 128 或 + 32768,它超出了 8 位或 16 位带符号数的表示范围,即产生了溢出。

5. 比较指令 CMP

指令格式:CMP dst,src

指令功能:将目的操作数减去源操作数,但结果不回送到目的操作数中,仅是根据结果影响标志位,对操作数的要求同减法指令。CMP 和 SUB 指令不同之处是,不保留两数相减的差。因此 CMP 指令执行后,两个操作数都不变,只根据结果影响标志位:AF、CF、OF、PF、SF 和 ZF。例如:

CMP AL,0FFH   ;AL 中的值与立即数 FFH 比较,结果影响标志位

CMP AX,〔SI + 50H〕   ;AX 中的值和(SI + 50H)字存储单元的数相比较,结果影响标志位

两数(带符号数或无符号数)比较,其状态标志反映的是两数的大小关系。两数大小不同对标志位的影响也不同,状态标志反映的两数关系见表 3-3。

表 3-3　状态标志反映的两数关系

目的操作数对源操作数的关系(目的 – 源)		CF	ZF	SF	OF
带符号数的操作	相等	0	1	0	0
	目的小于源	—	0	1	0
		—	0	0	1
	目的大于源	—	0	0	0
		—	0	1	1
无符号数的操作	相等	0	1	0	0
	目的低于源	1	0	—	—
	目的高于源	0	0	—	—

注:表中"—"表示不确定,其值由操作数的实际值确定,即可为"0",也可为"1",目的指目的操作数,源指源操作数。

6. 压缩的 BCD 码十进制数减法调整指令 DAS

指令格式:DAS

指令功能:对两个压缩的 BCD 码十进制数用 SUB 或 SBB 相减后的结果(已在 AL 中)进行调整,在 AL 中得到正确的压缩的 BCD 十进制数结果。

DAS 指令执行时的调整方法:

1) 如果 AF = 1,或者 AL 寄存器的低 4 位在 A ~ F 之间,则将 AL 寄存器的内容减去 06H,并将 AF 位置 1。

2) 如果 CF = 1,或者 AL 寄存器的高 4 位在 A ~ F 之间,则将 AL 寄存器的内容减去 60H,并将 CF 位置 1。

执行 DAS 指令影响标志位 AF、CF、PF、SF 和 ZF,而对标志位 OF 未定义。

7. 非压缩的 BCD 码十进制数减法调整指令 AAS

指令格式:AAS

指令功能:对两个非压缩 BCD 十进制数用 SUB 或 SBB 相减后的结果(已在 AL 中)进行调整,在 AL 中得到一个正确的非压缩的 BCD 码十进制数结果。

AAS 指令执行时的调整方法是

1) 如果 AL 寄存器的低 4 位小于或等于 9,且标志寄存器中的 AF 位为 0,则执行第三步及其以后的操作。

2) 如果 AL 寄存器的低 4 位大于 9 或标志寄存器中的 AF 位为 1,则 AL 寄存器的内容减 6,AH 寄存器的内容减 1,并将标志寄存器中的 AF 位置 1。

3) 清除 AL 寄存器的高 4 位。

4) 标志寄存器中的 AF 位的值送 CF 位。

DAS、AAS 指令必须紧跟在 SUB 或 SBB 指令之后,AAS 指令执行后只影响 AF 和 CF 标志,对其他标志无影响。

3.3.3 乘法指令

乘法运算指令有三条:无符号数乘法指令 MUL,带符号数乘法指令 IMUL 和非压缩 BCD 码十进制数乘法运算的调整指令 AAM。

乘法运算应有两个操作数,但 MUL 和 IMUL 指令中只有一个源操作数(它可以是寄存器或存储器操作数),其目的操作数是隐含规定的(为 AL 或 AX)。若是字节数相乘,被乘数总是先固定在 AL 中,若是字相乘,被乘数总是先固定在 AX 中。此外,还规定:两个 8 位数相乘,乘积 16 位,固定放在 AX 中,乘积的高字节在 AH 中,乘积的低字节在 AL 中;若是两个 16 位数相乘,乘积最多为 32 位,其中高 16 位放在 DX 寄存器中,低 16 位放在 AX 中。

1. 无符号数乘法指令 MUL

指令格式:MUL src

指令功能:将源操作数 src(字节/字)和累加器(AL/AX)中的数都作为无符号数相乘,乘积放在 AX 或 DX、AX 中。

乘法指令中,源操作数 src 可以是寄存器或存储器操作数,但不能是立即数。例如:

MUL BL   ;(AX)←(AL)×(BL)

MUL BX   ;(DX,AX)←(AX)×(BX)

MUL BYTE PTR[SI]   ;(AX)←(AL)与 SI 间址所指的字存储节单元的内容相乘

MUL WORD PTR[DI+50H];(DX,AX)←(AX)与(DI+50H)字存储单元中的内容相乘

MUL指令执行后要影响CF和OF两个标志位。如果乘积的高半部分(字节相乘时为AH,字相乘时为DX)不为全0,说明该内容是乘积的有效位,则CF=1,OF=1;否则CF=0,OF=0。MUL指令对其他标志位未定义。

2. 带符号数乘法指令IMUL

指令格式:IMUL src

指令功能:该指令的功能与MUL相同,但参加运算的数是带符号数。例如:

IMUL BL

IMUL BYTE PTR[BX]

IMUL指令执行后对CF和OF两标志有如下影响:

如果乘积的高半部分(字节相乘时为AH,字相乘时为DX)不为全0或全1(即不是低位符号的扩展)说明这部分内容是乘积的有效位,则CF=1,OF=1,否则CF=0,OF=0。IMUL指令对其他标志无定义。

3. 非压缩BCD码十进制数乘法调整指令AAM

指令格式:AAM

指令功能:对位于AX中的两个非压缩BCD码十进制数相乘结果进行调整,得到一个正确的非压缩BCD码形式的乘积。

由于BCD码总是当做无符号数看待,所以,对非压缩BCD码十进制数相乘时只能用MUL,不能用IMUL,故AAM紧跟在MUL指令之后。两个非压缩BCD码相乘,结果存放在AX中,但只有AL中是有效数字。

AAM指令的调整操作是:把AL中的内容除以0AH,商(结果高位)放在AH中,余数(结果低位)放在AL中,即

(AH)←(AL/10)　　　(商数放AH中,即乘积的十位数)

(AL)←(AL/10)　　　(余数放AL中,即乘积的个位数)

AAM指令执行后对ZF、PF和SF标志有影响,而对其他标志位未定义。

例3-2　求两个非压缩BCD的十进制数9×4的乘积结果。程序如下:

MOV AL,09H　　;被乘数送AL中

MOV CL,04H　　;乘数送CL

MUL CL　　　　;(AX)←(AL)×(CL),乘积有效数字24H放在AL中

AAM　　　　　　;调整后,(AH)=03H(十位),(AL)=06H(个位),即(AX)=0306H,

　　　　　　　　;是正确的BCD形式的两位乘积结果

3.3.4　除法指令

除法运算指令有三条:无符号数除法指令DIV,带符号数除法指令IDIV和非压缩BCD码十进制数除法运算的调整指令AAD。

8086/8088中规定除法运算时,被除数的位数必须是除数的2倍。和乘法指令一样,除法运算的目的操作数隐含在AX中(当除数为8位时)或DX、AX中(当除数为16位时)。因此,在使用除法指令时应先用MOV指令将被除数传送到指定位置。

1. 无符号数除法指令DIV

指令格式:DIV src

指令功能:对两个无符号数相除,商和余数放入指定位置。

字节除法:$(AX)/(src) \rightarrow AL(商)$、$AH(余数)$

字除法:$(DX,AX)/(src) \rightarrow AX(商)$、$DX(余数)$。例如:

DIV BL   ;AX 中的 16 位数除以 BL 中的 8 位数,商在 AL 中,余数在 AH 中

DIV WORD PTR[DI]   ;DX 和 AX 中的 32 位数除以 DI 间址所指存储单元的 16 位数,

                   ;商在 AX 中,余数在 DX 中

若除数为 0,计算机会自动产生一个中断类型号为 0 的除法出错中断。执行 DIV 指令后,不产生有效的状态标志,即标志位 AF、CF、OF、PF、SF 和 ZF 是不确定的,或为 0,或为 1,但都没有意义。

2. 带符号数除法指令 IDIV

指令格式:IDIV src

指令功能:与 DIV 指令功能相同,但操作数都必须是带符号数,所得商、余数也是带符号数,且余数的符号和被除数的符号相同。例如:

IDIV CX   ;DX 和 AX 中的 32 位带符号数除以 CX 中的 16 位带符号数,商在 AX 中,

           ;余数在 DX 中

IDIV BYTE PTR[DI] ;AX 中的 16 位带符号数除以 DI 间址所指存储单元中 8 位带符号数,

                  ;商在 AL 中,余数在 AH 中

执行 IDIV 指令和执行 DIV 指令一样,不产生有效的状态标志。

在使用 DIV 指令和 IDIV 指令时应注意,字节除法时如果 16 位被除数的高 8 位绝对值大于 8 位除数的绝对值,或字除法时 32 位被除数的高 16 位的绝对值大于 16 位除数的绝对值时,则会出现商超过 8 位(字节除法时)或 16 位(字除法时),即商数超过了目的寄存器 AL 或 AX 所能存放的数值范围。这时计算机会自动产生一个中断类型号为 0 的除法出错中断,相当执行了一个除数为 0 的运算,这时商和余数都是不正确的。具体来说,对无符号数字除以字节,允许的最大商值为 FFH(即 255),双字除以字时最大商值为 FFFFH,若超过此范围,就会溢出。对带符号数除法,字节相除时商的范围为 −128 ~ +127;字相除时商的范围为 −32768 ~ +32767。

8086/8088 的除法要求被除数的位数为除数的 2 倍,即字节除法时要求被除数为 16 位,字相除时要求被除数为 32 位。如果被除数不满足此要求时,对于无符号数,将高位补零即可;但对于带符号数,不能简单地将被除数的高位部分添 0,必须按照被除数的符号来扩展。当为正数时,高位部分补 0;当为负数时,高位部分补 1。为此,8086/8088 提供了专门的符号扩展指令 CWD 和 CBW,方便用户扩展。

3. 把字节扩展成字指令 CBW

指令格式:CBW

指令功能:把 AL 寄存器中的被除数的符号 D_7 扩展到 AH 中的各位,指令执行后 AH 为 AL 的符号扩展,即

当 $D_7 = 0$,CWB 指令执行后,AH = 00H;当 $D_7 = 1$,CBW 指令执行后 AH = FFH。

4. 把字扩展成双字指令 CWD

指令格式:CWD

指令功能:把 AX 中被除数的符号扩展到 DX 寄存器的各位。

当 AX 的符号位 $D_{15} = 0$,(DX) = 0000H;当 AX 的符号位 $D_{15} = 1$,(DX) = FFFFH。CBW、

CWD 指令执行后不影响标志位。

例 3-3 求带符号数 –47/5 的商和余数

```
MOV AL,0D1H      ;被除数 –47 的补码送 AL
MOV BL,05H       ;除数 +5 送 BL
CBW              ;AL 中符号扩展到 AH 中,使 AX = FFD1H
IDIV BL          ;AX/BL,(AL) = F7H(商),(AH) = FEH(余数)
```

5. 非压缩 BCD 码十进制数除法调整指令 AAD

指令格式:AAD

指令功能:该指令放在除法指令 DIV 执行之前,先将 AX 中存放的非压缩 BCD 码表示的被除数调整为二进制数,仍放在 AX 中,然后再相除,使除法得到的商和余数也是非压缩 BCD 码形式。

AAD 指令的调整过程是

$(AL) \leftarrow (AH) \times 10 + (AL)$

$(AH) \leftarrow 00$

AAD 指令执行后只影响 SF、ZF 和 PF 标志位,对其他标志无定义。

算术运算类指令见表 3-4。

表 3-4 算术运算类指令

类	名称	指令格式	操作数类型	操作说明
加法	加法	ADD dst,src	B,W	$(dst) \leftarrow (dst) + (src)$
	带进位加法	ADC dst,src	B,W	$(dst) \leftarrow (dst) + (src) + CF$
	加 1	INC dst	B,W	$(dst) \leftarrow (dst) + 1$
	非压缩 BCD 调整	AAA	B	对非压缩 BCD 相加结果调整
	压缩 BCD 调整	DAA	B	对压缩 BCD 相加结果调整
减法	减法	SUB dst,src	B,W	$(dst) \leftarrow (dst) - (src)$
	带进位减法	SBB dst,src	B,W	$(dst) \leftarrow (dst) - (src) - CF$
	减 1	DEC dst	B,W	$(dst) \leftarrow (dst) - 1$
	求补	NEG dst	B,W	$(dst) \leftarrow 0 - (dst)$
	比较	CMP dst,src	B,W	$(dst) - (src)$
	非压缩 BCD 调整	AAS	B	对非压缩 BCD 相减结果调整
	压缩 BCD 调整	DAS	B	对压缩 BCD 相减结果调整
乘法	无符号数相乘	MUL src	B	$(AX) \leftarrow (AL) \times (src)$
			W	$(DX,AX) \leftarrow (AX) \times (src)$
	带符号数相乘	IMUL src	B	$(AX) \leftarrow (AL) \times (src)$
			W	$(DX,AX) \leftarrow (AX) \times (src)$
	非压缩 BCD 调整	AAM	B	对非压缩 BCD 相乘结果调整

类	名称	指令格式	操作数类型	操作说明
除法	无符号数除法	DIV src	B	(AL)←(AX)/(src),(AH)←余数
			W	(AX)←(DX,AX)/(src),(DX)←余数
	带符号数除法	IDIV src	B	(AL)←(AX)/(src),(AH)←余数
			W	(AX)←(DX,AX)/(src),(DX)←余数
	非压缩 BCD 调整	AAD	B	对非压缩 BCD 相除预调整
	字节扩展成字	CBW	B	将 AL 中的字节按符号扩展成 AX 中的字
	字扩展成双字	CWD	W	将 AX 中的字按符号扩展成 DX、AX 中的双字

3.4 逻辑运算指令

逻辑运算指令包括 AND("与")、OR("或")、XOR("异或") 和 NOT("非")以及一条测试指令 TEST。这些指令对操作数都是按位进行逻辑运算,操作数可以是字或字节。源操作数 src 可以是通用寄存器、存储器操作数或立即数;目的操作数(dst)可为通用寄存器或存储器操作数,但源和目的操作数不能同为存储器操作数。除 NOT 指令对各标志位无影响外,其他指令的执行将使 OF、CF 置 0,而 SF、PF 和 ZF 依据逻辑运算的结果而定,AF 无定义。

1. "与"运算指令 AND

指令格式:AND dst,src

指令功能:对源和目的两个操作数进行按位"与"运算,结果送回目的操作数,即(dst)←(dst)∧(src)。例如:

AND AL,0FH   ;(AL)和立即数 0FH 相"与",结果放在 AL 中

AND AX,[BX +50H] ;(AX)和(BX +50H)字单元的内容相"与",结果放在 AX 中

AND 指令主要用在使一个操作数的若干位维持不变,而若干位置 0 的场合。这时要维持不变的那些位与 1 相与,而要置 0 的那些位与 0 相与。如 AND AL,0FH 指令就是用来将 AL 中的高 4 位清 0 的。0FH 也称屏蔽字,屏蔽字中的 0 对应于需要置 0 的位。

可用 AND 指令将 ASCII 码转换为对应的非压缩 BCD 码,设 AX 中为 96 的 ASCII 码 3936H,用下列指令可将其转换为 96 的 BCD 码 0906:

AND AX,0F0FH   ;(AX)←0906H

2. "或"运算指令 OR

指令格式:OR dst,src

指令功能:对源和目的两操作数进行按位或运算,结果送回目的操作数中,即(dst)←(dst)∨(src)。例如:

OR AL,03H   ;将 AL 中 D_1、D_0 两位置 1,而其他位保留原值

OR DX,[BX + SI]   ;将 DX 中的 16 位数与(BX + SI)字单元的内容相或,结果放在
                  ;DX 中

OR 指令主要应用于要使一个操作数的若干位维持不变,而另外若干位置 1 的场合。要维

持不变的那些位与 0 相或,要置为 1 的那些位与 1 相或。例如指令 OR AL,03H 使 AL 中的第 1、0 位置 1,而其他位维持不变。

特别要指出的是一个操作数自身相与、相或时,不改变操作数的值,但可使进位标志 CF 清 0,且影响 SF、PF 和 ZF。

3. "非"运算指令 NOT

指令格式:NOT dst

指令功能:将目的操作数求反。例如:

NOT AL   ;对 AL 中的各位取反后送回 AL
NOT BYTE PTR[SI]   ;对 SI 间址所指的字节单元的各位取反后送回原单元

4. "异或"运算指令 XOR

指令格式:XOR dst,src

指令功能:对源和目的两操作数进行按位异或运算,结果送回目的操作数中,即 $(dst) \leftarrow (dst) \oplus (src)$ 。例如:

XOR BL,7EH   ;(BL)与 7EH 相异或,结果放在 BL 中
XOR BUFFER[BX],SI   ;BUFFR[BX]寻址的字存储单元的内容和 SI 的内容相异
                           ;或,结果放在 BUFFER[BX]寻址的字存储单元中

若要求使一个操作数中的若干位维持不变而若干位取反,可用异或运算来实现。要维持不变的那些位与 0 相异或,而要取反的那些位与 1 相异或。上例指令 XOR BL,7EH 使 BL 中的第 7 位和第 0 位维持不变,而其他位则取反。

操作数自身相异或,则可使操作数本身和进位标志 CF 都置 0。XOR 指令常用来给寄存器清 0,例如:

XOR AX,AX   ;XOR 指令执行后,将 AX 各位清 0,CF 也置 0

5. 测试指令 TEST

指令格式:TEST dst,src

指令功能:对源和目的操作数进行按位与运算,并按与运算结果影响标志位,但结果不送回目的操作数中,即指令执行后,源和目的操作数不变。

此指令通常和条件转移指令相配合,用于检测某些条件是否满足,又不希望改变原操作数的情况。例如,要判断 CL 中的最高位是否为 1,为 1 则转移,可用下面两条指令实现:

TEST CL,80H   ;查 CL 中 $D_7 = 1$?
JNZ MAS   ;若 CL 中 D_7 不为 0,转 MAS

逻辑运算指令类指令见表 3-5。

表 3-5 逻辑运算类指令

名称	指令格式	操作类型	操作说明
与	AND dst,src	B,W	$(dst) \leftarrow (dst) \wedge (src)$
或	OR dst,src	B,W	$(dst) \leftarrow (dst) \vee (src)$
非	NOT dst	B,W	$(dst) \leftarrow dst$ 各位取反
异或	XOR dst,src	B,W	$(dst) \leftarrow (dst) \oplus (src)$
测试	TEST dst,src	B,W	$(dst) \wedge (src)$

3.5 移位指令和循环移位指令

移位操作分为移位(非循环移位)和循环移位两种类型,它们可实现对 8 位/16 位的寄存器或存储器操作数移一位或移几位的操作。

3.5.1 移位指令

移位指令包括逻辑移位和算术移位共 4 条:逻辑左移 SHL、算术左移 SAL、逻辑右移 SHR 和算术右移 SAR。

指令格式: SHL(SAL/SHR/SAR) dst,CL/1

这 4 条指令的格式相同,当移一位时,CL/1 直接写 1;当移多位时,应先将移位次数放入 CL。dst 为 8 位/16 位的寄存器或存储器操作数,但不能为立即数。

SHL 和 SAL 指令的操作相同,即将目的操作数的各位向左移,每左移一次,最低位 LSB 补 0,最高位 MSB 移入 CF(CF 原值丢失)。SHR 的功能是将目的操作数各位右移,每右移 1 次,最低位 LSB 移入 CF,最高位补 0;SAR 的功能是将目的操作数各位右移,每右移一次,最低位 LSB 移入 CF,最高位(符号位)MSB 保持不变,因为 SAR 指令可以保持原操作数的符号不变,通常用于带符号数的操作。算术、逻辑移位指令操作示意图如图 3-9 所示。

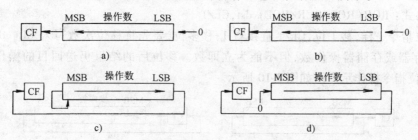

图 3-9 算术、逻辑移位指令操作示意图

a) SAL b) SHL c) SAR d) SHR

所有的移位指令在执行时,都会影响标志位 CF、OF、PF、SF 和 ZF,而 AF 未定义。

当右移次数为 1,移位后若结果最高位与次高位不同,则 OF = 1,表明移位前后符号位发生了改变,反之 OF = 0。在左移 1 位的情况下,移位后如果最高位 MSB 与 CF 不同,则使溢出标志 OF 置 1;若最高位与 CF 相同,则 OF = 0,表示移位前后符号位没有变化。因此,对带符号数,由 OF 可判断移位前后符号位是否发生了改变。

移位指令每移一位相当于乘 2(左移时)或除 2(右移时)。由此可知,无符号数要倍增或减半时,使用逻辑左移或右移指令;带符号数要倍增或减半时,可使用算术左移或右移指令。只有当移位后的数未超出 1 字节或一个字(与目的操作数为字节或字相对应)的表达范围,数的倍增和减半才是正确的。

移位指令可将通用寄存器或存储单元的 8 位或 16 位的数左移或右移。例如:

SHL AH,1   ;将 AH 寄存器的内容逻辑左移 1 位

SHL BYTE PTR DATA[BX],CL   ;将用 DATA[BX]寻址的字节存储单元的内容逻辑左
                             ;移 CL 位

SAL SI,CL   ;将 SI 寄存器的内容算术左移 CL 位

SAL WORD PTR [BX + 10H],1 ;将用 BX + 10H 寻址的字存储单元的内容算术左移 1 位

SHR BYTE PTR 100H[SI],CL ;将用 SI + 100H 寻址的存储单元内容逻辑右移 CL 位

SAR WORD PTR [BX + DI],CL ;将用 BX + DI 寻址的字存储单元的内容算术右移 CL 位

用移位指令(左移、右移)实现乘/除法要比直接用乘、除指令实现速度快。

例如,用移位指令实现 Y = 10X 运算要比用乘法指令快得多,只须将 Y = 10X 变为 Y = 2X + 8X 并用移位指令实现即可(X 为 1 字节存储单元的符号地址,这里假设 10X 不超出 1 字节范围)。程序如下:

```
MOV AL,X
SAL AL,1            ;将 X 乘 2
MOV CL,AL           ;2X 暂存于 CL
SAL AL,1            ;4X
SAL AL,1            ;8X
ADD AL,CL           ;2X + 8X
```

3.5.2 循环移位指令

循环移位的特点是不丢失操作数的有效位信息,8086/8088 指令系统中有 4 条循环移位指令:循环左移 ROL、循环右移 ROR、带进位循环左移 RCL 和带进位循环右移 RCR。

指令格式: ROR(ROL/RCR/RCL) dst,CL/1

与移位指令一样,移 1 位,CL/1 直接写 1;移多位,要先将移位次数写入 CL。dst 为 8 位/16 位的寄存器或存储器操作数,但不能为立即数。移位后的结果仍送回目的操作数中。算术、逻辑移位指令操作示意图如图 3-10 所示。

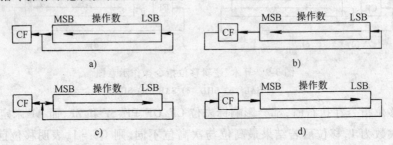

图 3-10 算术、逻辑移位指令操作示意图

a) ROL b) RCL c) ROR d) RCR

执行指令 ROL 和 ROR 时,没有把标志位 CF 包含在循环中;而执行指令 RCL 和 RCR 时,把标志位 CF 包含在循环中。

执行 ROL 指令,每移位一次,操作数的最高位被移入操作数的最低位的同时,也移入标志位 CF。执行 ROR 指令,每移位一次,操作数的最低位被移入操作数的最高位的同时,也移入标志位 CF。执行 RCL 指令,每移位一次,操作数的最高位移入标志位 CF,而原 CF 中的值移入操作数的最低位。执行 RCR 指令,每移位一次,操作数的最低位移入标志位 CF,而原 CF 中的值移入操作数的最高位。

这 4 条循环移位指令的执行都影响标志位 OF、CF。

ROL 指令和 RCL 指令在移位次数为 1 时,循环移位以后,若操作数的最高位与进位标志 CF 不相等,则溢出标志 OF = 1,否则 OF = 0。ROR 指令和 RCR 指令在规定的移位次数为 1

时,循环移位以后,若操作数的最高位与次高位不相等,则溢出标志 OF = 1,否则 OF = 0。故可根据 OF 的值判断循环移位前后的符号位是否相同。移多位时,OF 的值不确定,CF 的值总等于最后一次被移出的值。

这里介绍的 4 条循环移位指令与前面讨论的移位指令有所不同,循环移位之后,操作数中原来各数位的信息不会丢失,而只是移到了操作数中的其他位或进位标志 CF 上,必要时还可以恢复。

例 3-4   若 CF = 1,AL = 10110110B,则

执行指令   ROL AL,1 后,AL = 01101101,CF = 1,OF = 1;

执行指令   RCL AL,1 后,AL = 01101101,CF = 1,OF = 1;

执行指令   ROR AL,1 后,AL = 01011011,CF = 0,OF = 1;

执行指令   RCR AL,1 后,AL = 11011011,CF = 0,OF = 0;

执行指令   MOV CL,3 及 RCL AL,CL 后,则 AL = 10110110,CF = 1,OF 不确定。

利用循环移位指令可以对寄存器或存储单元中的任一位进行位测试。

例 3-5   要求测试 BL 寄存器中第 5 位的状态是"0"还是"1",可利用以下指令实现:

MOV CL,3   ;(CL)←移位次数 3

ROL BL,CL   ;CF←BL 的第 5 位

JNC ZERO   ;若 CF = 0,转 ZERO

利用带进位循环移位指令还可以将两个以上的寄存器或存储单元组合起来一起移位。

例 3-6   要求将 DX 和 AX 两个寄存器组合成为一个整体,其中的 32 位一起向左移 1 位,AX 的最高位后移到 DX 的最低位。以上要求可利用下面两条指令实现:

SAL AX,1   ;AX 左移 1 位,CF←AX 的最高位

RCL DX,1   ;DX 带进位循环左移 1 位,DX 的最低位←CF

移位类指令归纳于表 3-6 中。

表 3-6   移位类指令

名称	指令格式	操作类型	操作说明
逻辑左移	SHL dst,1/CL	B,W	(dst) 逻辑左移 1(或 CL)位,最低位填 0
逻辑右移	SHR dst,1/CL	B,W	(dst) 逻辑右移 1(或 CL)位,最高位填 0
算术左移	SAL dst,1/CL	B,W	(dst) 算术左移 1(或 CL)位,最低位填 0
算术右移	SAR dst,1/CL	B,W	(dst)算术右移 1(或 CL)位,最高位填符号
循环左移	ROL dst,1/CL	B,W	(dst)循环左移 1(或 CL)位
循环右移	ROR dst,1/CL	B,W	(dst)循环右移 1(或 CL)位
带进位的循环左移	RCL dst,1/CL	B,W	(dst)和 CF 循环左移 1(或 CL)位
带进位的循环右移	RCR dst,1/CL	B,W	(dst)和 CF 循环右移 1(或 CL)位

3.6   串操作指令

数据串是指存放在存储器中的一组字节数据或一组字数据。组成数据串的每字节或字称为数据串的元素,一个数据串的长度最长为 64KB。

8086/8088 指令系统提供 5 条基本串操作指令和 3 个重复前缀指令,用以对存储器中的字节串或字串进行串传送(MOVS)、串比较(CMPS)、串扫描(SCAS)、读串(LODS)和写串(STOS)操作。

执行串操作指令时应注意以下隐含约定和特点:

1) 数据串包括字节串和字串两种,因此,串操作也包括字节串操作和字串操作。

2) 所有的串操作指令都用 SI 寄存器指示源串中元素的偏移地址,并约定源串一定在当前数据段,因此,源串的起始地址(或末地址)用 DS: SI 表示。源串允许使用段超越前缀来改变段基址。所有的目的串都用 DI 寄存器指示偏移地址,并约定目的串一定位于当前附加段中,因此,目的串的起始地址(或末地址)用 ES: DI 表示。目的串不允许用段超越前缀修改段基址。串操作指令是唯一的一组源和目的操作数都在存储器中的指令。

3) 每执行一次串操作指令,处理一个元素,SI 和 DI 值会自动修改而指向下一个待处理的元素,而 SI 和 DI 的修改方向与 DF 标志有关。

4) 串操作指令执行时,由方向标志 DF 决定数据串处理方向,当 DF = 0 时,表示正向处理, SI 和 DI 的地址由小向大变化,串指令每执行一次,SI 和 DI 递增变化(字节串时增 1,字符串时增 2);当 DF = 1 时,表示反向处理,SI 和 DI 的地址由大向小变化,每执行一次串操作指令,SI 和 DI 减 1(字节串)或减 2(字串)。可用标志位操作指令 STD 使 DF 置为 1,用 CLD 指令使 DF 置为 0。

5) 串长度应放在 CX 寄存器中。

6) 为加快串操作指令的执行速度,可在基本串操作指令前加重复前缀符,使串操作指令重复执行直至整个串处理完毕,每重复一次,SI 和 DI 都根据方向标志,自动进行修改,CX 的值自动减 1。可与基本串操作指令配合的重复前缀符有:

REP 无条件重复

REPE/REPZ 相等/结果为 0,则重复

REPNE/REPNZ 不相等/结果不为 0,则重复

所有的重复前缀都不能单独使用,都必须与基本串操作指令配合使用,用来控制基本串操作指令的重复执行,其中:无条件重复前缀 REP 执行的操作是

① 若(CX) = 0,则退出 REP,否则往下执行;

② (CX)←(CX) - 1;

③ 执行 REP 后面的数据串操作指令;

④ 重复①~③。

REP 常与 MOVS, STOS 指令连用,以实现连续的数据串数据传送或数据串数据的存操作。

REPE 和 REPZ 具有相同的含义,其重复操作的条件是:只有当 ZF = 1(即两数相等),且(CX)≠0 时才重复数据串操作,直到(CX) = 0 或 ZF = 0(两数不相等)时才停止重复过程。 REPE 和 REPZ 常与 CMPS 和 SCAS 指令连用。

REPNE 和 REPNZ 也具有相同的含义,其重复操作的条件是:当 ZF = 0(两数不相等)且(CX)≠0 时才重复执行串操作指令,直到(CX) = 0 或 ZF = 1(两数相等)时才停止重复操作。 REPE 和 REPNZ 也常与 CMPS 或 SCAS 指令配用。

7)由于带重复前缀的串操作指令执行时间较长,因此,允许在指令执行过程中响应中断

申请。在处理每个元素之前都要查询是否有中断请求,若有,则 CPU 暂停当前的串操作,转去执行中断服务程序,中断返回后,继续执行被中断的串操作指令。

下面介绍这 5 条基本数据串操作指令。

1. 数据串传送指令 MOVS

指令格式:MOVS dst,src

或 MOVSB(字节操作)

MOVSW(字操作)

指令功能: 将源串中由 SI 所指 1 字节或字元素传送到由 DI 所指示的目的串中。执行后自动修改 SI、DI 地址指针。

用 MOV 指令是不能直接实现存储单元间的数据传送的,而用串传送指令就可实现,而且如果在串传送指令前加 REP 重复前缀,可实现一批数据的传送。

例 3-7 将数据段中从偏移地址为 ADDR1 开始的 100 字节数据传送到附加段中从 AD-DR2 开始的单元中。

```
CLD
MOV SI, OFFSET ADDR1
MOV DI,OFFSET ADDR2
MOV CX,0064H
REP MOVS ADDR2,ADDR1
(REP MOVSB)
```

MOVS 指令不影响状态标志位。

2. 数据串比较指令 CMPS

指令格式:CMPS dst,src

或CMPSB(字节操作)

CMPSW(字操作)

指令功能:将 DS 段中由 SI 所指示的源串中的一个元素(字节/字)减去 ES 段中的由 DI 所指示的相对应的一个元素(字节/字),结果不送回,只影响标志位 OF、SF、ZF、AF、PF 和 CF,并在比较之后,自动修改 SI、DI 指针,指向下一个待比较的元素。

常用 CMPS 指令来比较两个串是否相同,并由加在 CMPS 指令后面的条件转移指令根据比较结果决定程序走向。

串比较指令前可带条件重复前缀 REPE 或 REPZ,含义相同。即若比较结果为 CX≠0(即指定的串长度还未比较完)且 ZF=1(即两个串元素相同),则重复往下比较,直到 CX=0(比较完毕)或 ZF=0(即出现不相同的串元素)时,才停止比较。也可以用 REPNE 或 REPNZ,只是比较条件与上述相反而已。

例 3-8 上例中执行串传送指令 MOVS 后,源串和目的串的内容应该完全相同,现可用串比较指令检查是否完全相同,若不相同,将出现不相同的元素记入 AL 中,其偏移地址记入 BX 中,若相同,在 BX 中置 FFFFH,程序如下:

```
        CLD
        MOV SI,OFFSET ADDR1      ;源串起始偏移地址送 SI
        MOV  DI,OFFSET ADDR2     ;目的串起始偏移地址送 DI
```

```
              MOV   CX,64H              ;比较字节个数送 CX
              REPE   CMPSB             ;串比较,直到 ZF = 0 或 CX = 0 为止
              JNZ   ERROR
              MOV BX,0FFFFH            ;两串完全相同,BX = FFFFH
              JMP STOP
       ERROR:DEC   SI
              MOV   BX,SI              ;源串中第一个不相同元素的偏移地址送 BX
              MOV   AL,[SI]            ;第一个不相同的元素送 AL
       STOP:HLT
```

3. 数据串扫描指令/数据串搜索指令 SCAS

指令格式:SCAS dst

或SCASB(字节操作)

SCASW(字操作)

指令功能:从累加器 AL(字节串时)或 AX(字串时)中减去 ES 中由 DI 指示的目的串的一个元素,结果只影响标志位 AF、CF、OF、PF、ZF 和 SF,而不修改目的串操作数,DI 的内容自动被修改而指向下一串元素。

利用 SCAS 串搜索指令可从目的串中查找某个关键字,或从内存中查找某个数据,这时必须把要查找的关键字(或数据)先放入 AL 或 AX 中。SCAS 指令前也可加重复前缀。

例 3-9 在某一数据串中查找是否存在"E"字符,若存在,将"E"字符所在地址记入 DX 寄存器中,否则将 DX 置为全"1"。设目的串首元素偏移地址为 0100H,串长度 100(64H)。程序如下:

```
              MOV AL,'E'
              MOV CX,64H
              MOV DI,0100H
              CLD
              REPNE SCASB
              JZ FIND
              MOV DX,0FFFFH
              JMP STOP
       FIND:   DEC DI
              MOV DX,DI
       STOP:   HLT
```

4. 取数据串/数据串装入指令 LODS

指令格式:LODS src

或LODSB(字节操作)

LODSW(字操作)

指令功能:把位于 DS 段中由 SI 所指示的源串某一元素取到 AL(字节串时)或 AX(字串时)中,同时修改 SI 内容使它指向下一元素。SI 的修改是由方向标志 DF 及源串本身的类型(字节/字串)而定。

该指令加重复前缀无实际意义,因为每重复一次,AL 或 AX 中的内容就被修改,只保留最后一次写入的内容。

该指令不影响状态标志位。

5. 存数据串/字符串存储指令 STOS

指令格式:STOS dst

或 STOSB(字节操作)

STOSW(字操作)

指令功能:将累加器 AL 或 AX 中的 1 字节或字传送到(存入)附加段中由 DI 指示的目的串中,同时修改 DI 内容,使其指向目的串中的下一单元。

STOSB 或 STOSW 指令和重复前缀 REP 连用可实现将若干内存单元置为相同的数据,如全 0 或全 1,即初始化数据区。

例 3-10 将附加段中从 0600H 开始的 256 个单元置全"0",程序如下:

```
MOV DI,0600H        ;目的串首单元偏移地址送 DI
MOV CX,0100H        ;要传送的字节数放入 CX
CLD                 ;置方向标志
XOR AL,AL           ;清 AL,使 AL 为 0
REP STOSB           ;0 重复存入 256 字节单元中
HLT
```

上例中也可将 STOSB 指令改为 STOSW,这时 CX 中置为 128(80H)实现字串存储。该指令不影响状态标志位。

3.7 控制转移指令

在 8086/8088 的程序中,指令的执行顺序是由代码段寄存器 CS 和指令指针寄存器 IP 的内容确定的。在执行程序时,每取完一字节指令,就自动将 IP 的内容加 1,以指向下一指令字节,从而实现程序的顺序控制。当改变 CS 和 IP 的值或仅改变 IP 的值,程序的执行顺序也就改变了。控制转移类指令的目的就是通过改变 CS、IP 从而实现对程序流向的控制。为满足程序转移的不同要求,8086/8088 指令系统中提供了无条件转移、条件转移、过程调用、循环控制及中断等几类指令。

3.7.1 控制转移指令的寻址

程序转移可以分成两类:段内转移和段间转移。段内转移又称为近转移,用"NEAR"指明在同一段的范围内进行转移的属性,此时只需改变 IP 寄存器的内容,即用新的转移目标地址代替原有 IP 的值就可达到转移的目的。为了进一步节省目标代码的长度,对于很短距离内的段内转移(−128 ~ +127),8086/8088 又把它进一步分别开来,称为短转移,用"SHORT"来表示其属性。段间转移又称远转移,用"FAR"指明要转到另一个逻辑段执行程序,此时不仅要修改 IP 寄存器的内容还要修改 CS 寄存器的内容才能达到目的,因此,其转移目的地址应由新的段基址和偏移地址两部分组成。

下面介绍控制转移指令的寻址方式。

计算转移地址有两种方法,一种是把当前值 IP 增加或减少某一值,也就是以当前指令为中心往前或往后转移,称为相对转移(相对寻址);另一种方法是以新的值完全代替当前的 IP 值,称为绝对转移(绝对寻址)。

1. 段内直接寻址

这种寻址方式的转移指令,直接给出一个相对位移量,这样,指令转向的有效地址为当前 IP 寄存器内容和指令中给出的 8 位或 16 位位移量之和,即(IP)←(IP) + 位移量。若位移量为 8 位,则为短转移。因为位移量是相对于当前的 IP 来计算的,所以段内直接寻址又称相对寻址。以下皆为绝对寻址。

2. 段内间接寻址

在这种寻址方式中,指令转向的有效地址是由指令中指定的一个 16 位通用寄存器或一个字存储单元的内容提供,以直接取代 IP 寄存器的内容。

3. 段间直接寻址

在这种寻址方式中,指令中直接给出了转向目标的段基址和段内偏移地址。发生转移时,只要用指令中给出的段基址取代 CS 寄存器内容,用指令中给出的偏移地址取代 IP 寄存器的内容,就可完成从一个段到另一个段的转移。

4. 段间间接寻址

在这种寻址方式中,指令中给出一个存储单元地址,用该地址所指的两个相邻字单元的内容(32 位)来取代 IP 和 CS 中的内容,以达到段间转移的目的。这里,存储单元的地址可以用操作数寻址方式中除立即数寻址方式和寄存器寻址方式以外的任何一种寻址方式取得。

3.7.2 无条件转移指令 JMP

指令格式:JMP dst

指令功能:不作任何判断,使程序无条件地转移到指令中指明的目的地址处去执行。它不能构成程序分支,但在分支程序中却往往需要用它将各分支的出口重新汇集到一起。dst 通常用标号表示。

无条件转移指令 JMP 可以通过各种寻址方式得到要转移的目的地址,按不同的寻址方式可分为以下 5 种指令形式:

1. 段内直接短转移

指令格式:JMP SHORT dst

该指令执行的操作是:(IP)←(IP) + 8 位位移量,其中 8 位位移量是目标地址与 JMP 指令的下一条指令地址之差,为一个带符号数,也就是说只允许在以 JMP 指令的下一条指令地址为基准的 − 128 ~ + 127 字节范围内转移,是一种相对短转移指令。

在下面的指令中,目标地址使用符号地址(标号),指令执行的结果将转移到目标地址(标号) HELLO 处。

JMP SHORT HELLO

若 IP 的当前值为 0102H(JMP 指令的下一条指令的地址),目标地址(标号 HELLO 处的偏移值)是 010AH,则 8 位位移量为 010AH − 0102H = 08H。

2. 段内直接近转移

指令格式:JMP NEAR PTR dst

该指令执行的操作是:(IP)←(IP) + 16 位位移量。因此,它和段内直接短转移指令一样,也是一种相对转移指令。汇编格式中的 dst 可使用符号地址,地址属性 NEAR 通常可以省略。

由于位移量为 16 位,所以它可以转移到段内的任何一个地址,也就是说这种指令可在 ±32KB 范围内寻址。例如:

JMP NEXT ;可省略 NEAR 属性说明

此指令中,若 IP 的当前值为 0103H,目标地址是 1000H,则 16 位位移量为 1000H - 0103H = 0EFDH。

3. 段内间接转移

指令格式:JMP WORD PTR dst

该指令执行的操作是:(IP)←(dst)。如果指令中指定的是 16 位寄存器,则把寄存器的内容送到 IP 中;如果指令中指定的是存储器中的一个字,则把该字存储单元的内容送到 IP 中。

例如 JMP BX

JMP WORD PTR [BX + 25H]

若(DS) = 2000H,(BX) = 0100H,(20125H) = 34H,(20126H) = 12H,则例中第一条指令执行的结果是新的 IP 为 0100H,而第二条指令执行的结果是新的 IP 为 1234H。

由此可见,这是一种绝对转移指令。

4. 段间直接转移

指令格式:JMP FAR PTR dst

该指令执行的操作是:(IP)←dst 给出的段内偏移地址,(CS)←dst 给出的段基址,其中 dst 在汇编格式中可使用符号地址,这也是一种绝对转移指令。

例如 JMP FAR PTR PROG

          ⋮

    PROG:⋯

5. 段间间接转移

指令格式:JMP DWORD PTR dst

该指令执行的操作是:(IP)←(dst),(CS)←(dst + 2)

对于段间间接转移,其转移地址信息必须用两个字存储单元存放,即第一个字存储单元存放转移目标地址中的偏移地址,后一个字存储单元存放转移目标地址中的段基址。根据寻址方式求出 EA 后,把指定存储单元的字内容送到 IP 寄存器,并把下一个字的内容送到 CS 寄存器,这样就实现了段间转移。

例如:JMP DWORD PTR [BX]

若(DS) = 2000H,(BX) = 0100H,以 2000H:0100H 为首地址的连续 4 个内存单元中存放双字地址指针为 12345678H,则该指令将转移到目标地址为 1234H:5678H 的地方继续执行程序。

3.7.3 条件转移指令

条件转移指令是根据上一条指令执行后,CPU 设置的状态标志作为测试条件来决定程序是否转移。每种条件转移指令都有它的测试条件,当条件成立时,便使程序转向指令中给出的目的地址,并从这里开始执行程序,当条件不成立时,则程序仍顺序执行。

指令格式:条件操作符　短标号

指令功能:如果条件满足,则(IP) = (IP) + 8 位位移量,否则继续执行下一条指令。

在转移指令中,位移量为当前(IP)到转移目的地址的字节距离。所有条件转移指令都为相对短转移指令,指令的转移地址通过将目标的相对地址位移量加上当前指令指针 IP 的值得到,即只能在以下条指令为基准的 –128 ~ +127 字节范围内转移。在程序设计中碰到的条件转移大都是这种短转移。当需要超出短转移所能转移的范围进行条件转移时,可通过两条转移指令来实现,先用条件转移指令跳转到附近一个单元,而在该单元里放一条无条件转移指令,使程序转到所要求的目标地址。

8086/8088 指令系统共提供 18 条条件转移指令(见表 3-8),根据功能可分为三类。

下面分别说明这三类条件转移指令。

1. 根据单个标志位的状态判断转移的指令 这类指令是根据 5 个状态标志位 CF、ZF、SF、OF 和 PF 的状态为判断条件,以决定是否转移,共 10 条。有些指令有两种不同的助记符,如"结果为 0"和"相等",都是用 ZF = 1 作为测试条件,这两种情况可用助记符 JZ 和 JE 表示,含义相同。

例 3-11 根据加法运算结果进行不同的处理,若结果为 0,则停止,否则继续。这是一种分支结构,实现这种二分支的程序段可有以下两种形式:

```
        ADD AX,[BX]        或              ADD AX,[BX]
        JZ END1                            JNZ GOON
GOON :XOR AX,AX                    END1    :HLT
        ⋮                         GOON  :XOR AX,AX
END1 :HLT
```

2. 根据两个无符号数的比较结果判断转移的指令 这类指令往往跟在比较指令 CMP 之后,根据比较结果设置的条件状态标志来确定转移方向。这类指令视比较对象为无符号数,根据标志位的不同状态,设置了高于 JA、高于或等于 JAE、低于 JB、低于或等于 JBE 四条指令。

例如:比较无符号数 FEH 和 01H 的大小,执行下面的指令后,将转移到 ABOVE 处继续执行指令。

```
MOV AL,0FEH
CMP AL,01H
JA ABOVE
```

3. 根据两个带符号数的比较结果判断转移的指令 带符号数通常用补码表示,带符号数条件转移指令视比较对象为带符号数,根据状态标志 ZF、SF 和 OF 的不同组合状态,设置了大于 JG、大于或等于 JGE、小于 JL、小于等于 JLE 四条转移指令。

例如:比较无符号数 FEH 和 01H 的大小,执行下面的指令后,将不转移到 GREATER 而是继续执行指令 JG 下面的一条指令,因为带符号数 0FEH <01H。

```
MOV AL,0FEH
CMP AL, 01H
JG GREATER
```

进行比较操作时,CMP 指令不区分比较对象是带符号数还是无符号数。它只是按指令功能,机械地从左边的操作数中减去右边的操作数,并根据运算结果设置各标志的状态。只有执行其后的条件转移指令时,才能确定比较对象是带符号数还是无符号数。因此,程序设计时,一定要注意选用正确的条件转移指令。

3.7.4 过程调用和返回指令

在程序设计时,通常将那些能完成某一特定功能而又经常要使用的程序段设计成独立的模块,使用时用专门的指令调用它,这个独立的程序模块称为过程或子程序。调用过程的程序称为主程序,用来调用过程的指令就是过程调用指令 CALL。在过程结束之前要用一条过程返回指令 RET,使过程执行完毕后,能正确返回到主程序中紧跟在 CALL 指令后面的那条指令处继续往下执行。若主程序和子程序在同一代码段,则称为段内调用或近调用;若主程序和子程序不在同一代码段,则称为段间调用或远调用。

1. 调用指令 CALL

指令格式:CALL dst(过程名)

由于该指令是转向目标地址所指示的过程或子程序,这实际上也是一条无条件转移指令。不同的是过程或子程序执行完毕后,仍返回到 CALL 的下一条指令继续执行原来的程序。当该指令执行时,分两步进行:

第一步是将返回地址,也就是 CALL 指令下面那条指令的地址推入堆栈。

对于段内调用来说,执行的操作是

(SP)←(SP) – 2 ,IP 入栈

对于段间调用来说,执行的操作是

(SP)←(SP) – 2 ,CS 入栈

(SP)←(SP) – 2 ,IP 入栈

第二步是转到子程序的入口地址去执行相应的子程序,入口地址由 CALL 指令的目的操作数提供。寻找入口地址的方法与 JMP 指令的寻址方法基本上是一样的,也有 4 种方式:段内直接调用,段内间接调用,段间直接调用和段间间接调用,但没有段内短调用。

下面给出各种调用的例子:

CALL 1000H 或 CALL NEAR PTR PRO ;段内直接调用,指令中直接给出入口
;地址或给出调用的近过程名 PRO

CALL BX ;段内间接调用,入口地址由 BX 给出

CALL 2500H:1400H 或 CALL FAR PTR SUBP ;段间直接调用,指令中直接给出入口
;地址或给出调用的远过程名 SUBP

CALL DWORD PTR [DI] ;段间间接调用,入口地址在(DI)所指
;的连续 4 字节单元中,前两个字节
;为偏移地址,后 2 字节为段基址

2. 返回指令 RET　执行过程中的 RET 指令后,从栈中弹出返回地址,使程序返回主程序继续执行。这也分两种情况:

如果从段内返回,则从栈中弹出一个字到 IP,并且使(SP)←(SP) +2。

如果从段间返回,则先从栈中弹出一个字到 IP,并且使(SP)←(SP) +2;再从栈中弹出一个字到 CS,并且使(SP)←(SP) +2。

上述两种返回指令不带操作数,指令执行后堆栈指针按规定加2(段内调用)或加4(段间调用)。然而在某些情况下,执行返回指令后,往往需要自动修改堆栈指针,以便废弃一些CALL 指令执行前入栈的参数。为了达到这一目的,RET 指令可以带一个操作数(一般为立即数),其指令格式如下:

RET n

其中 n 为一个偶数。当 RET 指令完成上述返回地址出栈后,还进一步执行(SP)←(SP)+n 操作,从而实现了修改堆栈指针目的。

3.7.5 循环控制指令

循环控制指令可以方便地控制一个程序段的重复执行,重复次数必须由 CX 的内容决定,指令执行前,须先将重复次数放入 CX 中。它们都是 2 字节指令,第一字节为操作码,第二字节是一个 8 位的位移量,即只能进行短转移。转移的目的地址等于当前 IP 值加上 8 位位移量,所以和 IP 相加时要先将符号扩展为 16 位后再相加。

循环控制指令执行后不影响标志位,8086/8088 共提供 4 条循环控制指令。

1. 循环指令 LOOP

指令格式:LOOP 目标标号

指令功能:该指令使 CX 减 1,若(CX) - 1≠0,转移到指令中指示的标号处继续循环;若(CX) - 1 = 0,则退出循环转去执行 LOOP 指令的下一条指令。一条 LOOP 指令相当于下面两条指令的作用:

DEC   CX

JNZ   目标标号

2. 相等或结果为 0 时循环 LOOPE/LOOPZ

指令格式:LOOPE/LOOPZ 目标标号

指令功能:每执行一次 LOOPE 或 LOOPZ 指令,CX 自动减 1,若(CX) - 1≠0 且 ZF = 1,则循环,即程序转移到指令中所指示的标号处重复执行;若(CX) - 1 = 0 或 ZF = 0,则退出循环,执行 LOOPE 或 LOOPZ 的下一条指令。

3. 不相等或结果不为 0 循环 LOOPNE/LOONZ

指令格式:LOOPNE/LOOPNZ 目标标号

指令功能:指令每执行一次,CX 自动减 1,若(CX) - 1≠0 且 ZF = 0,则循环;若(CX) - 1 = 0 或 ZF = 1,则退出循环,转去执行 LOOPNE 或 LOOPNZ 的下一条指令。

4. CX = 0 跳转指令 JCXZ

指令格式: JCXZ 目标标号

指令功能:若(CX) = 0,则转到指令中标号处去执行,否则,顺序执行。JCXZ 指令执行时不对 CX 寄存器内容进行操作,只是根据 CX 的内容进行判别,决定程序是否转移。

例 3-12   设有一个由 100 字节组成的数组,其首地址为 ARRAY。现欲寻找数组中第一个非 0 元素,未找到则继续,若找到则转至 OKK 处执行。程序如下:

```
            MOV CX,64H
            LEA SI,ARRAY - 1
AGAIN:      INC   SI
            CMP BYTE PTR[SI],0
            LOOPE   AGAIN
            JNZ  OKK
              ⋮
            OKK: …
```

⋮

控制转移类指令见表 3-7。

表 3-7　控制转移类指令

指令类型			指令格式（助记符）	指令功能	测试条件
无条件转移			JMP 目标标号	无条件转移	
			CALL 过程名	过程调用	
			RET n	过程返回	
条件转移	对无符号数		JA/JNBE 目标标号	高于/不低于也不等于 转移	CF = 0 且 ZF = 0
			JAE/JNB 目标标号	高于或等于/不低于 转移	CF = 0 或 ZF = 1
			JB/JNAE 目标标号	低于/不高于也不等于 转移	CF = 1 且 ZF = 0
			JBE/JNA 目标标号	低于或等于/不高于 转移	CF = 1 或 ZF = 1
	对带符号数		JG/JNLE 目标标号	大于/不小于也不等于 转移	ZF = 0 且 OF⊕SF = 0
			JGE/JNL 目标标号	大于或等于/不小于 转移	ZF = 1 或 OF⊕SF = 0
			JL/JNGE 目标标号	小于/不大于也不等于 转移	ZF = 0 且 OF⊕SF = 1
			JLE/JNG 目标标号	小于或等于/不大于 转移	ZF = 1 或 OF⊕SF = 1
	单标志位条件转移		JC 目标标号	进位位为 1	CF = 1
			JNC 目标标号	进位位为 0	CF = 0
			JE/JZ 目标标号	等于/结果为 0	ZF = 1
			JNE/JNZ 目标标号	不等于/结果不为 0	ZF = 0
			JO 目标标号	溢出	OF = 1
			JNO 目标标号	不溢出	OF = 0
			JP/JPE 目标标号	奇偶位为 1（有偶数个 1）	PF = 1
			JNP/JPO 目标标号	奇偶位为 0（有奇数个 1）	PF = 0
			JS 目标标号	符号标志位为 1	SF = 1
			JNS 目标标号	符号标志位为 0	SF = 0
循环控制			LOOP 目标标号	循环	
			LOOPE/LOOPZ 目标标号	等于/结果为 0 循环	
			LOOPNE/LOOPNZ 目标标号	不等于/结果不为 0 循环	
			JCXZ 目标标号	CX 内容为 0 循环	
中断			INT 中断类型码	中断	
			INTO	溢出时中断	
			IRET	中断返回	

3.8　处理器控制指令

　　8086/8088CPU 设置有三种处理器控制指令，用来控制处理器的某些功能：状态标志位指令用来调整状态标志位；外部同步指令用来使 8086/8088CPU 与外部事件进行同步；此外还有一条空操作指令。

3.8.1 标志位操作指令

标志操作指令比较简单,它用来直接对 CF、DF 和 IF 标志位进行置位或清除。

1. STC、CLC 和 CMC 指令 进位标志 CF 常用在多字节或多字运算中,用来传送低位向高位的进位。用 CLC 指令可使 CF 清 0,用 STC 指令可使 CF 置 1,用 CMC 可使 CF 取反。

2. STD、CLD 指令 这两条指令是用来对方向标志 DF 进行设置的,用 STD 指令可使 DF 置 1,用 CLD 使 DF 清 0。方向标志 DF 在执行数据串操作指令时用来决定地址修改方向。当串操作由低地址向高地址方向进行时,DF 应为 0;反之,DF 应为 1。

3. STI 和 CLI 指令 中断允许标志 IF 是 1 还是 0 用来决定 CPU 是否可以响应外部的可屏蔽中断请求。CLI 指令可使 IF 清 0,从而禁止 CPU 响应可屏蔽中断,STI 指令可使 IF 置 1,即允许 CPU 响应可屏蔽中断。

标志位操作指令除了对指定的标志进行操作外,对别的标志无影响。

3.8.2 外部同步指令

8086/8088CPU 具有支持多处理器的功能,为充分发挥硬件的功能,系统设置了 3 条使 CPU 与其他协处理器同步工作的指令,以便共享系统资源。这类指令的执行都不影响标志位。

1. ESC 交权指令

指令格式:ESC 外部操作码,源操作数

交权指令 ESC 是 8086/8088CPU 工作于最大模式(多处理器方式)时,CPU 要求协处理器(8087 或 8089)完成某种功能的命令。

执行 ESC 指令时,处理器把控制权交给协处理器,例如 8087。8087 的运算指令是与 8088 的指令组合在一个指令流中运行的,所有 8087 的运算指令的前面几位,对于 8088 来说是一条 ESC 指令。若指令的源操作数是寄存器操作数时,主处理器将不作任何操作,若源操作数是存储器操作数,则 CPU 按寻址方式从存储器中取出操作数给协处理器。

执行 ESC 指令不影响任何标志位。

2. WAIT 等待指令 WAIT(等待)指令一般是和 ESC 指令配合起来使用的,常用在 CPU 执行完 ESC 指令之后。当 8086/8088CPU 用 ESC 指令使协处理器工作后,CPU 还可以执行一些其他操作,于是 8086/8088 和协处理处于并行工作状态。过了一定时间,8086/8088 的程序中可安排一条等待指令 WAIT,WAIT 指令也称为同步指令。8086/8088 在执行 WAIT 指令的过程中,每隔 5 个时钟周期测试一次$\overline{\text{TEST}}$引脚状态,一旦$\overline{\text{TEST}}$ = 0(协处理器在工作完成之后会在此引脚上送入一个低电平),CPU 立即退出等待状态,继续执行后续指令。

3. LOCK 封锁指令 LOCK 指令实际上不是一条独立的指令,它常作为指令前缀可加在任何指令的前端。凡带有 LOCK 前缀的指令在执行过程中会禁止其他协处理器使用总线。

4. HLT 暂停指令 当 CPU 执行 HLT 指令时,CS 和 IP 指向 HLT 后面的一条指令地址,而 CPU 则处于"什么也不干"的暂停状态。CPU 处于暂停状态时,如果有一个外部 NMI 中断请求或 INTR 中断请求(只要中断允许标志 IF = 1),CPU 便退出暂停状态而用两个连续的总线周期响应中断,即将标志寄存器、IP、CS 压入堆栈,CPU 转入执行中断服务程序。中断返回后,CPU 接着执行 HLT 后面的那条指令。实际上,HLT 指令的执行就是用软件的方法使 CPU 处于暂停状态等待外部硬件中断,而硬件中断的进入又使 CPU 退出暂停状态。当然,RESET 线上的复位信号也会使 CPU 退出暂停状态的。

5. NOP 空操作/无操作指令 CPU 执行此指令时,不做任何具体的功能操作,也不影响标志位,仅占用 3 个时钟周期的时间,故称之为空操作指令。NOP 指令常用于程序调试时插在其他指令之间用以延时。

处理器控制类指令见表 3-8 。

表 3-8 处理器控制类指令

类	名称	指令格式	操作说明
标志处理	进位标志置 0	CLC	CF←0,不影响其他标志位
	进位标志置 1	STC	CF←1,不影响其他标志位
	进位标志求反	CMC	CF←CF 求反,不影响其他标志位
	方向标志置 0	CLD	DF←0,不影响其他标志位
	方向标志置 1	STD	DF←1,不影响其他标志位
	中断标志置 0	CLI	IF←0,不影响其他标志位
	中断标志置 1	STI	IF←1,不影响其他标志位
外部同步	停机	HLT	CPU 进入暂停状态,不影响标志位
	等待	WAIT	CPU 进入空转状态,不影响标志位
	换码	ESC src	Src 送到数据总线,不影响标志位
	封锁	LOCK	(其他指令)执行期间封锁总线,不影响标志位
	空操作	NOP	不进行任何操作,不影响标志位

习　题　三

1. 8086 语言指令的寻址方式有哪几类? 用哪一种寻址方式的指令执行速度最快?

2. 用寄存器间接寻址方式时,BX、BP、SI、DI 分别针对什么情况来使用? 用这 4 个寄存器分别组合间接寻址时,物理地址是怎样计算的? 举例说明。

3. 设(DS) = 2000H,(SS) = 1500H,(SI) = 00A0H,(BX) = 0100H,数据变量 VAL 的偏移地址为 0050H,试指出以下指令的源操作数是什么寻址方式? 若为存储器操作数,其物理地址是多少?

(1) MOV AX,0ABH

(2) MOV AX,[100H]

(3) MOV AX,VAL

(4) MOV BX,[SI]

(5) MOV AL,VAL[BX]

(6) MOV CL,[BX][SI]

4. 指出下列指令中哪些是正确的? 哪些是错误的? 如有错误的,请说明原因。

(1) MOV AH,BX

(2) MOV [BX],[SI]

(3) MOV AX,[SI][DI]

(4) MOV [BX],[1000H]

(5) XCHG CS,AX

(6) XCHG BX,IP

(7) PUSH CS

(8) POP CS

5. 已知(DS) = 2000H,(BX) = 0300H,(SI) = 0002H,(20300H) = 12H,(20301H) = 34H,(20302H) = 56H,(20303H) = 78H,(21400H) = 2AH,(21401H) = 4CH,(21402H) = B7H,(21403H) = 65H 试说明下列各条指令执行完后 AX 寄存器的内容。

(1) MOV AX,1400H

(2) MOV AX,BX

(3) MOV AX,[1400H]

(4) MOV AX,[BX]

(5) MOV AX,1100H[BX]

(6) MOV AX,[BX][SI]

(7) MOV AX,1100H[BX][SI]

6. 根据以下要求,试写出相应的汇编语言指令。

(1) 把 BX 寄存器和 DX 寄存器的内容相加,结果存入 BX 寄存器中。

(2) 用寄存器 BX 和 SI 的基址变址寻址方式把存储器中的 1 字节与 AL 寄存器的内容相加,并把结果送到 AL 寄存器中。

(3) 用寄存器 BX 和位移量 0B2H 的寄存器相对寻址方式把存储器中的一个字和 CX 相加,并把结果送回存储器中。

(4) 用位移量为 0524H 的直接寻址方式把存储器中的一个字与立即数 3C5AH 相加,并把结果送回该存储单元中。

7. 已知堆栈段寄存器 SS 的内容是 0FF0AH,堆栈指针寄存器 SP 的内容是 000BH,先执行两条把 8057H 和 0F7CH 分别进栈的 PUSH 指令,再执行一条 POP BX 指令。试画出堆栈区和 SP 的内容过程变化示意图(标出存储单元的物理地址)。

8. 字节扩展指令和字扩展指令用在什么场合? 举例说明。

9. 写出执行以下计算的指令序列。其中 X、Y、Z、R、W 均为存放 16 位带符号数单元的地址。

(1) Z←W + (Z – X)

(2) Z←W – (X + 6) – (R + 9)

(3) Z←(W × X)/(Y + 6),R←余数

(4) Z←((W – X)/5 × Y) × 2

10. 写出完成以下操作的程序段。假设各变量的值均为用压缩 BCD 码表示的 2 位十进制数

(1) U←V + (S – 6)

(2) U←(X + W) – (Z – V)

11. 假设(BL) = E3H,变量 VALUE 中存放的内容为 79H,试问下列各条指令单独执行后 BL 的内容是什么?

(1) XOR BL,VALUE

(2) AND BL,VALUE

(3) OR BL,VALUE

(4) XOR BL,0FFH

(5) AND BL,0

(6) TEST BL,01H

12. 试分析下面的程序段完成什么功能?

```
MOV CL,04
SHL DX,CL
MOV BL,AH
SHL AX,CL
```

SHR BL,CL

OR DL,BL

13. 移位指令和循环移位指令在执行操作时,有什么差别? 在编制乘除法程序中,为什么常用移位指令来代替乘除法指令? 试编制一个程序段,实现 CX 中的数除以 4,结果仍放在 CX 中。

14. 用串操作指令编制实现如下功能的程序段:先将 100 字节数从数据段 2270H 处搬到附加段 1000H 处,然后从中检索等于 AL 中字符的单元,并将此单元换成空格符。

15. 在 0628H 单元处有一条二字节指令 JMP SHORT OBJ,如果其中位移量为(1)27H (2)6BH (3)0C6H,试问转向地址处的值为多少?

16. 带参数的返回指令用在什么场合? 设栈顶地址为 4000H,当执行 RET 0008H 后,SP 指针的值是多少?

17. 假定 AX 和 BX 中内容为带符号数,CX 和 DX 中的内容为无符号数。请用比较指令和条件转移指令实现以下判断。

(1) 若 DX 的内容高于 CX 的内容,转去执行 EXCEED。

(2) 若 BX 的内容大于 AX 的内容,转去执行 EXCEED。

(3) 若 CX 的内容等于零,转去执行 ZERO。

(4) 若 BX 的内容小于等于 AX 的内容,转去执行 EXCEED。

(5) 若 DX 的内容低于等于 CX 的内容,转去执行 EXCEED。

18. 分析下列程序段:

ADD AX,BX

JNO L1

JNC L2

SUB AX,BX

JNC L3

JNO L4

JMP SHORT L5

如果 AX 和 BX 的内容(带符号数)给定如下:

      AX   BX

(1) B568H 54B7 H

(2) 13478H 80DCH

(3) 4023H 5ED0H

(4) 82C8H 908DH

(5) B568H 94B7H

问该程序执行完后,程序转向哪里?

19. 说明下列程序段执行后 AX 和 CX 的值是什么?

SUB AX,AX

SUB CX,CX

LP: INC AX

LOOP LP

20. 在下列程序的括号中分别填入如下指令:

(1) LOOP L20   (2)LOOPE L20   (3)LOOPNE L20

试说明在这三种情况下,当程序执行完后,AX、BX、CX、DX 四个寄存器的内容分别是什么?

CODESG SEGMENT

       ASSUME CS:CODESG,DS:CODESG,SS:CODESG

```
            ORG 100H
BEGIN:      MOV AX,01
            MOV BX,02
            MOV DX,03
            MOV CX,04
L20:        INC AX
            ADD BX,CX
            SHR DX,1
            (    )
            RET
CODESG ENDS
            END BEGIN
```

21. 给出下列各条指令执行后的结果,以及状态标志 CF、OF、SF、ZF、PF 的状态:

```
            MOV AX,1470H
            AND AX,AX
            OR AX,AX
            XOR AX,AX
            NOT AX
            TEST AX,0F0F0H
```

22. 给出下列各条指令执行后 AL 值,以及 CF、ZF、SF、OF 和 PF 的状态:

```
            MOV AL,89H
            ADD AL,AL
            ADD AL,9DH
            CMP AL,0BCH
            SUB AL,AL
            DEC AL
```

23. 设 X、Y、Z 均为双字节数据,分别存放在地址为 X、X + 2;Y、Y + 2;Z、Z + 2 的存储单元中,它们的运算结果存入 W 单元。阅读如下程序段,给出运算式。

```
            MOV AX,X
            MOV DX,X + 2
            ADD AX,Y
            ADC DX,Y + 2
            ADD AX,24
            ADC DX,0
            SUB AX,Z
            SBB DX,Z + 2
            MOV W,AX
            MOV W + 2,DX
```

24. 编写程序段完成如下要求:

(1)用位操作指令实现 AL(无符号数)乘以 10。

(2)用逻辑运算指令实现数字 0 ~ 9 的 ASC Ⅱ 码与非压缩 BCD 码的相互转换。

(3)把 DX、AX 中的双字右移 4 位。

第4章 汇编语言及汇编程序设计

本章介绍 8086/8088 汇编语言的基本语法、伪指令、宏指令和 DOS 功能调用,在此基础上讨论 8086/8088 汇编语言程序设计的基本方法及其应用。

4.1 概述

汇编语言是一种面向 CPU 指令系统的程序设计语言。它用助记符表示操作码,用符号代表操作数或操作数地址。与机器语言相比,汇编语言相对易记、易读、易编写和易修改。同时,它还保留了机器语言面向硬件操作,程序效率高的特点。一般来说,汇编语言主要用于系统程序和实时控制程序的编制。

8086/8088 汇编语言的指令格式如图 4-1 所示。

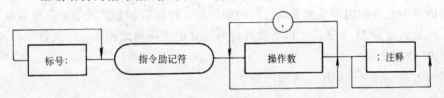

图 4-1 8086/8088 汇编语言的指令格式

图 4-1 中由前向后的箭头表示是可选项,由后向前的箭头是重复项,圆头框表示是语句中的关键字,具体说明如下:

1)标号是该指令的符号地址,必须以“:”结尾,是可选项。8086/8088 汇编语言中使用的标号必须遵循下列规则。

字母(a~z, A~Z),数字(0~9)或某些特殊字符(@ 、_、?)组成。第一个字符选用所列任何字符,但不能是数字,“?”不能单独作为标号。

标号的有效的长度为 31 位。

下面是有效的标号:

START	MY_CODE	NVM@
X	? 0001	LOOP1

下面是无效的标号:

4BETA	MAIN $	A/B
STR = 4	MVM + 1	?

2)助记符是指令名称的代表符号,它是指令语句中的关键字,不可缺省。必要时可在指令助记符的前面加上一个或多个“前缀”,从而实现某些附加操作。

3)操作数是本指令执行需要的数据。有些指令不需要指明操作数,可以默认;有些指令需要两个操作数,这时必须用逗号将两个操作数分隔开。有些操作数可以是表达式。

4)注释是可选项,可以默认,注释必须用分号开头,注释是对指令功能加以说明,方便阅读和理解程序，汇编程序不对它进行任何处理。

用汇编语言编写的程序叫源程序，汇编语言源程序不能由机器直接执行。它必须被翻译成对应的机器代码，再由机器执行。翻译的过程叫汇编，翻译出来的程序叫目标程序。现在有多种软件可以把汇编语言源程序翻译成目标程序。这些软件叫汇编程序，大多数情况下，汇编工作都可由这些软件完成。常用的汇编程序有 ASM-86 和宏汇编 MASM-86。

在汇编语言程序中，除了可使用 CPU 指令系统所提供的指令（亦称为硬指令）外，为了方便汇编，还可以使用各种符合汇编程序语法的表达式、运算符以及自行定义生成满足需要的目标代码的指令。这些指令和表达式、运算符都是编写汇编语言源程序必不可少的组成部分。

4.2 伪指令

伪指令是一种告诉汇编程序如何生成目标代码的指令语句，它不对应任何机器指令，只能被汇编程序识别。MASM-86 中使用的伪指令相当丰富，共分为 11 类。下面分类讨论。

4.2.1 符号定义伪指令

汇编语言中允许使用符号来表示任何的助记符、操作数和表达式等。符号名称不能以数字开头，有效长度为 31 个字符。以下所有符号定义的规则与此相同。定义符号有两条指令。

1. EQU 伪指令

格式：＜符号名＞　EQU　＜表达式＞

例 4-1

```
PORT    EQU    88H            ; 定义符号 PORT 代表 88H
DATA    EQU    PORT + 2       ; 定义符号 DATA 代表 PORT + 2
B1      EQU    ［BP + 2］      ; 定义符号 B1 代表 ［BP + 2］
LD      EQU    MOV            ; 定义符号 LD 代表助记符 MOV
P8      EQU    DS：［BP + 2］  ; 定义符号 P8 代表 DS：［BP + 2］
```

用 EQU 定义的符号，不能重新再定义，除非用 PURGE 伪指令解除定义。"＜＞"号表示此项内容不能省略（以后这类使用不加说明，含义相同）。如果用来定义符号的表达式中引用了其他符号，如例子中的 DATA 引用了符号 PORT，那么 PORT 应事先定义，上例中 DATA 代表 88H + 2 = 8AH。

使用符号定义伪指令可方便程序的修改，简化语句和提高程序的可读性。例如，程序中多次出现同一操作数，而这个操作数有时需要根据实际情况调整，就可用一符号代表这个操作数，在书写有关语句时，以该符号代替该操作数。当需要修改该操作数时，只要改变定义该符号的伪指令，就能改变需要调整该操作数的所有指令。

2. 等号（赋值）伪指令

格式：＜符号名＞　=　＜表达式＞

例 4-2

```
PORT = 88H              ; 定义符号 PORT 代表 88H
PORT = ［DI］            ; 定义符号 PORT 代表 ［D1］
```

用等号伪指令定义的符号可以重新赋值，无需解除定义。其余与 EQU 伪指令相同。

3. 解除符号定义伪指令

格式：PURGE　　　符号1，符号2，……

PURGE 指令可用来解除之前引用符号的定义。

4.2.2　内存数据定义伪指令

这类伪指令告诉汇编程序在存储器中存入指定的数据，并允许给该存储空间起名，以方便访问。

1. 字节定义伪指令

格式：[名称]　　DB　　<数据表>

DB 伪指令用来定义字节数据，其后数据表每个操作数都占有一个字节的内存空间，从符号地址开始连续存放（地址递增）。"[]"号内容表示该项可选或默认（以后这类使用不加说明，含义相同）。

2. 字定义伪指令

格式：[名称]　　DW　　<数据表>

DW 伪指令用来定义字数据，其后数据表每个操作数都占有两个字节的内存空间，低字节在低地址，高字节在高地址。

3. 4 字节定义伪指令

格式：[名称]　　DD　　<数据表>

DD 伪指令用来定义双字数据，其后数据表每个操作数都占 4 个字节的内存空间。低字节在低地址，高字节在高地址。

4. 8 字节定义伪指令

格式：[名称]　　DQ　　<数据表>

DQ 伪指令用来定义 4 字数据，其后数据表每个操作数占 8 个字节的内存空间。低字节在低地址，高字节在高地址。

5. 10 字节定义伪指令

格式：[名称]　　DT　　<数据表>

DT 伪指令用来定义 10 个字节数据，其后数据表每个操作数占 10 个字节的内存空间。低字节在低地址，高字节在高地址。

6. 复制操作符

格式：<复制次数>　　DUP　　<数据表>

使用这类伪指令时，若数据表有多个数据，则每项数据以逗号分隔，汇编程序将把所定义的数据按先后次序连续分配存储空间，所起的名称也只代表第一个单元的地址。字符串数据需以引号括起。以字节方式定义的字符串数据可以连续书写，每个字符按先后次序存放。而其他数据定义伪指令中，数据项的宽度必须与所定义的存储单元相符，数据表中可用问号为未确定的数据预留存储空间。复制操作符可以用来代表重复出现的数据。当以多字节方式定义数据时，应注意数据是按低位在低地址，高位在高地址存放的。

例 4-3

```
VAR1    DB    32H，'ABC'
VAR2    DW    1234H，40H，'AB'
        DD    12345678H
```

```
          DB      ?, 11000011B
ARRY1     DB      2DUP (0, 1)
ARRY2     DW      2 DUP (?, 1)
```

本例所定义的数据存储器存储单元分配情况如图4-2所示。

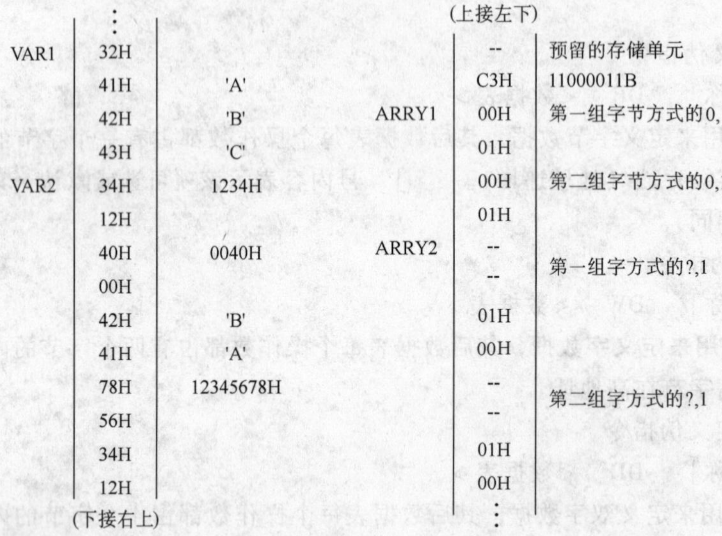

图4-2　存储单元分配情况

4.2.3　段定义伪指令

8086/8088 系统的存储器是分段管理的，每个逻辑段的长度不能超过 64KB。程序、数据和堆栈通常放在不同的逻辑段中。当程序代码较长或需要分块编写时，程序也可以放在不同的段中。数据也是这样。各段的定义由伪指令实现，段定义伪指令的格式如下：

格式：<段名>　SEGMENT　［定位方式］［连接方式］［'类别名'］

　　　　⋮

　　　<段名>　ENDS

每个段必须有一个段名，且起始段名须与结束段名相同。各个段的段名可以相同，也可以不同。段定义时可以对段的属性进行说明。这些说明为程序编译、连接时对各段的定位、组合和连接进行控制。这些说明只是可选项，也可以默认。下面对段的各个属性的意义进行说明。

1. 定位方式（定位类型）　定位方式指段起始地址的边界方式，有以下 4 种：

PAGE 段起始地址的低 8 位是 0，即段起始地址是 256 的整数倍，称为按页边界定位。

PARA 段起始地址的低 4 位是 0，即段起始地址是 16 的整数倍，称为按段边界定位。这是系统的默认定位方式。

WORD 段起始地址的最低位是 0，即段起始地址是 2 的整数倍，称为按字段边界定位。

BYTE 段起始地址可以是任意值，没有限制。

2. 连接方式（组合方式）　连接方式告诉连接程序该段可以以何种方式与其他段进行

连接，共有 6 种连接方式。

NONE 表示本段与其他段逻辑上没有关系，有独立的段地址。这是系统的隐含连接方式。

PUBLIC 告诉连接程序把本段与其他同名同类别的段连接起来，形成一个物理段。它们具有相同的段起始地址，但偏移地址不同，其连接次序由连接命令指定。如例 4-4 连接后的数据在内存中的分布情况与例 4-5 完全相同。

例 4-4

```
DATA1    SEGMENT    PUBLIC
    X      DB     10H
DATA1    ENDS
DATA1    SEGMENT    PUBLIC
    Y      DW     2020H
DATA1    ENDS
```

例 4-5

```
DATA1    SEGMENT
    X      DB     10H
    Y      DW     2020H
DATA1    ENDS
```

STACK 表示本段是堆栈段，连接方式同 PUBLIC。源程序应至少有一个堆栈段，否则连接程序提示错误并取约定堆栈。

COMMON 表示连接时把本段与其他同名同类别的段共用一个物理段，它们具有相同的段地址。程序运行时这些段产生覆盖，使用完毕的段被即将使用的段所覆盖。这样可以节省存储器空间，覆盖技术是在有限的内存中运行大型程序的有效手段。

MEMORY 表示本段连接时定位在其所有段之上，即高地址处。如果连接时有几个指定MEMORY 段，则遇到的第一个作为 MEMORY 段，其他的作为 COMMON 段。

AT ＜表达式＞直接控制连接程序把段地址设为表达式所计算出来的 16 位值。但这一组合方式不能用于代码段。

3. 类别名　类别名是合法的自定义符，它必须用单引号括起来，凡是类别名相同的段在连接时均按先后次序连接起来。

4.2.4　段寄存器说明伪指令

格式：ASSUME　段寄存器：段名 1［，段寄存器：段名 2…］

该伪指令告诉汇编程序在汇编时，各个段寄存器所对应的逻辑段基址（如无特别指定）。除代码段 CS 外，所有段寄存器的实际值还必须用传送指令在执行程序时赋值。例 4-6 是一个典型的汇编源程序格式。

例 4-6

```
NAME    SAMPLE
  DATA    SEGMENT
    X    DB    10H
    Y    DW    2020H
```

```
              ⋮
    DATA    ENDS
    STACK      SEGMENT
      DW      128 DUP（?）
    STACK    ENDS
    CODE      SEGMENT
          ASSUME  CS：CODE，DS：DATA，SS：STACK
START：MOV    AX，DATA
      MOV    DS，AX
      MOV    AX，STACK
      MOV    SS，AX
              ⋮
    CODE   ENDS
END   START
```

4.2.5 定位伪指令

1. 起址定位伪指令

格式：ORG   <表达式>

起址定位伪指令告诉汇编程序把以下的程序或数据从表达式指定的偏移地址开始存放。

2. 地址定位伪指令

格式：EVEN

偶地址定位伪指令告诉汇编程序把以下程序或数据从偶地址开始存放。

例 4-7

```
DATA   SEGMENT
    X  DB    10H
       EVEN
    Y  DW    0200H
       ORG    06H
    Z  DB    'A'
DATA   ENDS
```

偏移地址	内容
0000H	10H
0001H	--
0002H	00H
0003H	02H
0004H	--
0005H	--
0006H	41H

图 4-3 数据段存储单元分配情况

程序汇编后数据段中的内容如图 4-3 所示。

4.2.6 子程序定义伪指令

子程序又称为过程，它相当于高级语言中的过程和函数，在一个程序的不同部分，往往要用到类似的程序段，这些程序段的功能和结构形式都相同，只是某些变量的赋值不同，此时就可以把这些程序段写成子程序形式，以便需要时可以调用。

格式：<子程序名>   PROC   [NEAR/FAR]
              ⋮
      <子程序名>   ENDP

子程序有 NEAR/FAR 两种类型。NEAR 为段内（近程）调用过程，即主程序和子程序在同一个段中。调用此类子程序时堆栈中只须保存偏移地址。FAR 为段间（远程）调用过

程，即主程序和子程序不在同一个段中。远程调用时堆栈中保存偏移地址和段地址。如没有说明，则系统默认是 NEAR 类型。当某个子程序既要能在段内调用又能在段间调用，则须定义两个子程序名。具体方法在本章的属性运算符中介绍。

4.2.7 模块定义伪指令

在设计大程序时，往往需要采用模块化结构，即把程序分成若干部分来编写。每个部分写在各自的源程序文件中，由汇编程序汇编成各个目标代码文件。然后用连接程序连接成一个完整的程序。

每个部分称为一个模块，各模块可以分别命名。

1. 模块开始伪指令

格式： NAME　　模块名

该伪指令一般放在源程序开始。用来定义本程序模块的名字。模块名应是自定义符。

2. 模块结束指令

格式：END　　［启动标号/过程名］

模块结束伪指令告诉汇编程序源程序结束。在主模块中该伪指令同时给出主程序的入口位置，特别是主程序以子程序形式出现时，必须指明启动标号或主程序名。模块定义伪指令的使用参见例 4-6。

4.2.8 外部符号定义伪指令

在模块化程序中，各模块之间常常是有关联的，需要互相访问。当某一模块需要访问（或引用）另一模块中定义的符号时，必须对这些符号进行说明。这些符号，包括变量、符号常量、标号和子程序名，称为外部符号。

1. 公用符号伪指令

格式：PUBLIC　 <符号名 1 > ［，符号名 2，...］

用 PUBLIC 伪指令说明的符号可以被其他模块所引用，没有说明的符号则不能被其他模块引用。

2. 引用符号伪指令

格式：EXTRN　 <符号名 1：类型 > ［，符号名 2：类型，...］

当需要引用其他模块的符号时，必须用 EXTRN 伪指令说明。其中类型包括 BYTE、WORD、DWORD、NEAR、FAR 和 ABS，ABS 表示符号常量。EXTRN 中给出的类型须与该符号在原模块中的定义一致。

也就是说，当某一模块需要引用另一模块中定义的符号时，两个模块须分别用 PUBLIC 和 EXTRN 伪指令说明。

例 4-8　两个源程序模块中的外部符号说明如下：

模块 1 源程序：

EXTRN　　VAR2：BYTE，LAB2：FAR

PUBLIC　 VAR1，LAB1

DATA　SEGMENT

　VAR1　　DW　　0800H

　　　　　　⋮

DATA　ENDS

```
CODE    SEGMENT
        ⋮
    LAB1…
CODE    ENDS
```
模块 2 源程序：
```
EXTRN    VAR1：WORD，LAB1：FAR
PUBLIC    VAR2，LAB2
DATA    SEGMENT
  VAR2    DB    0FFH
        ⋮
DATA    ENDS
CODE    SEGMENT
        ⋮
    LAB2：…
CODE    ENDS
```

在例 4-8 中，模块 1 要引用模块 2 中定义的变量 VAR2 和标号 LAB2，则在模块 1 中要用 EXTRN 来说明，同时在模块 2 中用 PUBLIC 进行说明，反之亦然。用 EXTRN 说明的符号在该模块中不能再定义，如模块 1 中不能再定义符号 VAR2 和 LAB2。

4.2.9　记录伪指令

在实际应用中，有时信息的单位不一定是一个字节或一个字，如一个产品的信息包括编号，通电工作情况和耐压等级用 4 位二进制表示，通电工作情况可用 1 位表示，耐压等级可用 2 位表示。对于这样一类信息，可定义为记录形式按位实现信息组合。

1. 记录定义伪指令

格式：记录名　RECORD　<字段名 1：宽度 >［，字段名 2：宽度，...］

记录有若干个字段组成，每个字段有自己的名称。字段的宽度为字段所占的二进制位数，可以是 1~16。一个记录的各字段宽度之和应在 1~16 之间。若宽度和不超过 8，则汇编程序将该记录按字节处理，否则按字处理。当宽度之和不是 8 或 16 位时，则所有字段靠右对齐到字节或字的最低位。如上面提到的产品信息可定义为：

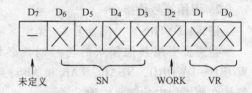

图 4-4　记录 PRODUCT 字段分配

PRODUCT   RECORD SN：4，WORK：1，VR：2

记录 PRODUCT 三个字段的宽度之和为 7 位，汇编程序按字节处理，各字段的分配如图 4-4 所示。

记录定义伪指令不真正为记录分配内存单元，它只是在汇编时对有关记录的使用作出说明。

2. 记录内存分配伪指令

格式：［变量名］　记录名 <字段值表 >

该伪指令类似于前面介绍的内存数据定义伪指令。但这里分配的内存数据不是一般的字节数据或字数据，而是按照记录名定义可以访问字段的内存数据。字段值表按记录定义的字段顺序给各字段赋值，字段表中缺省的字段按 0 赋值。

例 4-9 对于例 4.2.9 节所定义的记录 PRODUCT，可定义记录变量 X1 和 X2 如下：

| X1 | PRODUCT | <8, 1, 3> |
| X2 | PRODUCT | <，，2> |

记录 X1 和 X2 的各字段内存分配图如图 4-5 所示。

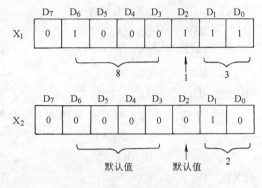

图 4-5　记录 X1 和 X2 的各字段内存分配图

3. 记录操作符

（1）WIDTH　格式：WIDTH　记录名（或字段名）

该操作符用于求出记录或字段的宽度。

例如：

```
MOV   AX, WIDTH   PRODUCT        ; AX← 7
MOV   BL, WIDTH   SN             ; BL← 4
```

（2）MASK　格式：MASK　记录字段名

此操作符给出一个对应于记录长度的 8 位或 16 位二进制数，该数中，指定字段名所在的位为 1，其余位为 0。例如：

```
MOV   AH, MASK   SN             ; AH←01111000B
MOV   BL, MASK   WORK           ; BL←00000100B
```

（3）记录字段名　记录字段名作为指令的一个操作数单独出现时，表示该字段最低位在记录中的位置，例如：

```
MOV   AH, SN                    ; AH← 3
MOV   BL, VR                    ; BL← 0
```

在记录 PRODUCT 中，字段 SN 占用 D6 ~ D3 位，即其字段位置是 3；字段 VR 占用 D_1 ~ D_0 位，其余字段位置是 0。

在程序中，利用各种记录操作可对记录及其字段进行处理。以下是一个使用记录的例子。

例 4-10 设有 4 个产品的情况分别记录在变量 P1 ~ P4 中。编写程序计算其中通电工作正常（WORK 字段为 1）的产品数，结果存到 GOOD 单元中。

程序如下：

```
DATA   SEGMENT
    PRODUCT     RECORD  SN: 4, WORK: 1, VR: 2
    P1          PRODUCT     <1, 1, 2>
    P2          PRODUCT     <2, 1, 3>
    P3          PRODUCT     <3, 0, 1>
    P4          PRODUCT     <4, 1, 0>
    GOOD        DB      0
DATA   ENDS
```

```
      CODE    SEGMENT
          ASSUME      CS：CODE，DS：DATA
START：MOV     AX，DATA
      MOV     DS，AX
      LEA     BX，P1              ；指向第一个记录
      MOV     CX，4
CHECK：MOV     AL，[BX]            ；取记录内容
      TEST    AL，MASK WORK       ；测试 WORK 字段
      JZ          NEXT           ；为 0，程序转到 NEXT
      INC     GOOD               ；为 1，正常产品数加 1
NEXT：INC     BX                  ；BX + 1→BX，指向下一个记录
      LOOP    CHECK              ；CX − 1→CX≠0，程序转到 CHECK
      MOV     AH，4CH
      INT     21H
      CODE    ENDS
      END     START
```

4.2.10 结构伪指令

结构是一种在高级语言中常用的数据形式。它是把一组相关的数据组合在一起，当作一个整体来处理。如学籍管理中，一个学生的信息包括学号（NUM）、姓名（NAME）、性别（SEX）和成绩（SCORE）等数据项。把这些数据项组合在一起后，各项数据就称为结构的字段。

1. 结构定义

格式：结构名   STRUC

   <数据定义>

      ⋮

   结构名   ENDS

和记录变量定义一样，结构定义仅对结构使用作说明，并不具体分配内存空间。例如一个学生的结构可定义为：

```
STUDENT    STRUC
    NUM     DW     ？
    NAME    DB     'ABCD'
    SEX     DB     ？
    SCORE   DB     ？
STUDENT    ENDS
```

2. 结构分配伪指令

格式：[变量名]   结构名 <字段值表>

结构分配伪指令的用法与记录分配伪指令相同，只是缺省值取结构定义中的初始值。在前面定义了结构 STUDENT 的基础上，可定义结构变量 STU1 和 STU2 如下：

```
STU1  STUDENT  <9334，'LI'，'M'，85>
```

STU2　　STUDENT　　<9324,'WANG','F',? >

3. 结构引用　在程序中引用结构变量的某一字段,可采用两种形式。

(1) 格式:结构变量名 . 字段名

(2) 格式:[地址寄存器] . 字段名

其中,地址寄存器的内容为结构变量第一字节的偏移地址。例如:

MOV　　AX , X1. NUM　　　　;把 X1 的学号送给 AX

MOV　　AX , [BX] . NUM　　;把 BX 所指向的结构变量的学号送给 AX

4.2.11　块注释伪指令

格式:COMMENT　　定界符　　注释　　定界符

对于程序中单行的注释,可用分号';'引导。当注释较长时,可用 COMMENT 伪指令定义。其中定界符可以是任意非空字符,且第一个定界符必须在 COMMENT 的语句行中。注释和结束定界符可以在其他语句行。如例 4-11 中的定界符为'/'。

例 4-11

COMMENT　　/

　　　　注释

　　　　⋮

　　　　/

4.3　表达式及运算符

在汇编语言中,指令的操作数除了可以是常数、寄存器、变量和标号外,还可以是表达式。表达式是由常数、寄存器、变量、标号和专用运算符组合而成。在程序汇编时,汇编程序自动把这些表达式计算出来,形成具体的指令操作数。

4.3.1　常数、变量和标号

4.3.1.1　常数

常数包括数值型常数和字符型常数。其中数值型常数又分为整型数和实数。整型数可以以二进制、八进制、十进制和十六进制方式表示,但实数只能以十进制形式给出。

1. 数值型常数

(1) 二进制数　由 0 和 1 组成的数字序列,并以字母 B 结尾的数,如 01001000B。

(2) 八进制数　由 0,1,...,7 组成的数字序列,并以字母 Q 结尾的数,如 732Q。

(3) 十进制数　由 0,1,...,9 组成的数字序列,并以字母 D 结尾或没有结尾字母的数,如 92D,92。

(4) 十六进制数　由 0,1,...,9,A,...,F 组成的数字序列,并以字母 H 结尾的数,如 3F80H。其中如果以字母 A ~ F 开始的十六进制数,须在之前加上数字 0,以便汇编程序区分常数和符号,如 0EFH。

(5) 实数　由整数、小数和指数三部分组成,这是汇编语言的浮点表示法,其中,整数和小数部分称为尾数。实数表示法实际上就是数学中的科学计数法。

实数的书写格式如下:±整数部分 . 小数部分 E ±指数部分。

如: -0.31E +4

2. 字符常数

字符常数是以引号括起来的字符或字符串，这些字符以 ASCII 码形式存在内存中，如'AB'，在内存中为 41H、42H。

4.3.1.2 变量

变量代表存放在存储单元中的数据。为了便于对这些数据的访问，可以通过内存数据定义伪指令给它们定义变量名。定义后的变量有三个属性：

1. 段属性　表示变量所在的逻辑段。

2. 偏移量属性　表示变量在逻辑段中的偏移地址。

3. 类型属性　表示变量占用的存储单元数。这一属性由定义变量的伪指令决定，说明该变量属性是字节 DB、字 DW、双字 DD、8 字节 DQ 和 10 字节 DT。

4.3.1.3 标号

标号是指令目标代码的符号地址。在转移指令中常用标号代替具体转移地址，标号的使用使编写汇编语言程序时，不必考虑程序汇编、连接后系统分配给指令代码的实际地址。标号同样也有三个属性：

1. 段属性　表示指令代码所在的逻辑段。

2. 偏移量属性　表示指令代码在逻辑段中的偏移地址。

3. 距离属性　表示标号可作段内转移或段间转移。标号的距离属性由段内（NEAR）和段间（FAR）说明。

4.3.2 表达式及运算符

表达式由操作数和运算符组成。其中，表达式的操作数可以是常数、变量、寄存器和标号。运算符包括算术运算符、逻辑运算符、关系运算符、分析运算符和属性运算符五类运算。

1. 算术运算符　算术运算符有 +（加）、−（减）、*（乘）、/（除）、MOD（求模）以及 SHL（左移）和 SHR（右移）共 7 种。其中 MOD 运算是指除法运算后得到的余数。如 13/2 的商是 6，而 13MOD2 则为 1（余数）。这类运算的结果都只取其整数部分，除法也只取商的整数部分，对于地址表达式，只有加法和减法，且参加运算的地址必须在同一段中。

例 4-12

```
DATA    SEGMENT
  X     DB    11, 22, 33
  Y     DW    0F44H, 55FFH
        ⋮
DATA    ENDS
CODE    SEGMENT
        ⋮
MOV     AL, X + 2            ; X + 2 代表相对 X 符号地址的偏移地址为 2
                             ; 的内存单元，即 33H → AL
MOV     CL, 3 * 3/2MOD 3     ; 3 * 3/2 = 4，4MOD3 = 1，即 1 → CL
ADD     CL, 44H SHR 1        ; 44H 右移 1 位是 22H，即 22H + CL→ CL
MOV     BX, Y − X            ; Y 的符号地址与 X 的符号地址的差送 BX，
```

                ; 即 3 → BX

      ⋮

CODE　ENDS

2. 逻辑运算符　逻辑运算符有 AND（与）、OR（或）、XOR（异或）和 NOT（非）。这类运算符只能用于数字表达式中，不能用于地址表达式。

例 4-13

MOV　AL, 0F0H AND 88H　　　　　　; 80H → AL

MOV　DH, 0F0H OR 88H　　　　　　; 0F8H → DH

MOV　BL, 0F0H XOR 0AH　　　　　　; 0FAH → BL

MOV　CX, NOT 88H　　　　　　　　; 0FF77H → CX

3. 关系运算符　关系运算符有 EQ（相等）、NE（不等）、LT（小于）、GT（大于）、LE（小于或等于）和 GE（大于或等于）。当关系（条件）成立时，运算结果为全 1（FFH 或 FFFFH），否则为全 0。

例如：

MOV　AL, 0F0H GT 88H　　　　　　; 0FFH → AL

MOV　DH, 0F0H EQ 88H　　　　　　; 00H → DH

4. 分析运算符　这是一类获取符号属性的运算符。

（1）求段基址 SEG

格式：SEG ＜符号名＞

例如：

MOV　AX, SEG START　　　　　　; 将符号 START 的段基址送给 AX

（2）求偏移地址 OFFSET

格式：OFFSET ＜符号名＞

例如：

MOV　BX, OFFSET X　　　　　　; 将变量 X 的偏移地址送给 BX

（3）求类型值 TYPE

格式：TYPE ＜符号名＞

类型与类型值的对照表见表 4-1。

表 4-1　类型与类型值的对照表

类型	单字节 BYTE	字 WORD	4 字节 DWORD	8 字节 QWORD	10 字节 TBYTE	近程 NEAR	远程 FAR
类型值	1	2	4	8	10	−1 补码	−2 补码

例 4-14

      ⋮

VR1　DB 'AB'

VR2　DW ?

      ⋮

MOV　AL, TYPE VR1　　　　　　; 1→ AL

```
        MOV   BL, TYPE VR2              ; 2→ BL
         ⋮
```

（4）求变量单元数（复制次数）LENGTH

格式：LENGTH ＜符号＞

给出用复制操作 DUP 定义的变量的复制次数，如变量定义时没有用到 DUP 伪指令，则运算结果为 1。

（5）求变量字节数 SIZE　SIZE 运算等于类型值乘复制次数，即 SIZE ＝ LENGTH ＊ TYPE，见例 4-15。

例 4-15

```
         ⋮
AGE        DB      12H
SCORE      DW      10 DUP（?）
         ⋮
MOV     AX, LENGTH AGE           ; 1 → AX
MOV     CL, LENGTH SCORE         ; 10 → CL
MOV     CL, SIZE SCORE           ; 10 ×2→ CL
         ⋮
```

5. 属性运算符

（1）定义符号类型 PTR

格式：＜类型＞　PTR　＜符号名＞

该运算符用于指定操作数类型，其中类型见表 4-1。假设某内存变量 X1 是字节属性，把它的两个字节内容一起送到 AX 的指令为：

```
MOV     AX, WORD PTR X1
```

PTR 运算符还可以指定其他寻址方式表示的存储器操作数。例如：

```
MOV     AX, WORD PTR [BX + 10]
```

（2）定义新类型 THIS

格式：THIS ＜类型＞

此运算符用于对紧跟它后面的符号定义一个新的类型。

例如指令：
```
DATA1      EQU      THIS BYTE
DATA2      DW      1234H
```

其中 DATA2 是一个类型为字的符号，THIS 运算符把 DATA2 的第一个字节单元定义为字节属性，并通过 EQU 伪指令定义符号 DATA1 和 DATA2 的低字节使用同一个存储单元。

例 4-16

```
         ⋮
ADD1      EQU   THIS FAR          ; 给紧跟后面指令所在地址再定义一个具
                                  ; 有远程（FAR）属性的符号地址 ADD1
ADD2：    MOV   AL, DATA1
         ⋮
          JMP   ADD1              ; 相当于 JMP FAR PTR ADD2
```

（3）段属性前缀

格式：段寄存器名：地址表达式

当要使用非默认段时，可在地址表达式前指定所使用的逻辑段。

例如指令：MOV AX，ES：[BX]

表示源操作数在附加段中。

（4）短距离前缀 SHORT

格式：SHORT　　标号

该前缀用来修饰转移指令目标符号地址的属性，指出该标号是在转移指令下一条地址的
–128～+127 字节范围内，使汇编程序只产生 8 位的偏移量。

（5）分离运算符　分离运算符有 HIGH 和 LOW，分别用于提取字数据的高字节和低字
节。

例 4-17

⋮

X　　DW　　1234H

⋮

MOV　AH，HIGH X　　　　　　；12H → AH

MOV　BL，LOW X　　　　　　；34H → BL

⋮

6. 运算符的优先级　以上介绍了 5 类运算符，在一个表达式中可以有多个不同的运算
符同时出现，汇编程序首先计算高优先级的运算，再计算低优先级的运算，最后算出表达式
的值。运算符的优先级见表 4-2，表中同一行中的运算符级别不分高低，按表达式中的先后
次序运算。

表 4-2　运算符的优先级

优先级	
最高	括号中的表达式
	LENGTH，SIZE，WIDTH，MASK
	PTR，OFFSET，SEG，TYPE，THIS，段前缀
	HIGH，LOW
	*，/，MOD，SHL，SHR
	+，-
	EQ，NE，LT，LE，GT，GE
	NOT
	AND
	OR，XOR
最低	SHORT

4.4　宏指令

所谓宏指令就是程序员自己定义的指令。通常是把需要重复使用的程序段定义成一条宏
指令，在源程序中用一条宏指令来代表一段程序。从某种意义上讲，宏指令与子程序有相似

之处，它们都可以简化源程序，但宏指令与子程序有明显的区别：

1）宏指令在汇编时由宏汇编程序识别，并被替换成所代表的程序段。而子程序的形式不是一条指令，是一段由 CALL 指令控制 CPU 去执行的程序。

2）由于程序中的每条宏指令在汇编时，都分别被替换成所代表的程序段，所以使用宏指令并不能缩短目标程序的长度。而子程序的目标程序是一段可以被多次运行的代码段，不论运行多少次，它只是同一段代码段，只占用一段存储器空间，所以使用子程序可以简化源程序，缩短目标程序的长度。

3）子程序的使用需要把主程序的断点以及有关的中间数据放到堆栈中，返回时又要恢复有关中间数据和主程序指令地址，所以执行时间较长，而宏指令的使用不存在这些问题，它没有主程序、断点和返回的概念，宏指令和目标代码就是整个程序不可分割的一部分，因此相对子程序而言，可以说宏指令的特点就是用牺牲代码长度来换取执行时间的减少。

4）一条宏指令可以使用不同参数来使它代表不同的程序段，这是宏指令比子程序更灵活的一方面。因为子程序一旦定义，它的目标代码就是不可改变的。

综上所述，对于重复使用的程序段，如果需要一种灵活和执行速度快的方法来简化源程序，则应该选择使用宏指令；如果重复使用的程序段较长，变化也不大，而希望提高目标代码的使用效率，则应使用子程序方式。本节除了分析宏指令的使用外，也介绍和宏指令类似的重复定义命令和包含汇编语句。

4.4.1 宏指令的定义

使用宏指令首先要对宏指令进行定义。

格式：宏指令名　　MACRO　　[形式参数 1，形式参数 2，...]
　　　　　　　　⋮　　　＜宏定义体＞
　　　　　　　ENDM

其中，宏指令名定义后可以像一般指令一样在程序中使用。MACRO 和 ENDM 语句行之间的内容是宏定义体，它们是在汇编时用来替代宏指令的内容，形式参数是可选项，它对宏定义体中的可变部分进行说明，在汇编时形式参数由实际参数代替，所以在使用有形式参数的宏指令时，可以用不同的实际参数来代替宏指令中的形式参数。

例 4-18 定义一个宏指令，实现两个 8 位带符号数的比较，并将大的那个数放到指定的内存单元。

```
BIGB    MACRO    DES, SR1, SR2
   LOCAL    ADDR
      PUSH    AX
      MOV     AL, SR1
      CMP     AL, SR2
      JG      ADDR
      MOV     AL, SR2
ADDR: MOV     DES, AL
      POP     AX
      ENDM
```

定义了宏指令 BIGB 后，在源程序中就可以象使用 8086/8088 汇编语言指令一样使用该宏指令。使用宏指令称为宏调用。

格式：宏指令名　　　［实际参数 1］，［实际参数 2］，...

其中，实际参数通常与宏定义中的形式参数一一对应，如果实际参数多于形式参数，则多余的实际参数被视为无效；如果实际参数少于形式参数，则多余的形式参数对应为空白。

在程序汇编时，汇编程序把宏指令替换为相应程序段，这个过程称为宏展开。在汇编产生的列表文件中，由宏指令展开的指令前附有加号作为标识。宏调用和宏展开的过程见例 4-19。

例 4-19

```
            ⋮
BIGB   CL，［SI］，［DI］              ；把由 SI 和 DI 间接寻址的两个内存单元的
                                    ；带符号数大的那个送到 CL
            ⋮
BIGB   RES，DATA1，DATA2            ；比较带符号数 DATA1 和 DATA2，将大
                                    ；的那个数送到 RES 单元
            ⋮
```

汇编后展开为：

```
            ⋮
+          PUSH AX
+          MOV AL，［SI］           ；形式参数 SR1 被宏调用实际参数［SI］
                                    ；所替换
+          CMP AL，［DI］           ；形式参数 SV2 被宏调用实际参数［DI］
                                    ；所替换
+          JG ?? 0000              ；符号地址 ADDR 被?? 0000 替换
+          MOV AL，［DI］
+?? 0000：  MOV CL，AL             ；形式参数 DES 被宏调用实际参数 CL 所
                                    ；替换
+          POP AX
            ⋮
+          PUSH AX
+          MOV AL，DATA1           ；SR1 被 DATA1 替换
+          CMP AL，DATA2           ；SR2 被 DATA2 替换
+          JG ?? 0001              ；ADDR 被?? 0001 替换
+          MOV AL，DATA2
+?? 0001：  MOV RES，AL            ；DES 被 RES 替换
+          POP AX
            ⋮
```

从上例可以看出，宏指令增加了源程序的可读性，且缩短了源程序的长度，但不能缩短目标程序的长度。＋号代表是宏展开的语句。

4.4.2　局域符号定义

同一宏指令在源程序中往往被多次使用，宏定义体中的符号地址如果不加以说明，则目

标程序中就会出现多个重名的符号地址。因此宏定义体中的符号地址必须在宏定义中的开始加以说明。

格式：LOCAL　　　符号地址1，符号地址2，...

这些符号地址在宏展开时，由汇编程序重新命名。如例4-19宏定义中的符号地址AD-DR在第一次展开时被命名为?? 0000，第二次展开时被命名为?? 0001。事实上，汇编程序对LOCAL伪操作的每一个符号地址建立唯一的符号，用?? 0000 ~ ?? FFFF代替在若干次宏展开中存在的符号地址，以避免重名。

4.4.3　删除宏定义

格式：PURGE　　　宏指令名1，宏指令名2，...

宏指令名和常量、标号、变量等一样都是由英文字母和数字组成的符号。为了改变符号的用途，可用PURGE指令取消宏指令（与符号一样）的定义，这些符号就不再是一个宏指令了。

4.4.4　重复定义语句

宏指令的概念是告诉汇编程序源程序中的某些符号代表一段程序，目的是简化源程序。此外，MASM-86还提供了重复定义指令，使得连续重复的程序段也可以以简化形式编写。

1. 不带参数的重复定义

格式：REPT　　　<表达式>
　　　　　⋮
　　　ENDM

该重复定义告诉汇编程序把REPT命令行和ENDM命令行之间的程序连续重复若干次，重复次数由表达式给出。

例如某段源程序如下：

```
REPT    2
    ADD    AL, BL
    MOV    BL, AL
ENDM
```

则在汇编后扩展为

```
+        ADD AL, BL        ；第一次
+        MOV BL, AL
+        ADD AL, BL        ；第二次
+        MOV BL, AL
```

2. 带参数的重复定义

格式：IRP　　　形式参数，<参数1，参数2，... >
　　　　　⋮
　　　ENDM

该重复定义让汇编程序在重复该程序段时，每次给其中的形式参数赋予不同的实际参数。假设源程序如下：

```
    IRP    XX, <1, 2, 3, 4>
        ADD    AL, XX
```

```
          ENDM
```
则在汇编后扩展为
```
+         ADD AL，1
+         ADD AL，2
+         ADD AL，3
+         ADD AL，4
```

3. 带字符串参数重复定义

格式：IRPC　　　形式参数，字符串

该重复定义让汇编程序在该重复程序段时，每次把字符串中一个字符赋予给形式参数，其中字符串无需用引号括起。假设源程序如下：
```
    IRPC    XX，1234
        ADD     AL，XX
        ENDM
```
则在汇编后扩展为
```
+         ADD AL，1
+         ADD AL，2
+         ADD AL，3
+         ADD AL，4
```

4.4.5　退出宏定义

格式：EXITM

在宏定义或重复定义中可以使用 EXITM 命令，告诉汇编程序不展开该命令后的语句。

4.4.6　包含汇编语句

格式：INCLUDE　　　文件名

INCLUDE 语句告诉汇编程序把指定的文件插入该语句处与本源程序文件一同汇编。

4.5　汇编语言程序的上机过程

本节介绍在 IBM-PC 及其兼容机上，进行汇编程序的源程序编辑、汇编、连接和调试、执行的整个过程的具体操作方法。在下面的叙述中，将以 Microsoft Macro Assembler Version 5.00 版本为基础，如果读者使用的是其他的版本，会略有不同，但基本方法是一样的。

4.5.1　建立汇编语言的环境

典型的汇编语言开发环境都包含 4 种工具：编辑程序、汇编程序、连接程序及调试程序。

1. 汇编语言源程序的建立　编辑程序是用来输入汇编语言程序的源程序的工具。因为源程序是以文本格式保存的，所以可以用任何标准文本编辑软件来建立和修改，例如，EDIT. EXE。汇编源程序文件的扩展名必须为 ASM。输入和编辑源程序时必须遵循汇编语言的有关语法规定，否则源程序不能被汇编。因此，在编制一个汇编源程序时，首先要使用段定义伪指令来构成由若干指令和数据组成的程序。一般来说，一个完整的汇编程序至少应该包括数据段、代码段，有的还需要堆栈段，甚至数据还需要附加段，但具体需要几个段，完全根据实际情况来确定。例 4-20 给出了一个完整的汇编源程序的基本格式，当然，各个段的先后顺序可以是任意的。

例 4-20

```
DATAA        SEGMENT
    ⋮                            ；数据段内定义各类程序执行需要的
                                 ；相关的数据
DATAA        ENDS
STACKA       SEGMENT
    ⋮                            ；根据具体程序的需要，定义堆栈段
                                 ；供程序执行过程中保持临时数据
STACKA       ENDS
EXTRAA       SEGMENT
    ⋮                            ；根据具体程序的需要定义附加数据段
EXTRAA       ENDS
CODEA        SEGMENT
    ASSUME  CS：CODEA, DS：DATAA, SS：STACKA , ES：EXTRAA
START：  MOV  AX, DATAA
        MOV  DS, AX
    ⋮                            ；完成具体操作的指令序列
CODEA  ENDS
END  START
```

2. 汇编程序的功能和汇编　汇编程序能够识别指令助记符、伪指令和宏语句，并能把源程序翻译成机器码。汇编程序有汇编程序 ASM. EXE 和宏汇编程序 MASM. EXE 两类。其中只有宏汇编程序能识别宏指令。汇编程序在翻译汇编语言源程序时，可以产生三种文件：

1）目标程序文件，扩展名为 OBJ。它包括了源程序所对应的机器指令代码。但目标程序还不能直接运行。

2）列表文件，扩展名为 LST。列表文件包含了程序的逻辑地址、代码程序及源程序对照清单，文件的后部还附有引用符号表。列表文件是标准文本文件，可以用 TYPE 命令输出。

3）交叉引用文件，扩展名为 CRF。交叉引用文件包含了符号定义行号和引用行号，该文件不是文本文件。其中列表文件和交叉引用文件不是必须的，可以不生成。

例 4-21　假设有一程序文件 TEST1. ASM 是一完整汇编源程序。

程序清单如下：

```
DATA1    SEGMENT
    X    DB    05H
    Y    DB    0EEH
    Z    DB    ?
DATA1    ENDS
CODE1    SEGMENT
    ASSUME    CS：CODE, DS：DATA
```

```
START: MOV     AX, DATA
       MOV     DS, AX
       MOV     AL, X
       ADD     AL, Y
       MOV     Z, AL
       MOV     AH, 4CH          ; 送功能号
       INT  21H                 ; 系统功能调用, 返回操作系统
CODE1  ENDS
    END  START
```

用 MASM. EXE 对 TEST1. ASM 进行汇编, 产生目标代码文件 TEST1. OBJ 和列表文件 TEST. 1LST, 在 DOS 操作系统下, 具体操作如下 (带下划线的是输入操作, "↙"表示回车键, 其他均为屏幕显示的内容):

C > MASM TEST1↙

Microsoft (R) Macro Assembler Version 5. 00

Copyright (C) Microsoft Corp 1981—1985, 1987. All rights reserved.

Object filname [TEST1. OBJ]: ↙

Source listing [NUL. LST]: TEST1↙

Cross-reference [NUL. CRF]: TEST1↙

　　50094 + 374194 Bytes symbol space free

　　0   Warning Errors

　　0   Severe Errors

如果列表文件和交叉引用文件不需要, 则上述操作时, 直接按回车键即可。汇编程序完成汇编后, 除了能产生上述三个文件外, 还有一个重要功能, 就是可以给出源程序中的错误。错误有两类, 警告性错误 (Warning Errors) 和严重错误 (Severe Errors)。前者汇编程序指出可能会出错的地方, 后者是汇编程序指出无法进行汇编的错误。如果源程序有严重错误, 则不会产生目标文件。汇编程序结束后, 在屏幕上给出此两类错误的个数, 要知道具体的错误信息, 可打开列表文件, 列表文件中每个错误之处给出了可能错误的原因。如有严重错误, 必须重新修改源程序文件, 并重新汇编直至无错误为止。如果是警告性错误, 需要分析源程序是否真的有问题。另外, 需要注意的是, 汇编程序只能查出源程序中的语法错误, 并不能查出算法错误或其他错误, 这类错误要在程序调试时才能查出。

3. 汇编语言程序的连接　通过汇编产生的 OBJ 文件是二进制目标文件, 但 OBJ 文件用的是浮动地址, 不能直接运行, 必须用连接程序 LINK. EXE 连接和定位。在大型汇编程序设计中, 常常把源程序分成几个模块来编写和汇编, 连接程序就是把各个模块的目标文件连接起来, 形成一个可执行文件。具体操作参见例 4-22。

例 4-22　对于例 4-21 产生的目标文件, 进行连接操作。

C > LINK TEST1↙

Microsoft (R) Overlay Linker Version 3. 60

Copyright (C) Microsoft Corp 1983—1987. All rights reserved.

Run File [TEST1. EXE]: ↙

List File［NUL. MAP］：<u>TEST1</u>✓

Libraries［. LIB］：✓

　　Link：Warning L4021：no stack segment

　　由于例 4-20 的源程序没有定义堆栈段，所以连接后出现警告性错误提示，但并不影响连接工作的完成，堆栈段取约定值。连接后产生的可执行文件 TEST1. EXE 和连接映像文件 TEST1. MAP。映像文件给出每个段在存储器中的分配情况，MAP 文件不是必需的。在连接过程中还可以把库文件（Libraries）连接到可执行文件中，当库文件多于一个时，库文件名用加号连接起来。如果没有库文件要连接起来（如本例），则键入回车键即可。

　　4. 汇编语言程序的运行　通过连接产生的可执行文件 TEST1. EXE，就可以如例 4-23 操作，运行该程序了。

　　例 4-23　对于通过例 4-21 和例 4-22 产生的可执行文件，进行运行操作。

C＞<u>TEST1. EXE</u>✓

　　如果运行结果是正确的，说明这一程序调试工作就完成了。

　　5. 汇编语言程序的调试　一般来说，程序的开发往往不能一次就成功运行，总会有些语法以外的错误可能出现，这时就需要认真分析源程序，并利用专门的调试程序 DE-BUG. COM 来帮助我们找出程序的错误所在。具体操作参见例 4-24。

　　例 4-24　用 DEBUG. COM 调试 TEST1. EXE。

C＞<u>DEBUG TEST1. EXE</u>✓

　　键入此命令后，就启动了 DEBUG 调试程序。在 DEBUG 程序中，为我们提供了 18 条子命令。利用这些子命令，我们可以对程序进行汇编和反汇编，可以观察和修改内存及寄存器的内容，可以执行和跟踪程序，并观察每一步执行的结果，还可以读、写盘上的扇区或文件等。不过，被调试好的程序不能以 EXE 文件格式存盘，DEBUG 程序只能把程序保存为命令文件格式，其扩展名是 COM。当然，COM 文件和 EXE 文件都是可以直接运行的文件，不同的是 EXE 文件带有重定位信息文件头，且可以使用 4 个物理段，而 COM 文件没有重定位信息，且所有逻辑段以及文件头都在同一物理段，所以程序最大不能超过 64KB。因此要调试 EXE 程序，只能把调试过程中发现的错误记录下来，待调试完毕后，重新修改源程序，汇编和连接，最后产生新的 EXE 文件。

　　DEBUG 程序的子命令见表 4-3。

表 4-3　DEBUG 程序的子命令

子命令名	格　式	简　要　说　明
汇编	A 地址	从指定地址开始把宏汇编语言语句直接汇编入内存
	A	接着上一条 A 子命令的结束地址继续进行汇编，若是第一次，则从 CS：100 开始
比较	C 范围地址	比较两个内存块的内容
显示	D 地址	从指定地址开始显示内存中 40 字节或 80 字节的内容
	D 范围	显示指定范围内的内存内容
	D	接着上一条 D 子命令的结束地址继续进行显示，若是第一次，则从 DS：100 开始
修改	E 地址表	用表中的内容来替换内存中一个或多个字节里的内容
	E 地址	以连续的方式显示并且允许修改若干字节。按空格键进入到下一字节，按"－"键是返回到上一个字节，按"✓"键是结束 E 子命令
填充	F 范围表	用表中的值反复赋给指定范围内的内存块
执行	G＝地址	从指定地址开始执行程序至结束

子命令名	格　式	简　要　说　明
	G	从当前的 CS：IP 开始执行程序至结束，若是第一次，则从 CS：100 开始
	G 地址 1 地址 2…	从当前的 CS：IP 开始执行程序，当遇到地址 1、地址 2… 中的一个时停止执行，并显示出寄存器、标志和下一条应执行的指令。断点可设置 10 个
	G＝地址 1 地址 2…	从指定地址开始执行程序，并设置断点
十六进制算术运算	H 值 1 值 2	求值 1 和值 2 的和与差（全为 16 进制）
输入	I 口地址号	读并显示输入的字节
读盘	L 地址	读文件到指定地址开始的内存块中
	L	读文件到 CS：100 开始的内存块中
	L 地址 盘号称 扇区号 扇区数	读软盘绝对盘扇区到指定地址开始的内存块中
传送	M 范围地址	把指定范围内的内容传送到指定地址开始的内存单元中去
命名	N 文件名 [文件名]	定义文件和参数
输出	O 口地址号字节数	把一字节数据从指定地址传送出去
停止	Q	结束 DEBUG 程序，不保存正在内存中调试的文件
寄存器	R	显示所有寄存器的内容
	R 寄存器名	显示并修改指定寄存器的内容
	RF	显示并修改标志寄存器的内容
检索	S 范围表	在指定范围里检索表中的字符（一个或多个）
跟踪	T＝地址	从指定地址开始执行一条指令并显示寄存器、标志和下一条要执行的指令
	T	执行当前的 CS：IP 所指向的一条指令
	T 地址字节数	从指定地址开始执行指定字节数的指令
反汇编	U 地址	从指定地址开始反汇编 16 或 32 位的指令
	U	接着上一条 U 子命令的结束地址，继续进行反汇编
	U 范围	把指定范围内的内容反汇编
写盘	W 地址	把指定地址开始的内容写到盘文件上去，字节数由 BX 和 CX 指定
	W	把 CS：100 开始的内容写到盘文件上去
	W 地址 盘号 扇区号 扇区数	把指定地址开始的内容写到软盘绝对盘扇区中去

4.5.2　汇编语言的上机过程

　　前面介绍了 8086/8088 的指令系统和相应的伪指令，下面将基于对这些指令和伪指令的理解，学习解决具体问题的编程方法。一般来说，编制一个汇编程序的整个过程，如图 4-6 所示。汇编程序的输入、汇编、连接和调试及运行，在上一节上机操作已经介绍，这里不再赘述。这里主要介绍如何着手编写源程序。步骤如下：

　　1. 分析问题确定算法　分析问题就是全面地理解所要处理的问题。一般来说，编写程序不仅仅是让计算机计算一个算式。首先要了解有什么条件，原始数据的来源和类型；然后明确要求的结果是什么，结果数据以何种形式送到什么地方，并清楚了解对运算精度和运算速度的要求，对于较大型的程序设计，可以把大问题分解成若干小问题以便于分析和处理。同时，要建立数学模型，也就是把要解决的问题向计算机处理转化，具体就是把问题数学化、公式化。有些比较直观的问题，可以不去讨论数学模型的问题：有些问题本身就符合数学公式或数学模型，可以直接利用；但对于不能用简单数学模型精确描述的问题，需要建立近似的数学模型模拟问题，通过计算机的高速运算也可以获得理想的结果。此外，由于计算机的指令系统只能完成加、减、乘、除等基本算术运算，因此需要把数学模型转化为适合计算机运算特点的算法。具体算法的确定通常以逻辑简单，运算速度快，精度高等方面为依据，同时还要考虑节省内存空间，编程容易等因素。例如，三角函数的计算在数学上可以通过级数展开获得。但在程序设计中为了简化算法和提高速度往往用查表方法实现。

2. 绘制程序流程图　程序流程图是描述算法实现过程的有效工具，它以直观的方式在算法和程序代码间建立起桥梁。流程图由箭头线段、处理流程框和菱形判断等图形符号组成，如图 4-6 所示。绘制程序流程图的过程，也是合理有效地分配计算机资源的过程。这些资源包括内存、CPU 的寄存器、接口设备和系统提供的子程序等。调用现成的子程序可以简化设计工作，程序运行时所需要的工作单元应尽可能放在 CPU 寄存器中，这样存取速度快，操作方便。

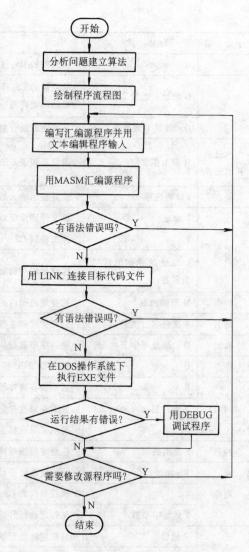

图 4-6　汇编程序的编写、汇编、连接及调试流程图

汇编语言的重要特点之一是能够直接为数据和代码分配内存空间。当然，当程序本身没有指定时，系统会按默认方式分配存储空间。在 8086/8088 系统中，存储器是分段管理的，因此设计程序时要考虑分段结构，要执行的程序应放在当前段中。计算机资源的分配工作有时不一定在绘制流程图中完全确定，也可以在编写代码时进行具体分配，这要依赖程序规模以及个人习惯。一个良好的程序流程图可以便于对算法进行检查，并使代码编写工作变得方便快捷。

对于初学者来说，建议编写程序以前，一定要先编写程序流程图。

4.5.3　编写代码

编写代码就是按照计算机的语法规定编写计算机解决问题的过程。汇编语言编程应按照 CPU 的指令系统和伪指令的语法规则进行。一个计算机的指令系统往往有几十至几百条指令，初学者并不能完全熟记所有的指令。要在程序中用好这些指令，并不需要去死背它们，可以通过查指令表和指令说明，通过不断的编程训练自然就能运用自如。同时，学习编程要养成良好的编程习惯。一是不要怕麻烦，要勤加注释。汇编语言不同于高级语言，它不是针对算法的描述，所以不直观，也难以理解，清楚的注释为日后自己或他人分析、修改程序提供了方便。二是程序结构要简单明了。程序间的联系越简单，分析、调试起来越方便。三是尽量用符号量（地址），少用立即数（直接地址）。符合化的操作数和地址将为程序调试和修改带来极大的灵活性。

4.6 汇编程序基本设计方法

4.6.1 简单程序

简单程序又指顺序结构程序，是指不包含任何转移类指令的程序。这类程序在执行时按照指令的先后次序从第一条指令开始逐条执行，直至程序结束。

例 4-25 有 X、Y 两个 16 位数 3456H 和 0ABCDH，求两数之和，并将结果送到 Z 单元。

分析：这是一个简单的顺序程序设计：根据汇编语言程序设计的原则，我们需要设置数据段和代码段。数据段的数据有三个 16 位数 X、Y、Z 并且 X、Y 分别等于 3456H、0ABCDH，显然其和还是 16 位（代码段主要是考虑执行两个存储器操作数和目的操作数相加后送回到存储器）。由于 8086/8088 指令系统中没有源操作数和目的操作数都为存储器操作数的指令，所以需要考虑用何种寻址方式来取得两个相加数，最后相加的结果还要送回到存储器的指定单元中。求两个 16 位数之和的程序流程图如图 4-7 所示。

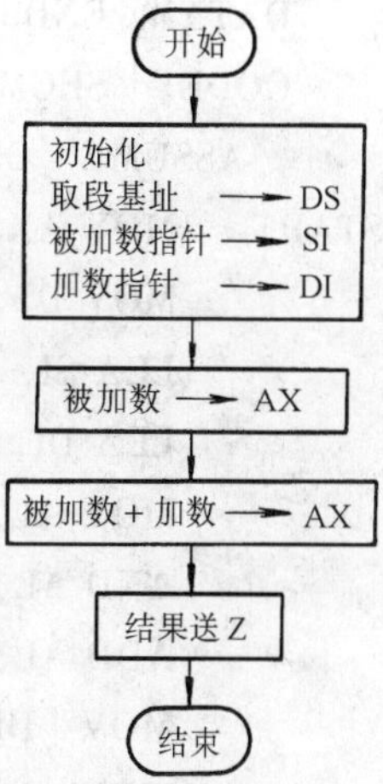

程序清单：

```
DATA    SEGMENT
   X       DW      3456H
   Y       DW      0ABCDH
   Z       DW      00
DATA    ENDS                    ；设置数据段，取名 DATA
CODE    SEGMENT
 ASSUME         DS：DATA，CS：CODE
START：  MOV AX，DATA            ；取数码段 DATA 段址至 AX
         MOV DS，AX             ；段地址送 DS
         LEA SI，X              ；将 X 的有效地址送 S1
         LEA DI，Y              ；将 Y 的有效地址送 D1
         MOV AX，[SI]           ；将 X 的值送 AX
         ADD AX，[DI]           ；AX + Y 的值送回 AX
         MOV Z，AX              ；将 AX 的值送到存储单元 Z
         MOV AH，4CH            ；设置功能号
         INT 21H               ；系统功能调用，返回 DOS
```

图 4-7 求两个 16 位数之和的程序流程图

```
        CODE    ENDS
           END  START
```

例 4-26 把用压缩 BCD 码表示的数 M，转换为两个相应的 ASCII 码，结果存在紧跟 M 后的两个内存单元，低位在前，高位在后。

分析：这个题目是显示程序常用的操作。前面已介绍过，压缩 BCD 码就是以二进制表示的 2 位十进制数，它占用一个字节。解决这个问题需分两步走。首先把 2 位 BCD 码拆开，即把 M 的高 4 位和低 4 位拆开。然后，再把拆开的 2 位 BCD 码分别转换成 ASCII 码。查阅 ASCII 编码表可知，数值 0，1，…，9 的 ASCII 码是 30H，31H，…，39H，所以只要把 BCD 码值加上 30H 就可以获得它的 ASCII 码。BCD 码转换为 ASCII 码的程序流程图如图 4-8 所示。

程序清单：

```
DATA1    SEGMENT
   M DB    ?
   N DB    2 DUP (00)
DATA1  ENDS
CODE1  SEGMENT
       ASSUME  DS：DATA1，CS：CODE1
START： MOV AX，DATA1       ；取数据段地址
        MOV DS，AX          ；数据段地址送 DS
        LEA SI，M           ；取 M 的指针
        LEA DI，N           ；取 N 的指针
        MOV AL，[SI]        ；将 BCD 码送 AL
        AND AL，0FH         ；高 4 位清零
        ADD AL，30H         ；将 BCD 码的个位转换成 ASCII 码
        MOV [DI]，AL        ；个位数的 ASCII 送目的内存
        MOV AL，[SI]        ；再取 BCD 码
        MOV CL，4
        SHR AL，CL          ；将 BCD 码右移 4 位，高 4 位补零
        ADD AL，30H         ；高位加上 30H 转换成 ASCII 码
        MOV [DI+1]，AL      ；将十位数的 ASCII 码送目的内存
        MOV AH，4CH
        INT 21H
CODE1    ENDS
END    START
```

4.6.2 分支程序

顺序结构的程序虽然简单，但不能发挥计算机的逻辑判断能力以及解决其他一些具体问题。计算机的智能主要是表现在它可以根据不同的情况进行判断，执行不同的程序段。控制计算机执行某段程序或不执行某段程序就是分支程序。分支程序利用转移指令来改变程序执行的次序。

在前面讲解 8086/8088 指令系统时已经介绍过转移指令。转移指令包括无条件转移指令和条件转移指令，其中条件转移指令就是根据前面指令执行后某个标志位的状态进行逻辑判断，从而确定程序的转向。分支程序结构通常有两种形式：两路分支和多路分支，如图 4-9 所示。

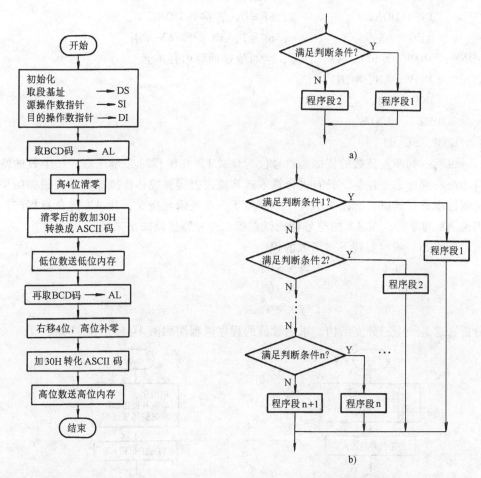

图 4-8　BCD 码转换为 ASCII
码的程序流程图

图 4-9　两路分支和多路分支
a) 两路分支　b) 多路分支

例 4-27　内存单元 M 有一个 16 位带符号数，求其绝对值，并将结果放回原处。

分析：本例数据段只有一个数据 M。我们知道，8086/8088 指令系统并没有求绝对值的指令。所以首先要判断该带符号数是正数还是负数，正数的绝对值就是它本身，负数则需要通过求补获得其绝对值。求绝对值的程序流程图如图 4-10 所示。

程序清单：

```
DATA2    SEGMENT
  M   DW      ?
DATA2    ENDS
CODE2    SEGMENT
   ASSUME    CS：CODE2, DS：DATA2
START：MOV   AX, DATA2
```

```
        MOV   DS, AX              ; 送段地址至 DS
        LEA   SI, M               ; 取 M 的指针
        MOV   AX, [SI]            ; 取带符号数
        AND   AX, AX              ; 判断符号位
        JNS   DONE                ; SF = 0, 转移到 DONE
        NEG   AX                  ; SF = 1, AX < 0, AX 求补
DONE:   MOV   [SI], AX            ; 绝对值送回原内存单元
        MOV   AH, 4CH
        INT   21H
CODE2   ENDS
END  START
```

说明：判断正负数的依据是符号位为 0 或 1，在编程时必须注意，一个数的特征并不会自动反映到标志寄存器，只有进行算术运算或逻辑运算或移位操作后才会根据结果的特征反映到标志寄存器里。所以在本程序中使用了一条逻辑与指令，让 AX 与自身相与，与的结果仍是 AX 的原值，而 AX 的符号特征就在标志寄存器里反映出来了。

例 4-28 编写实现下列函数的程序。

$$Y = \begin{cases} 1 & (当 X > 0) \\ 0 & (当 X = 0) \\ -1 & (当 X < 0) \end{cases}$$

分析：这是一个三分支结构。求函数值的程序流程图如图 4-11 所示。

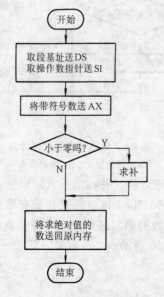

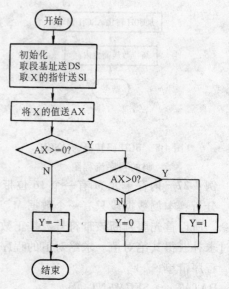

图 4-10　求绝对值的流程图　　　　　　图 4-11　求函数值的程序流程图

程序清单如下：

```
DATA3     SEGMENT
  X     DW    ?
  Y     DB    ?
```

```
    DATA3      ENDS
    CODE3      SEGMENT
        ASSUME    CS: CODE3, DS: DATA3
START: MOV      AX, DATA3
       MOV      DS, AX           ; 送段地址
       LEA      SI, X            ; 取 X 的指针
       MOV      AX, [SI]         ; 将 X 的值送 AX
       AND      AX, AX           ; 自身与, 取符号标志位
       JNS      LP1              ; SF = 0, 转移到 LP1
       MOV      Y, 0FFH          ; SF = 1, 则 X < 0
       JMP      END1
LP1:   JNZ      LP2              ; ZF = 0 转移到 LP2
       MOV      Y, 00H           ; ZF = 1, 则 X = 0
       JMP      END1
LP2:   MOV      Y, 01H           ; SF = 0, ZF = 0, 则 X > 0
END1:  MOV      AH, 4CH
       INT      21H
    CODE3      ENDS
    END        START
```

说明：这是一个三分支的程序，程序中使用了两条条件转移指令和两条无条件转移指令。计算机在执行程序时，只要没有转移指令，它就一直顺序运行。所以在处理多分支程序中，每一个分支处理完后必须转移到分支结构的出口，本程序是由 JMP END1 来实现的。因此，对于多分支的程序，程序流程图对于明确思路是极其重要的。

4.6.3　循环程序

在处理实际问题时，有时候需要进行反复执行一组相同的操作。如计算 $1 + 2 + \ldots +$ 100 需要进行 99 次加法运算。如果用顺序程序实现，则编写程序费时，而且程序冗长。因此，对于操作数的改变是有规律可寻的，我们可以在程序中只写一条加法指令，并使得操作数作出相应的改变。这种控制计算机反复执行一段指令序列的程序结构就是循环程序。对于有重复性的算法，循环程序大大缩短了程序清单。减少了程序代码占用的存储空间。

循环程序一般由 5 个部分组成，初始化、循环体、循环参数修改、循环控制和结束处理。图 4-12 是循环结构的程序流程结构图。

初始化就是设置循环程序的初始值，必须在进入循环前提供。要设置的初始值参数包括地址指针、寄存器、内存单元和循环控制次数等。

循环体是循环结构的基本部分，使用循环结构的目的就是要重复执行这段操作，不同的程序要解决的问题不同，因此这部分程序的具体内容是各不相同的。

循环参数修改包括地址指针修改，循环次数减 1/加 1（即改变循环次数）等。循环控制用来控制循环的进行，是继续循环还是结束循环（退出循环）。循环控制一般是检测循环结束条件，当结束条件不满足时，就重复执行循环体，当结束循环条件满足时，就结束并退出循环。

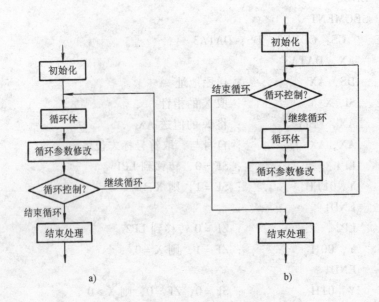

图 4-12　循环结构的程序流程图

a）非零次循环结构　b）零次循环结构

结束处理是收尾工作，处理循环程序的运行结果。

当然，并非每个循环程序都必须包括以上这几个部分，有些部分对某些程序来说是不需要的。不过，循环体和循环控制这两部分是必需的。

从图 4-12a 的循环结构来看，循环体是至少执行一次的，这种循环结构为非零次循环结构。若将循环控制部分搬到循环体部分的前面，就成为零次循环结构，如图 4-12b 所示。

一个循环结构，若其循环体内只包含有顺序结构和分支结构，则这种循环结构为单重循环结构。若循环体内还包含有循环结构，形成内层循环和外层循环，内层循环嵌到外层循环体中，这种循环结构为双重循环结构，图 4-13 所示为双重循环结构。对于双重循环结构，若内循环参数和外循环参数互相有关，则在设置初值和修改循环参数时应特别注意以避免混乱和出错。若循环嵌套数再增加，就成为多重循环结构。

在循环程序中，循环体是程序的基本部分，是应该首先进行设计的，通常循环处理的是数据块，如数组，因此必须选择好寻址方式和地址指针，要便于取数和修改指针。循环体确定好后，大部分循环参数已确定了，有关的初始值设置和参数修改也都相应地确

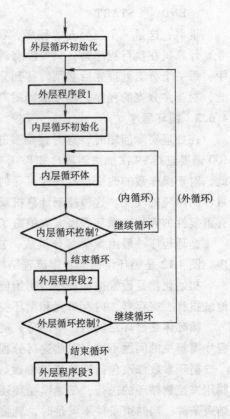

图 4-13　双重循环结构

定了。

循环控制是程序设计的又一主要内容。首先要确定是非零次循环结构，还是零次循环结构。其次要确定循环控制方法，常用的有计数控制法和条件控制法，计数控制法简单，但前提是控制循环次数必须是已知的，计数控制法有正计数法和倒计数法两种，其中以倒计数法使用最为广泛。倒计数法是先将计数器的初值设置为循环次数，每执行一次循环体后，计数器减一，并测试减一后是否为零。若为零则结束循环，否则，继续循环。最常用于倒计数法的指令是 LOOP 指令。但需要注意的是 LOOP 指令的转移范围是 8 位位移量。对于循环次数不能预先确定的情况，条件控制法是最常用的一种控制方法。条件控制法按以循环中某个特定条件是否满足来决定循环是否继续进行。

例 4-29 以 ARRAY 开始的字节数组有 10 个带符号数，求出它们的和，并将和送到 SUM 字单元中。

分析：这是一个反复执行加法运算的题目，是一个循环次数已知的典型的循环程序应用。10 个 8 位带符号数相加，结果有可能变为 16 位带符号数，因此，在做加法时要把 8 位带符号数扩展成 16 位数相加。求 ARRAY 的和的程序流程图如图 4-14 所示。

程序清单如下：

```
DATA4   SEGMENT
        ARRAY    DB     a1，a2，a3，…，a10
        SUM      DW     ？
DATA4   ENDS
CODE4   SEGMENT
        ASSUME   CS：CODE4，DS：DATA4
START：     MOV    AX，DATA4
           MOV    DS，AX        ；取数据段地址
           LEA    SI，ARRAY     ；装载 ARRAY 的指针
           XOR    DX，DX        ；DX 清零
           MOV    CX，10        ；10→CX
DONE：     MOV    AL，[SI]      ；取第一数
           CBW                 ；AL 扩展成 AX
           ADD    DX，AX        ；DX + AX→DX
           INC    SI           ；修改 ARRA 指针，指向下一个数
           LOOP   DONE         ；CX - 1→CX，CX≠0 时循环继续执行
           MOV    SUM，DX       ；保存累加和
           MOV    AH，4CH
           INT    21H
CODE4   ENDS
        END    START
```

例 4-30 统计数据段 string 字符串的字符个数，将统计值存入 count 单元，字符串是由字符$值为结束符的，统计时$不统计在内。

分析：这是一个循环次数未知的例子。但已知循环结束条件是取到字符$，查 ASCⅡ码

表可知$的值是24H，也即当测得字符值是24H时，退出循环计数。本程序应采用零次循环结构，因为string字符串可能只有一个结束符$。统计string字符串的个数的程序流程图如图4-15所示。

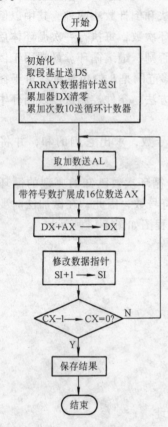

图4-14 求ARRAY的和的
程序流程图

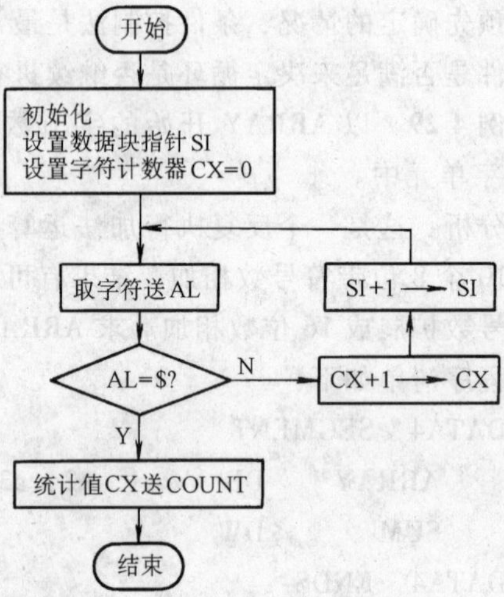

图4-15 统计string字符串
的个数的程序流程图

程序清单如下：

```
DATA5       SEGMENT
    STRING      DB      'How are you！'，'$'
    COUNT       DW      ?
DATA5       ENDS
CODE5       SEGMENT
    ASSUME  CS：CODE5，DS：DATA5
START：  MOV     AX，DATA5
        MOV     DS，AX              ；取数据段地址
        MOV     SI，OFFSET STRING   ；取STRING的指针
        XOR     CX，CX              ；字符计数器CX清零
AGAIN：  MOV     AL，[SI]            ；取STRING的第一个字符
        CMP     AL，'$'             ；与字符'$'比较
        JZ      DONE               ；与字符'$'相等，结束循环
```

```
            INC      CX                    ; CX + 1 送 CX
            INC      SI                    ; 数据指针指向下一个字符
            JMP      AGAIN                 ; 循环执行
DONE：      MOV      COUNT, CX             ; 保存统计结果
            MOV      AH, 4CH
            INT      21H
      CODE5    ENDS
      END    START
```

例 4-31 数据段 buffer 数组有 100 个字数据, 统计该数组中所有为 "1" 的位的个数, 统计结果存入 result 单元。

分析: 统计一个字数据中 "1" 的个数, 可用右移指令把该字数据的各位逐个移到进位位 CF, 当 CF = 1 时, 计数器加 1 计数, 用循环结构对该 16 位字数据进行 "1" 的统计, 同时由于有 100 个字数据, 故再用一个循环结构对该 100 个字数据进行 "1" 的统计。显然这是一个双重循环结构的程序。统计 100 个字数据中 "1" 的个数的程序流程图如图 4-16 所示。

程序清单如下:

```
DATA6    SEGMENT
  BUFFER     DW    a1, a2, ... , a100; 共 100 个数据
  COUNT      EQU      100
  RESULT     DW     ?
DATA6    ENDS
CODE6    SEGMENT
  ASSUME    CS: CODE6, DS: DATA6
START：   MOV      AX, DATA6
          MOV      DS, AX
          MOV      SI, OFFSET BUFFER     ; 取字数据 BUFFER 的指针
          MOV      CH, COUNT             ; 设置外循环次数
          MOV      BX, 00H               ; 计数器清零
LOP1：    MOV      AX, [SI]              ; 取 BUFFER 的数据送 AX
          MOV      CL, 16                ; 设置内循环次数
LOP2：    SHR      AX, 1                 ; AX 右移 1 位
          JNC      NEXT                  ; CF = 0 转移到 NEXT
          INC      BX                    ; CF = 1, 计数器 BX 加 1
NEXT：    DEC      CL                    ; 内循环次数减 1
          JNZ      LOP2                  ; CL≠0, 继续内循环
          INC      SI                    ; CL = 0, 取下一个数
          INC      SI                    ; 字数据 SI + 2→SI
          DEC      CH                    ; 外循环次数减 1
          JNZ      LOP1                  ; CH≠0, 继续外循环
```

```
        MOV     RESULT, BX          ; CH = 0，表示外循环结束
                                    ; 将统计结果送入 RESULT
        MOV     AH, 4CH
        INT     21H
CODE6   ENDS
    END  START
```

4.6.4 子程序

在程序设计中，往往会在不同的地方进行一段相同的运算或处理。如果每次都重新编写程序，不仅麻烦，增加出错率，而且浪费存储空间。如果把一个程序中多次使用或多个程序共同使用的具有一定独立功能的程序段分离出来，放在某一存储区中，这样分离出来的能被其他程序使用的程序段称为子程序或过程。调用它的程序称为主程序。主程序向子程序的转移称为调用。

使用子程序能把具有公用性和相对独立性的程序段分离出来，使程序结构更加清晰明朗，简化了程序设计和调试工作。

1. 子程序的设计　设计子程序时首先要清楚它要实现的功能、技术指标，并规定与主程序间传递数据的方法，从主程序获得的待处理数据称为入口参数，处理结果称为出口参数。

2. 子程序结构　子程序一般由五部分组成：

（1）名称及说明　为了方便调用，每个子程序应有自己的名称和相应的说明。这些说明包括子程序的功能，技术指标，主要资源使用情况以及出入口参数。

（2）现场保护　主程序在调用子程序前可能在 CPU 寄存器和存储器中存有一些有用的数据，这些数据就是调用前的现场，而子程序在执行过程中可能会改变这些单元的内容。为此，在子程序开始执行前把主程序有用的数据先保存到堆栈中，这项工作称为现场保护。由于调用一个子程序的主程序往往不至一个，主程序的现场也不可能完全确定，因此现场保护只需保护那些子程序中将要用到的寄存器。当然，存放出入口参数的寄存器就无需保护了。

（3）功能程序　子程序功能的主体部分。

（4）现场恢复　为了使计算机返回到主程序后，能够在原来的环境下继续执行程序，必须把保存到堆栈段中的现场数据重新恢复。当使用堆栈段保护现场时，必须注意恢复现场时数据出栈的顺序正好与入栈时相反。

（5）返回　每个子程序结束时必须有返回指令，否则不但不能返回主程序，而且 CPU

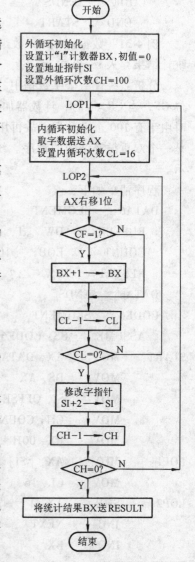

图 4-16　统计 100 个字数据中"1"
的个数的程序流程图

会继续执行后续存储单元的内容而使程序"跑飞"。

3. 子程序的调用 子程序的调用相当灵活，除了一般简单调用外，还可以嵌套调用、递归调用。所谓嵌套调用是指在子程序中又调用其他子程序。同时，子程序还可以调用自己，这种调用称为递归调用。几种子程序的调用过程如图 4-17 所示。

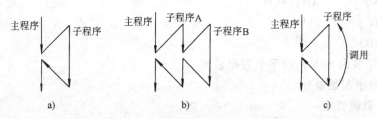

图 4-17　几种子程序的调用过程
a) 一般调用　b) 嵌套调用　c) 递归调用

4. 子程序设计举例

例 4-32　子程序 SUM 的功能是对字节数组求和，用寄存器传送参数，主程序两次调用子程序，对不同的数组求和。

程序清单如下：

```
DATA7      SEGMENT
    ARRYA      DB      a1, a2, ..., aₘ              ; m 个字节数据
    COUNTA     EQU     $ – ARRYA
    SUMA       DW      ?
    ARRYB      DB      b1, b2, ..., bₙ              ; n 个字节数据
    COUNTB     EQU     $ – ARRYB
    SUMB       DW      ?
DATA7      ENDS
STACK1     SEGMENT
    STAK       DB      100 DUP （?）
    TOP        EQU     100
STACK1   ENDS
CODE7    SEGMENT
    ASSUME    CS：CODE7, DS：DATA7, SS：STACK1
MAIN：    MOV      AX, DATA7
          MOV      DS, AX
          MOV      AX, STACK1
          MOV      SS, AX
          MOV      SP, TOP
          LEA      SI, ARRYA
          LEA      DI, SUMA
          MOV      CX, COUNTA
          CALL     SUM
```

```
            MOV       SI, OFFSET ARRYB
            MOV       DI, OFFSET SUMB
            MOV       CX, COUNTB
            CALL      SUM
            MOV       AH, 4CH
            INT       21H
CODE7       ENDS
          ; 子程序名为 SUM, 对字节数组求和
          ; SI = 数组起始地址
          ; CX = 数组长度
          ; DI = 有效数组和目的地址
SUM         PROC      NEAR
            PUSH      AX
            PUSH      BX
            MOV       AX, 00H
AGAIN:      MOV       BL, [ SI ]
            MOV       BH, 0
            ADD       AX, BX
            INC       SI
            LOOP      AGAIN
            MOV       [ DI ], AX
            POP       BX
            POP       AX
            RET
    SUM    ENDP
        END    MAIN
```

4.7 系统功能调用

MS-DOS 是 8086/8088 微机系统广泛使用的一种操作系统。MS-DOS 中包含有许多通用的内部子程序, 分别用于完成 I/O 管理、内存管理、文件管理以及作业管理等。MS-DOS 以中断服务程序形式提供这些功能程序, 在汇编语言源程序中可以用软中断调用它们。其中, 常用的软中断指令有 8 条, 它们的中断类型码是 20H ~ 27H, 它们的功能及入口参数、出口参数见表 4-4。

这里主要介绍系统功能调用。

1. 调用的步骤

1) 传送入口参数到规定的寄存器或存储单元;

2) 把子程序功能编号送到 AH 寄存器;

3) 执行软件中断指令 INT 21H。

2. 常用的系统功能及其应用介绍

（1）返回操作系统（功能号：4CH） 通常程序结束时，需调用 4CH 的系统功能把微机的控制权交还给操作系统，方法如下：

```
MOV     AH，4CH              ；功能号送 AH
INT     21H                 ；调用功能子程序
```

在编程结束前，将以上两条指令插入，前面许多例题已经使用。

表 4-4　常用软中断指令的功能

软中断指令	功　能	入口参数	出口参数
INT 20H	程序正常退出		
INT 21H	系统功能调用	AH = 功能号，相应入口参数	相应出口参数
INT 22H	结束退出		
INT 23H	CTRL—Break 处理		
INT 24H	出错退出		
INT 25H	读盘	AL = 驱动器号 CX = 读盘扇区数 DX = 起始逻辑扇区号 DS：BX = 内存缓冲区地址	$CF = \begin{cases} 0：成功 \\ 1：出错 \end{cases}$
INT 26H	写盘	AL = 驱动器号 CX = 写入扇区数 DX = 起始逻辑扇区号 DS：BX = 内存缓冲区地址	$CF = \begin{cases} 0：成功 \\ 1：出错 \end{cases}$
INT 27H	驻留退出		

（2）键盘输入单字符并回显（功能号：01H） 这一功能调用没有入口参数，它从标准输入设备（一般默认为键盘）读入一个字符以 ASCII 码形式送到 AL，并且将该字符送到标准输出设备（一般默认为显示器）。如果读入的是 Ctrl－Break 码，则退出命令，读入的内容不送 AL。例如程序中需要从键盘读入一个字符，可用下面语句实现：

```
MOV     AH，01H
INT     21H
```

当上面第二条指令执行完时，系统等待键盘按键。按下任一字符时，AL 中的内容即为该字符的 ASCII 码，同时显示器上显示出所按下的字符。

（3）键盘输入字符号串（功能号：0AH） 这一功能调用从键盘输入字符串到指定的内存区域，该内存区域称为缓冲区，因此调用此系统功能须在数据段中定义一个缓冲区，其中第一个字节单元用于定义缓冲区可存放的字符个数，第二字节是保留给系统填入实际输入的字符个数，第三个字节开始用来存放键盘输入的字符。例如从键盘输入 3F 个以内的字符到内存单元中，缓冲区定义和系统功能调用如下：

```
        ⋮
BUFF1   DB   3FH            ；缓冲区容量为 3FH 个字节
        DB   ?              ；实际输入的字符个数
        DB   3FH DUP（?）    ；输入字符的存储区域
```

```
        LEA     DX, BUFF1              ；入口参数，把缓冲区首地址送 DX
        MOV     AH, 0AH               ；功能号送 AH
        INT     21H                   ；调用系统功能子程序
```

以上程序中，由变量定义语句定义了一个可以存放 3FH 个字符的缓冲区，当程序执行到最后一条指令时，系统等待用户键入字符串。每键入一个字符，其相应的 ASCII 码值被写入缓冲区中，直至键入回车键。由于回车键的 ASCII 码值也被写入缓冲区，所以缓冲区实际可以写入的字符串长度为 3EH 个字节，当输入第 3EH 个字符后，系统不再接受其他字符，只能输入回车符。键入回车符后，系统把实际键入的字符数写入缓冲区的第二个字节，此时，系统功能调用结束。

（4）显示单字符（功能号：02H）　这一功能调用时，系统将 DL 寄存器中的 ASCII 字符输出到显示器，例如需要显示字符"D"，可用以下指令实现：

```
        MOV     DL, 'D'              ；把要显示的字符送 DL 寄存器
        MOV     AH, 02H              ；功能号 02H 送 AH
        INT     21H                  ；调用系统功能显示字符 'D'
```

（5）显示字符串（功能号：09H）　调用该功能可把内存缓冲区中的字符串输出到显示器，缓冲区中的字符串以'$'作为结束标志，缓冲区的首地址存放在 DX。例如：

```
        ⋮
BUFF2   DB      'How do you do! $'
        ⋮
        MOV     DX, OFFSET BUFF2
        MOV     AH, 09H
        INT     21H
```

执行以上几条指令后，屏幕上将显示：How do you do!

（6）设置日期（功能号：2BH）　此系统功能用于设置机器的系统日期。例如，要把机器日期设置为 1999 年 11 月 19 日，那么将年份以 BCD 码形式放到 CX 寄存器中，将月份和日期以 BCD 码形式分别放到 DH 和 DL 寄存器中。具体指令如下：

```
        MOV     CX, 1999h
        MOV     DX, 1119H
        MOV     AH, 2BH
        INT     21H
```

（7）取得日期（功能号：2AH）　此系统功能与设置日期正好相反，把系统日期以 BCD 码形式存到 CX 和 DX 寄存器中，具体指令如下：

```
        MOV     AH, 2AH
        INT     21H
```

以上只介绍了一部分系统功能调用，其他系统功能调用请参考相关资料。

习 题 四

1. 如某程序中的数据定义如下：

DAT1	DW	? DUP (1)
DAT2	DB	16, 25, 42
DAT3	DD	?
CNT	EQU	$ – DAT1

问：CNT 的值是多少？它表示什么意义？

2. 知数据段定义如下，假设该数据段从 08000H 开始：

DATA	SEGMENT	
VAR1	DB	2DUP (0,?)
VAR2	DW	1234H
	ORG	8
VAR3	DB	5
VAR4	DW	'AB'
DATA	ENDS	

用示意图说明各变量在内存中的分配情况。

3. 有两个 32 位数分别存在 DAT1 和 DAT2 开始的内存单元中，编一程序，求两数之和，结果放到 SUN 开始的内存单元中。

4. 有三个 8 位二进制数连续存放在 DAT0 开始的内存单元中，设它们之中至少有两个数是相同的。编写程序找出与另外两数不同的数，把该数所在的地址（段内偏移地址）送到 DATE0 开始的内存单元中，若三个数都相同则送 0FFFFH 到 DATE0 开始的内存单元中。

5. 请编写程序，将内存数据块 XVAR 中的 100 个带符号字节数，转换成绝对值并存放在原单元中。

6. 请编写程序找出内存数据块中的最大数。数据块存放在内存 DAT1，数据块的长度存放在单元 DAT2 字数据中，把找出的最大数放到 DAT3 中。假设数据块中的数都是 8 位无符号数。

7. 编写一程序，将键盘输入的大写字母转换为小写字母显示。

8. 编写用查表法求 $Y = X^2$ 的程序。设 $0 \leqslant X < 10$，放在数据区 XVAR 单元，结果存入 YVAR 单元，平方表放在从 TABLE 开始的单元。

9. 编写程序，比较从键盘上输入的两个字符串的长度，若相同则显示"MATCH"，若不相同，则显示"NOMATCH"。

10. 数据段 STRING 单元开始存放着 20 个 8 位二进制数，编写一程序统计其中正数、负数和零的个数，结果分别存放到 P、M、Z 三个单元。

11. 编写求 6! $= 6 \times 5 \times 4 \times 3 \times 2 \times 1$ 的程序。

12. 设数据段 SCORE 单元开始连续存放着 100 个学生成绩，编写程序统计其中 < 60、60 ~ 69、70 ~ 79、80 ~ 89、≥90 分数段的人数，并把统计结果存放到从 TOT 开始的数据块中。

第 5 章 存 储 器

存储器是计算机的重要组成部分。计算机又称为电脑，是指它具有一定的"思维"和"记忆"能力。计算机正是有了存储器，才具有这种对信息的记忆功能。计算机的存储器按与 CPU 的耦合关系分为两大类：一类是内部存储器，简称内存。它设置在计算机主机内，CPU 可对它直接访问。内存用于存放当前正在使用或需经常使用的程序和数据。其存取速度快，但容量较小；另一类是外部存储器，简称外存，如磁盘、磁带、光盘等，用于存放一些 CPU 暂不处理的程序和数据。当 CPU 要处理这些信息时，必须通过辅助软硬件将其调入内存。外存容量很大，但相对内存来说，存取速度慢，且需配备专门的驱动设备才能完成读写功能。

目前计算机的内部存储器均采用半导体存储器，因为其存取速度快、集成度高、功耗小、价格低。本章重点介绍半导体存储器。

5.1 概述

5.1.1 半导体存储器的分类

半导体存储器种类很多，从不同的角度有不同的分类。一般，从应用角度半导体存储器可分为两大类：只读存储器（Read Only Memory），简称 ROM；随机存取存储器（Random Access Memory），简称 RAM。

1. 只读存储器 ROM　只读存储器在使用过程中，具有只能读出存储的信息而不能写入信息或者可以写入信息但速度很慢的特点。断电后，其存储的信息仍保留不变，因而也称为非易失性存储器。只读存储器又分为掩膜 ROM（MASK ROM）、可编程 PROM（Programmable ROM）、可擦除的 EPROM（Erasable Programmable ROM）和电擦除的 EEPROM（Electrically Erasable Programmable ROM）。它们在编程方式、制作成本、应用场合等各有千秋。掩膜 ROM 多用于程序成熟固定、大批量生产的场合；可编程 PROM 只允许用户编程一次；可擦除的 EPROM 则多用于程序经常修改的设计阶段；电擦除的 EEPROM 因在系统中可电擦除，多用于为系统存储设置信息。

2. 随机存取存储器 RAM　RAM 又称为读写存储器。RAM 是指在使用过程中利用程序可随时读写信息的存储器。断电后，其存储的信息会消失，也称为易失性存储器。RAM 一般分为两类：静态 RAM（Static RAM，简称 SRAM）及动态 RAM（Dynamic RAM，简称 DRAM）。静态 RAM 的基本存储单元状态稳定，只要电源不撤除，信息就不会消失，且速度远快于 DRAM，但集成度低，一般使用于小容量存储器系统。高性能的 SRAM 在多层存储器结构中多作为高速缓存（Cache）使用。动态 RAM 集成度高，但需定时刷新，多用于要求大存储容量的系统作为内存使用。

5.1.2 存储器的性能指标

衡量半导体存储器件的指标很多。用户在选择存储器件时，应按存储容量、存取速度、功耗、可靠性等几个重要指标去选择。

1. **存储容量** 存储芯片容量是指一块存储芯片上所能存储的二进制位数，通常用存储芯片的存储单元数 M 与一个存储单元所存储信息之位数 N 的乘积来表示，即 $M \times N$。如 6116 芯片的容量为 $2^{11} \times 8 = 2048 \times 8$ 位，表示该芯片上有 2048 个存储单元，一个单元可存储 8 位二进制数。

微型计算机存储器容量是指微型机中，由多片存储芯片构成的存储器总容量。由于微型机中，存储器组织多以字节（Byte）为单位，故存储器容量可用 1KB、1MB 或 1GB 为单位表示，$1KB = 2^{10} \times 8$ 位，$1MB = 2^{20} \times 8$ 位，$1GB = 2^{30} \times 8$ 位。存储器容量大小是衡量一个计算机系统能力的重要指标，存储容量越大，存储信息越多，计算机功能越强。

2. **存取时间** 存取时间是指存储器从接收到读/写信号到完成读出或写入操作的时间。存取时间主要与制造器件的工艺及器件的结构等有关，芯片手册一般会给出芯片的存取时间。此外，存取周期也是存储芯片的一个重要指标，存取周期指的是 CPU 连续两次读/写存储器的最小时间间隔。

由于计算机与存储器频繁地交换信息，因而，存储器的存取速度是影响计算机运算速度的主要因素。

3. **功耗** 功耗也是存储芯片的一个重要指标。它涉及系统消耗功率大小以及机器的组装和散热问题。一般说来，功耗与速度成正比，速度越快，功耗也越大。手册中给出了工作功耗和维持功耗。

4. **可靠性** 通常以平均无故障工作时间来衡量存储器的可靠性，显然此时间的长短，说明芯片工作稳定可靠程度。

5.1.3 存储器的基本结构

存储芯片种类繁多，内部结构不尽相同。存储芯片的基本结构如图 5-1 所示，它一般由存储体（存储矩阵）、地址译码器，读/写驱动电路、三态数据缓冲器以及控制电路等组成。

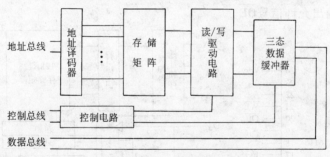

图 5-1 存储芯片的基本结构

1. **存储体** 存储体由多个基本存储单元矩阵排列组成，存储容量等于单元数 M 与数据总线位数 N 的乘积。

2. **地址译码器** 对 CPU 送来的地址信号译码，选择存储矩阵中要访问的单元。

3. **读/写驱动电路** 包括读出放大和写入电路。

4. **三态数据缓冲器** 芯片内部数据信号经双向三态门挂在数据总线上，当未选中本芯片时，其输出端呈高阻状态。

5. **控制电路** 接受来自 CPU 的片选信号、读/写信号（对 ROM 芯片，则只有输出允许控制）、刷新信号（对动态 RAM）等，控制芯片的工作。

当 CPU 要进行存储器读操作时，首先将地址码送入存储器进行地址译码，选中要访问的单元。存储器控制电路接受来自 CPU 的读信号，从而将选中的单元内容由数据缓冲器送出至数据总线上提供给 CPU。CPU 对存储器的写操作类似，只不过控制电路接受的是写信号，数据传送方向与读操作相反。

5.2 读/写存储器 RAM

随机存取存储器又称为读/写存储器。故名思义，RAM 在线使用可读、可写，常用于存储用户调试程序和程序执行过程产生的中间数据、运算结果等。常用的 MOS 型 RAM 又分为静态 RAM 和动态 RAM。

5.2.1 静态 RAM（SRAM）

SRAM 的基本存储单元由 6 只 MOS 管构成。这种存储电路的读出是非破坏性的，数据读出后原单元信息仍保持不变。不需另加刷新电路，简化了外部电路。由于 SRAM 基本存储电路所含管子数目多，因而集成度略低，多选用在小系统计算机中。如 TDS-MD16 位微机教学系统选用 Intel 62256 SRAM 芯片组成 32KB RAM。

常用的 SRAM 芯片有 6116（2K × 8 位）、6232（4K × 8 位）、6264（8K × 8 位）、62256（32K × 8 位）等。它们的存取时间约几十到几百纳秒。另一类主要用于高速缓存的 SRAM 芯片其存取时间可小到约 10ns。随着集成工艺的发展，SRAM 的单片容量逐渐增加，已出现了 128K × 8 位、256K × 8 位的大容量芯片。

下面以 6116 芯片为例从应用角度介绍 SRAM 芯片，6232、6264 等芯片均与之相似仅芯片容量不同而已。6116 的结构框图及引脚图如图 5-2 所示。6116 采用 24 引脚双列直插式封装，单 5V 电源，容量 2K × 8 位。地址线 $A_{10} \sim A_0$，数据线 $I/O_7 \sim I/O_0$，控制线：片选$\overline{CS}$、写选通信号$\overline{WE}$、输出允许信号$\overline{OE}$。

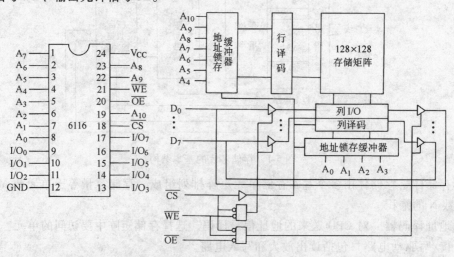

图 5-2 6116 的结构框图及引脚图

6116 的工作过程：

读出时由 CPU 送来的地址信号经地址输入线 $A_{10} \sim A_0$ 送入地址锁存器，再送入行、列地址译码器，译码后选中一个存储单元。由片选$\overline{CS}=0$及输出允许$\overline{OE}=0$使被选中单元的数据送至I/O线上。

写入时有相似的过程。由$\overline{CS}=0$选中该芯片，$\overline{WE}=0$表明是写操作，从而使I/O线上的数据送入被选中的单元。当$\overline{CS}=1$时，表明此时该芯片未被选中，三态数据缓冲器呈高阻状态。表5-1给出了6116的工作方式真值表。

表 5-1　6116 工作方式真值表

$\overline{CS}$	$\overline{OE}$	$\overline{WE}$	方　式	$I/O_0 \sim I/O_7$
1	X	X	未选中	高阻
0	1	1	输出禁止	高阻
0	0	1	读	输出
0	X	0	写	输入

TDS-MD微机系统中的62256是常用的SRAM芯片，容量为32K×8位，28引脚。图5-3为62256引脚图，地址线15条，数据线8条，与6116相似，有片选$\overline{CS}$、写选通信号$\overline{WE}$、输出允许信号$\overline{OE}$等控制信号，其工作过程也与6116相似。

5.2.2　动态 RAM（DRAM）

1. 动态 RAM 芯片　DRAM的基本存储电路常采用4管型、3管型和单管型，单管型因集成度高而被广泛使用。DRAM的信息是以电荷形式存于MOS管的极间电容上，由于电容泄漏电流的存在，电荷流失因而导致信息的消失。为此必须在每隔一定时间（一般在$2\sim8ms$以内）进行刷新，DRAM的基本存储电路简单，故集成度高、功耗小。但DRAM周期性的刷新工作需有相应的外部电路的支持。DRAM一般用于组成大容量、高速的RAM存储器。如IBM PC/XT微机上采用了Intel2164 DRAM芯片组成256KB RAM。Intel2164是DRAM的一个典型芯片，其内部结构框图及引脚图如图5-4所示。2164采用16引脚双列直插式封装，单5V电源，容量为64K×1位。图5-4中2164的

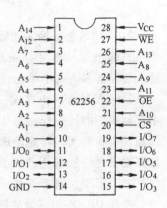

图 5-3　62256 引脚图

64K位存储体由4个存储矩阵组成，可由行、列各7位地址双译码确定其中一个单元。

从图5-4中可见，2164只有8条地址线$A_7 \sim A_0$，而要寻址64K单元，必须用16位地址信号。为减少引脚线数目，动态RAM采用地址线分时复用的方式将16位地址信号分为行地址和列地址，利用外部多路开关，由行地址选通信号$\overline{RAS}$（Row Address Strobe）把先送入的8位地址送到内部行地址锁存器。再由列地址选通信号$\overline{CAS}$（Column Address Strobe）把后送入的8位地址送到内部列地址锁存器，锁存在行、列地址锁存器中的低7位$RA_6 \sim RA_0$和$CA_6 \sim CA_0$分别在4个存储矩阵中各选中一个单元，再由行、列地址的最高位RA_7和CA_7经4选1的I/O门电路选中一个存储矩阵，从而可对该单元进行读或写操作。图5-5为一种地址多路转换电路，其中行地址选通信号$\overline{RAS}$为0时，A输入端信号送Y输出（行地址）；$\overline{RAS}$为1时，B输入端信号送Y输出（列地址）。此外集成电路制造商一般会提供动态RAM控制器，该控制器可产生DRAM访问和刷新的时序信号，生成DRAM的行、列地址，并能自动生成刷新地址。

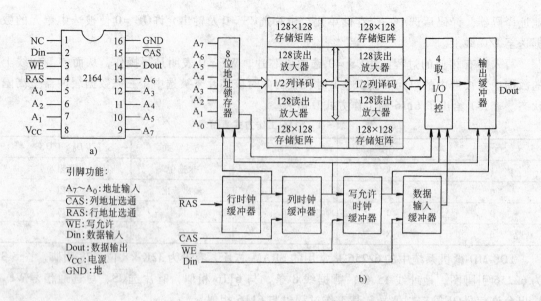

图 5-4 2164 内部结构框图及引脚图

a）引脚图 b）内部结构框图

2164 的数据线输入和输出分开，由 $\overline{WE}$ 信号控制读或写。$\overline{WE}=1$ 为读，选中的单元内容经三态输出缓冲器由 Dout 输出；$\overline{WE}=0$ 为写，数据由 Din 经三态输入缓冲器送入选中单元。

2164 的刷新：由送入一个行地址和行地址选通信号 $\overline{RAS}$ 选中 4 个存储矩阵的同一行，同时对这 4 行一共 $4 \times 128 = 512$ 个单元进行刷新，刷新期间，列地址选通信号 $\overline{CAS}$ 无效，从而使被 $\overline{CAS}$ 控制的数据输出允许被禁止，使 Dout 呈高阻状态。显然只需刷新 128 次便可把全部单元刷新一遍。

单片 DRAM 的容量早期有 $16K \times 1$ 位、$64K \times 1$ 位、$64K \times 4$ 位等，现在已出现了 $1M \times 1$ 位、$4M \times 1$ 位、$16M \times 1$ 位、$64M \times 1$ 位的大容量芯片。

2. 内存条 微型机内存从接口形式上分有双列直插式（DIP）和内存条两种形式。早期的微型机或单板机主板上设有 DIP 芯片的插座，DIP 芯片就直接插入这些插座。DIP 内存由于容量小不便于扩展，微型机上基本已淘汰了。内存条是将若干片大容量的 DRAM

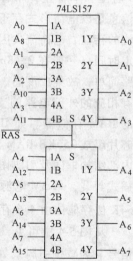

图 5-5 DRAM 的地址
多路转换器

芯片设计并组装在一个条形的印制电路板上，使用时只需将内存条插在主板的内存条插座上即可。现在的微型机主板上都只有内存条插座。

内存条按封装形式不同分为两类：SIMM（Single In Memory Modules，单列直插式存储器模块）内存条和 DIMM（Dual In-line Memory Modules，双列直插式存储器模块）内存条。

内存条模块有统一的引线标准，同一引线标准的内存条引脚定义相同，容量与实际使用的地址线有关。SIMM 内存条分为标准 30 线和标准 72 线。30 线的 SIMM 内存条的数据宽度为 8 位，若加奇偶校验为 9 位。其不便之处在于现在的微型机数据总线都多于 8 位，因此使用 30 线 SIMM 内存条的微型机其内存条插槽都必须插有相同容量的模块，以便多条内存条共同组成与数据总线相同位数的存储体，否则计算机将因位数不齐无法传输数据而死机。如 486CPU 的数据总线为 32 位，则必须用 4 条 30 线 SIMM 内存条。72 线 SIMM 内存条的数据宽度为 32 位，加奇偶校验为 36 位。对 486CPU 可使用单条 72 线 SIMM 内存条，但对 64 位的奔腾系列计算机来说，显然内存条的数目必须是 2 的倍数。一条 SIMM 内存条容量通常为 4MB、8MB 和 16MB 等，最大可支持到 64MB。

168 线的 DIMM 内存条其特点是长度增加不多而模块的总线宽度增加一倍。其数据宽度为 64 位，加错误校验为 72 位或 80 位，对奔腾系列计算机，可每个插槽为一组，即 DIMM 内存条可单条使用，而且不同容量的标准条可以混用。一条 168 线的 DIMM 内存条容量为 8MB、16MB、32MB、64MB 和 128MB 等。它们一般被组织为 64 位宽，如 128MB 为 16M × 64 位，现代微机的内存条见 5.6 节。

3. 高速 DRAM   由于 CPU 的速度不断提高，对存储器提出更高要求，如何提高存储器的数据传输率？除了采用更高速度的芯片外，通过改进存储器的组织结构和访问方式和在基本 DRAM 芯片内附加少量的逻辑电路，可增加存储器的带宽，提高存储器的存取速度。典型的高速 DRAM 有：FPM（快页模式）DRAM、EDO（扩展数据输出）DRAM、SDRAM（同步 DRAM）以及新一代快速动态 RAM：DDR（双数据率）DRAM、Rambus DRAM、DRDRAM 等。

DRAM 的改进依据是因为 DRAM 基本存储体是按照行列组织的，在同一行内进行连续的读或写操作时，行地址选通信号$\overline{RAS}$可持续为低电平而不需反复送高低电平，从而省去$\overline{RAS}$的预充电时间。

FPM DRAM 采用了快速页读/写技术，因为对 RAM 的读/写的数据大多数情况下是连续的，即下一个读/写操作多是当前读/写操作地址的下一单元。当 DRAM 的行选通$\overline{RAS}$持续为低电平保持一个行地址时，列选通$\overline{CAS}$的连续负跳变，就可读/写相同页面的一连串数据。虽然第一个数据的读/写时间并没有减少，但连续读/写的第二个以后的数据的读/写时间大大减少。

EDO DRAM 是在 FPM DRAM 的基础上将相同页面操作时的$\overline{CAS}$也保持有效，在当前的读/写周期中启动下一个存取单元的读/写周期，从而缩短了寻址时间。建立在 EDO 技术基础上的 BEDO（突发式 EDO）DRAM 则比 EDO DRAM 更快，当 CPU 向 DRAM 发一个突发式请求，将同时进行包括当前数据及若干后续地址数据的预操作。

SDRAM 是目前使用最广泛的内存类型。它采用与系统同时钟方式，使 CPU 与 RAM 共享一个时钟，以相同的速度同步工作。读/写操作时，存储器的内部操作在 CPU 提供的系统时钟控制下完成，CPU 可在一定的时钟数后直接从数据线获取数据。SDRAM 也支持突发式模式，高速完成连续地址数据的传输。168 线 DIMM 内存条一般选用 SDRAM 芯片。

5.3　只读存储器 ROM

只读存储器 ROM 中信息是预先写入的，机器运行中只能读出不能或不易写入。由于 ROM 具有非易失性，故通常用于存放固定程序，如监控程序、PC 中的 BIOS 程序等。ROM 芯片的基本结构与静态 RAM 相似。

5.3.1 掩模 ROM

掩模 ROM 芯片所存储的信息是在芯片制造生产时确定，用户不能修改。图 5-6 所示为一个 4×4 位 MOS 管 ROM 的存储矩阵及存储内容。当译码输出线中的一条字选线被选中输出高电平时，其上连有管子的位线输出 "0"，未连管子的位线输出 "1"。

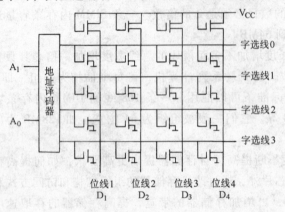

单元	D_1	D_2	D_3	D_4
0	0	1	0	0
1	1	0	0	1
2	0	0	1	1
3	1	0	0	0

图 5-6　4×4 位掩膜 ROM 矩阵及存储内容

由此可见，掩模 ROM 是以有无管子区分 "0"、"1" 信息的。管子的有无是在制造时由二次光刻版的图形（掩模工艺）决定，所以称之为掩模 ROM。此外，图中的管子连接无论上电或掉电都是相同的，即存储的信息是非易失的，这是 ROM 芯片的重要特点。

5.3.2 可编程 PROM

掩模 ROM 存储器的信息不能由用户改变。PROM 芯片则是允许用户编程一次的只读存储器，用户可根据自己的需要确定 ROM 中内容，一旦编程确定，就不能再改。

熔丝式 PROM 芯片的基本存储电路如图 5-7 所示，将可熔金属丝串接在晶体管的发射极与位线之间。芯片出厂时，所有管子的金属丝是连通的，表示存有 "1" 信息。用户编程时，在熔断脉冲电流作用下，使熔丝熔断，对应位线输出 "0"，即写入 "0"。显然，因熔丝不可恢复，这种写入只能写一次。

5.3.3 可擦除可编程的 EPROM

1. EPROM 工作原理　掩模 ROM、可编程 PROM 中的内容一旦写入，就无法更改。在实际工作中，一个程序在使用了一段时间后，若存储在 ROM 中的程序需要修改，则必须使用可重新编程的 ROM 芯片。EPROM 芯片为紫外光擦除可编程的 ROM 芯片。EPROM 的编程方法与PROM 不同，其信息的存储是通过电荷分布来决定的，编程过程实际上是一次电荷注入过程。编程结束，由于绝缘层的包围，注入的电荷无法泄漏，电荷分布维持不变。因而，存储的信息在电源撤除后仍不变，具有非易失性。

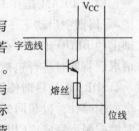

图 5-7　熔丝式 PROM 芯片的基本存储电路

EPROM 芯片的典型基本存储电路如图 5-8 所示，它由一个浮栅 MOS 管与一个 MOS 管串接构成。芯片制造好时，浮栅管漏极 D 和源极 S 之间不导电。当字选线被选中为高电平时，位线输出也为高电平，即初始状态为 "1"。编程写入时，在高压电源和编程脉冲作用下，电子注入到浮栅上，形成导电沟道，从而使浮栅 MOS 管导通，输出为低电平。

要使输出由 "0" 改变为 "1"，必须破坏浮栅 MOS 管的电荷分布。通常，EPROM 芯片上方有一个"窗口",当用紫外线对这个窗口照射约 20min 后,所有电路中浮栅上的电荷会形成光电流泄漏走,使电路恢复到初始状态"1",又可以重新写入了。为避免这种 EPROM 的内容在阳光或其他外来光线照射下,慢慢自动擦除,故片子的"窗口"应贴上黑色的保护标签。

2. 典型 EPROM 芯片　目前常使用的 EPROM 芯片是 Intel27XXX 系列,有:2716、2732、2764、27128、27256、27512、271024 等。容量从 2K × 8 ~ 128K × 8 位。其中 2716、2732 引脚兼容,2764、27128、27256 引脚兼容。Intel EPROM 芯片引脚图如图 5-9 所示(图中未标明 27512 和 271024)。这些芯片虽然容量不同,但它们的工作原理、编程及读方式基本相同,这里以 2764A 为例,说明 EPROM 的性能及工作方式。

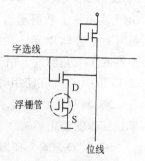

图 5-8　EPROM 芯片的典型基本存储电路

(1) 2764A 的结构、引脚　Intel EPROM 芯片引脚图如图 5-9 所示,有 13 条地址线 A_{12} ~ A_0,8 条数据线 O_7 ~ O_0,2 个电压输入端 V_{CC} 和 V_{PP},以及片选端 $\overline{CE}$、输出允许端 $\overline{OE}$ 和编程控制端 $\overline{PGM}$。2764A 的功能框图如图 5-10 所示。

27256 32K×8	27128 16K×8	2764 8K×8	2732 4K×8	2716 2K×8					2716 2K×8	2732 4K×8	2764 8K×8	27128 16K×8	27256 32K×8
V_{PP}	V_{PP}	V_{PP}			1			28			V_{CC}	V_{CC}	V_{CC}
A_{12}	A_{12}	A_{12}			2			27			$\overline{PGM}$	$\overline{PGM}$	A_{14}
A_7	A_7	A_7	A_7	A_7	3(1)			(24)26	V_{CC}	V_{CC}	NC	A_{13}	A_{13}
A_6	A_6	A_6	A_6	A_6	4(2)			(23)25	A_8	A_8	A_8	A_8	A_8
A_5	A_5	A_5	A_5	A_5	5(3)			(22)24	A_9	A_9	A_9	A_9	A_9
A_4	A_4	A_4	A_4	A_4	6(4)			(21)23	V_{PP}	A_{11}	A_{11}	A_{11}	A_{11}
A_3	A_3	A_3	A_3	A_3	7(5)			(20)22	$\overline{OE}$	$\overline{OE}/V_{PP}$	$\overline{OE}$	$\overline{OE}$	$\overline{OE}$
A_2	A_2	A_2	A_2	A_2	8(6)			(19)21	A_{10}	A_{10}	A_{10}	A_{10}	A_{10}
A_1	A_1	A_1	A_1	A_1	9(7)			(18)20	$\overline{CE}$	$\overline{CE}$	$\overline{CE}$	$\overline{CE}$	$\overline{CE}$
A_0	A_0	A_0	A_0	A_0	10(8)			(17)19	O_7	O_7	O_7	O_7	O_7
O_0	O_0	O_0	O_0	O_0	11(9)			(16)18	O_6	O_6	O_6	O_6	O_6
O_1	O_1	O_1	O_1	O_1	12(10)			(15)17	O_5	O_5	O_5	O_5	O_5
O_2	O_2	O_2	O_2	O_2	13(11)			(14)16	O_4	O_4	O_4	O_4	O_4
GND	GND	GND	GND	GND	14(12)			(13)15	O_3	O_3	O_3	O_3	O_3

图 5-9　Intel EPROM 芯片引脚图

(2) 2764A 的工作方式　2764A 有以下几种工作方式,见表 5-2。

1) 读方式　这是 EPROM 芯片通常使用的方式。在这种方式下,V_{PP}、V_{CC} 均接 5V 电压,地址线 A_{12} ~ A_0 接受来自 CPU 的地址信息,且 $\overline{CE}$、$\overline{OE}$ 均为低电平有效时,由芯片内部控制逻辑将选中单元内容送到数据线上。

2) 输出禁止方式　此时,$\overline{CE}$ 为低电平有效,但 $\overline{OE}$ 为高电平,所以数据端为高阻状态。当系统有多片芯片时,$\overline{CE}$ 端可与 $\overline{OE}$ 端连接在一起作为片选端。

3) 备用方式　当 $\overline{CE}$ 为高电平,2764A 就处于备用方式,也称为待机方式。此时数据端为高阻状态,且不受 $\overline{OE}$ 控制。备用方式下电流从工作时的 100mA 下降至 40mA,芯片功耗降低,约为读方式下的 25%。

4）编程方式　芯片出厂或紫外线擦除后，芯片所有位为1。对芯片进行编程可将用户程序写入。编程以存储单元为单位进行，V_{cc} 接 5V，V_{PP} 按厂家要求接 +12.5 ~ +21V；$\overline{CE}$ 为低电平，$\overline{OE}$ 为高电平，数据端为写入此存储单元的数据。每写一个存储单元，在 $\overline{PGM}$ 端必须给一个 50ms 左右的 TTL 负脉冲。由于这种写入过程很慢，所以 EPROM 芯片在使用时是作为只读存储器。

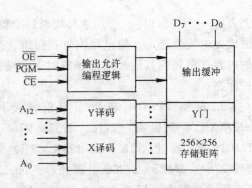

图 5-10　2764A 的功能框图

5）编程禁止方式　编程中，若使 $\overline{CE}$ 为高电平，编程就禁止了。

6）校验方式　在编程过程中，校验写入的数据。电源接法不变，$\overline{CE}$ 为低电平，$\overline{PGM}$ 为高电平，$\overline{OE}$ 为低电平，则可将单元的数据读出进行校验。

表 5-2　2764A 工作方式

方式 \ 引脚	$\overline{CE}$	$\overline{OE}$	$\overline{PGM}$	A_9	A_0	V_{PP}	V_{CC}	数据线功能
读	低	低	高	X	X	V_{CC}	V_{CC}	数据输出
输出禁止	低	高	高	X	X	V_{CC}	V_{CC}	高阻
备用	高	X	X	X	X	V_{CC}	V_{CC}	高阻
编程	低	高	低	X	X	12.5V	V_{CC}	数据输入
校验	低	低	高	X	X	12.5V	V_{CC}	数据输出
编程禁止	高	X	X	X	X	12.5V	V_{CC}	高阻
标识符	低	低	高	高	低 高	V_{CC} V_{CC}	V_{CC} V_{CC}	制造商编码 器件编码

除以上几种工作方式外，2764A 还可工作于读 Intel 标识符模式，有关引脚状态见表 5-2，可读出制造商编码和器件编码。

5.3.4　电可擦除可编程的 EEPROM

紫外线可擦除可编程的 EPROM 具有擦除重写的优点，一块芯片可多次使用，但其擦除重写必须在专门的编程及擦除设备（编程器）上进行，而且，即使是只写错一个单元，也必须全片擦除再编程，在实际使用上不太方便。

电擦除可编程 EEPROM 芯片可以按字节、按页或按片擦除，而且擦除和改写均用电信号进行，既可在编程器上擦除和编程，也可直接在印制电路板上在线进行。常用于存储系统中设置的参数或偶尔需要修改的参数。

EEPROM 芯片有 Intel2817A、2864A、28256 等。图 5-11 为 2817A 引脚及结构框图，其中编程写结束状态线 RDY/$\overline{BUSY}$ 在写入过程时为低电平，写入结束后为高电平。利用此引脚，采用中断方式或 CPU 查询方式可实现 2817A 的写入过程与 CPU 执行其程序并行进行。这在工业控制系统中是非常实用的。

表 5-3 为 2817A 工作方式，其中读方式、备用方式与 EPROM 相似，但在字节写入时，是擦除与写入连续执行，并使用了 RDY/$\overline{BUSY}$ 引脚向 CPU 提供状态信息。

表 5-3　2817A 工作方式

方式＼引脚	$\overline{CE}$	$\overline{OE}$	$\overline{WE}$	RDY/$\overline{BUSY}$	数据线功能
读	低	低	高	高阻	输出
维持	高	X	X	高阻	高阻
字节写入	低	高	低	低	输入
字节擦除	字节写入前自动擦除				

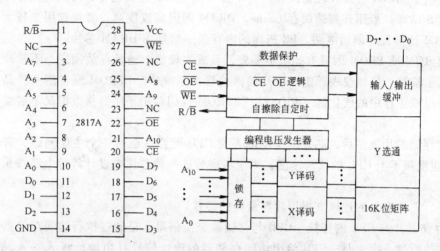

图 5-11　2817A 引脚及结构框图

擦写过程：2817A 使用单一 5V 电源，其内部有升压电路，在擦除写入时自动升压，作为 V_{PP}。在 $\overline{CE}=0$，$\overline{OE}=1$，$\overline{WE}=0$，RDY/$\overline{BUSY}=0$ 时，原有内容自动擦除，再将新的数据写入。写入完成，由 RDY/$\overline{BUSY}$ 置高电平供 CPU 检测。每一字节擦写时间约为 10ms。

EEPROM 芯片一般采用并行总线传输方式，也有采用串行方式的 EEPROM 芯片。串行 EEPROM 芯片通过串行总线进行数据交换，仅需几条接口信号线。串行 EEPROM 芯片一般容量较小，但接口简单，价格低廉。

近年来发展起来的快擦写存储器，也称快闪存储器或闪存（Flash Memory），是一种可快速电擦写的非易失性只读存储器。闪存具有 EEPROM 电擦除可编程特点，其内部可自行产生编程所需电压，仅需 V_{CC} 供电即可。但闪存内部组织不同于 EEPROM，它采用区块或页面组织，可提供除全片擦除外的块擦除或页面擦除能力，实现快速擦除。闪存与其他静态存储器不同还在于闪存内部设有命令、状态寄存器，通过命令方式进入不同工作状态。此外，提供软件数据保护功能，防止有用数据被破坏。按页面组织的闪存内部设有页缓存，编程时可同时把页缓存内容写入相应页内单元，提高编程速度。闪存因其快速擦写编程能力以及可用软件灵活控制的性能而得到愈来愈广泛的应用，正逐渐取代 EPROM 和 EEPROM。

5.4　主存储器的设计

存储器的设计主要是合理选择存储器芯片，同时正确地将 RAM、ROM 芯片通过总线与

CPU 连接起来，使之协调地工作。本节主要介绍包括静态 RAM、EPROM 芯片与 8086/8088CPU 的连接。

5.4.1 设计原则

存储器设计从两方面着手。

1. 芯片类型选择 如前述，半导体存储器分为 RAM、ROM 两大类，其中又可分为多种类型。各类存储芯片都有其各自特点。存储器设计时首先应根据系统的需要及用途，兼顾价格因素，选择合适的类型。

通常由于 SRAM 与微处理器接口时，不需外围电路，连接简单，常被选用于小型控制系统。高速 SRAM 一般用作高速缓存 Cache。DRAM 则因集成度高，常被选用于较大系统，但选用 DRAM 还需设计刷新电路。PC 机内的内存条一般采用 DRAM 芯片。

掩模 ROM 或 PROM 因具有掉电不易失，且成本较低，通常存放固定、不常改变的系统程序，用于检测、仪器仪表等电子产品的微处理器系统中。EPROM 通常用于产品系统程序的研制阶段或主存中的固化区（BIOS）。EEPROM 或闪存用于需要修改但又不经常修改的数据存储。

选定存储芯片类型后，芯片的速度能否与 CPU 配合这也是一个主要问题，若存储芯片的读/写速度跟不上 CPU 的读写速度，则应考虑另选一种芯片或设计等待电路或采用其他的技术。

此外，芯片容量的选择宜采用片容量高的芯片。

2. 存储芯片与 CPU 的连接 CPU 与存储器交换信息，是通过执行访问存储器的指令实现的。在执行这条指令时，CPU 给出访问存储器的地址信号（由地址线 $A_0 \sim A_{19}$ 提供），发出访问存储器控制信号 $M/\overline{IO}$（8088 为 $IO/\overline{M}$），再发出读信号或写控制信号，这样，才能通过数据总线与存储芯片交换信息，即完成一个总线操作（参见图 2-17 ~ 图 2-20），因而存储芯片与 CPU 的连接实际是三总线的连接问题，连接时应考虑以下几方面：

（1）CPU 的总线负载能力 CPU 的输出线直流负载能力为带一个 TTL 门，存储器基本是 MOS 器件，直流负载小。故在小型系统中，存储芯片可直接与 CPU 相连。在较大型系统中，则必须通过接入缓冲器或总线驱动器以增加总线的负载能力。

（2）CPU 时序和存储器芯片的存取速度配合 CPU 对存储器的读写操作有固定的时序。在选定存储芯片后，存储器本身的读写时序也确定了，二者相连，应考虑它们是否匹配。如 CPU 对存储器进行读操作，发出地址信号和有关的控制信号后，存储器必须在一定的时间内送出有效数据。若二者不匹配，则要考虑使 CPU 增加等待状态 T_w 的电路或重新选片。

（3）存储器的地址分配 存储器的地址分配是指在选定了存储芯片的类型、数量后，安排各芯片地址空间，即芯片占用存储器中哪部分地址区间。如 IBM PC/XT（8088CPU）的存储器，系统板 RAM 区地址为 00000H ~ 3FFFFH 共 256KB，系统板 ROM 区地址为 F6000H ~ FFFFFH 共 40KB，由此分配决定 RAM 芯片和 ROM 芯片与 CPU 的地址线连接。

（4）存储芯片的片选问题 存储器由多片芯片组成，所以 CPU 对存储单元的选择是：首先选择存储芯片，即片选；其次是从该芯片上选择某一单元，即字选。一般 CPU 地址引脚数目多于存储芯片的地址引脚数，当 CPU 读/写数据时，发出的地址位数比存储芯片的地址位数多。因而，把 CPU 的地址分为两部分：低位地址部分与存储芯片的地址位数相同，这部分地址直接送到芯片的地址线上，由芯片的内部译码电路确定要操作的存储单元，此为字选；CPU 另外那部分多出的地址为高位地址，则通过外部译码电路选择是哪个芯片，此为片选。外部译码电路有线选及地址译码选择两种：

1）线选　图 5-12 为一线选电路，图中的存储芯片容量为 8KB，地址线有 13 条。将 CPU 的地址线分为两部分：A_{12} ~ A_0 接至芯片上的地址引脚作字选；选高位地址线中的 A_{13} 作片选，其余高位地址线未用。若未用的地址信号设为 0，则图中的 2764 芯片地址空间为 00000H ~ 01FFFH，6264 的芯片地址空间为 02000H ~ 03FFFH。

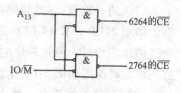

图 5-12　线选电路

线选电路连接简单，在容量较小的微处理器系统中使用。在图 5-12 例中，16 位微处理器高位地址 A_{19} ~ A_{14} 未使用，可为任意值，因而芯片上的每一个存储单元有 $2^6 = 64$ 个地址对应，如 2764 芯片的 0 号单元对应地址 00000H、04000H、08000H、0C000H、…、F8000H，这称为地址重叠。地址重叠不能充分利用 CPU 寻址能力，使部分地址无用，在较大容量存储器系统中一般采用地址译码法。

2）地址译码选择　将 CPU 的高位地址部分全部参与译码，也称为全译码。全译码方式，使存储器中任一单元都有唯一的确定的地址。若只选择 CPU 高位地址的一部分参与译码，每个存储单元会有多个地址对应，这称为部分译码，线选为部分译码的一个特例。

地址译码选择法通常使用的专用译码器，如 74LS138，图 5-13 为其引脚图及真值表，后面将以此例介绍其使用。

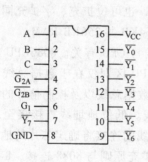

G_1	$\overline{G_{2A}}$	$\overline{G_{2B}}$	C	B	A	输出
1	0	0	0	0	0	$\overline{Y_0}$=0 其余为 1
1	0	0	0	0	1	$\overline{Y_1}$=0 其余为 1
1	0	0	0	1	0	$\overline{Y_2}$=0 其余为 1
1	0	0	0	1	1	$\overline{Y_3}$=0 其余为 1
1	0	0	1	0	0	$\overline{Y_4}$=0 其余为 1
1	0	0	1	0	1	$\overline{Y_5}$=0 其余为 1
1	0	0	1	1	0	$\overline{Y_6}$=0 其余为 1
1	0	0	1	1	1	$\overline{Y_7}$=0 其余为 1
其他值			X	X	X	输出全为 1

图 5-13　74LS138 引脚图及真值表

5.4.2　存储器芯片与系统总线的连接

1. 存储器容量扩充　我们知道计算机系统的数据总线有 8 位、16 位、32 位和 64 位，但计算机内的存储器组织方式可按字节组织，也可按 CPU 字长或半字长组织，这会影响存储器结构。如 8088CPU 的数据总线为 8 位，其存储器按字节组织为一个存储体，每个单元存放一字节数据。8086CPU 的数据总线为 16 位，其存储器按字节组织为两个存储体，一个为偶地址空间的存储体；另一个为奇地址空间的存储体。两个存储体内的地址不连续，读/写 16 位数据是从两个存储体各取 8 位数构成。32 位总线系统的存储器按字节组织为 4 个存储体，与 8086 相似，4 个存储体内的地址不连续，读/写 32 位数据是从 4 个存储体各取 8 位数构成。由此可见，存储器一般被组织为一个或多个按字节组织的存储体。而存储芯片单元数据位数一般为 1、4 和 8 位，而且一个芯片的容量有限，所以，实际的存储器是由多片存储芯片扩充组成，扩充有位扩充和字扩充两种基本方式。

（1）存储器位扩充　　当芯片单元的数据位数不足一字节时，可将几片芯片组成一组，它们的地址线、片选线、读/写控制线分别连接在一起，各片的数据线独立连接至数据总线上。CPU 的一次读/写操作同时选中一组芯片上的同一单元，各单元的数据合成为一字节数据。如用 2114（1K × 4 位）芯片组成 1KB 存储器，选 2 片为一组。CPU 访问存储器同时选中这两片芯片时，两片芯片的各 4 位数据合成为一字节数据。两片 2114 芯片位扩充在存储空间地址映像图如图 5-14 所示。

（2）存储器字扩充　　当芯片的存储单元数据为一字节但存储容量不满足系统要求时，可将多片芯片的地址线、数据线、读/写控制线连接在一起，片选线独立连接至译码电路的不同输出端，CPU 的一次读/写操作选中其中一片芯片。如用 4 片 6116 组成 8KB 存储器，若它们的地址连续，其在存储空间地址映像图如图 5-15 所示。

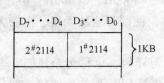

图 5-14　两片 2114 芯片位扩
充在存储空间地址映像图

图 5-15　6116 芯片字扩充在
存储空间地址映像图

通常情况下，存储器容量扩充可用位扩充或字扩充，也可位扩充、字扩充同时使用。如 IBM PC/XT 中采用 32 片的 2164，8 片一组，组成 4 组 64KB 共 256KB RAM。

2. 存储芯片与系统总线的连接　　计算机的系统总线与 CPU 有关。8086CPU 在最小方式和最大方式下的系统总线参见图 2-10 和图 2-14。8088CPU 区别仅在于数据总线为 8 位，无 $\overline{BHE}$ 信号。存储芯片与系统总线的连接分为地址总线、数据总线以及控制信号的连接。

（1）地址总线连接　　分为低位地址线和高位地址线。低位地址线直接接至芯片的地址引脚，高位地址线通过译码器接至芯片的片选端。地址线的连接将确定芯片的地址空间。

（2）数据总线连接　　常用的 1、4 位结构芯片用位扩充原则与 8088 连接，8 位芯片可直接与 8088 连接。与 8086 的连接则需分为两个存储体，分别与高 8 位、低 8 位数据线连接。

（3）控制信号连接　　系统总线中与存储器有关的控制信号在最小方式下有 M/$\overline{IO}$（8088 为 $\overline{IO}$/M）、$\overline{RD}$、$\overline{WR}$、$\overline{BHE}$（8088 无）；在最大方式下有 $\overline{MRDC}$、$\overline{MWTC}$、$\overline{AMWC}$，这些信号可参与译码，也可直接与存储芯片对应的控制端相连。

下面以一些例子说明 8088 或 8086CPU 在最小/最大方式下与存储芯片应如何连接。

例 5-1　图 5-16 为某一 8088 系统在最小方式下的存储器连接图，试确定其中各芯片的地址空间。

解　图中使用一片 27128EPROM 和两片 6264SRAM 芯片。6264 芯片为 28 引脚：地址线 13 条，数据线 8 条还有输出允许信号、写选通信号和片选信号，其工作方式与 6116 相似。

首先先确定各芯片的基本地址。所谓基本地址是指 CPU 用作片选的高位地址信号全为 0，用作字选的地址信号从全 0（最小）变化至全 1（最大）对应的地址区间。图中的 27128EPROM 芯片有地址线 14 条，则其基本地址为 0000 0000 0000 0000 0000 ~ 0000 0011 1111 1111 1111 = 00000H ~ 03FFFH。同理，6264SRAM 芯片的基本地址为 00000H ~ 01FFFH。

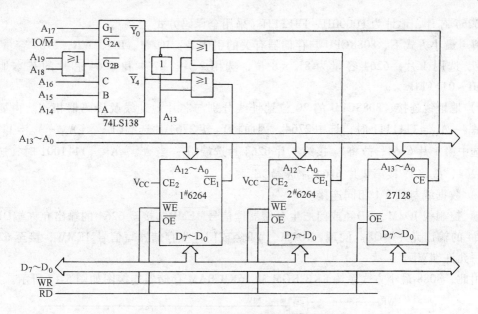

图 5-16 8088 系统的存储器连接图

再确定各芯片的片选，即 CPU 高位地址什么状态下选中芯片。由于地址总线的 $A_{13} \sim A_0$ 用于芯片的字选，$A_{19} \sim A_{14}$ 译码作片选，故图中译码器 74LS138 译码器的每个输出端选中 16KB 存储空间。译码器各输出端选中的存储空间见表 5-4。

表 5-4 译码器各输出端选中的存储空间

IO/$\overline{M}$	译码器输出端	A_{19}	A_{18}	A_{17}	A_{16}	A_{15}	A_{14}	$A_{13} \sim A_0$	存储区域
0	$\overline{Y}_0$	0	0	1	0	0	0	00---0 至 11---1	20000H ~ 23FFFH
0	$\overline{Y}_1$	0	0	1	0	0	1	00---0 至 11---1	24000H ~ 27FFFH
0	$\overline{Y}_2$	0	0	1	0	1	0	00---0 至 11---1	28000H ~ 2BFFFH
0	$\overline{Y}_3$	0	0	1	0	1	1	00---0 至 11---1	2C000H ~ 2FFFFH
0	$\overline{Y}_4$	0	0	1	1	0	0	00---0 至 11---1	30000H ~ 33FFFH
0	$\overline{Y}_5$	0	0	1	1	0	1	00---0 至 11---1	34000H ~ 37FFFH
0	$\overline{Y}_6$	0	0	1	1	1	0	00---0 至 11---1	38000H ~ 3BFFFH
0	$\overline{Y}_7$	0	0	1	1	1	1	00---0 至 11---1	3C000H ~ 3FFFFH

图中 27128 片选端与译码器的 $\overline{Y}_0$ 端相连，则 27128 芯片的地址空间为 20000H ~ 23FFFH。6264 芯片容量为 8KB，故两片一组组成 16KB。译码器的 $\overline{Y}_4 = 0$ 选中 6264 芯片组，该芯片组再由 A_{13} 二次译码确定两片 6264 各自的地址空间。由图中可见，在 $\overline{Y}_4 = 0$ 和 $A_{13} = 0$ 时，$1^\#6264$ 芯片的片选端低电平有效，则 $1^\#6264$ 芯片的地址空间为 30000H ~ 31FFFH；在 $\overline{Y}_4 = 0$ 和 $A_{13} = 1$ 时，$2^\#6264$ 芯片的片选端低电平有效，则 $2^\#6264$ 芯片的地址空间为 32000H ~ 33FFFH。

此存储器系统有 16KB 的 EPROM，地址空间为 20000H ~ 23FFFH；有 16KB 的 SRAM，地址空间为 30000H ~ 33FFFH，采用全译码方式，芯片地址唯一确定。

例 5-2 设计某一 16 位微处理器系统，设选用 8088CPU 工作于最小方式下。要求存储器容量为 8KB 的 EPROM，采用 2764 芯片，地址为 FE000H ~ FFFFFH；RAM 容量为 16KB，选用 6264 芯片，地址为 F0000H ~ F3FFFH。采用全译码方式。

解 最小方式下，8088CPU 与存储器有关的引脚是：$IO/\overline{M}$、$\overline{RD}$、$\overline{WR}$，2764 容量为 8K ×8 位，选用 1 片；6264 容量为 8K×8 位，选用 2 片。2764 和 6264 芯片的基本地址为 00000H ~ 01FFFH。

1）地址线连接 8088CPU 的 20 位地址线分别与芯片地址线及译码器相连。由要求确定当 $A_{19} \sim A_{13}$ = 1111111 时，选中 2764，因而将 $\overline{Y_7}$ 接 2764 片选端 $\overline{CE}$；当 $A_{19} \sim A_{13}$ = 1111000 时，选中第 1 片 6264，故将 $\overline{Y_0}$ 接第 1 片 6264 片选端 $\overline{CE}$；当 $A_{19} \sim A_{13}$ = 1111001 时，选中第 2 片 6264，故将 $\overline{Y_1}$ 接第 2 片 6264 片选端 $\overline{CE}$。

2）数据线与例 5-1 相同连接。

3）控制线 $IO/\overline{M}$、$\overline{RD}$ 经或门产生存储器读信号 $\overline{MEMR}$，接至 6264 的输出允许端 $\overline{OE}$，以及 2764 的输出允许端 $\overline{OE}$。同理，$IO/\overline{M}$、$\overline{WR}$ 经或门产生存储器写信号 $\overline{MEMW}$，接至 6264 芯片的写允许端 $\overline{WE}$。

由此，8088 最小方式系统 8KB ROM 和 16KB RAM 存储器连接图如图 5-17 所示。

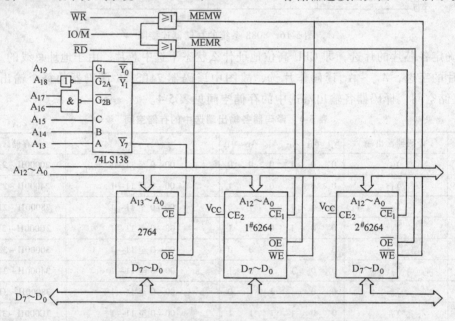

图 5-17 8088 最小方式系统 8KB ROM 和 16KB RAM 存储器连接图

在最大方式下的存储器连接与此相似，但有关的控制信号是由 8288 控制器发出，则芯片的输出允许 $\overline{OE}$、写允许 $\overline{WE}$ 改为与 8288 的存储器读、写信号 $\overline{MRDC}$、$\overline{MWTC}$ 直接相连。

8086CPU 与存储器的连接与 8088CPU 有不同之处，由第 2 章可知，8086CPU 有 16 条数据线，因此 8086 存储器组织分两个独立的存储体，各占 512KB 容量，分别称为低位（偶地址）库和高位（奇地址）库。低位库 8 位数据线与 8086CPU 的 $D_7 \sim D_0$ 相连，高位库与 $D_{15} \sim D_8$ 相连，用 A_0 和 $\overline{BHE}$ 信号选择。存储体的选择有两种方法：一种是对每个存储体使用独立的译码器产生片选信号，即 A_0、$\overline{BHE}$ 分别作为两个译码器的输入信号参与译码；另一种则是用独立的读/写信号选择对存储体的读/写操作，独立的读/写信号由存储器读/写信号与 A_0 和 $\overline{BHE}$ 产生。后一种方法成本低。

更为简便的方法是仅用独立的写信号作为存储体的选通信号，而读信号共用。此时，对存储器进行写操作，若数据为 16 位，则两个存储体的写选通同时有效，16 位数据写入两个存储体；若数据为 8 位，则只有一个存储体的写选通有效，8 位数据写入一个存储体。对存储器进行读操作，因存储体的读信号不独立，因此无论是字节读或字读，两个存储体一起选通，16 位数据送上数据总线。然而这不会有任何冲突问题，CPU 将根据需要获取 16 位数据或忽略不需要的 8 位数据。这种方法可减少系统中器件的数量。

例 5-3 选用 62256 静态 RAM 组成 64KB 的 8086CPU 存储系统。

解 设 8086CPU 工作于最大方式，与存储器有关的控制线是：$\overline{\text{MRDC}}$、$\overline{\text{MWTC}}$、$\overline{\text{BHE}}$。62256 静态 RAM 芯片容量为 $32\text{K} \times 8$ 位。系统 64KB 的 RAM 各选用 1 片 62256 组成 32KB 高位库和 32KB 低位库，用 A_0、$\overline{\text{BHE}}$ 分别选择，本例中使用独立的存储体读/写信号选择存储体。

1）控制线连接 如前所述，$\overline{\text{MRDC}}$ 直接作高位库、低位库的读信号，由 A_0、$\overline{\text{BHE}}$、$\overline{\text{MWTC}}$ 组合产生低位库的写信号 $\overline{\text{LMWTC}}$ 和高位库的写信号 $\overline{\text{HMWTC}}$，如图 5-18 中所示。

2）地址线连接 因 A_0 用作低位库选择，则 CPU 的 $A_{15} \sim A_1$ 接芯片的地址引脚，剩余高位地址线 $A_{19} \sim A_{16}$ 送入译码器译码产生片选信号。

3）数据线连接 $1^{\#}62256$ 芯片构成低位库，数据线与 8086CPU 数据线低 8 位 $D_7 \sim D_0$ 相连，$2^{\#}62256$ 芯片构成高位库，数据线与高 8 位 $D_{15} \sim D_8$ 相连。

图 5-18 为 8086CPU 最大方式系统 64KB 存储器连接图，图中 $1^{\#}$ 芯片的地址为 80000H ~ 8FFFFH 中的偶地址，$2^{\#}$ 芯片的地址为 80000H ~ 8FFFFH 中的奇地址。译码器的另外 7 个输出端可扩充 $7 \times 64\text{KB}$ 存储器。

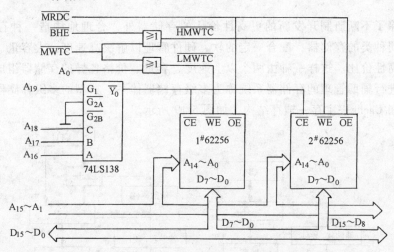

图 5-18 8086 最大方式系统 64KB RAM 存储器连接图

5.4.3 IBM PC/XT 中的存储器地址分配

IBM PC/XT 中，主处理器选用 8088CPU，工作在最大方式下，具有寻址 1MB 空间的能力，其存储空间分配见表 5-5。其中：

单色显示缓冲区占用 4KB 内存（B0000H ~ B0FFFH）；

彩色/图形显示缓冲区占用 16KB 内存（B8000H ~ BBFFFH）；

高分辨率显示适配器的控制 ROM 占用 32KB（C0000H ~ C7FFFH）；

硬盘驱动器适配器的控制占用 16KB 内存（C8000H～CBFFFH）。

表 5-5　IBM PC/XT 存储空间分配

地址范围	名　　称	功　　能
00000～7FFFFH	系统板上 512KB	系统板存储器
80000～9FFFFH	128KB 基本 RAM	I/O 通道主存储器
A0000H～BFFFFH	128KB 显示 RAM	保留给显示卡用
C0000H～EFFFFH	192KB 控制 ROM	保留给硬盘适配器、显示卡用
F0000H～FFFFFH	系统板上 64KB ROM	BIOS，BASIC 用

5.5　存储体系

如前所述，内存的容量与速度是影响计算机性能的重要因素。而大容量高速度的存储器易导致高成本。因而，研究合理的存储器体系能有效地解决容量、速度、成本间的矛盾。

5.5.1　存储体系结构

早期计算机系统的存储器体系通常只由内存构成，如 PC，仅使用 DRAM 构成主内存。然而随着计算机软、硬件系统的不断发展，对存储器的要求也不断提高，从而产生了存储器的速度、价格、容量三者之间矛盾问题。首先，CPU 的速度不断提高，若仍使用 DRAM 构成主内存，在 CPU 与内存交换数据时，不插入等待周期是无法实现 CPU 与存储器的速度匹配的，而插入等待周期会延长总线周期，使 CPU 速度降低。因而对高速 CPU 必须配备速度较高的 SRAM 与之配合才不影响其运行速度；第二，各种应用软件要求系统配置足够大容量的内存；第三，价格问题。若内存容量大，价格高，且使用高速 SRAM 将会使整机成本大幅提高。

因此，除了不断研制开发新的更高性价比的存储器外，合理地构造一种存储器结构体系，选用不同种类的存储器，配合一定的软、硬件管理以解决高速度、大容量、低价格的矛盾，达到较高性价比。这样一种由两个以上速度、容量、价格各异的存储器组成并由一定的软件、硬件进行辅助管理的存储器系统称为多级存储器体系。典型的多级存储器体系有主存—辅存结构和 Cache—主存—辅存结构，如图 5-19 所示。

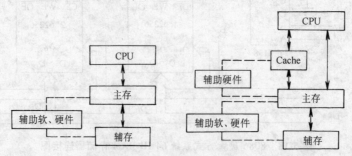

图 5-19　存储器体系结构图

在多级存储器结构中，与 CPU 最近的存储器容量最小、速度最快、价格最高，下一级存储器则容量增加、速度降低、价格降低。在配合一定的辅助软、硬件下，从整体看，速度与第一级存储器接近，而容量不小于最后一级存储容量。

1. 主存—辅存结构　计算机中主存通常由 DRAM 芯片构成，主要用于存放当前需执行的程序与数据，其容量受价格因素影响。采用小容量主存与大容量辅存再结合一定的软、硬件系统构成的主存—辅存结构较好地解决低成本、大容量的问题。辅存为外部存储器如磁盘、磁带、光盘等，不能直接被 CPU 访问，一般用于存放暂时不用或主存放不下的程序和数据。当 CPU 处理信息时，首先查看所需数据是否在内存，若已在，直接访问内存，若不在，由辅助软、硬件将有关信息从辅存上分段或分页调入内存，再由 CPU 访问。如今，随着辅助软件硬件的不断发展，形成了将较大容量的磁盘存储空间映射到比它小得多的内存物理存储空间的虚拟存储器系统，使用户获得更大的编程空间。

2. Cache—主存—辅存结构　当前的计算机系统一般都采用高速缓存—主存—辅存的三级存储器结构体系。高速缓存也称 Cache，它是位于 CPU 与主存储器之间的一种高速存储器，一般选用存取时间小于 25ns 的静态 RAM 组成，其速度与 CPU 相当，但价格昂贵，容量较主存小。

设置 Cache 存储器，其目的在于将当前程序运行中即将使用的一组数据或即将执行的一组指令由主存复制到 Cache 中，使 CPU 可以从 Cache 中快速地获取所需的指令和数据。当 CPU 访问存储器时，首先检查 Cache，如果要访问的信息已在 Cache 中，则 CPU 可快速地获取信息，此称为 Cache 命中；若所需信息不在 Cache 中，称为 Cache 不命中，此时 CPU 必须访问主存，同时把包含所访问信息的数据块复制到 Cache 中更新。这种更新可提高 Cache 命中率，这是根据计算机程序的局部性原理，即所访问的指令在一小段时间里一般集中在一个局部区域。

Cache 容量一般为几十 KB 至几百 KB 之间。容量越大，需要更新的次数越少，命中率相应提高。但容量不宜太大，因构成 Cache 的高速 SRAM 价格高，而容量太小，不但需要更新的次数增加，而且 Cache 不命中再去访问主存的时间多于直接访问主存。

当前，CPU 内部一般都含有一定容量的 Cache 存储器，如 Intel80486 内含 8KB 程序和数据 Cache；Pentium 则分别含 8KB 程序 Cache 和 8KB 数据 Cache，将指令缓存和数据缓存分开，解决了在使用大量数据的程序时，Cache 被数据占满而没有多少空间用于指令缓存的问题；而高性能的 CPU 则多采用二级 Cache 结构：L_1 Cache（片内）和 L_2 Cache（片外）。需要访问存储器时，CPU 首先在第一级 Cache 中查找，若不命中，则在第二级 Cache 中查找。若命中，传输数据同时更新第一级 Cache；不命中，则从主存中获取数据同时更新 L_1、L_2 级 Cache。二级 Cache 结构进一步提高 CPU 访问 Cache 的命中率。Pentium Pro 以上的机型均配有二级 Cache。

使用一级或二级的 Cache—主存—辅存结构的存储器系统，提高了存储器的速度，同时总存储容量又相当于辅存容量，有效地解决了对存储器的高速度、大容量、低成本的矛盾。

5.5.2　高速缓存 Cache

如前所述，采用 Cache—主存结构，CPU 访问 Cache 的命中率高，则减少访问主存次数，加快了程序的执行。Cache 的命中率与 Cache 的容量有关，同时 Cache 的结构和控制部件也是影响命中率的一个重要因素。

5.5.2.1　Cache 的基本结构

图 5-20 为 Cache—主存储器系统基本结构框图，其中 Cache 位于 CPU 与主存之间，CPU 既与 Cache 相连也与主存相连。点划线框内为 Cache 控制器，包括主存地址寄存器 MA、主存—Cache 地址变换 CAM、替换控制部件和 Cache 地址寄存器。其功能：实现主存地址与 Cache 地址的变换；Cache 不命中时转而访问主存，并把主存中数据所在页装入 Cache；若

Cache 已满，使用替换算法实现 Cache 内容的更新。

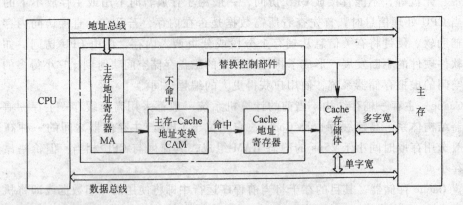

图 5-20　Cache—主存储器系统基本结构框图

　　Cache 和主存多分成若干个大小相等的页，每页有多个字节组成，Cache 内部有一标记存储体（TAG SRAM）和数据存储体（Cache SRAM），Cache 标记指出主存哪些页存放在 Cache 中，CPU 访问存储器时，首先检索标记存储体以确定是否 Cache 命中。Cache 标记存储体与主存地址之间不同的地址变换方式决定了 Cache 的结构。这种变换是应用某种规则将主存地址映像到 Cache 中定位，称为地址映像。

5.5.2.2　地址映像方式

　　地址映像方式一般有直接映像、全相联映像和组相联映像三种。为了说明这几种映像方式，假设主存空间被分为 2^m 个页，Cache 被分为 2^c 个页，每页的大小都为 2^b 个字。即主存容量为 2^{m+b} 个字，Cache 容量为 2^{c+b} 个字。每个字被称作一"行"，行是主存和 Cache 之间的信息传输单位。

　　1. 直接映像　直接映像方式如图 5-21 所示。设 $t = m - c$，则主存的 2^m 页可分为 2^t 组，每组的首页即第 0 页、第 2^c 页、第 2^{c+1} 页、…只能映像到 Cache 的第 0 页，每组的第二页即第 1 页、第 $2^c + 1$ 页、第 $2^{c+1} + 1$ 页、……只能映像到 Cache 的第 1 页，其余依此类推。

　　图 5-21 中，主存地址末 b 位是页内地址，中间 c 位是 Cache 的页地址，高 t 位就是主存页标记，它指明由 c 位确定的 Cache 页中当前是主存中可能映像到该 Cache 页的 2^t 个页的哪一页。当 CPU 访存，送 m + b 位地址至主存地址寄存器 MA，首先根据 MA 的低 c + b 位选中 Cache 单元，再将 MA 的高 t 位与所选中单元的标记比较，若相同则命中；不相同则直接访问主存，并将对应页调入 Cache 及更改 Cache 的标记。

　　直接映像的优点是实现简单，缺点是不够灵活，即主存的 2^t 页只能映像到唯一的 Cache 页，而不能映像到别的 Cache 页。

　　2. 全相联映像　全相联映像允许主存中的每一个页映像到 Cache 的任何一个页上，如图 5-22 所示。图中可见，与直接映像比较，主存的页标记用 m 位表示，Cache 必须用 MA 的高 m 位与所选中单元的标记比较，因标记太长，所以需要较长的时间才能判断出所需的主存页是否在 Cache 中。

　　全相联映像方式的地址映像简单，在 Cache 满时允许替换出任一页，但要使用替换算法，控制较复杂。

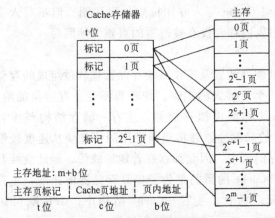

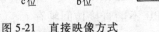

图 5-21　直接映像方式

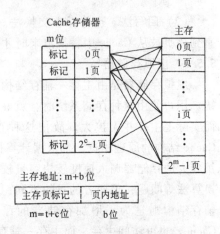

图 5-22　全相联映像方式

3. 组相联映像　这是前两种方式的一种折衷方案。它把 Cache 分为 $2^{c'}$ 组，每组包含 2^r 个页，即 $c' + r = c$，组间为直接映像，组内为全相联映像。主存也分组，组内的页数与 Cache 的分组数相同。Cache 只有一组也就是直接映像方式，组内只有一页就是全相联方式。图 5-23 为组相联映像方式示意图，其中 $r = 1$。

主存地址的划分同前两种方式。未 b 位为页内地址，c' 为 Cache 的组地址，高 t 位和 r 位（组内页地址）形成主存页标记。由于 Cache 同一组内的 2^r 个页位置可能分配给中间 c' 位相同的 $2^{c'}$ 个主存页中的任何一个，所以增加了映像的灵活性，同时由于映像到 Cache 同一组页位置的主存页是固定的，只需要和同一组的 2^r 个页的标记相比较，所以速度较快。

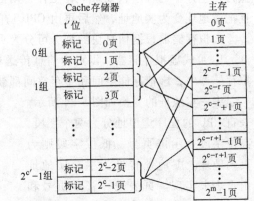

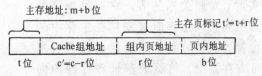

图 5-23　组相联映像方式示意图

5.5.2.3　替换算法

当新的主存页需要调入 Cache 而它的可用位置又已被占满时，就产生替换算法问题。常用的替换算法有两种：先进先出（FIFO）算法和近期最少使用（LRU）算法。

FIFO 算法总是把最先调入 Cache 中的页替换出去，它不需要随时记录各个页的使用情况，所以控制简单，容易实现。

LRU 算法是把近期最少使用的页替换出去，这种算法需随时记录 Cache 中各页的使用情况，以确定哪个页是近期最少使用的页。

5.5.2.4　Cache 与主存的一致

Cache 是主存的副本，应与主存保持一致。事实上，在 CPU 对存储器进行写操作时，如果 Cache 不命中，就直接把信息写入内存同时更新 Cache；如果 Cache 命中，CPU 写入 Cache，就有可能出现 Cache 与主存不一致。如何解决两者一致的问题？一般有两种方式。

（1）写直达法　也称通过式写法。这种方式是每次写入 Cache 时也同时写入主存，从而使 Cache 和内存保持一致。

（2）回写法　也称标志交换法。CPU 向 Cache 写入并用标志加以注明，但不写入主存直到该页被从 Cache 中替换出来时才一次写入内存，没有被改写的页则无须回写。

5.5.3　虚拟存储器

虚拟存储器是由主存—辅存结构和辅助硬件装置及操作系统存储管理软件组成的存储系统。用户使用这种存储系统时，就好像有一个足够大的主存，使编程不受主存容量的限制，而实际上主存并无扩大，故把这种存储系统称为虚拟存储器。主存—辅存结构与主存—Cache 结构的原理相近，都依据计算机程序的局部性原理将当前常用的信息块从速度较慢容量较大的存储器调入速度较快容量较小的存储器中，因此都存在着地址映像、地址变换和替换算法等问题，但两者的目的不同，主存—Cache 的目的是为了提高存储器的速度，主存—辅存结构则是为了增加存储器的存储容量。而且，主存—Cache 结构中，CPU 既可访问 Cache，也可访问主存，而主存—辅存结构中，CPU 不能直接访问辅存。

通常把用户编程的地址称为虚拟地址或逻辑地址，实际的主存单元地址称为实际地址或物理地址。程序运行时，CPU 以虚地址来访问内存，由辅助硬件找出虚地址和实地址的对应关系，并判断这个虚地址所指出的存储单元内容是否在主存。如果在主存，CPU 就直接执行在主存中的程序；如果不在主存，则把包含这个存储单元内容的一个程序块调入主存，且把虚地址变为实地址，然后再由 CPU 访问主存。

虚拟存储器根据信息块的划分可分为页式、段式及段页式虚拟存储器。

1. 页式虚拟存储器　以页为信息传送单位的虚拟存储器叫页式虚拟存储器。在这种虚拟存储器中，虚拟存储空间和主存空间都被分成大小相等的页，每页一般为 512B 至几 KB。

虚—实地址的变换如图 5-24 所示。来自 CPU 的程序虚地址分为两个字段，高位字段表示虚页号，低位字段则为页内地址。虚地址转换为主存实地址由页表来实现。页表是一张虚页号和实页号对照关系的表，它记录程序的虚页面调入主存时被安排在主存中的位置。页表的起始地址保存在页表基址寄存器中，将页表基址寄存器的内容与页面号相加而得到页表索引地址，

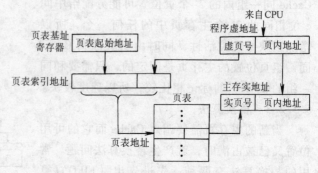

图 5-24　虚—实地址变换示意图

该地址单元的内容一般包括装入位、修改位、替换控制位、读写保护位等以及实页号。其中装入位若为 1，表示该页面已在主存中，将索引地址单元中的实页号与程序虚地址中的页内地址相加就得到主存实地址；若装入位为 0，表示该页面不在主存中，于是启动 I/O 系统，把该页从辅存中调入主存再供 CPU 使用。

2. 段式虚拟存储器　段式虚拟存储器是以程序的逻辑结构所形成的段作为主存分配单位的虚拟存储管理方式。这种虚拟存储器的每个段的长度因程序的不同而不相等。

为了把程序虚地址变换成主存实地址，需要一个段表，段表也称段描述符表，表中每个项目称为段描述符，根据具体实施办法的不同，段描述符除包括段起点地址以外还可以包括其他属性，如装入位（状态）、段长度等。其中装入位为 1 表示该段已调入主存，装入位为 0 表示该段未调入主存。段的长度可大可小，故在表中加以指示，当偏移量大于段长度时将

发生监督程序陷阱。段表本身也作为一个段，它一般是驻留在主存中。

图 5-25 显示了某程序的各程序段空间在主存中的分配及对应的段表。

图 5-26 显示了段式管理的虚拟存储系统中虚拟地址如何变换为主存实地址。

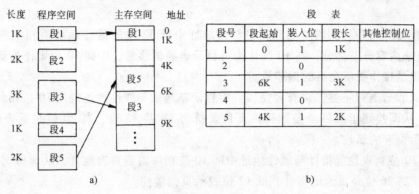

图 5-25　程序在主存中的分配图及段表

a) 程序空间分配图　b) 段表

3. 段页式虚拟存储器　段页式虚拟存储器是段式和页式虚拟存储器两者的结合。在这种方式中，程序按功能模块分段，再把每段分成固定大小的页。虚存和实存间以页为基本传送单位，可按段实现共享和保护。段页式虚拟存储器中的每段程序定位是通过一个段表（描述符表）和一组页表实现的。下面以 80386 的段页式存储管理机构为例，说明虚拟地址变换为实地址的过程。

80386CPU 在执行每条指令期间，硬件自动地进行复杂的地址计算。虚拟地址通过段式管理机构得到线性地址，再通过页式管理机构得到实地址，其地址变换过程如图 5-27 所示。

图 5-26　段式虚拟存储器的地址变换示意图

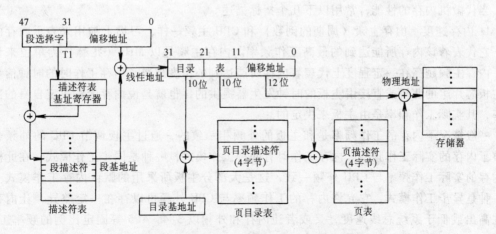

图 5-27　80386 段页式结构地址变换过程

80386 使用 32 位实际地址及 48 位虚拟地址（有 2 位为非寻址位），可寻址 4GB 的物理空间和 64TB（1TB = 1024GB）虚拟空间。存储器分段管理，段内偏移地址 32 位，所以一个段最大可达 4GB。虚拟地址变换为实际地址的过程如下：

1）将虚拟地址的高 13 位，即段选择字作为描述符表变址值，由描述符表指示字段 T1 值找到对应的描述符表的 32 位基地址值，两者相加得到段描述符表地址，从而获得段描述符。

2）从段描述符中得到段基地址，它与虚地址中低 32 位的偏移地址值相加得到线性地址。线性地址内容分三部分：高 10 位作为页目录表的偏移量；中间 10 位则作为页表的偏移量；低 12 位是操作数所在页的偏移量。

3）页式管理通过下述二级查表完成。由目录基地址与线性地址的高 10 位相加得到页目录表地址，从而找到了页目录描述符，页目录符为 4B 共 32 位，高 20 位是页表地址指针，低 12 位表示页表的属性。

4）由 20 位页表地址指针与线性地址中间 10 位相加得到页表地址，从而得到页描述符，它也是 4B，高 20 位是页地址指针，低 12 位表示页的属性。

5）由页地址指针与线性地址的后 12 位偏移量相加得到该寻址单元的物理地址。

页目录表、页表、页都是 4KB。页目录表常驻主存，页表和页则可以在主存也可以在辅存上。

最后要强调，虚地址变换为实地址过程是在一条指令执行过程中由硬件完成的。程序员是不可见的。

5.6 当代微机的内存储器

内存直接与 CPU 交换信息，内存的性能指标对微机的性能是极其重要的。内存最重要性能指标是内存容量、内存速度、内存类型。例如，常见的联想扬天 A6800R（E7400）配置的内存容量：2048MB，内存类型：DDR2；内存速度：667MHz；联想家悦 E3630 配置的内存容量 2GB，内存类型：DDR3，内存速度：1066MHz；联想启天 M8250 配置的内存容量 2GB，内存类型：DDR3，内存速度：1066MHz。

当代微机内存的性能，常用以下几个指标描述。

1. 内存速度 内存主频（周期的倒数）和 CPU 主频一样，习惯上被用来表示内存的速度，它代表着该内存所能达到的最高工作频率。内存主频是以 MHz（兆赫）为单位来计量的。内存主频越高在一定程度上代表着内存所能达到的速度越快。内存工作时的时钟信号是由主板芯片组的北桥或直接由主板的时钟发生器提供的，也就是说内存无法决定自身的工作频率，其实际工作频率是由主板来决定的。

一般情况下内存的工作频率是和主板的外频相一致的，通过主板调节 CPU 的外频也就调整了内存的实际工作频率。内存工作时有两种工作模式，一种是同步工作模式，在此模式下内存的实际工作频率与 CPU 外频一致，这是大部分主板所采用的默认内存工作模式。另外一种是异步工作模式，它允许内存的工作频率与 CPU 外频可以存在一定差异，让内存工作在高出或低于系统总线速度，又或者让内存和外频以 3:4，4:5 等固定比例的频率工作。利用异步工作模式技术就可以避免以往超频而导致的内存瓶颈问题。

DDR 内存、DDR2 内存和 DDR3 内存的频率可以用工作频率和等效数据传输频率两种方式表示，工作频率是内存颗粒实际的工作频率，但是由于 DDR 内存可以在脉冲的上升和下降沿都传输数据，因此数据传输等效频率是工作频率的两倍；DDR2 内存每个时钟能够以 4 倍于工作频率的速度读/写数据，因此等效数据传输频率是工作频率的四倍，而 DDR3 内存每个时钟能够以 8 倍于工作频率的速度读/写数据，因此等效数据传输频率是工作频率的 8 倍。例如 DDR 200/266/333/400 的工作频率分别是 100/133/166/200MHz，而等效频率分别是 200/266/333/400MHz；DDR2 400/533/667/800 的工作频率分别是 100/133/166/200MHz，而等效频率分别是 400/533/667/800MHz。

现在举个异步工作模式的例子：一块 845E 的主板最大只能支持 DDR266 内存，其主频是 266MHz，这是 DDR 内存的等效频率，其实际工作频率是 133MHz。在正常情况下（不进行超频），该主板上内存工作频率最高可以设置到 DDR266 的模式。但如果主板支持内存异步功能，那么就可以采用内存、外频频率以 5∶4 的比例模式下工作，这样内存的工作频率就可以达到 166MHz，此时主板就可以支持 DDR333（等效频率 333MHz，实际频率 166MHz）了。

内存速度和处理器速度之间存在着很大的不匹配，例如，联想家悦 E3630 处理器主频 2800MHz，而内存速度为 1066MHz。内存一直难于跟上处理器的速度，需要多级高速缓存来缓和处理器对较慢主存的请求。

2. 内存类型 DDR、DDR2、DDR3

（1）DDR SDRAM　DDR SDRAM（Dual Date Rate SDRAM）简称 DDR，也就是"双倍速率 SDRAM"的意思。DDR 在时钟信号上升沿与下降沿各传输一次数据，这使得 DDR 的数据传输速度为传统 SDRAM 的 2 倍。由于仅多采用了下降沿信号，因此并不会造成能耗增加。至于寻址与控制信号则与传统 SDRAM 相同，仅在时钟上升沿传输。

DDR 的标识和 SDRAM 一样采用频率。由于 DDR 内存具有双倍速率传输数据的特性，因此在 DDR 内存的标识上采用了工作频率 ×2（等效频率）的方法，也就是 DDR200、DDR266、DDR333 和 DDR400，对应于 DDR 工作频率 100MHz、133MHz、166MHz 和 200MHz。

DDR-SDRAM 使用新的带有 184 个引脚的 DIMM 模块设计。通常工作于 2.5V。

（2）DDR2　DDR2（Double Data Rate 2）SDRAM 与上一代 DDR 内存技术标准最大的不同就是，虽然同是采用了在时钟的上升/下降沿同时进行数据传输的基本方式，但 DDR2 内存却拥有 2 倍于上一代 DDR 内存预读取能力（即：4bit 数据读预取）。换句话说，DDR2 内存每个时钟能够以 4 倍外部总线的速度读/写数据，并且能够以内部控制总线 4 倍的速度运行。这主要是通过在每个设备上高效率使用两个 DRAM 核心来实现的。

DDR2 内存采用的 FBGA 封装方式提供了更好的电气性能与散热性，针脚数量为 240 针，DDR2 内存的工作电压为 1.8V，提供更小的功耗与更小的发热量。

目前，已有的标准 DDR2 内存分为 DDR2 400、DDR2 533、DDR2 667 和 DDR2 800，其工作频率分别为 100MHz、133MHz、166MHz 和 200MHz，其总线频率（时钟频率）分别为 200MHz、266MHz、333MHz 和 400MHz，等效数据传输频率分别为 400MHz、533MHz、667MHz 和 800MHz，其对应的内存传输带宽分别为 3.2GB/s、4.3GB/s、5.3GB/s 和 6.4GB/s，按照其内存传输带宽分别标注为 PC2 3200、PC2 4300、PC2 5300 和 PC2 6400。

（3）DDR3　DDR3 内存采用 8bit 数据预取技术提升频率，一次可以从存储单元预取 8bit 的数据，在输入/输出端口处的上行和下行同时传输，8bit 需要 4 个时钟周期完成，因此

DDR3 内存的输入/输出时钟频率是存储单元核心的 4 倍，由于是上行、下行同时传输数据，因此有效的数据传输频率达到了存储单元核心频率的 8 倍，由此我们也可以知道，DDR3-800 内存的存储核心频率其实仅有 100MHz，其输入/输出时钟频率为 400MHz，等效数据传输频率则为 800MHz。

DDR3 有 DDR3-800、DDR3-1066、DDR3-1333、DDR3-1600 和 DDR3-2000 等规格。其内存传输带宽分别标注为 PC3 6400、PC3 8500、PC3 10666、PC3 12800 和 PC3 16000。

DDR3 内存除了频率、带宽大幅度提升以外，DDR3 内存还在 DDR2 的基础上降低了电压，从而将功耗降低。DDR3 内存的标准工作电压为 1.5V，DDR2 为 1.8V，降低了 0.3V，降低幅度达 17%，功耗方面，DDR3-800 大约是 DDR2-800 的 72%，DDR3-1066 大约是 DDR2-1066 的 83%。

DDR3 内存新增加了 Reset（重置）重要功能，它使 DDR3 内存的初始化变得比以前简单。当 Reset 命令运行时，DDR3 内存就会停止所有工作，并切换到最少量活动状态以节约能耗，这个时候，DDR3 内存所有数据接收与发送器都会关闭，内部程序装置将会复位，延迟锁定回路（DLL）与时钟电路也会停止工作而不会对数据总线上的任何要求作出反映，这个时候，DDR3 内存也是最省电的时候，这种特性对笔记本计算机等移动设备来说无疑是相当有意义的。

DDR3 内存还具有根据温度自刷新功能。只要内存持续工作，它就得不断刷新数据，这也是内存最重要的操作。刷新分为两种：一种是自动刷新（Auto Refresh，AR）；另一种则是自刷新（Self Refresh，SR）。DDR3 内存为了最大限度地节省电力，采用了一种新型的自动刷新技术：自动自刷新（Automatic Self Refresh，ASR）它通过一个内置于内存芯片的温度传感器来控制刷新的频率，以前，刷新频率高，内存的工作温度就高，而加入温度自动刷新技术后，DDR3 内存就可根据温度传感器的控制，在保证数据不丢失的情况下尽可能的减少刷新频率，从而降低内存工作温度。温度自刷新功能在 DDR3 内存上是一个可选项。

其次，温度自刷新也有一个范围，称作 SRT 即 Self Refresh Temperature，它通过模式寄存器，可以选择两个温度范围，一个是普通温度范围，如 0°~70℃，另一个是扩展温度范围，如最高 100℃，对内存内部设定的这两种温度范围，它将以一个恒定的频率和电流进行刷新的操作。

DDR3 内存有一个叫做局部自刷新的可选项，即 Partial Array Self Refresh，简称 RASR，它的功能是可以让 DDR3 内存只刷新部分逻辑 Bank，而不是全部刷新，从而进一步减少刷新带来的消耗，这个功能对笔记本计算机来说具有相当大的意义，它可以进一步增加电池的续航时间。

DDR3 内存朝着高容量发展。Windows Vista 以及 64 位操作系统对内存容量提出了更高的要求。DDR3 内存采用了更高密度的内存颗粒，DDR2 内存可以做到 256MB~4GB 容量，而 DDR3 内存最高可以做到单条 8GB，而 8GB 还仅仅是在 8 个逻辑 Bank 的情况下达到的容量，DDR3 内存为了应对未来大容量的要求，甚至为 16 个逻辑 Bank 做好了准备。

所谓的逻辑 Bank 是由很多个存储单元纵横交错组成的阵列，内存的容量 = 存储单元总数 × 存储单元数量。存储单元总数 = 行 × 列 × 逻辑 Bank 数量，由此可见，内存容量实际上等于（行 × 列 × 逻辑 Bank 数量）× 存储单元数量。

面向 64 位构架的 DDR3 显然在频率和速度上拥有更多的优势，此外，由于 DDR3 所采用的根据温度自动自刷新，局部自刷新等其他一些功能，在功耗方面 DDR3 也要出色得多。

3. 内存条容量、支持内存最大容量　内存条容量即一根内存条可以容纳的二进制信息量，如一个 168 线内存的存储容量一般多为 32MB、64MB 和 128MB。

主板所能支持内存的最大容量是指最大能在该主板上插入多大容量的内存条，超过容量的内存条即便插在主板上，主板也无法支持。主板支持的最大内存容量理论上由芯片组所决定，北桥决定了整个芯片所能支持的最大内存容量。但在实际应用中，主板支持的最大内存容量还受到主板上可以插入内存条的内存插槽数量的限制，主板制造商出于设计及成本上的考虑和需要，可能会在主板上采用较少的可以插入内存条的内存插槽，此时即便芯片组支持很大的内存容量，由于主板上并没有足够的内存插槽供适用，故仍无法达到理论最大值。

比如 KT600 北桥最大能支持 4GB 的内存，但大部分的主板厂商只提供了两个或三个 184 针的 DDR DIMM 内存插槽，其支持最大内存容量就只能达到 2GB 或 3GB。

4. 内存数据宽度和带宽　内存的数据宽度是指内存同时传输数据的位数，以位（bit）为单位，现在的内存数据宽度大多为 64 位。内存带宽通常指的是内存的数据传输速率，内存带宽也叫"数据传输率"，是指单位时间内通过内存的数据量，通常以 MB/s 表示。我们用一个简陋的公式来说明内存带宽的计算方法：内存带宽 = 工作频率 × 位宽/8 × n（n 为时钟脉冲上下沿传输系数，DDR 的传输系数为 2，DDR2 的传输系数为 4，DDR3 的传输系数为 8）。内存带宽必须满足 CPU 带宽的要求。

5. 内存的"线"　我们平时所说的内存多少"线"，就是指内存条与主板插接时有多少个接触点，这些接触点就是所谓的"金手指"，有 30 线、72 线、168 线、184 线及 240 线的分别。30 线的内存条为每条 8bit 的规格，72 线的内存条是每条 32bit 的规格，168 线的内存条是每条 64bit 的规格。如今的计算机因为使用 64bit 数据存取方式，若使用 168 线的内存条一条就可以满足要求，168 线内存条的容量有 16MB、32MB、64MB、128MB 甚至 256MB 等。

6. 内存的时序参数　内存的时序参数是描述内存条性能的一组参数，它体现了内存延迟时间，如 DDR2-800 内存的标准时序：5-5-5-18，但 DDR3-800 内存的标准时序则达到了 6-6-6-15、DDR3-1066 为 7-7-7-20、而 DDR3-1333 更是达到了 9-9-9-25。这 4 个数字的含义依次为：第一个数字是 CAS（Column Address Strobe）Latency（简称 CL 值），内存 CAS 延迟时间，这也是内存最重要的参数之一，一般来说内存芯片都会印上 CL 的值，这个非常重要的参数值越低越好。CAS 延迟时间是在一定频率下衡量支持不同规范内存的重要标志之一。第二个数字是 RAS（Row Address Strobe）—to—CAS Delay（tRCD），代表内存行地址传输到列地址的延迟时间。第三个数字则是 Row—precharge Delay（tRP），代表内存行地址选通脉冲预充电时间。第四个数字则是 Row—active Delay（tRAS），代表内存行地址选通延迟。这四个时序参数都用时钟周期数表示。

除了这 4 个以外，在一些芯片组上，如 NVIDIA nForce 680i SLI 芯片组上，还支持内存的 CMD 1T/2T Timing 调节，CMD 调节对内存的性能影响也很大，其重要性可以和 CL 相比。这个参数的含义是片选后多少时间可以发出具体的寻址的行激活命令，单位是时钟周期。片选是指对行物理 Bank 的选择（通过 DIMM 上 CS 片选信号进行）。如果系统仅使用一条单面内存条，那就不存在片选的问题了，因为此时只有一个物理 Bank。

习 题 五

1. 半导体存储器分为哪几类？试述它们的用途及主要区别。

2. 存储芯片结构由哪几部分组成？各部分功能是什么？

3. 简述 SRAM 和 DRAM 的各自特点。

4. 8086/8088CPU 与存储器连接时，三总线应如何连接？

5. 试述线选，部分译码和全译码方式的特点。

6. 写出下列存储器芯片（非 DRAM）的基本地址。这些芯片各需几位地址线实现片内寻址？若要组成 64KB 的存储器各需几片？

1）4416 芯片（16K×4 位）

2）6116 芯片（2K×8 位）

3）27128 芯片（16K×8 位）

4）62256 芯片（32K×8 位）

7. 某一 16 位微处理器系统，选用 8 片 2732 作只读存储器，选用 16 片 2164 作读写存储器。问：

1）该系统的 ROM、RAM 容量各是多少？

2）若 RAM 的起始地址为 60000H，ROM 的起始地址为 80000H，且地址是连续的，则它们的末地址分别是多少？

8. 在图 5-17 基础上，各扩充 8KB EPROM 和 8KB SRAM。连线后说明扩充的芯片的地址空间。

9. 在图 5-18 基础上，扩充 64KB EPROM，地址从 F0000H~FFFFFH，选用 27256 芯片，如何连线？

10. 选用 2732（4K×8 位）芯片和 6116（2K×8 位）芯片以及 74LS138 译码器组成一个 8KB 的 ROM 和 4KB 的 RAM 存储器系统，要求 ROM 起始地址为 00000H，RAM 的起始地址为 10000H。设 8088CPU 工作于最小模式。

11. 说明三级存储器体系各部分作用，并说明 Cache—主存层次和主存—辅存层次的相同点和不同点。

12. 在有 Cache 的系统中，通过式写法、回写法是针对什么问题而提出的？它们的含义是什么？

13. 解释当代内存的两种工作模式。

14. 什么是 DDR、DDR2、DDR3 内存的工作频率和等效频率？

第6章 输入/输出及 DMA 控制器

输入/输出设备是计算机系统的组成部分。程序、原始数据和各种现场信息，需要通过输入设备送入计算机。计算机计算的结果或给出的各种控制信号要通过输出设备进行显示、打印和实现控制动作。因此，CPU 与外围设备交换信息也是计算机系统中十分重要和十分频繁的操作。

本章主要介绍接口的概念、CPU 与外围设备（以下简称外设）交换信息的方式并着重介绍 DMA 方式。

6.1 接口的基本概念

6.1.1 接口的一般定义及基本功能

接口一词的基本意思是交接界面。输入/输出接口即输入输出界面。一般意义上说，输入/输出接口，是在 CPU 与外设之间，使两者动作条件相配合的连接电路。它的作用就是将来自外设的信息传送给处理器，处理器对信息进行加工后再通过接口传回外设。它在 CPU 与外设之间建立一个缓冲区，解决 CPU 与外设之间在数据形式、数据的传递方式以及传递速率上存在很大差异的矛盾。

因此，接口的基本功能就是对数据传送控制，具体包括信号暂存、数据格式转换、传送路径的切换控制和状态信号的交换、通信控制、设备动作、定时控制、中断管理及错误检测等功能。不同接口芯片用于不同的场合，因此其功能也各有特点，一个接口芯片可包含上述一种或几种功能。

6.1.2 接口电路中的信息

接口电路中通常包含有数据信息、状态信息和控制信息。

1. 数据信息　CPU 与外设交换的基本信息就是数据。通常为 8 位或 16 位，一般分三种类型：

（1）数字量　它们是以二进制形式表示的数或以 ASCII 码表示的数据或字符。例如，由键盘、磁盘机、卡片机等读入的信息或由主机送给打印机、磁盘机、显示器的信息。

（2）模拟量　当微机系统用于控制时，大量的现场物理量（如温度、压力、流量、位移）经过传感器转换为连续变化的电量，经过放大后就是模拟电压或电流，它们必须经 A/D 转换，变成数字量才能送入计算机。反过来当执行机构需要用模拟量控制时，计算机输出的数字量也必须经 D/A 转换。

（3）开关量　这是一些表示两个状态的量。如电机的启停、开关的开闭、触点的通和断等。这些量只用 1 位二进制数表示即可。

2. 状态信息　它是一种反映外设当前工作状态的信息。对于输入设备，通常用数据准备就绪（READY）信号来表示待输入数据已准备好。对于输出设备，常用忙碌（BUSY）来表示设备是否处于空闲状态。状态信息通过接口送往 CPU。CPU 在数据准备就绪或设备不忙碌的情况下，才输入或输出数据。

3. 控制信息　控制信息是 CPU 通过接口传送给外设的。它是用来控制外设工作的（例如启动或停止）信息。

数据信息、状态信息和控制信息是不同性质的信息，必须分别传送。但是在大部分微机中 CPU 与外设通过接口交换信息时，只有 IN 和 OUT 指令，因此，状态信息必须作为一种数据输入，而 CPU 对外设的命令信息也必须作为一种数据输出。为了使它们相互有分别，它们之间必须有自己的寄存器，或称端口（PORT）。

这样，I/O 接口包括若干端口。数据端口用来传送数据；状态端口用来传送外设的工作状态；而控制端口用来传送 CPU 给外设的命令。每个端口都有自己独立的地址。

6.1.3　接口的类型

接口芯片种类繁多、但按通用性大体上可分为两类：专用接口和通用接口。专用接口是专门为某种用途或为某类外设而专门设计的接口电路，例如 CRT 显示控制器、软磁盘控制器、键盘控制器、DMA 控制器等。通用接口指可供几类外设使用的标准接口。这类接口芯片，既可以作为输入接口用，又可作为输出接口用。通用接口使用较广泛。

接口按与外设数据的传送方式又可分为：并行 I/O 接口和串行 I/O 接口。并行 I/O 接口是指主机与外设之间信息的传送按字或字节同时进行；串行 I/O 接口是指面向外设一侧只有一对数据输入/输出线，数据按通信规程约定的编码格式沿着这一对线一位接一位地顺序传送。

6.2　输入/输出的寻址方式

6.2.1　I/O 端口的编址

I/O 端口有两种编址方式。

1. I/O 端口和存储器统一编址　这种编址方式是外设端口地址和存储器单元地址，共占用存储器的访问空间，即一个外设端口占用一个存储单元地址。从外设端口输入给 CPU 一个数据，相当于对存储器读操作。向外设端口输出一个数据，相当于对存储器的写操作。这种方式编址，不用设置专用的 I/O 指令，访问 I/O 端口使用的是存储器读/写操作指令，因此，CPU 可以用任一条访问存储器指令，任一种操作数的寻址方式，来寻找统一编址的 I/O 端口。

2. I/O 端口独立编址　这种编址方式是让 I/O 端口和存储器地址分别建立两个地址空间，独立编址。CPU 用专门的 I/O 指令去访问 I/O 端口。

8086/8088CPU 采用 I/O 端口独立编址，可寻址 64KB 端口或 32KW 端口。当其为最小方式时，用 $M/\overline{IO}$（8086）信号来区别地址总线上的地址是访问存储器还是访问 I/O 端口。当 $M/\overline{IO}=1$ 时，是访问存储器；当 $M/\overline{IO}=0$ 时，则是访问端口。而当 8086/8088CPU 为最大工作方式时，若访问存储器，则使 8288 的 $\overline{MWTC}$ 或 $\overline{MRDC}$ 信号有效，访问 I/O 端口时，则使 $\overline{IOWC}$ 或 $\overline{IORC}$ 有效。

8086/8088CPU 设置了专门的 I/O 指令，有输入指令 IN 及输出指令 OUT，它们只有两种寻址方式：

（1）端口直接寻址方式　指令格式如下：

```
IN      AX，PORT       ；端口字信息送 AX，即输入相邻两个端口的 16 位数据，
                        ；PORT 送 AL，PORT +1 送 AH
IN      AL，PORT       ；端口字节信息送 AL
OUT     PORT，AX       ；字信息送端口，即把 AL 中内容送 PORT，AH 中内容送
                        ；PORT +1
OUT     PORT，AL       ；字节信息送端口
```

直接寻址方式的端口地址范围为 0 ~ 255。

（2）端口间接寻址方式　当端口地址大于 255 时，必须用端口间接寻址方式。

指令格式如下：

```
IN      AX，DX         ；输入字信息送至 AX，即从（DX）和（DX）+1 所指的两
                        ；端口输入一个字
IN      AL，DX         ；输入字节信息至 AL
OUT     DX，AX         ；输出字信息至端口，即 AL 输出给（DX）端口，AH 输出给
                        ；（DX）+1 端口
OUT     DX，AL         ；输出字节信息至端口
```

间接寻址方式的端口地址在 DX 中，端口地址范围为 0 ~ 65535。

IN 和 OUT 指令都提供了字节及字两种使用方式，选用哪一种方式取决于端口宽度。8086 有一个 64KB 的专用 I/O 空间，即地址范围为 0000H ~ FFFFH（段地址固定为 0000H），除 F8H ~ FFH（8 个字节）单元是保留外，其余为用户区。

6.2.2　I/O 端口地址译码方法

当 CPU 执行 I/O 指令时，只能对选中的端口进行读写操作。如何识别被选中的端口地址，这就是端口地址的译码问题。端口地址的译码方法有多种，下面介绍常用方法。

1. 直接地址译码　这是一种局部译码方法，按照系统分配给某接口的地址区域，对地址总线的某些位进行译码，产生对该接口包含的寄存器（端口）的组选信号，再由低位地址线对组内寄存器（端口）译码寻址。

图 6-1 所示是在 IBM PC 系统板上的接口地址译码电路。图中，高位地址组 $A_5A_6A_7A_8A_9$ 和总线地址允许信号 $\overline{AEN}$ 都接在 3-8 译码器 74LS138 的输入端和使能端上。译码器的输出连接到 8237DMA 控制器、8259A 中断控制器、8253A 定时器/计数器、8255A 并行接口等接口芯片的片选 $\overline{CS}$ 端，芯片内各寄存器（端口）的地址由地址的低 4 位 $A_3 \sim A_0$ 决定，若 4 位地址不满，多余的较高地址悬空不用（$A_3 \sim A_0$ 是接到芯片的端口选择输入端）。

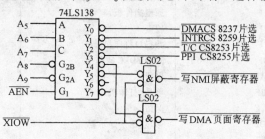

图 6-1　IBM PC 系统板上的接口地址译码电路

2. SWITCH 可选地址译码　这是一种灵活的识别地址方法。它采用 SWITCH 开关来选择

不同的地址组，并通过比较电路来确定其中一组地址。图 6-2 中，74LS688 是一种 8 位相等比较器。用 DIP 开关可设置 $Q_5 \sim Q_0$ 分别为高或低电平，总线地址 $A_8 \sim A_3$ 接至 $P_5 \sim P_0$，将 Q_6 接高电平，Q_7 接地，这样当 $A_9 = 1$（同 Q_6 相同电平），$AEN = 0$（同 Q_7 相同电平），且当 $A_8 \sim A_3$ 输入同 DIP 开关设置的值相同时，74LS688 相等输出端为低，表示两者相同，用此电平控制两个 74LS138 的允许输入控制 $\overline{G_{2A}}$ 端，再用 $\overline{IORC}$ 和 $\overline{IOWC}$ 控制 $\overline{G_{2B}}$ 端，则可对 DIP 开关设置地址范围的 8 个地址输入译码。用 DIP 开关设置地址范围可方便用户根据需要灵活设定。

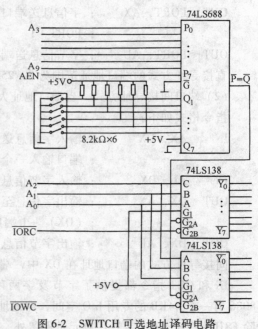

6.2.3 IBM PC/XT 的 I/O 端口地址

PC/XT 利用 $A_9 \sim A_0$ 十根地址线，可对 1024 个端口进行编址，形成 1KB 端口。这 1024 个端口分两部分：其中 000H $\sim$ 1FFH（A_9、$A_8 = 0$）的 512B I/O 地址分配给系统板上的 I/O 芯片，还给 DOS 保留了一部分；另一部分分 200H $\sim$ 3FFH 是扩展槽的 I/O 地址，见表 6-1。由于在实际电路中地址 A_4 未参加译码，这样就出现了映像地址，用户不能误用这些地址。

图 6-2　SWITCH 可选地址译码电路

表 6-1　IBM PC/XT I/O 端口地址分配表

分 类	地址范围（H）	I/O 设备端口	映像地址（H）
系统板	000 ~ 00F	DMA 控制器 8237A—5	010 ~ 01F
	020 ~ 021	中断控制器 8259A	022 ~ 03F
	040 ~ 043	定时器/计数器 8253A—5	044 ~ 05F
	060 ~ 063	并行口 8255A—5	064 ~ 07F
	080 ~ 083	DMA 页面寄存器	084 ~ 09F
	0AX	NMI 屏蔽寄存器	0A1 ~ 0AF
	0CX ~ 1FF	保留	
扩展槽	200 ~ 20F	游戏控制器	
	210 ~ 217	扩展部件	
	220 ~ 2F7	保留	
	2F8 ~ 2FF	异步通信（辅助的）	
	300 ~ 31F	原型插件板	
	320 ~ 32F	硬盘	
	378 ~ 37F	并行口打印机	
	380 ~ 38F	同步 SDLC 通信	
	3A0 ~ 3AF	保留	
	3B0 ~ 3BF	单显/打印机	
	3C0 ~ 3CF	保留	
	3D0 ~ 3DF	彩显/图形显示器	
	3E0 ~ 3E7	保留	
	3F0 ~ 3F7	软盘	
	3F8 ~ 3FF	异步通信（基本的）	

6.3 CPU 与外设交换信息的控制方式

CPU 与外设通过接口交换信息的控制方式有程序控制方式、中断控制方式、直接存储器存取方式（DMA 方式）和输入/输出处理机方式。

6.3.1 程序控制方式

1. 无条件传送控制方式　这是一种最简单的数据传送方式。当已知并确信输入的数据已准备好或外设已将上次送出数据取走，就可以采用这种方式。这种控制方式一般适用于数据变化缓慢、且操作时间为固定的外设。例如开关、继电器、LED 显示器等，其输入输出原理如图 6-3 所示。

图 6-3 中，当 CPU 执行输入指令时，端口地址送到地址总线，读信号RD有效，M/IO处于低电平（见图 2-17），因而输入缓冲器被选通，使来自输入设备的数据进入数据总线而到达 CPU。当执行输出指令时，同样是端口地址送上地址总线，M/IO处于低电平（见图 2-18），但这时WR有效，接

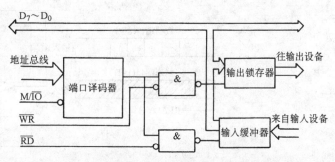

图 6-3　无条件传送控制方式的输入输出原理

口的锁存器被选通，CPU 输出的数据经数据总线送入输出锁存器锁存。这样看来 M/IO、RD或WR和 $A_7 \sim A_0$（其实是它们的译码）这三个信号共同控制着输入缓冲器或输出锁存器。显然，执行某一条输入（输出）指令（例如 IN AL，80H），也仅仅是执行这一条输入（输出）指令时，才可能产生这三个信号。M/IO为低电平说明 CPU 访问 I/O，$A_7 \sim A_0$ 确定端口号，RD/WR确定数据输入/输出。

2. 条件传送控制方式　当 CPU 与外设的工作同步时，采用无条件传送比较方便。若两者不同步，在 CPU 执行输入操作时，很难确保外设一定把数据准备好；而在执行输出操作时，也很难确保外设寄存器已空，可以接受送来的数据。因而，当 CPU 与外设工作不同步时可采用条件传送。条件传送又称查询传送，它是在传送数据前，CPU 必须先查询一下外设的状态，当外设准备好，即可以输入或输出数据才传送，若未准备好，CPU 就要等待。

（1）查询输入　查询输入的接口电路如图 6-4 所示。

图 6-4 中，若输入设备的数据已准备好，就发出一个选通信号，使数据送入锁存器并使状态触发器为 1，给出"准备好"（READY）信号。当 CPU 要由外设输入数据时，CPU 通过执行一条输入指令先从状态端口读取状态信息，判断数据是否准备好，如准备好，再通过执行一条输入指令从数据端口调入数据并使状态触

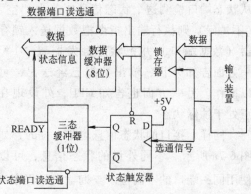

图 6-4　查询输入的接口电路

发器置零。

通常读入的数据信息是 8 位，而状态信息往往是 1 位的（如用 D_7 位），如图 6-5a 所示。不同外设的状态信息可以使用同一状态端口，只要不同位就行。

查询输入的程序流程如图 6-5b 所示。

查询输入可用以下程序实现：

```
LTEST: IN AL, STATUS-PORT    ;从状态端口读入
       AND AL, 80H           ;检查 READY = 1?
       JZ LTEST              ;READY 不等于 1，循环
       IN AL, DATA-PORT      ;READY = 1，从数据端口读入数据
```

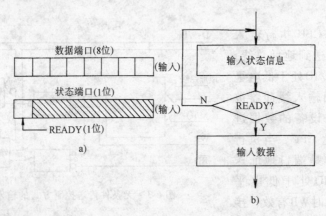

图 6-5　查询输入的端口信息及程序流程图
a）查询输入的状态端口信息　b）查询输入的程序流程图

（2）查询输出　查询输出的接口电路如图 6-6 所示。

图 6-6 中，当输出设备把 CPU 送来的数据输出后，发出一个 ACK（ACKnowledge）信号，使状态触发器置零，给出"不忙碌"，即 BUSY 为 0 的信息。CPU 输出数据前，必须通过执行一条输入指令，从状态端口检测这个状态信息，若为"空"（不忙碌）则执行输出指令把数据送入锁存器（数据端口）并把状态触发器置"1"。一方面告知外设，输出数据已经送出，可以操作。另一方面也告知 CPU，外设现在正处于忙碌状态。

同样，接口的状态信息也是 1 位的，如图 6-7a 所示。不同外设的状态信息，可以使用同一端口的不同位。查询输出的程序流程如图 6-7b 所示。

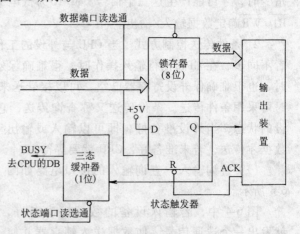

图 6-6　查询输出的接口电路

查询输出可用以下程序实现：

LTEST: IN AL, STATUS-PORT 　　　;从状态端口读入

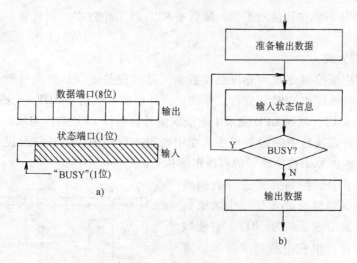

图 6-7　查询输出的端口信息及程序流程图

a）查询输出的端口信息　b）查询输出的程序流程图

AND AL, 80H	；BUSY = 0？
JNZ LTEST	；BUSY = 1？循环
MOV AL, STORE	；BUSY = 0，取数
OUT DATA-PORT, AL	；从数据端口输出

（3）查询方式举例

例 6-1　一个 A/D 转换器，用查询方式与 CPU 传送数据，如图 6-8 所示。A/D 转换器由端口 4 的 D_4 位启动控制，A/D 转换器的转换结果（数据准备好）READY 信号由端口 2 的 D_0 至 CPU 数据总线，经 A/D 转换后的数据由端口 3 输至数据总线。这里用到三个端口，它们有各自的地址。

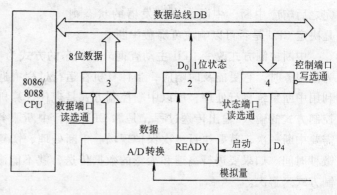

图 6-8　查询方式的 A/D 转换框图

A/D 转换程序如下：

START：	MOV AL, 10H	；设置启动位
	OUT 04H, AL	；启动 A/D
LOOP1：	IN AL, 02H	；输入状态端口信息
	AND AL, 01H	；测试 D_0 位
	JZ LOOP1	；未准备好，继续测试
	IN AL, 03H	；准备好，输入数据端口数据
	MOV STORE, AL	；存入内存中 STORE 单元
	HLT	；停机

程序查询方式的优点是接口的硬件较省，不需要专用的硬件，也能较好地协调外设与 CPU 之间的定时差异。但是在这种方式中，CPU 处于主动地不断检测和判断外设状态的循

环工作中，使 CPU 不能作其他的工作，降低了 CPU 的工作效率。而且在许多控制过程中是根本不允许的。

6.3.2 中断控制方式

CPU 若采用中断控制方式与外设交换数据，其过程是：CPU 启动外设工作后，就去作自己的工作，这时外设和 CPU 是并行工作的。当外设准备就绪（RDY = 1 或 BUSY = 0），要求与 CPU 交换信息时，就向 CPU 发来中断请求信号。一旦 CPU 响应请求，就暂停原来正在执行的程序，而转去执行中断服务程序。在中断服务程序中，CPU 与外设交换数据，待服务完毕，CPU 又返回原来被中断了的程序继续执行。

图 6-9 是采用中断控制方式进行数据输入时的基本电路。当外设准备好一个数据供 CPU 输入时，便发出选通信号 RDY，它使数据存入输入锁存器，也使中断请求触发器置 1。若此时中断屏蔽触发器为 0（不屏蔽），则通过与非门向 CPU 发出中断请求信号 INT。显然中断屏蔽触发器的状态决定接口是否发出中断请求。

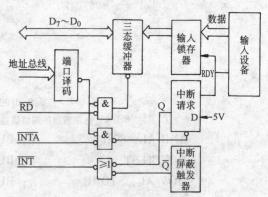

CPU 接收到中断请求信号后，若 CPU 内部的中断允许触发器为 1，则在当前指令执行完之后响应中断。中断允许触发器的状态则是决定 CPU 是否可以响应可屏蔽中断。

图 6-9 采用中断控制方式进行
数据输入时的基本电路

中断控制方式改变 CPU 主动查询外设状态的方式为 CPU 被动响应；当有多个外设要求为他服务时，它更能及时响应；当计算机在运行过程中遇到预料不到的情况或故障时，也可利用中断系统自行处理，所以中断控制方式是现代计算机一种很重要的控制方式。但是中断控制方式的输入/输出传送过程，是靠 CPU 执行中断服务程序来完成的，每传送一个数据，需要中断一次，就要执行一次保护现场、中断处理、恢复现场等操作，需要花几十甚至几百微秒时间。如果要进行高速和大量的数据传送，就不能满足要求了。这时就要采用 DMA 控制方式来解决。

有关 8086/8088 的中断系统，详见第 7 章。

6.3.3 直接存储器存取（DMA）控制方式

DMA 控制方式是一种完全由硬件（DMA 控制器）完成输入/输出操作的工作方式，DMA 从 CPU 接管系统总线的控制权，使存储器与高速的外设之间直接进行数据交换，即外设数据可直接写入存储器，存储器中数据可读出后直接送给外设，CPU 不需干预，从而大大加快了数据传送的速度。

DMA 控制原理示意图如图 6-10 所示。它的工作过程大致如下：

1）外围设备向 DMA 控制器发出 DMA 请求。

2）DMA 控制器向 CPU 发出总线请求信号。

3）CPU 执行完现行的总线周期后，向 DMA 控制器发出响应请求的回答信号。

4）CPU 将控制总线、地址总线及数据总线让出，由 DMA 控制器进行控制。

5）DMA 控制器向外围设备发出 DMA 请求的回答信号。

6) 进行 DMA 传送。DMA 传送的内存地址及传送的字节数由 DMA 控制器控制（事先由 CPU 对 DMA 控制器编程设置）。

7) 设定的字节数传送完毕，DMA 控制器撤除向 CPU 的请求信号，CPU 重新控制总线，恢复正常运行。

上述的 DMA 操作过程中，没有程序的介入。CPU 内各寄存器内容不需保护，所以 CPU 的时间利用率比前两种 I/O 方式大大提高。但是，当 CPU 让出总线控制权时，CPU 处于空闲状态（停机）。其时间决定于 DMA 控制器保持 DMA 总线请求信号的时间，显然，它对中断的响应和动态存储器的刷新都会有影响，所以在使用时应加以考虑。

磁盘与存储器的数据传输一般采用 DMA 方式。

DMA 传送也可以扩展为存储器的两个区域之间，或两种高速的外设之间进行。

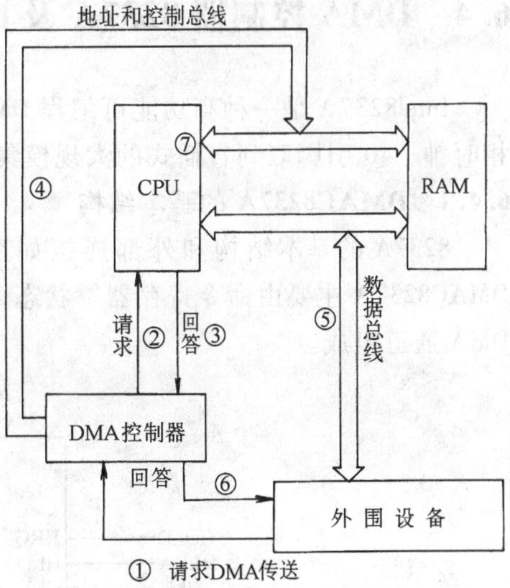

图 6-10　DMA 控制原理示意图

6.3.4　I/O 处理机（IOP）控制方式

输入输出处理机是一种通信结构的 I/O 处理机。它不是独立于 CPU 工作，而是协助主机工作的一个部件。IOP 可以和 CPU 并行工作，提供高速的 DMA 处理能力，实现数据的高速传送。此外，有些 IOP 还提供数据的变换、搜索和字装配/分解能力。

8086/8088 微机系统中使用的协处理器 Intel8089 就是一种通道型 I/O 处理器。8089IOP 有自己的指令系统，能承担 CPU 的 I/O 处理、控制和实现高速数据传送任务。它的主要功能是预置和管理外围设备以及支持通常的 DMA 操作；可对被传送的数据进行交换、屏蔽、比较等操作。从而大大减轻 CPU 在输入/输出处理过程中的开销，有效地提高整个系统的性能。

在系统中设置了 8089IOP 之后，8086/8088CPU 工作在最大方式。当 CPU 需要进行 I/O 操作时，只需在主存储器中建立一个规定格式的信息块，设置好需要执行的 I/O 操作和有关的参数，然后 CPU 发出通道注意信号，通知 8089 去读取这些信息。8089 读取到这些信息后，即可开始执行 I/O 操作，将数据块以字或字节为单位完成输入/输出的功能。当 IOP 完成任务后，向 CPU 发出不忙碌信息，或向 CPU 发出中断请求信号，用以表示当前工作已经完成。8089 在进行数据传送过程中，若发现有差错，还可控制进行重复传送或必要的处理。在整个数据块的输入/输出过程中，CPU 不必去干预，可与 8089 并行操作。

8089IOP 与 8086/8088 连接构成系统时，有两种基本的结构方式：一是本地方式，在这种方式下 8089 与 CPU 共享系统总线和 I/O 总线，可在不增加其他硬件情况下获得有智能的 DMA 和一组功能很强的 I/O 指令；二是远程方式，在这种方式下，IOP 一方面与 CPU 共享系统总线，另一方面又有自己的 I/O 总线，这样就使 IOP 可以不通过共享总线，而是通过自己的 I/O 总线就能访问它自己的 I/O 设备，从而有效地减少 IOP 与 CPU 争用总线的现象，提高 IOP 与 CPU 之间并行工作的程度。在远程方式下，CPU 和 IOP 对总线的控制权都要通过向总线裁决部件发出请求信号，只有获得允许后才有效。

6.4 DMA 控制器 8237A 及其应用

Intel8237A 是一种高功能可编程 DMA 控制器（DMAC），是一片使用单一 +5V 电源，单相时钟、40 引脚双列直插式的大规模集成电路。

6.4.1 DMAC8237A 的基本结构

8237A 的基本结构和外部连接如图 6-11 所示。它必须与一片 8 位锁存器一起使用。DMAC8237A 主要由命令寄存器、状态寄存器、读/写逻辑、控制逻辑和 4 个结构完全相同的DMA 通道组成。

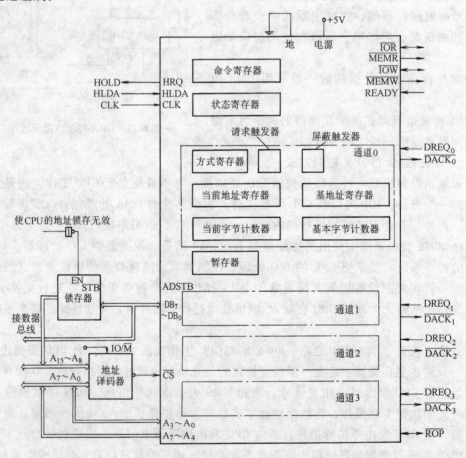

图 6-11 8237A 的基本结构和外部连接

1. DMA 通道 每个 DMA 通道包含两个 16 位寄存器，它们是地址寄存器和字节计数器，还包含一个 6 位的方式寄存器和 1 位的 DMA 请求触发器及 1 位的屏蔽触发器。命令寄存器和状态寄存器为 4 个通道公用。在 DMA 通道工作之前，必须对相应的寄存器进行初始化编程设置。

（1）地址寄存器 由基本地址寄存器和当前地址寄存器组成，都是 16 位，共用一个 I/O 地址。CPU 编程时，把本通道 DMA 传输时的地址初值同时写入这两个寄存器。当 DMA

传送时，由当前地址寄存器提供存储器地址，并且每传送一个字节，对其加 1 或减 1（由程序决定），使它指向下一个存储单元地址。基地址寄存器内容则不变。如果设定的是自动初始化方式，一旦当前字节计数器计数结束，基地址寄存器内容自动传入当前地址寄存器，使其恢复初值。当前地址寄存器的值可由 CPU 执行 IN 指令从这个 I/O 端口连续两次读出。

（2）字节计数器　由基本字节计数器和当前字节计数器组成。它们也是 16 位，占用同一个 I/O 端口地址。CPU 编程时，执行 OUT 指令分两次向它们置入初值，这个初值等于要传送的字节数减 1，两个寄存器的初值相同。在 DMA 传输时，每传送一个字节，当前字节计数器自动减 1，当它从 0000H 变为 0FFFFH 时，产生计数结束信号EOP，如果设定为自动初始化方式，则基本字节计数器的内容自动传入当前字节计数器，恢复到初值。当前字节计数器的值也可以由 CPU 分两次连续读出。

每个通道各有一条 DMA 请求和一条 DMA 认可线。DMA 请求线 DREQ$_3$ ~ DREQ$_0$ 由请求取得 DMA 服务的外设输入，有效电平可由编程设定，复位时使它们初始化为高电平有效。DMA 认可线DACK$_3$ ~ DACK$_0$ 由 8237A 取得总线控制权后向发出请求的外设输出，有效电平也由编程设定，复位时使它们初始化为低电平有效。

通道的其他内部寄存器，详见 8273A 的编程部分。

2. 读/写逻辑　当 CPU 对 8237A 编程或读 8237A 寄存器时，8237A 在系统总线中处于从属状态。读/写逻辑用来接收由 CPU 输入的读/写控制信号和端口地址等信息。在 DMA 操作期间，8237A 处于主控状态，通过它发出读/写控制信号和地址信息。

（1）IOR　I/O 设备读信号，双向三态，低电平有效，当 8237A 处于从属状态时，IOR 为输入线，是 CPU 向 8237A 发出的读命令，可读取 8237A 中某一通道中某个寄存器的内容；当 8237A 处于主控状态时，IOR 为输出线，是 8237A 向外围设备发出的读命令，与MEMW相配合，控制从外设中读取数据传送至存储器。

（2）IOW　I/O 设备写信号，双向三态，低电平有效。当 8237A 处于从属状态时，IOW 为输入线，是 CPU 向 8237A 发出写命令，可向 8237A 写入信息，进行编程；当 8237A 处于主控状态时，IOW 为输出线，是 8237A 向外设发出的写命令，与MEMR相配合，控制向外设写入由存储器送来的数据。

（3）A$_3$ ~ A$_0$　地址总线低 4 位，双向功能。当 8237A 处于从属状态时，这是由 CPU 向 8237A 输入地址低 3 位地址码，用来寻址 8237A 的内部寄存器；当 8237A 处于主控状态时，A$_3$ ~ A$_0$ 工作于输出状态，向存储器提供低 4 位地址码。

（4）CS　片选信号，低电平有效。当 8237A 处于从属状态时，由高位地址总线的 A$_{15}$ ~ A$_4$ 译码得到对 8237A 的片选信号；当 8237A 处于主控状态时，CS被自动禁止，以防止在进行 DMA 操作时，芯片自己选自己。

（5）CLK　时钟，通常接到 8284 的输出引脚，用来控制 8237A 内部操作定时和 DMA 传送的数据传送速率。8237A 的时钟频率为 3MHz。

（6）RESET　复位信号，由外部输入，高电平有效。RESET 有效时，清除所有寄存器的内容，所有控制线浮空。禁止 DMA 操作。复位以后，必须重新初始化，否则 8237A 不能工作。

3. 控制逻辑　控制逻辑主要用来向 CPU 发出总线请求，得到 CPU 认可进入主控状态后，由它发出各种控制信号。

（1）HRQ（Hold Request）　保持请求信号，高电平有效，向 CPU 输出 HRQ 有效，表示 DMA 控制器向 CPU 请求获得对系统总线的控制权。8237A 的任一个未屏蔽的通道有请求，都可以使 8237A 向 CPU 输出一个有效的 HRQ 信号，在 HRQ 有效之后，至少等待一个时钟周期后，HLDA 才会有效。

（2）HLDA（Hold Acknowledge） 保持响应信号，高电平有效，由 CPU 输入。该信号是 CPU 对 DMAC 发出的 HRQ 信号的应答信号。HLDA 有效时，表示将总线控制权交给 8237A。

（3）READY 准备就绪信号，高电平有效，输入。8237A 在 DMA 操作中，若存储器或外设速度比较慢，需要延长读/写操作周期时，可使 READY 成为低电平，8237A 将会自动地在读/写周期中插入等待周期，直到 READY 有效为止。

（4）$\overline{MEMR}$ 和 $\overline{MEMW}$ 存储器读/写控制信号，低电平有效，三态输出，只用于 DMA 传送。在 DMA 读传送时，$\overline{MEMR}$ 和 $\overline{IOW}$ 相配合把数据从存储器传送到外设；当 DMA 写传送时，$\overline{MEMW}$ 和 $\overline{IOR}$ 相配合，把数据从外设写入存储器。

（5）$A_7 \sim A_4$ 4 条三态的地址输出线，用于 DMA 传送时，由它们输出要访问存储单元地址低 8 位中的 $A_7 \sim A_4$ 位。

（6）$\overline{EOP}$ 这是一个低电平有效的双向信号。在 DMA 传送时，当前字节计数结束时，在 $\overline{EOP}$ 引线上输出一个有效脉冲。8237A 也允许外部信号来终止 DMA 传送，若外加一个低电平给 $\overline{EOP}$ 引线，则使 DMA 传送结束。无论是来自内部还是由外部产生一个有效地 $\overline{EOP}$ 信号，都会终止 DMA 服务，使其内部寄存器复位。$\overline{EOP}$ 端不用时，应通过一个数千欧电阻接到高电平上，以避免由它输入干扰信号。

（7）ADSTB（Address Strob） 地址选通信号，高电平有效，输出。ADSTB 有效时，表示 8237A 地址寄存器的高 8 位地址经 8 位数据总线锁存到外部锁存器中。

（8）AEN（Address Enable） 地址允许信号，高电平有效，输出。AEN 有效信号把锁存在外部锁存器中的高 8 位地址放到系统地址总线上，与 8237A 直接输出的低 8 位地址共同构成内存单元地址的偏移量。同时 AEN 信号也使与 CPU 相连的地址锁存器无效，封锁来自 CPU 地址总线信号。

6.4.2 8237A 的操作类型和传送方式

8237A 提供的 4 种操作类型和 4 种传送方式可由编程选择决定。

4 种操作类型是：

（1）DMA 写传送 把由外设输入的数据写至存储器中。操作时由 $\overline{IOR}$ 信号有效从外设输入数据，由 $\overline{MEMW}$ 有效把数据写入内存。

（2）DMA 读传送 从存储器中读出数据传送至外设。操作时 $\overline{MEMR}$ 有效从存储器读出数据，$\overline{IOW}$ 有效把数据传送给外设。

（3）DMA 校验 这种方式并不进行数据传送，只是完成某种校验。任一通道进入 DMA 校验方式时，不产生对存储器和 I/O 设备的读/写控制信号，但是仍然保持着它对系统总线的控制权。并且在每个 DMA 周期都将响应外设的 DMA 请求，外设可使用这一响应信号在 I/O 设备内部对指定数据块的每一个字节进行存取，以便进行校验。

（4）存储器与存储器传送 这种方式要用到两个通道，通道 0 的地址寄存器编址为源地址，通道 1 的地址寄存器编址为目的地址，字节计数器编程为传送字节数。这种传送需要两个总线周期：第一个总线周期先从源地址读数据送入 8237A 的暂存器，在第二个总线周期把暂存器中的数据写入目的地址的存储单元中。

8237A4 种传送方式是：

（1）单字节传送方式　这种方式编程为每次 DMA 操作只传送一个字节，数据传送后字节计数器减 1，地址也作相应修改（加 1 或减 1），总线请求 HRQ 变为无效。将总线控制权交还给 CPU。若又有外设请求，8237A 再向 CPU 发出总线请求，获得总线控制权后，再重复上一个字节传送过程。

（2）块传送方式　这种方式在进入 DMA 操作后，就连续地传送数据，直至整块数据传送完毕，当字节计数器减至 0FFFFH 或者由外部输入有效 $\overline{EOP}$ 信号时均会终止 DMA 传送，将总线控制权交还给 CPU。如果在数据传送过程中，通道请求信号 DREQ 变为无效，8237A 也不会释放总线，只是暂停数据地传送，等到通道请求信号再次有效后，8237A 又继续进行数据传送，直到整块数据全部传送完毕，才会退出 DMA 操作。

（3）请求传送方式　这种方式与块传送方式不同的是每传送一个字节数据后，8237A 都要对 DMA 请求信号 DREQ 进行测试。若 DREQ 信号无效。8237A 马上暂停传送；若外设再次使 DREQ 有效，8237A 将在原来基础上继续进行传送。

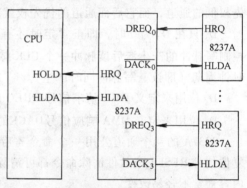

（4）级联传送方式　这种方式是通过级联来扩充通道，如图 6-12 所示。第二级的保持请求 HRQ 信号作为第一级某通道的请求 DREQ 信号；第一级的通道响应 $\overline{DACK}$ 信号作为第二级的总线请求 HLDA 信号。第二级各个片子的优先权等级

图 6-12　8237A 的级联

与所连通道相对应。第一级 8237A 仅起到优先的判别作用，实际操作是第二级片子完成的。例如 5 个 8237A 组成两级级联，可扩充到 16 个 DMA 通道。

6.4.3　8237A 的编程

8237A 在使用之前必须进行初始化编程，因此，需对其内部有关寄存器进行写入和读出操作。

1. 控制命令的格式

（1）命令字格式　命令字用以控制 8237A 的工作，其格式如图 6-13 所示。各位意义如下：

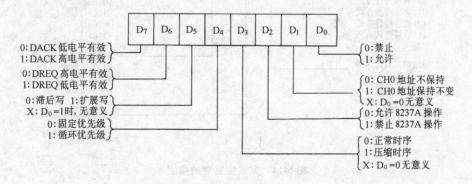

图 6-13　8253A 命令字格式

D_0 位设定整个 DMA 控制器是否工作在存储器到存储器传送方式。这种方式隐含约定通

道 0 和通道 1 共同参加。由于 IBM PC/XT 系统中 8237A 的通道 0 已经分配用于动态存储器的刷新，所以不能再用于存储器不同区域的传送方式。

D_1 位只在存储器不同区域之间传送方式时起作用，其他方式时不起作用。

D_2 位控制整个 8237A 是否允许工作。

D_3 位规定了存储器与 I/O 设备之间的 DMA 操作时序。$D_3 = 0$ 为正常定时，即传送一个字节占用 5 个时钟周期，产生的读、写信号与这 5 个时钟有确切的对应关系。$D_3 = 1$ 为压缩定时，它减少了占用时钟周期的个数：如果传送一个新的字节前内存地址码的 $A_{15} \sim A_8$ 位不需要改变，则只需占用 2 个时钟周期，否则需占用 3 个时钟周期。

D_4 位用来选择是固定优先权还是循环优先权。当 $D_4 = 0$ 时，为固定优先权，这时通道 0 的优先权最高，通道 3 的优先权最低；当 $D_4 = 1$ 时，为循环优先权，每次 DMA 服务之后，各个通道的优先权都会发生变化：刚才优先权高的通道，在执行 DMA 操作之后，就变成优先权低的通道，而它后面通道的优先权就变为最高。

D_5 只在 D_3 为 0 时，即正常定时才有意义。它为正常定时做了进一步地规定：$D_5 = 0$，控制写脉冲的产生滞后读脉冲一个 CLK 脉冲周期。$D_5 = 1$ 则规定将 $\overline{IOW}$ 和 $\overline{MEMW}$ 扩展为两个时钟周期（即读、写脉冲同时产生）。

D_6 位用来定义 DMA 请求信号 DREQ 的极性。

D_7 位用来定义 DMA 响应信号 $\overline{DACK}$ 的极性。

8237A 的 4 个通道公用一个命令寄存器。在系统初始化时，由 CPU 对它写入命令字，复位信号 RESET 或软件清除命令都可清除它。为了不影响整个系统的正常工作。命令字的内容通常不轻易改变。

IBM PC/XT 系统的 DMAC 命令字为 00H。

（2）方式控制字　8237A 每个通道都有一个方式寄存器，用来寄存本通道的方式控制字。4 个通道的方式控制器被分配为同一个 I/O 端口地址，由方式控制字的最低两位 $D_1 D_0$ 作通道的编号（不写入），根据 $D_1 D_0$ 的 4 种编码值，CPU 编程时就写入到相应通道的高 6 位方式寄存器中，方式控制字的格式如图 6-14 所示。

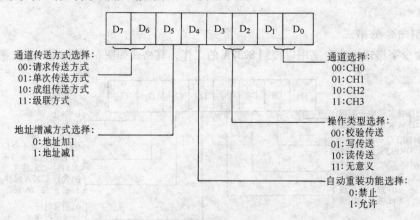

图 6-14　方式控制字的格式

由图 6-14 可见，$D_3 D_2$ 两位用于选择操作类型；$D_7 D_6$ 两位用于选择传送方式；D_4 位是自动重装入初始化功能地选择：$D_4 = 1$，具有自动重装入功能。这是指每当产生 $\overline{EOP}$ 信号时

（不论是由内部 TC 产生或者是由外界产生）将自动重新把基地址寄存器的值装入当前地址寄存器，基本字节计数器的值装入当前字节计数器中，而且通道的屏蔽位保持 0 状态不变；$D_4 = 0$ 为非重装入方式，当前地址寄存器和当前字节计数器在$\overline{EOP}$有效时不恢复初值，而且将该通道的屏蔽位置 1。D_5 位用于规定当前地址寄存器是增量修改还是减量修改。

（3）通道请求字　8237A 的通道请求寄存器为 4 位，每个通道都有 1 位，当该通道位被置 1 时，表示该通道可以由软件发出 DREQ 请求，它同外设（硬件）产生的 DREQ 一样。每个请求寄存器位被请求字单独置位或复位。请求字格式如图 6-15 所示。

当向 8237A 写入请求字时，根据请求字的 $D_1 D_0$ 位选择相应的通道，把请求字 D_2 位内容送入该通道的请求寄存器中。当 DMA 传送结束（或外界输入$\overline{EOP}$信号时），相应的请求位被清除。

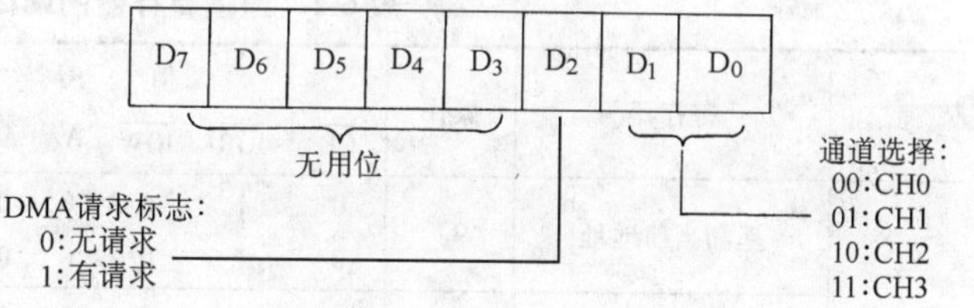

只有通道工作在块传送方式下，才能利用软件请求功能。

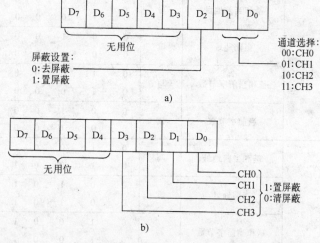

图 6-15　请求字格式

（4）屏蔽字　8237A 屏蔽字有两种格式。

1）单个通道屏蔽字　这种屏蔽字的格式如图 6-16a 所示，屏蔽字的 $D_1 D_0$ 是通道选择码，D_2 是置位/复位屏蔽位的内容，$D_2 = 1$ 时，将屏蔽相应通道的 DREQ 请求，这种格式一次仅选择一个通道。

2）4 通道屏蔽字　这种屏蔽字的格式如图 6-16b 所示，又称主（全）屏蔽字。主屏蔽字的低 4 位与各通道屏蔽寄存器对应，某位为 1 时，其对应通道的 DREQ 请求被屏蔽。

编程时上述单个通道屏蔽字与主屏蔽字写入时采用不同的端口地址进行区别。如 PC 中前者端口地址为 0AH，后者为 0FH。

在 RESET 信号作用后，四个通道全置于屏蔽状态，所以，必须在编程时，根据需要复位屏蔽位。当

图 6-16　屏蔽字的格式

a）单个通道屏蔽字　b）4 通道屏蔽字

某一通道产生一个$\overline{EOP}$信号，如果不是工作在自动预置方式，则这一通道的屏蔽位被置位，必须再次编程为允许，才能进行下一次的 DMA 传送。

（5）状态字　4 个通道公用一个状态寄存器，它表示 4 个通道有无 DMA 请求和是否到达计数结束状态，CPU 可以读取该状态字，以便了解 4 个通道的工作情况。状态字格式如图 6-17 所示。

2. 内部寄存器的编址　8237A 的内部寄存器可以分成两大类：一类是通道寄存器；另一类是控制和状态寄存器。这些寄存器是由最低位地址 $A_3 \sim A_0$ 以及读/写命令来区别的。

通道寄存器的端口地址分配见表 6-2。

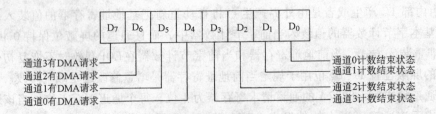

图 6-17 状态字格式

表 6-2 通道寄存器的端口地址分配

通道	寄存器	操作	$\overline{CE}$	$\overline{IOR}$	$\overline{IOW}$	A_3	A_2	A_1	A_0	高/低触发器	数据总线 $DB_0 \sim DB_7$
0	基和当前地址	写	0	1	0	0	0	0	0	0	$A_7 \sim A_0$
			0	1	0	0	0	0	0	1	$A_{15} \sim A_8$
	当前地址	读	0	0	1	0	0	0	0	0	$A_7 \sim A_0$
			0	0	1	0	0	0	0	1	$A_{15} \sim A_8$
	基和当前字节数	写	0	1	0	0	0	0	1	0	$W_7 \sim W_0$
			0	1	0	0	0	0	1	1	$W_{15} \sim W_8$
	当前字节数	读	0	0	1	0	0	0	1	0	$W_7 \sim W_0$
			0	0	1	0	0	0	1	1	$W_{15} \sim W_8$
1	基和当前地址	写	0	1	0	0	0	1	0	0	$A_7 \sim A_0$
			0	1	0	0	0	1	0	1	$A_{15} \sim A_8$
	当前地址	读	0	0	1	0	0	1	0	0	$A_7 \sim A_0$
			0	0	1	0	0	1	0	1	$A_{15} \sim A_8$
	基和当前字节数	写	0	1	0	0	0	1	1	0	$W_7 \sim W_0$
			0	1	0	0	0	1	1	1	$W_{15} \sim W_8$
	当前字节数	读	0	0	1	0	0	1	1	0	$W_7 \sim W_0$
			0	0	1	0	0	1	1	1	$W_{15} \sim W_8$
2	基和当前地址	写	0	1	0	0	1	0	0	0	$A_7 \sim A_0$
			0	1	0	0	1	0	0	1	$A_{15} \sim A_8$
	当前地址	读	0	0	1	0	1	0	0	0	$A_7 \sim A_0$
			0	0	1	0	1	0	0	1	$A_{15} \sim A_8$
	基和当前字节数	写	0	1	0	0	1	0	1	0	$W_7 \sim W_0$
			0	1	0	0	1	0	1	1	$W_{15} \sim W_8$
	当前字节数	读	0	0	1	0	1	0	1	0	$W_7 \sim W_0$
			0	0	1	0	1	0	1	1	$W_{15} \sim W_8$
3	基和当前地址	写	0	1	0	0	1	1	0	0	$A_7 \sim A_0$
			0	1	0	0	1	1	0	1	$A_{15} \sim A_8$
	当前地址	读	0	0	1	0	1	1	0	0	$A_7 \sim A_0$
			0	0	1	0	1	1	0	1	$A_{15} \sim A_8$
	基和当前字节数	写	0	1	0	0	1	1	1	0	$W_7 \sim W_0$
			0	1	0	0	1	1	1	1	$W_{15} \sim W_8$
	当前字节数	读	0	0	1	0	1	1	1	0	$W_7 \sim W_0$
			0	0	1	0	1	1	1	1	$W_{15} \sim W_8$

3. 软件命令 它们是可在程序状态中被执行的附加命令，软件命令不需要通过数据总线写入控制字。

（1）清除高/低触发器 8237A 内部有一高/低触发器，用以控制写入或读出 16 位寄存器是高字节还是低字节。若触发器为 0，则操作低字节；为 1，则操作高字节。为满足低字节在前，高字节在后的规律，在使用高/低触发器时，可以用此命令把它清零，使其指向低位字节。CPU 第一次访问了低字节后，该触发器自动变为 1，指向高字节。CPU 第二次访问了高字节之后，该触发器又自动变为 0，如此循环改变状态。控制和状态寄存器端口地址见表 6-3。

表 6-3 控制和状态寄存器端口地址

信　号						操　作
A_3	A_2	A_1	A_0	$\overline{IOR}$	$\overline{IOW}$	
1	0	0	0	0	1	读状态寄存器
1	0	0	0	1	0	写命令寄存器
1	0	0	1	0	1	非法码
1	0	0	1	1	0	写请求寄存器
1	0	1	0	0	1	非法码
1	0	1	0	1	0	写屏蔽寄存器
1	0	1	1	0	1	非法码
1	0	1	1	1	0	写方式寄存器
1	1	0	0	0	1	非法码
1	1	0	0	1	0	清除字节指针触发器
1	1	0	1	0	1	读暂存寄存器
1	1	0	1	1	0	主清除
1	1	1	0	0	1	非法码
1	1	1	0	1	0	清除屏蔽寄存器
1	1	1	1	0	1	非法码
1	1	1	1	1	0	写屏蔽寄存器全部位

（2）主清除 这个命令具有和硬件复位 RESET 同样的效果。它使命令、状态、请求、暂存寄存器以及内部的高/低触发器清零；使屏蔽寄存器置为全"1"（即屏蔽状态）；使 8237A 进入空闲周期，以便进行编程，其命令格式见表 6-3。

（3）清除屏蔽寄存器 这条命令清除所有 4 个通道的屏蔽位，以使它们能接受 DMA 请求。

4. 8237A 编程步骤

1）CPU 发出清除命令；

2）写入基地址及当前地址值；

3）写入基本与当前字节数初值；

4）写入方式控制字；

5）写入屏蔽字；

6）写入命令字；

7）写入请求字。用此命令来启动通道。否则完成 1～6 步以后，8237A 就将等待外来的 DREQ 请求信号。

6.4.4 8237A 应用举例

例 6-2 设在 8086 系统中，若利用通道 1 由外设（磁盘）输入 32KB 的一个数据块，传送至内存实际地址为 28000H 开始的区域（增量传送），采用块连续传送的方式，传送完不自动初始化。设 DREQ 和 DACK 都为高电平有效，8237A 对应的端口地址为 0000H ~ 000FH，试设计 8237A 通道 1 的初始化程序。

1. 有关控制命令字

方式控制字：10000101（85H）

屏蔽字：00000001（01H）

命令字：10100000（0A0H）

2. 初始化程序：

```
OUT 0DH，AL            ；发主清除
MOV AL，02H
OUT 81H，AL            ；送页面地址（地址为 81H）
MOV AL，00H
OUT 02H，AL            ；送基和当前地址低 8 位（高/低触发器已为 0）
MOV AL，80H
OUT 02H，AL            ；送基和当前地址高 8 位
MOV AL，00H
OUT 03H，AL            ；送基本和当前字节数初值低 8 位
MOV AL，80H
OUT 03H，AL            ；送基本和当前字节计数初值高 8 位
MOV AL，85H
OUT 0BH，AL            ；输出方式控制字
MOV AL，01H
OUT 0AH，AL            ；输出屏蔽字
MOV AL，0A0H
OUT 08H，AL            ；输出命令字
…
```

本例中，高/低触发器在执行主清除软件命令后被清零，然后变 1→变 0→变 1→变 0。

例 6-3 IBM PC/XT 系统中 BIOS 对 8237A 的初始化编程。

在 IBM PC/XT 的系统上有一片 8237A。其通道 0 用于动态存储器刷新，通道 2 和 3 分别用于软盘驱动器，硬盘驱动器和内存之间的高速数据传送，通道 1 提供给用户用，当使用同步数据线路控制通信（SDLC）卡时，通道被占用。

系统中采用固定优先级，设定动态 RAM 刷新的通道 0 优先级最高，硬盘和内存进行数据交换的通道 3 优先级最低，4 个 DMA 请求信号中只有通道 0 的 $DREQ_0$ 和系统板相连，其他 $DREQ_3$ ~ $DREQ_1$ 接到总线扩展槽的引脚上，由软盘、硬盘和网络接口板提供。同样，DMA 应答信号 $\overline{DACK_0}$ 送往系统板，而 $\overline{DACK_1}$ ~ $\overline{DACK_3}$ 送往扩展槽。

对 8237A 的初始化设置要求：

1）设定 8237A 禁止存储器不同区域传送、允许 8237A 操作、正常时序、固定优先级、滞后写、DREQ 高电平有效、$\overline{DACK}$ 低电平有效。因此命令字为 00H。

2）存储器起始地址 0。

3）基本字节计数初值为 0FFFFH，即 64KB。

4）通道 0 工作方式：读操作、自动预置、地址加 1，单字节传送。方式控制字为 58H。

5）通道 1 工作方式：检验传送、无自动预置、地址加 1，单字节传送，方式控制字为 41H。

6）通道 2、通道 3 工作方式同通道 1，方式控制字为 42H、43H。

在 IBM PC/XT 系统中，8237A 对应的端口地址为 0000H ~ 000FH，程序中以符号地址 DMA 代表首地址 0000H。

初始化和测试程序段：

```
        MOV AL, 04H
        MOV DX, DMA +8        ; 命令寄存器的端口地址为 08H
        OUT DX, AL            ; 关闭 8237A
        MOV AL, 0
        MOV DX, DMA +0DH      ; DMA +0DH 是复位命令端口地址
        OUT DX, AL            ; 发复位清命令
        MOV DX, DMA           ; DMA 为通道 0 的地址寄存器对应端口地址
        MOV CX, 0004H
WRITE:  MOV AL, 0FFH
        OUT DX, AL            ; 写入地址低位，高低触发器在复位时已清除
        OUT DX, AL            ; 写入地址高位，这样，16 位地址为 0FFFFH
        INC DX
        INC DX                ; 指向下一个通道
        LOOP WRITE            ; 使 4 个通道的地址寄存器中均为 0FFFFH
        MOV DX, DMA +0BH      ; DMA +0BH 为方式寄存器的端口地址
        MOV AL, 58H
        OUT DX, AL            ; 对通道 0 进行方式选择，单字节读传输方式，
                             ; 地址加 1 变化，无自动预置功能
        MOV AL, 41H
        OUT DX, AL            ; 对通道 1 设置方式，单字节校验传输，地址加 1
                             ; 变化，无自动预置功能
        MOV AL, 42H
        OUT DX, AL            ; 对通道 2 设置方式，同通道 1
        MOV AL, 43H
        OUT DX, AL            ; 对通道 3 设置方式，同通道 1
        MOV DX, DMA +8        ; DMA +8 为命令寄存器的端口地址
        MOV AL, 0
        OUT DX, AL            ; 对 8237A 设命令字，DACK 和 DREQ 均为低电
                             ; 平有效，固定优先级，启动工作
        MOV DX, DMA +0AH      ; DMA +0AH 是屏蔽寄存器的端口地址
```

```
    OUT DX, AL                      ；使通道 0 去屏蔽
    MOV AL, 01
    OUT DX, AL                      ；使通道 1 去屏蔽
    MOV AL, 02H
    OUT DX, AL                      ；使通道 2 去屏蔽
    MOV AL, 03H
    OUT DX, AL                      ；使通道 3 去屏蔽
```

此时，通道 1~3 为校验传送，不修改地址，不传送数据，故当前地址寄存器的值不变。只有通道 0 真正进行传输。下面的程序段对通道 1~3 的地址寄存器的值进行测试：

```
    MOV DX, DMA + 2                 ；DMA + 2 是通道 1 的地址寄存器编址
    MOV CX, 0003
READ: IN AL, DX                     ；读地址的低位字节
    MOV AH, AL
    IN AL, DX                       ；读地址的高位字节
    CMP AX, 0FFFFH                  ；比较读取的值和写入的值是否相等
    JNZ ERR                         ；如不等，则转出错处理
    INC DX
    INC DX                          ；指向下一个通道地址直至三个通道检测完毕
    LOOP READ
        ⋮
ERR: HLT
```

8237A 在使用时还必须注意：因为 8237A 向存储器只能提供 16 位地址码 $A_{15} \sim A_0$，而 8086/8088 系统的存储器需要 20 位地址码 $A_{19} \sim A_0$ 进行编址，所以在 IBM PC 中，高 4 位地址 $A_{19} \sim A_{16}$ 是由另外一个称做 DMA 页面寄存器提供的。页面寄存器含有 4 个 4 位寄存器 0 ~ 3，在系统中它们分配的 I/O 地址是 80H ~ 83H（见表 6-2），固定为 8237A 的 0 ~ 3 通道服务。8237A 留给用户使用的通道 3 页面寄存器地址为 83H。在预置存储器首地址时，要把 20 位中的高 4 位置入这个寄存器中。

习 题 六

1. 为什么外围设备要经过接口才能与主机连接构成微机系统？

2. 简述 CPU 与 I/O 设备交换数据的控制方式及各种不同方式的优缺点。

3. 设状态端口地址为 60H，数据端口地址为 61H，外部输入信息准备好状态标志为 $D_7 = 1$，请用查询方式写出读入外部数据的程序段。

4. 设状态端口地址为 86H，数据端口地址为 85H，外设忙碌 $D_7 = 1$，请用查询方式写出 CPU 从存储器缓冲区 Buffer 送出 1KB 的数据给外设的程序段（一次送 1 字节数据）。

5. 某 8086 系统中使用 8237A 完成从存储器到外设端口的数据传送任务，若已知通道 0 的地址寄存器、字节计数器、方式寄存器的端口地址分别为 0EEE0H、0EEE1H 及 0EEEBH，要求通过通道 0 将存储器中地址为 01000H ~ 010FFH 的内容传送到外设端口，请编写初始化程序。

6. 某 8086 系统中使用 8237A 完成从存储器到存储器的数据传送，已知源数据块首地址为 20000H，目标数据块地址为 22000H，数据块长度为 100B，请编写初始化程序并画出硬件连接图。

第7章 中断系统和中断控制器 8259A

第 6 章中，讨论了 CPU 与外设进行数据传送的 4 种控制方式，其中的中断方式是以 CPU 被动等待外设要求服务为特点，此特点使 CPU 可与外设同时工作，大大地提高了 CPU 的利用率。有了中断的功能，不但 CPU 可命令多个外设同时工作，并且在实时控制系统中可及时处理现场的参数、信息，实现实时处理，同时计算机又可自行处理运行过程中出现的诸如电源突变、运算溢出等故障，提高了计算机运行的可靠性。因此，微机系统广泛采用中断技术。本章主要介绍 8086/8088 中断系统及中断控制器 8259A 的应用。

7.1 中断的基本概念

7.1.1 中断及中断源

中断是一种使 CPU 挂起正在执行的程序而转去处理特殊事件的操作；当外围设备准备好向 CPU 传送数据或者外设已准备就绪接收 CPU 的数据，就向 CPU 发出中断请求，或者计算机系统有异常事故要求 CPU 处理，这时 CPU 暂时停止执行原来的程序而转去中断处理，处理好中断服务后再返回继续执行原来程序。这样一个过程就是一个中断过程。

能够引起中断的事件称为中断源。通常中断源有以下几种：

1) 一般的输入、输出外围设备，如键盘、打印机、纸带输入机、穿孔机等。

2) 数据通道中断源。如磁盘、磁带机等直接与存储器交换数据所要求的中断。

3) 实时时钟。在控制系统中，使用外部硬件电路实现时间控制，当定时时间到时向 CPU 发出中断申请。

4) 故障引起的中断，如电源掉电、存储器奇偶校验错误等引起的中断。

5) 由中断指令或软件故障引起的中断，如系统功能调用、在程序调试时设置断点或进行单步工作、运算溢出、除数为 0 等引起的中断。

根据中断源与 CPU 的相对关系，中断可分为内部中断和外部中断。内部中断可以是中断指令设置的中断，或是调试程序时设置的中断，或是程序运行过程中发生的非预期情况而产生的中断。外部中断则由发至 CPU 引脚上的信号引起的诸如外部设备请求服务中断、实时时钟定时到中断、电源掉电等中断。

一个计算机系统有各式各样的中断。为能正确处理各中断间的关系，完成各种中断请求的处理，CPU 的中断系统应具备如下功能：

1) 实现中断及返回。当有一中断源提出中断请求时，首先 CPU 先判别是否响应中断：在 CPU 执行的程序是更重要的情况下，CPU 可以暂不响应，即关中断状态，待 CPU 完成当前重要程序后，开中断才予以响应：保存断点，转入中断处理。当中断处理完后，恢复断点从而回到被中断运行的程序继续执行。可否使 CPU 处于关中断状态而不响应中断？一般 CPU 内部设有中断允许触发器 IFF，当 IFF 为 '0' 时，不响应中断请求即关中断状态，也称中断禁止；当 IFF 为 '1' 时，可响应中断请求即开中断状态，也称中断允许。IFF 的状态可在程序运行过程中随时设置。

有的中断源的中断请求如电源掉电，要求 CPU 必须立即响应，这一类紧急事件的处理应不受 IFF 状态的控制。一般将这种不受 IFF 控制 CPU 必须响应的中断源称之为'非屏蔽'型中断，而将受 IFF 控制的中断源称之为'可屏蔽'型中断。

2）能实现优先权排队，从而确定优先处理的中断源。一个系统中有多个中断源，存在着几个中断源同时要求中断的可能。因此，事先根据中断源的重要性，给每个中断源确定一个中断优先级别——优先权。中断响应时，CPU 应能首先响应优先权级别高的中断源。

3）优先权高的中断请求能中断优先权低的中断处理。在中断服务处理过程中，若新的中断申请其优先权级别更高，则 CPU 应再一次中断，转去为优先权更高的中断源服务，处理完后，再回到原来的中断服务中，这称为中断嵌套。若新的中断源优先权级别为同级或低级，则 CPU 暂不理会，继续正在处理的中断服务，中断处理结束后再去处理新的中断申请。

7.1.2 中断处理过程

一个中断过程应包含：中断请求、中断排队、中断响应、中断服务和中断返回。

1. 中断请求　当中断源需要 CPU 为其服务时，送出中断"信号"。中断"信号"可以是由中断指令或是某些特定条件产生，也可以是通过 CPU 引脚向 CPU 发出中断请求信号而产生。实际系统中往往有多个中断源，为了增加控制的灵活性，每个中断源接口电路中，一般设置一个中断请求触发器和一个中断屏蔽触发器。当中断源有中断请求时，将中断请求触发器置 1，若中断屏蔽触发器为"0"状态，表示允许该中断源向 CPU 发出中断"信号"，CPU 响应此中断后，将中断请求触发器清 0；若中断屏蔽触发器为"1"状态，表示禁止该中断源向 CPU 发出中断"信号"，这时，尽管该中断源有中断请求，也不能送出，称该中断请求被屏蔽了。

2. 中断排队和中断响应　中断排队的工作是确定当前有中断要求且优先权级别是最高的那个中断源。一个计算机系统中有多个中断源，当有二个以上的中断源同时要求中断，CPU 一次只能响应一个中断，因此，必须首先处理最紧急最重要的中断。用户事先按照中断源的轻重缓急给予一个中断优先权级别，系统运行时，优先权级别高的中断源将首先得到响应。

当 CPU 通过中断排队确定了要响应的中断源后，CPU 响应中断进入中断响应周期，自动完成：

1）关中断。

2）保护断点。将正在执行的程序地址（称为断点）推入堆栈保护，以保证中断返回时回到被中断的程序。

3）保护现场。8086/8088 自动执行状态标志寄存器 FR 推入堆栈，其余寄存器的保护由中断服务程序来实现。

4）形成中断服务程序入口地址。不同类型的 CPU 形成中断服务程序入口地址方式不同。小系统中的中断源较少时，可采用固定入口地址的方法；当中断源较多时，通常采用向量表的方法，8086/8088CPU 采用后一种方法。

3. 中断服务及中断返回　中断服务是指 CPU 执行中断服务程序。中断服务程序由程序员根据该中断源的操作编制。中断服务程序的结构如图 7-1 所示；一般由 6 部分组成：

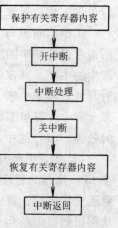

图 7-1　中断服务程序的结构

1）保护现场。CPU 响应中断时自动完成断点的保护，其余的寄存器则由程序员视使用情况决定，中断服务程序中使用到的某些寄存器可通过 PUSH 指令送入堆栈保护。

2）开中断。CPU 响应中断时，自动执行关中断操作。要实现中断嵌套，必须在中断服务程序中开中断。

3）中断处理。对中断源作相应的处理，如输入/输出数据、掉电紧急保护等等，这是中断服务程序的核心。

4）关中断。若中断服务程序设置了开中断，则此时应关中断，以保证下一步恢复现场的操作不被打断。

5）恢复现场。按后进先出的原则，通过执行 POP 指令将送入堆栈保护的寄存器弹出，注意 PUSH 指令和 POP 指令应成对使用。

6）中断返回。中断返回将从堆栈中弹出断点，从而返回到主程序。

7.1.3 中断优先权管理

如前所述，实际系统往往有多个中断源，会出现多个中断源同时申请中断的情况，而 CPU 每次只能响应一个中断，因此，事先需根据中断源的重要性给每个中断源确定一个中断优先级别——优先权，CPU 首先响应优先权高的中断请求。中断优先权管理就是判别和确定各个中断源的中断优先权。

实现中断优先权的判别一般有软件和硬件两种方法。

1. 软件确定中断优先权　软件法是在 CPU 响应中断后，用软件查询确定哪个中断源申请中断，先被查询的先响应。因而查询次序决定中断优先权次序，最先被查询的中断源具有最高的优先权。

采用软件确定中断优先权，需设置一个外设端口，将各中断源的中断请求触发器状态作为该端口内容，同时各中断请求信号经"或"门，送入 CPU 的中断请求引脚。软件查询中断的接口电路如图 7-2 所示。图中的 8 个设备只要有中断请求，CPU 检测到中断请求信号，响应中断，读入端口 80H 的内容，逐位判别确定当前申请中断的优先权最高的中断源，从而进入相应的中断服务。软件查询程序流程图如图 7-3 所示。

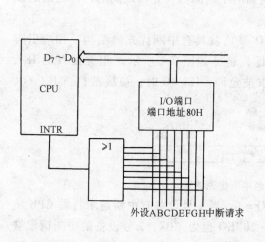

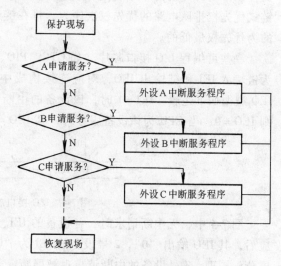

图 7-2　软件查询中断的接口电路　　　　　　图 7-3　软件查询程序流程图

软件查询程序：

IN	AL, 80H	；读入各中断源中断请求触发器状态
TEST	AL, 80H	；检查 A 设备是否有中断请求
JNZ	ASEV	；有，转至 A 设备中断服务
TEST	AL, 40H	；检查 B 设备是否有中断请求
JNZ	BSEV	；有，转至 B 设备中断服务

⋮

TEST	AL, 01H	；检查 H 设备是否有中断请求
JNZ	HSEV	；有，转至 H 设备中断服务

当中断源多于 8 个时，可多设置一个外设端口，先查询的外设端口优先权较高，后查询的端口优先权较低。

用软件查询，查询的次序就是优先权高低的次序，改变查询次序，则可改变优先权高低的次序。用软件确定中断优先权不需复杂的硬件电路，简单易实现。但在中断源较多的情况下，查询时间较长，中断响应较慢。

2. 硬件确定中断优先权　用硬件实现中断优先权的判别，常用的硬件电路有：中断优先权编码电路、链式优先权排队电路及专用硬件电路等。

中断优先权编码电路主要由硬件编码器和比较器组成。在 CPU 执行主程序时，任一中断源有申请均可送至 CPU 引脚上，同时，由编码器送出优先权最高的编码，由此编码获得相应的中断服务程序入口地址。当 CPU 在中断服务过程中，由比较器判别只有比当前中断优先权高的中断请求才能送至 CPU 引脚，而优先权低的中断请求被屏蔽，从而可实现优先权高的中断源能中断优先权低的中断处理。

链式优先权排队电路是由硬件逻辑电路来代替查询程序。其原理为：各中断源通过一个特定的信号串行连接形成链。无中断请求时，该信号可串行通过各中断源；当链中某中断源有中断请求而 CPU 响应后，该信号在该中断源处截止，因此在 CPU 为其服务过程中，只有处在该中断源链前的中断源可以打断 CPU 的中断服务，链后的中断源则不能。由此可见，链式优先权排队电路的优先权次序为：排在链最前面的中断源为优先权最高的，排在最后面的为优先权最低的。

一些可编程 I/O 接口芯片（如 CTC、PIO、SIO 等）就具有中断优先链结构，相应引脚为链输入 IEI 和链输出 IEO，对应连接构成中断优先链，如图 7-4 所示。此类接口的 IEI、IEO 遵循如下逻辑：IEI = 1 时，该设备的中断请求被允许，IEI = 0 时，被屏蔽；当 IEI = 0，则 IEO = 0；当 CPU 为该设备服务时，其 IEO = 0。

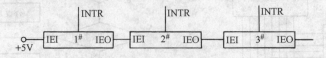

图 7-4　I/O 接口芯片的中断优先链

图 7-4 中，无中断请求时，各设备的 IEI、IEO = 1。当 1 号设备有中断请求且被 CPU 响应后，其 IEO 输出 "0"，2 号设备的 IEI 为 "0"，其 IEO 也为 "0"，2 号设备的中断请求被屏蔽。同理，3 号设备的中断请求也被屏蔽。若 1 号设备无中断请求，则其 IEO 输出 "1"，使 2 号设备的中断请求被允许。若 CPU 为 2 号设备服务时，前级 1 号设备的 IEI、IEO 均为

"1"，中断允许；后级 3 号设备的 IEI、IEO 均为"0"，中断屏蔽。因而，只有高优先权的可以打断低优先权的中断服务。图中 1 号设备排在链最前，优先权最高。

除了上述的硬件优先权电路外，也可使用专用的芯片，如中断控制器 8259A，它具有 8 个优先权控制，经级联可扩展至 64 级优先权控制，且每级中断都可设置为允许或屏蔽，详见 7.3 节。

7.2 8086/8088 的中断系统

8086/8088 具有一个功能很强、管理高效且简便灵活的中断系统，可以处理多达 256 种中断源，且采用向量中断方法，对 256 种中断只须一次间接访问就可获得任一个中断源的中断服务程序入口地址，中断响应快速。8086/8088 分有两大类中断：内部中断和外部中断。内部中断由执行中断指令或特殊事件而引起，外部中断则由外围设备接口向 CPU 的中断请求引脚线 INTR 和 NMI 发出中断请求信号而引起。

7.2.1 8086/8088 的中断指令

8086/8088 提供了 3 条中断操作指令。

1. 中断指令

格式：INT n   或   INT

; n = 0 ~ 255，为中断类型码

指令的操作：

$(SP)\leftarrow(SP)-2,((SP+1),(SP))\leftarrow(FR)$

$(IF)\leftarrow0,(TF)\leftarrow0$

$(SP)\leftarrow(SP)-2,((SP+1),(SP))\leftarrow(CS)$

$(SP)\leftarrow(SP)-2,((SP+1),(SP))\leftarrow(IP)$

$(IP)\leftarrow(n\times4)$

$(CS)\leftarrow(n\times4+2)$

本指令执行时，首先将状态标志寄存器推入堆栈，清除中断允许标志 IF 和陷阱标志 TF，然后将代码段寄存器 CS 和指令指针 IP 依次推入堆栈。由中断类型码 n×4 计算出该中断的中断向量的存放地址。中断向量即中断服务程序的入口地址，它占了四个单元，前两个单元为入口地址的偏移地址，后两个单元为入口地址的段地址。CPU 分别取出送入 IP 和 CS，从而使 CPU 转入中断服务程序。

INT n 指令为二字节指令，该指令除了使 IF = 0 和 TF = 0 外，对其他标志位没有影响。

INT 指令为单字节指令。相当于 n = 3 的 INT n 指令，但该指令的中断类型码 n = 3 被省略了。INT 又称为断点中断指令，主要用于软件调试。

2. 溢出中断指令 INTO   INTO 指令是一条单字节指令，其操作同 INT n，但 n 规定为 4，所以它的中断向量存放地址为 0010H。

溢出中断指令用于带符号数加、减运算后溢出产生中断，通常写在一条算术运算指令后，若算术运算指令执行结果使 OF = 1，执行 INTO 指令就会进入中断类型码为 4 的中断，否则，不进行任何操作，接着执行下一条指令。

3. 中断返回指令 IRET

指令的操作：

$(IP) \leftarrow ((SP)+1,(SP)), (SP) \leftarrow (SP)+2$

$(CS) \leftarrow ((SP)+1,(SP)), (SP) \leftarrow (SP)+2$

$(FR) \leftarrow ((SP)+1,(SP)), (SP) \leftarrow (SP)+2$

中断返回指令将指令指针 IP、代码段寄存器 CS 和状态标志寄存器 FR 依次弹出堆栈。

所有中断服务程序，无论是软件中断，还是硬件中断，最后执行的指令一定是 IRET，用以退出中断，返回到中断断点处；本指令影响所有标志位。

7.2.2　8086/8088 的中断分类

8086/8088 的中断系统可以处理 256 种不同的中断。所有可能产生的中断源有：可屏蔽中断 INTR、非屏蔽中断 NMI、指令中断 INT n 和特定条件下的中断，可分为外部中断和内部中断两大类，如图 7-5 所示。

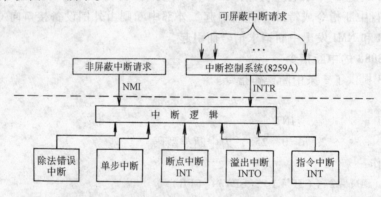

图 7-5　8086/8088 的中断分类

7.2.2.1　内部中断

CPU 不是通过外部中断请求而是通过内部逻辑进入中断，调用相应的中断服务程序，这种 CPU 自启动的中断被称为内部中断。除单步中断外，所有内部中断为非屏蔽型的。内部中断主要用于解决程序运行中发生的一些意外情况、程序调试、用户定义的中断或者调用系统提供的一些标准中断服务程序。

内部中断有以下几种：

1. 除法错误中断——类型 0　CPU 在执行除法指令 DIV 或 IDIV 时，若发现除数为 0 或商超过了寄存器所能表达的范围，就立即产生了一个类型为 0 的内部中断，CPU 转入除法错误中断处理程序。类型 0 即该中断类型码为 0。注意类型 0 中断是由 CPU 自身产生的，并没有对应的中断指令。

2. 单步中断——类型 1　单步中断与类型 0 中断相似，没有对应的中断指令，它是由 CPU 对状态标志寄存器中的陷阱标志 TF 的测试而产生的。当 CPU 测试到 TF = 1，自动产生单步中断。

单步中断的过程：CPU 执行一条指令后，测试到 TF = 1，把状态标志寄存器、断点地址（CS 和 IP）推入堆栈，清除 IF 和 TF，然后进入单步中断处理。此时，由于 TF = 0，CPU 不是以单步方式而是以连续方式执行单步中断服务程序，执行到中断返回指令时，将断点地址、状态标志寄存器依次弹出堆栈，回到主程序断点处，由于恢复标志位 TF = 1，则执行一条指令后，又进入单步中断服务程序。依此循环不断，直至 TF = 0。

单步中断一般用在调试程序（如 DEBUG）中逐条执行用户程序；被调试的程序不需设置 TF，调试程序中有专门的程序段修改标志位 TF（借助 PUSHF 和 POPF 实现），同时用一个计数单元记录需要执行的单步中断的次数。每次进入单步中断服务程序就会显示一系列寄存器的值，或提示一些附加的信息，供用户检查程序中的错误用，同时使单步计数单元内容减 1。当单步计数单元内容减至 0 时，调试程序可用指令使 TF 为 0，从而结束单步中断状态。单步中断服务程序是调试程序的一部分。

单步中断可逐条执行指令，检查指令操作是否达到预期结果，一般用于调试较小的程序或较长程序中确定了存在错误的程序段。

3. 断点中断——类型 3　执行 INT 指令就会产生一个类型为 3 的内部中断，也称为断点中断。它和单步中断类似，断点中断也是 8086/8088 提供给用户的一个调试手段，一般用在调试程序中。

被调试的程序由用户预先划分为多个程序段，指定断点位置，调试程序则将断点中断指令 INT 代替用户指定断点处原有的指令，并将原有指令妥善保存。当用户程序运行到断点位置时，执行 INT 指令进入类型 3 的中断服务程序。该中断服务程序也是调试程序的一部分，其功能与单步中断相似，也是显示一系列寄存器内容，并给一些提示，供程序员判断断点前程序运行是否正常。此外断点中断服务程序还负责恢复进入中断以前在用户程序中被 INT 指令替换的那条指令，同时，修改堆栈中的断点地址，以便能正确返回到曾被替换的那条指令所在处，否则，会返回到该单元的下一个地址而引起错误。

INT 指令与 INT n 指令不同在于：INT n 为二字节指令，而 INT 为单字节指令。这种特殊性是为了在任何情况下，用它只替换用户程序中的一条指令而避免设置断点本身会给用户程序造成错误。

断点中断与单步中断不同在于：单步中断每执行一条指令中断一次，断点中断是程序运行到预先设置的断点处，中断一次。因而，对较长程序的调试采用断点中断。

4. 溢出中断——类型 4　溢出中断是由 CPU 执行一条 INTO 指令实现的，当 OF = 1 时，执行 INTO 就会进入类型码为 4 的内部中断。

8086/8088 的加、减运算指令对无符号数和带符号数采用同一套指令，对于无符号数，若 CF = 1 表示有溢出，但无符号数的溢出并不表示运算结果错误，而对带符号数，若 OF = 1 表示有溢出，说明运算结果错误。若不及时处理，程序继续运行，则最后结果就毫无意义了。然而，CPU 本身不能确定当前处理的数据是无符号数还是带符号数，即不能确定应根据 CF 还是 OF 来判别溢出，故它提供了类型 4 中断，供用户在带符号数的加、减运算后安排一条 INTO 指令，可及时对带符号数溢出作处理。当 OF = 1 时，执行 INTO 进入溢出中断服务程序；当 OF = 0 时，执行 INTO 指令不会产生中断。

5. 软件中断　当执行 INT n 指令时，也形成中断，中断类型码由指令提供。该指令可安排在程序的任何地方，从功能上来说，它与段间调用子程序一样，只不过它将状态标志寄存器与断点一起推入堆栈，并从中断向量表中取出中断服务程序（相当于子程序）的入口地址。为外设编好的中断服务程序也可用 INT n 指令调用来调试，同时，在 IBM PC/XT 的操作系统中，一些标准的应用程序可用 INT n 指令调用，详见第 4 章。

7.2.2.2　外部中断

外部中断通过外部的硬件产生，由送至 CPU 引脚 NMI 和 INTR 上的信号引起中断，外部中断分为非屏蔽中断和可屏蔽中断。

1. 非屏蔽中断　非屏蔽中断请求由 NMI 引脚送入，它不能被屏蔽，即不受标志 IF 状态的影响，在当前指令执行完后，CPU 就响应。非屏蔽中断类型码固定为 2，这是由 CPU 中断逻辑硬件决定的。因此，CPU 响应非屏蔽中断请求时，不需要外部提供中断类型码，而是按类型 2 在中断向量表中获取非屏蔽中断服务程序的入口地址。在 NMI 引脚上的请求信号是边沿触发的，它的出现是异步的，由 CPU 内部将它锁存起来。8086/8088 要求 NMI 上的请求脉冲的有效宽度（高电平持续时间）要大于两个时钟周期。

2. 可屏蔽中断　可屏蔽中断请求由 INTR 引脚送入，CPU 是否响应，取决于标志寄存器中的中断允许标志 IF 的状态。若 IF = 0，表示中断禁止，CPU 不响应；若 IF = 1，表示中断允许，CPU 可以响应，从而进入中断响应总线周期，CPU 发出中断响应信号 $\overline{\text{INTA}}$，并从数据总线获取中断源的中断类型码，进入中断服务程序。

在 INTR 引脚上的中断请求信号是电平触发的。它的出现也是异步的，CPU 并不锁存，因此 INTR 上的中断请求信号必须保持到 CPU 响应中断请求后才能撤消。中断允许标志 IF 状态可由指令来设置，STI 为开中断，将 IF 置 1；CLI 为关中断，将 IF 置 0。同时当系统复位或 CPU 响应中断后，都使 IF 置 0，要使 INTR 被响应，必须先用 STI 指令开中断。一个系统可能会有多个外部中断源，而 INTR 引脚只有一条，因而要进行中断源的判别和优先权判别。IBM—PC/XT 机的可屏蔽中断管理是由中断控制器 8259A 实现的。

7.2.3　中断向量表

1. 中断向量表　中断向量即中断服务程序的入口地址，用两个字表示，低字为入口地址的偏移地址，高字为入口地址的段基址。将所有中断源的中断向量集中存储在内存的指定空间内，这样一个指定的存储区称为中断向量表。每个中断向量对应一个中断类型码，中断向量表表明了中断类型码和中断服务程序的入口地址之间的联系。

8086/8088 的中断系统规定中断类型码用 8 位二进制表示，因此最多有 256 个中断向量。中断向量表建立在内存空间中最低 1K 地址，地址从 00000 ~ 003FFH。

中断向量表中按照中断类型的序号依次地有规则存放中断向量。中断向量在中断向量表中的存放地址称为中断向量地址指针。在中断响应时，CPU 把中断类型码乘于 4，由此取得该中断源的中断向量地址指针，依据该指针可从中断向量表中取出两个字分别送入 IP 和 CS。例如，中断类型码为 24H 的中断源，其中断向量地址指针为 24H × 4 = 0090H，即在 0000：0090H 开始的单元依次存放该中断源的中断服务程序入口地址。若 00090H ~ 00093H 中的内容分别是 00H、46H、A4H、3BH，则该中断源的中断服务程序入口地址为 3BA4H：4600H。反过来，若中断类型码 42H 的中断向量为 5678H：1234H，则中断向量表中从 00108H ~ 0010BH 这 4 个单元内应依次存放 34H、12H、78H、56H。图 7-6 为 8086/8088 的中断向量表，表中表示了中断类型码与中断向量地址指针的对应关系。

值得注意的是，中断类型码只能决定存放中断向量的地址，而不能决定中断向量本身以及中断服务程序的功能。中断服务程序及中断向量是程序员设计确定的。

在 IBM—PC 中，除 0 ~ 4 为专用中断外，08 ~ 1FH 分配给主板和扩展槽上的基本外设。20H ~ 0FFH 中的一部分分配给 DOS 中的功能子程序调用，其中的 40H ~ 7FH 则留给用户，供用户开发使用。

2. 中断向量表的设置　编制好中断服务程序后，给中断服务程序安排了存储空间，还

中断类型码　中断向量地址指针　　中断向量表

中断类型码	中断向量地址指针	中断向量表	
0	0000: 0000H	类型0中断入口偏移地址	
	0000: 0003H	类型0中断入口段地址	
1	0000: 0004H	类型1中断入口偏移地址	
	0000: 0007H	类型1中断入口段地址	5个专用中断
4	0000: 0010H	类型4中断入口偏移地址	
	0000: 0013H	类型4中断入口段地址	
	0000: 03FCH	类型255中断入口偏移地址	
255	0000: 03FFH	类型255中断入口段地址	

图 7-6　8086/8088 的中断向量表

须将它的入口地址置入中断向量表中与中断类型码对应的地址中，当中断到来时，CPU 才会根据中断类型码自动取出中断向量，转入中断服务程序中。向中断向量表置入中断向量的方法可以直接用传送指令实现或用 DOS 的系统功能调用 INT 21H 实现。

例 7-1　设中断服务程序的入口地址为 INTSUB，中断类型码为 40H，用传送指令设置中断向量表。

```
VECTAB      SEGMENT   AT  0000
            ORG  0100H
ADDRP       DW  2  DUP（?）
VECTAB      ENDS
CODE        SEGMENT
            ⋮
            CLI
            PUSH  DS
            MOV   AX，VECTAB
            MOV   DS，AX
            MOV   ADDRP，OFFSET INTSUB
            MOV   ADDRP + 2，SEG INTSUB
            POP   DS
            STI
            ⋮
CODE        ENDS
```

其中类型为 AT 的 VECTAB 段起到对 ADDRP 定义地址作用。

设置中断向量表的系统功能调用方法与第 4 章相同。执行调用前，需预置：

1）AH 中预置功能号 25H；

2）AL 中预置中断类型码；

3）DS：DX 中预置中断服务程序的入口地址（段地址和偏移地址分别置入 DS 和 DX）。

预置完以上参数后，执行 INT21H 指令就可把中断服务程序的入口地址置入中断向量表中适当的位置。

例 7-2　设中断服务程序的入口地址为 INTSUB，中断类型码为 64H，则用下列指令段可设置中断向量：

```
PUSH        DS
MOV         DX，OFFSET INTSUB
MOV         AX，SEG INTSUB
MOV         DS，AX
MOV         AL，64H
MOV         AH，25H
INT         21H
POP         DS
```

若中断向量表中已设置了中断服务程序入口地址，想要了解设置的情况，也可用 INT 21H 指令获得中断服务程序的入口地址。只需先预置：

1）AL 中预置入中断类型码；

2）AH 中预置入功能号 35H。

预置后，执行 INT 21H 指令，在 ES 和 BX 中分别是中断服务程序入口地址的段地址和偏移地址。

7.2.4　8086/8088 的中断处理过程

8086/8088 的中断处理过程同样包含：中断请求、中断排队、中断响应、中断服务和中断返回。下面就中断响应的条件、中断处理顺序、如何进入中断服务程序和中断响应过程这几个问题分别讨论。

1. 中断响应条件　首先，无论发生哪一种中断，都要待 CPU 执行完当前指令后方能响应中断。某些情况下，CPU 执行完当前指令后还不能马上响应中断，需待下条指令完成后，才允许中断响应。一般有以下几种情况：

1）当 CPU 执行封锁指令（LOCK）时，因封锁前缀被看作是后面的指令的一部分，因此，要待后面的指令执行完后才响应中断。

2）设置段寄存器内容的指令和下条指令之间不允许中断，这主要是为了保护堆栈指针的正确指示。因为若改变堆栈段寄存器 SS，而堆栈指针 SP 未变更时，这时若有中断请求，从而 CPU 响应此中断，将 FR、CS、IP 推入堆栈，而此时的 SS 为新值，SP 为旧值，这样的堆栈区可能是错误的，将导致 FR、CS、IP 被推入错误的存储区。因此，程序员在修改堆栈地址时，应先修改堆栈段地址 SS，然后修改堆栈指针 SP，可保证任何情况下堆栈地址的正确。

3）在等待指令和重复串操作指令执行过程中，可响应中断，但必须在一个基本操作完成后。如重复前缀的串操作，在执行了一个串操作后响应中断，推入堆栈保护的是加了重复串操作这条指令的地址，因为中断返回后要继续处理串操作。

当上述情况满足后，有内部中断发生或 NMI 引脚上出现有效的非屏蔽中断请求信号，又或 INTR 引脚上出现有效的可屏蔽中断请求信号且 IF = 1 时，CPU 将暂时终止现行程序进入中断响应。

2. 中断处理顺序　中断处理顺序即按中断优先权从高到低的排队顺序对中断源进行响应。8086/8088 系统的中断处理次序如下：

1）除法错误中断、溢出中断、INT n。

2）非屏蔽中断 NMI。

3）可屏蔽中断 INTR。

4）单步中断。

图 7-7 给出了 8086/8088 的中断处理过程。在完成当前指令后，CPU 依次判断是否有内部中断（除单步中断外）、非屏蔽中断、可屏蔽中断、单步中断。对可屏蔽中断还须判断 IF，为 "1" 才响应。对图 7-7，有几点需要说明：

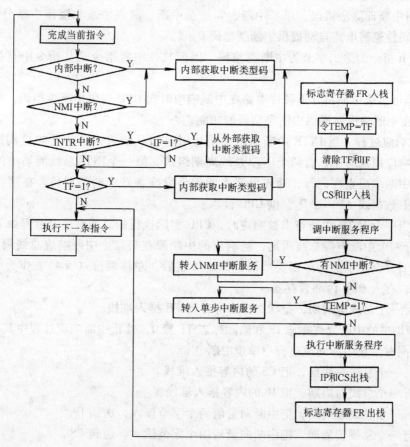

图 7-7　8086/8088 CPU 的中断处理过程

1）当 CPU 进入中断响应时，保护 FR，将 TF 送入暂存器 TEMP，然后清除 IF 和 TF，清除 IF 将保护本中断服务不被可屏蔽中断打断。清除 TF 则是保护中断服务程序的连续执行。在中断返回时，随着 FR 的恢复，IF、TF 随之恢复。

2）通常 NMI 引脚上的请求需要立即处理。如掉电时，须立即保存有关寄存器内容，启动备用电源，否则会破坏系统工作。因此 8086/8088 的中断系统中，在进入执行任何中断服务程序之前先安排测试 NMI 上有否中断请求。有，则再次保护现场和断点，转入非屏蔽中断服务，执行完后再返回原来引起中断的中断源服务程序，从而保证 NMI 实际上拥有最高优先权。如果当前执行的是 NMI 的中断服务程序，就不会再次转入 NMI 中断程序。

3）在执行任何中断服务前，若没有 NMI 请求，则接着查看暂存器 TEMP 状态，若 TEMP = 1，则中断前 CPU 已处于单步工作，与 NMI 相同重新保护现场和断点，转入单步中断服务程序。若 TEMP = 0 则中断前为非单步工作，不执行单步中断服务程序。

4）一个中断被响应后，CPU 就进入中断服务程序，如果在中断服务程序中设置了开中断的指令，使 IF = 1，则在中断处理中，不但可响应非屏蔽中断请求，也可以响应可屏蔽中断请求。

5）多个中断同时发生时，按优先权级别从高到低响应。

3. 中断类型码的获取　8086/8088 的中断系统是根据中断类型码从中断向量表中取得中断服务程序的入口地址的。对于不同的中断获取中断类型码方法不同。

1）专用中断即除法错误、单步中断、非屏蔽中断、断点中断和溢出中断分别由 8086/8088CPU 的硬件逻辑电路自动提供中断类型码 0～4。

2）INT n 指令的第二字节为中断类型码，因而软件中断指令是从指令中直接获得中断类型码。

3）外部可屏蔽中断由外部硬件电路在中断响应时向 CPU 提供中断类型码。中断控制器 8259A 具有在中断响应时提供中断类型码的功能。

4. 中断响应过程　当 INTR 中断请求被响应时，CPU 就进入了中断响应周期。图 2-21 所示为中断响应周期时序，由两个 $\overline{\text{INTA}}$ 总线周期组成。第一个 $\overline{\text{INTA}}$ 总线周期中的 $\overline{\text{INTA}}$ 负脉冲表示一个中断响应正在进行，通知申请中断的外设准备好中断类型码，在第二个 $\overline{\text{INTA}}$ 总线周期时送上数据线 $AD_7 \sim AD_0$，供 CPU 读取。

由此，当一个 INTR 中断请求被响应时，CPU 实际执行的总线时序全过程如下：

1）执行两个中断响应总线周期，被响应的中断源在第二个中断响应总线周期中由低 8 位数据线送回一个单字节的中断类型码。CPU 接收后，左移两位（×4），作为中断向量的首字节地址，存入 CPU 内部暂存器。

2）执行一个总线写周期，把状态标志寄存器 FR 推入堆栈。

3）把 FR 中的中断允许标志 IF 和陷际标志 TF 置 0，禁止中断响应过程中其他可屏蔽中断的进入。同时禁止中断处理过程中单步中断。

4）执行一个总线写周期，把 CS 的内容推入堆栈。

5）执行一个总线写周期，把 IP 的内容推入堆栈。

6）执行一个总线读周期，把中断向量前两个字节读入，送到 IP。

7）执行一个总线读周期，把中断向量后两个字节读入，送到 CS。

对非屏蔽中断或内部中断，则由第 2 步开始执行，因为此时中断类型码已确定，无需从数据线上读取。

最大模式下中断处理的响应过程与最小模式下基本相同。唯一不同的在于：最大模式下中断响应信号不是由 CPU 引脚 $\overline{\text{INTA}}$ 发出，而是 CPU 通过 $\overline{S}_2$、$\overline{S}_1$、$\overline{S}_0$ 发出低电平，由总线控制器组合 $\overline{S}_2$、$\overline{S}_1$、$\overline{S}_0$ 三个信号从而发出中断响应 $\overline{\text{INTA}}$，在总线控制器输出两个 $\overline{\text{INTA}}$ 负脉冲时，CPU 在两个中断响应周期的两个 T_2 之间使 LOCK 引脚上维持一个低电平，用以在中断响应时封锁 CPU 以外的总线主模块发出的总线请求。

7.3 中断控制器 8259A

现代计算机都有功能很强的中断系统，可同时处理多个中断源。因此，配置可编程中断控制器对外部中断进行控制和管理：接收外部的中断请求；确认当前级别最高的中断请求，并送至 CPU 的 INTR 引脚；当 CPU 响应中断时，送出中断类型码；中断处理过程中屏蔽低优先权的中断请求，而允许高优先权的中断请求送出，实现中断嵌套等。Intel8259A 是典型的中断控制器芯片，广泛应用于微机系统中。

7.3.1 8259A 的主要功能

8259A 是一种可编程中断控制器，其主要功能如下：

1）每片 8259A 能管理 8 级中断，在不增加任何硬件电路情况下，采用 9 片芯片级联构成主从式中断管理系统，可扩展至 64 级中断。

2）每级中断都可以被屏蔽或允许。

3）在中断响应周期，可提供中断源的中断类型码供 CPU 查找获得相应的中断向量。

4）允许多级中断嵌套。

5）设置多种优先权管理方式、屏蔽功能。

6）8259A 为可编程芯片，用户可通过编程选择不同的工作方式，使用灵活、方便。

7）具有中断查询方式功能，供 CPU 以查询方式与各外设进行 I/O 操作。

7.3.2 8259A 的结构及引脚功能

7.3.2.1 内部结构

8259A 的结构框图如图 7-8 所示，它由 8 个基本部分组成：

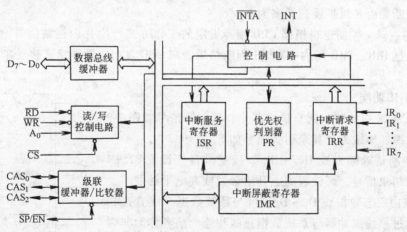

图 7-8　8259A 的结构框图

1. 中断请求寄存器 IRR　中断请求寄存器 IRR 是一个 8 位寄存器，用于锁存所有从 IR_i 引脚输入的中断请求信号。输入线 $IR_7 \sim IR_0$ 分别连接 8 个中断源的中断请求信号，当中断源有中断请求时，在相应的 IR 引脚上送入有效信号，IRR 中相应的位就置位，以锁存该中断请求信号。

2. 优先权判别器 PR　用于识别各中断请求的优先权级别，并进行优先权管理。各中断请求的优先权级别可以由 CPU 定义或修改。

若 IRR 中同时有几个位被置位，且未被屏蔽，表明此时有多个中断源同时申请中断，则由优先权判别器 PR 经过判断确定最高优先权的中断请求，并在 CPU 响应周期内，将它送入中断服务寄存器 ISR 中相应的位。若中断允许嵌套，判断新的中断请求优先权是否高于正在处理的中断的优先权，是，则送出新的中断请求以实现中断嵌套。中断嵌套原则是：高优先权可打断低优先权的中断服务，同级的不能互相打断。

3. 中断服务寄存器 ISR　中断服务寄存器 ISR 为 8 位寄存器，用于记录已被 CPU 响应的中断。在中断响应周期里，由优先权判别器 PR 根据中断请求寄存器 IRR 和中断屏蔽寄存器 IMR 的状态，确定先被响应的中断请求，送至中断服务寄存器 ISR，使相应的位被置位，并一直保持（自动 EOI 方式例外）。该位由 EOI 命令复位。ISR 中若有多个位同时被置位，表明中断嵌套，这是因为一个中断处理未完成，又转入更高优先权的中断服务中。因而 ISR 中有多个位被置位，记录了已被 CPU 响应而又未处理完毕的中断。

4. 中断屏蔽寄存器 IMR　中断屏蔽寄存器 IMR 也是 8 位寄存器，用于存放对中断请求的屏蔽信息，其内容可编程设定。IMR 中的 8 个位对应 $IR_7 \sim IR_0$ 这 8 个中断请求，当 IMR 中某位被置位，对应的中断请求就被屏蔽，即 IRR 中相对应的位虽被置位，但不能送出它的中断请求信号给 CPU，由此实现对各中断有选择的屏蔽。

5. 数据总线缓冲器　数据总线缓冲器为 8 位双向三态缓冲器，是 8259A 与 CPU 间数据传输的通道，CPU 通过数据总线缓冲器向 8259A 送初始化命令和操作命令字，或是读取状态信息。在中断响应周期，8259A 通过数据总线缓冲器向 CPU 送出中断类型码。

6. 读/写控制逻辑　读/写控制逻辑的功能是负责接收 CPU 发来的控制信号，完成规定的写入命令操作以及读 IRR、ISR 和 IMR 的操作。8259A 的操作过程中，片选 $\overline{CS}$ 必须有效。

7. 级联缓冲/比较器　级联缓冲/比较器用于实现 8259A 的级联，构成主从式中断管理系统，使中断源由 8 级扩展到最多为 64 级。

8. 控制逻辑　控制逻辑根据 CPU 编程设定的工作方式产生片内控制信号，控制片内的工作，并根据 IRR、IMR 的内容和 PR 判断结果，向 CPU 发出中断请求，接受来自 CPU 的中断响应信号。

7.3.2.2　引脚功能

8259A 为 28 引脚的双列直插式芯片，其引脚信号如图 7-9 所示。除电源、地线外，其余引脚信号如下：

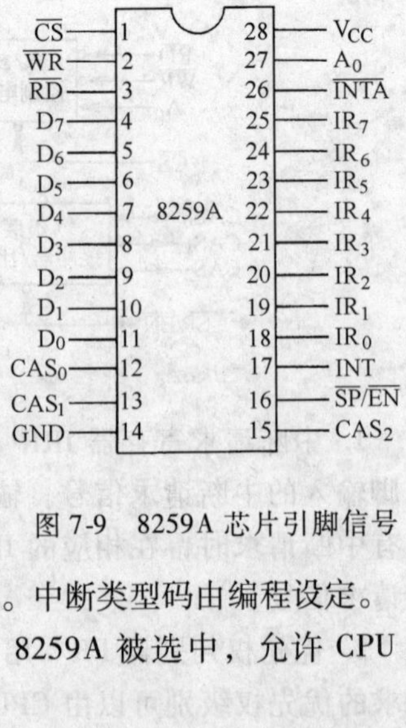

（1）中断请求输入线 $IR_7 \sim IR_0$　接受来自外设或 8259A 从片的中断请求信号，可设置为上升沿触发或高电平触发。

（2）双向三态数据线 $D_7 \sim D_0$　可与系统数据总线直接相连，也可通过总线缓冲器与系统数据总线相连。前者称为非缓冲方式下工作，后者称为缓冲方式下工作。

（3）中断请求线 INT　输出信号，通常与 CPU 的可屏蔽中断输入端 INTR 相连，向 CPU 送中断请求信号。

图 7-9　8259A 芯片引脚信号

（4）中断响应线 $\overline{INTA}$　输入信号，接收 CPU 在中断响应周期发来的中断响应信号，8259A 接到此信号后，送上中断类型码。中断类型码由编程设定。

（5）片选线 $\overline{CS}$　由 CPU 的高位地址线控制，当 $\overline{CS}=0$ 时，8259A 被选中，允许 CPU 对 8259A 进行读或写操作。$\overline{CS}=1$ 表示未选中该片。

（6）地址线 A_0 用以选择 8259A 内部不同寄存器。在 8086 系统中，8259A 的 $D_7 \sim D_0$ 与系统数据线低 8 位相连，而 CPU 与偶地址传递低 8 位数据信息，所以 A_0 应与 8086CPU 的 A_1 相连。在 8088 系统中，A_0 与 CPU 的 A_0 相连。

（7）读信号 $\overline{RD}$ 低电平有效。当 $\overline{RD} = 0$，允许 8259A 将 IRR、ISR、IMR 的内容送上数据线，供 CPU 读取。

（8）写信号 $\overline{WR}$ 低电平有效。当 $\overline{WR} = 0$，允许 CPU 将命令字写入 8259A。

（9）级联线 $CAS_2 \sim CAS_0$ 在主从式中断管理系统中，全部 8259A 的 $CAS_2 \sim CAS_0$ 与对应端相连，作为主片的 8259A，其 $CAS_2 \sim CAS_0$ 为输出线，在 CPU 响应中断时，用来输出级联设备编码，选中对应的从片；作为从片的 8259A，其 $CAS_2 \sim CAS_0$ 为输入线，接收来自主片的设备编码。

（10）从片编程/缓冲使能 $\overline{SP}/\overline{EN}$ 与 $CAS_2 \sim CAS_0$ 实现 8259A 的级联。在非缓冲方式下工作时，作输入线 $\overline{SP}$，$\overline{SP} = 1$ 表示该 8259A 为主片，$\overline{SP} = 0$ 表示该 8259A 为从片。在缓冲方式下工作时，作输出线 $\overline{EN}$，用于控制缓冲器接收和发送。

7.3.3 8259A 的工作过程

当有外部中断请求送至 8259A 时，8259A 的处理过程如下：中断请求寄存器 IRR 接收外部的中断请求并锁存，逻辑电路根据中断屏蔽寄存器 IMR 内容决定是否让它进入优先权判别器 PR，若 IMR 中对应的位为 0，则中断请求进入 PR，由 PR 判别该中断请求是否是当前优先权最高的中断请求，是则 8259A 的 INT 为 1，向 CPU 发出 INTR 请求信号。

当 CPU 的中断允许标志 IF = 1，CPU 响应中断，发回 $\overline{INTA}$ 信号给 8259A，8259A 使中断服务寄存器 ISR 中相应位置 1，并将中断请求寄存器 IRR 相应位清 0，再送出中断类型码。

若允许中断嵌套，则由 8259A 的优先权判别器 PR 依据 ISR 中的状态，判断新的中断请求优先权是否高于正在服务的中断，是则送出 INT = 1，向 CPU 发 INTR 请求信号，从而实现中断嵌套。

当中断服务结束时，CPU 送出中断结束命令，使 8259A 清除 ISR 中相应位，从而结束一个中断的服务。

7.3.4 8259A 的工作方式

8259A 具有十分灵活的运行方式，可满足用户对中断管理的各种不同要求。然而，一定要掌握 8259A 工作的一些基本概念，才可正确编程设定 8259A 的工作方式。下面分类介绍 8259A 的各种工作方式。

1. 中断请求触发方式 8259A 允许外设的中断请求信号以两种方式触发，这必须在 8259A 的初始化编程时设置。

（1）电平触发方式 在电平触发方式下，8259A 将中断请求输入线上出现高电平作为有效中断请求信号。在这种方式下，应注意：当中断请求输入端出现一个高电平并得到 CPU 响应时，应及时撤消高电平中断请求信号。否则，在 CPU 进入中断处理过程并开放中断后，会引起错误的第二次中断。因此，对中断源产生的中断请求触发电平有一定的时间限定，若有效高电平太短，达不到触发目的，太长，可能会引起重复触发。一般要求中断请求触发电平应持续至 CPU 响应它的第一个 $\overline{INTA}$ 脉冲的下降沿。

（2）边沿触发方式 在边沿触发方式下，8259A 将中断请求输入线出现的上升沿作为中断请求信号。上升沿触发后，可一直保持高电平，而不会产生重复触发。通常用负脉冲的后沿实现边沿触发。

2. 屏蔽中断源方式　8259A 可编程设定允许或屏蔽各中断源，屏蔽中断源的方式有两种。

(1) 普通屏蔽方式　在普通屏蔽方式下，CPU 对 8259A 的中断屏蔽寄存器 IMR 写入命令字 OCW1，使 IMR 中的某个位或几个位置 1，对应的中断请求就被屏蔽，从而不能被 8259A 送到 CPU。而 IMR 中被置 0 的那些位对应的中断请求允许从 8259A 送到 CPU，当然对中断的屏蔽是随时可修改的，只需通过对 OCW1 的重新设置便可实现。

(2) 特殊屏蔽方式　特殊屏蔽方式用于中断嵌套。中断嵌套的原则之一是：低优先权中断不能打断高优先权的中断服务程序。然而，有的时候又希望能动态地改变优先权结构。如某个高优先权的中断服务需要很长时间，低优先权的中断请求要等待很久才能被响应。在这种情况下，采取在中断服务程序的执行过程中，开放比它低优先权的中断请求从而使低优先权的中断请求可以被及时响应的办法。如何实现在高优先权中断服务程序中开放低优先权的中断请求？每当一个中断被响应时，会使中断服务寄存器 ISR 中对应的位为 1，只要中断处理程序没有发出中断结束命令，8259A 就会根据 ISR 中的状态从而禁止所有比它低优先权的中断请求。因而只有清除当前 ISR 中对应的位，才能开放低优先权的中断请求。

设置特殊屏蔽方式后，在中断服务程序中，用命令字 OCW1 对中断屏蔽寄存器 IMR 中相应的位（被 CPU 响应的中断源对应的位）置 1，则使中断服务寄存器 ISR 中对应位自动清 0，并屏蔽了本级中断，从而开放了其他级别低的中断。

由此可见，特殊屏蔽方式总是在中断服务程序中使用。此时，尽管 CPU 仍在处理一个高优先权的中断，但在 IMR 中对应此中断的位置 1，且 ISR 中对应的位置 0，似乎不在处理任何中断。因而低优先权的中断请求可以得到响应。

3. 中断优先权设置方式　对多个外设的中断请求进行优先权管理是 8259A 的主要功能。它提供了多种优先权管理方式。

(1) 普通全嵌套方式　这是 8259A 最基本、最常用的工作方式，若对 8259A 初始化后没有设置其他优先权方式，则默认为此方式。

在普通全嵌套方式中，8259A 的 8 个中断源请求 $IR_7 \sim IR_0$ 的优先权级别，按照 IR_0 优先权最高、IR_7 优先权最低的固定优先权顺序。当一个中断被响应后，只有比它高优先权的中断请求才会被响应。

(2) 特殊全嵌套方式　特殊全嵌套方式与普通全嵌套方式基本相同，优先权顺序按照 IR_0 优先权最高、IR_7 优先权最低的固定顺序。唯一的不同在于：若 CPU 正在处理某一级中断时，如果有同级的中断请求，8259A 也会送出中断请求给 CPU，因此特殊嵌套是对同级中断的一种中断嵌套。

特殊全嵌套方式一般用在 8259A 级联的系统中，设定主片为特殊全嵌套方式，当某一从片的中断请求正在被处理时，既开放主片上其他优先权高的中断请求，同时也开放了同一从片上的较高优先权的中断请求。

(3) 优先权自动循环方式　有时候，一个系统的几个中断源的重要性差别不大，因而希望它的优先权不是固定不变的，这时，可采用优先权自动循环方式。优先权自动循环方式下，优先权顺序是在变化的，初始时，IR_0 为最高优先权，IR_7 为最低优先权。当一个中被 CPU 响应后，它的优先权自动降为最低的，原在其下一级的中断升为最高优先权，其余循环类推。如在初始时，有 IR_3 中断请求，且被 CPU 响应，当 IR_3 的中断服务结束后，IR_3 降为最低优先权。此时的优先权顺序为：IR_4、IR_5、IR_6、IR_7、IR_0、IR_1、IR_2、IR_3。

（4）优先权特殊循环方式　优先权特殊循环方式与优先权自动循环方式相似，优先权的顺序是变化的，当一个中断被 CPU 响应，它的优先权自动降为最低。但优先权特殊循环方式中，初始最低优先权是由编程设定的，如编程设定 IR_4 为最低，则初始优先权顺序由高至低为：IR_5、IR_6、IR_7、IR_0、IR_1、IR_2、IR_3、IR_4。优先权顺序还可在执行 EOI 命令时指明最低优先权。

4. 中断结束（EOI）方式　当一个中断请求被响应，8259A 在中断服务寄存器 ISR 的相应位置1。当中断服务结束时，必须将 ISR 中相应的位清0，这就是中断结束操作。中断结束有3种方式。

（1）自动中断结束方式　自动中断结束方式下，CPU 一旦进入中断响应周期，8259A 就自动将当前中断服务寄存器 ISR 中相应的位清0。这时，尽管 CPU 正在为某个中断源服务，但在 8259A 的 ISR 中没有对应位指示，优先权判别器不能依据 ISR 正确判别是否接收新的中断请求，就会出现低优先权中断打断高优先权中断的情况。所以，自动中断结束方式通常用在不允许中断嵌套的场合。

（2）普通中断结束方式　普通中断结束方式用在普通全嵌套情况下。在中断服务结束时，须由 CPU 用 OUT 指令发来一个普通 EOI 命令，8259A 收到后，将当前中断服务寄存器 ISR 中的已置1的最高优先权的位复位。

（3）特殊中断结束方式　特殊中断结束方式多用于优先权循环情况下。此时，由于无法确定当前服务的中断级，须由 CPU 在中断服务结束时，发出一条特殊 EOI 命令，命令中指明要清除 ISR 中的哪一位。

在级联方式下，一般不用自动 EOI 方式，而用普通中断结束或特殊中断结束方式。这时，一个中断结束可能要发两次 EOI 命令，一次对主片，一次对从片，分别清除主、从片的 ISR 中相应位。

5. 连接系统总线方式

（1）缓冲方式　缓冲方式指 8259A 在级联方式下通过总线缓冲器和系统数据总线相连。在这种方式下，将 8259A 的 $\overline{SP}/\overline{EN}$ 端和总线缓冲器的允许端相连。$\overline{SP}/\overline{EN}$ 输出的低电平可作为总线缓冲器的启动信号。

（2）非缓冲方式　非缓冲方式是相对缓冲方式而言的。非缓冲方式下 8259A 直接与数据总线相连。此时 $\overline{SP}/\overline{EN}$ 作输入端，单片的 8259A 系统，$\overline{SP}/\overline{EN}$ 接高电平；多片 8259A 的级联系统，主片 $\overline{SP}/\overline{EN}$ 接高电平，从片 $\overline{SP}/\overline{EN}$ 接低电平。

6. 中断查询方式　8259A 提供了中断查询方式。这种方式下，外设仍然靠中断申请要求服务，但 CPU 不是通过对中断申请的响应而是靠主动查询实现对外设的服务。在 CPU 为关中断情况下，外设的中断请求信号不被响应，但 CPU 可以通过查询方式检查请求中断的外设，获取中断请求信号，从而进入中断服务。

7. 级联方式　8259A 可以级联使用，一个主 8259A 可以带多至 8 个从 8259A，将中断源扩展到 64 级。级联方式下，从片的 INT 端接至主片的 IR_i 端，从片上的中断请求通过主片的 INT 送至 CPU，CPU 发来的中断响应信号 $\overline{INTA}$ 送至主、从片上，主 8259A 在级联线上

$CAS_2 \sim CAS_0$ 送出相应的标识符编码，从片的标识符与主片送出的相同，该从片的$\overline{INTA}$起作用。在第二个$\overline{INTA}$负脉冲时，主片不动作，而由该从片送上中断类型码。

8259A 的级联除上述对中断响应信号$\overline{INTA}$的操作与单片系统不同外，优先权的设置也不同，通常主片采用特殊全嵌套方式，允许同一从片上优先权高的中断请求打断优先权低的中断请求。其余的工作方式、寄存器读取方法与单片系统基本相同。

7.3.5 8259A 的初始化命令字和操作命令字

8259A 为可编程的中断控制器，它的工作状态和操作是由接收 CPU 的命令而确定的。命令有两类：一类是初始化命令字。8259A 在开始操作前，首先要对它写入初始化命令字，使其处于预定的初始状态，初始化命令字设定后，在整个系统工作过程中保持不变；另一类是操作命令字，用来控制 8259A 执行不同的操作方式。初始化命令字设置后，在 8259A 工作期间的任何时刻都可设置操作命令字，且允许重置操作命令字动态地改变 8259A 的操作方式。

7.3.5.1 初始化命令字

初始化命令字有 4 个：ICW1 ~ ICW4，通常在系统开机时，由初始化程序设置，写入到 8259A 指定的端口中。

8259A 有两个端口地址：对应 A_0 为 0 的称为偶地址，对应 A_0 为 1 的称为奇地址。在 8086 系统中，因 8259A 的 A_0 接至地址总线的 A_1，所以 8259A 的端口地址为相邻的两个偶数地址或两个奇数地址，为便于讨论，称较低的地址为偶地址，称高的地址为奇地址。

在 8086/8088 系统中规定，ICW1 写入偶地址端口，ICW2、ICW3 和 ICW4 都写入奇地址端口。

1. ICW1　ICW1 格式如图 7-10 所示，其中各位作用如下：

IC_4：指出初始化程序中是否需要设置 ICW4。8086/8088 系统设置 $D_0 = 1$。

SNGL：指出本系统中使用单片 8259A 还是多片 8259A 级联方式。当系统只有一片 8259A 时，$D_1 = 1$，系统有多片 8259A 级联时，$D_1 = 0$。

LTIM：指出 8259A 中断请求信号 IR_i 的触发方式。$D_3 = 0$ 为边沿触发，$D_3 = 1$ 为电平触发。

D_4：该位是 ICW1 的标志位，用 $A_0 = 0$，$D_4 = 1$ 表示设置的是 ICW1。

$D_5 \sim D_7$ 和 D_2：这几位在 8086/8088 系统中不用，可为任意值。

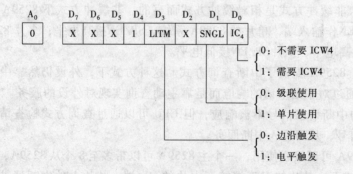

图 7-10　ICW1 格式

2. ICW2　ICW2 用于设置中断类型码，其格式如图 7-11 所示。

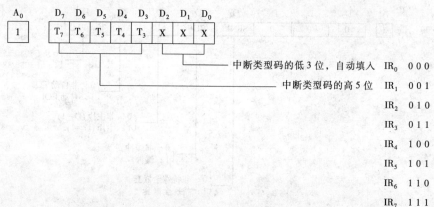

图 7-11　ICW2 格式

当 ICW2 用于 8086/8088 系统时，ICW2 的 $D_7 \sim D_3$ 位是中断类型码的高 5 位，低 3 位为中断请求输入 $IR_7 \sim IR_0$ 的类型编码，如图中所示，由 8259A 自动写入。由此可见，8259A 的 8 个中断源的 8 个中断类型码是连续的。如：设置 ICW2＝40H，则 8259A 的 $IR_0 \sim IR_7$ 对应的 8 个中断类型码为 40H、41H、42H、43H、44H、45H、46H、47H。若设置 ICW2＝45H，因高 5 位不变，则 8 个中断类型码同上。

3. ICW3　ICW3 是在级联方式下设置的初始化命令字。当 ICW1 的 D_1 位为 0 时，8259A 在级联方式下工作，必须设置 ICW3。ICW3 格式如图 7-12 所示。

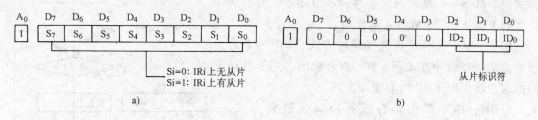

图 7-12　ICW3 格式

a）主片　b）从片

图 7-12a 为主片的 ICW3 格式，$S_7 \sim S_0$ 对应于 $IR_7 \sim IR_0$ 上的连接情况。若 IR_i 上连有从片，则对应位 $D_i = 1$；未连从片，则 $D_i = 0$。如 ICW3＝00101011，表示 IR_5、IR_3、IR_1 和 IR_0 上连有从 8259A。

图 7-12b 为从片的 ICW3 格式，其中 $D_7 \sim D_3$ 位不用，通常设为 0，$D_2 \sim D_0$ 位指明该从片的 INT 连至主片的哪一条 IR_i 线上。如某从片的 ICW3＝00000100，则此从片的 INT 连至主片的 IR_4 上。

在多片 8259A 级联下，主片 8259A 和各从片的 8259A 的 $CAS_2 \sim CAS_0$ 对应连接。当 CPU 发出中断响应信号时，主片通过 $CAS_2 \sim CAS_0$ 送出一个编码 $ID_2 \sim ID_0$，从片由 $CAS_2 \sim CAS_0$ 接收到主片发来的编码，与本身的 ICW3 的 $D_2 \sim D_0$ 位比较。若相等，则在第二个 $\overline{INTA}$ 时，将它的中断类型码送上数据总线。因此，从片的 ICW3 为一标识符，主片通过标识符与从片联系。

4. ICW4　当 ICW1 的 D_0 位为 1，需要设置 ICW4。ICW4 的格式如图 7-13 所示。

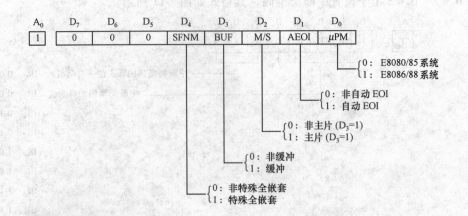

图 7-13 ICW4 格式

μPM：用于指明当前的 CPU 系统，μPM = 1 表示 8259A 当前与 8086/8088CPU 系统配合工作。μPM = 0 表示 8259A 当前与 8080/8085CPU 系统配合工作。

AEOI：规定中断结束的方式，AEOI = 1 选择中断自动结束方式即自动 EOI 方式；AEOI = 0 为非自动中断结束方式，中断结束必须使用 EOI 命令。

M/S：与 BUF 位配合使用。若 BUF = 1 选择缓冲方式时，M/S = 1 表示该片为主片；M/S = 0 则为从片。若 BUF = 0，则 M/S 不起作用。

BUF：用于说明是否选择缓冲方式，BUF = 1 为缓冲方式。在缓冲方式下，$\overline{SP/EN}$ 为输出，用于启动数据缓冲器，BUF = 0 为非缓冲方式。

SFNM：用于指明是否选择特殊全嵌套方式，SFNM = 1 规定为特殊全嵌套方式，一般在使用多片 8259A 的系统中选用。

$D_7 \sim D_5$：这 3 位总为 0，用做 ICW4 的标志位。

系统初始化时对 8259A 设置 ICW1 ～ ICW4 称为 8259A 初始化，8259A 的初始化流程图如图 7-14 所示。

初始化规定：

1）系统中的每一片 8259A 都须按此流程进行初始化工作。

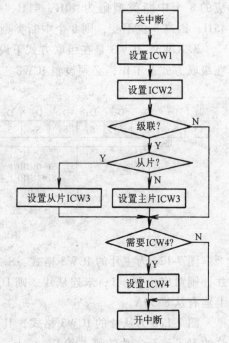

图 7-14 8259A 的初始化流程图

2）写入 4 个初始命令字 ICW1 ～ ICW4 的顺序固定不变。

3）ICW1 写入偶地址端口（$A_0 = 0$），ICW2、ICW3 和 ICW4 写入奇地址端口（$A_0 = 1$），按照规定顺序区分 ICW2 ～ ICW4。

4）ICW1 中指明是否需设置 ICW3、ICW4。级联方式下，主、从片都需设置 ICW3。

8259A 初始化举例：

例 7-3 设 8259A 的端口地址为 20H、21H。下面是该 8259A 的初始化程序段：

```
MOV    AL, 13H
OUT    20H, AL
MOV    AL, 08H
OUT    21H, AL
MOV    AL, 0DH
OUT    21H, AL
```

由此设置可知，该 8259A 芯片的工作状态为：单片 8259A，中断请求上升沿触发，中断类型码为 08H，09H，0AH，0BH，0CH，0DH，0EH，0FH 分别对应 $IR_0 \sim IR_7$，普通全嵌套方式，缓冲方式，用于 8086/8088 系统中，非自动中断结束方式。

7.3.5.2 8259A 的操作命令字

在初始化命令字设置完毕，8259A 处于设定的工作状态随时准备接收 IR_i 上的中断请求信号，按要求管理中断同时 8259A 自动进入操作命令状态，在任何时刻都可以设置操作命令字，选择其不同的操作方式。操作命令字用于规定中断屏蔽、中断结束、优先权循环和中断状态的读出和查询等等。操作命令字有三个：OCW1 ~ OCW3，不需要按顺序设定，可由用户根据需要选择设定。

1. OCW1   OCW1 用于设置中断屏蔽，写入奇地址。8259A 初始化后，CPU 对奇地址写入 OCW1，其内容被置入中断屏蔽寄存器 IMR 中。OCW1 格式如图 7-15 所示，$M_7 \sim M_0$ 中某位为 1，对应该位的中断请求被屏蔽。

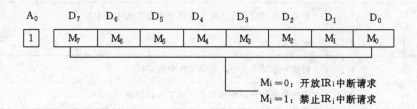

图 7-15 OCW1 格式

如设置 OCW1 = 19H，则 IR_4、IR_3、IR_0 引脚上的中断请求被屏蔽，其余中断请求被允许。

CPU 从 8259A 的奇地址读取的内容是中断屏蔽寄存器 IMR 的内容。

2. OCW2   OCW2 用于控制中断结束、优先权循环等操作方式，写入偶地址。OCW2 格式如图 7-16 所示。

$D_4 D_3$：这两个位恒为 0，可作为 OCW2 的标志位。

$L_2 L_1 L_0$：在 SL = 1 时有效，指明 EOI、R 位所选操作方式作用于哪一级中断。

R：优先权循环控制位，R = 1 为循环优先权，R = 0 为固定优先权。

SL：指定 OCW2 中的 $L_2 \sim L_0$ 位是否有效，SL = 1，$L_2 \sim L_0$ 有效，为一编码，对应 IR_i 端；SL = 0，$L_2 \sim L_0$ 无效。

EOI：中断结束命令位。若 ICW4 中 AEOI = 0，表明设置非自动中断结束方式，则在中断服务程序最后中断返回前要设置中断结束（EOI）命令。OCW2 中 EOI 位置 1 为一个 EOI

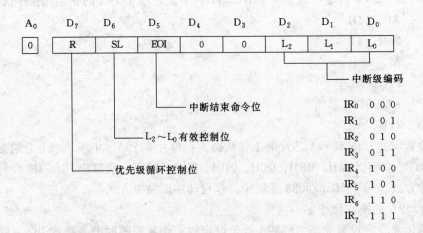

图 7-16 OCW2 格式

命令，执行 EOI 命令将清除 8259A 的中断服务寄存器 ISR 具有最高优先权的位或由 $L_2 \sim L_0$ 指定的位。

R、SL、EOI 三个位配合使用选择中断结束和优先权循环的操作方式，见表 7-1。

表 7-1　R、SL、EOI 各种组合代表的意义及应用

R	SL	EOI	意　义　及　应　用
0	0	0	结束优先权自动循环方式，用于方式设置
0	0	1	普通中断结束命令，用于普通全嵌套方式中的中断结束
0	1	0	无意义
*0	1	1	特殊中断结束命令，清除 ISR 中指定位
1	0	0	设置优先权自动循环方式，用于方式设置
1	0	1	普通中断结束命令并设置优先权自动循环，优先权次序移一级
*1	1	0	指定优先权特殊循环方式的最低级，用于方式设置
*1	1	1	普通中断结束命令并设置优先权特殊循环，指定新的最低级

注：有 * 号的组合，$L_2 \sim L_0$ 有效。

例如：

OCW2 = 01100011，为特殊 EOI 命令，指定清除 ISR 中的 D_3 位。

OCW2 = 10000000，设置为工作于中断优先权自动循环方式。优先权初始次序由高至低为 $IR_0 \rightarrow IR_7$，当一个中断被处理返回后，自动降为最低级，其下一级作为最高级，其余依次。

OCW2 = 11100010，清除 ISR 寄存器中当前中断对应的位，并使当前系统的最低优先权为 $L_2 \sim L_0$ 指定的值，即 IR_2。中断返回后，优先权次序改为 IR_3、IR_4、IR_5、IR_6、IR_7、IR_0、IR_1、IR_2。

3. OCW3　OCW3 主要用于控制 8259A 的运行方式，如设置或撤消特殊中断屏蔽方式、

设置中断查询方式、读出 8259A 有关寄存器状态等。OCW3 写入偶地址，其格式如图 7-17 所示。

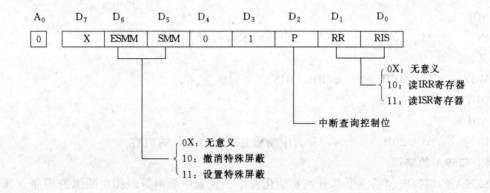

图 7-17 OCW3 格式

ESMM：特殊屏蔽方式允许位，当 ESMM = 1 时，表示允许建立特殊屏蔽方式，即允许 SMM 位起作用。当 ESMM = 0 时，不能建立特殊屏蔽方式，即 SMM 位不起作用。

SMM：特殊屏蔽方式位，当 SMM = 1，设置特殊屏蔽方式；当 SMM = 0，撤消特殊屏蔽方式。

$D_4 D_3$：恒为 01，可作为 OCW3 的标志位。

P：中断查询控制位，P = 1 使 8259A 处于中断查询方式。在中断查询方式下，CPU 通过发送查询命令，读取查询字，从而进入外设服务。查询命令就是 OCW3 中的 P = 1 的命令字。当 CPU 向 8259A 送出一个查询命令后，再执行一条输入指令，输入指令的读信号送至 8259A，作为中断响应信号，8259A 将查询字送到数据线，并使中断服务寄存器中相应的位置 1，查询字表明当前外设是否有中断请求，有，则给出当前优先权最高的中断请求。查询字格式如图 7-18 所示。其中 I = 1 表示有中断请求，W_2、W_1、W_0 是当前优先权最高的中断请求的代码，I = 0 表示无中断请求。

A_0	D_7	D_6	D_5	D_4	D_3	D_2	D_1	D_0
0	I	—	—	—	—	W_2	W_1	W_0

图 7-18 查询字格式

例如：当 CPU 发来一个 OCW3 查询命令（其中 P = 1），若此时，8259A 的优先权次序为 IR_3、IR_4、IR_5、IR_6、IR_7、IR_0、IR_1、IR_2，当前 IR_4 和 IR_1 有中断请求。随后当 CPU 执行一条输入指令，便可得到查询字：84H。查询字说明当前有中断请求，且优先权最高的为 IR_4，则 CPU 应转入 IR_4 的中断服务程序。

RR、RIS：选择读 8259A 的 IRR 或 ISR 寄存器内容。当 RR = 1，RIS = 0，读 IRR 寄存器状态；当 RR = 1，RIS = 1 读 ISR 寄存器状态。

CPU 可随时从 8259A 奇地址读取 IMR 内容，而不必先设置 OCW3，而在读 IRR 或 ISR 之前，必须发出一个 OCW3 命令字，用以选择要读出的寄存器。随后，可多次读取该寄存器内容。如：

```
MOV     AL, 0AH          ; RR、RIS 位为 10
OUT     20H, AL
NOP
IN      AL, 20H          ; AL 为中断请求寄存器 IRR 的内容
```

又如：

```
MOV     AL, 0BH          ; RR、RIS 位为 11
OUT     20H, AL
NOP
IN      AL, 20H          ; AL 为中断服务寄存器 ISR 的内容
```

7.3.6 8259A 的编程

8259A 的编程应包括三个部分：初始化程序、预置中断向量表和中断服务程序。其中初始化程序、预置中断向量表都已介绍过如何实现，中断服务程序中除完成规定的 I/O 操作、保护现场、恢复现场、中断返回外，还对 8259A 设置操作命令字以实现 8259A 的各种功能。下面举例说明：

例 7-4 中断结束命令和普通全嵌套方式的使用。

设系统中使用单片 8259A，初始化中设置了中断请求上升沿触发、中断类型码 40H、普通全嵌套、非缓冲方式、用于 8086/8088 系统、非自动中断结束方式。

命令字为：ICW1 = 13H，ICW2 = 40H，ICW4 = 01H

若系统首先有 IR_4 的中断请求，在执行 IR_4 的中断服务程序期间，又有 IR_3、IR_6 同时申请中断。系统按照普通全嵌套方式进行中断处理，其中断过程如图 7-19 所示。

从例中可知：

1）程序中必须安排开中断指令，CPU 才能响应中断。

2）中断服务程序中安排开中断指令，才能实现中断嵌套，普通全嵌套方式优先权次序从高至低固定为 IR_0，…，IR_7。

3）每个中断服务程序结束前必须进行中断结束操作，使中断服务寄存器 ISR 中相应位清 0。普通中断结束方式的 EOI 命令是 OCW2 = 20H，写入偶地址端口。

4）若在 IR_4 的中断服务程序中，提前发出 EOI 命令，将 ISR_4 清 0。这时就会响应 IR_6 的中断请求，出现低级中断（IR_6）打断高级中断（IR_4）的情况。究其原因，是因为 IR_4 中断服务程序中提前发出中断结束命令，放弃自己的优先权而造成的，由此得出结论，中断结束命令的提前发出，会改变中断嵌套的次序。

例 7-5 修改中断屏蔽寄存器 IMR 内容，使 IR_5 的中断请求被屏蔽，开放 IR_3 的中断请求，其余不变。设 8259A 的端口地址为 20H、21H。

解 先读出 IMR 寄存器，分别将 D_5 位置 1、D_3 位置 0，其余不变，再送入 IMR 中。用以下程序段实现：

```
IN      AL, 21H          ; 读 IMR
AND     AL, 0F7H         ; AL 的 D3 位置 0
OR      AL, 20H          ; AL 的 D5 位置 1
OUT     21H, AL          ; 写 OCW1
```

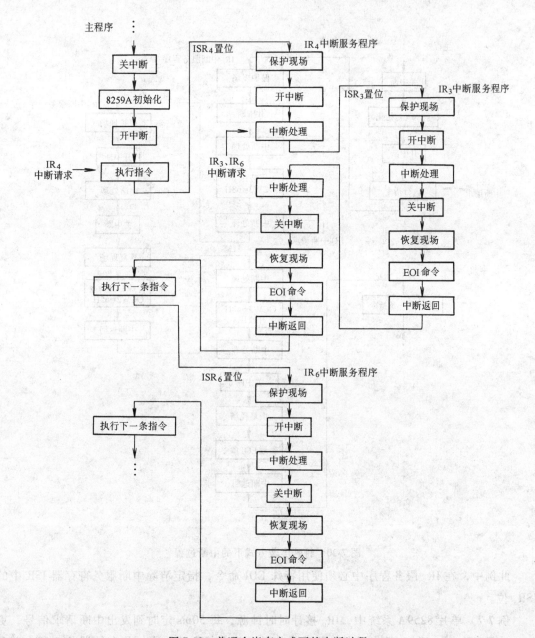

图 7-19　普通全嵌套方式下的中断过程

例 7-6 特殊屏蔽方式。

特殊屏蔽方式允许低级中断打断高级中断服务，通常用于中断服务程序中，对 8259A 写入操作命令字 OCW3，使 $D_6D_5 = 11$ 从而设置了特殊屏蔽方式。

设 8259A 初始化同例 7-4，选择全嵌套方式和普通中断结束方式，在主程序首先 IR_3 有中请求，执行 IR_3 的服务程序中设置特殊屏蔽方式。若此时 IR_5 有中断请求，则转入 IR_5 的中断服务程序，中断结束命令后中断返回，回到 IR_3 中断服务程序。若此时重新设置 OCW3，撤消特殊屏蔽方式。当再有低级中断请求（IR_4，IR_5，IR_6，IR_7），CPU 也不会响应了。特殊屏蔽方式下的中断过程如图 7-20 所示。

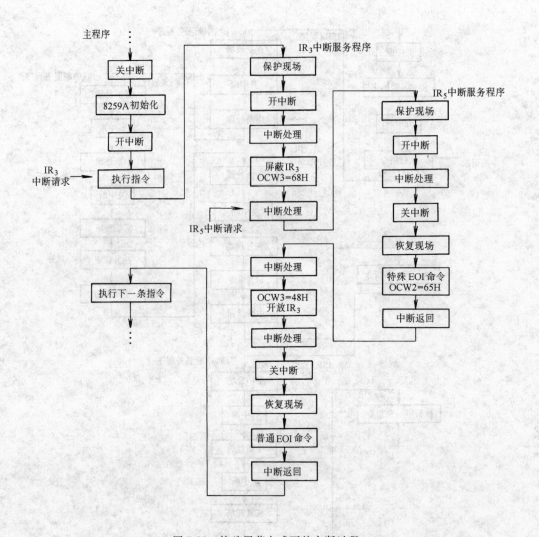

图 7-20　特殊屏蔽方式下的中断过程

此例中，在 IR_5 服务程序中必须使用特殊 EOI 命令，指定清除中断服务寄存器 ISR 中的 ISR_5 位。

例 7-7　单片 8259A 系统中，IR_0 接计时时钟源，每 50ms 定时到发出中断请求信号，更新时钟显示内容；IR_3 为输出设备中断请求信号，要求每中断一次，将存储器从 DATA 单元开始存放的 100 个字节每次输出一字节到外围设备。设 8259A 的端口地址为 20H、21H。输出设备的数据端口地址为 80H。

解　编写的程序应包括：8259A 的初始化程序、设置中断向量表程序及两个中断源的中断服务程序等。其中 8259A 的初始化设置：单片、普通全嵌套方式、中断请求信号边沿触发、非自动 EOI 方式、非缓冲方式、中断类型码 60H ~ 67H。开放 IR_0、IR_3 中断。

程序：

```
DAT        SEGMENT
HOUR       DB  3 DUP (0)    ;设置时、分、秒存储单元初值为 0
```

```
COUNT     DB    ?
DATA      DB    100 DUP（?）
DAT       ENDS
CODE      SEGMENT
          ASSUME    CS：CODE, DS：DAT
          MOV     AX, DAT
          MOV     DS, AX
```

；初始化

```
          MOV    AL, 13H      ；写 ICW1：设置单片、边沿触发
          OUT    20H, AL
          MOV    AL, 60H      ；写 ICW2：设置 IR_0、IR_3 的中断类型码 60H、63H
          OUT    21H, AL
          MOV    AL, 01H      ；写 ICW4：设置普通全嵌套、非缓冲、非自动 EOI
          OUT    21H, AL
          MOV    AL, 0F6H     ；写 OCW1：允许 IR_0、IR_3，其余屏蔽
          OUT    21H, AL
```

；设置中断向量表

```
          PUSH   DS
          MOV    AX, 0
          MOV    DS, AX
          MOV    AX,OFFSET   INTER0
          MOV    [0180H],AX
          MOV    AX,SEG   INTER0
          MOV    [0182H],AX
          MOV    AX,OFFSET   INTER3
          MOV    [018CH],AX
          MOV    AX,SEG   INTER3
          MOV    [018EH],AX
          POP    DS
          MOV    COUNT, 14H
          LEA    SI, DATA
          MOV    CX, 64H
          STI
NEXT:     CALL   SHOW
          JMP    NEXT
```

　　注：SHOW 为显示子程序，显示存放在 HOUR 开始的三个单元内的时间。

　　；IR_0 中断服务程序：修改时、分、秒，以压缩 BCD 码形式存放。

```
INTER0：PUSH    AX
        STI
```

```
           DEC     COUNT
           JNZ     RETURN              ; 1s 未到，中断返回
           MOV     COUNT, 14H
           MOV     AL, HOUR + 2
           CMP     AL, 59H
           JZ      CARRY0
           ADD     AL, 1
           DAA
           MOV     HOUR + 2, AL        ; 调整秒
           JMP     RETURN
CARRY0:    XOR     AL, AL
           MOV     HOUR + 2, AL
           MOV     AL, HOUR + 1
           CMP     AL, 59H
           JZ      CARRY1
           ADD     AL, 1
           DAA
           MOV     HOUR + 1, AL        ; 调整分
           JMP     RETURN
CARRY1:    XOR     AL, AL
           MOV     HOUR + 1, AL
           MOV     AL, HOUR
           CMP     AL, 23H
           JZ      CLEAR
           ADD     AL, 1
           DAA
           MOV     HOUR, AL            ; 调整小时
           JMP     RETURN
CLEAR:     XOR     AL, AL
           MOV     HOUR, AL
RETURN:    MOV     AL, 20H             ; 写 OCW2，普通 EOI 命令
           OUT     20H, AL
           CLI
           POP     AX
           IRET
; IR₃ 中断服务程序：输出一字节数据至外设。
INTER3:    STI
           MOV     AL, [SI]
           OUT     80H, AL             ; 取数，输出
```

```
        INC      SI
        DEC      CX
        JNZ      RRT
        LEA      SI, DATA
        IN       AL, 21H
        OR       AL, 08H
        OUT      21H, AL        ; 100 个字节输出结束, 屏蔽 IR₃
RRT: MOV         AL, 20H        ; 写 OCW2: 普通 EOI 命令
        OUT      20H, AL
        IRET
CODE ENDS
        END
```

7.3.7 8259A 的级联

8259A 在级联方式下有非缓冲方式和缓冲方式的两种连接。

1. 非缓冲方式的级联 8259A 级联方式下的非缓冲连接如图 7-21 所示, 图中画出 1 片主 8259A 和 2 片从 8259A。每个从片的中断请求连至主片的一个中断请求输入端上, 主片的 INT 连至 CPU 的 INTR, CPU 的中断响应 $\overline{INTA}$ 连至每片 8259A 上。非缓冲方式下, $\overline{SP}/\overline{EN}$ 为输入信号 $\overline{SP}$, 主片的 $\overline{SP}$ 接高电平, 从片的 $\overline{SP}$ 接低电平。主 8259A 的 $CAS_2 \sim CAS_0$ 作为输出, 连至每个从片, 从 8259A 的 $CAS_2 \sim CAS_0$ 作输入, 在中断响应周期, 主片由 $CAS_2 \sim CAS_0$ 送出从片的标识符编码 (若该中断请求输入端未接从片, $CAS_2 \sim CAS_0$ 不输出), 其余连线同单片情况。

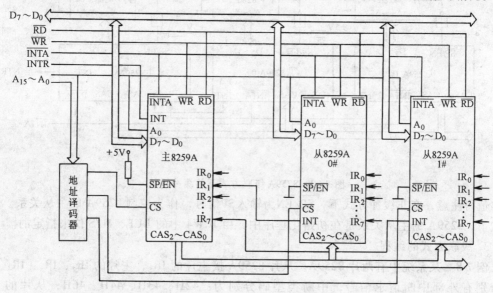

图 7-21 8259A 级联方式下的非缓冲连接

级联方式下, 主片、从片分别初始化, 通常主片的 ICW4 中的 SFNM 位设置为 1, 使主片优先权设置为特殊全嵌套方式, 以保证从 8259A 能按特殊全嵌套中断优先权响应中断。在图 7-21 的连接中, 0 号从片的 INT 连至主片的 IR_1, 1 号从片的 INT 连至主片的 IR_7, 则此

时的全嵌套中断优先权次序为：

最高优先权→主片：IR_0

从片 0 号：IR_0、IR_1、IR_2、IR_3、IR_4、IR_5、IR_6、IR_7

主　　片：IR_2、IR_3、IR_4、IR_5、IR_6

从片 1 号：IR_0、IR_1、IR_2、IR_3、IR_4、IR_5、IR_6、IR_7←最低优先权

在特殊全嵌套方式下，从片的中断服务程序中可能需发送两条中断结束命令。首先发一条普通 EOI 命令给引起中断的从片，然后读取该从片的 ISR 内容。ISR 为 0 说明当前中断是该从片上唯一被响应的中断，则向主片发一条普通 EOI 命令；若 ISR 内容非全 0，说明该从片上还有其他中断请求未处理完毕，此时不应向主片发 EOI 命令，否则，如例 7-4 中第 4）条说明的，会使主片出现响应的中断请求优先权级别低于该从片尚未处理完的中断优先权级别这种错误。

2. 缓冲方式的级联　缓冲方式适用于在数据总线上设有数据缓冲器的系统。8259A 级联方式下的缓冲连接如图 7-22 所示。图中各片 8259A 通过缓冲器与系统数据总线相连。在缓冲方式下，$\overline{SP}/EN$ 作输出线 EN，用作控制缓冲器中数据传送的方向。当 $\overline{EN}$ 为低电平，数据由 8286 的 A 端向 B 端传送，即 8259A 的数据传向 CPU；$\overline{EN}$ 为高电平，则反向传送，CPU 将数据传向 8259A。其余连线同非缓冲方式。

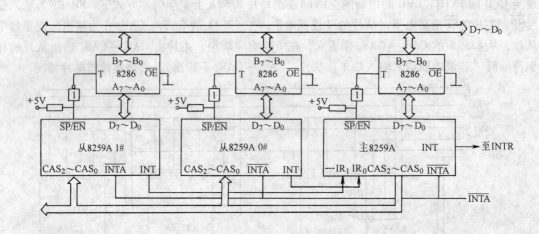

图 7-22　8259A 级联方式下的缓冲连接

值得注意，在非缓冲方式下，$\overline{SP}/EN$ 为输入 $\overline{SP}$ 信号，作为控制 8259A 的主从关系。缓冲方式下，8259A 的主从关系是在初始化程序中，由 ICW4 中的 BUF、M/S 位来指定的。

3. 级联方式的编程

例 7-8　某系统中有两片 8259A。从片 8259A 接主片的 IR_5，主片的 IR_2、IR_3、IR_4、IR_6 上分别有外部中断请求信号，中断类型码分别为：42H、43H、44H、46H；从片的 IR_0、IR_2、IR_4、IR_5、IR_6 上也分别有外部中断请求，中断类型码分别为：68H、6AH、6CH、6DH、6EH。设主 8259A 的端口地址为 0300H、0301H，从 8259A 的端口地址为 0302H、0303H。分别对主 8259A、从 8259A 进行初始化。

解　1）主 8259A 初始化设定　非缓冲方式，由 $\overline{SP}=1$ 确定为主片，级联方式，IR_5 连有从片，中断请求信号边沿触发，中断类型码 40H～47H，特殊全嵌套方式，非自动 EOI，

屏蔽 IR_0、IR_1、IR_7。主8259A初始化程序如下：

```
MOV    DX, 0300H
MOV    AL, 11H
OUT    DX, AL      ; 写 ICW1
MOV    DX, 0301H
MOV    AL, 40H
OUT    DX, AL      ; 写 ICW2
MOV    AL, 20H
OUT    DX, AL      ; 写 ICW3
MOV    AL, 11H
OUT    DX, AL      ; 写 ICW4
MOV    AL, 83H
OUT    DX, AL      ; 写 OCW1
```

2）从8259A初始化设定 非缓冲方式，由 $\overline{SP}=0$ 确定为从片，级联方式，该从片接至主片的 IR_5 上，中断请求信号边沿触发，中断类型码 68H ~ 6FH，完全嵌套方式，非自动EOI，屏蔽 IR_1、IR_3、IR_7 中断源。从8259A初始化程序如下：

```
MOV    DX, 0302H
MOV    AL, 11H
OUT    DX, AL      ; 写 ICW1
MOV    DX, 0303H
MOV    AL, 68H
OUT    DX, AL      ; 写 ICW2
MOV    AL, 05H
OUT    DX, AL      ; 写 ICW3
MOV    AL, 01H
OUT    DX, AL      ; 写 ICW4
MOV    AL, 8AH
OUT    DX, AL      ; 写 OCW1
```

7.4 IBM-PC 的中断分配

IBM-PC 系列微机的中断向量表在系统启动时由 DOS 建立，其256个中断分为5大类。第一类，中断类型码为 0~7 的系统内中断：4个内部中断、非屏蔽中断、ROM BIOS 的屏幕打印等；第二类，中断类型码为 8~9（主8259A）、70H~77H（从8259A，仅对 AT 机）的可屏蔽外中断，主要为外部设备中断，如键盘接口、串口、并口、软/硬盘接口等；第三类，ROM BIOS 中断，包括 I/O 设备的驱动程序、BIOS 实用服务程序、BIOS 专用参数表、BIOS 特殊中断等；第四类，DOS 中断，包括系统功能调用、DOS 专用中断、DOS 可调用中断等；第五类，自由中断，包括系统保留区、未使用区、用户保留区、BASIC 使用区和内部使用区等，详见表7-2。

表 7-2　**IBM-PC 系列中断分配表**

中断类型码（H）	中断功能		说　明
	PC、PC/XT	PC/AT	
0	除法错误		0 ~ 4 为 CPU 专用中断
1	单步（用于 DEBUG）		
2	NMI		
3	断点（用于 DEBUG）		
4	溢出		
5	屏幕打印		
6、7	保留		
8	日时钟（IRQ_0）		8 ~ F 为外部可屏蔽中断
9	键盘（IRQ_1）		
A	保留	从 8259A 的 INT	
B	异步通信 COM2（IRQ_3）		
C	异步通信 COM1（IRQ_4）		
D	硬盘（IRQ_5）	并行口 LPT2（IRQ_5）	
E	软盘（IRQ_6）		
F	并行口 LPT1（IRQ_7）		
10	显示器 I/O		10 ~ 1F 为 BIOS 中断
11	设备配置检测		
12	存储器容量检测		
13	磁盘 I/O		
14	串行通信口 I/O		
15	盒式磁带 I/O		
16	键盘 I/O		
17	打印机 I/O		
18	ROM-BASIC 入口		
19	引导程序入口		
1A	日时钟		
1B	断开控制处理（Ctrl-Break）		
1C	定时器		
1D	显示器参数表		
1E	盘驱动器参数表		
1D	显示器参数表		
1E	盘驱动器参数表		
1F	图形字符集		
20	终止程序		20 ~ 2F 为 DOS 中断
21	系统功能调用		

中断类型码	中断功能		说　明
	PC、PC/XT	PC/AT	
22	程序终止处理		
23	中止处理（Ctrl-C）		
24	关键性错误处理		
25	绝对磁盘读		
26	绝对磁盘写		
27	程序驻留结束		
28 ~ 3F	DOS 内部使用或保留		
40	软盘 I/O		PC 机不使用
41	硬盘参数表		PC 机不使用
42 ~ 5F	系统保留		
60 ~ 6F	保留，可用户使用		
70	保留	实时时钟中断（IRQ$_8$）	70 ~ 77 为外部可屏蔽中断
71		重新指向 INT OAH（IRQ$_9$）	
72 ~ 74		保留（IRQ$_{10-12}$）	
75		协处理器中断（IRQ$_{13}$）	
76		硬盘中断（IRQ$_{14}$）	
77		保留（IRQ$_{15}$）	
78 ~ 7F	未使用		
80 ~ F0	BASIC 使用		
F1 ~ FF	内部使用		

习　题　七

1. 简述中断系统的功能。

2. 微机的中断处理过程有哪几步？中断过程和调用于程序过程有何异同？

3. 简述判别中断优先权的几种方法。

4. 中断服务程序一般进行哪些例行操作？

5. 实现中断嵌套的条件是什么？优先权高的中断请求一定能打断正在进行的优先权低的中断服务程序吗？

6. 8086/8088 的中断分为哪几类？简述各中断的特点。

7. 简述 8086/8088 的可屏蔽中断和非屏蔽中断的区别。

8. 什么是中断向量？中断向量表安排在内存什么区域？最多可安排多少个中断向量？若对应中断类型码为 47H 的中断服务程序存放在 2300H:3460H 开始的区域中，则中断向量应如何存放？

9. 试用两种方法将中断类型码为 58H 的中断向量填入中断向量表。设中断服务程序入口地址为 1000H:4800H。

10. 8086/8088CPU 如何获取中断向量的？

11. 简述 8259A 的功能。

12. 8259A 当前中断服务寄存器 ISR 的内容代表什么？在中断嵌套和单个中断情况下，ISR 的内容有什么不同？

13. 8259A 写入初始化命令字顺序如何？写向哪个地址端口？写入操作命令字，顺序上有无要求？写向哪个地址端口？对写入同一端口的命令字是如何区分的？

14. 8259A 按优先权设置方式分有哪几种？如何设置？

15. 8259A 按中断结束方式分有哪几种？若初始化时设置为非自动中断结束方式，则在中断服务程序末尾应设置什么操作命令？不设置将会对中断系统产生什么影响？

16. 设目前系统的最高优先权为 IR_5，若执行 OCW2 命令，且命令中 EOI = 0，R = 1，SL = 1，L2L1L0 = 011。请指出 OCW2 命令执行后，8259A 的优先权顺序。

17. 请编写出 8088 系统中一片 8259A 的初始化程序，8259A 的地址为 02C0H 和 02C1H。要求：

1）中断请求输入电平触发；

2）中断请求 IR_0 的中断类型码为 10H；

3）采用非缓冲方式；

4）普通中断结束方式。

18. 若一个中断系统有一片主 8259A 和三片从 8259A，从 8259A 分别接至主 8259A 的 IR_2、IR_3 和 IR_4 上。若主 8259A 的 IMR 此时设置为 01010000，各从 8259A 的 IMR 均设置为 0，且连接 IR_3 的从 8259A 此时最低优先权为 IR_5。请按优先权由高到低的顺序列出各未被屏蔽的中断级。试编写主 8259A 和连接 IR_3 的从 8259A 的初始化程序及写入有关的操作命令字（8259A 端口地址及中断类型码自定）。

19. 已知：寄存器（CS）= 2000H，（SS）= 3000H，（SP）= 2800H，（IP）= 245AH，（FR）= 0285H，内存单元（00130H）= 00H，（00131H）= 10H，（00132H）= 50H，（00133H）= 6BH，系统中有一片 8259A，初始化设置 ICW2 = 48H。若当前 CPU 正在执行主程序的 MOV AX，BX 指令。此时 8259A 的 IR_4 有中断请求，并送至 CPU，请说明：

1）CPU 响应该中断保护的断点；

2）响应中断后，寄存器 CS、IP、SP、FR 的内容；

3）画出此时堆栈内容的变化。

第8章 接口技术

本章讨论通用接口技术及专用接口技术。通用接口一般由可编程接口芯片构成,它是器件公司专门设计制造的用于配合 CPU 工作的芯片,这些芯片大多为可编程的器件,通过编程设置,可选择不同的工作方式,其使用灵活方便。专用接口是特定设计的。它只供某种专用外设使用。本章主要介绍常用的可编程并行和串行接口,可编程定时器接口、模拟器件接口、CRT 接口、打印机接口等。

8.1 可编程并行输入/输出接口芯片 8255A

Intel 8255A 是专为 Intel 公司的微处理器配套的接口芯片,也可用于其他微机系统中。8255A 为可编程芯片,可用程序设定或改变其工作状态,CPU 通过它可直接与外设相连接。

8255A 具有三个独立的输入/输出端口,每个端口的并行数据宽度为 8 位。三个端口分别称为 A 端口、B 端口和 C 端口,可分别与不同的外设进行数据交换,也可以联合使用,在中断方式下实现 CPU 与外设间的数据传递。8255A 提供方式 0、方式 1 和方式 2 三种工作方式供选择。

8.1.1 8255A 的内部结构及引脚

8.1.1.1 8255A 的内部结构

8255A 的内部结构框图如图 8-1 所示,它由以下几个部分组成。

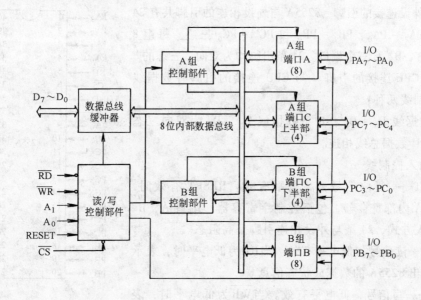

图 8-1 8255A 的内部结构框图

1. 并行输入/输出端口 8255A 有 3 个输入/输出端口,每个端口 8 位,都可以选择为输入或输出，即作为 CPU 与外设通信时的缓冲器或锁存器。3 个端口在功能上各有特点。

1）A 端口 一个 8 位数据输出锁存/缓冲器和一个 8 位数据输入锁存器。

2）B 端口 一个 8 位数据输出锁存/缓冲器和一个 8 位数据输入缓冲器。

3）C 端口 一个 8 位数据输出锁存/缓冲器和一个 8 位数据输入缓冲器。

通常 A 端口和 B 端口作为输入/输出数据端口，C 端口常用作控制或状态信息的端口，它可分成两个 4 位端口。在与外设数据传送中需要联络控制线时，C 端口分别与 A、B 端口配合使用，此时，C 端口作控制信号输出和状态信号输入。

2. A 组和 B 组控制电路 8255A 内部的 3 个端口可分为两组：A 组由 A 口和 C 口高 4 位组成；B 组由 B 口和 C 口低 4 位组成。A 组和 B 组分别有自己的控制电路，即 A 组和 B 组控制电路。其功能：负责接受来自读/写控制逻辑的各种命令，以及来自数据总线的控制字，从而决定 A 组和 B 组的工作方式，还可根据 CPU 的命令对 C 端口的每一位实现"复位"或"置位"。

3. 读/写控制逻辑 这是 8255A 内部完成读/写控制功能的部件。它与 6 条输入控制线相连，负责接收 CPU 输入的地址信号和读/写、复位控制信号，转变成各种命令发向 A 组和 B 组控制电路。

4. 数据总线缓冲器 这是一个 8 位双向三态缓冲器，它是 8255A 与 CPU 数据总线的接口，由读/写控制逻辑控制其数据传送方向及三态。8255A 与 CPU 间的数据传送如输入/输出数据、CPU 写入 8255A 的控制字、8255A 送给 CPU 的状态信息，都是经过这个缓冲器传送的。

8.1.1.2 8255A 的引脚

8255A 为双列直插式 40 引脚芯片，其引脚图如图 8-2 所示。除电源、地线外，其余引脚可分为两组：

1. 与外设连接的引脚 8255A 与外设相连的引脚共有 24 条，分为 $PA_7 \sim PA_0$、$PB_7 \sim PB_0$ 和 $PC_7 \sim PC_0$ 三组。每组 8 条，对应 A、B、C 三个端口。24 条引脚均为双向、三态的。

2. 与 CPU 连接的引脚 与 CPU 连接的引脚有数据线和输入控制线两种：

1）数据线 $D_7 \sim D_0$ 8 条数据线 $D_7 \sim D_0$ 为双向三态线，与 CPU 数据总线相连。

2）输入控制线

RESET——复位信号，高电平有效。RESET 有效时，清除 8255A 内部寄存器，包括控制字寄存器；端口 A、B、C 置为输入方式，24 条与外设相连引脚呈高阻态。

$\overline{RD}$——读信号，低电平有效。当 $\overline{RD}$ 为低电平时，表示由 CPU 读出 8255A 的数据或状态信息。

$\overline{WR}$——写信号，低电平有效。当 $\overline{WR}$ 为低电平时，表示由 CPU 将数据或命令写入 8255A。

$\overline{CS}$——片选信号，低电平有效。当 $\overline{CS}$ 有效时，表示 8255A 被 CPU 选中。$\overline{CS}$ 通常由 CPU

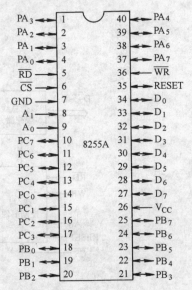

图 8-2 8255A 引脚图

高位地址译码得到。

$A_1 A_0$——端口寻址线，确定 CPU 要访问的端口地址。8255A 内部有 3 个输入/输出端口和一个控制寄存器，共 4 个端口，用两个输入端 A_1、A_0 来选择。A_1、A_0 不同组合对应的端口如下：

A_1	A_0	端口
0	0	端口 A
0	1	端口 B
1	0	端口 C
1	1	控制寄存器

A_1、A_0 与 CPU 的地址线相连。在 8086 系统中，数据总线为 16 位，CPU 通过低 8 位数据线与偶地址单元或端口传递信息，通过高 8 位数据线与奇地址单元或端口传递信息（可参阅例 5-3 存储器与 8086 的连接）。因此，当 8255A 的数据线 $D_7 \sim D_0$ 与 CPU 的低 8 位数据线相连时，8255A 的 4 个端口地址必须为偶地址。如果将 8255A 的 A_1 接 CPU 地址线 A_2，8255A 的 A_0 接 CPU 地址线 A_1，CPU 在对 8255A 访问时，A_0 为 0（A_0 与高位地址一起译码），则 8255A 的端口地址就为 4 个相邻的偶地址了。在 8088 系统中，数据总线为 8 位，因此，将 8255A 的 A_1、A_0 与 CPU 的地址线 A_1、A_0 相连，则 8255A 的端口地址为 4 个连续的地址。

A_1、A_0 和 $\overline{CS}$、$\overline{RD}$、$\overline{WR}$ 信号组合与 8255A 基本操作的关系见表 8-1。

表 8-1 A_1、A_0 和 $\overline{CS}$、$\overline{RD}$、$\overline{WR}$ 信号组合与 8255A 基本操作的关系

A_1	A_0	$\overline{RD}$	$\overline{WR}$	$\overline{CS}$	操作功能
					输入操作（读）
0	0	0	1	0	端口 A→数据总线
0	1	0	1	0	端口 B→数据总线
1	0	0	1	0	端口 C→数据总线
					输出操作（写）
0	0	1	0	0	数据总线→端口 A
0	1	1	0	0	数据总线→端口 B
1	0	1	0	0	数据总线→端口 C
1	1	1	0	0	数据总线→控制字寄存器
					断开功能
X	X	X	X	1	数据总线→高阻
1	1	0	1	0	非法状态
X	X	1	1	0	数据总线→高阻

8.1.2 8255A 的控制字

8255A 有 3 种基本的工作方式：

1）方式 0——基本输入/输出方式；

2）方式 1——选通输入/输出方式；

3）方式 2——双向传送方式。

端口 A 可工作于方式 0、方式 1 和方式 2，端口 B 可工作于方式 0 和方式 1，端口 C 通

常分成高 4 位和低 4 位, 分别传送数据或控制、状态信息。

8255A 各端口的工作由 CPU 通过 I/O 指令写入控制寄存器的控制字而决定。8255A 有两个控制字: 方式选择控制字和端口 C 按位置位/复位控制字。

1. 方式选择控制字 8255A 的方式选择控制字的格式如图 8-3 所示。

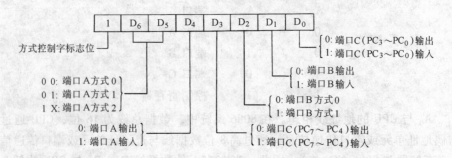

图 8-3 8255A 的方式选择控制字的格式

方式选择控制字用于设置各端口的工作方式和数据输入/输出传送方向。从图 8-3 中可见, D_6、D_5、D_2 位分别确定端口 A、B 的工作方式, D_4、D_1、D_3、D_0 位确定端口 A、端口 B、端口 C 上半部和端口 C 下半部 4 个部分分别为输入端口或输出端口。因而, 通过定义工作方式选择控制字可设置 8255A 的 4 个部分工作于不同的功能组态。

例 8-1   设某片 8255A 的各端口处于如下工作方式: 端口 A: 方式 0 输出; 端口 B: 方式 0 输入; 端口 C 的高 4 位: 输出; 端口 C 的低 4 位: 输入。由此, 写出该片的方式选择控制字为:

1	0	0	0	0	0	1	1

若设该 8255A 的 A、B、C、控制端口地址为 60H、61H、62H、63H, 则利用下面两条指令可设置方式选择控制字:

```
MOV  AL, 83H      ; 83H 为方式选择控制字
OUT  63H, AL      ; 63H 为控制端口地址
```

例 8-2   若某片 8255A 的各端口的工作为: 端口 A: 方式 0 输入; 端口 B: 方式 1 输出; 端口 C 的上半部: 输出, 其中端口 B 方式 1 工作决定了端口 C 的 $PC_2 \sim PC_0$ 用于配合端口 B 工作。则该片的方式选择控制字为:

1	0	0	1	0	1	0	0

可用以下汇编程序实现设置:

```
CRPORT  EQU    0F6H        ; 伪指令定义 8255A 的控制端口地址
        MOV    AL, 94H
        OUT    CRPORT, AL
```

当端口 A、B 工作于方式 1 或端口 A 工作于方式 2 时, 端口 C 的某些位用于配合端口 A、B 工作, 这是由 8255A 工作方式规定的。

2. 端口 C 置位/复位控制字 8255A 的端口 C 可以独立作输入/输出口使用, 或作端口 A、端口 B 输入/输出的控制、状态配合线, 这样有必要对端口 C 的各位分别进行置位/复位操作, 8255A 的另一个控制字就是 C 口的置位/复位控制字。置位/复位控制字只对端口 C 的一

个位操作，其他位的状态不受影响。8255A 端口 C 置位/复位控制字格式如图 8-4 所示。

需要指出，端口 C 置位/复位控制字尽管是对端口 C 操作，但此控制字必须写入控制端口而不是写入端口 C。同时，以控制字的 D_7 位为 0 作为标志，区分于方式选择控制字。另外，D_6、D_5、D_4 三个位的状态不影响置位/复位的操作。

例 8-3 已知 8255A 的控制端口地址为 02EEH，以下的程序段可实现对端口 C 的 PC_2 置位和 PC_4 复位。

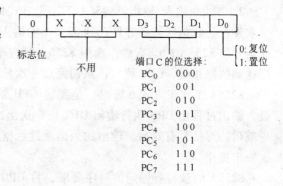

MOV	DX, 02EEH	
MOV	AL, 05H	
OUT	DX, AL	; 置位 PC_2
MOV	AL, 08H	
OUT	DX, AL	; 复位 PC_4

图 8-4 8255A 端口 C 置位/复位控制字格式

8.1.3 8255A 的工作方式

8255A 有三种工作方式供用户选择。

8.1.3.1 方式 0

方式 0 为基本输入/输出方式。这种方式不使用中断，没有规定的联络信号，3 个端口的 24 条引脚均可作为 I/O 线，由程序设定各端口为输入端口或输出端口，完成并行输入/输出操作。

1. 方式 0 的基本特点

1）方式 0 下 8255A 有两个 8 位端口：端口 A 和端口 B，两个 4 位端口：端口 C 的高 4 位和端口 C 的低 4 位。

2）任何一个端口可以作输出或输入，各端口的输入或输出可以有 16 种不同的组合。

3）输出锁存，输入不锁存。

第 6 章中介绍了 CPU 与外设交换信息的控制方式，有无条件传送、查询传送、中断、DMA 等方式。

方式 0 适用于无条件传送方式，此时，用 8255A 作外设接口非常简单，在传送的过程中不需要应答信号，由 CPU 执行 IN/OUT 指令就可以实现数据的输入/输出。程序简单，硬件省。

方式 0 也适用于查询传送方式。查询式输入/输出时，必须先查询一个外设的状态，只有当外设是准备好的，才可执行输入或输出操作。但方式 0 下无固定的联络信号。因而，通常将端口 A、B 作数据端口，选择端口 C 的某些位作为两个数据端口的控制和状态信息位。

图 8-5 为一种方式 0 下自定义的联络信号，选用端口 C 高 4 位中 PC_7、PC_6 作为输出设备、输入设备的状态位，端口 C 低 4 位中 PC_1、PC_0 作为两个设备的选通和清除位。写入方式选择控制字 8AH 设定各端口的工作。在输出一个数据前，先通过输入 PC_7，查询输出设备状态，准备好则从端口 A 输出，并由 PC_1 发出选通脉冲信号通知输出设备准备接收数据。在输入时，先通过 PC_6 查询输入设备状态，准备好则从

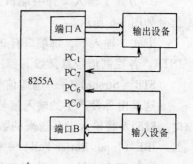

图 8-5 方式 0 自定义的联络信号

端口 B 输入，然后从 PC$_0$ 发清除脉冲信号，表示 CPU 已接收了一个数据。两个设备的选通和清除信号是由 C 口的置位/复位控制字产生。

方式 0 的联络信号是由用户自行定义的，只能用于查询，不能用于中断。而 8255A 提供的选通输入/输出方式，其联络信号是规定好的，且既可用于查询，也可用于中断。

2. 方式 0 输入/输出　8255A 工作于方式 0 输入，是要将外设的数据提供给 CPU。因此，要求外设的数据已准备好且送到 8255A 的输入缓冲器。当 CPU 执行输入 IN 指令，发出的地址信号使 8255A 的 $\overline{CS}$ 有效，选中 8255A 相应端口。读信号有效后，8255A 将输入缓冲器数据送到数据总线，CPU 读入，从而完成一次输入操作。

8255A 工作于方式 0 输出，是要将 CPU 输出的数据置于指定的端口上，从而可送到外设。输出过程由 CPU 执行输出 OUT 指令送出地址信号，使 8255A 的 $\overline{CS}$ 有效，选中 8255A 相应端口。写信号有效后，输出的数据通过数据总线送到指定端口的数据输出锁存器，完成一次输出操作。

8255A 的读写有固定的时序要求，将 CPU 的 I/O 周期与之比较计算，确定 8255A 能否与 CPU 在时序上很好地配合，若不能，则必须要求 CPU 插入等待周期 T_w。

8.1.3.2　方式 1

方式 1 为选通输入/输出。在方式 1 下，端口 A 或端口 B 仍作为数据端口，同时规定了端口 C 的某些位作为控制或状态信息位，数据的输入/输出操作在联络信号的应答控制下完成，因而，可使用中断，也可使用查询。

1. 方式 1 的基本特点

1）方式 1 下 8255A 可作为一个或两个选通端口，每个选通端口包含有：8 位数据端口、3 位控制线（由端口 C 规定的位提供）、中断逻辑。

2）任何一个选通端口都可以作输出或输入，输出、输入均锁存。

3）若只有一个端口工作于方式 1 时，余下的 13 位可工作于方式 0，各端口的输入或输出组合可以有 32 种不同组合。

4）若两个端口都工作于方式 1 时，端口 C 余下的 2 位可设定为输入或输出，且也具有置位/复位功能，各端口的输入、输出组合可以有 8 种不同组合。

在方式 1 下，端口 C 的某些位规定作为联络信号，但这种规定在输入和输出时不相同。

2. 方式 1 输入　任一端口工作于方式 1 输入时，方式选择控制字及端口 C 对应的控制信号如图 8-6 所示。

方式 1 输入下，每端口有 3 个控制信号：与外设联络的信号 $\overline{STB}$ 和 IBF、中断请求信号 INTR。各控制信号意义如下：

$\overline{STB}$（Strobe）——选通信号，低电平有效。

这是由外设产生的输入信号，A 组的 $\overline{STB}_A$ 送入 PC$_4$，B 组的 $\overline{STB}_B$ 送入 PC$_2$。当 $\overline{STB}$ 有效时，8255A 将输入设备送来的数据送入相应端口的输入锁存器锁存。

IBF（Input Burfer Full）——输入缓冲器满，高电平有效。

这是 8255A 输出的状态信号，由 PC$_5$ 或 PC$_1$ 发出，可供 CPU 查询或用于与外设联络。当 IBF 有效时，表明在输入锁存器中已存放了一个新的数据。IBF 由 $\overline{STB}$ 信号有效而置位，由 $\overline{RD}$ 信号上升沿而复位，即当 $\overline{STB}$ 信号有效后，IBF 信号由低电平变高电平，并一直保持直到 CPU 用 IN 指令读取输入锁存器中的数据时，$\overline{RD}$ 信号的上升沿使 IBF 变为低电平。

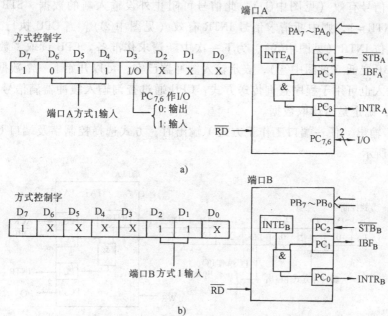

图 8-6　方式 1 输入时，方式选择控制字及端口 C 对应的控制信号

a）端口 A 方式 1 输入　b）端口 B 方式 1 输入

INTR（Interrupt Reguest）——中断请求信号，高电平有效。

这是 8255A 的一个输出信号，由 PC_3（$INTR_A$）或 PC_0（$INTR_B$）送出，可供 CPU 查询或用于向 CPU 发出中断请求。当 $\overline{STB}$ 和 IBF 均为高电平，且中断允许标志 INTE 也为高电平时，将 INTR 置为高电平，在 CPU 响应中断读取输入缓冲器中的数据时，由 $\overline{RD}$ 信号的下降沿将 INTR 降为低电平。

INTE（Interrupt Enable）——中断允许标志。

由图 8-6 可知，当 $INTE_A = 1$ 时，端口 A 才能向 CPU 发出中断请求，即 $INTE_A$ 是一个控制中断允许或中断屏蔽的标志，可由用户通过对 PC_4 的置位/复位来控制。当 PC_4 置位，端口 A 中断允许，PC_4 复位，端口 A 中断屏蔽。

端口 B 中对应的信号 $INTE_B$ 由对 PC_2 的按位置位/复位控制。

方式 1 输入时，PC_4 和 PC_2 分别用于端口 A 和端口 B 的选通输入，对 PC_4 和 PC_2 的置位/复位操作是 8255A 的内部操作，用于设置中断允许或屏蔽状态，而不影响 PC_4 和 PC_2 引脚上的逻辑状态。

8255A 方式 1 输入过程如图 8-7 所示。

方式 1 中断输入过程首先必须对端口进行初始化：设置方式选择控制字；设置端口 C 置位/复位控制字，将端口设置为中断允许（INTE = 1）。

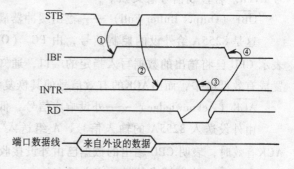

图 8-7　8255A 方式 1 输入过程

端口输入锁存器已空（可先用 IN 指令读端口清除原数据），IBF 为低电平。当外设的数据出现在 8255A 的端口数据线上，并由选通信号 $\overline{STB}$ 将数据送入端口的输入锁存器后，输入

缓冲器满 IBF 信号有效（见图中①），此信号可阻止外设输入新的数据。$\overline{STB}$ 信号结束后，因 IBF = 1，INTE = 1，则中断请求信号 INTR 有效（见图中②）。当 CPU 执行 IN 指令，$\overline{RD}$ 信号有效，复位 INTR（见图中③），为下一次中断请求作准备。CPU 读取了数据后，$\overline{RD}$ 信号结束，使 IBF 变低（见图中④），表示输入缓冲器已空，可以开始下一个数据的输入。

方式 1 输入也可用于程序查询传送方式，CPU 通过查询输入缓冲器满信号 IBF（PC_5 或 PC_1）的状态，确定是否读取数据。

3. 方式 1 输出　任一端口工作于方式 1 输出时，方式选择控制字及端口 C 对应的控制信号如图 8-8 所示。

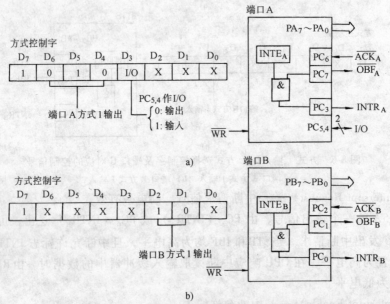

图 8-8　方式 1 输出时，方式选择控制字及端口 C 对应的控制信号

a）端口 A 方式 1 输出　b）端口 B 方式 1 输出

方式 1 输出下，每个端口也有 3 个控制信号，外设联络的信号 $\overline{OBF}$ 和 $\overline{ACK}$、中断请求信号 INTR。各控制信号意义如下：

$\overline{OBF}$（Output Buffer Full）——输出缓冲器满信号，低电平有效。

这是 8255A 给外设的控制信号，由 PC_7（$\overline{OBF_A}$）、PC_1（$\overline{OBF_B}$）发出。当 $\overline{OBF}$ 有效时，表示 CPU 已将输出的数据写入指定的端口，通知外设取走数据。$\overline{OBF}$ 由写信号 $\overline{WR}$ 的上升沿置成有效低电平，而由 $\overline{ACK}$ 的有效信号使其恢复为高电平。

$\overline{ACK}$（Acknowledge）——外设响应信号，低电平有效。

由外设送入 8255A 的输入信号，A 组送入 PC_6（$\overline{ACK_A}$），B 组送入 PC_2（$\overline{ACK_B}$）。当 $\overline{ACK}$ 有效时，表明 CPU 输出的数据已由外设接收了。

INTR——中断请求信号，高电平有效。

与输出方式相同，由 PC_3（$INTR_A$）或 PC_0（$INTR_B$）发出，用于向 CPU 发出中断请求。当外设 $\overline{ACK}$ 发来信号表示已读取了端口数据时，即 $\overline{OBF}$、$\overline{ACK}$ 都为高电平，若 INTE = 1，8255A 向 CPU 发出中断请求信号 INTR。而写信号 $\overline{WR}$ 的下降沿使 INTR 复位。

INTE——中断允许标志。

　　与方式 1 输入相同，INTE 用于控制端口 A 或端口 B 的中断允许或屏蔽。对 PC_6 置位/复位可设置端口 A 中断允许/屏蔽，对 PC_2 置位/复位可设置端口 B 中断允许/屏蔽。

　　8255A 方式 1 输出过程如图 8-9 所示。

　　方式 1 输出与输入相同，首先必须对端口进行初始化：设置方式选择控制字；设置端口 C 置位/复位控制字，将端口设置为中断允许（INTE = 1）。

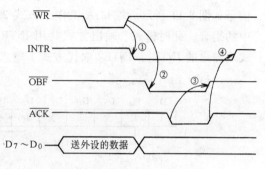

　　当端口输出锁存器已有数据（可由 CPU 执行 OUT 指令将第一个数据送入指定端口），外设将数据取走，8255A 向 CPU 发出中断请求信号。CPU 在中断服务程序中执行 OUT 指令发出写信号 $\overline{WR}$ 并将数据送至数据总线。$\overline{WR}$ 信号有效后，复位 INTR（见图中①），并在 $\overline{WR}$ 信号的上升沿，数据锁存入端口输出锁存器中，使 $\overline{OBF}$ 有效（见图中②），作为外设的选通信号。当外设接收了数据，发来响应信号 $\overline{ACK}$，一方

图 8-9　8255A 方式 1 输出过程

面使 $\overline{OBF}$ 变高电平无效（见图中③），另一方面 $\overline{ACK}$ 有效信号结束后，因 $\overline{OBF}$ = 1，INTE = 1，则 INTR 有效（见图中④）向 CPU 发出新的中断请求。CPU 响应中断，开始下一个数据的输出过程。

　　方式 1 输出也可用于程序查询传送方式，CPU 可通过查询输出缓冲器满信号 $\overline{OBF}$（PC_7 或 PC_1）的状态，确定是否可以送出数据。

　　4. 方式 1 输入和输出组合　采用方式 1 工作时，允许端口 A、B 分别定义为输入和输出端口。图 8-10 为 8255A 方式 1 组合，比较图 8-10、图 8-6、图 8-8 可知：每个端口本身输出和输入的组态是固定不变，不受另一端口的影响。因而，A 组和 B 组的输入、输出可随意组合、根据需要由控制字设定各自的工作。当两个端口均工作于方式 1 时，只余 A 组的两条线 PC_7、PC_6 或 PC_5、PC_4 可由程序设定为输入或输出线。

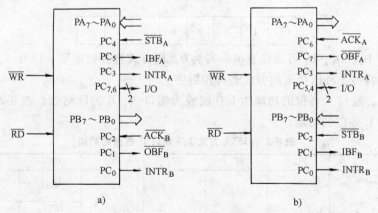

图 8-10　8255A 方式 1 组合

a）端口 A 方式 1 输入，端口 B 方式 1 输出　b）端口 A 方式 1 输出，端口 B 方式 1 输入

8.1.3.3　方式 2

　　方式 2 为双向传送方式。方式 2 下，外设在单一的 8 位数据线上，既能发送数据，也能接收数据。在相应的控制线配合下，用中断方式或程序查询方式输入/输出数据。

1. 方式 2 的基本特点

1）方式 2 只用于端口 A；

2）端口 A 工作于方式 2 下，端口 C 的 $PC_7 \sim PC_3$ 作其联络控制线；

3）输入、输出均锁存。

2. 方式 2 的控制信号　端口 A 工作于方式 2 时，方式选择控制字及端口 C 对应的控制信号如图 8-11 所示。端口 A 工作于方式 2 时，可看作是方式 1 输出和方式 1 输入在端口 A 中的组合。此时输入、输出方式共用 INTR（PC_3）向 CPU 发中断请求信号，INTE1 取代方式 1 输出的 $INTE_A$，INTE2 取代方式 1 输入的 $INTE_A$，其余信号与方式 1 同。

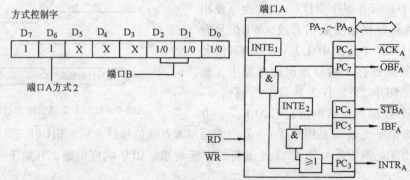

图 8-11　方式 2 时，方式选择的控制字及端口 C 对应的控制信号

方式 2 的输入/输出过程相当于方式 1 的输入过程和输出过程的组合。读者可由前述的方式 1 输入/输出自行分析。

3. 方式 2 和其他方式的组合　当端口 A 工作于方式 2 时，端口 B 可工作于方式 0 或方式 1，既可作为输入端口，也可作为输出端口，两个端口共有 4 种不同组合，可用不同的控制字设置。

例如，当要求端口 A 工作于方式 2，端口 B 工作于方式 1 输入时，方式选择控制字如下所示：

1	1	×	×	×	1	1	×

其中 D_5、D_4、D_3、D_0 可为任意值，若为 0，则方式选择控制字 = C6H。

同理，可得另 3 种组合下的方式选择控制字。

方式 2 下，端口 C 各位的功能为 I/O 线或为端口 A、B 的联络线，表 8-2 给出了 8255A 方式 2 下端口 C 各位的功能。

表 8-2　8255A 方式 2 下端口 C 各位的功能

端口 B 工作	PC_7	PC_6	PC_5	PC_4	PC_3	PC_2	PC_1	PC_0
端口 B 方式 0 输入/输出						I/O	I/O	I/O
端口 B 方式 1 输入	$\overline{OBF}_A$	$INTE_1$（引脚信号为 $\overline{ACK}_A$）	IBF_A	$INTE_2$（引脚信号为 $\overline{STB}_A$）	$INTR_A$	$INTE_B$（引脚信号为 $\overline{STB}_B$）	IBF_B	$INTR_B$
端口 B 方式 1 输出						$INTE_B$（引脚信号为 $\overline{ACK}_B$）	$\overline{OBF}_B$	$INTR_B$

8.1.4　8255A 的应用举例

例 8-4　8255A 端口 A 接了 8 个发光二极管，PC_7 接一开关。要求检测开关状态，若开关打开（高电平），8 个发光二极管全亮（高电平）；开关按下，8 个发光二极管每个亮 1s，循环点亮。设 8255A 端口地址为 60H ~ 63H。

解　CPU 与开关、8 个发光二极管等外设传送数据采用无条件传送方式。因此，将 8255A 的端口 A 设为方式 0 输出，端口 C 上半部输入，端口 B 及端口 C 下半部不使用。由此得到 8255A 的方式选择控制字为 10001000 = 88H。

参考程序：

```
CODE    SEGMENT
        ASSUME    CS：CODE
MAIN：  MOV    AL, 88H
        OUT    63H, AL            ；8255A 初始化
NEXT：  IN     AL, 62H
        TEST   AL, 80H ；         测试 PC₇
        JNZ    LIGHT             ；PC₇ = 1，转
        MOV    BL, 01            ；PC₇ = 0，8 个发光二极管循环点亮
CONT：  MOV    AL, BL
        OUT    60H, AL
        CALL   D1S
        SHL    BL, 1
        JNZ    CONT
        JMP    NEXT
LIGHT： MOV    AL, 0FFH          ；PC₇ = 1，8 个发光二极管全亮
        OUT    60H, AL
        JMP    NEXT
CODE    ENDS
        END    MAIN
```

其中 D1S 为延时 1s 子程序。此外，按键的去抖动由硬件电路实现，程序中可不考虑此问题。

例 8-5　利用 8255A 作为打印机、纸带读入机的接口。

打印机上两个控制、状态信号：

DATA STORBE 数据选通信号，输入，低电平有效。有效时，通知打印机接收数据线上的数据。可作为 8255A 输出给外设的选通信号。

BUSY　打印机"忙"信号，输出，高电平有效。有效时，表示打印机忙（正在输出数据），不能接收新数据。

纸带读入机上也有两个控制、状态信号：

DRIVE RIGHT 纸带机驱动信号，输入，有效时驱动纸带读入机前进一步，并读入一个字符。可作为 8255A 输给外设的启动信号。

DATA READY 数据准备就绪信号，输出。有效时，表示纸带读入机已准备好输入了。

解 8255A 选用方式 0 查询输入、输出方式，设置端口 A 为打印机接口，选用 PC_6、PC_2 作联络线。端口 B 为纸带读入机接口，选用 PC_4、PC_0 作联络线，其接口图如图 8-12 所示。

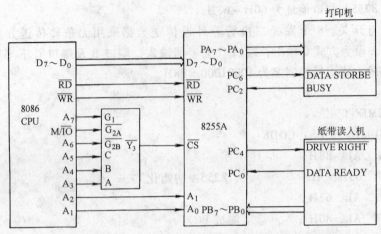

图 8-12 8255A 作为打印机、纸带读入机接口图

8255A 片选由 74LS138 产生，由图示的连接，确定 8255A 的 4 个端口地址为：98H、9AH、9CH、9EH。根据上述设置，8255A 的方式控制字为：

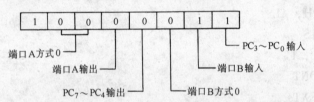

编制的程序分 3 个部分：主程序实现对 8255A 的初始化和分别调用打印机驱动程序及纸带读入机驱动程序；打印机驱动程序完成输出一个字符（字符在 CL 中）；纸带读入机完成输入一个字符（字符在 CH 中）。程序如下：

```
；主程序段
CODE SEGMENT
        ASSUME    CS：CODE
MIAN：  MOV  AL，83H      ；设置方式选择控制字
        OUT  9EH，AL
        MOV  AL，0DH      ；设置置位/复位控制字，使 PC₆ =1，即打印机选通无效
        OUT  9EH，AL
        MOV  AL，09H      ；设置置位/复位控制字，使 PC₄ =1，即纸带机启动无效
        OUT  9EH，AL
        CALL LPST        ；调用打印机驱动程序
          ⋮
        CALL RDST        ；调用纸带机驱动程序
          ⋮
；打印机驱动程序
```

```
LPST    PROC
LPST1：  IN      AL，9CH
        AND     AL，04H    ；判断 BUSY（PC₂）=0?
        JNZ     LPST1     ；否，继续查询
        MOV     AL，CL     ；BUSY（PC₂）=0，打印机准备就绪
        OUT     98H，AL    ；输出 CL
        MOV     AL，0CH
        OUT     9EH，AL
        INC     AL
        OUT     9EH，AL    ；在 PC₆ 引脚上输出一个负脉冲，选通打印机
        RET
LPST    ENDP
；纸带机驱动程序
RDST    PROC
        MOV     AL，08H    ；PC₄=0，启动纸带机
        OUT     9EH，AL
LP：     IN      AL，9CH
        AND     AL，01H    ；判断 PC₀=1?
        JZ      LP        ；PC₀=0，继续查询
        IN      AL，9AH    ；PC₀=1，纸带机准备就绪
        MOV     CH，AL     ；输入到 CH
        MOV     AL，09H
        OUT     9EH，AL    ；暂停纸带读入机
        RET
RDST    ENDP
CODE    ENDS
        END     MAIN
```

例 8-6 用 8255A 作 A/D 转换器接口，采用中断方式采集数据并存入 BUF 为首址的存储区，设 8255A 的端口地址同例 8-5，8259A 的端口地址为 02C0H 和 02C2H。

解 1）说明：AD570 是 8 位模/数转换器，B/$\overline{\text{C}}$为启动转换信号，低电平有效。转换结束时，转换结束信号$\overline{\text{DR}}$低电平有效，转换好的数据出现在数据线上。CPU 读取数据，撤除转换命令，$\overline{\text{DR}}$恢复高电平，完成一次转换过程。

2）连接：8255A 选用端口 A 作为 AD570 接口，端口 A 工作于方式 1 输入，端口 C 对应的控制线规定为 PC₄（$\overline{\text{STB}}$）、PC₅（IBF）、PC₃（INTR）。再选用 PC₇ 作为 AD 转换器的启动信号。中断请求送至 8259A 的 IR₂，其转换器接口图如图 8-13 所示。

3）芯片设置 8255A 芯片设置：端口 A 工作于方式 1 输入，允许中断，端口 C 上半部输出，端口 B 未用。工作过程：由 PC₇ 发出启动 AD570 转换信号，当 AD570 转换结束，发回$\overline{\text{DR}}$信号送入端口 C 的 PC₄（$\overline{\text{STB}}$），同时，转换好的数据锁存入端口 A 输入锁存器，并由 PC₃（INTR）发出中断请求至 8259A 的 IR₂，当 CPU 响应中断，转入 IR₂ 的中断服务程序，

执行 IN 指令读取端口 A 输入锁存器内容，再发出撤消 AD570 转换信号，中断结束，返回，完成一次转换。

已知 8259A 芯片设置为：单片，中断请求边沿触发，缓冲方式，作为从片，非自动 EOI 方式，完全嵌套方式，与 8086/8088 配合工作。屏蔽除 IR_2 的所有中断。IR_2 的中断类型码为 4AH，$4 \times 4AH = 0128H$，则 IR_2 的中断向量置入 0000：0128H 开始的 4 个单元中。

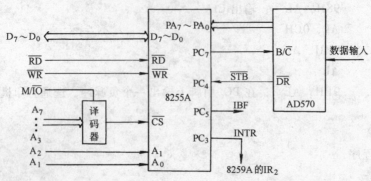

图 8-13　8255A 作为 A/D 转换器接口图

4）控制字　8255A 方式选择控制字：10110000 = B0H，端口 C 置位/复位控制字 00001001 = 09H（设置 $INTE_A = 1$），8259A 的 ICW1 = 00010011 = 13H，ICW2 = 01001000 = 48H，ICW4 = 00001001 = 09H，OCW1 = 11111011 = FBH，OCW2 = 00100000 = 20H（普通 EOI 命令）。

5）程序　程序由主程序和中断服务程序两部分组成。主程序中实现 8255A 初始化、8259A 初始化、开中断、设定转换次数、地址指针后，启动 AD570。中断服务程序中完成对端口 A 的输入及撤消转换信号，调用采样时间延时子程序 DSR，再次启动 AD570 转换。

```
; 主程序
DATA        SEGMENT
BUF         DB   100  DUP （？）
NUMBER      EQU     $ - BUF
DDD         EQU     4 * 4AH
DATA        ENDS
CODE   SEGMENT
       ASSUME   CS：CODE，DS：DATA
MAIN：MOV     DX，02C0H          ；8259A 初始化
       MOV     AL，13H
       OUT     DX，AL
       MOV     DX，02C2H
       MOV     AL，48H
       OUT     DX，AL
       MOV     AL，09H
       OUT     DX，AL
       MOV     AL，0FBH
```

```
        OUT     DX, AL
        PUSH    DS                      ; 设置中断向量
        XOR     AX, AX
        MOV     DS, AX
        MOV     BX, DDD
        MOV     [BX], OFFSET ITRP
        MOV     [BX + 2], SEG ITRP
        POP     DS
        MOV     AL, 0B0H                ; 8255A 初始化
        OUT     9EH, AL
        MOV     AL, 09H
        OUT     9EH, AL                 ; PC₄ = 1，设置 INTE = 1
        MOV     CX, NUMBER              ; 设置转换次数
        MOV     AX, DATA
        MOV     DS, AX
        MOV     BX, OFFSET BUF
        STI
        MOV     AL, 0EH                 ; PC₇ = 0，启动转换
        OUT     9EH, AL
        ...
; 中断服务程序
ITRP    PROC
        IN      AL, 98H                 ; 读取转换结果
        MOV     [BX], AL
        MOV     AL, 0FH                 ; PC₇ = 1，撤消转换信号
        OUT     9EH, AL
        INC     BX
        DEC     CX
        JZ      ENDB                    ; 采样结束，转
        CALL    DSR
        MOV     AL, 0EH                 ; 未采样完，再次启动转换
        OUT     9EH, AL
ENDB:   MOV     AL, 20H                 ; EOI 命令
        MOV     DX, 02C0H
        OUT     DX, AL
        IRET                            ; 中断返回
ITRP    ENDP
CODE    ENDS
        END     MAIN
```

8.2 串行通信接口芯片 8251A

8.2.1 串行通信及串行通信协议

串行通信是在通信线路上一位一位地逐位传输数据，每一位数据占据一个固定的时间长度。串行通信由于只需要少数的 2~3 条线就可以在系统间交换信息，因此可以大大减少通信线路的费用，是远距离通信系统的主要通信方式。例如计算机的鼠标、计算机网络及一些电气远程控制系统采用的都是串行通信方式。与并行通信相比，串行通信的缺点是速度较慢。

随着串行通信的广泛应用，为使在许多不同厂家的不同设备间能顺利地进行通信，发送和接收双方需要在数据传送方式、同步方式、编码方式、数据校验方式和数据传送速率等方面遵循一些基本的规定，这些规定称为通信协议。通信协议通常由行业标准协会制定，也有一些通信协议是由设备生产厂家自己定义。

1. 串行通信方式　对于通信线路上数据的传送方向，串行通信有 3 种传送方式，如图 8-14 所示。

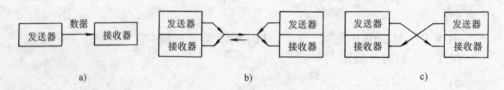

图 8-14　串行通信的 3 种方式
a) 单工通信　b) 半双工通信　c) 全双工通信

（1）单工通信（Simplex）　只有一条通信数据线，且只允许数据在一个方向上传送。一方只能发送数据，而另一方只能接收数据。

（2）半双工通信（HDX）　也只有一条通信数据线，通信双方都具有接收和发送数据的能力，但在同一时刻只能在一个方向上传送数据。如果要双向传送数据，发送和接收只能交替地进行。

（3）全双工通信（FDX）　有两条通信数据线，通信双方可以在同一时刻发送和接收数据，双工通信要求通信双方都具有独立的发送器和接收器。

2. 数据同步方式　为使接收方和发送方能步调一致地收发数据，需要对数据传送进行同步控制。同步控制的方式有两类，一类是异步传送，另一类是同步传送。

（1）异步通信方式　这种通信方式把每一个字符看作一个独立的信息单元，每个字符都由起始位引导，用停止位作为字符的结束标志，收发双方无需由公共的时钟控制。异步通信的信息格式如图 8-15 所示。各信息位的电平宽度由传输速率（波特率）决定，起始位由 1 位低电平表示，作为字符的开始。起始位后是传送字符由低至高的各数据位，数据位一般为 5~8 位。数据位后可跟 1 位奇偶校验位。7 位 ASCII 码加 1 位奇偶校验位是很常用的格式。停止位可以由 1 位或 $1\frac{1}{2}$ 位或 2 位高电平表示，作为字符结束的标志。

例如加奇校验传送的字符“C”（43H），其异步传送格式为：

起始位　　ASCII码数据位 效验　停止位

异步通信的各个字符不要求连续传送，字符与字符间以高电平作为空闲位，空闲电平宽度不定，直至出现低电平起始位，接收方再次开始接收数据。因此，异步通信的灵活性较大，但由于每个字符都要附加控制信息，其传送速率不高。

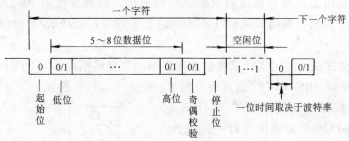

图 8-15　异步通信的信息格式

（2）同步通信方式　这种通信方式是把若干个字符组成一个数据块进行传送。每一个字符的最后一位结束后，紧接着下一个字符的第一位，中间不能用间隙。发送方与接收方的时钟必须严格保持一致，需共用一个时钟。收、发双方取得同步的方法，是在数据块的开头和结尾处加控制信息，如图 8-16 所示。

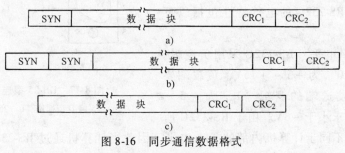

图 8-16　同步通信数据格式

a）单同步　b）双同步　c）外同步

其中，单同步/双同步通信方式在数据块前面设置一个/两个同步字符 SYN 联络接收方，在数据块末尾用两个循环冗余校验码（CRC）作为传送结束以及对之前的数据传送进行校验。这种利用同步字符进行同步的通信方式也称为内同步。外同步通信方式在数据块前面无同步字符引导，而用专用控制线传送的同步信号表示数据传送开始，在数据块末尾也有两个循环冗余校验码（CRC）。这种同步字符和数据字符分别在两条线路上先后传送的方式称为外同步方式。在同步通信的一次传送中，同步字符、数据字符和校验码所组成的信息块称为一帧信息，帧是同步通信的传送单位。

3. 数据传送速率　串行通信的传送速率用波特率（Baudrate）表示。所谓波特率就是每秒传送信息位的数量，单位是位/s（bit/s）。例如在异步通信中，每秒传送 120 个字符，每个字符包括一个起始位、7 个数据位、一个奇偶校验位和一个停止位共 10 位组成，则传送速率为 1200bit/s。异步通信常用的波特率为 300kbit/s、600kbit/s、900kbit/s、1200kbit/s、2400kbit/s、4800kbit/s、9600kbit/s 和 19200kbit/s。有一些设备的异步通信速率甚至可达38.4kbit/s。

8.2.2　串行通信的物理标准

为使数字设备与通信线路或通信设备的连接有章可循，需要对通信接口的机械、电气以及功能等特性进行定义。常见的串行通信物理标准有 EIA（美国电子工业协会）的 RS-232C、RS-449/422A/423A 和 CCITT（国际电报电话咨询委员会）的 X.21。以下将介绍 EIA 的两种标准。

1. RS-232C　RS-232C 是数据通信中一个很常用很重要的双工异步通信标准，无论是计算机网络、双机通信，还是其他仪器仪表之间的通信，都常常使用 RS-232C 接口。它可以用在主机与主机、主机与调制解调器（MODEM）、主机与自动呼叫/自动应答设备等各种场合的通信连接。

RS-232C 的全称是：使用串行二进制数据交换的数据终端设备（DTE）与数据通信设备（DCE）之间的接口。RS-232C 功能及特性如下：

机械特性　机械特性是指 DTE 与 DCE 是如何连接的。RS-232C 规定采用一对一连接器，常用 DB-25 和 DB-9 连接器。DB-25 是 25 针连接器，它的外形如图 8-17 所示，这一对连接器的插头接到 DTE，插座接到 DCE。DB-9 连接器是 9 针连接器，常用于个人计算机的异步串行通信接口。

电气特性　RS-232C 的电气特性包括以下几个方面：

1）信号逻辑电平　RS-232C 采用负逻辑。发送端的逻辑 '0' 为 +5 ~ +15V，负载端要求大于 +3V；发送端的逻辑 '1' 为 -5 ~ -15V，负载端要求小于 -3V。由于 RS-232C 所

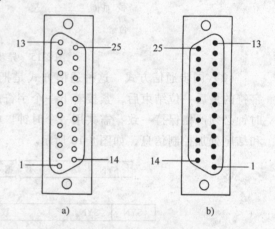

图 8-17　DB-25 型连接器外形
a）25 脚 D 型插座　b）25 脚 D 型插头

规定的 EIA 电平不同于计算机内部的 TTL 电平，因此当计算机通过 RS-232C 接口与外设通信时，必须进行电平转换。EIA 驱动器 75188、MC1488 用于把 TTL 电平转换为 EIA 电平，EIA 接收器 75189A、MC1489 用于把 EIA 电平转换为 TTL 电平。

2）信号传输速率　RS-232C 标准允许的最高传输速率为 20000bit/s，实际应用中被限制在 19200bit/s 以内。RS-232C 规定最大负载电容为 2500pF，采用 150pF/m 的多芯电缆传输时，最大长度不得超过 15m。

3）信号容错性　RS-232C 规定其任意两个引脚短接或某个信号错接在其他引脚上时，接口本身和所连接的设备都不会受到损坏。

引脚功能　RS-232C 定义的是 DTE 和 DCE 之间的传输信号。对同一信号引脚而言，若 DTE 一侧为输出，则 DCE 一侧为输入，反之亦然。通常信号名称是从 DTE 角度出发命名的。表 8-3 和表 8-4 分别列出了 DB-25 和 DB-9 连接器的引脚定义。

设备互连　图 8-18 给出了微机与调制解调器之间，以及微机与微机之间的 RS-232C 典型连接。由于微机通信中大多使用全双工方式，因此 RTS 和 CTS 这一对用于请求/应答联络的信号很少使用。RTS 与本方的 CTS 直接相连使 CTS 总是处于有效状态。

RS-232C 接口虽然被广泛使用，但它存在一些不足之处。例如，其信号幅度大，增加了线间的相互干扰；传输距离较短，传输速率也较低；使用非平衡的发送器和接收器，容易受

地线电平的干扰，且接口无测试控制功能等。为弥补 RS-232C 的不足，EIA 于 1977 年提出了适合于远距离高速传输的 RS-449 标准。

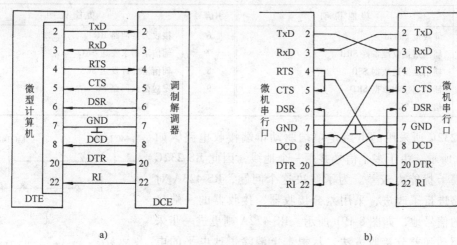

a)　　　　　　　　　　　　　　　　b)

图 8-18　RS-232C 典型连接

a）微机与调制解调器连接　b）微机与微机连接

表 8-3　RS-232 的信号定义

引脚号	功能说明	引脚号	功能说明
1	保护地	14	辅信道 TxD
2	发送数据（TxD）	15	发送信号单元定时（数据通讯设备 DCE 为源）
3	接收数据（RxD）	16	辅信道 RxD
4	请求发送（RTS）	17	接收信号单元定时（DCE 为源）
5	清除发送（CTS）	18	未定义
6	数据设备准备好（DSR）	19	辅信道 RTS
7	信号地	20	数据终端准备好（DTR）
8	数据载波检测（DCD）	21	信号质量检测
9	保留供数据通讯设备测试	22	振铃指示（RI）
10	保留供数据通讯设备测试	23	数据信号速率选择（DTE/DCE 为源）
11	未定义	24	发送信号单元定时（DTE 为源）
12	辅信道 DCD	25	未定义
13	辅信道 CTS		

表 8-4　PC DB-9 异步串行接口的引脚分配

引脚号	功能	引脚号	功能
1	接收信号检测 DLSD	6	数据设备就绪 DSR
2	接收数据 RD	7	请求发送 RTS
3	发送数据 TD	8	清除发送 CTS
4	数据终端就绪 DTR	9	振铃指示 RI
5	信号地		

2. RS-449/422A/423A　RS-449 标准有两个电气特性不同的子集，分别为 RS-422A 和 RS-423A，它们的机械特性和引脚功能均相同，有 37 针和 9 针两种连接器。37 针连接器有

主信道和辅信道两个信道，而9针连接器只有辅信道。9针连接器的引脚定义见表8-5。

表 8-5　9 针连接器的引脚定义

引脚号	功 能 说 明	引脚号	功 能 说 明
1	屏蔽地 Shield	6	接收公共回路 RC
2	辅信道接收准备好 SRR	7	辅信道请求发送 SRC
3	辅信道发送数据 SSD	8	辅信道允许发送 SCS
4	辅信道接收数据 SRD	9	发送公共回路 SC
5	信号地 SG		

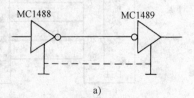

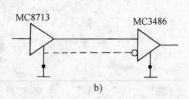

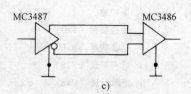

图 8-19　三种电气接口电路
a) RS-232　b) RS-423A
c) RS-422A

RS-232C 所采用的电路是单端驱动单端接收电路，如图 8-19a 所示。由于多个信号共用一个地线，因此 RS-232C 的抗共模干扰能力较差。为了解决这个问题，RS-423A 对上述电路进行了改进，采用差分接收器，接收器的一端接发送端的信号地，如图 8-19b 所示。RS-422A 则更进一步采用平衡驱动和差分接收方法，从根本上消除了地电平的电位差问题，其收发电路见图 8-19c。

基于这些改进，RS-449 的两个接口标准提供了距离更远，速度更高的传输特性。其中，RS-423A 的最大传输距离为 600km，最高传输速率为 300bit/s；RS-422A 的最大传输距离为 1200m，最高传输速率为 10Mbit/s。RS-449 以其传输距离远、速率高和抗干扰能力强等特点，常见于工业控制和电气控制系统。但由于使用习惯等原因，RS-449 标准并没有取代 RS-232C 标准。

8.2.3　可编程串行通信接口芯片 8251A 及其应用

8251A 是一个通用串行输入/输出接口芯片，可用来为 8086/8088 CPU 提供同步和异步串行通信接口，因此也称为通用同步/异步接收发送器（USART）。它能将并行输入的 8 位数据转换成逐位输出的串行信号，也能将串行信号输入数据转换成并行数据，一次传送给处理机。

8.2.3.1　8251A 芯片内部结构及引脚

8251A 由发送器、接收器、数据总线缓冲器、读/写控制电路及调制解调控制电路等 5 部分组成。8251A 的内部结构框图如图 8-20 所示。引脚图如图 8-21 所示。

1. 发送器　8251A 的发送器包括发送缓冲器，发送移位寄存器（并转串）及发送控制电路 3 部分。需发送的数据经内部总线锁存到发送缓冲器中。如果采用同步方式，则在发送数据之前，发送器将自动送出一个或两个同步字符（SYN）。然后，移位寄存器把数据逐位串行输出。如果采用异步方式，则由发送控制电路在数据首尾加上起始位及停止位，然后从起始位开始，经移位寄存器从数据输出线 TxD 逐位串行输出。移位寄存器的输出速率由 TxC 引脚的时钟决定。

当发送器做好接受数据的准备时，由发送控制电路向 CPU 发出 TxRDY 有效信号，通知 CPU 可以向 8251A 输出数据。如果 8251A 与 CPU 之间采用中断方式传送数据，则 TxRDY 可

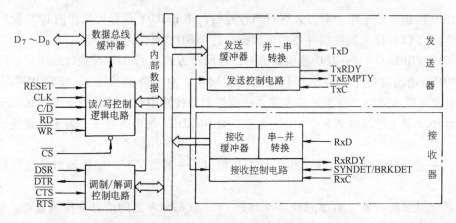

图 8-20 8251A 的内部结构框图

作为向 CPU 发出的中断请求信号。

发送器的有关引脚信号如下：

TxD——数据发送线，输出串行数据。

TxRDY——发送器准备好信号，输出线，高电平有效。高电平表示 8251A 已初始化，或发送缓冲器中的数据已经送往移位寄存器，发送缓冲器可以接受新的并行数据。一但 CPU 向 8251A 写入待发送字符后，TxRDY 便变为低电平。

TxEMPTY——发送器空闲信号，输出线，高电平有效。该信号有效表示移位寄存器中的数据已经全部送出。发送缓冲器和发送移位寄存器构成发送器的双缓冲结构，因此在发送器发送串行数据的同时，可对之写入待发送数据。即在 TxEMPTY 为低电平期间，只要 TxRDY 为高电平，CPU 就可以向 8251A 写入待发送数据。

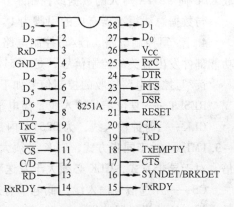

图 8-21　8251A 的引脚图

$\overline{\text{TxC}}$——发送器时钟输入线。对于同步方式，$\overline{\text{TxC}}$ 的时钟频率等于发送数据的波特率。对于异步方式，波特率由软件定义，可以是 $\overline{\text{TxC}}$ 的 1 倍、1/16 或 1/64。1 倍发送时，$\overline{\text{TxC}} \leqslant$ 64kHz；1/16 时，$\overline{\text{TxC}} \leqslant 310\text{kHz}$；1/64 时，$\overline{\text{TxC}} \leqslant 615\text{kHz}$。

2. 接收器　8251A 的接收器包括接收缓冲器，接收移位寄存器及接收控制电路 3 部分。外部串行数据从 RxD 端逐位进入移位寄存器中。如果是同步方式，则要检测同步字符，确认已经达到同步，接收器才开始接收数据。如果是异步方式，则识别并删除起始位和停止位。当一组数据接收完毕，便把移位寄存器中的数据并行送入接收缓冲器。这时，RxRDY 引脚输出高电平，表示接收器已准备好数据，等待向 CPU 输出。接收缓冲器和接收移位寄存器构成接收器的双缓冲结构，在接收移位寄存器把已经接收完毕的数据送入接收缓冲器后，移位寄存器又可以马上接收新的串行数据。接收数据的速率由 RxC 端输入的时钟频率决定。

与接收器有关的引脚信号如下：

RxD——数据接收线，输入串行数据。

RxRDY——接收器准备好，输出线，高电平有效。该信号有效表示接收缓冲器已有数据等待向 CPU 输出。若采用中断方式进行串行通信，则 RxRDY 信号可用作向 CPU 发出的中断请求信号。当 CPU 读取接收缓冲器中的数据后，RxRDY 便变为低电平。

SYNDET/BRKDET——双功能引脚。对于内同步方式，当 RxD 端接收到指定的同步字符时，SYNDET 输出高电平，表示接收器已达到同步。对于外同步方式，SYNDET 是输入引脚，用于输入同步字符。对于异步方式，接收控制器检测串行线路是处于工作状态还是间断状态，当 RxD 端上连续收到 8 个 '0' 电平，则 BRKDET 输出高电平，表示线路处于间断状态。

$\overline{RxC}$——接收器时钟输入线，作用与 TxC 相似。一般情况下，接收器时钟应与发方送时钟一致。

3. 数据总线缓冲器　数据总线缓冲器是 CPU 与 8251A 之间信息交换的通道。它包含 3 个 8 位缓冲寄存器，其中两个分别用来存放 8251A 接收器所接收的数据和 8251A 的状态。CPU 通过执行 IN 指令，可以从这两个寄存器中读取数据字或状态字。另一个缓冲寄存器存放 CPU 向 8251A 写入的数据或控制字。

与数据总线缓冲器有关的引脚为 $D_7 \sim D_0$，通常与系统数据总线相连。

4. 读/写控制电路　读/写控制电路用来接收控制总线的控制信号，并向 8251A 内部各功能部件发出有关的控制信号，是 8251A 的内部控制器。

读/写控制电路接收的控制信号如下：

RESET——复位信号输入线，高电平有效。8251A 复位后收发线路处于空闲状态。

CLK——时钟输入线，为 8251A 内部提供定时信号。允许输入的时钟频率范围为 0.74 ~3.1MHz。对于同步方式，CLK 必须大于发送时钟（TxC）和接收时钟（RxC）频率的 30 倍。对于异步方式，CLK 必须大于发送和接收时钟的 4.5 倍。

$\overline{CS}$——片选信号输入线，低电平有效。$\overline{CS}$ 有效，表示该 8251A 芯片被选中，通常 $\overline{CS}$ 信号由端口地址译码器获得。

$\overline{RD}$ 和 $\overline{WR}$——读和写控制信号输入线，低电平有效。

$C/\overline{D}$——控制/数据选择信号，输入线。通常与 CPU 的 A_0 引脚相连，与片选信号一起确定 8251A 的控制端口和数据端口地址。

由 $\overline{CS}$、$C/\overline{D}$、$\overline{RD}$ 和 $\overline{WR}$ 信号的组合可确定 8251A 的操作，如表 8-6 所示。

表 8-6　$\overline{CS}$，$C/\overline{D}$、$\overline{RD}$ 和 $\overline{WR}$ 信号的组合确定 8251A 操作

$\overline{CS}$	$C/\overline{D}$	$\overline{RD}$	$\overline{WR}$	操　作
0	0	0	1	CPU 读 8251A 数据
0	1	0	1	CPU 读 8251A 状态
0	0	1	0	CPU 向 8251A 写数据
0	1	1	0	CPU 向 8251A 写控制字
0	X	1	1	8251A 数据总线浮空
1	X	X	X	8251A 未被选中

5. 调制解调控制电路　在进行远距离串行通信时，8251A 输出的串行数据要经过调制器将数字信号转换成模拟信号，然后通过电话线路传送，接收端再通过解调器把模拟信号转换成数字信号送给 8251A 串行输入。为实现与调制解调器的连接，8251A 提供了以下接口信号：

$\overline{DTR}$——数据终端准备好，输出线，低电平有效。此信号有效表示 CPU 已准备好接收数据。

$\overline{DSR}$——数据装置准备好，输入线，低电平有效。此信号有效表示调制解调器已准备好向 8251A 输出数据。$\overline{DSR}$ 是调制解调器对 $\overline{DTR}$ 的回答信号，CPU 可以通过读 8251A 状态寄存器，检测其中的 DSR 位，DSR 位为'1'则表示 $\overline{DSR}$ 信号有效。

$\overline{RTS}$——请求发送，输出线，低电平有效。此信号有效表示 CPU 已准备好发送数据，CPU 可通过写 8251A 控制字，将 RTS 位置'1'，使 $\overline{RTS}$ 有效。

$\overline{CTS}$——允许发送，输入线，低电平有效。此信号有效表示调制解调器已准备好接收来自 CPU 数据。$\overline{CTS}$ 是调制解调器对 $\overline{RTS}$ 的回答信号。只有在 $\overline{CTS}$ 有效，且控制字中的 TxEN = 1 时，8251A 的发送器才可发送数据。

8.2.3.2 8251A 的工作方式及控制字

8251A 是可编程的通用同步/异步接收发送器，在使用前，必须由 CPU 写入一组控制字来设定它的工作方式、字符格式和传送速率等。

1. 方式选择控制字　8251A 的方式选择控制字格式如图 8-22 所示。

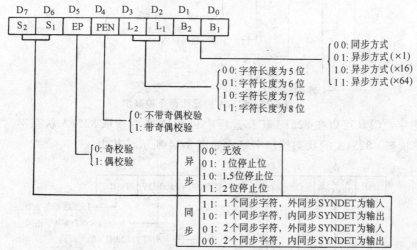

图 8-22　8251A 的方式选择控制字格式

其中 B_2B_1 位用来定义 8251A 采用同步方式还是异步方式，对于异步方式 B_2B_1 位还用来确定传送速率。×1 表示时钟频率与波特率相同，发送波特率等于 TxC，接收波特率等于 RxC，TxC 和 RxC 可以不同。×16 表示时钟频率是波特率的 16 倍。×64 表示时钟频率是波特率的 64 倍。

L_2L_1 位用来定义数据字符的长度，长度可以是 5、6、7 或 8 位。PEN 位用来定义是否带奇偶校验。在 PEN = 1 的情况下，由 EP 位确定采用奇校验还是偶校验。

S_2S_1 位在异步方式中定义停止位的长度是 1、1.5 还是 2 位。在同步方式中，S_1 位用来定义是外同步还是内同步，S_2 位用来定义是单同步还是双同步。

2. 命令控制字　命令控制字用于控制 8251A 执行发送、接收和内部复位等操作，其格式如图 8-23 所示。

其中：TxEN——允许发送位。TxEN = 1，允许发送；TxEN = 0，禁止发送。

DTR——数据终端准备就绪位。该位置 1 将使 8251A 的 $\overline{DTR}$ 引脚输出低电平。

RxE——接收允许位。RxE＝1，接收器才通过 RxD 线接收外部串行数据，否则禁止接收。

SBRK——发送间断信号位。对 SBRK 置 1，使 TxD 输出低电平作为间断信号。正常通信过程中，应使 SBRK 位保持为 0。

ER 位——清除错误标志位。8251A 设置有 3 个错误标志，分别是奇偶校验错误标志 PE，越界错误标志 OE 和帧校验错误标志 FE。对 ER 置 1 将对 PE、OE 和 FE 同时清零。

RTS——请求发送位。该位置 1，将使 8251A 的 $\overline{RTS}$ 引脚输出低电平。

IR——内部复位位。对 IR 置 1，将使 8251A 回到等待方式选择控制字状态。

EH——同步方式启动位。EH 置 1 使 8251A 进入搜索同步字符状态。在同步接收方式中，必须使 RxE＝1，EH＝1，且 ER＝1，接收器才能开始搜索同步字符。

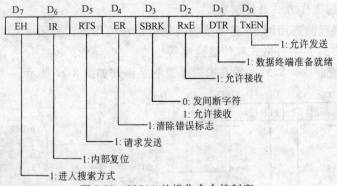

图 8-23　8251A 的操作命令控制字

3. 状态字　CPU 可以在 8251A 工作过程中利用 IN 指令读取 8251A 状态字，判断 8251A 当前的工作状态。8251A 的状态控制字格式如图 8-24 所示。其中：

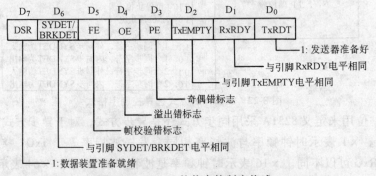

图 8-24　8251A 的状态控制字格式

TxRDY——发送缓冲器准备好标志，它与 TxRDY 引脚的意义有一些区别。TxRDY 状态标志为"1"只反映当前发送缓冲器已空，而 TxRDY 引脚为"1"除表示发送缓冲器已空外，还反映 CTS＝0 和 TxEN＝1，亦即允许发送。

RxRDY、TxEMPTY、SYNDET/BRKDET——与同名引脚的状态完全相同，可供 CPU 查询。

DSR——数据装置准备好。与对应引脚状态相同，DSR＝1，表示外设或调制解调器已准备好发送数据。

PE——奇偶校验错误位。PE＝1 时，表示发生了奇偶校验错误，但收发器不停止工作。

由方式字的 ER 位置 1 而与 OE、FE 位同时清 0。

OE——溢出错误标志位。OE = 1 时，表示 CPU 没有来的及将上一个字符读走，下一个字符已接收完毕，新的字符已覆盖未读走的字符。在发生溢出错误时，8251A 仍继续进行接收工作。

FE——帧校验错误标志位。FE 标志只在异步方式中有效。FE = 1 时，表示未能检测到停止位，8251A 不停止工作。

4. 8251A 的编程　8251A 在复位之后，要根据需要对之进行初始化编程，将相应的控制字写入方式控制寄存器和命令寄存器。由于 8251A 内部这两个寄存器的端口地址相同，而方式选择字和命令字又没有相应的特征标志区别，因此必须按照规定顺序写入，8251A 根据写入的顺序把控制字送往方式控制寄存器和命令寄存器。8251A 初始化编程流程图如图 8-25 所示，复位后写入的第一个控制字为方式选择控制字，其他情况下写入的控制字为命令控制字。在 8251A 初始化后，要改变其工作方式，必须先写入命令控制字，令命令字的 IR 位为'1'，即令 8251A 内部复位，再写入方式选择控制字。

对于同步方式，在写完方式选择控制字后，还要写入相应的同步字符。

8.2.3.3　8251A 应用举例

例 8-7　利用 8251A 可以在两个微机间实现串行通信。双机通信电路示意图如图 8-26 所示，可采用异步或同步方式实现单工、双工或半双工通信。以查询方式、异步传送、双工方式为例，一方定义为发送方，另一方定义为接收方。发送方 CPU 每次查询到发送缓冲器空时，则向 8251A 并行输出一个字节数据；接收方 CPU 每次查询到接收缓冲器满时，则从 8251A 并行输入一个字节数据，直至全部数据传送完为止。

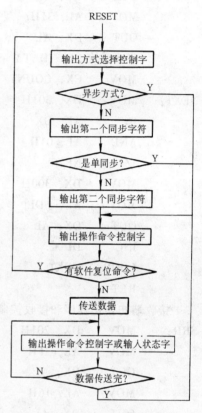

图 8-25　8251A 初始化编程流程图

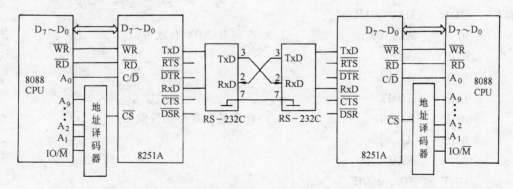

图 8-26　双机通信电路示意图

解　设发送端 8251A 的控制端口地址为 301H，数据端口地址为 300H。发送数据块首地址 TDATA，发送字节数据个数 COUNT。接收端 8251A 的控制端口地址为 201H，数据端口地址为 200H。接收数据块首地址 RDATA。

发送端初始化程序与发送控制程序段如下所示：

```
STT:    MOV    DX, 301H
        MOV    AL, 7FH              ; 将 8251A 定义为异步方式
        OUT    DX, AL               ; 8 位数据位, 1 位停止位, 偶校验
        MOV    AL, 31H              ; 取波特率系数为 64, 允许发送
        OUT    DX, AL
        LEA    DI, TDATA            ; 设置发送指针和计数值
        MOV    CX, COUNT
NEXT:   MOV    DX, 301H
        IN     AL, DX               ; 查询 TxRDY 有效否？
        AND    AL, 01H
        JZ     NEXT
        MOV    DX, 300H             ; 向 8251A 输出一个字节数据
        MOV    AL, [DI]
        OUT    DX, AL
        INC    DI
        LOOP   NEXT
        RET
```

接收端初始化程序和接收控制程序如下所示：

```
SRR:    MOV    DX, 201H
        MOV    AL, 7FH              ; 初始化 8251A
        OUT    DX, AL
        MOV    AL, 16H
        OUT    DX, AL
        LEA    DI, RDATA            ; 设置接收数据块指针和计数值
        MOV    CX, COUNT
COMT:   MOV    DX, 201H
        IN     AL, DX               ; 查询 RxRDY 有效否？
        ROR    AL, 1
        ROR    AL, 1
        JNC    COMT
        ROR    AL, 1                ; 查询是否有奇偶校验错
        ROR    AL, 1
        JC     ERR
        MOV    DX, 200H
        IN     AL, DX               ; 输入一个字节到接收数据块
        MOV    [DI], AL
```

         INC   DI
         LOOP   COMT
         RET

其中 ERR 为出错处理程序入口。

8.3   可编程定时器/计数器 8253/8254

微型计算机控制系统中，往往需要定时信号以实现定时或延时控制，如计算机内存中的动态存储器的定时刷新、系统日历时钟的计数、控制系统的定时检测、定时采样、定时扫描等等。同时，计算机控制系统也常常需要计数功能，实现对外部事件的计数。

通常，定时信号的产生有软件和硬件两种方法。软件定时，是让机器执行一个延时子程序。这种方法通用、灵活，节省硬件，但占用了 CPU 的时间，降低了 CPU 的利用率。硬件定时，是采用逻辑电路实现定时，其最突出的优点是定时/计数不占用 CPU 的时间，大大提高 CPU 的利用率。硬件定时电路有不可编程和可编程两种。不可编程的硬件定时电路较简单，通过改变电路参数可在一定范围内改变定时时间，但通用性、灵活性较差。可编程硬件定时电路，具有定时、计数功能，且可由程序灵活设定定时值和定时范围，功能较强、使用灵活。硬件定时芯片 Intel 8253/8254 是微机系统中广泛采用的可编程定时器/计数器芯片。本节主要介绍 8253 原理及使用并简单介绍 8254 的主要特点。

8253 为可编程定时器/计数器，其主要功能：一片 8253 上有 3 个独立的 16 位计数器通道，可作为定时器或计数器使用；每个计数器都可设定为按照二进制或二进制编码的十进制（BCD）计数；计数率可高达 2.6MHz；每个通道有 6 种工作方式，可由程序设置和改变；所有的输入/输出都与 TTL 兼容。

8.3.1   8253 的内部结构及引脚

8253 的内部结构框图及引脚如图 8-27 所示。

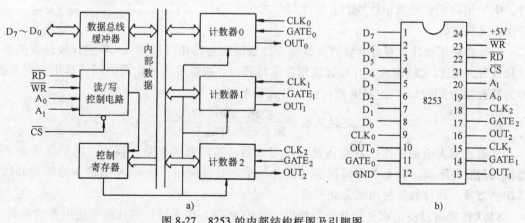

图 8-27   8253 的内部结构框图及引脚图

a) 内部结构框图   b) 引脚图

8.3.1.1   8253 的内部结构

8253 内部由与 CPU 的接口部分、内部控制部分和 3 个计数器组成。

1. 数据总线缓冲器   这是 8253 与 CPU 数据总线的接口，为一个 8 位双向三态缓冲器。

CPU 用输入/输出指令对 8253 进行读写操作时，数据都经过这个缓冲器传送，这些操作包括对 8253 写入控制字、对任一通道计数器写入计数初值和 CPU 读任一计数器的计数值。

2. 读/写逻辑电路 这是 8253 内部操作的控制电路，负责接收来自 CPU 的地址信号和控制信号，完成对 8253 内部各功能的控制和操作。注意，接收到的片选信号为未选中时，读写逻辑被禁止。此时，8253 的数据总线缓冲器呈高阻状态，CPU 与 8253 之间不能传递信息，但芯片内的计数器现行计数工作仍在进行，不受电平的影响。

3. 控制字寄存器 控制字寄存器存放初始化时由 CPU 写入 8253 的控制字。该控制字定义了每个通道的工作。控制字寄存器只能写入，不能读出。

4. 计数器 0、1 和 2 8253 有 3 个定时器/计数器通道，称为计数器 0、计数器 1 和计数器 2。每个计数器的操作是完全独立的。各计数器的结构相同，其核心是一个 16 位可预先置数的递减计数器，图 8-28 为计数器结构示意图。它包括：16 位的计数初值寄存器 CR，16 位的计数执行部件 CE 和 16 位的输出锁存器 OL。计数初值寄存器 CR 存放由 CPU 编程设定的计数初值，输出锁存器 OL 一般情况下跟随 CE 内容变化，在接到 CPU 发来的锁存命令时锁存。CR 和 OL 都没有计数的功能，只起锁存作用，二者共同占用一个端口地址，CPU 用 OUT 指令向 CR 预置计数初值，用 IN 指令读出 OL 的数值。计数执行部件 CE 以递减方式计数，其操作方式受控制寄存器控制，CE 不能被 CPU 访问，不占用端口地址。

每个计数器有一个时钟脉冲或计数脉冲输入端 CLK、一个控制输入端 GATE 以及一个输出端 OUT。

计数器的基本操作过程：CPU 对计数器初始化，写入控制字和计数初值，计数初值写入计数初值寄存器 CR。触发计数工作时，CR 内容送入计数执行部件 CE，由计数执行部件 CE 对 CLK 端输入的脉冲进行减 1 计数，减 1 结果同时送入 OL 锁存。控制端 GATE 对计数操作起开关作用或触发作用。CE 中的数计到 0 时，OUT 输出一信号表示计数到。输出信号的形式由工作方式决定。

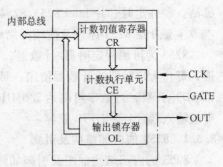

图 8-28 计数器结构示意图

计数通道用作计数器时，计数次数作为计数值在初始化时预置入 CR 中，被计数的事件以脉冲方式由 CLK 端输入。计数通道用作定时器时，根据要求的定时时间计算出定时系数，作为计数值预置入 CR。定时系数可由以下式子求得：

$$定时系数 = \frac{要求的定时时间}{输入的时钟脉冲周期}$$

计数通道无论是用作计数器还是用作定时器，其内部操作是一样的，区别在于由 CLK 端输入的脉冲不同，以是否为周期信号区分。作定时器使用，由 CLK 端输入的脉冲必须是周期性信号，作计数器使用则无此要求。

8253 作定时器使用或是作计数器使用，取决于 CLK 输入脉冲的性质和使用者的需要。

8.3.1.2 8253 的外部引脚

8253 是 24 引脚的双列直插式芯片，其引脚可分为两部分：与 CPU 连接的引脚和与外部连接的引脚。

1. 与 CPU 连接的引脚

（1）数据线 $D_7 \sim D_0$　这是与 CPU 数据线连接的引脚，为双向三态线，用于与 CPU 传递信息。一次传递一个 8 位信息。

（2）控制线 $\overline{RD}$、$\overline{WR}$、$\overline{CS}$、A_1 和 A_0——与 8255A 比较，除没有复位信号 RESET 外，其余都相同。$\overline{RD}$、$\overline{WR}$ 用于控制 8253 的读写操作，$\overline{CS}$ 用于选中芯片，A_1 和 A_0 用于选择芯片上的计数器通道或控制寄存器，其定义见表 8-7。

表 8-7　A_1、A_0 的定义

A_1	A_0	端　口	A_1	A_0	端　口
0	0	计数器 0	1	0	计数器 2
0	1	计数器 1	1	1	控制寄存器

$\overline{RD}$、$\overline{WR}$、$\overline{CS}$、A_1 和 A_0 信号与 8253 基本操作的关系见表 8-8。

表 8-8　$\overline{RD}$、$\overline{WR}$、$\overline{CS}$、A_1 和 A_0 信号与 8253 基本操作的关系

$\overline{CS}$	A_1	A_0	$\overline{RD}$	$\overline{WR}$	寄存器选择和操作
0	0	0	1	0	写入计数器 0
0	0	1	1	0	写入计数器 1
0	1	0	1	0	写入计数器 2
0	1	1	1	0	写入控制寄存器
0	0	0	0	1	读计数器 0
0	0	1	0	1	读计数器 1
0	1	0	0	1	读计数器 2
0	1	1	0	1	无操作
1	X	X	X	X	未选中 8253
0	X	X	1	1	无操作

2. 与外部连接的引脚　8253 与外部连接的引脚有 9 条，分为 3 组，对应 3 个计数器。每组有输入引脚 CLK、GATE 和输出引脚 OUT。

CLK——时钟输入引脚。计数器对从该引脚输入的脉冲信号进行计数。输入的脉冲信号可以由系统时钟或系统时钟分频提供，也可以由其他脉冲源提供。CLK 脉冲可以是周期一定的，也可以是周期不定的。

8253 工作于定时器时，输入脉冲必须是周期精确的。工作于计数器时，输入脉冲可以是周期精确的或是周期不精确的。当输入脉冲是周期精确时，计数器的输出是一个将输入脉冲分频后的周期精确的信号。当然输入脉冲周期不定，则输出的周期自然是不确定的。

8253 规定，加在 CLK 引脚上的输入时钟周期不小 380ns。

GATE——门控脉冲输入引脚，是控制计数器工作的外部信号。GATE 为低电平时，禁止计数器工作；GATE 为高电平时，允许计数器工作，即 GATE 可启动或停止计数器减 1 操作。

OUT——计数到/定时时间到脉冲输出引脚。当计数器计数到 0 时，在 OUT 引脚上必定有输出。输出的波形可以是方波、电平或脉冲，由计数器的工作方式决定。

8.3.2 8253 的控制字

1. 控制字　在 8253 的初始化编程中，第一个写入 8253 的一定是一个方式控制字，由它规定 8253 的工作方式。方式控制字的格式如图 8-29 所示，它由 4 个部分组成，分别是计数器选择、设定计数值读/写格式、工作方式选择和计数制选择。

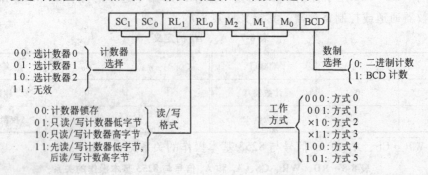

图 8-29　方式控制字的格式

SC_1、SC_0——选择计数器。8253 有 3 个独立的计数器通道，SC_1、SC_0 确定该控制字应写入哪一个计数器通道。

RL_1、RL_0——计数器读/写格式。CPU 向计数器写入计数初值或读取当前计数值操作有几种不同格式。这是因为，CPU 对某个计数器的读写操作事实上是对计数初值寄存器 CR 或输出锁存器 OL 的访问。CR 和 OL 均为 16 位，而 CPU 与 8253 的通信以 8 位进行。因此，对计数值的写入和读取分为仅写入或读取低位字节、仅写入或读取高位字节和写入或读取整个16 位（用两次操作实现）。这由方式控制字的 RL_1、RL_0 决定。

$RL_1RL_0 = 01$，仅读取 OL 或写入 CR 的低位字节，CR 的高位字节自动为 0。

$RL_1RL_0 = 10$，仅读取 OL 或写入 CR 的高位字节，CR 的低位字节自动为 0。

$RL_1RL_0 = 11$，读取 OL 或写入 CR，先读/写低位字节，后读/写高位字节。

$RL_1RL_0 = 00$，计数器锁存命令，使当前计数值在输出锁存器中锁存。

M_2、M_1、M_0——工作方式选择。8253 的每个计数器可以有 6 种工作方式，由 M_2、M_1、M_0 这 3 个位状态决定。

BCD——计数数制选择。8253 的每个计数器有两种计数值方式：二进制和二进制编码的十进制，由 BCD 位决定。

BCD = 0，计数器按二进制计数，计数初值范围 0000 ~ FFFFH。最小值为 1，对应的计数初值为 0001H；最大值为 $2^{16} = 65536$，对应的计数初值为 0000H。

BCD = 1，计数器按二进制编码的十进制计数，计数初值范围 $0000 \sim 9999_{BCD}$。最小值为 1，对应的计数初值为 0001H；最大值为 $10^4 = 10000$，对应的计数初值为 0000H。

2. 8253 的读/写操作

（1）8253 的写入操作　写入操作包括设置控制字、设置计数初值和设置锁存命令。

在使用计数器前，需先编程设定其工作状态，称为初始化。初始化首先写入方式控制字，随后写入计数初值，计数初值的写入按照控制字中 RL_0、RL_1 所规定的格式写入。8253规定控制字写入 8253 的控制寄存器端口，计数初值写入计数器端口。

锁存命令是一个特殊形式的控制字，其 $D_7 D_6$ 位指定要锁存的计数器，$D_5 D_4 = 00$，低 4

位可为全 0。锁存命令写入控制寄存器端口，它是为配合 8253 的读出操作而使用的。

（2）8253 的读出操作　这是 CPU 读取计数器当前计数值的操作。

读出操作通常可用于计数器计数的实时显示、实时检测和实时处理。在计数器计数的过程中，输出锁存器 OL 跟随计数执行部件 CE 的变化而变化。在接到 CPU 发来的锁存命令时，当前计数值锁存于 OL 而不再变化，保持至 CPU 用输入指令读取该计数器端口的 OL 值后，输出锁存器自动解除锁存状态（注意重新初始化计数器也可以解除锁存）。值得注意的是：在锁存和 CPU 读取期间，计数执行部件 CE 的减 1 计数不受影响。因此，在发出计数器锁存命令后，不管什么时间读，读到的是锁存命令发出时的计数值。读数前若发了两次锁存命令，读到的是第一次锁存时的计数值，第二次的锁存命令无效。

下面是对计数器 2 读数据的程序段，设 8253 的 4 个端口地址为 70H～73H，且初始化时，已设置计数器 2 为先读/写低字节后读/写高字节。

```
MOV     AL，80H      ；发出计数器 2 锁存命令
OUT     73H，AL
IN      AL，72H      ；读 OL 的低 8 位
MOV     CL，AL
IN      AL，72H      ；读 OL 的高 8 位
MOV     CH，AL
```

由此可见，输出锁存器为 16 位，而 CPU 对 8253 的读写操作一次为一个 8 位信息，所以对 OL 的读取要用两条 IN 指令实现。若在读操作前不使用锁存命令，则在读取过程中，OL 的内容随 CE 内容变化，读到的值可能是一个不正确的结果。这就是为什么在读操作前必须先使用锁存命令的原因。

CPU 对 8253 的读操作也可不锁存，直接用 IN 指令进行，但需要先用门控 GATE 信号暂停计数器的计数，或用外部逻辑禁止计数器的 CLK 脉冲输入，即先停止计数后读取。这要求内部和外部、软件和硬件相配合，使用起来有一定困难。

8.3.3　8253 的工作方式

8253 的提供 6 种工作方式供选择。不同的工作方式，对于计数的启动或停止、输出的波形、门控脉冲 GATE 对计数的影响、计数过程中改变计数初值的影响以及下一轮计数的开始等几方面都不尽相同，以下对各工作方式就以上几方面作说明。

不论何种工作方式，都遵循几条基本原则：

1）控制字写入计数器，所有的控制逻辑电路立即复位，输出端进入初始状态。

2）初始计数值写入后，经过一个 CLK 脉冲，才由计数初值寄存器 CR 送入计数执行部件 CE 开始计数。在输入脉冲 CLK 的下降沿，计数器作减 1 计数。

3）通常，在输入脉冲 CLK 的上升沿，门控信号 GATE 被采样。不同的工作方式，GATE 信号的触发方式有不同规定，电平触发、边沿触发或两种触发方式都允许。

电平触发方式下，在 CLK 的上升沿瞬间检测 GATE，若随后 GATE 变化，则要到下一个 CLK 脉冲的上升沿，变化了的 GATE 才被接受，计数才受新的 GATE 电平控制。由此可见，门控信号至少要保持一个 CLK 周期，否则，此门控信号将为无效。

边沿触发方式下，要依靠一个上升沿置 1 的触发器记忆门控脉冲的触发。8253 内部的边沿触发器就是用于检测门控脉冲的上升沿，而由计数器控制逻辑电路在每个 CLK 脉冲的

240

上升沿对边沿触发器采样，检测边沿触发器是否被门控脉冲触发过。所以，当门控脉冲上升沿到来时，使边沿触发器置位，在下一个脉冲的上升沿时，边沿触发器被采样，随后被复位。可见，边沿触发可以是正脉冲也可以是负脉冲，且脉冲宽度可以很窄。

4）8253 内部没有中断控制电路，也没有专用的中断请求线，若需中断，可将 OUT 端信号作为中断请求信号。但注意，不能用程序实现对该中断允许或禁止。因而，通常作为中断请求信号的 OUT 信号应经外部的中断优先权排队电路接至 CPU 的 INTR，由外部电路实现对该中断的管理。

1. 方式 0——计数结束中断

方式 0 下，控制字 CW 写入控制字寄存器后，计数器的输出 OUT 端变低。在写入计数初值后，若门控信号 GATE 为高电平，计数器开始计数。计数过程中，OUT 端一直维持低电平，直到计数到 0 时，OUT 端变高电平。图 8-30 为方式 0 计数过程的波形图，其中 LSB = 4 表示只写低 8 位计数值为 4，最底一行为计数器中计数值寄存器 CE 变化的数值。

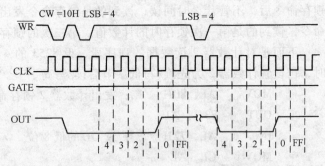

图 8-30　方式 0 计数过程的波形图

方式 0 的工作特点：

1）当减 1 计数计到 0 后，CE 不重装，即不能自动恢复计数初值而重新开始计数，输出 OUT 一直保持高电平。只有重新设置计数初值或重新写入方式 0 控制字 CW 和计数初值 CR 后，计数器才开始新的计数。因此，方式 0 下计数初值一次有效，要继续计数，必须重新写入计数初值。

2）8253 的内部操作是在 CPU 写计数值的 $\overline{WR}$ 信号上升沿将计数值送入计数初值寄存器 CR，随后 8253 将计数值从 CR 送到计数执行部件 CE，计数器开始计数，但第一个脉冲并不使计数器减 1，要在下一个 CLK 脉冲才开始减 1。即若计数初值为 N，则输出 OUT 是在写入 CR 后 N + 1 个 CLK 脉冲之后才变高的。输出 OUT 在写入计数值 N 后的 N + 1 个 CLK 脉冲后变化这个特点在方式 4 和方式 5 也是同样的。

3）GATE = 1，允许计数器计数，GATE = 0，禁止计数。GATE 对计数影响分两种情况：第一种写入计数初值后，GATE = 0，CR 内容送入 CE，但不计数，直到 GATE = 1 才开始计数。第二种在计数过程中，GATE = 0，则计数停止，GATE 变高后，计数器继续计数。因而，门控信号可控制计数的暂停。GATE 信号的作用如图 8-31 所示。

4）计数过程中可改变计数值。若新的计数初值是 8 位的，则在写入计数器后，计数器立即按新的计数值重新开始计数，计数过程中改变计数值的影响如图 8-32 所示。若新的计数值

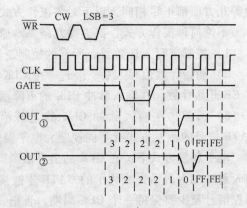

图 8-31　GATE 信号的作用

①—方式 0 输出　②—方式 4 输出

为 16 位，在写入第一字节后，计数器停止计数，写入第二字节后，计数器立即按新的计数值重新开始计数。

例 8-8 设 8253 的端口地址为 70H ~ 73H，若计数器 0 工作在方式 0，用二进制计数，计数次数为 130 次，试编写初始化程序。

解 程序段如下：

```
MOV     AL, 10H
OUT     73H, AL     ;控制字送入控
                     制字寄存器
MOV     AL, 82H
OUT     70H, AL     ;计数初值送至
                     计数器 0
```

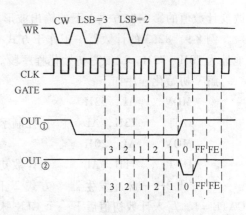

图 8-32　计数过程中改变计数值的影响
①—方式 0 输出　②—方式 4 输出

2. 方式 1——可编程单拍脉冲　方式 1 下，CPU 写入控制字后，输出 OUT 变高。写入计数初值后，待门控脉冲 GATE 出现由 0 到 1 的正跳变，计数初值装入计数执行部件 CE，下一个 CLK 脉冲，输出 OUT 变低，计数器开始减 1 计数，减至 0，输出 OUT 变高，从而，输出了一个单拍脉冲，如图 8-33 所示。若 GATE 又有一个正跳变，计数重新开始，再输出一个单拍脉冲。因而，方式 1 是由外部门控脉冲（硬件）触发启动定时或计数。

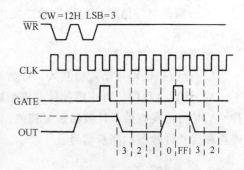

图 8-33　方式 1 波形图

方式 1 的工作特点：

1）若设置的计数值为 N，则输出单拍脉冲宽度为 N 个 CLK 脉冲周期宽。

2）由外部硬件信号触发启动计数，当计数到 0 后，可由外部硬件再次触发启动，输出一个同样宽度的单拍脉冲。即计数初值可自动重装，由外部信号启动计数。

3）计数过程中，允许 GATE 再触发，输出 OUT 仍保持低电平。再触发后的下一个 CLK 脉冲，计数器重新开始计数，减至 0 后，输出 OUT 变高。可见，计数过程中外部再触发，使单拍脉冲宽度加宽。

4）计数过程中，CPU 再次写入新的计数初值，计数过程不受影响。计数至 0 后，输出 OUT 变高。若 GATE 再次触发启动，计数器才按新的计数值计数，即新的计数值下次计数有效。

GATE 信号的作用及计数过程中

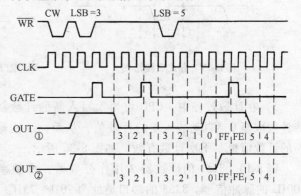

图 8-34　GATE 信号的作用及计数过程中改变计数值的影响在方式 1 下的输出波形
①—方式 1 输出　②—方式 5 输出

改变计数值的影响在方式 1 下的输出波形如图 8-34 中的①所示。

例 8-9 8253 的计数器 1 工作于方式 1，计数值为 20，按 BCD 数计数。设 8253 的端口地址为 70H～73H，试编写初始化程序段。

解 初始化程序如下：

```
MOV     AL, 53H
OUT     73H, AL      ; 控制字送入控制寄存器
MOV     AL, 20H
OUT     71H, AL      ; 计数初值送入计数器 1
```

3. 方式 2——脉冲发生器　方式 2 下，CPU 写入控制字后，输出 OUT 为高电平。若 GATE = 1，写入计数初值后下一个 CLK 脉冲开始计数。计数过程中，OUT 一直保持高电平，当减至 1 时，OUT 变低，一个 CLK 时钟周期后，计数值减至 0，输出 OUT 恢复高电平，且自动恢复计数初值重新开始计数，连续不断。可见，方式 2 可连续工作，输入 N 个 CLK 脉冲，输出 OUT 端输出一个脉冲。若 CLK 为一定频率的周期信号，则 OUT 端输出对 CLK 信号 N 次分频的脉冲信号。常用作脉冲发生器，或用于产生实时时钟中断。方式 2 波形图如图 8-35 所示。

方式 2 的工作特点：

1）计数初值可自动重新装入，计数连续工作。

2）计数过程中，可用门控脉冲重新启动计数。计数过程中，GATE = 0，现行计数暂停，待 GATE 由低变高后，计数器恢复初值，重新开始计数，如图 8-36 所示。GATE 信号可用作停止和启动计数器的同步信号。

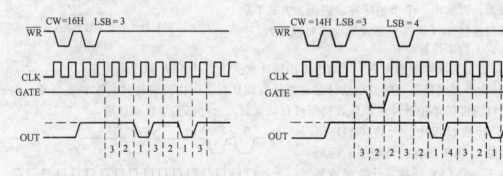

图 8-35　方式 2 波形图　　　　　　图 8-36　方式 2 时 GATE 信号的作用及计数
　　　　　　　　　　　　　　　　　　　　　　　　过程中改变计数值的影响

3）在计数过程中，CPU 可再次写入新的计数初值，但对正进行的计数过程没有影响。待计数减至 0，自动装入新的计数值，从而，改变输出脉冲的频率。可见，与方式 1 相同，新的计数值也是下次计数有效，如图 8-36 所示。

例 8-10 8253 的计数器 2 用作分频器，将频率为 1.19MHz 的输入脉冲转变成频率为 500Hz 的脉冲信号。8253 的端口地址为 70H～73H。试编写初始化程序段。

解 依题意，计算分频系数 $N = \dfrac{1.19 \times 10^6}{500} = 2380 = 094CH$，则其初始化程序段为：

```
MOV     AL, 0B4H
OUT     73H, AL      ; 控制字送入控制寄存器
```

```
MOV      AL, 4CH
OUT      72H, AL                ;计数值低 8 位送入计数器 2
MOV      AL, 09H
OUT      72H, AL                ;计数值高 8 位送入计数器 2
```

4. 方式 3——方波发生器　方式 3 与方式 2 相似，计数器能连续计数，输出周期性波形。但方式 3 中，输出波形在计数过程中一半为高电平，一半为低电平。若计数值为 N，则输出将是周期为 N 个输入脉冲的方波（或近似方波）。方式 3 常用作波特率发生器。

方式 3 下，CPU 写入控制字后，输出 OUT 变高，写入计数初值后开始计数，计数至一半时，输出 OUT 变低，至计数到 0，输出 OUT 又变高，开始第二轮的计数。

方式 3 的工作特点：

1）计数值可为偶数或奇数，在计数处理时略有不同。当计数值 N 为偶数时，因每个 CLK 脉冲使计数值减 2，因此，N 为偶数时，输出一定是占空比为 1:1 的方波，如图 8-37a 所示。

当计数值 N 为奇数时，在前半波多计一个 CLK 脉冲，因此，N 为奇数时，输出为占空比 $\left[\dfrac{N+1}{2}:\dfrac{N-1}{2}\right]$ 的近似方波，如图 8-37b 所示。

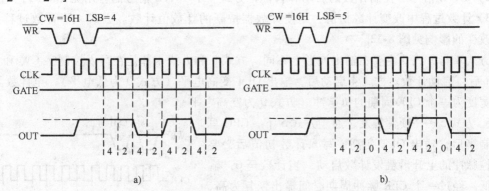

图 8-37　方式 3 波形图
a）计数值为偶数　b）计数值为奇数

2）GATE 信号对输出 OUT 起同步控制作用。GATE = 1，允许计数，在计数过程中，GATE = 0，则停止计数，输出 OUT 变高。GATE 由低变高后，计数器重新装入初值，开始计数。如图 8-38 所示。

3）计数过程中 CPU 可再次写入新的计数初值，但不影响现行计数过程。在下一个输出周期按新的计数值输出。若写入新的计数值，且 GATE 有一正跳变，则当前输出周期停止，在下一 CLK 脉冲装入新的计数值并开始计数。

例 8-11　8253 的计数器 1 工作于方式 3，计数次数 2000 次，按 BCD 数计数。试编写初始化程序段。8253 的端口地址同例 8-9。

解　初始化程序如下：

```
MOV      AL, 67H
OUT      73H, AL                ;控制字送入控制寄存器。
MOV      AL, 20H
```

OUT　　　71H，AL　　　　　　　　；计数值送入计数器 1 的高 8 位，低 8 位为 0。

5. 方式 4——软件触发选通　方式 4 下，CPU 写入控制字后，输出 OUT 变高。写入计数初值后，若 GATE = 1，计数器开始减 1 计数。计数到 0，输出 OUT 变低，经过一个 CLK 时钟周期，输出 OUT 又变高，计数停止，如图 8-39 所示。

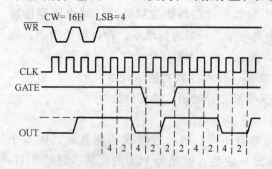

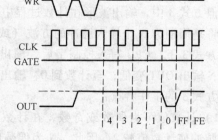

图 8-38　方式 3 时 GATE 信号的作用　　　　　图 8-39　方式 4 波形图

方式 4 和方式 0 都是软件触发计数启动。它们的相似之处：

1）计数值一次有效，要继续计数，必须重新写入计数值；

2）GATE 信号可控制计数的启动和暂停，方式 4 下 GATE 信号的作用见图 8-31；

3）计数过程中改变计数初值，则使计数器按新的计数值计数。方式 4 下计数过程中计数值改变的影响见图 8-32。

方式 4 与方式 0 主要在输出波形上不同。方式 0 和方式 4 都是在写入控制字 CW 和计数值 CR 后，启动计数。方式 4 启动后，输出 OUT 变高电平（方式 0 为低电平），至计数为 0，输出宽度为一个 CLK 周期的负脉冲（方式 0 为变高电平）。

6. 方式 5——硬件触发选通　方式 5 下，CPU 写入控制字后，输出 OUT 变高。写入计数初值后，要由门控脉冲的上升沿触发计数启动，当计数至 0，输出变低，经过一个 CLK 脉冲周期时间输出恢复为高，停止计数。门控脉冲的再次触发又可启动计数器计数。方式 5 波形图如图 8-40 所示。

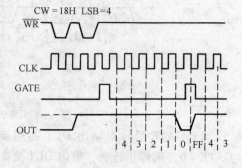

图 8-40　方式 5 波形图

方式 5 和方式 1 都是硬件触发工作。它们的相似之处：

1）由 GATE 的上升沿触发计数启动，GATE 下降沿和低电平不影响计数。

2）计数过程中，GATE 的上升沿使计数器重新开始计数。

3）一次计数完毕，计数初值可恢复，但须由外部硬件信号启动。

4）计数过程中改变计数初值，需待新的门控脉冲触发，才按新的计数值计数。

方式 5 和方式 1 主要在输出 OUT 波形不同。方式 1 和方式 5 在写入 CW 和 CR 后，都是由 GATE 的上升沿触发。方式 5 在触发后，计数器输出 OUT 变高（方式 1 为变低），计数到 0，输出宽度为一个 CLK 时钟周期的负脉冲（方式 1 为变高）。

GATE 信号的作用及计数过程中改变计数值的影响在方式 5 下的输出波形如图 8-34 中的②所示。

7. 8253 几种工作方式特点总结　8253 有 6 种工作方式，不同的方式有不同的输出波形，各有特点，应用于不同场合。其中方式 0（计数结束中断）和方式 4（软件触发选通）的工作相似，都由软件触发计数启动。方式 1（可编程单拍脉冲）和方式 5（硬件触发选通）的工作相似，都由硬件触发计数启动。方式 2（脉冲发生器）和方式 3（方波发生器）的共同特点是具有自动再装入能力，可重复计数，因而可作为周期信号发生器。表 8-9 列出了各种工作方式的输出波形以及输出波形与计数值 N 的关系，表 8-10 列出了各种工作方式的特点比较，根据前面的叙述，读者可自行理解。

表 8-9　输出波形与计数值 N 的关系

工作方式	输出波形与计数值 N 的关系	输出波形
方式 0	写入 N 后，经过 N + 1 个 CLK 脉冲输出变高	N … 0
方式 1	单拍脉冲的宽度为 N 个 CLK 脉冲	N … 1
方式 2	每 N 个 CLK 脉冲，输出宽度为一个 CLK 的负脉冲	N … 2 1 N
方式 3	写入 N 后，输出 $\begin{cases} \dfrac{N}{2}\text{个 CLK 高电平，} \dfrac{N}{2}\text{个 CLK 低电平（N 为偶数）} \\ \dfrac{N+1}{2}\text{个 CLK 高电平，} \dfrac{N-1}{2}\text{个 CLK 低电平（N 为奇数）} \end{cases}$	$\frac{N}{2}$ $\frac{N}{2}$
方式 4	写入 N 后过 N 个 CLK，输出宽度为 1 个 CLK 的负脉冲	N … 1 0
方式 5	门控触发后，过 N + 1 个 CLK，输出宽度为 1 个 CLK 的脉冲	N … 1 0

表 8-10　各种工作方式的特点比较

工作方式	计数启动方式	计数值使用	CATE = 0 或下降沿	GATE 上升沿	GATE 高电平	改变计数值
方式 0(计数结束中断)	软件	一次有效	禁止计数	—	允许计数	立即有效
方式 1(可编程单脉冲)	硬件	可重装 外部触发后再计数	—	启动计数	—	外部触发后有效
方式 2(脉冲发生器)	软/硬件	自动重装 自动再计数	禁止计数	启动计数	允许计数	计数到 1 后有效
方式 3(方波发生器)	软/硬件	自动重装 自动再计数	禁止计数	启动计数	允许计数	计数到 0 后有效
方式 4(软件触发选通)	软件	一次有效	禁止计数	—	允许计数	立即有效
方式 5(硬件触发选通)	硬件	可重装 外部触发后再计数	—	启动计数	—	外部触发后有效

8.3.4 8253 的编程应用

1. 8253 的初始化　在使用任一计数器通道时，必须先对该计数器进行初始化。

初始化程序首先向计数器写入方式控制字，控制字必须写入控制字端口。其次，向计数器写入计数初值，计数初值写入对应的计数器端口。注意，在写入方式控制字后，任何时刻都可以向计数器端口写入计数初值，但写入计数初值必须严格遵守 RL_0、RL_1 的规定。若初始使用时定义了 $RL_0 RL_1 = 11$，应向计数器写入两个字节的计数初值，先写入低 8 位，后写入高 8 位。此后，如方式控制字没改变，仅改变计数初值时，也应写入两字节的计数初值。例如：

```
MOV    AL, 0B8H    ; 计数器 2 工作于方式 4，计数初值为 16 位，按二进制计数
OUT    46H, AL
MOV    AX, 2080H
OUT    44H, AL     ; 计数初值低 8 位写入计数器 2
MOV    AL, AH
OUT    44H, AL     ; 计数初值高 8 位写入计数器 2
...
MOV    AX, 094CH
OUT    44H, AL     ; 重新写入计数初值低 8 位
MOV    AL, AH
OUT    44H, AL     ; 重新写入计数初值高 8 位
```

2. 8253 的应用

例 8-12　设某 8086 系统中包含一片 8253 芯片，其系统结构示意图如图 8-41 所示。要求 8253 完成以下功能：

1）利用计数器 0 实现计数功能，计满 50 次向 CPU 发出中断请求。

2）利用计数器 1 产生频率为 1kHz 的方波。

3）利用计数器 2 作定时时钟，定时周期为 1s。

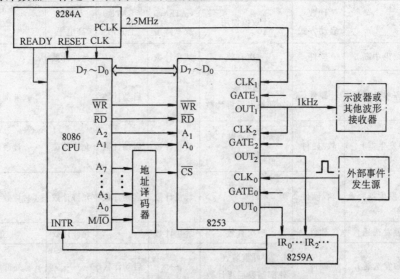

图 8-41　含 8253 的 8086 系统结构示意图

图 8-41 中，8253 的数据线与 8086 CPU 的低 8 位数据线相连，因此，要求 8253 的 4 个端口都必须为偶地址（$A_0 = 0$）。所以 8253 的 A_1、A_0 与 8086 CPU 的 A_2、A_1 相连，而 8086 CPU 的引脚 A_0 应固定为 0 参加高位地址译码，译码器产生片选信号给 8253 的 $\overline{CS}$，从而保证 CPU 访问 8253 端口地址为偶地址。假设 8253 的地址为 70H、72H、74H、76H，系统中 8259A 的地址为 20H、22H。

由图 8-41 中各计数器外部连接以及系统对 8253 的要求，列出各计数器的工作状态见表 8-11。

表 8-11　各计数器的工作状态

计数器	工作方式	输入 CLK	输出 OUT	GATE	计数值	方式控制字
0	方式 0 计数	外部源	接 8259A 的 IR_0	1	32H	00010000
1	方式 3	时钟脉冲（2.5MHz）	方波（1kHz）	1	09C4H	01110110
2	方式 2 定时	方波（1kHz）	接 8259A 的 IR_2	1	1000	10100101

初始化程序段如下：

```
CCC        SEGMENT
           ASSUME   CS：CCC
ST：        MOV      DX, 76H
           MOV      AL, 10H          ；设置计数器 0 方式控制字
           OUT      DX, AL
           MOV      DX, 70H
           MOV      AL, 32H          ；计数值写入计数器 0
           OUT      DX, AL
           MOV      DX, 76H
           MOV      AL, 76H          ；设置计数器 1 方式控制字
           OUT      DX, AL
           MOV      DX, 72H
           MOV      AX, 09C4H        ；计数值写入计数器 1
           OUT      DX, AL
           MOV      AL, AH
           OUT      DX, AL
           MOV      DX, 76H
           MOV      AL, 0A5H         ；设置计数器 2 方式控制字
           OUT      DX, AL
           MOV      DX, 74H
           MOV      AL, 10H          ；计数值写入计数器 2
           OUT      DX, AL
           MOV      DX, 20H          ；8259A 初始化，定义计数器 0、2 的中断类型码
           MOV      AL, 13H          ；为 50H 和 52H，屏蔽除 IR_0 和 IR_2 外的所有中断
           OUT      DX, AL
```

```
        MOV         DX, 22H
        MOV         AL, 50H
        OUT         DX, AL
        MOV         AL, 01H
        OUT         DX, AL
        MOV         AL, 0FAH
        OUT         DX, AL
DONT:   STI                          ; 开中断
          ⋮
        JMP         DONT
CCC     ENDS
        END
```

另外，本例中未列出的两个中断服务程序：一是对计数器 0 发出的计数到中断进行处理；二是对计数器 2 发出的定时 1s 到中断进行处理，应视具体问题而编制程序。

此例中，应用了 8253 计数器级连方法。分析一下，系统提供了频率为 2.5MHz 的周期脉冲源，要产生频率为 1Hz 的定时时钟，则定时系数为 2500000，超过 8253 一个计数器最大计数值，这说明用一个计数器是不能实现。通常解决的办法是两个计数器级连，将前一个计数器的输出信号 OUT 作为后一个计数器的输入 CLK，通过两级分频实现超过 2^{16} 的计数。

两计数器级连的定时系数等于两计数器计数值的乘积，如此例中，计数器 1 的计数值为 2500，计数器 2 的计数值为 1000，级连的定时系数为 2500000。

例 8-13　用 8253 监视一个生产流水线，每通过 100 个工件，扬声器响 5s，频率为 2kHz。

解　图 8-42 为 8253 与设备的连接示意图。图中工件从光源与光敏电阻之间通过时，晶体管的发射极上会产生 1 个脉冲，将此脉冲作为计数器 0 的输入脉冲 CLK，当计数器 0 计数满 100 时，由 OUT_0 输出负脉冲作为 8253 的一个中断请求输入（如接 IR_2），手动开关或继电器用于允许或停止计数。在中断服务程序中，启动 8253 计数器 1 工作，由 OUT_1 连续输出 2000Hz 的方波，持续 5s 后，由 8255A 的 PA_0 控制停止工作。

由上述要求，设置计数器 0 工作于方式 2 完成计数功能，计数值为 100 = 64H，产生的中断接 8259A 的 IR_2。设置计数器 1 工作于方式 3 完成输出方波，输入时钟脉冲 CLK 为 2.5MHz，输出的方波频率为 2kHz，因而计数值为：

$$计数值 = \frac{定时时间}{输入时钟脉冲周期} = \frac{1/2kHz}{1/2.5MHz} = 1250 = 04E2H$$

设 8253 各端口地址分别为 60H、61H、62H、63H。8255A 端口 A 地址为 80H，8259A 的偶地址端口为 20H。8253 的初始化程序及中断服务程序如下：

```
C_SEG SEGMENT
        ASSUME    CS: C_SEG
          ⋮
; 8253 初始化
```

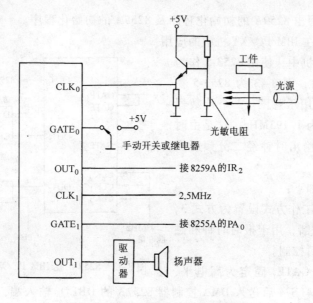

图 8-42　8253 与设备的连接示意图

```
        MOV     AL, 14H     ; 设置计数器 0 方式控制字
        OUT     63H, AL
        MOV     AL, 64H     ; 计数值写入计数器 0
        OUT     60H, AL
        STI                 ; 开中断
DONE:   HLT                 ; 等待中断
        JMP     DONE
; 8253 中断服务程序
        MOV     AL, 01H     ; 计数器 1 的 GATE₁ 置 1，允许计数
        OUT     80H, AL
        MOV     AL, 76H     ; 设置计数器 1 方式控制字
        OUT     63H, AL
        MOV     AX, 04E2H   ; 计数值写入计数器 1
        OUT     61H, AL
        MOV     AL, AH
        OUT     61H, AL
        CALL    DL5S        ; 调用延时 5s 子程序
        MOV     AL, 0       ; 计数器 1 的 GATE₁ 置 0，停止计数
        OUT     80H, AL
        MOV     AL, 20H
        OUT     20H, AL
        IRET
C_SEG   ENDS
        END
```

此程序中，未写出 8259A 的初始化程序及 8255A 的初始化程序。

例 8-14 8253 在 IBM PC/XT 机中的应用

在 IBM PC/XT 机中，使用 8253-5 作为定时器/计数器电路，图 8-43 为 8253-5 在 IBM PC/XT 中的应用示意图。3 个计数器的输入时钟脉冲都为 1.193MHz，这是由时钟发生器 8284A 的输出时钟经二分频后提供的。

各计数器工作如下：

1）计数器 0 工作方式设置为方式 3，产生约 55ms 定时中断，用于报时时钟和磁盘驱动器的马达定时控制。

2）计数器 1 GATE$_1$ 固定为高电平，

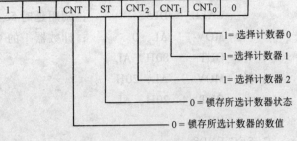

图 8-43 8253-5 在 IBM PC/XT 中的应用示意图

其输出端 OUT$_1$ 经 74LS74 后送入 DMA 控制器 8237A 的 DREQ$_0$ 输入端，8237 的通道 0 用于对动态 RAM 进行刷新。因此，8253 计数器 1 设置为方式 2，用以产生约 15μs 定时脉冲信号，启动刷新动态存储器。

3）计数器 2 GATE$_2$ 由 8255A 的 PB$_0$ 控制，其输出端 OUT$_2$ 与门输出，滤去高频信号后送扬声器，与门由 8255A 的 PB$_1$ 控制。工作方式设置为方式 3，输出为频率 1kHz 的方波。

8253-5 的端口地址为 40H~43H，由上述要求，计数器 0 的方式控制字为 36H，二进制计数，计数初值 0000（2^{16} = 65536），因而，输出的脉冲周期为：2^{16}/1.193MHz≈55ms。计数器 1 的方式控制字为 54H，二进制计数，计数初值 12H，因而，输出的脉冲周期为 18/1.193MHz≈15μs。计数器 2 的方式控制字为 B6H，二进制计数，计数初值为 4A9H，输出频率为 1kHz 的方波。

改变计数器 2 的计数初值可改变扬声器的发声频率，且可以通过控制 8255A 的 PB$_0$ 及 PB$_1$ 来控制发声的断续，从而组合出变化多样的声音效果。

8.3.5 8254 芯片

8254 芯片是 8253 芯片的改进型，因此，8254 的引脚定义与 8253 的完全相同，在使用 8253 的系统中，都可以用 8254 取代，对 8253 的编程同样也适用于 8254。8254 的改进主要在两个方面：

1）允许的计数频率提高了。8253 的计数频率在 0~2.6MHz 范围内，而 8254 则高得多，计数频率在 0~10MHz 范围；

2）多了一个读回命令。8254 除包含 8253 的全部命令外，还具有读回命令。该命令用于读取当前计数值和状态寄存器中的状态信息，其格式如图 8-44 所示。读回命令写入控制字寄存器端口。

读回命令字中，D_7D_6 = 11 和 D_0 = 0 作为该命令的特征位。

| 1 | 1 | CNT | ST | CNT$_2$ | CNT$_1$ | CNT$_0$ | 0 |

- 1= 选择计数器 0
- 1= 选择计数器 1
- 1= 选择计数器 2
- 0 = 锁存所选计数器状态
- 0 = 锁存所选计数器的数值

图 8-44 8254 的读回命令

$D_3D_2D_1$ 用于指明该命令对哪个计数器有效。任一位为 1 将指定该位对应的计数值或状态信息锁存待读，3 个位中可同时有两个位以上为 1，表示可以同时命令两个以上的计数值或状态信息锁存待读。

D_0 位是计数值锁存位。$D_5 = 0$ 表示将由 $D_3D_2D_1$ 选择的计数器的计数值分别在对应的 OL 中锁存。对相应的计数器执行输入指令可读回 OL 中的值并解除 OL 的锁定状态。注意，对未解除锁定状态的计数器再次发来读回命令，则新的读回命令对计数器的锁存值 OL 没有影响。

D_4 位是锁存计数器状态信息位。$D_4 = 0$ 锁存相应计数器的状态信息。对相应的计数器执行输入指令，可读回一个如下所示的一字节状态字：

D_7	D_6	D_5	D_4	D_3	D_2	D_1	D_0
OUT	NULL	RL1	RL0	M2	M1	M0	BCD

其中 $D_5 \sim D_0$ 为写入该计数器的控制字相应部分。D_7 表示该计数器的输出引脚状态。输出 OUT 为高电平，$D_7 = 1$；输出为低电平，$D_7 = 0$。D_6 表示计数初值寄存器 CR 的内容是否已装入计数执行部件 CE。若发读回命令时，CR 中的值未装入 CE，则 $D_6 = 1$，否则，$D_6 = 0$。

当读回命令的 D_5D_4 为 00 时，表示计数值和状态信息均待读，计数值和状态信息的读出都使用输入指令，且都是对应计数器的端口地址，区分它们的方法是输入次序。第一次输入指令读出的是状态信息，接着的一条或两条输入指令将读出锁存的计数值。

8.4 数/模转换

计算机本身识别和处理的是一种离散的数字信号，称之为数字量。而实际的控制系统中，电压、电流等随时间连续变化的物理量称为模拟量。为了利用计算机实现对一个实际系统的控制和检测，数字量与模拟量间的转换是必不可少的环节。数/模（D/A）转换器是将数字量信号转换为模拟量信号的器件。

8.4.1 概述

1. D/A 转换原理　D/A 转换器的主要部件为电阻开关网络，其中以 R-2R 梯形电阻网络最常见。采用 R-2R 'T' 形电阻网络的 D/A 转换器结构图如图 8-45 所示。它由电阻网络、模拟开关、基准电压和运算放大器组成，其中电阻网络中只有 R 和 2R 两种阻值。且图中 X_i 各点的对地等效电阻为 R，因此，X_3、X_2、X_1、X_0 各点对应的电压分别为 V_{REF}、

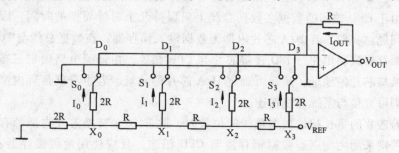

图 8-45　采用 R-2R 'T' 形电阻网络的 D/A 转换器结构图

$\frac{1}{2}V_{REF}$、$\frac{1}{4}V_{REF}$、$\frac{1}{8}V_{REF}$。模拟开关由输入的二进制数字的各位 D_i 决定，当 D_i 为 0 时，S_i 接地，支路电流 I_i 流向实地端；当 D_i 为 1 时，S_i 接至运算放大器虚地端，支路电流 I_i 流向运算放大器虚地端。各支路电流分别为 $\frac{1}{2R}V_{REF}$、$\frac{1}{4R}V_{REF}$、$\frac{1}{8R}V_{REF}$、$\frac{1}{16R}V_{REF}$。

由此，当运放器放大倍数足够大时，输出电压为：

$$V_{OUT} = I_{OUT} \times R = -\sum_{i=0}^{3} I_i \times R$$

$$= -\left(D_3 \frac{1}{2}V_{REF} + D_2 \frac{1}{4}V_{REF} + D_1 \frac{1}{8}V_{REF} + D_0 \frac{1}{16}V_{REF} \right) = -\frac{V_{REF}}{2^4} \sum_{i=0}^{3} 2^i D_i$$

当 T 形电阻网络的支路为 n 时，输出电压 $V_{OUT} = \frac{V_{REF}}{2^n} \sum_{i=0}^{n-1} 2^i D_i$。可见输出电压绝对值正比于数字量 D。

2. D/A 转换器的主要性能指标

(1) **分辨率** 分辨率是 D/A 转换器对微小输入量变化的敏感程度的描述，换句话说分辨率即 D/A 转换器所能分辨的最小电压增量，转换器的位数越多，分辨率也就越高。因此，分辨率也常用 D/A 转换器数字量的位数表示，如 8 位、12 位、16 位等。例如 8 位 D/A 转换器，若满刻度为 5V，则分辨率为 5V/256 ≈ 20mV，即该 D/A 转换器可分辨 20mV 的电压变化。

(2) **转换精度** 转换精度指 D/A 转换器实际输出电压与理论值之间的误差。一般采用数字量的最低有效位 LSB 作为衡量单位。例如 ±LSB/2。转换精度与标准电源精度、电阻网络的电阻精度、增益误差等有关。

(3) **建立时间** 指给 D/A 转换器加满刻度变化时，输出达到满刻度值 ±LSB/2 并稳定时所需时间。一般几纳秒至几微秒。

(4) **线性误差** D/A 转换的两个相邻数据之差为 1，因此，数字量连续变化输出的模拟量应按比例变化，即理想的 D/A 转换器应是线性的，但实际输出有误差。把实际输出特性偏离理想转换特性的最大值定义为线性误差。

3. D/A 转换器与微处理器的连接原则

D/A 转换器的种类很多，按芯片输出量分有电压型和电流型；按与 CPU 不同连接方式分有内部不带/带数据输入锁存器；按芯片字长分有 8 位、10 位、12 位等。在设计与微处理器的接口时，主要与 D/A 转换器内部是否带有数据锁存器、输入数据的位数有关。

首先，由于 CPU 输出的数据在数据总线上只保持几个时钟周期的时间，因此必须考虑数据的锁存问题。一般，若 D/A 芯片内部无数据输入锁存器，在数据总线与 D/A 芯片间增加三态数据锁存器或利用并行 I/O 接口芯片与 CPU 相连，由译码电路确定三态数据锁存器或并行 I/O 接口芯片的地址，从而可确定 D/A 芯片的地址。若本身就带有内部数据输入锁存器的芯片则可直接与系统总线相连。

其次，若芯片的字长超过数据总线的位数时，除非 D/A 转换芯片内部带有两级数据输入锁存器，否则采用两个三态数据锁存器与 CPU 相连，且应使用两级锁存器。这是因为，当芯片的字长超过数据总线的位数时，CPU 必须通过执行两条输出指令将数据送往两个锁存器，而第一次的输出指令将会使 D/A 转换器产生一次非期望的 D/A 转换，从而导致 D/A 输出的毛刺。解决的办法是采用两级锁存。12 位 D/A 转换芯片经两级数据锁存器与 CPU 的连接示意图如图 8-46 所示。

8.4.2　D/A 转换芯片

D/A 转换芯片 DAC0832 是广泛使用的 8 位电流型 D/A 转换芯片，内部带有两级锁存器，提供三种工作方式。电流建立时间为 $1\mu s$。

1. 内部结构和引脚

DAC0832 芯片的内部结构示意图如图 8-47a 所示，包括：8 位输入寄存器、锁存控制信号 $\overline{ILE}$；8 位 DAC 寄存器，锁存控制信号为 $\overline{XFER}$；8 位 D/A 转换器。

DAC0832 的引脚如图 8-47b 所示，20 引脚，双列直插式（DIP）封装。其各引脚信号如下：

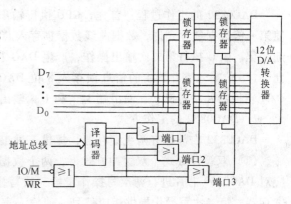

图 8-46　12 位 D/A 转换芯片经两级数据锁存器与 CPU 的连接示意图

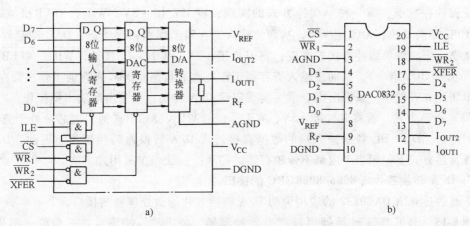

图 8-47　DAC0832 芯片的内部结构示意图及引脚图

a) 内部结构示意图　b) 引脚图

$\overline{CS}$	片选信号，低电平有效。
ILE	输入寄存器允许锁存信号，高电平有效。
$\overline{WR_1}$	写信号 1，低电平有效。当 ILE = 1 时，$\overline{CS} = 0$ 和 $\overline{WR_1}$ 由低变高时，数据输入端的数据锁存入输入寄存器。
$\overline{XFER}$	传送控制信号，低电平有效。
$\overline{WR_2}$	写信号 2，低电平有效。当 $\overline{XFEF} = 0$，$\overline{WR_2}$ 由低变高时，将输入寄存器中的数据装入 DAC 寄存器，并同时启动一次转换。
$DI_7 \sim DI_0$	8 位数据输入端。
I_{OUT1}、I_{OUT2}	模拟电流输出。一般 $I_{OUT1} + I_{OUT2} =$ 常数。
R_f	反馈电阻引脚。

V_{REF}	基准电压输入端，其值可在 $-10 \sim +10V$ 之间。
V_{CC}	芯片电源电压，其值可在 $-5 \sim +15V$ 之间。
AGND、DGND	模拟信号地、数字信号地。

DAC0832 的工作过程：首先，CPU 执行输出指令产生 DAC 芯片的 $\overline{CS}$ 和 $\overline{WR_1}$ 有效信号，使第一级数据锁存允许，数据总线数据锁存入芯片的 8 位输入寄存器。但此时输出端并未跟随变化。CPU 执行第二次输出操作，产生 DAC 芯片的 $\overline{XFER}$ 和 $\overline{WR_2}$ 有效信号，使第二级锁存允许，8 位输入寄存器中的信息锁存入 8 位 DAC 寄存器，使其输出端跟随变化，同时 8 位 D/A 转换器开始转换，在输出端 I_{OUT1} 和 I_{OUT2} 输出。

2. DAC0832 的工作方式

DAC0832 内部带有两级锁存器，提供三种工作方式。

（1）双缓冲方式 双缓冲方式下，两个数据寄存器锁存信号由 CPU 分别提供，即 CPU 应对 DAC0832 芯片进行两次写操作：第一次写操作提供数据及相应信号，将数据写入输入寄存器；第二次写操作提供相应信号，使输入寄存器内容写入 DAC 寄存器，从而实现 D/A 转换。双缓冲方式使芯片的数据接收和启动转换异步进行，可在 D/A 转换的同时接收下一数据。

（2）单缓冲方式 此方式是使芯片的两级锁存器中的任一个处于直通状态，另一个则处于受控锁存状态。第一种单缓冲方式的实现：将 ILE 接 $+5V$，$\overline{WR_2}$、$\overline{XFER}$ 接地，$\overline{WR_1}$、$\overline{CS}$ 由 CPU 提供（执行 OUT 指令），从而使输入寄存器工作在锁存状态，DAC 寄存器工作在直通状态。第二种单缓冲方式的实现：将 ILE 接 $+5V$，$\overline{WR_1}$、$\overline{CS}$ 接地，$\overline{WR_2}$、$\overline{XFER}$ 由 CPU 提供（执行 OUT 指令），从而使输入寄存器工作在直通状态，DAC 寄存器工作在锁存状态。

单缓冲方式仅用一条输出指令就可实现启动 D/A 转换，在输出端输出模拟量。

（3）直通方式 若将 ILE 接 $+5V$，$\overline{WR_1}$、$\overline{CS}$、$\overline{WR_2}$、$\overline{XFER}$ 接地，则芯片处于直通工作方式。此时，$DI_7 \sim DI_0$ 数据输入端的数据直接进入 D/A 转换器转换输出。因此，DAC0832 工作在直通方式下，相当于内部不带锁存器的芯片。一般很少采用此方式。

8.4.3 D/A 转换芯片与 8086/8088CPU 的接口

下面通过介绍 DAC0832 的应用说明 D/A 转换芯片与微处理器的接口。

例 8-15 利用 D/A 转换器可以产生各种波形，如方波、梯形波、三角波、锯齿波等。要求在 8088 CPU 系统中的 DAC0832 输出 $1 \sim 3V$ 之间变化的三角波。

解 首先确定 DAC0832 作为单缓冲方式工作，将 $\overline{WR_2}$、$\overline{XFER}$ 接地，使 DAC 寄存器直通。DAC0832 单缓冲方式连接示意图如图 8-48 所示。

基准电压 V_{REF} 接 $-5V$，则 DAC0832 经运算放大器的输出范围为 $0 \sim 5V$，若输出电压要求在 $1 \sim 3V$ 之间变化，1V 所对应的数字量应为 $1V \times 256/5V = 51.2 \approx 33H$，3V 所对应的数字量应为 $3V \times 256/5V = 153.6 \approx 99H$。当 CPU 输出给 DAC0832 的数字量从 33H 开始加一递增至 99H 后，变为减一递减至 33H，又再加一递增，循环不断，则运算放大器输出端为 $1 \sim 3V$ 之间变化的三角波。

程序段如下：

```
        MOV     AL, 32H
LP1：   INC     AL
        OUT     70H, AL
```

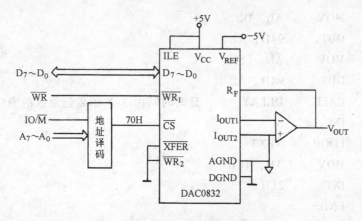

图 8-48　DAC0832 单缓冲方式连接示意图

```
        CMP     AL, 99H
        JB      LP1
LP2：   DEC     AL
        OUT     70H, AL
        CMP     AL, 33H
        JA      LP2
        JMP     LP1
```

此程序段产生连续的三角波，三角波的周期可以调整，如上面的程序在输出指令后面加一条调用延时子程序指令即可。

D/A 转换器也可连接为双极性输出，使输出在 $-V_{REF} \sim +V_{REF}$ 之间变化。

例 8-16 用两片 DAC0832 组成 X-Y 模拟电压输出接口，将一组采样数据转换后在 X-Y 函数记录仪上画出数据曲线。

解　首先确定两芯片的工作方式。X 轴为自然数 1，2，…，N，Y 轴为采样数据。为实现 X、Y 轴同步，应尽可能使 X、Y 轴数据同时进行 D/A 转换。因此，作 X 轴的 DAC0832 工作于双缓冲方式，作 Y 轴的 DAC0832 工作于单缓冲方式。两片 DAC0832 连接示意图如图 8-49 所示。程序如下：

```
DATA        SEGMENT
TES         DB    a0, a1, a2, …, a19
COUNT       EQU   $ - TES
DATA        ENDS
CODE        SEGMENT
            ASSUME  CS：CODE, DS：DATA
            MOV     AX, DATA
            MOV     DS, AX
            LEA     SI, TES
            MOV     CX, 14H
            MOV     DL, 0
NEXT：      INC     DL
```

```
        MOV     AL, DL
        OUT     94H, AL
        MOV     AL, [SI]
        OUT     98H, AL
        CALL    DELAY       ；延时时间由 X-Y 函数记录仪的响应速度决定
        INC     SI
        LOOP    NEXT
        MOV     AH, 4CH
        INT     21H
CODE    ENDS
        END
```

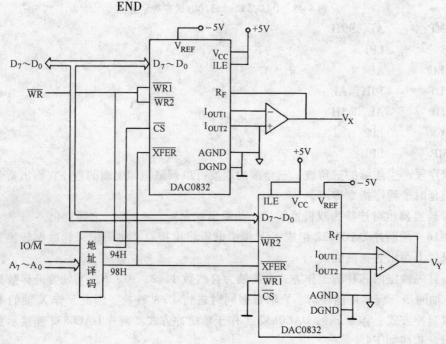

图 8-49 两片 DAC0832 连接示意图

8.5 模/数转换

模/数（A/D）转换器是将模拟量转换为数字量的器件。送入 A/D 转换器的模拟量应该是电流或电压等电信号。至于温度、湿度、光强度等非电量的模拟量可通过传感器转换为电信号后再送入 A/D 转换器转换。

8.5.1 概述

1. 模/数（A/D）转换方法 实现模/数转换的方法很多，常用的有逐次逼近式、双积分式、V/F、计数式等。

（1）逐次逼近式 A/D 转换 这是 A/D 转换器使用最广泛的一种方法。逐次逼近式 A/D 转换原理图如图 8-51a 所示，其结构包括 N 位 D/A 转换器、比较器、存放预置转换结果数字量的逐次逼近寄存器 SAR 以及控制逻辑。转换的方法是从高位起逐次把设定的 SAR 寄存器中的数字量经 D/A 转换后得到的电压 V_i 与待转换的模拟电压 V_X 比较，若 V_i 大于 V_X，则减小数字量再比较；若 V_i 小于 V_X，则增加数字量再比较，使 V_i 向 V_X 逼近，从而 SAR 寄存器中的数字量从高位起逐次确定各位为 1 或为 0 最终得到转换结果。可以说，逐次逼近式采用的是一种对分搜索法，N 位 A/D 转换只需 N 次对分搜索就可确定对应的 N 位数字量。图 8-50b 为逐次逼近式转换过程示意图，其中设待转换的模拟电压为 4.1V，满量程为 10V，转换结果为 01101001。

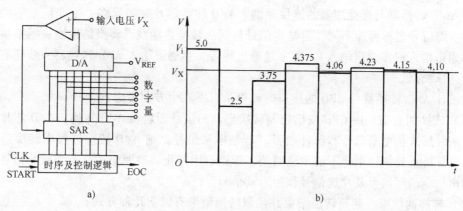

图 8-50　逐次逼近式 A/D 转化图

a) 转化原理图　b) 转化过程示意图

逐次逼近式转换速度较快，转换时间固定，但易受干扰。微机系统中，大多数 A/D 转换芯片均采用此方法。

（2）双积分型 A/D 转换　这是一种间接 A/D 转换。所谓间接 A/D 转换是先把模拟量转换为中间量，再转换为数字量。双积分型 A/D 转换是先将输入的模拟电压 V_X 转换为时间值再转换为数字量的，在进行 A/D 转换时，先把 V_X 采样输入到积分器，积分器从零开始对 V_X 作定时 T_0 正向积分。定时时间到，转而对极性相反的 V_{REF} 作反向积分并启动计数器从零开始计数，至输出为 0 时停止。由于 T_0 固定，因此，反向积分的时间（计数器计数值）正比于 V_X。

双积分型 A/D 转换电路简单，抗干扰能力强，但转换速度较慢。

（3）计数式 A/D 转换　此方法与逐次逼近式相似，也是基于预测的转换，内部结构由 N 位 D/A 转换、N 位计数器和比较器构成。转换时，N 位的数字量经 N 位 D/A 转换输出电压 V_i，当 N 位计数器的数字量从 0 开始逐渐增加，对应的 N 位 D/A 转换输出电压 V_i 也不断增加，将不断增加的 V_i 与 V_X 比较，直至 $V_i \approx V_X$，转换结束。

计数式 A/D 转换电路简单价格低，但转换速度慢，适用于低速系统。

2. A/D 转换器主要性能指标

（1）分辨率　它是指 A/D 转换器可转换成数字量的最小模拟电压值，也即 A/D 转换器对最小输入信号的分辨能力。通常用其数字量输出的位数表示，如 8 位 A/D 转换器的分辨率为 8 位。也可以用 A/D 转换器的满量程除与 2^N 表示，如一个 12 位 A/D 转换器的满量程为 5V，则分辨率为 $5V/2^{12} = 1.22mV$，即该 A/D 转换器不能分辨低于 1.22mV 的模拟输入。

（2）转换精度　是指 A/D 转换器的实际输出与理论值之间的差值，通常用最低有效位

LSB 的分数表示。如：±1LSB，±1/2LSB，±1/4LSB 等。

（3）转换时间 它是指从有效的启动信号开始到转换结束的时间，即完成一次 A/D 转换所需的时间。

（4）量程 是指所能转换的模拟输入电压范围，有单极性、双极性两种。如单极性，量程 0～5V。

其余的如电源灵敏度、温度系数、增益系数、工作温度范围等性能也是选用 A/D 转换芯片的参考指标。

3．A/D 转换器与微处理器的连接原则 A/D 转换芯片种类繁多，生产厂家不同，功能相同的引脚信号名称可能不同。但基本信号包括：转换启动线；转换结束线；模拟信号输入线（单通道输入或多通道输入）；数字量输出线等。多通道输入 A/D 转换器一般还有模拟输入通道选择线。

在设计 A/D 转换器与 CPU 的接口时，可从以下几个方面考虑：

（1）转换的启动 由 CPU 发出控制转换启动的信号而启动 A/D 转换。A/D 芯片的启动信号有两种形式：电平信号和脉冲信号。若是电平信号，则 A/D 转换过程中转换启动信号必须一直保持至转换结束，不能中途撤消，否则会因停止转换而出错。若为脉冲信号，则可利用输出指令的写信号及片选信号作为启动信号。

（2）转换的结束 判断转换结束并读取转换结果有以下几种方式：

1）定时读取 在启动转换一定时间后直接读取转换结果。一般 A/D 转换器手册标注了该芯片的转换时间，因此在启动转换后延时比此略长些的时间，就可以读取转换结果了。

2）程序查询 有的 A/D 芯片提供转换结束信号，因此，在启动 A/D 转换后，通过不断查询此信号确定转换是否结束。一旦转换结束直接读取转换结果。

3）中断方式 将 A/D 芯片的转换结束信号作为中断请求信号，转换结束，中断请求有效。通过 CPU 响应中断，在中断服务程序中读取转换结果。

此外，在高速采集系统中，也可考虑用 DMA 方式读取转换结果。

（3）数字量输出线的连接 A/D 转换器的数字输出线与系统总线的连接一般根据芯片内部是否带有三态输出锁存器而有两种连接。有三态输出锁存器的 A/D 芯片可直接与系统数据总线相连，转换结束时，由读信号控制打开三态门；无三态输出锁存器的 A/D 芯片需外加锁存器或通过 I/O 接口芯片与系统数据总线相连。

（4）多通道模拟量选择 A/D 转换芯片有单通道模拟信号输入和多通道模拟信号输入两种。对多通道模拟输入要进行通道寻址。此外，有的 A/D 转换芯片有单极性和双极性两种模拟输入信号选择，必须按规定的接线方式实现。

8.5.2 A/D 转换芯片

1．ADC0809 ADC0809 是逐次逼近式 8 位 A/D 转换器，具有 8 个模拟量输入通道，单极性，输入电压范围 0～5V，转换时间 $100\mu s$，片内带有三态输出锁存器。

ADC0809 采用 DIP28 封装形式，其引脚图如图 8-51 所示。各引脚信号如下：

$IN_7 \sim IN_0$：8 路模拟输入端。由 3 位地址输入 ADD_A、ADD_B、ADD_C 经译码选通其中一路。

$D_7 \sim D_0$：8 位数字输出端。因芯片内部带三态输出锁存器，$D_7 \sim D_0$ 可直接与数据总线相连。

ADD$_A$、ADD$_B$、ADD$_C$：多路开关地址选择线。A 为最低位，C 为最高位。通常接在地址线的低 3 位。

ALE：地址锁存输入线，该信号的上升沿将 ADD$_A$、ADD$_B$、ADD$_C$3 位地址输入锁存入地址锁存器中。

START：启动转换输入线，该信号的上升沿清除 ADC 的内部寄存器，下降沿启动内部控制逻辑，开始 A/D 转换。

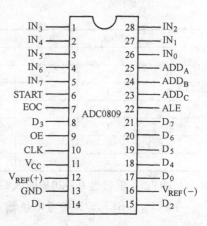

图 8-51　ADC0809 引脚图

EOC：转换结束输出线。高电平表示转换已完成。

OE：允许输出控制线，高电平有效。

CLK：时钟脉冲输入线。其频率不能高于 640kHz。

$V_{REF(+)}$，$V_{REF(-)}$：参考电压输入线。

V_{CC}，GND：芯片电源和地线。芯片电源 +5V。

ADC0809 的工作过程：首先由 CPU 发出启动转换信号 START，并送出地址选择信号 ADD$_A$、ADD$_B$、ADD$_C$ 选定模拟输入通道，地址信号由地址锁存信号 ALE 控制锁存，发出启动转换后一定时间，转换结束信号 EOC 有效。在输出允许信号 OE 得到有效高电平时，转换结果通过三态输出锁存器输出至数据总线，从而完成一次 A/D 转换。

2. AD574　AD574 是 12 位逐次逼近式的带三态输出锁存器的单通道 A/D 转换芯片。具有灵活多样的运行方式，可进行 12 位或 8 位的 A/D 转换；12 位转换时提供 12 位直接输出或先高 8 位后低 4 位的数据输出格式供选择；高精度的分压电阻和双极性偏移电阻提供四档模拟输入范围，可单极性，也可双极性连接；可直接与 8 位或 16 位 CPU 总线连接。AD574 片内有时钟电路，无需外部时钟，转换时间 25μs，常用于速度要求高的场合。

AD574 采用 DIP28 封装形式，其引脚图如图 8-52 所示。各引脚信号如下：

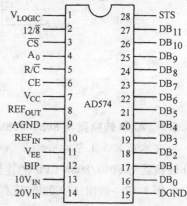

DB$_{11}$ ~ DB$_0$：12 位数字量输出端。

$\overline{CS}$：片选信号，低电平有效。

CE：芯片允许信号，高电平有效。

R/$\overline{C}$：读/启动转换信号。低电平启动转换；高电平输出数据。

STS：转换状态输出信号。STS 为 1 表示正在转换；STS 为 0 表示转换结束。

A$_0$：转换数据长度选择信号。启动时，A$_0$ 为 0 表示进行 12 位转换；A$_0$ 为 1 表示进行 8 位转换。

图 8-52　ADC574 引脚图

12/$\overline{8}$：数据输出格式选择。为 1 表示并行输出 12 位数据；为 0 表示转换数据分两次输出，当 A$_0$ = 1 时输出高 8 位，A$_0$ = 0 时输出低 4 位。

$\overline{CS}$、CE、R/$\overline{C}$、A$_0$、12/$\overline{8}$ 等控制信号决定了 AD574 的工作方式。AD574 的工作状态见表 8-12。

BIP：双极性偏移端。对该端加适当偏移电压，可作零点调整。

10V$_{IN}$：单极性 0 ~ 10V 输入端；双极性 -5 ~ +5V 输入端。

表 8-12　AD574 的工作状态

$\overline{CS}$	CE	R/$\overline{C}$	A_0	12/$\overline{8}$	工 作 状 态
0	1	0	0	×	启动 12 位转换
0	1	0	1	×	启动 8 位转换
0	1	1	×	1	允许 12 位并行输出
0	1	1	×	0	允许高 8 位输出
0	1	1	1	0	允许低 4 位加 4 个 0 输出
×	0	×	×	×	非法操作
1	×	×	×	×	非法操作

$20V_{IN}$：单极性 0～20V 输入端；双极性 -10～+10V 输入端。

REF_{IN}、REF_{OUT}：参考电压输入、输出端。一般在两者之间接一个 100Ω 的电阻或电位器。

AGND、DGAD：模拟地、数字地。

V_{LOGIC}：接 +5V，逻辑控制电压。

V_{CC}、V_{EE}：正、负电源端。

输入 AD574 的模拟量可为单极性或双极性，但 AD574 必须连接为对应的接线方式。AD574 的输入接线方式图如图 8-53 所示。

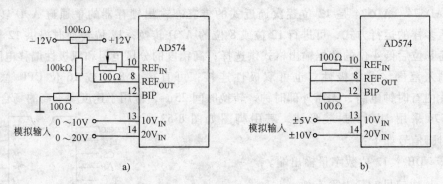

图 8-53　AD574 的输入接线方式图

a）单极性　b）双极性

8.5.3　A/D 转换器与 8086/8088 CPU 的接口

在本章 8.5.1 节中介绍了 A/D 转换器与微处理器连接的几个要点，下面以实例说明 A/D 转换器与 8086/8088 CPU 的连接。

例 8-17　选用 ADC0809 采样 8 个模拟量，用中断方式读取转换结果并存入内存 BUF 开始的缓冲区。

解　ADC0809 与 CPU 的连接应注意的几个方面：

1）数字线的连接　ADC0809 芯片内部带有输出锁存器，因此可直接与 CPU 数据总线连接也可通过 I/O 接口芯片连接，本例采用直接与 CPU 相连的连接方式。

2）启动转换　ADC0809 的启动信号 START 为脉冲信号，将其与地址锁存信号 ALE 连一起，由执行输出指令时产生的 IO/$\overline{M}$、$\overline{WR}$、地址译码输出信号组合启动。

3）多模拟输入通道选择　ADC0809 有 8 个模拟输入通道，可由数据线或地址线给出通道选择信号，本例由 CPU 地址的低 3 位给出。

4）转换结束　转换结束可通过定时读取、查询、中断方式获得转换结果，本例将 ADC0809 的转换结束信号 EOC 作为中断请求信号送入 8259A 的中断请求输入端。在中断服务程序中通过执行输入指令时产生的 IO/$\overline{M}$、$\overline{RD}$、地址译码输出信号读取转换结果。

ADC0809 与 8088CPU 直接连接的示意图如图 8-54 所示。

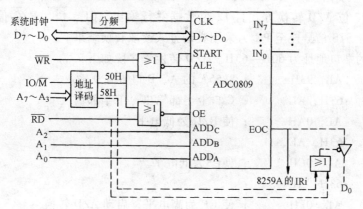

图 8-54　ADC0809 与 8088CPU 直接连接的示意图

设 8259A 的端口地址为 20H、21H，且 8259A 的初始化在主程序中已设置。主程序中与 A/D 转换有关的程序段：

```
        ┆
        STI
        LEA     SI, BUF
        MOV     CX, 8
        MOV     DX, 50H
        OUT     DX, AL      ; 启动转换
        ┆
```

A/D 转换的中断服务程序：

```
        IN      AL, DX
        MOV     [SI], AL
        INC     SI
        LOOP    NEXT
        JMP     DONE        ; 8 次转换结束，停止转换
NEXT：  INC     DX          ; 启动下一通道的转换
        OUT     DX, AL
DONE：  MOV     AL, 20H
        OUT     20H, AL
        IRET
```

转换结果也可采用查询方式或定时方式获取。采用查询方式应将转换结束信号 EOC 连至三态门，三态门受 IO/$\overline{M}$、$\overline{RD}$、地址译码输出信号的控制，如图 8-54 中虚线所示。程序中通过查询（IN 指令）确定转换是否结束。采用定时方式不需要 EOC 信号，在启动转换后执行延时（超过 100μs）子程序，就可直接读取转换结果了。

例 8-18　选用 AD574 采样某一模拟量。

解　本例采用通过 I/O 接口与 CPU 连接的方式。AD574 通过 8255A 与 8088CPU 连接示意图如图 8-55 所示。由于 8255A 为 8 位并行输入/输出接口芯片，因此将 AD574 的数字量输出端分别与 8255A 的 PA 口（低 8 位）和 PB 口的 4 位相连。将 A_0 接地，$12/\overline{8}$ 接 +5V，使 AD574 工作于 12 位 A/D 转换方式且 12 位数据并行输出。CE、$\overline{CS}$、R/$\overline{C}$ 信号由 8255A 的 $PC_7 \sim PC_5$ 提供。STS 信号连至 PC_0，采用查询方式读取转换结果。

设 8255A 的端口地址为 60H ~ 63H。A/D 转换程序段如下：

```
            MOV     AL, 93H      ; 8255A 的 A、B 口方式 0 输入
            OUT     63H, AL      ; C 口上半部输出，下半部输入
            MOV     AL, 0AH      ; 使 R/C̄ 为低电平
            OUT     63H, AL
            MOV     AL, 0CH      ; 使 C̄S̄ 为低电平
            OUT     63H, AL
            MOV     AL, 0FH      ; 使 CE 为高电平，启动 A/D 转换
            OUT     63H, AL
            MOV     AL, 0BH      ; 使 R/C̄ 为高电平
            OUT     63H, AL
NEXT:       IN      AL, 62H
            TEST    AL, 01
            JNZ     NEXT         ; STS 为高电平，未转换好，继续查询
            IN      AL, 61H
            AND     AL, 0FH
            MOV     BH, AL       ; 转换结果的高 4 位暂存 BH 中
            IN      AL, 60H
            MOV     BL, AL       ; 转换结果的低 8 位存入 BL 中
            MOV     RESULT, BX   ; 转换结果存入存储单元中
            MOV     AL, 0EH      ; 使 CE 为低电平
            OUT     63H, AL
```

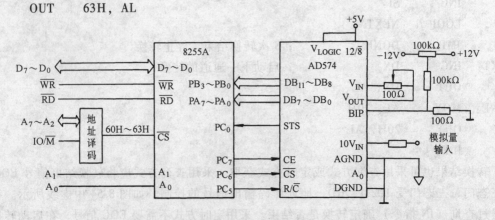

图 8-55　AD574 通过 8255A 与 8088CPU 连接示意图

```
MOV     AL, 0DH         ;使CS为高电平
OUT     63H, AL
HLT
```

8.6　键盘接口

8.6.1　键盘

PC 的键盘已经标准化，分主键盘和副键盘，按功能可以分为三类：

打字键：包括主键盘上的字母键 A ~ Z，数字键 0 ~ 9 和 [、]、;、'、/、=、? 等各种符号键。

功能键：包括主键盘的上键 F1 ~ F12，其功能由软件决定。

控制键：除以上两类键以外的各键都为控制键，包括主键盘上的 Ctrl、Shift、Alt、Enter、Caps Lock 等键和副键盘上的光标控制键及其它特殊控制键。控制键的功能由软件决定。

键盘上所有键的结构都相同，都是一种密封起来的无触点式的电容开关，通过按键盘时的上、下动作使电容容量发生变化从而达到开关的断开或接通的目的。键盘的每一个键按行列矩阵排列，若是 101 键盘的开关矩阵，容量为 8 列 × 16 行。

PC 使用的键盘都属于非编码键盘，它是在单片机控制下工作的，采用行列扫描方式识别按键。当按下按键时，键盘内部电路会将所按的键的位置码转换成扫描码串行输出给键盘接口。无论按下几个键，只要这些键的组合有意义，就会产生一组接通扫描码。如 A 键的接通扫描码是 E，而组合键 Shift + print screen 的接通扫描码是 E037。当按下的键放开时，会产生断开扫描码，表示按键已松开。断开扫描码也称截码（break code），如 A 键的截码是 9E。

键盘与键盘接口通过五根线进行连接，其中包括串行数据输出线 DATA OUT，位时钟定位线 CLOCK OUT 以及两条电源线和一条复位线。当键盘复位后，单片机便周而复始地执行键盘扫描程序，随时检测按键动作。一旦有按键动作，则相应的键盘扫描码便通过数据输出线 DATA OUT 输出至接口，与此同时，CLOCK OUT 线输出位同步信号。

8.6.2　键盘控制器

键盘控制器是主机与键盘的接口，采用 Intel8042 单片机实现的接口电路如图 8-56 所示。8042 的内部结构包含：

状态寄存器：主要用来反映目前接口及键盘所处的状态。

输入缓冲器：用来接收微处理器所写入的数据或命令。

输出缓冲器：向系统传送由键盘送来的扫描码和命令。

8042 中还含有 2KB 的 ROM 和 128B 的 RAM。

由图 8-56 可见，一方面键盘将串行数据及同步时钟信号送入 8042 的 TEST0 与 TEST1 测试输入端，并转换为并行数据。8042 对此数据进行奇偶校验，并把它变换为系统扫描码，送入输出缓冲器。输出缓冲器接受此数据后，8042 通过它的输出口向系统发送中断请求信号 IRQ_1，请求系统读取。另一方面，CPU 也可向键盘控制器中的输入缓冲器写入数据，此数据经 8042 转化为串行格式，并插入奇偶校验位，通过输出口送往键盘。在整个数据传送过程中，状态寄存器存入了如输出缓冲器满、输入缓冲器空、发送超时、奇偶校验错等信

息。

8.6.3 键盘中断及键盘 I/O 处理

（1）键盘中断处理 无论是 PC 标准键盘（83 键），还是 PC 扩展键盘（101/102 键），经键盘接口对键盘扫描码处理后，都变成兼容的系统扫描码（并行码），并产生中断请求信号 IRQ$_1$，等待键盘中断程序的进一步处理。PC 系列以 09H 作为键盘中断码，其矢量指向的键盘中断程序的整体功能都相同，即对键盘上所有字符都给以如下定义：

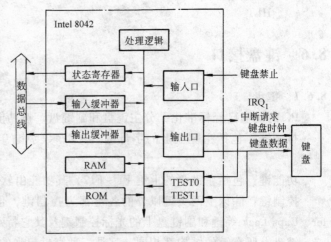

图 8-56 键盘控制器框图

1）键盘上的大多数键单独按下或与某些特殊键一起使用时，键盘中断程序将其扫描码转换成 ASCII 码（低字节），并连同其扫描码（高字节）一起保存到键盘缓冲区。

2）对于标准 ASCII 码不能显示的功能，可由键盘中断程序将某些键或键的组合定义为扩展码，即扫描码变为双字节扩展码，低字节总是 0，高字节取值范围为 0 ~ 255，它们一起存放在键盘缓冲区中。

3）对某些键仅设置变量 KB-FLAG，反映按下和释放状态。

4）键盘中断程序对某些键的组合产生特殊操作，它们是系统复位、键盘间断、暂停状态和屏幕打印。

（2）键盘 I/O 处理 键盘 I/O 程序是以软中断 INT16H 提供给高一层程序调用的。这与键盘中断程序是由键盘中断 09H 向键盘缓冲器传送 ASCII 码或扩展码不同，PC 机的 INT16H 共有三个子功能：

1）从键盘缓冲区中读取 ASCII 码（包括其扫描码）或扩展码（AH = 0 子功能）。

2）判别键盘缓冲区有无字符可读出（AH = 1 子功能）。

3）AH = 2 子功能则与键盘缓冲区无关，仅将变量 KB-FLAG（位于 45H：17H）内容返回 AL 中。

用户可以利用 INT 16H 获取字符及判别有否键盘输入。

8.7 打印机接口

打印机作为微机系统的一种输出设备，能简便、直接地获得硬拷贝。随着微机技术的发展和应用的日益广泛和复杂，打印机的速度不断提高，噪声更小，不仅能打印字符、数字、还能打印各种汉字和彩色图文。打印机种类很多，按输出方式可以分为并行打印机和串行打印机。并行打印机每次从处理器接受 8 位代码；而串行打印机每次只能从处理器接受一位代码。从打印原理上可分为击打式与非击打式打印机，击打式是利用机械能将字符打印在打印纸上，字模式和针式都属于击打式；而非击打式是指通过热敏、静电、激光、喷墨等非机械能将字符打印在打印纸上。而从打印字符的形式上又分活字型和点阵型两类，活字型的打印头部件本身就包含着所有能打印的字符，利用字锤敲打一次即可印出一个完整的字符，现在已基本淘汰。点阵式打印机利用点阵式构成文字和图像的方式来完成打印工作，针式、喷墨和激光打印机均属于此类打印机。

在微机系统中，有一块并行接口的打印机适配器卡插在系统总线的 I/O 扩展槽上，通过机壳背面的插座可配接多种型号的打印机。

8.7.1　打印机适配器

打印机适配器是计算机与打印机的信号转接口。它将主机系统总线的信号转换成打印机可以接受的数据及控制信号。不同的 PC 机，打印机适配器的结构会有所不同，但是其内部逻辑结构以及和打印机的接口都是相同的。下面介绍 IBM PC/XT 的并行接口打印机适配器的结构，其逻辑框图如图 8-57 所示。

由图 8-57 可以看出，适配器内部有三个端口：数据端口，控制端口和状态端口。系统

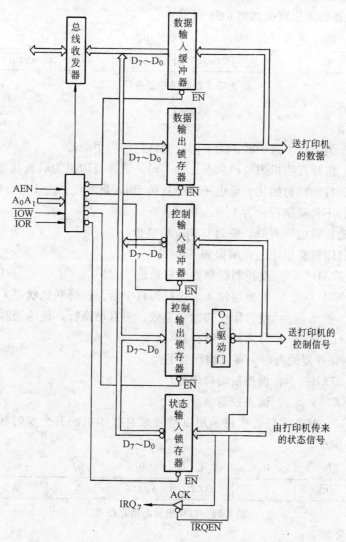

图 8-57　打印机适配器逻辑图

分配相应的三个 I/O 地址对其分别进行读/写操作。下面简述三个端口的作用。

（1）数据端口　数据端口包括数据输出锁存器和数据输入缓冲器。前者功能是接收 CPU 发出的要打印的字符码或打印功能码（8 位）。后者的功能是读取数据输出锁存器内容，以便检查数据输出锁存器是否已收到 CPU 输出的字符。

1）如 CPU 欲输出字符到打印机可用以下程序段：

```
MOV DX, 378H          ; 设数据端口地址
OUT DX, AL            ; 向该端口写入 AL 中的内容
```

2）假设 CPU 欲获取已传送到打印机接口的打印字符可用以下程序段：

```
MOV DX, 378H          ; 设数据端口地址
IN AL, DX            ; 读入数据到 AL
```

（2）控制端口　控制端口包括控制输出锁存器和控制输入缓冲器。前者的功能是接收 CPU 发向打印机的控制信号，后者的功能是读回控制锁存器输出的内容。

1）控制锁存器的 8 位定义如图 8-58 所示。

D_7	D_6	D_5	D_4	D_3	D_2	D_1	D_0
X	X	X	IRQEN	SLCTIN	$\overline{\text{INIT}}$	AUTOLF	STROBE

图 8-58　控制锁存器各位定义

各位定义如下：

$D_7 \sim D_5$：保留。

D_4：为 0 时，禁止打印机中断；为 1 时，允许打印机中断。

D_3：为 0 时，选择打印机为脱机状态；为 1 时，选择打印机为联机状态。

D_2：为 0 时，打印机初始化，低电平至少持续 $50\mu s$ 后置位；为 1 时，静态设置。

D_1：为 0 时，不自动换行；为 1 时，自动换行。

D_0：数据选通，低电平有效。瞬时 $0.5\mu s$ 后复位。

例如，欲使打印机初始化，可编程如下：

```
MOV  DX, 37AH         ; 设控制锁存器端口地址
MOV  AL, 09H          ; 设控制位，禁止打印机中断，选择联机状态，
                     ; 使打印机初始化有效，不自动换行，使选通脉冲无效
OUT  DX, AL           ; 写入控制锁存器
```

2）读回控制锁存器的内容，可以编程如下：

```
MOV  DX, 37AH         ; 设控制端口地址
IN  AL, DX           ; 读入控制命令
```

（3）状态端口　状态端口的作用是用以接收来自打印机的五个实时状态信息，状态信息格式如图 8-59 所示。

D_7	D_6	D_5	D_4	D_3	D_2	D_1	D_0
BUSY	$\overline{\text{ACK}}$	PE	SLCT	$\overline{\text{ERROR}}$	X	X	X

图 8-59　打印机状态信息格式

各状态位定义如下：

D_7：为 0 时，打印机空闲；为 1 时，打印机忙碌。

D_6：打印机应答信号，低电平有效，表示打印机准备就绪。

D_5：高电平有效，表示打印纸用尽。

D_4：联机选择。为 0 时，处于脱机；为 1 时，处于联机。

D_3：低电平有效，打印机出错。

打印机适配器与打印机的信号连接于 DB-25 接头上，再通过打印机电缆连接到打印机上，一般电缆的长度不超过 5m。

在 DOS 运行环境下，PC 机可支持三台打印机工作（其基本配置为 1 台打印机），因此允许配置三个并行接口适配器，但其中一个必须是单显/并行打印机适配器。这三个接口的端口地址分配见表 8-13。

表 8-13　打印机三个并行口的 I/O 地址分配

打印机适配器	数据端口	状态端口	控制端口
单显/打印机	3BCH	3BDH	3BEH
打印机并行口 1	378H	379H	37AH
打印机并行口 2	278H	279H	27AH

在确定打印机配置过程中，优先权最高为单显/打印机适配器，若此适配器存在，则赋予与之连接的打印机的逻辑设备名为 LPT1，随后并行口依此为 LPT2 和 LPT3。仅当系统未配置单显示/打印机适配器时，才将与并行接口 1 或 2 挂接的打印机作为 LPT1 或 LPT2。

8.7.2　打印机适配器的编程

CPU 将打印字符送到打印机，是通过对并行接口的三个端口进行读/写操作实现的，具体操作可由以下两种方式进行：

（1）查询方式的打印编程　系统上电期间执行一次初始化操作，设定禁止中断、打印机联机选择和不自动换行的控制方式。

系统每需打印一个字符，调用一次打印驱动程序 PRINT。执行 PRINT 程序时，主机读入打印机的状态；当打印机空闲时，主机可向打印机发字符并输出有效的负脉冲（宽度 > 05μs），使数据打入到打印机的输入端口；若在规定时间（通常 1s）内主机无法得到打印机不忙状态，则置超时错返回。

打印驱动程序如下：

```
;入口：DX = 打印机号（0~2），AL = 打印数据
        PRINGTER_BASE DW   3 DUP（?）        ;打印机端口地址
        PRINT_TIM_OUT DB   3 DUP（?）        ;打印机超时参数
PRINT   PROC NEAR
        PUSH    DX                          ;保存寄存器
        PUSH    SI
        PUSH    BX
        MOV     SI, DX                      ;SI 为打印机号
        MOV     BL, PRINT_TIM_OUT［SI］      ;BL 为超时参数
        SHL     SI, 1                       ;SI 为字偏移地址
        MOV     DX, PRINGTER_BASE［SI］      ;DX 为端口基址
```

```
            OR      DX, DX                  ; 端口基址为 0？
            JZ      PRINT_4                 ; 是，退出
            PUSH    AX                      ; 保存打印数据
            OUT     DX, AL                  ; 送到数据端口
            INC     DX                      ; 指向状态端口
PRINT_1：   SUB     CX, CX                  ; 忙碌超时检测
PRINT_2：   IN      AL, DX                  ; 取状态字节
            MOV     AH, AL                  ; 保存到 AH
            TEST    AL, 80H                 ; 打印机不忙？
            JZ      OUT_STB                 ; 不忙，转输出选通
            LOOP    PRINT_2                 ; 忙，继续循环等待
            DEC     BL                      ; 循环次数减 1
            JNZ     PRINT_1                 ; 时间未到，继续检测
            OR      AH, 1                   ; 超时，置错
            JMP     SHORT PRINT_3           ; 退出
OUT_STB：   MOV     AL, 0DH                 ; 输出数据选通，控制端口 D_0 = 1
            INC     DX
            OUT     DX, AL                  ; 选通瞬时为 1
            MOV     AL, 0CH
            OUT     DX, AL
PRINT_3：   POP     DX                      ; 恢复打印数据
            MOV     AH, DL                  ; 恢复在 AH 中
PRINT_4：   POP     BX                      ; 恢复寄存器
            POP     SI
            POP     DX
            RET                             ; 返回
PRINT       ENDP
```

注意，要根据打印机号，从 BIOS 数据资源区获取打印机端口基址，所以应使 DS 指向该区段址 0040H。

（2）中断方式的打印编程　中断方式下的初始化程序与查询方式略有不同，必须设定为允许中断，同时还须将打印机中断处理程序入口地址作为中断向量放入中断向量表。主机利用打印机提供的回答信号$\overline{ACK}$作中断请求信号，每中断一次，主机向打印机送出一个字符。

8.7.3　打印机 I/O 处理

打印机 I/O 处理程序是以软中断 INT 17H 提供给高一层程序调用的，INT 17H 有三个子功能：

1）入口参数 AH = 0，其功能为打印 AL 中的内容，DX 内容为打印机号（0～2），若打印机忙碌不能打印，则程序返回时给出超时错误标志（在 AH 中）。

2）入口参数 AH = 1，其功能为初始化打印机，返回时，在 AH 中保留打印机的当前状

态。

3）入口参数 AH = 2，其功能为读打印机状态，返回值在 AH 中。

上述三种子功能在各自完成后，均在 AH 中保留打印机的状态信息，其状态信息如图8-60 所示。

D_7	D_6	D_5	D_4	D_3	D_2	D_1	D_0
不忙	应答	无纸	联机	错误	不用	不用	超时

图 8-60　AH 中保留的打印机状态信息

该状态信息与并行接口状态寄存器定义有两点不同：

1）D_0 作为超时状态标志，若在规定时间内，打印机不空闲，则 $D_0 = 1$。

2）D_6 位与 D_3 位为 1 有效，正好与状态寄存器定义相反，因此在 INT 17H 各子功能执行后返回时要对 D_6、D_3 位取反。

用户可利用 BIOS 中的 INT 17H 这一软件接口完成打印工作。

8.8　显示器接口

显示器（Display）由监视器（Monitor）和显示适配器（Adapter）两部分组成。监视器一般是阴极射线管（CRT），分单色和彩色。显示适配器又称显示接口卡，它是插在 PC 主机箱内扩展槽上的一块电路板，用来将主机输出的信号转换成监视器所能接受的信号。因此，通常信号的传送途径是从 CPU 到显示接口卡，再到监视器。显示接口卡是决定显示器类型和性能的一个重要部件。

8.8.1　显示方式与显示模式

显示器有两种显示方式：字符数字显示方式 A/N（Alphabet）和全点可寻址图形显示方式 APA（All Point Addressable）。

A/N 方式是以字符为单位进行显示的方式。在 CRT 屏幕上形成字符的方法通常采用点阵法，即由点阵中的若干亮点（像点）组成字符。这些字符（字母、数字、符号）的点阵代码存放在显示接口卡的 ROM 中，这个 ROM 称为字符库，或称为字符发生器。当要显示某个字符时，便从字符库中读出该字符的点阵代码，经处理后送到 CRT 使屏幕显示出该字符。

APA 方式是按照图形的显示要求、效果，以图像像点为基本显示单位定义的帧图像方式。具体地说，当要显示某一图形时，描述该图形的每个像点的亮度等级和颜色都由二进制数表示（一般是一个字节），一幅图形由一系列二进制数表示，这就是图形信息。因此，图形显示实际就是根据主机送来的，存储在显示卡缓冲区中的图形信息确定 CRT 屏幕上各像点的亮度和颜色。APA 方式可分为高、中、低三种分辨率，分辨率越高表示其性能越高。

所谓显示模式，指屏幕显示格式，在 A/N 方式，显示模式以字符数（即每屏的列 X 行字符数）来区分；在 APA 方式下，显示模式以分辨率（即每屏的列 X 行像点数）和颜色来区分。IBM 的标准显示模式见表8-14。除了这些标准的显示模式外，还有许多非标准的显示模式。

8.8.2　显示卡的分类

显示卡分单色显示卡和彩色显示卡。主要类型单色显示卡有 MDA、HGC，彩色显示卡

表 8-14　IBM 的标准显示模式

显示模式	显示方式	字符点阵	每屏字符数	颜色数	分辨率/像素
0	A/N	8×8	40×25	16	320×200
0*	A/N	8×14	40×25	16	320×350
0+	A/N	9×16	40×25	16	360×400
1	A/N	8×8	40×25	16	320×200
1*	A/N	8×14	40×25	16	320×350
1+	A/N	9×16	40×25	16	360×400
2	A/N	8×8	80×25	16	640×200
2*	A/N	8×14	80×25	16	640×350
2+	A/N	9×16	80×25	16	720×400
3	A/N	8×8	80×25	16	640×200
3*	A/N	8×14	80×25	16	640×350
3+	A/N	9×16	80×25	16	720×400
4	APA	8×8	320×200	4	320×200
5	APA	8×8	320×200	4	320×200
6	APA	8×8	80×25	2	640×200
7	APA	9×14	80×25	单色	720×350
7+	APA	9×16	80×25	单色	720×400
D	APA	8×8	40×25	16	320×200
E	APA	8×8	80×25	16	640×200
F	APA	8×14	40×25	单色	640×350
10	APA	8×14	80×25	16	640×350
11	APA	8×16	80×25	2	640×480
12	APA	8×16	80×25	16	640×480
13	APA	8×8	40×25	256	320×200

有 CGA、EGA 和 VGA。

（1）MDA 和 HGC 卡　MDA 卡是最早的单色显示卡，只有字符显示方式，无图形显示、彩色显示，已被淘汰。现在使用的单显卡是 HGC，它有 A/N 和 APA 两种显示方式，A/N 方式的显示模式是 7，APA 的显示模式是 F。

（2）CGA 卡　CGA 卡是最早的彩色显示卡，它的显示模式为 0、1、2、3、4、5、6，要求配置数字式 RGB 监视器，早期的 IBM PC/XT 就用此卡。CGA 卡有 16KB 的显示缓冲区，用来存放显示字符码及属性字节或图形方式下的图形信息。

（3）EGA 卡　EGA 卡是 CGA 卡的改进和提高。它的显示模式除了具有 CGA 的 7 种还有 D、E、F、10。要求配置数字式 RGB 监视器，最初用于 AT 型。EGA 卡有 64KB ~ 256KB 的显示缓冲区，使用位平面结构，有 4 个 64KB 的显示位平面。

（4）VGA 卡　VGA 卡又称视频卡，它的显示模式除表 8-14 中带加号的，还有 D、E、F、10、11、12、13，它要求配置模拟式 RGB 监视器，用于 286 以上的 PC。

IBM 公司推出 VGA 以后，有许多厂家相继推出了同 VGA 兼容的产品，如 SVGA（Super VGA）等。这些产品除了包含 VGA 的功能外，还扩充了一些功能，主要是图形功能。这些扩充的功能没有统一的标准，扩充的显示模式在各卡之间不具有兼容性。为此，一个新的工业标准化组织—视频电子学标准协会 VESA 提出了一个标准，即 VESA 标准，见表 8-15。

表 8-15　VESA 标准显示模式

显示模式	显示方式	每屏字符数	颜色数	分辨率/像素
6A	APA	100×75	16	800×600
100	APA	80×25	256	640×400
101	APA	80×30	256	640×480
102	APA	100×75	16	800×600
103	APA	100×75	256	800×600
104	APA	128×48	16	1024×768
105	APA	128×48	256	1024×768
106	APA	160×64	16	1280×1024
107	APA	160×64	256	1280×1024
108	A/N	80×60	16	
109	A/N	132×25	16	
10A	A/N	132×43	16	
10B	A/N	132×50	16	
10C	A/N	132×60	4	

　　现在比较通用的是 VGA、SVGA、UVGA 和 514/A 卡。需要强调的是，监视器与显示卡要配合适当。如果监视器有很高的分辨率，但显示卡用的是低显示标准，就不能得到高分辨率的画面。同样，若监视器分辨率不高，高分辨率的显示卡也不能发挥作用。

8.8.3　IBM PC/XT 的显示卡

　　（1）单色显示卡　IBM PC/XT 采用的单色显示器接口卡为单显/打印机接口卡（以下简称单显卡），其中还含有打印机接口电路。单显卡中包括有显示字符存储器（4KB RAM）、字符发生器（8KB ROM）及显示控制器（采用 MC6845）等部件。需要显示的字符必须将其 ASCII 编码（一字节）送入显示存储器，同时还必须将其显示属性代码（一字节）送入该显示存储器中，前者必须存放在偶地址单元，而后者必须存放在奇地址单元中。单色显示属性代码定义如图 8-61 所示。

D_7	D_6	D_5	D_4	D_3	D_2	D_1	D_0
BL	R	G	B	I	R	G	B

图 8-61　单色显示属性代码定义

　　其中，D_7 是闪烁控制位，等于 0 时不闪烁，等于 1 时闪烁；D_3 决定字符亮度，等于 0 一般亮度，等于 1 高亮度；$D_6 \sim D_4$ 决定字符背景色；$D_2 \sim D_0$ 决定字符前景色。前景色和背景色的各位组合含义见表 8-16。

表 8-16 前景色和背景色的各位组合含义

背景	前景	属性功能	背景	前景	属性功能
000	000	不显示	000	111	黑底白字
000	001	加下横线	111	000	白底黑字

IBM 单色显示器提供 80 列 ×25 行的屏幕显示，每屏共显示 2000 个字符。80 ×25 屏幕显示位置如图 8-62 所示。显示存储器保存着一屏显示信息，即 2000 个字节显示字符的 ASCII 码和 2000 个字节显示字符属性代码。4KB 的缓冲器占用从 B000H 开始的 4KB 系统存储空间。显然单色字符显示，实际上就是将字符的 ASCII 码及属性代码送入显示存储器，显示时，CRT 控制系统将显示存储器中的 ASCII 码作为字符发生器的一组地址，再结合行地址来读取字符发生器的对应单元，这样，就把显示存储器中的 ASCII 码转换成对应的点阵码，然后再通过移位器变为串行视频信号送监视器。

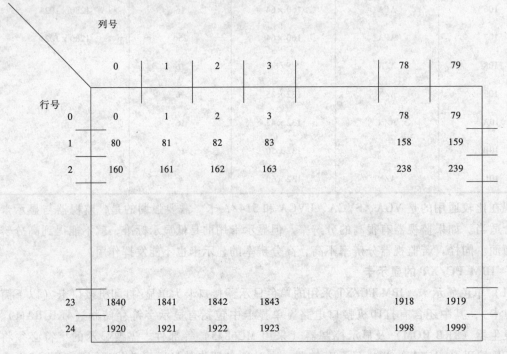

图 8-62 80 ×25 屏幕显示位置

（2）彩色显示卡 彩色显示卡（CGA 卡）也包括显示信息存储器（16KB、VRAM）、字符点阵发生器（8KB ROM）和显示控制器（MC 6845）等部件。彩显卡有 A/N 方式和 APA 方式两种工作方式。在 A/N 方式中，可以按 40 字符/行 ×25 行的规格显示，以适应低分辨率监视器或者家用电视机，也可以按 80 字符/行 ×25 行的规格显示以适应高分辨率监视器。而且可随需要选用黑色或彩色字符。黑白字符显示时的属性代码与单显卡基本相同。彩色字符显示时，字符属性提供了 16 种前景色、8 种背景色和闪烁信息。

和单显卡一样，屏幕上每个显示字符在显示存储器中也用一个字节的字符 ASCII 码和一个字节的字符属性代码来表示。对于 40 ×25 字符/屏的格式，与单显一样将占用 2KB 显示存储器，整个 16KB 的存储空间可记下 8 帧屏幕。对于 80 ×25 字符/屏的格式，整个 16KB

的存储空间可记下 4 帧屏幕。彩显卡中，显示存储器的首地址为 B8000H。彩色 A/N 方式目前已淘汰，所以这里不再介绍。

彩色显示卡在 APA 方式下，屏幕以像点为单位显示，整个屏幕的图形由像点集合而成。

彩显卡有三种图形模式可供选择：

1）低分辨率模式 每帧水平方向 160 像点、垂直方向 100 个像点，每个像点有 16 种颜色（包括黑白二色）可选择。由于 IBM PC/XT 系统中，基本 I/O 驱动程序中没有低分辨率图形方式的驱动程序，因而要按这种方式工作时，必须自己开发。

2）中分辨率模式 每帧 200 行，每行 320 个像点，每个像点可选 4 种颜色之一，而显示存储器中的每个字节表示 4 个像点，其排列次序如图 8-63 所示。

D_7D_6	D_5D_4	D_3D_2	D_1D_0
C_1C_0	C_1C_0	C_1C_0	C_1C_0
第一像点	第二像点	第三像点	第四像点

图 8-63 像点代码排列次序

像点代码 C_1C_0 与像点显示颜色之间的关系见表 8-17。

表 8-17 像点代码 C_1、C_0 与像点显示颜色之间的关系

C_1C_0	第一色组	第二色组	C_1C_0	第一色组	第二色组
00	背景色（16 种之一）	背景色（16 种之一）	10	红	洋红
01	绿	深蓝	11	黄	白色

注：编程时，彩色选择寄存器 $D_5=0$ 为第一色组，$D_5=1$ 为第二色组。

在这种模式下，记录一帧像点需要 16000 个字节的显示存储器。在 16KB 的显示存储器中，屏幕上偶数序号的行（0、2、4、…）的像点信息存放在 B800H：0000H 开始的显示缓冲区中，奇数序号的行（1、3、5、…）的像点信息存放在 B800H：2000H 开始的存储单元中。使用这种存放格式，可以使显示存储器的操作既适合于逐行扫描的彩色监视器也适合于隔行扫描的监视器。

3）高分辨率模式 每帧 200 行，每行 640 个像点。要求使用显示卡的 16KB 显示存储器中每个字节记录 8 个像点信息，即每位与一个像点对应（其次序为从高位到低位），所以只好按黑白显示。在这种模式下，记录一帧像点信息仍然需要 16000 个字节。显示存储器中偶奇数行的信息存放的格式与中分辨率模式相同。

综上所述，在图形模式下，显示存储器中直接存放待显示图形的显示代码。当然，在不同的分辨率模式下，显示代码的格式不一样，在中分辨率模式下，每个像点用 2 位代码表示，因此有 4 种可选显示信息；而高分辨率模式下每个像点只有一位代码表示，所以只有 2 种可选显示信息。在图形显示时，CRT 控制系统直接将显示存储器的信息送到串行化电路，然后送彩色编码器中组合产生 I、R、G、B 信号，再合成视频信号进行显示。

图形显示原理如图 8-64 所示。

为了使字符或图形显示在确定的屏幕位置上，显示存储器中的各个数据的次序总是和屏幕上的显示位置相对应。

彩显接口卡中 CRT 控制器 MC6485 中的光栅寄存器，对它们进行参数预置是在系统加电时由初始化程序完成的。当然在系统启动后，用户程序也可重新设置参数，以建立新的运

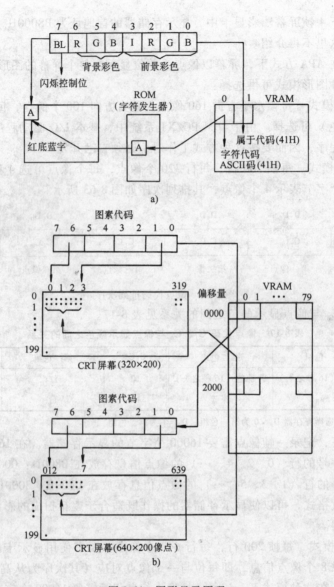

图 8-64 图形显示原理

行环境。这 19 个内部寄存器中一个为索引寄存器（端口地址 3D4H），用它来制定 CPU 访问其他寄存器中的一个。其他 18 个寄存器占据端口地址 3D5H，CPU 要访问某个内部寄存器时，首先必须把该寄存器的编号送到 3D4H 端口的索引寄存器中，然后通过端口地址 3D5H 访问该寄存器。MC6845 寄存器在各种模式下的设置值见表 8-18。

模式选择寄存器是一个 6 位只写寄存器，使用 OUT 指令对该端口赋值，可以设置显示卡的工作模式。模式寄存器的值与显示模式的关系见表 8-19。

色彩选择寄存器用于选择 A/N 或 APA 方式下的色彩。色彩选择寄存器的设置如图 8-65 所示。

此外，接口中还有状态寄存器，它反映了接口卡的工作状态，它是一个 4 位只读寄存器，其中 D_0 为 1 允许访问显示存储器，D_1 为 1 表明光笔触发置位；D_2 为 1 表示光笔开关接通；D_3 为 1 表示垂直正在回扫。

IBM PC/XT 操作系统中，用 30KB 的程序段实现显示器的方式设置、光标设置、滚行控制、彩色设置、读/写点阵和读写字符等功能，其中，最基本的编程涉及上述光栅寄存器初始化，模式寄存器的预置和彩色选择寄存器的预置以及对状态的读出。

另外，也可以通过软中断 INT 10H 来实现显示器的接口，它有 16 种功能调用，详见其他参考资料。

表 8-18 MC6845 寄存器在各种模式下的设置值

寄存器编号		寄存器名称	参数单位	40×25 模式	80×25 模式	图形模式
水平	R_0	水平扫描总时间	字	38	21	38
	R_1	每行字符数	符	28	50	28
	R_2	水平同步位置		2D	5A	2D
	R_3	水平同步宽度		0A	0A	0A
垂直	R_4	垂直扫描总时间	字符行	1F	1F	7F
	R_5	垂直校正	扫描线	06	06	06
	R_6	每帧显示行数	字符行	19	19	64
	R_7	垂直同步位置	字符行	1C	1C	70
扫描	R_8	扫描方式		02	02	02
	R_9	行扫描线数	扫描线	07	07	01
光标	R_{10}	光标起始	扫描线	06	06	06
	R_{11}	光标结束	扫描线	00	00	00
起始	R_{12}	起始地址（高位）		00	00	00
	R_{13}	起始地址（低位）		××	××	××
光标	R_{14}	光标（高位）		××	××	××
	R_{15}	光标（低位）		××	××	××
光笔	R_{16}	光笔（高位）		××	××	××
	R_{17}	光笔（低位）		××	××	××

表 8-19 模式寄存器的值与显示模式的关系

模式	模式寄存器（位）内容	显示模式
0	2CH	40×25 黑白字符模式
1	28H	40×25 彩色字符模式
2	2DH	80×25 黑白字符模式
3	29H	80×25 彩色字符模式
4	2EH	320×200 黑白图形模式
5	2AH	320×200 彩色图形模式
6	1EH	640×200 黑白图形模式

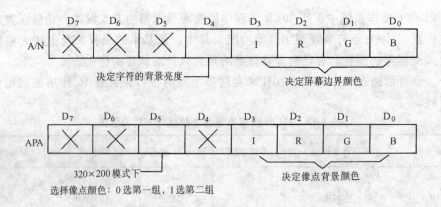

图 8-65　色彩选择寄存器的设置

8.9　通用串行外设总线接口简介

计算机硬件技术飞速发展，外部设备日益增多，键盘、鼠标、调制解调器、打印机、扫描仪、数码相机、MP3、…，这么多的设备都需要专用的外设接口，怎么接，接哪里？这个问题成为计算机系统发展的瓶颈。为了解决外围设备不断扩展对接口的需要，同时使计算机外围设备连接标准化、以及可以广泛接纳各种设备，产生了外设总线的概念。1994 年由 Compaq、HP、Intel、Lucent、Microsoft、NEC 和 Philips 七家公司联合推出标准的连接外围设备的通用串行总线接口 USB（Universal Serial Bus）。

USB 具有以下几个主要特点：

（1）即插即用　USB 提供即插即用功能，包括热插拔。这就是说设备能在不关闭电源或重新启动系统时动态地插拔。用户只要简单地插入设备，PC 中的 USB 控制器就可以自动地识别外围设备并分配所需的资源和驱动程序。使连接外设不需要再打开机箱。在安装拆卸外围设备时，也不必关闭主机电源，非常方便。

（2）端口扩充性好　USB 的端口具有不断扩充的能力，可同时连接 127 个外围设备。包括键盘、鼠标、打印机等微机常用的低速设备，也可以连接视频、存储器这样的高速设备。

（3）价格便宜　USB 通过一根四芯的电缆传送信号和电源，总长度可达 5m，其统一的 4 针插头将取代机箱后部众多的串行口、并行口、键盘接口等插头。

（4）容错性强　USB 具有出错处理和差错恢复的机制，可识别有错误的设备。

（5）带宽范围广，从几千位/秒（Kbit/s）一直到几兆位/秒（Mbit/s）。

（6）支持主机与设备之间的多数据流传输，支持同步和异步传输类型。

1. USB 的系统描述　USB 系统分为三部分，USB 的主机、USB 的设备和 USB 的连接。USB 的设备包括 Hub（集线器）和 Function（功能部件），Hub 提供 USB 的附加连接点，功能部件就是所连接的外设，USB 的设备应具有标准的 USB 接口。USB 的连接是指 USB 设备和主机之间的连接和通讯的方式。它的物理连接是有层次的星形布局，每个 Hub 是在星形的中心，每条线段是点到点连接的。任何 USB 系统中只有一个主机，USB 和主机系统的接口称为主机控制器（Host Controller），它是由硬件和软件相结合的方式来实现的。根 Hub 集成在主机系统内，直接与主机总线相连，同时可提供多个连接点。USB 的拓扑结构如图 8-66 所示。由于对 Hub 和电缆传输时间的定时限制，USB 的拓扑结构不能超过 7 层（包括根层）。

USB 传送信号和电源是通过一条四线电缆，12Mbit/s 的高速信号和 1.5Mbit/s 低速信号可以在同一 USB 总线传输下自动切换。

2. 系统配置　USB 支持 USB 设备随时连到 USB 总线上，或随时从 USB 总线上拆除，因此，系统软件必须适应这种动态变化。所有的 USB 设备可通过 Hub 的 USB 设备的端口连到 USB 总线上。Hub 中有一个状态指示器用来报告其端口上 USB 设备的连接和拆除，主机可以通过查询 Hub 来获取这些位。在连接情况下，主机为该设备分配一个唯一的 USB 地址，然后确定新连接的 USB 设备是一个 Hub 还是一个功能。如果新连接的 USB 设备是一个 Hub，且其端口连有 USB 设

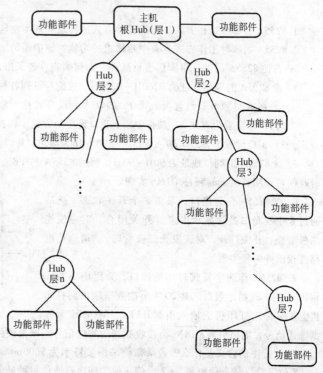

图 8-66　USB 总线拓扑结构

备，那么对于每个连接的 USB 设备重复上述过程。如果新连接的设备是一个功能，那么将由适合于本功能的主机软件来处理连接。当一个 USB 设备已从 Hub 的端口拆除时，Hub 禁止该端口，并向主机提供一个设备已拆除的指示，然后由相应的 USB 系统软件来处理拆除。如果拆除的 USB 设备是一个 Hub，USB 系统软件将拆除该 Hub 及其下挂的所有 USB 设备。

3. 数据传输　USB 结构包括 4 种基本类型的数据传输：

（1）控制类数据传输　控制类数据是指非周期的、由主机软件发动的请求/响应信号，用来发布命令、配置设备、获取状态。如 USB 设备在初次安装时，USB 系统软件使用控制传送来设置设备参数。

（2）批量数据传送　指非周期的、大批量的连续数据即大量数据，如打印机或者扫描仪中所使用的，它是连续传送的，在硬件级上使用错误检测以保证可靠的数据传输，在协议中引入了数据的可重复传送。

（3）中断传送　指周期性的低频率、限定延迟时间的通信，一般数据量较小，用于处理服务请求。

（4）同步传送在建立、传送和使用同步数据时，须满足其连续性且实时性，同步数据以稳定的频率发送和接受信息。同步传输的典型例子是声音的传送。

可以这样说 USB 技术是微机系统外设连接技术的重大变革，她将成为新型计算机接口的主流。

习 题 八

1. 8255A 有哪些工作方式？简述各种方式的特点和基本功能。

2. 8255A 的哪种工作方式具有中断请求的功能？该中断请求能否屏蔽？如何设置？

3. 若使 8255A 的 PC_3 引脚送出负脉冲，如何编程？若送出正脉冲，又如何编程？

4. 设 8255A 的端口地址为 0260H ~ 0263H，试编写下列各种情况的初始化程序：

1）将 A 口和 B 口设置为方式 0，端口 A 和端口 C 作为输入口，端口 B 作为输出口。

2）A 口设置为方式 2，禁止中断，B 口设置为方式 1 输出，允许中断。

3）A 口设置为方式 1 输入，PC7 和 PC6 作为输出，B 口为方式 1 输入，A 口和 B 口均允许中断。

5. 设 8255A 的端口地址为 90H ~ 93H，利用 8255A 的 PB_1、PB_0 引脚产生如图 8-67 所示波形，波形延时时间可调用延时 1ms 程序 D1MS 实现。

6. 以 8255A 作为接口，采集 8 个开关状态，然后通过 8 个发光二极管显示出来（开关闭合，对应发光二极管亮；开关打开，对应发光二极管暗）。请画出电路连接图并编程实现。

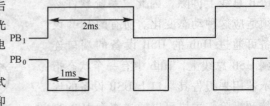

图 8-67　波形图

7. 8255A 作为字符式打印机接口，采用中断方式将内存 BUF 开始的数据区共 20 字节的数据输出到打印机上。字符式打印机上输入引脚 $\overline{DATA\ STORBE}$ 为数据选通信号，输出引脚 $\overline{ACKNC}$ 为接收数据的响应信号。画出硬件连接图，并编制程序。

8. 波特率的含义是什么？若某系统采用波特率为 9600bit/s 进行异步串行通信，数据格式为 1 位起始位，8 位字符（带奇偶校验），2 位停止位，则串行通信每秒最多可传送多少个字节数据？

9. 某系统中使用串行接口 8251A 工作在异步方式、7 位字符、带奇校验、停止位 2 位、波特率系数为 16，允许发送，也允许接收。若已知控制端口地址为 FFA0H，数据端口地址为 FFA2H，请编写初始化程序。

10. 某系统中使用串行接口 8251A 工作在同步方式下，设定为双同步字符（字符可自行设定）、内同步方式、字符 7 位、无奇偶校验，启动接收和发送器，请编写初始化程序。

11. 简述 8253 的基本功能。

12. 8253 有几个计数器？是多少位的？可采用几种工作方式？简述各工作方式的特点。

13. 某系统中 8253 的端口地址为 F280H ~ F283H，请按如下要求编制初始化程序：

1）计数器 0 工作于方式 3，$CLK_0 = 2.5MHz$，要求 OUT_0 输出速率为 1kHz 的方波。

2）计数器 1 工作于方式 2，$CLK_0 = 2MHz$，要求 OUT_1 输出 1kHz 频率的脉冲波。

3）计数器 2 工作于方式 4，用 OUT_1 输出作计数脉冲 CLK_2，计数值为 1000，计数器计到 0，给出一个控制脉冲沿。

14. 已知某 8253 的输入时钟为 1.193MHz。请用该芯片产生 1Hz 频率的脉冲波。设芯片的端口地址为 40H ~ 43H。

15. 利用 8253 作为定时器，8255A 的一个输出端口控制 8 个指示灯，编一个程序，使 8 个指示灯依次闪亮，闪动频率为每秒一次。设 8259A 的初始化已设置，且 8253 定时到信号送入 8259A 的 IR4。各芯片的端口地址自定。设可供使用的时钟脉冲源频率为 40kHz。

16. 试利用 8253、8255A、8259A 和 AD570 设计一个数据采集系统。要求每隔 50μs 采集一个数据，共采集 50 个数据，存入 BUF 指定的缓冲区。数据的输入/输出采用中断控制，8255A 的 INTR 信号接至 8259A 的 IR_2 引脚。试完成硬件电路设计，并编写 8255A 和 8253 的初始化程序及中断服务程序。设 8253 的输入时钟频率为 2.38MHz。

17. A/D 和 D/A 转换器在微型计算机应用中起什么作用？

18. DAC0832 转换器有哪几种工作方式？每种工作方式如何实现？

19. 试用 DAC0832 输出锯齿波。

20. A/D 转换器与 CPU 的连接应注意哪些方面？例 8-19 中若 AD574 改为直接与 8086CPU 连接，请画出其连接示意图。

21. 例 8-19 中，若要求用中断方式连续采样 100 次，将采样值存入 BUF 开始的内存缓冲区，请编程实现。

22. 设 8088CPU 系统中有一片 8259A（端口地址为 20H、21H），一片 8253（端口地址为 40H～43H），8253 的计数器 0 定时 50ms，$CLK_0 = 1.193MHz$，OUT_0 接至 8259A 的 IR_0。一片 8255A（端口地址为 60H～63H），一片 ADC574 工作于 12 位转换并行输出，由 8225A 的 B 口和 C 口的上半部作 ADC574 的接口。利用计数器 1 的定时信号，每隔 10min 启动一次 A/D 转换，采用中断方式读取转换结果，中断请求信号 PC_0 接至 8259A 的 IR_4。

第 9 章　总线技术及系统结构

随着 CPU 性能的不断提高，为了提高计算机的整体性能，充当微型计算机系统中部件之间信息传送的总线，其技术性能也不断提高，并逐渐形成了独立的专门技术。本章将先着重讨论系统总线的基本结构和组织，然后再介绍几种流行总线。

9.1　总线的类型、特性、指标

9.1.1　总线的基本概念

现代微型计算机系统大多采用模块结构，一个模块就是具有专门功能的插件板，或叫做部件、插卡。例如主机板、存储器卡、I/O 接口卡等。总线是一组在模块与模块之间或设备与设备之间传送信息的公用共享信号线，传送的信息包括地址、数据和控制信息。因此总线是构成计算机系统的骨架。总线上的任何一个模块所传输的信号可以被连接到总线上的所有其他模块所接收，当然，在同一时间段内，只能有一个模块主动进行信号的发送传输，而其他模块只能处于被动的接受状态。

9.1.2　总线特性

每种总线都有详细的特性（规范），以便大家共同遵循，包括机械特性、电气特性、功能特性及时间特性。

（1）机械特性　机械特性又称物理特性，指总线在机械上的连接方式，如规定模块尺寸、总线插头、边沿连接器的规格。

（2）电气特性　电气特性指总线上的每一根线上信号的传递方向、逻辑电平、负载能力及最大额定值等。

（3）功能特性　功能特性用以描述总线中每一根线的功能。按功能总线可分为数据总线、地址总线、控制总线、时钟线、电源线等。控制总线中，有读/写控制逻辑线、主机与外设匹配信号、中断信号、DMA 控制信号等。

（4）时间特性　时间特性定义每根线在什么时间有效，即总线上各信号有效的时序关系。一般用信号时序图来描述。

9.1.3　总线的性能指标

对总线性能的衡量，是根据总线的主要职能—负责计算机各模块间的信息传输来定义、测试和评估的。总线的性能指标包括以下几方面：

（1）总线宽度　数据总线的根数，用位来表示。总线宽度有 8 位、16 位、32 位、64 位。

（2）总线传输率　用它来说明总线所能达到的最高传输能力。以 1s 内通过总线所能传输的最大字节数（MB/s）表示。它由总线同步时钟周期和总线数据总线宽度决定。例如，ISA 总线的同步时钟频率为 1MHz，数据宽度 8 位，所以最大传输率为 1MB/s，PCI 总线的同步时钟频率为 33MHz，数据宽度 32 位（或 64 位），所以最大传输率为 132MB/s（或 264MB/s）。

（3）时钟同步/异步　总线上的数据与时钟同步工作的总线称同步总线，与时钟不同步工作的总线称异步总线。

（4）数据总线/地址总线的多路复用和非多路复用。

（5）信号线数　即数据总线、地址总线和控制总线根数的总和。

（6）负载能力。

（7）总线控制方式　包括突发传输、并发工作、自动配置、仲裁方式、逻辑方式、计数方式等项内容。

（8）其他指标　除了上述各项外，还有电源电压是 5V 还是 3.3V，能否扩展 64 位宽度等。

9.2　系统总线的基本结构和组织

系统总线的物理结构示意图如图 9-1 所示。图中的背板上安装有若干插座，允许插入各种模板，背板上的印制电路线将各插座的相应点连接起来，这就是总线。它包括三组不同功能的信号线：数据总线、地址总线、控制总线以及电源线和时钟线。

总线的组织方式很多，基本上可分为单总线和多总线。

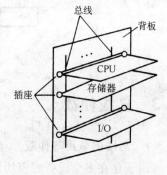

图 9-1　系统总线的物理结构
示意图

9.2.1　单总线

如图 9-2 所示，所有模块都连接到单一总线上。这种总线结构简单便于扩充，但是由于所有数据的传输都通过这一共享的总线，当大批量数据传输请求接近总线的传输能力时总线将成为提高系统性能的一个瓶颈。另外也不允许两个以上模块在同一时刻交换信息，这对提高系统效率和充分利用子系统都是不利的。为了提高数据传输效率并解决 I/O 设备和 CPU、主存之间传输效率差异之矛盾，现代微型计算机多采用多总线结构。

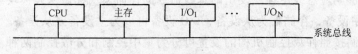

图 9-2　单总线结构图

9.2.2　多总线

在现代微型计算机体系结构中，一般都包含了多种不同类型的总线系统，它分别为计算机系统中不同分级上的器件和设备提供了各种性能不同的通信通道。

传统的多总线结构图如图 9-3 所示。图中将速度较低的 I/O 设备从系统总线上分出去而让它们连到扩展总线上，I/O 外设与主存储器之间的传输，可以不影响处理器的操作；CPU 对 Cache 的频繁访问通过局部总线进行，Cache 则与系统总线相

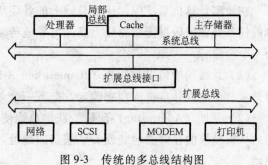

图 9-3　传统的多总线结构图

连。这种总线结构对计算机性能的提高是非常有效的。

随着高速 I/O 设备的出现，为了提高计算机性能，根据同一思想，在系统总线和扩展总线之间增加一条高速总线（如 PCI 总线），将图形、视频、USB、高速网络等连到高速总线上，而慢速 I/O 设备仍连到扩展总线上，高性能总线结构图如图 9-4 所示，图中增加了一个称之为桥的电路，它与 Cache 集成在一起。

这种多总线结构的显著优点是微处理器的更换不会影响高速总线。

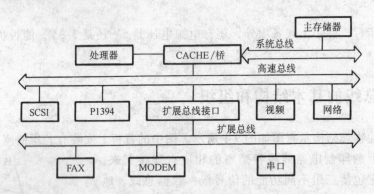

图 9-4　高性能总线结构图

9.3　总线仲裁

9.3.1　总线的争用与仲裁

由于存在多个设备或模块同时申请对总线的使用权，为保证在同一时间内只能有一个申请者使用总线，这就需要设置总线仲裁机构。总线仲裁机构合理地控制和管理系统中需要占用总线的申请者，在多个申请者同时提出总线请求时，以一定的优先算法仲裁哪个应获得对总线的使用权，以避免产生总线冲突。可以控制总线并启动数据传送的任何模块称做主控模块或主设备；能够响应总线主模块发出的总线命令的任何模块称做从属模块或从设备。通常 CPU 或 DMA 为主设备，存储器为从设备，I/O 设备可以为主设备或从设备。

总线判优控制按照仲裁控制机构的设置可分为集中控制和分散控制两种。总线控制逻辑基本上集中于一个设备（如 CPU）时，称为集中式控制；而总线控制逻辑分散在连接总线的各个模块或设备中时，称为分散式控制。通过这两种总线判优控制方案，就可以指定一个模块为总线主控模块，通过总线主控模块，就可以管理与其他从属模块之间的数据传输。

在微型计算机系统中，连在总线上的各模块，通过总线进行信息交换。因此，系统最基本的任务是保证数据能在总线上高速可靠地传输。一般来说，总线上完成一次数据传输要经历 4 个阶段：

（1）总线周期请求和仲裁（Request and Arbitration）阶段　需要使用总线的主控模块提出请求，由总线仲裁机构判别确定，把下一个总线传输周期使用权授权给申请者。

（2）寻址（Addressing）阶段　获得总线使用权的主控模块通过地址总线发出本次要访问的从属模块的存储器地址或 I/O 端口的地址。通过译码使被访问的从属模块被选中而开始启动。

（3）数据传输（Data transfering）阶段　主控模块和从属模块进行数据交换，数据由源模块发出，经数据总线传送到目的模块。

（4）结束（Ending）阶段　主从模块的有关信息均从系统总线上撤除、让出总线，以便其他模块继续使用。

对于只有一个总线主控模块的系统，对总线无需申请，分配和撤除。而对于含有多个主控模块的系统，通过总线仲裁，保证任何时刻总线上最多只有一个模块发送信息，而决不会出现多个主模块同时占用总线的现象。

就集中控制而言，常用的总线仲裁方式有以下几种。

9.3.2　菊花链仲裁

菊花链仲裁又称为串行链接仲裁，其原理如图9-5所示。这是一种三线菊花链，总线仲裁器使用三根控制线与所有模块相连，它们是总线请求线 BR（Bus Rquest）、总线允许线 BG（Bus Grant）和总线忙线 BB（Bus Busy）。菊花链仲裁的基本原理与中断判优相似：与总线相连的任一主控模块都可经公共的总线请求线发出申请，使 BR = 1。只有在总线忙信号未建立时，即 BB = 0 时总线请求才能被总线仲裁响应，并送出总线允许回答信号（BG = 1），它串行地通过每个模块。如果某个模块接收到总线允许信号（BGINi = 1），但没有总线请求，则将信号传给下一个模块（BGOUTi = 1）。否则停止传送（BGOUTi = 0）。这意味着该模块获得总线使用权。该模块建立总线忙信号，去除总线请求之后，即可进行数据传送，总线忙信号维持总线允许信号。总线忙信号在数据传送完后撤消，总线允许信号也随之去除。

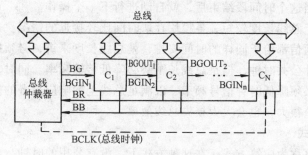

图 9-5　菊花链仲裁原理图

可以看出，其优先次序是由总线允许线所接模块的位置决定的，离总线仲裁器越近的模块其优先权越高。

菊花链仲裁的优点是：占用控制线少，且易于扩充主控模块。缺点是：链路上任一环节发生故障将阻止其后面的设备获得总线控制权，另外，由于响应信号经过逐级延时，所以，响应速度慢，尤其是远离总线仲裁器的模块。

9.3.3　二维仲裁

对于那些含有较多主控模块的计算机系统，可以采用二维仲裁系统，二维总线仲裁原理图如图9-6所示。图中有两个互相独立的主优先级菊花链仲裁机构 BR_1/BG_1 和 BR_2/BG_2，所有的主控模块都分别连接在 BR_1 和 BR_2 上，它们对总线控制权的请求首先经并行仲裁机构仲裁，决定是 BR_1 所连模块还是 BR_2 所连模块获得总线控制权，然后再用菊花链法决定链上哪个模块获得总线控制权。

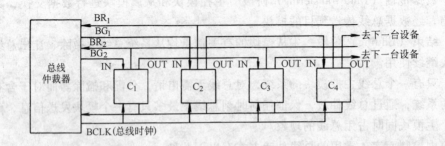

图 9-6　二维总线仲裁原理图

9.4　总线通信

总线上的主、从模块通常采用同步、异步或半同步这三种方式之一实现信息的通信控制。

9.4.1　同步通信方式

所谓同步通信方式，是指总线上所有模块都是在同一时钟的控制下步调一致地工作。时钟产生相等的时间间隙，每个间隙构成一个总线周期。在一个总线周期中，发送和接收双方可以进行一次数据传送。由于是在规定的时间段内进行 I/O 操作，所以，发送者不必等待接收者有什么响应，当这个时间段结束后，就自动进行下一个操作。

同步通信适用于总线长度较短、各模块存取时间比较接近的情况。这是因为，同步方式对任何两个模块的通信都给予同样的时间安排，就总线长度来讲，必须按距离最长的两个模块的传输延迟来设计公共时钟，但是总线长了势必降低传输频率。同时，对于连接到总线的快慢不同的模块，必须降低时钟信号频率，以满足总线上的响应最慢的模块的需要，这样如果各个模块速度相差很大，也会大大损失总线效率。

9.4.2　异步通信方式

异步通信方式也称为应答方式。在这种方式下，没有公用的时钟，也没有固定的时间间隙，完全依靠传送双方相互制约的"握手"信号来实现。异步总线的通信时序如图 9-7 所示。这是一种全互锁方式，在总线操作周期两个握手信号主控制 M（MASTER）和从控制 S（SLAVE）随着一个信号的改变才使另一个信号处于待变化状态。

图中是一次读操作时序。当主设备将存储器地址发送到地址线上和发出读命令后，MASTER 信号的上升沿启动从设备操作。在从设备取出所要求的数据并把它放到总线上之后，应答信号 SLAVE 变为高电平，表示该操作完成了，它触发主设备把总线上的数据装入自己的缓冲器，在此期间 SLAVE 信号必须保持高电平，使数据稳定在数据总线上。当主设备完成了数据的接收，就使 MASTER 降低，表示从设备已经知道主设备得到

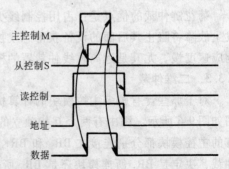

图 9-7　异步总线的通信时序

了数据，整个读操作结束。

异步通信方式能保证两个工作速度相差很大的模块或设备间可靠地进行信息交换。其主要缺点是，为了完成一次总线操作，主从两个握手控制信号在总线上要经过两个来回行程，即来回传送 4 次，其传输延迟是同步总线的 2 倍。因此，异步总线的速度比同步总线的速度要慢。

9.4.3 半同步通信方式

这是结合同步通信方式和异步通信方式两者的优点而产生的一种混合式总线通信方式。

这种通信方式与异步全互锁方式一样也有两个控制信号，一个是由主设备发出的时钟信号 CLOCK，另一个是由从设备发出的等待信号 WAIT。CLOCK 与同步通信中的时钟相同，用以规定各模块动作的时间基准，WAIT 在主设备和从设备双方工作速度不匹配时起自动调节作用。如果从设备速度快，足以在一个时钟周期内完成读写操作，它就不发 WAIT 信号，这时就按同步通信方式工作；如果从设备是慢速设备，不能在一个时钟周期完成读/写操作，则它使 WAIT 信号变高，主设备处于等待状态。只有 WAIT 保持有效，主设备就一直等待，直到从设备完成读/写操作，使 WAIT 变低。主设备检测到无效的 WAIT 信号后，再用一个时钟周期完成正常的读/写过程才算完成，才可以启动一个新的总线周期。

显然，半同步通信方式具有同步通信方式的速度和异步通信方式的适应性。

9.5 微机总线

总线是计算机系统模块化的产物，为了便于不同厂家生产的模块能灵活构成系统，形成了总线标准，一般情况下有两类标准，即正式公布的标准和实际存在的工业标准。正式公布的标准由 IEEE（电气电子工程师学会）或 CCITT（国际电报电话咨询委员会）等国际组织正式确定和承认，并有严格的定义。实际的工业标准首先由某一厂家提出，在推广中逐渐被公认，也有可能经过一段时间后提交给有关组织讨论而被确定为正式标准。

需要注意的是，在扩展微机硬件系统时，并不是按总线标准就能把插卡插上就用。因为系统资源有限，可能有多个设备使用相同系统资源从而发生冲突。当发现某些资源已经被别的设备占用时，可利用插卡的跳线器调整自己使用其他资源，保证系统资源不发生被占用的冲突。

随着总线技术的发展，微机系统能提供这样一种功能：只要将扩展卡插入微机的扩展槽中，微机系统就能自动进行扩展卡的配置工作，保证系统资源空间的合理分配，避免发生系统占用的冲突。这种技术就是即插即用（PLUG & PLAY）技术。

以下介绍几种常用的标准总线。

9.5.1 ISA 工业标准结构总线

ISA 是工业标准结构（Industrial standard Architecture）的缩写。是 IBM 的标准兼容总线，也是现代个人计算机的基础，分 8 位总线和 16 位总线两个版本。

1. 8 位 ISA 总线　这种总线也称为 IBM PC 总线或 PC/XT 总线，是在以 8088 为 CPU 的 IBM PC/XT 出现时提出的，用于扩充没有包含在微型计算机主板上的其他控制功能。进行功能扩充的标准插槽信号，由分布在插槽（连接器）A、B 两边的 62 根信号线共同定义，8 位 ISA 总线引脚功能见表 9-1。

表 9-1　8 位 ISA 总线引脚功能

元件面			焊接面		
引脚号	信号名	说明	引脚号	信号名	说明
A_1	$\overline{I/OCHCK}$	输入 I/O 校验	B_1	GND	地
A_2	D_7	数据信号，双向	B_2	RESETDRV	复位
A_3	D_6	数据信号，双向	B_3	+5V	电源
A_4	D_5	数据信号，双向	B_4	IRQ_2（IRQ_9）	中断请求 2，输入
A_5	D_4	数据信号，双向	B_5	-5V	电源 -5V
A_6	D_3	数据信号，双向	B_6	IRQ_2	DMA 通过 2 请求，输入
A_7	D_2	数据信号，双向	B_7	-12V	电源 -12V
A_8	D_1	数据信号，双向	B_8	$\overline{CARDSLCTD}$	见图 8-5 注
A_9	D_0	数据信号，双向	B_9	+12V	电源 +12V
A_{10}	$\overline{I/OCHRDY}$	输入 I/O 准备好	B_{10}	GND	地
A_{11}	AEN	输出，地址允许	B_{11}	$\overline{MEMW}$	存储器写，输出
A_{12}	A_{19}	地址信号，双向	B_{12}	$\overline{MEMR}$	存储器读，输出
A_{13}	A_{18}	地址信号，双向	B_{13}	$\overline{IOW}$	接口写，双向
A_{14}	A_{17}	地址信号，双向	B_{14}	$\overline{IOR}$	接口读，双向
A_{15}	A_{16}	地址信号，双向	B_{15}	$\overline{DACK_3}$	DMA 通道 3 响应，输出
A_{16}	A_{15}	地址信号，双向	B_{16}	DRQ_3	DMA 通道 3 响应，输入
A_{17}	A_{14}	地址信号，双向	B_{17}	$\overline{DACK_1}$	DMA 通道 1 响应，输出
A_{18}	A_{13}	地址信号，双向	B_{18}	DRQ_1	DMA 通道 1 请求，输入
A_{19}	A_{12}	地址信号，双向	B_{19}	$\overline{DACK_0}$	DMA 通道 0 响应，输出
A_{20}	A_{11}	地址信号，双向	B_{20}	CLK	系统时钟，输出
A_{21}	A_{10}	地址信号，双向	B_{21}	IRQ_7	中断请求，输入
A_{22}	A_9	地址信号，双向	B_{22}	IRQ_6	中断请求，输入
A_{23}	A_8	地址信号，双向	B_{23}	IRQ_5	中断请求，输入
A_{24}	A_7	地址信号，双向	B_{24}	IRQ_4	中断请求，输入
A_{25}	A_6	地址信号，双向	B_{25}	IRQ_3	中断请求，输入
A_{26}	A_5	地址信号，双向	B_{26}	$\overline{DACK_2}$	DMA 通道 2 响应，输出
A_{27}	A_4	地址信号，双向	B_{27}	T/C	计数终点信号，输出
A_{28}	A_3	地址信号，双向	B_{28}	ALE	地址锁存信号，输出
A_{29}	A_2	地址信号，双向	B_{29}	+5V	电源 +5V
A_{30}	A_1	地址信号，双向	B_{30}	OSC	振荡信号，输出
A_{31}	A_0	地址信号，双向	B_{31}	GND	地

ISA 总线插槽信号包括完整的经分离的 20 根地址总线（$A_{19} \sim A_0$），它专为 1MB 存储器的 8088 系统使用；8 位数据总线（$D_7 \sim D_0$）以及 4 个控制信号 $\overline{MEMR}$、$\overline{MEMW}$、$\overline{IOR}$、$\overline{IOW}$ 用于控制模块上的存储器和 I/O 端口；对 I/O 接口有用的其他信号是 6 路中断请求线 IRQ_3

~ IRQ_7、IRQ_9；此外插槽上还提供 DMA 通道 0 ~ 3 的控制信号，DMA 请求输入为 DRQ_1 ~ DRQ_3。DMA 响应输出为 $\overline{DACK_0}$ ~ $\overline{DACK_3}$。注意 DRQ_0 并不存在，因为 $\overline{DACK_0}$ 作为一个刷新信号提供给可能位于 ISA 卡的任何 DRMA。插槽上的其他引脚用于电源和复位。主板上总共有 5 个插槽。XT 总线可以寻址 1MB 的存储器空间和 64KB 的 I/O 空间（实际只用了 1KB 个）。

2. 16 位 ISA 总线　1984 年 IBM 公司在 80286CPU 出现后，推出 PC/AT 机时，将原来 8 位 ISA 总线扩展为 16 位的 ISA 总线，它保持原来 8 位 ISA 总线的 62 个引脚信号，以便原先的 8 位 ISA 总线卡可以插在 AT 机的插槽上。同时为使数据总线扩展到 16 位，地址总线扩展到 24 位，而增加一个延伸的 36 个引脚插槽，AT 总线新增加的 36 个引脚功能见表 9-2。

表 9-2　AT 总线新增加的 36 个引脚功能

元件面			焊接面		
引脚号	信号名	说明	引脚号	信号名	说明
C_1	SBHE	高位字节允许	D_1	$\overline{MEMWCS_{16}}$	存储器 16 位片造信号，输入
C_2	A_{23}	高位地址，双向	D_2	$\overline{I/OCS_{16}}$	接口 16 位片选信号，输入
C_3	A_{22}	高位地址，双向	D_3	IRQ_{10}	中断请求，输入
C_4	A_{21}	高位地址，双向	D_4	IRQ_{11}	中断请求，输入
C_5	A_{20}	高位地址，双向	D_5	IRQ_{12}	中断请求，输入
C_6	A_{19}	高位地址，双向	D_6	IRQ_{14}	中断请求，输入
C_7	A_{18}	高位地址，双向	D_7	IRQ_{15}	中断请求，输入
C_8	A_{17}	高位地址，双向	D_8	$\overline{DACK_0}$	DMA 通道 0 响应，输出
C_9	$\overline{SMEMR}$	存诸器读，双向	D_9	DRQ_0	DMA 通道 0 请求，输入
C_{10}	$\overline{SMEMW}$	存诸器写，双向	D_{10}	$\overline{DACK_5}$	DMA 通道 5 响应，输出
C_{11}	D_8	高位数据，双向	D_{11}	DRQ_5	DMA 通道 5 请求，输入
C_{12}	D_9	高位数据，双向	D_{12}	$\overline{DACK_6}$	DMA 通道 6 响应，输出
C_{13}	D_{10}	高位数据，双向	D_{13}	DRQ_6	DMA 通道 6 请求，输入
C_{14}	D_{11}	高位数据，双向	D_{14}	$\overline{DACK_7}$	DMA 通道 7 响应，输出
C_{15}	D_{12}	高位数据，双向	D_{15}	DRQ_7	DMA 通道 7 响应，输入
C_{16}	D_{13}	高位数据，双向	D_{16}	+5V	电源 +5V
C_{17}	D_{14}	高位数据，双向	D_{17}	$\overline{MASTER}$	主控，输入
C_{18}	D_{15}	高位数据，双向	D_{18}	GND	地

新增主要信号说明如下：

1）高位数据线 D_{15} ~ D_8，使数据线具有 16 位。

2）采用不锁存的高位地址线 LA_{23} ~ LA_{17}，使地址线增加到 24 根，可寻址 16MB 的存储空间和 16KB 的 I/O 地址空间。由于采用地址线不经锁存器锁存，提高了速度。注意增加了 LA_{19} ~ LA_{17} 与原来 8 位总线的地址线是重复的。

3）增加了 IRQ_{10} ~ IRQ_{12}，IRQ_{14} ~ IRQ_{15} 中断请求信号，与原来的 IRQ_3 ~ IRQ_7、IRQ_9 构

成 11 级中断。在底板上，是用两块 8259 级联实现中断优先级管理的。

4）在 AT 机底板上采用两块 DMA 控制器级联使用。其中主控级的 DRQ_0 接从属级的请求信号（HRQ）。这样，就形成了 DRQ_0 到 DRQ_7 中间没有 DRQ_4 的 7 级 DMA 优先级安排。由于 AT 机上不再采用 DMA 实现动态存储器刷新，所以总线上的设备均可使用这 7 级 DMA 传送。新增加信号有 DRQ_0、$DRQ_5 \sim DRQ_7$ 及对应的 $\overline{DACK_0}$、$\overline{DACK_5} \sim \overline{DACK_7}$。EISA 连接器中有浇铸而成的卡键阻止 ISA 扩展板深插，而 EISA 扩展板因有相应的缺口槽，故可深插，使上下两层触片都能保持良好的接触。

5）当存储器的寻址范围小于 1MB 时，需要用到新增加的 $\overline{SMEMR}$ 和 $\overline{SMEMW}$ 信号，而 8 位 ISA 总线上的 $\overline{MEMR}$ 和 $\overline{MEMW}$ 则在整个 16MB 范围内有效。

6）增加了主控信号 $\overline{MASTER}$，以作为 CPU 脱离控制而由智能外设占用总线的标志，但它仅允许总线上有一个智能外设工作。

这种总线的优点是它使用了独立于 CPU 的总线时钟，CPU 可以使用比总线频率更高的时钟，使 CPU 的性能得以提高。但是这种总线与 8 位 ISA 总线（XT 总线）一样，也是一种原始的总线设计。它们实际上是把微处理器的芯片总线经缓冲后直接连接到系统总线上。它们都没有支持总线仲裁的硬件逻辑，不支持多主设备系统。并且总线上所有数据的传输都必须通过 CPU 或 DMA 控制器来管理。

9.5.2 EISA 总线

1989 年，COMPAQ 公司联合 HP、AST、NEC、ESPON 等 9 家计算机公司，在 ISA 总线基础上，推出了适应 32 位微处理器的系统总线标准——EISA（EXTENDED INDUSTRIAL STANDARD ARCHITECTURE）总线。EIEA 总线共 198 个引脚，EISA 插座在外形上类似于 ISA 插座，差别在于 EISA 插座中有上下两层触片与扩展板的插脚相连。上层触片信号包括 ISA 的全部信号。信号的排列、信号引脚的距离以及信号的定义与 ISA 完全一致。下层触片信号包括新增加的 EISA 信号。这些信号在横向位置上与 ISA 信号线错开。EISA 插座除了 ISA 原有信号外，EISA 增加了以下主要信号线（以下信号后面带"#"标志的表明为低电平，否则为高电平）：

（1）$D_{31} \sim D_{16}$ 高 16 位数据总线，与原 ISA 总线上定义的 $D_{15} \sim D_0$ 共同构成 32 位数据总线。

（2）$LA_{31} \sim LA_2$ 地址总线　这些 EISA 信号在底板上没有锁存，可以实现高速传送，与 BE0#、BE1#、BE2#、BE3# 一起可寻址到 4GB 的存储空间和 64KB 的 I/O 地址空间。

（3）BE0# ~ BE3# 字节允许信号。这 4 个信号分别用来表示 32 位数据总线上哪个字节与当前总线周期有关。它们与 80386 或 80486 CPU 上的 $\overline{BE_0} \sim \overline{BE_3}$ 有同样的功能。

（4）MREQx# 主控请求信号（EISA 信号）　当总线主模块希望获得总线时，发出此信号。该信号须纳入总线裁决机构进行仲裁。

（5）MAKx# 总线认可信号　x 为相应槽号，利用该信号来表示第 x 个总线主模块已获得总线控制权。

（6）MSBURST#（EISA 信号）　该信号用来指明一个主模块可产生突发方式的传送。突发传送是指总线上进行 16 位或 32 位的成块主从模块间的数据传送。

（7）SLBURST#（EISA 信号）　该信号用来指明一个从模块有能力进行突发传送。该信号的产生只是根据有效地址而得出。

（8）EX32#、EX16#指明从模块是 EISA 标准，并能支持 32 位或 16 位数据传送。若一个周期开始，这两个信号都无效，则总线变成 ISA 总线兼容方式。

（9）START 是 EISA 总线周期开始信号。

（10）CDM 在 EISA 总线周期中提供定时控制。

（11）EXRDY 用于 EISA 存储器或 I/O 设备请求等待状态。

EISA 总线时钟仍保持为 8MHz，其数据传输率可达 33MB/s。EISA 还可以支持总线主控，可以直接控制总线进行对内存和 I/O 设备的访问而不涉及主 CPU。

9.5.3 PCI 总线

PCI（Peripheral Component Interconnet）总线也称外部设备互连总线，是 INTEL 公司联合 IBM、COMPAQ、DEC、APPLE 等公司于 1992 年创立的一种局部总线标准。该标准经不断完善，目前应用的主要是 PCI2.0 版本和 2.1 版本，最新标准是 1998 年 12 月发布的 2.2版本。PCI 总线不是 CPU 总线的直接延伸，而是外围设备与 CPU 之间的一个中间层。它通过 PCI 桥路与 CPU 总线相连，其中桥的作用好似数据缓冲器。PCI 总线在系统之外（外部）为两个以上模块提供高速传输信息通道。而系统总线仅连接处理器/CACHE、主存和桥。PCI 总线结构如图 9-8 所示。

1. PCI 总线的特点　PCI 总线是为今后若干代产品开发制定的一个高性能的局部总线标准。PCI 规范可以允许有不同性能/价格比的系统组合，也允许不同的系统和模块级别。PCI总线有以下主要特点：

1）PCI 总线支持 33MHz 的时钟频率。地址/数据复用总线宽度 32 位，可扩展到 64 位。数据传输率可达 132～264MB。这不仅可以提高网络接口

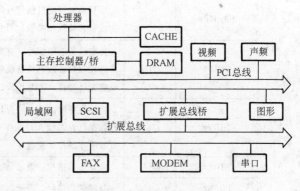

图 9-8　PCI 总线结构

卡和硬盘等设备的性能，还能满足全活动影像、图形及各种高速外围设备的要求。

2）PCI 总线与系统总线相隔离的结构使之独立于处理器，支持多种系列的处理器。并具有与处理器/存储器子系统完全并行的操作能力。

3）PCI 总线与 ISA、EISA 等总线完全兼容。

4）PCI 总线的可扩充性好。当总线的驱动能力不足时，可以采用多层结构。

5）PCI 是 INTEL 即插即用（PNP）规范的典范。PCI 卡上无跳线和开关，而代之以通过软件进行配置。

6）PCI 总线支持两种电压标准：5V 和 3.3V。3.3V 电压的 PCI 总线标准可应用于便携式微机中。

2. PCI 总线信号　在 PCI 总线上，把具有申请使用总线能力的 PCI 设备称为 PCI 总线主设备；一次总线操作过程中，PCI 总线主设备操作的对象，称为 PCI 总线从设备。

根据 PCI 总线的要求，如果只作为从设备，至少需要使用 47 根信号线，若作为总线主设备至少需要使用 49 根信号线，这些信号称为基本信号，PCI 局部总线信号如图 9-9 中左边所示。（图中，引脚符号后面带 "#" 标志的表明信号是低电平有效，否则为高电平有效。

以下同）利用这些信号线可以处理数据、地址，实现接口控制、仲裁及系统功能。按功能这些信号可分成 5 组，基本 PCI 信号的说明见表 9-3。

表 9-3　基本 PCI 信号的说明

功能组	名称	类型	说　明
系统	CLK	in	时钟信号。PCI 总线为同步总线，除了 RST#、IROA#、IROC# 和 IROD# 以外，所有的 PCI 信号均在其上升沿采样。支持的时钟频率达到 66Hz
	RST#	in	复位信号。强制 PCI 总线定义的所有寄存器、时序信号产生电路和信号回到初始状态
地址数据	AD [31：00]	t/s	地址和数据信号。这 32 根信号线是地址和数据分时复用的
	C/BE [3：0] #	t/s	总线命令和字节使能信号。在地址有效期间，这些信号线上面为总线命令（参见后面的 PCI 总线命令定义）；在数据有效期间，这些信号线指明通道中哪个字节有效
	PAR	t/s	AD [31：0] 和 C/BE [3：0] # 的偶校验位。PAD 时序与 AD [31：0] 的相同，但是最后一个时钟同期，地址有效和写数据期间，总线控制器驱动 PAR，读数据时由目标设备驱动 PAR
接口控制	FRAME#	s/t/s	信号总线周期启动信号。由获得总线使用权的总线主设备发出，表示总线主设备开始使用总线。当它从有效转为无效时，表明正在传送最后一个数据
	IRDY#	s/t/s	发起设备就绪信号。有当前总线传送的发起设备驱动。这个信号有效表明传送发起设备数据准备就绪，读操作时表示已经接收数据，写操作时表示有效数据已经在 AD 线上了
	TRDY#	s/t/s	目标设备就绪信号。由目标设备（既选中的设备）驱动。读操作中表示有效数据已在总线，写操作中表示目标设备已经接收数据。IRDY# 和 TRDY# 均有效时才是传送完成
	STOP#	s/t/s	停止传送信号，表示当前的目标设备要求发起设备终止当前的传送
	LOCK#	s/t/s	总线锁定信号，表示当前正在进行一个需要多个传送周期的原语操作
	IDSEL#	in	初始化设备选择信号，用于对 PCI 设备配置空间的配置进行读写操作
	DEVSEL#	s/t/s	设备选择信号，该信号有效，表示驱动它的设备已成为当前访问的从设备，即总线上某处的某一设备已被选中
仲裁	REQ#	t/s	总线占用请求信号。此信号向总线控制器申请总线使用权。每个总线主设备都有独立的 REQ# 信号
	GNT#	t/s	总线占用允许信号。REQ# 的配对信号，总线控制器通过这个信号指示该设备获得总线使用权
报错	PERR#	s/t/s	数据奇偶校验错误信号。此信号有效表示目标设备检测到了数据在传送过程中发生的校验错误
	SERR#	o/d	系统错误信号。可能是由设备发出的地址校验错误引起，以及由一些关键的错误引起

表中信号类型定义为：

in：输入（input），是一种只用于输入的标准信号。

out：输出（output），为标准的图腾柱式输出驱动信号。

t/s：表示双向三态（tir—state）输入/输出信号。

s/t/s：表示持续三态（sustained tri—state），低电平有效的三态信号，这种信号每次只能由一个设备拥有并驱动。

o/d：漏极开路（open drain），以线或形式允许多个设备共同驱动共享。

此外，PCI协议规范还定义了50条扩展信号，就是图9-9右边的信号，也分为5个功能组，扩展信号线的说明见表9-4。

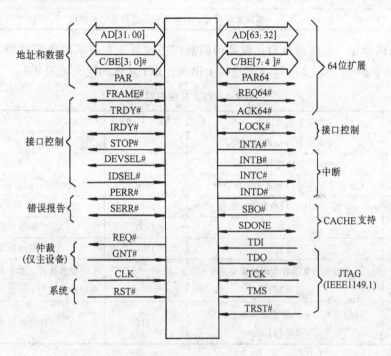

图 9-9　PCI 局部总线信号

表 9-4　扩展信号线的说明

功能组	名称	类型	说　　明
中断 信号	INTA#	o/d	中断请求信号。设备的第一中断请求信号
	INTB#	o/d	中断请求信号。设备的第二中断请求信号，仅用于多功能设备
	INTC#	o/d	中断请求信号。设备的第三中断请求信号，仅用于多功能设备
	INTD#	o/d	中断请求信号。设备的第四中断请求信号，仅用于多功能设备
Cache 支持	SBO#	in/out	侦听回退信号。表示被修改的数据命中一个高速缓存行
	SDONE	in/out	侦听结束信号。当侦听结果出来时有效
64 位总线 扩展信号	AD［63：32］		64 位扩展地址和数据总线信号
	C/BE ［7：4］#		64 位扩展总线命令和字节使能信号，在地址有效期间提供额外的总线命令。在数据有效期间指出扩展的 4 个字节中哪个字节有效
	ACK64#	s/t/s	64 位总线申请信号。表示发起设备可以 64 位进行传输
	ACK64#	s/t/s	64 位总线应答信号。表示目标设备可以 64 位进行传输
	PAR64	s/t/s	AD［63：32］和 C/BE［7：4］的偶校验位

(续)

功能组	名称	类型	说　　明
	TCK	in	测试时钟信号。在边界扫描中记录状态信息和进出设备的测试数据
边界扫描信号	TDI	in	测试输入信号。连续地将测试数据和指令送入被测设备
	TDO	out	测试输出信号。连续地将测试数据和指令从被测设备输出
	TMS	in	测试模式选择信号。用于控制被测设备的测试状态
	TRST#	in	测试复位信号。对测试设备进行复位初始化

3. PCI 总线命令　　总线命令对从设备说明总线主设备正在请求的传送类型。在地址有效期间，总线命令在 C/BE [3：0] #信号线上出现。PCI 总线的定义见表 9-5。

表 9-5　PCI 总线的定义

C/BE [3：0] #	命令类型说明	C/BE [3：0] #	命令类型说明
0000	中断应答（中断识别）	1000	保留
0001	特殊周期	1001	保留
0010	I/O 读（从 I/O 口地址中读取数据）	1010	配置读，读设备的配置空间
0011	I/O 写（从 I/O 口地址中写数据）	1011	配置写，写设备的配置空间
0100	保留	1100	存储器多周期读
0101	保留	1101	双地址周期
0110	存储器读（从内存空间映像单元中读数据）	1110	存储器读行，多于两个 32 位 PCI 数据周期
0111	存储器写（从内存空间映像单元中写数据）	1111	存储器写并无效

4. PCI 总线数据传送　　PCI 的基本总线传送是突发传送，一个突发传送由一个地址段和一个或多个数据段组成，下面以一次读操作为例来说明 PCI 总线数据传送过程。图 9-10 给出了一次基本读操作时序。注意所有动作都与时钟同步，而且总线上设备是在总线周期开始时的上升沿采样信号。

从图 9-10 中可以看出，一旦某个总线主设备获得了总线控制权，它将启动 FRAME#信号（降低）开始一个新的总线操作，此信号一直保持到主设备结束最后一个数据传送时，同时，主设备将有效地址放在 AD [31：00] 上，C/BE [3：0] #上也包含一个有效的总线命令。

在时钟脉冲 2 开始，从设备将根据 AD [31：00] 上的有效地址和 C/BE [3：0] #总线上的命令识别出自己的地址。

地址在时钟 2 有效后，总线主设备停止驱动 AD 线，地址信号终止，转换为数据信号。同时改变 C/BE#总线上的信息，指定数据线上那些字节有效（即哪几个字节是当前要传送的）。主设备 IRDY#降低，由于是读操作，表示主设备已准备好接受第一个数据。

选中的从设备降低 DEVSEL#，表示已识别出自己的地址和命令，并准备应答。它将请求的数据放在 AD 总线上并降低 TRDY#，表示放在总线上的数据已有效。

当在同一个时钟沿 IRDY#和 TRDY#都有效时，数据就传送。图中，在时钟脉冲 4 开始

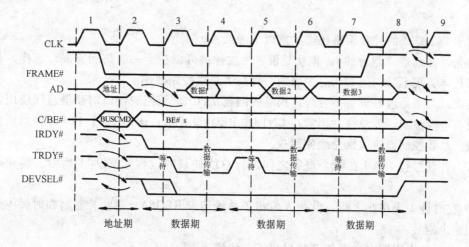

图 9-10 PCI 总线一次基本读操作时序

时便从 AD 总线上读数据，并改变 C/BE#上信息，为下一个数据读做准备。

当 IRDY#和 TRDY#其中之一无效时，就插入等待周期。图中，从设备假设需一段时间来准备第二个数据的传输，因而它升高 TRDY#信号，插入等待周期（第 5 个时钟周期）且不传送数据。一直到 IRDY#和 TRDY#有效，才在第 6 个时钟周期开始时读取数据。

在时钟周期 6 中，从设备已经将第三个数据放在 AD 总线上。假设主设备由于某种原因并没有做好准备来读取这个数据，因此使 IRDY#无效，导致从设备将总线上的第三个数据在时钟 7 再保持。

在时钟周期 7，总线主设备知道下一个数据段是最后一个。但是因 IRDY#无效，故 FRAME#仍保持有效。只有 IRDY#有效时，FRAME#才能无效，第三个数据传送发生在第 8 个时钟周期开始。

在第 8 个时钟周期中，主设备将 IRDY#置为无效。相应的从设备也将 TDRY#和 DEVSEL#变为无效，表示本次总线传送完全结束。

以上只是 PCI 总线一个读操作的过程，PCI 总线上的信息传送方式比较丰富，限于篇幅，不再进一步讨论。

5. PCI 总线仲裁　PC 总线采用的是集中控制的同步仲裁机制。每个总线主设备有自己唯一的使用总线请求 REQ#和应答 GNT#信号。这些信号与中心仲裁器相连。当某一个设备需要占用总线时，通过 REQ#发出仲裁请求，仲裁器根据当时的情况指定某一个设备可以使用总线时，就发出 GNT#信号。在任何周期，只要 GNT#信号有效，仲裁器就提供某个设备的总线操作权。

（1）PCI 总线仲裁的基本协议　PCI 协议规范并没有规定 PCI 总线使用的具体仲裁算法。具体由设计和生产总线控制器的厂商决定。无论采用任何算法，都必须保证任何时间只能有一个 GNT#信号有效。下面给出 PCI 总线仲裁的基本协议规则：

1）若 GNT#信号无效而 FRAME#有效时，当前的数据传输有效并将继续。

2）如果总线不是处于空闲状态，则一个 GNT#信号无效与下一个 GNT#信号无效之间必须有一个时钟延迟，不然 AD 线和 PAR 线上就会有争用。

3）当 FRAME#无效时，为了响应更高优先级主设备的服务，可以在任意时刻置 GNT#和

REQ#无效。

对于 PCI 总线的仲裁策略还需注意以下两点：

首先，仲裁是"隐含的"，也就是说，一次仲裁可以在上一次访问完成，这样，就使得仲裁的具体实现不必占用 PCI 总线周期，提高了总线使用效率。

其次，为了处理好设备不合理占用总线问题，PCI 总线控制器需对获得总线使用权的总线主设备进行控制。若总线占用者在 GNT#和 REQ#设置后，连续 16 个 PCI 时钟周期没有使用总线，总线控制器将收回总线使用权。

（2）仲裁过程　PCI 在两个设备之间进行总线仲裁的过程如图 9-11 所示。其仲裁步骤为：

1）在时钟 1 或在此之前，设备 A 发出了总线请求 REQ#A，总线控制器在时钟 1 开始时采样到这个信号。

2）在时钟 1 周期中，设备 B 也发出了总线请求 REQ#B。

3）在时钟 1 周期中，总线仲裁器根据总线使用情况，发出 GNT#A 信号，表示设备 A 的请求获得允许，可以使用总线。

4）总线主设备 A 在时钟 2 开始时采样到 GNT#A 从而使 FRAME#有效，表示设备 A 开始使用总线，同时设备 A 将地址放在 AD 总线上，C/BE#线上则送上命令信息。REQ#-A 继续保持有效，说明它还要进行另外一次数据传送。

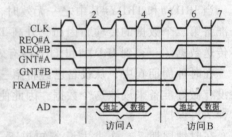

图 9-11　PCI 在两个设备之间
进行总线仲裁的过程

5）由于总线的仲裁是隐含的，因此在设备 A 获得总线使用期间，在时钟 3 开始采样所有的 REQ#和 GNT#后，决定将总线裁决给设备 B 使用。于是使 GNT#B 有效，而使 GNT#A 无效。但由于设备 A 还在传送数据，设备 B 不能立即使用总线。

6）设备 A 升高 FRAME#，表示它的最后一个数据正在进行传输。在时钟 4，设备 A 完成它的传送。所有 PCI 设备都能判断当前传送结束。

7）在时钟 5 开始，设备 B 发现总线已空闲并且自己也获得总线使用权，于是使 FRAME#有效，开始另一个总线周期。从图中还可看到 REQ#B 在时钟 5 期间无效，表明设备 B 只请求进行一次数据传输，因而仲裁器便允许设备 A 为下一个主设备（由于 REQ#A 仍然存在）。

从上面的讨论可以得出如下结论：

1）若当前总线占用者要求进行多次数据传输时，应保持其总线请求信号 REQ#一直有效。

2）一个设备在获得总线占有权期间只能进行一次数据传输，若想再次传输，就要继续发出请求信号 REQ#。

3）一个设备可在任何时刻撤消它的 REQ#信号，但仲裁器这时也就认为该设备不再请求总线，随之撤消相应的 GNT#信号。

4）若某设备只需要占用总线做一次传输，那么，它必须在发出 FRAME#信号的同时撤消 REQ#信号。

9.5.4　AGP（高速图形接口）

随着用户使用高分辨率显示器、更多的色彩和三维图形，对总线的数据传输率提出更高的要求，而32位PCI总线已经无法满足CPU、图形控制器及主内存之间这种日益增加的信息传输要求，因此产生了AGP（Accelerate Graphicport）。AGP是INTEL公司于1997年推出的，是为支持高性能图形和视频而专门设计的一种新型局部总线，AGP以PCI总线为基础，但对其进行了性能的扩充与增强，AGP的连接方法如图9-12所示。从图中可看出，AGP使信息在图形控制器和系统芯片组之间的专用点对点通道上进行传输，使图形控制器拥有完全属于自己的32位通道。采用AGP，允许显示数据直接取自系统主存储器，而无需先预取到视频存储器中，通过系统设置，图形控制器可以从主存中划分一些段用于保存AGP数据。AGP规范1.0板定义了带1X和2X信令的66MHz（实际为66.66MHz）时钟频率及使用3.3V电压。AGP规范2.0板于1998年5月发布，增加了4X信令，以及以更低的1.5V电压工作的能力。

基本AGP为1X模式，每个周期传输一次数据，由于AGP总线4B宽，其传输速率达266MB/s。在2X模式下，每个周期进行2次（时钟信号的上升沿和下降沿）32位数据传送，速率可达533MB/s，目前大多数AGP卡都工作在2X模式下。在4X模式下，每周期传输4次数据，等于1MB/s传输速率。

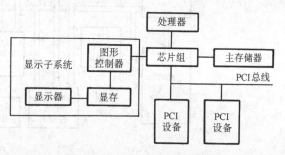

图9-12　AGP的连接方法

AGP采用边带信号传输技术，即控制信号不通过数据总线而是通过单独的总线来传输，这也是对PCI总线的一种改进，因为现行PCI总线的控制信号和数据是混合在32位总线上传输的。

AGP还采用内存请求流水线技术，对各种内存请求进行排队来减少延迟。

9.6　微型计算机的系统结构

9.6.1　IBM PC/XT总线的微型计算机系统结构

IBM PC/XT总线的微型计算机系统结构框图如图9-13所示。处理器作为系统的核心，通过其地址总线AB、数据总线DB、控制总线CB对系统中各部件进行控制并与它们进行数据交换。这些总线直接或经过驱动形成微机的系统总线，它就是XT总线。XT总线宽度8位，地址总线宽度20位，总线时钟频率为4.77MHz，总线的数据传输率约1MB/s。通过给总线提供缓冲与驱动接口，将XT总线扩展延伸，这就是IBM PC/XT机中主板上的总线扩展槽。除了键盘和扬声器以外，所有其他I/O设备都必须通过各自专用的适配器和系统板上的扩展槽连接。从功能来看，系统可以分成5个主要功能块：CPU子系统、接口部件子系统、连接各种I/O适配器和存储器扩充板的总线、ROM子系统和RAM子系统。

1．CPU子系统　CPU子系统中的CPU芯片就是Intel 8088，其时钟频率是4.77MHz，内部数据总线16条，外部数据总线8条，地址总线20条，直接寻址空间1MB，最大中断能力是256。在IBM PC/XT中，8088工作于最大模式，系统控制信号都是通过总线控制器8288送到总线上去的。数学协处理器8087在需要提高系统计算速度时可以增加。8088的时钟信号频率 4.77MHz 是由时钟信号发生器/驱动器 8284A 对晶振脉冲信号 14.31818MHz 三分频得到的，基本总线周期由 4 个时钟周期组成，约为 840ns，因此系统每秒平均可执行 65 万条指令。

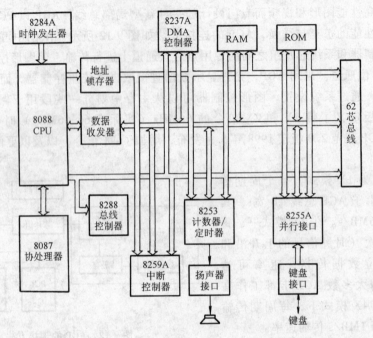

图 9-13   IBM PC/XT 总线的微型计算机系统结构框图

2. 接口部件子系统　接口部件子系统包括一组可编程的接口芯片，配合 CPU 子系统工作。这些接口芯片是 DMA 控制器 8237A，计数器/定时器 8253，中断控制器 8259A，并行接口 8255A。

（1）DMA 控制器 8237A　IBM PC/XT 系统用了一片 8237A，它的 4 个 DMA 通道中，通道 0 用来对系统 RAM 进行刷新，其 DMA 请求信号通过对计数器/定时器 8253 编程得到；通道 1 为用户保留；软盘驱动器使用通道 2；硬盘驱动器使用通道 3。

（2）计数器/定时器 8253　IBM PC/XT 系统用了一片 8253，它的三个计数器中，计数器 0 作为定时器，为计时电子钟提供恒定的时间标准；计数器 1 供 DMA 通道 0 产生 RAM 刷新请求；计数器 2 提供扬声器的发声。

（3）中断控制器 8259A　IBM PC/XT 系统用了一片 8259A，它的 8 级中断中，0 级中断接到计数器/定时器 8253 的计数器 0 输出端，接受对电子钟进行记时的中断请求；1 级中断接到键盘，接受键盘的中断请求；2~7 级中断连接到扩展槽供用户使用。此外，8088 芯片有一个 NMI 端，用来引入非屏蔽中断，NMI 作为 RAM 奇偶校验出错指示的中断请求输入端。

（4）可编程并行接口 8255A　IBM PC/XT 系统用了一片 8255A，工作于方式 0，三个端口中，端口 A 用于读取键盘扫描码；端口 B 用于输出系统内部的某些控制信号；端口 C 用于输入系统板上的方式设置开关 DIP 的状态和系统的其他状态信号。通过读取端口 C，获得方式设置开关 DIP 的设置，从而检测系统的配置情况。

3. ROM 子系统　IBM PC/XT 系统的 ROM 子系统出厂时实际只装配 40KB 的 ROM，其中 32KB 的 ROM 中装有 BASIC 解释程序，另外 8KB 中有基本输入输出系统 BIOS。BIOS 对系统初始化，同时也是高层软件与硬件的接口，功能包括：系统冷、热启动，基本外设（CRT 显示器、键盘、串行通信、打印机）的输入输出驱动程序，硬件中断管理程序以及 DOS 引导程序。

4. RAM 子系统　IBM PC/XT 系统的 RAM 子系统出厂时实际只装配 128KB × 9 位，另有 128KB 可以扩展，第九位是奇偶校验位。为了实现动态 RAM 的刷新，IBM PC/XT 设置 8253 的通道 1 每隔 15.12μs 产生一个信号，请求 DMA 控制器 8237A 的通道 0 执行 DMA 操作，对全部动态 RAM 芯片进行刷新。在刷新瞬间信息不会在数据总线上传送。

5. 总线扩展槽　IBM PC/XT 的系统板上有 8 个带有 62 芯的扩展槽（插座），插座上有系统总线信号及 4 种直流电源。这些插座用来扩展系统功能，可插入各种适配卡。

9.6.2　现代高档微型计算机系统结构

IBM PC/XT 系统采用单总线结构，系统控制逻辑由功能相对单一，继承度相对较低的多个芯片组成，如中断控制器 8259、DMA 控制器 8237、并行接口芯片 8255 等。现代高档微机系统为了适应各部件（模块）处理或传输信息的速度快慢需要，采用了分级的多总线结构，其系统控制逻辑则由少量芯片组（clip set）构成。所谓芯片组，它是微处理器与外围设备之间连接的桥梁，它提供给系统各类核心控制逻辑，与微处理器构成紧密的配套关系。

下面介绍两个典型的高档微机的系统结构实例。

1. 采用北桥、南桥芯片组微机系统结构实例　如图 9-14 所示，系统以 CPU、系统控制逻辑、总线转换逻辑、超级 I/O 控制逻辑为轴线。其中系统控制逻辑芯片 MTXC（82439X）

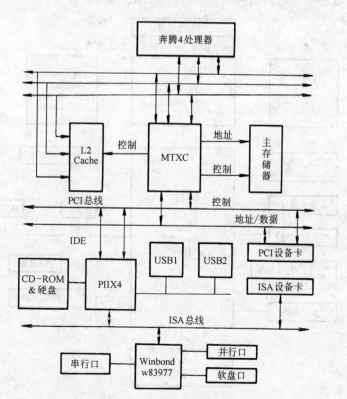

图 9-14　采用北桥、南桥芯片组微机系统结构实例

和总线转换逻辑芯片 PIIX4（82371）构成一个芯片组。它们在 CPU 与外围设备接口之间发挥着桥梁作用。

北桥芯片 MTXC 直接与处理器三总线相连，负责管理 CPU 系统其他模块之间的数据转换。这些模块具有较高的传输率，主要包括系统主存储器 DRAM、L2 cache 和 PCI 局部总线接口模块等，是操作速率最高的一个层次。

南桥芯片 PIIX4 经 PCI 纵向与北桥相连，主要负责 PCI 总线接口与系统中数据传输率较低的接口之间的数据交换和系统中的一些功能管理。这些接口包括两个通用串行总线接口（USB）、IDE 接口、ISA 总线接口等。系统管理功能包括对中断请求的管理、对 DMA 传输的控制、负责系统的定时与记数。总之，南桥芯片的作用是将来自 CPU 或系统主存储器的数据送到与这些接口相连的设备中，或将来自这些设备的数据收集后送到 CPU 或系统主存储器，其操作速率通常只有北桥的一半。

超级 I/O 接口芯片 PC87317V 经 ISA 总线与南桥相连，它负责 ISA 总线与系统中其他低数据传输率接口之间的数据交换。这些接口包括常用的并行打印机 LPT、软磁盘驱动器 FDC、串行总线通信接口 COM、键盘和鼠标接口等。这是速度最低的一个层次。

2. 采用 Intel845 控制中心的微机系统结构实例　上述北桥与南桥之间通过 PCI 总线连接，表明南桥芯片和超级 I/O 芯片这两层上的设备都不能与 CPU 总线直接沟通。Intel 845 芯片组由 82845 存储器控制中心（Memory Control Hub，MCH）和 82801BA I/O 控制中心（I/O Controller Hub，ICH）两芯片组成，即它是由控制中心构成芯片组，它克服了前述的缺点。采用 Intel 845 控制中心的微机系统结构如图 9-15 所示。

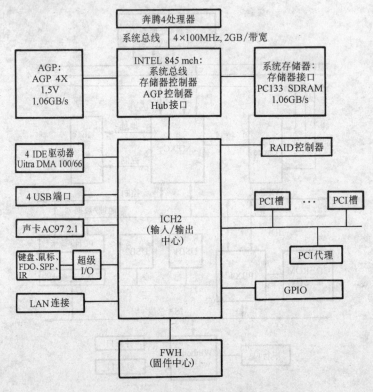

图 9-15　采用 Intel 845 控制中心的微机系统结构

图 9-15 中，82845 存储器控制中心是 Pentium4 处理器、AGP 图形显示适配器以及 I/O 控制中心的集中控制器，以 400MHz 的系统总线速率与 Pentium 4 相连。

82801BA I/O 控制中心内含 4 个 IDE 控制器、4 个 USB 接口、支持声卡 AC972.1、支持超级 I/O 接口芯片（通过该芯片来管理键盘、鼠标、软盘驱动器、打印机等）、含有 RAID（Redundant Array of Independent Disk，独立冗余磁盘阵列）控制器、提供 PCI 总线接口，提供 GPIO（General Purpose I/O）、支持固件中心（内置 BIOS 等驱动程序和标识安全等数据）。

9.7 当代微型计算机（台式）

台式机的主机、显示器等设备一般都是相对独立的，相对于笔记本计算机体积较大，一般需要放置在计算机桌或者专门的工作台上，因此命名为台式机。台式机的机箱具有空间大、通风条件好，机箱方便用户硬件升级、保护硬件不受灰尘的侵害、而且防水性也好。台式机机箱的开关键、重启键、USB、音频接口都在机箱前置面板中，方便用户的使用。台式机有商用和家用之分。商用机型追求很高的稳定性，其在同等的条件下适应能力强于家用机，平均无故障工作时间都超过 5000h 以上，有些高的达到 20000h 以上。但商用机型的多媒体功能普遍不强。

一款普通家用台式机的基本参数见表 9-6。

表 9-6　一款普通家用台式机的基本参数

处理器品牌	Intel（英特尔）
处理器系列	Pentium Dual-Core
CPU 核心	Wolfdale（双核心）
二级缓存	2MB L2
处理器运算位数	64 位
内存容量	1GB
硬盘容量	160GB
硬盘接口	SATA Ⅱ
硬盘转速	7200RPM
光驱类型	DVD-ROM
显示器类型	宽屏液晶
显示器尺寸	19 英寸
声卡芯片	集成 AC'97 音频
网卡类型	集成 Broadcom（BCM5784M）千兆局域网卡
显卡类型	集成显卡
显存容量	共享内存
主板芯片组	Intel G31 Express 芯片组
扩展插槽	2 个半高 PCI 插槽，1 个半高 PCIe×16 显卡插槽
机箱类型	台式

（续）

处理器品牌	Intel（英特尔）
尺寸	19 英寸
附件	电源线，说明书，保修卡，驱动光盘
功耗	235W
操作系统	DOS
工作温度	5~35℃
工作湿度	15%~85%
存储温度	-40~60℃
存储湿度	20%~80%

台式机也包括软件系统和硬件系统。软件系统包括：操作系统、应用软件等。硬件系统包括：机箱（电源、硬盘、内存、主板、CPU、光驱、声卡、网卡、显卡）、显示器、键盘、鼠标等等（另可配有耳机、音箱、打印机、视屏等）。家用计算机一般主板都有板载声卡、网卡。部分主板装有集成显卡。

1. 台式机主板　主板又叫 Mother Board（母板）。它其实就是一块电路板，上面布满了密密麻麻的各种电路、插槽和接口，它用于连接微型计算机的所有组件。CPU、内存、芯片组（Chipset）、Cache（高速缓存）、系统 BIOS（包括 CMOS）、显示卡、声卡等等都是直接安装在主板上的，而硬盘、DVD-ROM 等部件则需要通过接线和主板连接。ATX 是常见的主板结构，扩展插槽较多，PCI 插槽数量有 4~6 个，大多数主板都采用此结构。Micro ATX 又称 Mini ATX，是 ATX 结构的简化版，就是常说的"小板"，扩展插槽较少，PCI 插槽数量在3 个或 3 个以下。BTX 则是一种新的主板结构。

（1）主板上的芯片部分

1）BIOS 芯片　BIOS（Basic Input Output System，基本输入输出系统）是一组固化到计算机内主板上一个 EEPROM 芯片上的程序，它保存着计算机最重要的基本输入输出的程序、系统设置信息、开机后自检程序和系统自启动程序，其主要功能是为计算机提供最底层的、最直接的硬件设置和控制。

从功能上看，BIOS 分为三个部分：①自检及初始化：这部分负责启动计算机，具体有三个部分：第一个部分是用于计算机刚接通电源时对硬件部分的检测，也叫做加电自检（Power On Self Test，POST），功能是检查计算机是否良好，通常完整的 POST 自检将包括对CPU，内存，ROM，主板，CMOS 存储器，串并口，显示卡，硬盘及键盘等进行测试，一旦在自检中发现问题，系统将给出提示信息或鸣笛警告；第二个部分是初始化，包括创建中断向量、设置寄存器、对一些外围设备进行初始化和检测等，其中很重要的一部分是 BIOS 设置，主要是对硬件设置的一些参数，当计算机启动时会读取这些参数，并和实际硬件设置进行比较，如果不符，会影响系统的启动；第三个部分是引导程序，功能是引导 DOS 或其他操作系统。BIOS 先从硬盘的开始扇区读取引导记录，由引导记录把操作系统装入计算机内存中，在计算机启动成功后，BIOS 的这部分任务就完成了，把对计算机的控制权交给用户；②程序服务处理；BIOS 直接与计算机的 I/O 设备连通，通过端口发出命令，向各种外围设备传送数据以及从它们那儿接收数据，实现软件程序对硬件的直接操作；③设定中断；

开机时，BIOS 会告诉 CPU 各硬件设备的中断号，当用户发出使用某个设备的指令后，CPU 就根据设备的中断号使用相应的设备完成工作，再根据中断号跳回原来的工作。第②、③两部分虽然是两个独立的内容，但在使用上密切相关。这两部分分别为软件和硬件服务，组合到一起，使计算机系统正常运行。

CMOS：CMOS 是主板上一块可读写的 RAM 芯片，用于保存当前系统的硬件配置信息和用户设定的某些参数。CMOS RAM 由主板上的电池供电，即使系统掉电信息也不会丢失。对 CMOS 中各项参数的设定和更新需要运行专门的设置程序，开机时通过特定的按键（一般是 Del 键）就可进入 BIOS 设置程序，对 CMOS 进行设置。CMOS 设置习惯上也被叫做 BIOS 设置。

2）南北桥芯片　南桥多位于 PCI 插槽的上面，而 CPU 插槽旁边，被散热片盖住的就是北桥芯片。芯片组以北桥芯片为核心，一般情况，主板的命名都是以北桥的核心名称命名的（如 P45 的主板就是用的 P45 的北桥芯片）。北桥芯片主要负责处理 CPU、内存、显卡三者间的"交通"，由于发热量较大，因而需要散热片散热。南桥芯片则负责硬盘等存储设备和 PCI 之间的数据流通。南桥和北桥合称芯片组。芯片组在很大程度上决定了主板的功能和性能。在一些主板上将南北桥芯片封装到一起，只有一个芯片，这样大大提高了芯片组的功能。

3）RAID（Redundant Array of Inexpensive Disks，廉价磁盘冗余阵列）控制芯片　它相当于一块 RAID 卡的作用，可支持多个硬盘组成各种 RAID 模式。RAID 就是一种由多块硬盘构成的冗余阵列。虽然 RAID 包含多块硬盘，但是在操作系统下是作为一个独立的大型存储设备出现。利用 RAID 技术于存储系统的好处主要有：

①　通过把多个磁盘组织在一起作为一个逻辑卷提供磁盘跨越功能；

②　RAID 通过同时使用多个磁盘，提高了传输速率。RAID 通过在多个磁盘上同时存储和读取数据来大幅提高存储系统的数据吞吐量（Throughput）。在 RAID 中，可以让很多磁盘驱动器同时传输数据，而这些磁盘驱动器在逻辑上又是一个磁盘驱动器，所以使用 RAID 可以达到单个磁盘驱动器几倍、几十倍甚至上百倍的速率；

③　通过镜像或校验操作提供容错能力，提高了系统的稳定冗余性。

RAID 技术分为几种不同的等级，分别可以提供不同的速度、安全性和性价比。根据实际情况选择适当的 RAID 级别可以满足用户对存储系统可用性、性能和容量的要求。常用的 RAID 级别有以下几种：RAID0，RAID1，RAID0 + 1，RAID3，RAID5 等。RAID0 即 Data Stripping（数据分条技术）。整个逻辑盘的数据是被分条（stripped）分布在多个物理磁盘上，可以并行读/写，提供最快的速度，但没有冗余能力。要求至少两个磁盘。通过 RAID0 可以获得更大的单个逻辑盘的容量，且通过对多个磁盘的同时读取获得更高的存取速度。RAID0 首先考虑的是磁盘的速度和容量，忽略了安全，只要其中一个磁盘出了问题，那么整个阵列的数据都会不保了。RAID1，又称镜像方式，也就是数据的冗余。在整个镜像过程中，只有一半的磁盘容量是有效的（另一半磁盘容量用来存放同样的数据）。同 RAID0 相比，RAID1 首先考虑的是安全性，容量减半、速度不变。RAID0 + 1（RAID10）可以简单地理解成由多个磁盘组成的 RAID0 阵列再进行镜像，达到既高速又安全。RAID3 和 RAID5 都是校验方式。RAID3 的工作方式是用一块磁盘存放校验数据。由于任何数据的改变都要修改相应的数据校验信息，存放数据的磁盘有好几个且并行工作，而存放校验数据的磁盘只有一个，这就带来了校验数据存放时的瓶颈。RAID5 的工作方式是将各个磁盘生成的数据校验切成块，分别存放到组成阵列的各个磁盘中去，这样就缓解了校验数据存放时所产生的瓶颈问题，但是分割数据及控制存放都要付出速度上的代价。

按照硬盘接口的不同，RAID 分为 SCSI RAID、IDE RAID 和 SATA RAID。

一般，主板添加了板载 RAID 芯片直接实现 RAID 功能，或者直接在主板芯片组中支持 RAID，例如 ICH6R 南桥芯片中就内置了 SATA RAID 功能。

4）CPU　见 2.7 节。

5）内存　见 5.6 节。

（2）插槽部分

1）主板上的 CPU 插槽　CPU 插座就是主板上安装处理器的地方。桌面级 CPU 厂商主要有 Intel 和 AMD 两家，常见的有 AMD64 的 754 和 939 以及奔腾的 LGA775 等。

2）内存（条）插槽　内存插槽是主板上用来安装内存的地方。目前常见的内存条插槽为 SDRAM 内存、DDR、DDR2、DDR3 的内存插槽。不同的内存插槽它们的引脚、电压、性能都是不尽相同的，不同的内存在不同的内存插槽上不能互换使用。

3）PCI Express 插槽　PCI Exprss 插槽有 1×、2×、4×、8×和 16×之分。

4）PCI 插槽　PCI（Peripheral Component Interconnect）总线是一种局部总线。它定义了 32 位数据总线，且可扩展为 64 位。它的基本工作频率为 33MHz，最大传输速率可达 132MB/s。PCI 插槽多为乳白色，是主板的必备插槽，可以插上软 Modem、声卡、股票接受卡、网卡、多功能卡等设备。

（3）对外接口部分

1）硬盘接口　硬盘接口是硬盘与主机系统间的连接部件，作用是在硬盘缓存和主机内存之间传输数据。不同的硬盘接口决定着硬盘与计算机之间的连接速度，在整个系统中，硬盘接口的优劣直接影响着程序运行快慢和系统性能好坏。从整体的角度上，硬盘接口分为 IDE（Integrated Drive Electronics，电子集成驱动器）、SATA（Serial-ATA）、SCSI（Small Computer System Interface" 小型计算机系统接口）和光纤通道（Fibre Channel）4 种。一般台式机采用 IDE 接口和 SATA 接口。

在型号老些的主板上，多集成 2 个 IDE 口，IDE 接口使用一根 40 芯或 80 芯的扁平电缆连接硬盘与主板，每条线最多连接 2 个 IDE 设备（硬盘或者光储）。通常 IDE 接口都位于 PCI 插槽下方，从空间上则垂直于内存插槽（也有横着的）。而新型主板上，IDE 接口大多缩减，甚至没有，代之以 SATA、SATA2 接口。

SATA 接口具有更快的外部接口传输速度，SATA 以连续串行的方式传送数据，可以在较少的位宽下使用较高的工作频率来提高数据传输的带宽。SATA 一次只会传送 1 位数据，这样能减少 SATA 接口的引脚数目，使连接电缆数目变少，效率也会更高。实际上，SATA 仅用 4 支引脚就能完成所有的工作，分别用于连接电缆、连接地线、发送数据和接收数据。SATA1.0 定义的数据传输率可达 150MB/s，比 IDE 最高的 UDMA/133 还高。由于改用线路相互之间干扰较小的串行线路进行信号传输，因此相比原来的并行总线，SATA 的工作频率大大提升。SATA2.0 的数据传输率达到 300MB/s，SATA3.0 将实现 600MB/s。

2）USB 接口　USB 接口最大可以支持 127 个外设，并且可以独立供电，其应用非常广泛，可以连接鼠标、键盘、打印机、扫描仪、摄像头、闪存盘、MP3 机、手机、数码相机、移动硬盘、外置光软驱、USB 网卡、ADSL Modem、Cable Modem 等几乎所有的外围设备。USB 接口可以从主板上获得 500mA 的电流，支持热拔插，真正做到了即插即用。一个 USB 接口可同时支持高速和低速 USB 外设的访问，由一条四芯电缆连接，其中两条是正负电源，另外两条是数据传输线，采用半双工模式。

USB2.0 标准最高传输速率可达 480Mbit/s，采用半双工模式。USB2.0 接口使用了 4 个金属触点，它们分别为 +5V 取电、数据 -、数据 +、GND 接地。由于 USB2.0 接口技术上的限制，它最大只能提供 500mA 电流输出，这只能满足那些低功耗 USB 移动设备（如 MP3、闪存、鼠标、键盘等）使用，对于功耗高一些的 USB 设备，比如移动硬盘、USB 刻录机、USB 电视盒等，500mA 电流无法满足设备在高负荷下内部电动机的正常运转，所以如果仅使用一个 USB 接口，在功耗大的时候使用时会出现各种故障，比如移动硬盘由于供电不足造成无法正常传输大容量文件，外置 USB 刻录机无法进行正常刻录。为此，高功耗 USB 设备往往需要使用辅助电源才能正常工作，比如增加一个辅助的 USB 线来专门供电，或者独立使用供电电源。

USB3.0 标准最高传输速率可达 4.8Gbit/s，向下兼容 USB2.0 设备。USB3.0 在原有 USB2.0 的 4 线结构的基础上，再增加了 4 条线路，用于接收和传输信号。因此不管是线缆内还是接口上，总共有 8 条线路。USB3.0 采用了双向数据传输模式（全双工模式）。USB3.0 接口将有望达到 1A 以上的供电电流，而且 USB3.0 接口经过了优化设计（如采用铜导线），它的传输效率更快，还具备了自身能耗降低功能，即使是像 USB 电视卡、USB 刻录机、大容量移动硬盘这类高功耗 USB 设备，也可以直接连接到 USB3.0 接口上使用，而不用担心供电不足了，USB 设备的便捷性和易用性也大大提高了。

3）COM 接口（串口）　目前大多数主板仍提供了 COM 接口，可以作连接串行鼠标和外置 Modem 等设备用。

4）PS/2 接口　它是一种小型圆口 DIN 连接器。PS/2 接口的功能比较单一，仅能用于连接键盘和鼠标。一般情况下，鼠标的接口为绿色、键盘的接口为紫色。PS/2 接口的传输速率比 COM 接口稍快一些，但现在支持该接口的鼠标和键盘越来越少，更多的是推出 USB 接口的外设产品。

5）RJ-45 接口　它可用于连接 RJ-45 接头，适用于由双绞线构建的网络。以太网 Ethernet 采用的接口就是 RJ45，还有连接家用路由器和计算机宽带接口的都是 RJ45。

6）MIDI 接口　声卡的 MIDI 接口和游戏杆接口是共用的。接口中的两个引脚用来传送 MIDI 信号，可连接各种 MIDI 设备。

7）IEEE 1394 即 Firewire　它是一种高效的串行接口标准，采用了点对点，全双工模式传输数据，功能强大而且性能稳定，而且支持热拔插和即插即用。IEEE 1394 可以在一个端口上连接多达 63 个设备，设备间采用树形或菊花链拓扑结构。

IEEE 1394 标准定义了两种总线模式，即：Backplane 模式和 Cable 模式。其中 Backplane 模式支持 12.5、25、50Mbit/s 的传输速率；Cable 模式支持 100bit/s、200bit/s、400Mbit/s 的传输速率。IEEE 1394b 标准能达到 800Mbit/s 的传输速率。IEEE 1394 是横跨 PC 及家电产品平台的一种通用界面，适用于大多数需要高速数据传输的产品，如高速外置式硬盘、CD-ROM、DVD-ROM、扫描仪、打印机、数码相机、摄影机等。IEEE 1394 分为有供电功能的 6 针 A 型接口和无供电功能的 4 针 B 型接口，A 型接口可以通过转接线兼容 B 型，但是 B

型转换成 A 型后则没有供电的能力。IEEE 1394 接口可以直接当做网卡联机，也可以通过 Hub 扩展出更多的接口。没有 IEEE 1394 接口的主板也可以通过插接 IEEE 1394 扩展卡的方式获得此功能。

2. 显示卡　显示卡（Display Card）是连接显示器和 PC 主板的重要元件。它插在主板上的扩展槽里，主要负责把主机向显示器发出的显示信号转化为一般电信号，使得显示器能明白 PC 在让它干什么。显示卡上也有存储器，叫做"显示内存"，它的多少将直接影响显示器的显示效果，比如清晰程度和色彩丰富程度等。

我们来看数据离开 CPU 到达显示屏的过程：CPU 送来的数据经过总线送到 GPU（图形处理器）里面进行处理，芯片处理完的数据送到显存，在显存中读取出数据再送到 RAMDAC 进行数据转换的工作（数字信号转模拟信号），最后将转换完的模拟信号送到显示屏。

（1）基本构成

1）GPU（类似于主板的 CPU）　全称是 Graphic Processing Unit，中文翻译为"图形处理器"。GPU 使显卡减少了对 CPU 的依赖，并进行部分原本 CPU 的工作，尤其是在 3D 图形处理时。GPU 所采用的核心技术有硬件 T&L（几何转换和光照处理）、立方环境材质贴图和顶点混合、纹理压缩和凹凸映射贴图、双重纹理四像素 256 位渲染引擎等，而硬件 T&L 技术可以说是 GPU 的标志。GPU 主要由 nVidia 与 ATI 两家厂商生产。

2）显示内存（显存）　其主要功能是暂时储存显示芯片将要处理的数据和处理完毕的数据，类似于主板的内存。图形核心的性能愈强，需要的显存性能也就越强。目前的显卡大部分采用的是 GDDR3 显存，最新的显卡则采用了性能更为出色的 GDDR4 或 GDDR5 显存。

3）显卡 BIOS（类似于主板的 BIOS）　显卡 BIOS 主要用于存放显示芯片与驱动程序之间的控制程序，另外还存有显示卡的型号、规格、生产厂家及出厂时间等信息。打开计算机时，通过显示 BIOS 内的一段控制程序，将这些信息反馈到屏幕上。多数显示卡采用了大容量的 EPROM，即所谓的 Flash BIOS，可以通过专用的程序进行改写或升级。

4）显卡 PCB 板（类似于主板的 PCB 板）　显卡 PCB 板就是显卡的电路板，它把显卡上的其他部件连接起来。功能类似主板。

（2）产品分类

1）集成显卡　集成显卡是将显示芯片、显存及其相关电路都做在主板上，与主板融为一体；集成显卡的显示芯片有单独的，但大部分都集成在主板的北桥芯片中。一些主板集成的显卡也在主板上单独安装了显存，但其容量较小，集成显卡的显示效果与处理性能相对较弱，不能对显卡进行硬件升级，但可以通过 CMOS 调节频率或刷入新 BIOS 文件实现软件升级来挖掘显示芯片的潜能；集成显卡的优点是功耗低，发热量小，部分集成显卡的性能已经可以媲美入门级的独立显卡，所以不用花费额外的资金购买显卡。

2）独立显卡　独立显卡是指将显示芯片，显存及其相关电路单独做在一块电路板上，自成一体而作为一块独立的板卡存在，它需占用主板的扩展插槽（PCI-E），与显示器连接的 I/O 接口分为 VGA 和 DVI 插座。独立显卡单独安装有显存，一般不占用系统内存，在技术上也较集成显卡先进得多，比集成显卡能够得到更好的显示效果和性能，容易进行显卡的硬件升级；其缺点是系统功耗有所加大，发热量也较大，需额外花费购买显卡的资金。

（3）软件配置　DirectX 是一个多媒体开发软件包，DirectX 并不是一个单纯的图形 API（Application Programming Interface，应用程序编程接口），它包含有 Direct Graphics（Direct

3D + Direct Draw)、Direct Input、Direct Play、Direct Sound、Direct Show、Direct Setup、Direct Media Objects 等多个组件，目前的最新版本为 DirectX 11。

OpenGL 是 OpenGraphicsLib 的缩写，是一套三维图形处理库，也是该领域的工业标准。计算机三维图形是指将用数据描述的三维空间通过计算转换成二维图像并显示或打印出来的技术，OpenGL 就是支持这种转换的程序库。最新版规范是 OpenGL 3.0。

（4）基本参数

1）显存类型　显卡上采用的显存类型主要有 DDR2、DDR3、DDR4、DDR5。

2）位宽　显存位宽是显存在一个时钟周期内所能传送数据的位数，位数越大则瞬间所能传输的数据量越大，这是显存的重要参数之一。目前显存位宽有 64 位、128 位、256 位和 512 位几种，人们习惯上叫的 64 位显卡、128 位显卡和 256 位显卡就是指其相应的显存位宽。显存位宽越高、性能越好价格也就越高，因此 512 位宽的显存更多应用于高端显卡，一般显卡基本都采用 128 和 256 位显存。显存带宽 = 显存频率×显存位宽/8，在显存频率相当的情况下，显存位宽将决定显存带宽的大小。例如：同样显存频率为 500MHz 的 128 位和 256 位显存，其显存带宽将分别为：128 位带宽 = 500MHz×128/8 = 8GB/s，而 256 位带宽 = 500MHz×256/8 = 16GB/s，是 128 位的 2 倍，可见显存位宽在显存数据中的重要性。显卡的显存是由一块块的显存芯片构成的，显存总位宽同样也是由显存颗粒的位宽组成。显存位宽 = 显存颗粒位宽×显存颗粒数。显存颗粒上都带有相关厂家的内存编号，去网上查找其编号就能了解其位宽，再乘以显存颗粒数，就能得到显卡的位宽。

3）容量　在其他参数相同的情况下容量是越大越好，容量种类包括 256MB、384MB、512MB、768MB、896MB、1GB、1792MB、2GB 等。

4）封装类型　有 TSOP（Thin Small Out-Line Package）薄型小尺寸封装、QFP（Quad Flat Package）小型方块平面封装、MBGA（Micro Ball Grid Array）微型球闸阵列封装，又称 FBGA（Fine-pitch Ball Grid Array）等。MBGA 封装可以达到更快的显存速度，远超 TSOP 的极限 400MHz。

5）速度　显存速度一般以 ns（纳秒）为单位。常见的显存速度有 1.2ns、1.0ns、0.8ns 等，数据越小表示速度越快。显存的理论工作频率计算公式是：等效工作频率（MHz）= 1000×n/（显存速度）（n 因显存类型不同而不同，如果是 GDDR3 显存则 $n = 2$；GDDR5 显存则 $n = 4$）。

6）频率　显存频率在一定程度上反应着该显存的速度，以 MHz 为单位。显存频率随着显存的类型、性能的不同而不同：SDRAM 显存一般都工作在较低的频率上，一般就是 133MHz 和 166MHz。DDR SDRAM 显存，主要有 400MHz、500MHz、600MHz、650MHz、800MHz 或 900MHz，乃至更高。显存频率与显存时钟周期是相关的，显存频率 = 1/显存时钟周期。因为 DDR 在时钟上升期和下降期都进行数据传输，其一个周期传输两次数据，相当于 SDRAM 频率的 2 倍。习惯上称呼的 DDR 频率是其等效频率，是在其实际工作频率上乘以 2，就得到了等效频率。

3. 声卡　声卡（Sound Card）也叫音频卡，是计算机进行声音处理的接口卡。它有三个基本功能：一是音乐合成发音功能；二是混音器（Mixer）功能和数字声音效果处理器（DSP）功能；三是模拟声音信号的输入和输出功能。声卡处理的声音信息在计算机中以文件的形式存储。声卡工作应有相应的软件支持，包括驱动程序、混频程序（mixer）和 CD

播放程序等。

声卡可以把来自受话器、收录音机、激光唱机等设备的语音、音乐等声音变成数字信号交给计算机处理，并以文件形式存盘，还可以把数字信号还原成为真实的声音输出。声卡尾部的接口从机箱后侧伸出，上面有连接话筒、音箱、游戏杆和 MIDI 设备的接口。

扬声器和受话器所用的都是模拟信号，而计算机所能处理的都是数字信号，两者不能混用，声卡的作用就是实现两者的转换。从结构上分，声卡可分为模/数转换电路和数/模转换电路两部分，模/数转换电路负责将受话器等声音输入设备采到的模拟声音信号转换为计算机能处理的数字信号；而数/模转换电路负责将计算机使用的数字声音信号转换为扬声器等设备能使用的模拟信号。

声卡主要分为板载声卡（主板集成）和独立声卡。下面主要介绍板载声卡。

把音效芯片集成到主机板上，这就是所谓的板载声卡。板载声卡一般有软声卡和硬声卡之分。这里的软硬之分，指的是板载声卡是否具有声卡主处理芯片之分，一般软声卡没有主处理芯片，只有一个解码芯片，通过 CPU 的运算来代替声卡主处理芯片的作用。而板载硬声卡带有主处理芯片，很多音效处理工作就不再需要 CPU 参与了，这种硬声卡和普通独立声卡区别不大，更像是一种全部集成在主板上的独立声卡。

AC'97 的全称是 Audio Codec'97（'97 即为 1997 年开始制订的），这是一个由英特尔、雅玛哈等多家厂商联合研发并制订的一个音频电路系统标准。AC'97 软声卡仅在主板上集成 Audio Codec，而数字控制这部分则由 CPU 完全取代，节约了不少成本。根据AC'97 标准的规定，不同 Audio Codec97 芯片之间的引脚兼容，原则上可以互相替换。也就是说，AC'97 软声卡只是一片基于 AC'97 标准的 CODEC 芯片（Codec 的完整的称呼是"多媒体数字信号编解码器"，它由数/模转换器和模/数转换器两部分电路组成），声卡不含数字音频处理单元，因此电脑在播放音频信息时，除了 D/A 和 A/D 转换以外所有的处理工作都要交给 CPU 来完成。

声卡大部分的 Codec 都是符合 AC'97 标准。厂商也习惯用符合 Codec 的标准来衡量声卡，因此很多的主板产品，不管采用的何种声卡芯片或声卡类型，都称为 AC'97 声卡。

HD Audio 是 High Definition Audio（高保真音频）的缩写，是 Intel 与杜比（Dolby）公司合力推出的新一代音频规范。为 Intel 915/925 系列芯片组的 ICH6 系列南桥芯片所采用。HD Audio 的制定是为了取代 AC'97 音频规范，它在 AC'97 的基础上集成 HD Audio 声效声卡提供了全新的连接总线，支持更高品质的音频以及更多的功能。与 AC'97 音频解决方案相类似，HD Audio 同样是一种软硬混合的音频规范，集成在 ICH6 芯片中（除去 Codec 部分）。与 AC'97 相比，HD Audio 具有数据传输带宽大、音频回放精度高、支持多声道阵列受话器音频输入、CPU 的占用率更低和底层驱动程序可以通用等特点。HD Audio 支持设备感知和接口定义功能，即所有输入输出接口可以自动感应设备接入并给出提示，而且每个接口的功能可以随意设定。该功能不仅能自行判断哪个端口有设备插入，还能为接口定义功能。例如用户将 MIC 插入音频输出接口，HD Audio 便能探测到该接口有设备连接，并且能自动侦测设备类型，将该接口定义为 MIC 输入接口，改变原接口属性。由此看来，用户连接音箱、耳机和 MIC 就像连接 USB 设备一样简单，在控制面板上点几下鼠标即可完成接口的切换。

对于板载的硬声卡，其性能基本能接近并达到一般独立声卡，完全可以满足普通家庭用户的需要。

声卡所支持的声道数也是一个重要指标。所谓4声道环绕，是规定了4个发音点：前左、前右、后左、后右，听众则被包围在这中间。同时还建议增加一个低音音箱，以加强对低频信号的回放处理（这就是4.1声道）。就整体效果而言，4声道系统可以为听众带来来自多个不同方向的声音环绕，可以获得身临各种不同环境的听觉感受，给用户以全新的体验。

5.1声道在4.1声道基础上增加了一个中置单元。这个中置单元负责传送低于80Hz的声音信号，在欣赏影片时有利于加强人声，把对话集中在整个声场的中部，以增加整体效果。

7.1声道在5.1的基础上又增加了中左和中右两个发音点，以求达到更加完美的境界。

声卡的I/O接口有LineIn（浅蓝色）、MicIn（粉红色）、LineOut（草绿色）、MIDI/GAME（橘黄色）等，经常使用的接口是草绿色的音频输出（LineOut）插孔，它用来连接外置音箱。家用音箱多采用2.1型多媒体音箱。

4. 网卡　网络接口板又称网络适配器（Adapter）或网络接口卡NIC（Network Interface Card），简称"网卡"。微型计算机通过网卡连接网络，在网络中，网卡的工作是双重的：一方面它负责接收网络上传过来的数据包，解包后，将数据通过主板上的总线传输给本地计算机；另一方面它将本地计算机上的数据打包后送入网络。

网卡和局域网之间的通信是通过电缆或双绞线以串行传输方式进行的。而网卡和计算机之间的通信则是通过计算机主板上的I/O总线以并行传输方式进行。因此，网卡的一个重要功能就是要进行串行/并行转换。由于网络上的数据率和计算机总线上的数据率并不相同，因此在网卡中必须装有对数据进行缓存的存储芯片（包括RAM和ROM）。当然网卡上面还装有处理器。

微型计算机系统必须安装了管理网卡的设备驱动程序，网卡才能工作。这个驱动程序告诉网卡，局域网传送过来的数据块应当存储在存储器的什么位置上。网卡还要能够实现以太网协议。

网卡有三个主要功能：①数据的封装与解封：发送时将上一层交下来的数据加上首部和尾部，成为以太网的帧。接收时将以太网的帧剥去首部和尾部，然后送交上一层；②链路管理：主要是CSMA/CD（Carrier Sense Multiple Access with Collision Detection，带冲突检测的载波监听多路访问）协议的实现；③编码与译码（即曼彻斯特编码与译码）以及数据缓存的功能。

随着宽带上网的流行，网卡逐渐成为计算机的基本配件之一，板载网卡芯片（是指整合了网络功能的主板所集成的网卡芯片）的主板也越来越多了。在使用相同网卡芯片的情况下，板载网卡（主板集成）与独立网卡在性能上没有什么差异。板载网卡芯片以速度来分可分为10/100Mbit/s自适应网卡和千兆网卡，以网络连接方式来分可分为普通网卡和无线网卡，以芯片类型来分可分为芯片组内置的网卡芯片（某些芯片组的南桥芯片，如SIS963）和主板所附加的独立网卡芯片（如Realtek 8139系列）。部分主板还提供了双板载网卡。

无线网卡的作用、功能跟普通计算机网卡一样，是用来连接到局域网上的。它只是一个信号收发的设备，只有在找到上互联网的出口时才能实现与互联网的连接。所有无线网卡只能局限在已布有无线局域网的范围内。如果要在无线局域网覆盖的范围以外，也就是通过无线广域网实现无线上网功能，计算机就要在拥有无线网卡的基础上，同时配置无线上网卡。无线上网卡的作用、功能相当于有线的调制解调器。它可以在拥有无线电话信号覆盖的任何地方，利用手机的 SIM 卡来连接到互联网上。由于手机信号覆盖的地方远远大于无线局域网的环境，所有无线上网卡大大减少了对地域方面的依赖，对广大个人用户而言更加方便适用。

台式机的网卡多为 RJ-45 接口网卡，这种网卡应用于以双绞线为传输介质的以太网中，每条双绞线两头通过安装 RJ-45 连接器（俗称水晶头）与网卡和集线器（或交换机）相连。它的接口类似于常见的电话接口 RJ-11，但 RJ-45 是 8 芯线，而电话线的接口是 4 芯的。网卡上还自带两个状态指示灯，通过这两个指示灯颜色可初步判断网卡的工作状态。

5. 硬盘和硬盘驱动器　硬盘（Hard Disc Drive，HDD，全名温彻斯特式硬盘）是计算机主要的存储媒介之一，由于硬盘是内置在硬盘驱动器里的，所以一般就把硬盘和硬盘驱动器混为一谈了。硬盘由一个或者多个铝制或者玻璃制的碟片组成。这些碟片外覆盖有铁磁性材料。绝大多数硬盘都是固定硬盘，被永久性地密封固定在硬盘驱动器中。台式机硬盘外观规格有 3.5 英寸及 2.5 英寸。硬盘的基本参数：

（1）容量　容量是硬盘最主要的参数。硬盘的容量以 MB、GB（1GB = 1024MB）或 TB（1TB = 1024GB）为单位。Windows 操作系统带给我们的除了更为简便的操作外，还带来了文件大小与数量的日益膨胀，一些应用程序动辄就要吃掉上百兆的硬盘空间，而且还有不断增大的趋势。因此，在购买硬盘时适当的超前是明智的。近两年主流硬盘是 500G，而 1T 以上的大容量硬盘亦已开始逐渐普及。

（2）转速（Rotationl Speed 或 Spindle Speed）　是指硬盘内电动机主轴的旋转速度。转速是硬盘档次的重要参数之一。硬盘的转速越快，硬盘寻找文件的速度也就越快，相对的硬盘的传输速度也就得到了提高。硬盘转速单位为 RPM（Revolutions Per Minute，转/分钟）。RPM 值越大，内部传输率就越快，访问时间就越短，硬盘的整体性能也就越好。家用的普通硬盘转速一般有 5400r/min、7200r/min 几种，笔记本计算机硬盘一般都采用相对较低转速的 4200r/min 硬盘。

（3）类型　目前的台式机一般使用串口硬盘，具有 Serial ATA 1.0 和 Serial ATA 2.0 规范。Serial ATA 采用串行连接方式，串行 ATA 总线使用嵌入式时钟信号，具备了更强的纠错能力，与以往相比其最大的区别在于能对传输指令（不仅仅是数据）进行检查，如果发现错误会自动矫正，这在很大程度上提高了数据传输的可靠性。串行接口还具有结构简单、支持热插拔的优点。

硬盘的转速大都是 5400r/min 和 7200r/min，SCSI 硬盘更在 10000 ~ 15000r/min，在进行读写时，整个盘片处于高速旋转状态中，如果忽然切断电源，将使得磁头与盘片猛烈摩擦，从而导致硬盘出现坏道甚至损坏，也经常会造成数据流丢失。所以在关机时，一定要注意机箱面板上的硬盘指示灯是否没有闪烁，即硬盘已经完成读写操作之后才可以按照正常的程序关闭计算机。硬盘指示灯闪烁时，一定不可切断电源。如果是移动硬盘，最好要先执行硬件安全删除，成功后方可拔掉。

还有一种硬盘叫固态硬盘 SSD（Solid State Disk、IDE FLASH DISK、Serial ATA Flash Disk）。它是一种用固态电子存储芯片阵列制成的硬盘，由控制单元和存储单元（FLASH 芯片）组成，目前最大容量为1TB，固态硬盘的接口规范和定义、功能及使用方法上与普通硬盘完全相同，在产品外形和尺寸上也完全与普通硬盘一致，包括3.5英寸、2.5英寸、1.8英寸多种外观规格。由于固态硬盘没有普通硬盘的旋转介质，因而抗振性极佳，同时工作温度很宽，扩展温度的电子硬盘可工作在 −45 ~ +85℃。

6. 光驱 光驱（Drive）是计算机用来读写光碟内容的设备，是台式机里比较常见的一个配件。随着多媒体的应用越来越广泛，使得光驱已经成为台式机的标准配置。目前，光驱可分为 CD-ROM 驱动器、DVD 光驱（DVD-ROM）、康宝（COMBO）和刻录机等。

CD-ROM 光驱：是一种只读的光存储介质。它是利用原本用于音频 CD 的 CD-DA（Digital Audio）格式发展起来的。

DVD 光驱：是一种可以读取 DVD 碟片的光驱，除了兼容 DVD-ROM，DVD-VIDEO，DVD-R，CD-ROM 等常见的格式外，对于 CD-R/RW，CD-1，VIDEO-CD，CD-G 等都能很好的支持。

COMBO 光驱：是一种集合了 CD 刻录、CD-ROM 和 DVD-ROM 为一体的多功能光存储产品。

刻录光驱：包括了 CD-R、CD-RW 和 DVD 刻录机等，其中 DVD 刻录机又分 DVD + R、DVD-R、DVD + RW、DVD-RW（W 代表可反复擦写）和 DVD-RAM。刻录机在其前置面板上通常都标识着写入、复写和读取三种速度。

（1）光驱的工作原理 激光头是光驱的心脏，也是最精密的部分。它主要负责数据的读取工作。激光头主要包括：激光发生器（又称激光二极管）、半反光棱镜、物镜、透镜以及光敏二极管这几部分。当激光头读取盘片上的数据时，从激光发生器发出的激光透过半反射棱镜，汇聚在物镜上，物镜将激光聚焦成为极其细小的光点并打到光盘上。此时，光盘上的反射物质就会将照射过来的光线反射回去，透过物镜，再照射到半反射棱镜上。此时，由于棱镜是半反射结构，因此不会让光束完全穿透它并回到激光发生器上，而是经过反射，穿过透镜，到达了光敏二极管上面。由于光盘表面是以突起不平的点来记录数据，所以反射回来的光线就会射向不同的方向。人们将射向不同方向的信号定义为 "0" 或者 "1"，发光二极管接受到的是那些以 "0"，"1" 排列的数据，并最终将它们解析成为我们所需要的数据。在激光头读取数据的整个过程中，寻迹和聚焦直接影响到光驱的纠错能力以及稳定性。寻迹就是保持激光头能够始终正确地对准记录数据的轨道。

当激光束正好与轨道重合时，寻迹误差信号就为 0，否则寻迹信号就可能为正数或者负数，激光头会根据寻迹信号对姿态进行适当的调整。如果光驱的寻迹性能很差，在读盘的时候就会出现读取数据错误的现象，最典型的就是在读音轨的时候出现的跳音现象。所谓聚焦，就是指激光头能够精确地将光束打到盘片上并收到最强的信号。

当激光束从盘片上反射回来时会同时打到 4 个光敏二极管上。它们将信号叠加并最终形成聚焦信号。只有当聚焦准确时，这个信号才为 0，否则，它就会发出信号，矫正激光头的位置。聚焦和寻道是激光头工作时最重要的两项性能。

有一些光驱产品开始使用步进电动机技术，通过螺旋螺杆传动齿轮，使得 1/3 寻址时间从原来 85ms 降低到 75ms 以内，相对于同类 48 速光驱产品 82ms 的寻址时间而言，性能上得到明显改善。

光驱的聚焦与寻道很大程度上与盘片有关系。盘片存在不同程度的中心点偏移以及光介质密度分布不均的情况。当光盘高速旋转时，造成光盘强烈振动的情况，不但使得光驱产生风噪，而且迫使激光头以相应的频率反复聚焦和寻迹调整，在 36X ~ 44X 的光驱产品中，普遍采用了全钢机芯技术，通过重物悬垂实现能量的转移。

对于每分钟上万转的高速产品，全钢机芯技术显得有些无能为力，市场上已经推出了以 ABS 技术为核心的英拓等光驱产品。ABS 技术主要是通过在光盘托盘下配置一副钢珠轴承，当光盘出现振动时，钢珠会在离心力的作用下滚动到质量较轻的部分进行填补，以起到瞬间平衡的作用，从而改善光驱性能。

（2）光驱的读盘速度 光驱速度是用 X "倍速"来表示的，这是相对于第一代光驱来讲的。比如说 40X 光驱，其速度是第一代光驱的 40 倍。第一代光驱的速度近似于 150KB/s（被国际电子工业联合会定为单倍速光驱），那么 40X 光驱的速度近似于 6000KB/s。有两种类型的光驱以不同方式来标称速度，最普通的是"MAX"光驱。例如，一个称为 40XMAX 的光驱意味着光驱转动 CD 盘传输的最大速度可达 6000KB/s。然而"最大"仅是指 CD 盘的最外面部分，而 CD 盘的最里面部分通常只有 12X，总的来说，平均速度是远小于标称速度值的，特别是当一个 CD 盘未完全写满而且不使用最外面部分的时候。而另一种光驱类型是"TRUE X"，这种光驱的特点是有一个独特的激光拾取系统，可以做到不管信息放在 CD 盘的哪个地方，传输速率都一样。因此，同样倍速的光驱，"TRUE X"要比"MAX"快得多。

目前 CD-ROM 所能达到的最大读取速度是 56 倍速；DVD-ROM 读取速度方面要略低一点，大部分为 48 倍速；COMBO 产品基本都达到了 52 倍速。

（3）光驱的容错能力 相对于读盘速度而言，光驱的容错性显得更加重要。或者说，稳定的读盘性能是追求读盘速度的前提。由于光盘是移动存储设备，并且盘片的表面没有任何保护，因此难免会出现划伤或沾染上杂物情况，这些小毛病都会影响数据的读取。"人工智能纠错（AIEC）"是一项比较成熟的提高光驱的读盘能力技术。

DVD 光驱采用 DE、SATA、USB、IEEE1394 或 SCSI 接口。

7. 计算机电源和机箱 计算机电源负责将普通市电转换为计算机可以使用的电压，一般安装在计算机内部。计算机的核心部件工作电压非常低，并且由于计算机工作频率非常高，因此对电源的要求比较高。计算机的电源多为开关电源，它将普通交流电转为直流电，再通过斩波控制电压，将不同的电压分别输出给主板、硬盘、光驱等计算机部件。电源的输出电压稳定性高、纹波越小越好。

为了安全起见，一般把计算机各部件（当然除了显示器）合理放置在机箱内部。机箱的外壳上有许多按钮，如电源启动按钮、Reset 按钮（用于电脑的重新启动）等。机箱上还有一些指示灯，如电源指示灯在计算机工作时应该是亮的，硬盘指示灯在对硬盘进行操作时会闪烁等。光驱安装在机箱前端方便使用。

8. 键盘和鼠标 键盘和鼠标是 PC 的输入设备。当敲击键盘时，被敲击的键就向 PC 的主板发送一个信号，并继续传送给 CPU，由 CPU 根据操作系统中的有关程序来确认按下的键将会引起什么反应。比如在做文字处理时，如果没有启动汉字输入系统，敲击键盘上的英文字母会直接输入英文，敲击"a"键就会显示"a"。而当启动汉字输入系统后，敲击键盘上的英文字母后，就不会直接输入英文，而先判断所敲入英文是否符合汉字输入方法中的规则，如果能够表达某个或某些汉字，就会输入汉字，反之则无法输入汉字。目前的键盘一般有 101 或 102 个键，有的键盘还有 3 个 Windows 95 功能键。常用的键盘主要有 USB 和 PS/2

类型	助记符	汇编语言格式	功能	操作数	时 钟 周期数	字节数	标志位 ODITSZAPC
算术运算类	ADD	ADD dst,src	(dst)←(src)+(dst)	reg,reg	3	2	x---xxxxx
				reg,mem	9+EA	2~4	
				mem,reg	16+EA	2~4	
				reg,data	4	3~4	
				mem,data	17+EA	3~6	
				ac,data	4	2~3	
	ADC	ADC dst,src	(dst←)(src)+(dst)+CF	reg,reg	3	2	x---xxxxx
				reg,mem	9+EA	2~4	
				mem,reg	16+EA	2~4	
				reg,data	4	3~4	
				mem,data	17+EA	3~6	
				ac,data	4	2~3	
	INC	INC opr	(opr)←(opr)+1	reg	2~3	1~2	x---xxxx-
				mem	15+EA	2~4	
	SUB	SUB dst,src	(dst)←(dst)—(src)	reg,reg	3	2	x---xxxxx
				reg,mem	9+EA	2~4	
				mem,reg	16+EA	2~4	
				ac,data	4	2~3	
				reg,data	4	3~4	
				mem,data	17+EA	3~6	
	SBB	SBB dst,src	(dst)←(dst)—(src)—CF	reg,reg	3	3	x---xxxxx
				reg,mem	9+EA	2~4	
				mem,reg	16+EA	2~4	
				ac,data	4	2~3	
				reg,data	4	3~4	
				mem,data	17+EA	3~6	
	DEC	DEC opr	(opr)←(opr)—1	reg	2~3	1~2	x---xxxx-
				mem	15+EA	2~4	
	NEG	NEG opr	(opr)←0—(opr)	reg	3	2	x---xxxxx
				mem	16+EA	2~4	
	CMP	CMP opr1,opr2	(opr1)—(opr2)	reg,reg	3	2	x---xxxxx
				reg,mem	9+EA	2~4	
				mem,reg	9+EA	2~4	
				reg,data	4	3~4	
				mem,data	10+EA	3~6	
				ac,data	4	2~3	
	MUL	MUL src	(AX)←(AL)*(src)	8位reg	70~77	2	x---uuuux
				8位mem	(76~83)+EA	2~4	
			(DX,AX)←(AX)*(src)	16位reg	118~133	2	
				16位mem	(124~139)+EA	2~4	
	IMUL	IMUL src	(AX)←(AL)*(src)	8位reg	80—98	2	x---uuuux

类型	助记符	汇编语言格式	功能	操作数	时 钟周期数	字节数	标志位 ODITSZAPC
算术运算类				8 位 mem	(86~104)+EA	2~4	
			(DX,AX)←(AX)*(src)	16 位 reg	128—154	2	
				16 位 mem	(134~160)+EA	2~4	
	DIV	DIV src	(AL)←(AX)/(src)的商	8 位 reg	80~90	2	u---uuuuu
			(AH)←(AX)/(src)的余数	8 位 mem	(86~96)+EA	2~4	
			(AX)←(DX,AX)/(src)的商	16 位 reg	144~162	2	
			(DX)←(DX,AX)/(src)的余数	16 位 mem	(150~168)+EA	2~4	
	IDIV	IDIV src	(AL)←(AX)/(src)的商	8 位 reg	101~112	2	u---uuuuu
			(AH)←(AX)/(src)的余数	8 位 mem	(107~118)+EA	2~4	
			(AX)←(DX,AX)/(src)的商	16 位 reg	165~184	2	
			(DX)←(DX,AX)/(src)的余数	16 位 mem	(171~190)+EA	2~4	
	DAA	DAA	(AL)←把 AL 中的和调整到压缩的 BCD 格式		4	1	u---xxxxx
	DAS	DAS	(AL)←把 AL 中的差调整到压缩的 BCD 格式		4	1	u---xxxxx
	AAA	AAA	(AL)←把 AL 中的和调整到非压缩的 BCD 格式 (AH)←(AH)+调整产生的进位值		4	1	u---uuxux
	AAS	AAS	(AL)←把 AL 中的差调整到非压缩的 BCD 格式 (AH)←(AH)-调整产生的借位值		4	1	u---uuxux
	AAM	AAM	(AX)←把 AX 中的积调整到非压缩的 BCD 格式		83	2	u---xxuxu
	AAD	AAD	(AL)←10*(AH)+(AL) (AH)←0 实现除法的非压缩的 BCD 调整		60	2	u---xxuxu
逻辑运算与移位类	AND	AND dst,src	(dst)←(dst)∧(src)	reg,reg	3	2	0---xxux0
				reg,mem	9+EA	2~4	
				mem,reg	16+EA	2~4	
				reg,data	4	3~4	
				mem,data	17+EA	3~6	
				ac,data	4	2~3	
	OR	OR dst,src	(dst)←(dst)∨(src)	reg,rge	3	2	0---xxux0
				reg,mem	9+EA	2~4	
				mem,reg	16+EA	2~4	
				ac,data	4	2~3	
				reg,data	4	3~4	
				mem,data	17+EA	3~6	
	NOT	NOT opr	(opr)←($\overline{opr}$)	reg	3	2	---------
				mem	16+EA	2~4	

类型	助记符	汇编语言格式	功能	操作数	时 钟周期数	字节数	标志位ODITSZAPC
逻辑运算与移位类	XOR	XOR dst,src	(dst)←(dst)⊕(src)	reg,reg	3	2	0---xxux0
				reg,mem	9 + EA	2 ~ 4	
				mem,reg	16 + EA	2 ~ 4	
				ac,data	4	2 ~ 3	
				reg,data	4	3 ~ 4	
				mem,data	17 + EA	3 ~ 6	
	TEST	TEST opr1,opr2	(opr1)∧(opr2)	reg,reg	3	2	0---xxux0
				reg,mem	9 + EA	2 ~ 4	
				ac,data	4	2 ~ 3	
				reg,data	5	3 ~ 4	
				mem,data	11 + EA	3 ~ 6	
	SHL	SHL opr,1	逻辑左移	reg	2	2	x---xxuxx
				mem	15 + EA	2 ~ 4	
		SHL opr,CL		reg	8 + 4/位	2	
				mem	20 + EA + 4/位	2 ~ 4	
	SAL	SAL opr,1	算术左移	reg	2	2	x---xxuxx
				mem	15 + EA	2 ~ 4	
		SAL opr,CL		reg	8 + 4/位	2	
				mem	20 + EA + 4/位	2 ~ 4	
	SHR	SHR opr,1	逻辑右移	reg	2	2	x---xxuxx
				mem	15 + EA	2 ~ 4	
		SHR opr,CL		reg	8 + 4/位	2	
				mem	20 + EA + 4/位	2 ~ 4	
	SAR	SAR opr,1	算术右移	reg	2	2	x---xxuxx
				mem	15 + EA	2 ~ 4	
		SAR opr,CL		reg	8 + 4/位	2	
				mem	20 + EA + 4/位	2 ~ 4	
	ROL	ROL opr,1	循环左移	reg	2	2	x-------x
				mem	15 + EA	2 ~ 4	
		ROL opr,CL		reg	8 + 4/位	2	
				mem	20 + EA + 4/位	2 ~ 4	
	ROR	ROR opr,1	循环右移	reg	2	2	x-------x
				mem	15 + EA	2 ~ 4	
		ROR opr,CL		reg	8 + 4/位	2	
				mem	20 + EA + 4/位	2 ~ 4	
	RCL	RCL opr,1	带进位循环左移	reg	2	2	x-------x
				mem	15 + EA	2 ~ 4	
		RCL opr,CL		reg	8 + 4/位	2	
				mem	20 + EA + 4/位	2 ~ 4	
	RCR	RCR opr,1	带进位循环右移	reg	2	2	x-------x
				mem	15 + EA	2 ~ 4	
		RCR opr,CL		reg	8 + 4/位	2	
				mem	20 + EA + 4/位	2 ~ 4	

（续）

类型	助记符	汇编语言格式	功能	操作数	时钟周期数	字节数	标志位 ODITSZAPC
串操作类	MOVS	MVOSB	(DI)←(SI)		不重复,18	1	---------
		MOVSW	(SI)←(SI)±1或2		重复:		
			(DI)←(DI)±1或2		9+17/rep		
	STOS	STOSB	(DI)←(AC)		不重复:11	1	---------
		STOSW	(DI)←(DI)±1或2		重复:		
					9+10/rep		
	LODS	LODSB	(AC)←((SI))		不重复:12	1	---------
		LODSW	(SI)←(SI)±1或2		重复:		
					9+13/rep		
	REP	REP string	当(CX)=0,退出重复,		2	1	---------
		Primitive	否则(CX)←(CX)−1,执行其后的串指令				
	CMPS	CMPSB	((SI))−((DI))		不重复:22	1	x---xxxxx
		CMPSW	(SI)←(SI)±1或2		重复:		
			(DI)←(SI)±1或2		9+22/rep		
	SCAS	SCASB	(AC)−((DI))		不重复:15	1	x---xxxxx
		SCASW	(DI)←(DI)±1或2		重复:		
					9+15/rep		
	REPE或REPZ	REPE/REPZ String primitive	当(CX)=0或ZF=0退出重复;否则(CX)←(CX)−1,执行其后的串指令		2	1	---------
	REPNE或REPNZ	REPNE/REP NZ String primitive	当(CX)=1或ZF=1退出重复;否则(CX)←(CX)−1,执行其后的串指令		2	1	---------
控制转移类	JMP	JMP short opr	无条件转移		15	2	---------
		JMP near ptr opr			15	3	
		JMP far ptr opr			15	5	
		JMP word ptr opr		reg	11	2	
				mem	18+EA	2~4	
		JMP dword ptr opt			24+EA	2~4	
	JZ或JE	JZ/JE opr	ZF=1则转移		16/4	2	---------
	JNZ或JNE	JNZ/JNE opr	ZF=0则转移		16/4	2	---------
	JS	JS opr	SF=1则转移		16/4	2	---------
	JNS	JNS opr	SF=0则转移		16/4	2	---------
	JO	JO opr	OF=1则转移		16/4	2	---------
	JNO	JNO opr	OF=0则转移		16/4	2	---------
	JP或JPE	JP/JPE opr	PF=1则转移		16/4	2	---------
	JNP或JPO	JNP/JPO opr	PF=0则转移		16/4	2	---------
	JC或JB或JNAE	JC/JB/JNAE opr	CF=1则转移		16/4	2	---------

类型	助记符	汇编语言格式	功能	操作数	时 钟 周期数	字节数	标志位 ODITSZAPC
	JNC 或 JNB 或 JAE	JNC/JNB/JAE opr	CF = 0 则转移		16/4	2	---------
	JBE 或 JNA	JBE/JNA opr	CF ∨ ZF = 1 则转移		16/4	2	---------
	JNBE 或 JA	JNBE/JA opr	CF ∨ ZF = 0 则转移		16/4	2	---------
	JL 或 JNGE	JL/JNGE opr	SF ⊕ OF = 1 则转移		16/4	2	---------
	JNL 或 JGE	JNL/JGE opr	SF ⊕ OF = 0 则转移		16/4	2	---------
	JLE 或 JNG	JLE/JNG opr	(SF ⊕ OF) ∨ ZF = 1 则转移		16/4	2	---------
	JNLE 或 JG	JNLE/JG opr	(SF ⊕ OF) ∨ ZF = 0 则转移		16/4	2	---------
	JCXZ	JCXZ opr	(CX) = 0 则转移		18/6	2	---------
	LOOP	LOOP opr	(CX) ≠ 0 则循环		17/5	2	---------
	LOOPZ 或 LOOPE	LOOPZ/ LOOPE opr	ZF = 1 且 (CX) ≠ 0 则循环		18/6	2	---------
控 制 转 移 类	LOOPNZ 或 LOOPNE	LOOPNZ/ LOOPNE opr	ZF = 0 且 (CX) ≠ 0 则循环		19/5	2	---------
	CALL	CALL dst	段内直接:(SP)←(SP)—2 ((SP)+1,(SP))←(IP) (IP)←(IP)+D16		19	3	---------
			段内间接:(SP)←(SP)—2 (SP)+1,(SP)←(IP) (IP)←EA	reg mem	16 21+EA	2 2～4	
			段间直接:(SP)←(SP)—2 ((SP)+1,(SP))←(CS) (SP)←(SP)—2 ((SP)+1,(SP))←(IP) (IP)←转向偏移地址 (CS)←转向段地址		28	5	
			段间间接:(SP)←(SP)—2 (SP)+1,(SP)←(CS) (SP)←(SP)—2 ((SP)+1,(SP))←(IP) (IP)←(EA) (CS)←(EA+2)		37+EA	2～4	
	RET	RET	段内:(IP)←(SP)+1,(SP) (SP)←(SP)+2		16	1	---------
			段间:(IP)←((SP)+1,(SP)) (SP)←(SP)+2 (CS)←((SP)+1,(SP)) (SP)←(SP)+2		24	1	
		RET exp	段内:(IP)←((SP)+1,(SP)) (SP)←(SP)+2 (SP)←(SP)+D16		20	3	

（续）

类型	助记符	汇编语言格式	功能	操作数	时 钟 周期数	字节数	标志位 ODITSZAPC
控制转移类			段间:(IP)←((SP)+1,(SP))		23	3	
			(SP)←(SP)+2				
			(CS)←((SP)+1,(SP))				
			(SP)←(SP)+2				
			(SP)←(SP)+D16				
	INT	INT type	(SP)←(SP)—2	type=3	52	1	00-------
			((SP)+1,(SP))←(PSW)				
		INT(当 type=3 时)	(SP)←(SP)—2	type≠3	51	2	
			((SP)+1,(SP))←(CS)				
			(SP)←(SP)-2				
			(SP)+1,(SP)←(IP)				
			(IP)←(type*4)				
			(CS)←(type*4+2)				
	INTO	INTO	若 OF=1,则		53(OF=1)	1	--00-----
			(SP)←(SP)—2				
			((SP)+1,(SP))←(PSW)				
			(SP)←(SP)—2		4(OF=0)		
			((SP)+1,(SP))←(CS)				
			(SP)←(SP)-2				
			((SP)+1,(SP))←(IP)				
			(IP)←(10H)				
			(CS)←(12H)				
	IRET	IRET	(IP)←((SP)+1,(SP))		24	1	rrrrrrrrr
			(SP)←(SP)+2				
			(CS)←((SP)+1,(SP))				
			(SP)←(SP)+2				
			(PSW)←(SP)+1,(SP)				
			(SP)←(SP)+2				
处理器控制类	CBW	CBW	(AL)符号扩展到(AH)		2	1	---------
	CWD	CWD	(AX)符号扩展到(DX)		5	1	---------
	CLC	CLC	进位位置0		2	1	--------0
	CMC	CMC	进位位求反		2	1	--------x
	STC	STC	进位位置1		2	1	--------1
	CLD	CLD	方向标志置0		2	1	-0-------
	STD	STD	方向标志置1		2	1	-1-------
	CLI	CLI	中断标志置0		2	1	---------
	STI	STI	中断标志置1		2	1	---------
	NOP	NOP	无操作		3	1	---------
	HLT	HLT	停机		2	1	---------
	WAIT	WAIT	等待		3或更多	1	---------
	ESC	ESC mem	换码		8+EA	2~4	---------
	LOCK	LOCK	封锁		2	1	---------
		segreg:	段前缀		2	1	---------

注：符号说明如下：0—置 0；x—根据结果设置；-—不影响；u—无定义；r—恢复原先保存的值。

参 考 文 献

[1]　许立梓，等．微型计算机原理及应用［M］．昆明：云南科技出版社，1997.

[2]　王建宇，等．微型计算机原理及应用［M］．北京：化学工业出版社，2001.

[3]　易先清，等．微型计算机原理及应用［M］．北京：电子工业出版社，2001.

[4]　郑学坚，等．微型计算机原理及应用［M］．北京：清华大学出版社，2001.

[5]　马维华，等．从 8086 到 PentiumⅢ微型计算机及接口技术［M］．北京：科学出版社，2000.

[6]　吴宁．80X86/Pentium 微型计算机原理及应用［M］．北京：电子工业出版社，2000.

[7]　顾滨．80X86 微型计算机组成、原理及接口［M］．北京：机械工业出版社，2001.

[8]　张菊鹏，等．计算机硬件技术基础［M］．北京：清华大学出版社，2000.

[9]　马鸣锦，等．高性能个人计算机硬件结构及接口［M］．北京：国防工业出版社，2001.

[10]　谢瑞和．奔腾系列微型计算机原理及接口技术［M］．北京：清华大学出版社，2002.